中国皮影木偶戏剧本集成

主编 朱恒夫
副主编 刘衍青

「十四五」国家重点图书出版规划项目

华北东北卷·紫荆关(下)

上海大学出版社
·上海·

图书在版编目(CIP)数据

紫荆关.下／朱恒夫主编；刘衍青副主编.—上海：上海大学出版社，2023.2
（中国皮影木偶戏剧本集成；5. 华北东北卷）
ISBN 978-7-5671-4639-6

Ⅰ.①紫… Ⅱ.①朱… ②刘… Ⅲ.①皮影戏－剧本－中国②木偶剧－剧本－中国 Ⅳ.①I238.7

中国国家版本馆 CIP 数据核字（2023）第 014308 号

责任编辑　庄际虹
封面设计　柯国富
技术编辑　金　鑫　钱宇坤

中国皮影木偶戏剧本集成
主编　朱恒夫　副主编　刘衍青
华北东北卷・紫荆关（下）
上海大学出版社出版发行
（上海市上大路99号　邮政编码200444）
（https://www.shupress.cn　发行热线 021-66135112）
出版人　戴骏豪

*

南京展望文化发展有限公司排版
江阴市机关印刷服务有限公司印刷　各地新华书店经销
开本 710mm×1000mm　1/16　印张 28.5　字数 478 千
2023 年 2 月第 1 版　2023 年 2 月第 1 次印刷
印数：1～1100
ISBN 978-7-5671-4639-6/I・677　定价　98.00 元

版权所有　侵权必究
如发现本书有印装质量问题请与印刷厂质量科联系
联系电话：0510-86688678

总序：中国皮影戏的历史、现状与剧目特征

皮影戏是我国产生较早的戏剧种类之一，也是一门古老的传统民间艺术。它以羊、牛、驴皮以及纸等为基本材料，制作成能活动的形象造型即影人，由艺人手执竹扦在幕后操作，通过光线的透视，配以演唱及丝竹鼓点的伴奏，在影窗上展现各式的人物和故事。皮影戏是一种集文学、绘画、雕刻、音乐、表演于一体，融进历史、哲学、宗教、民俗、伦理等多种文化的民间艺术形式，是中华民族的艺术瑰宝。

一、皮影戏发展历程溯源

中国皮影戏源远流长，但其最早起源于何时，尚无文献典籍可考。皮影戏，历史上称为"影戏"，关于影戏产生的时间，众说纷纭。近人顾颉刚在《中国影戏略史及其现状》中说："影戏之性质与傀儡全同，不同者只其表现之方法，是以影戏亦必自始即模仿戏剧者，其兴起虽确知当后于傀儡，然或亦在周之世也。"[①] 他猜测周代就有了影戏。稍有一点根据的是"汉代说"。宋代高承《事物纪原》卷九《博弈嬉戏部》"影戏"条云："故老相承，言影戏之原出于汉武帝。李夫人之亡，齐人少翁言能致其魂，上念夫人无已，乃使致之。少翁夜为方帷，张灯烛，帝坐他帐，自帷中望见之，仿佛夫人像也，盖不得就视之。由是世间有影戏。"[②] 但是，这出"招魂戏"只是借灯光投影之术，没有"人影"的表演，也没有情节，所以还不是真正意义上的皮影戏。《稗史》亦说汉代就有了影戏，云：秦武王作角

[①] 顾颉刚：《中国影戏略史及其现状》，《文史》第19辑，中华书局1983年8月，第111页。

[②] （宋）高承撰：《事物纪原》，（明）李果订，金圆、许沛藻点校，中华书局1989年版，第495页。

抵，始皇作曼延鱼龙水戏，汉武帝益以幻眼、走索、寻撞（橦）、舞输（轮）、弄碗、影戏……①大概所说的"影戏"是从武帝"设帷招魂"之事推断而来。

在隋代的佛事活动中，似乎有弄影戏的迹象。《隋书·五行志》云："唐县人宋子贤，善为幻术。每夜，楼上有光明，能变作佛形，自称弥勒出世。又悬大镜于堂上，纸素上画为蛇、为兽及人形。有人来礼谒者，转侧其镜，遣观来生形象。或映见纸上蛇形，子贤辄告云：'此罪业也，当更礼念。'又令礼谒，乃转人形示之。"②用灯光照影作为幻术以惑人，也不等于后代的影戏。

近人多认为影戏产生于唐代。齐如山在《影戏——故都百戏考之四》中认为："此戏当然始于陕西，因西安建都数百年，玄宗又极爱提倡美术，各种伎艺由陕西兴起者甚多，则影戏始于此，亦在意中。"③力主戏曲源起于影戏、偶戏的孙楷第在《近代戏曲原出宋傀儡戏影戏考》中断言："余意影戏殆仁宗时始盛耳。若溯其源，则唐五代时，似已有类似影戏之事。"并进一步说与唐代的俗讲有关："说话与影戏，仅讲时雕像有无之异，其原出于俗讲则一也。"④

齐如山和孙楷第之说均属推测，缺少文献依据。一些唐诗倒是直接说明唐代已经有了影戏。中唐人元稹《灯影》云："洛阳昼夜无车马，漫挂红纱满树头。见说平时灯影里，玄宗潜伴太真游。"⑤很显然，彼时的洛阳已经有了皮影，玄宗与贵妃的故事是表演的内容之一。又，雍裕之的《两头纤纤》诗也对影戏作了描绘："两头纤纤八字眉，半白半黑灯影帷。腽腽脯脯晓禽飞，磊磊落落秋果垂。"⑥影帷即是今日的影窗，"晓禽飞"和"秋果垂"当是表演的一些场景。晚唐韦庄的《途次逢李氏兄弟感旧》诗云："御沟西面朱门宅，记得当时好弟兄。晓傍柳阴骑竹马，夜隈灯影弄先生。"⑦康保成认为："'夜隈灯影弄先生'就是玩影戏，'先生'即影偶。"⑧

---

① （清）赵吉士辑《寄园寄所寄》卷七"獭祭寄"，清康熙三十五年刻本。
② 《隋书》第三册，中华书局1982年版，第662—663页。
③ 齐如山：《影戏——故都百戏考之四》，《大公报·剧坛》1935年8月7日第12版。
④ 孙楷第：《近代戏曲原出宋傀儡戏影戏考》，《傀儡戏考原》，上杂出版社1952年版，第62、63页。
⑤ 《全唐诗》卷四一二，中华书局1999年版，第4580页。
⑥ 《全唐诗》卷四七一，中华书局1999年版，第5383页。
⑦ 《全唐诗》卷七〇〇，中华书局1999年版，第8131页。
⑧ 康保成：《佛教与中国皮影戏的发展》，《文艺研究》2003年第5期，第91页。

随着时间的推移，影戏艺术有了很大的提高，剧目也不断地增加。北宋张耒在《明道杂志》中记载："京师有富家子，少孤，专财，群无赖百方诱导之，而此子甚好看弄影戏，每弄至斩关羽，辄为之泣下，嘱弄者且缓之。"① 可见，此时的影戏剧目中有三国故事。此为高承《事物纪原》证实，该书云："宋朝仁宗时，市人有能谈三国事者，或采其说，加缘饰作影人，始为魏、吴、蜀三分战争之像。"② 影戏为人们喜爱后，玩皮影的人就多了，于是，便出现了著名的艺人。孟元老《东京梦华录》卷五《京瓦伎艺》云："……杂剧、掉刀、蛮牌董十五、赵七、曹保义、朱婆儿、没困驼、风僧哥、俎六姐。影戏丁仪，瘦吉等弄乔影戏。"③ 吴自牧《梦粱录》卷二十"百戏伎艺"条云："更有弄影戏者，元汴京初以素纸雕簇，自后人巧工精，以羊皮雕形，用以彩色妆饰，不致损坏。杭城有贾四郎、王升、王闰卿等，熟于摆布，立讲无差。其话本与讲史书者颇同，大抵真假相半，公忠者雕以正貌，奸邪者刻以丑形，盖亦寓褒贬于其间耳。"④ 由此可见，北宋的影戏已经发展到了相当成熟的水平，其成绩可以归纳为四点：其一，演唱不再随意，而是遵照脚本的内容，其内容相当于彼时开始流行的话本。可以讲述史书，三国故事更是其常演的剧目。其二，已经形成一批专业的艺人队伍，还分为"影戏"与"乔影戏"（"乔"字在当时作"伪装"解。瓦子诸艺中有一种"乔相扑"的表演艺术，就是扮演摔跤的样子，而不是真摔跤。"乔影戏"可能是由真人模拟影人的动作形式，做出种种滑稽的样子，以引人发笑。）两个品种。其三，有了人物的脸谱，并按照性格、品性分别饰以图案色彩。其四，演出水平极高，能使观众忘乎所以，以假当真。影戏艺术在北宋之所以能飞速发展，与当时城市的发展、市民人口的大幅增多有很大的关系。

至南宋，影戏的发展进入一个前所未有的辉煌时代。周密《武林旧事》卷二《元夕》记载道："又有幽坊静巷好事之家，多设五色琉璃泡灯，更自雅洁，靓妆笑语，望之如神仙。……或戏于小楼，以人为大影戏，儿童喧呼，终夕不绝。"⑤

---

① （元）陶宗仪等：《说郛三种》卷四十二，上海古籍出版社1989年版，第2003页。
② （宋）高承撰：《事物纪原》，（明）李果订，金圆、许沛藻点校，中华书局1989年版，第495页。
③ （宋）孟元老撰：《东京梦华录笺注》，伊永文笺注，中华书局2006年版，第461页。
④ （宋）吴自牧：《梦粱录》，浙江人民出版社1984年版，第194页。
⑤ （宋）四水潜夫辑：《武林旧事》，浙江人民出版社1984年版，第31页。

此大影戏，孙楷第认为是人扮演的，相当于"乔影戏"。周贻白认为是人的影子在表演。当时还有一种称为"手影"的影戏形式。南宋洪迈《夷坚志·夷坚三志》辛卷第三"普照明颠"条记载："华亭县普照寺僧惠明者，常若失志恍惚，语言无绪，而信口谈人灾福，一切多验，因目曰明颠。……尝遇手影戏者，人请之占颂。即把笔书云：'三尺生绡作戏台，全凭十指逞诙谐。有时明月灯窗下，一笑还从掌握来。'"① 悬挂三尺生绡做影窗，用手做出各种形状，投影到影窗上，即为手影。华亭为今日之上海松江，当时影戏在江南是比较普及的，宋代《吴县志》云："上元，影灯巧丽，它郡莫及，有万眼罗及琉璃球者犹妙。"②

南宋时，宋金对峙，经常发生战争，故影戏艺人常搬演金戈铁马的故事。张戒《岁寒堂诗话》云："往在柏台，郑亨仲、方公美诵张文潜《中兴碑》诗，戒曰：'此弄影戏语耳。'二公骇笑，问其故，戒曰：'郭公凛凛英雄才，金戈铁马从西来。举旗为风偃为雨，洒扫九庙无尘埃。'岂非弄影戏乎？"③ 当然，主要的演出内容还是历史故事，此时，"历史剧"已涉及汉、三国、唐、五代等朝代的人物和事件。由于艺人队伍进一步扩大，影人制作与影戏表演已经成了一个行业，于是，产生了"绘革社"这样专业的行业组织。

金元的影戏，文献记载不多。既然戏曲在彼时极为兴旺，作为戏剧的一种形式，影戏就不可能衰弱，只个过那时文人的兴趣主要放在人演的院本、杂剧上罢了。不过，有两幅壁画倒是露出了一点影戏的信息。一是金代山西繁峙岩山寺文殊殿壁画，其中有一个场景，我们不妨称之为"儿童弄影戏图"。画面上，有一影窗，前面三个儿童席地观看，后面有一人正在拽拉影人进行表演。还有一个儿童，在影窗的旁边，学着影戏艺人亦在拽拉着小影人。二是山西孝义出土的大德二年（1298）的元墓壁画。壁画上绘着男耕女织的场景，旁边有一人正手拿着影人在玩耍，墓壁上写着"王同乐影传家，共守其职"几个字④。显然，男耕女织是影戏所表现的内容，"乐影传家"则是影戏艺人标榜自己有着渊源的家学。

明代影戏资料目前见于文献的多为诗文和小说。瞿佑《影戏》云："灯火光中夜漏迟，风轮旋转竞奔驰。过来有迹人争睹，散去无声鬼不知。月地花阶频出没，

---

① （宋）洪迈：《夷坚志》第三册，中华书局1981年版，第1406页。
② 《吴县志》，民国三年乌程张钧衡影宋刻本。
③ （宋）张戒：《岁寒堂诗话》，中华书局1985年版，第13页。
④ 中国戏曲志编辑委员会：《中国戏曲志·山西卷》，中国ISBN中心出版社2000年版，第7页。

云窗雾阁暂追随。一场变幻如春梦,线索重看傀儡嬉。"① 瞿佑对影戏的兴趣很浓厚,多次写诗记述他观看的情景,田汝成辑撰的《西湖游览志余》卷二十也引了一首他的关于影戏的诗,云:"南瓦新开影戏场,满堂明烛照兴亡,看看弄到乌江渡,犹把英雄说霸王。"②《霸王别姬》是影戏的常演剧目,故徐文长所作的《做影戏》灯谜,也是以这个影戏剧目为素材,云:"做得好,又要遮得好,一般也号做子弟兵,有何面目见江东父老?"③

由于影戏在明代是一种普及性的表演艺术,所以,小说所描写的社会生活中亦有所反映。明末无名氏小说《梼杌闲评》第二回就描写了一个家庭戏班的演出情况:

> 朱公问道:"你是那里人?姓甚么?"妇人跪下禀道:"小妇姓侯,丈夫姓魏,肃宁县人。"朱公道:"你还有甚么戏法?"妇人道:"还有刀山、吞火、走马灯戏。"朱公道:"别的戏不做罢,且看戏。你们奉酒,晚间做几出灯戏来看。"传巡捕官上来道:"各色社火俱着退去,各赏新历钱钞,惟留昆腔戏子一班,四名妓女承应,并留侯氏晚间做灯戏。"巡捕答应去了。……侯一娘上前禀道:"回大人,可好做灯戏哩?"朱公道:"做罢。"一娘下来,那男子取过一张桌子,对着席前放上一个白纸棚子,点起两枝画烛。妇人取过一个小篾箱子,拿出些纸人来,都是纸骨子剪成的人物,糊上各样颜色纱绢,手脚皆活动一般,也有别趣。④

因皮影戏被人们高度认同,它的功能就不仅仅是娱人了,还可以同人戏一样酬神祭祀。明末张仁熙在《皮人曲》诗中有这样的描述:"年年六月田夫忙,田塍草土设戏场。田多场小大如掌,隔纸皮人来徜徉。虫神有灵人莫恼,年年惯看皮人好。田夫苍黄具黍鸡,纸钱罗案香插泥。打鼓鸣锣拜不已,愿我虫神生欢喜。神之去矣翔若云,香烟作车纸作斾。虫神嗜苗更嗜酒,田儿少习今白首。那得闲钱倩人歌,自作皮人祈大有。"⑤

明朝影戏初步形成了地方流派,河北、江苏、浙江、山东、陕西、山西、云

---

① (清)俞琰选编:《咏物诗选》,成都古籍书店1987年版,第116页。
② (明)田汝成辑撰:《西湖游览志余》,中华书局1958年版,第356页。
③ (明)徐渭:《徐渭集》,中华书局1983年版,第1066页。
④ 不题撰人:《梼杌闲评》,止戈、韦行校点,齐鲁书社1995年版,第12—13页。
⑤ 邓之诚:《清诗纪事初编》,上海古籍出版社2013年版,第192页。

南等地的皮影艺人结合当地的人文风俗、民间曲调，各自创新，形成了不同于他地的特色。

清代尤其是乾隆之后以及民国时期，影戏进入了中国影戏发展史上的高峰阶段，无论是技艺水平、剧目数量，还是艺人人数和观众人次，都是前所未有的。这与当时戏曲特别是花部戏的整体勃兴的大环境紧密相关。影戏的审美效果，不逊于人戏，富察敦崇《燕京岁时记》云："影戏借灯取影，哀怨异常，老妪听之多能下泪。"① 其普及程度，可以从日常的俗语中看出来，如《红楼梦》第六十五回云："见提着影戏人子上场，好歹别戳破这层纸儿。"②

根据清代各地皮影戏的历史流变及其皮影戏影人的造型特征，可以将我国皮影戏分为北方影系、西部影系和中南部影系三大系统。

北方影系：包括今河北、东北三省、内蒙古等地的皮影戏。这一影系的皮影戏始于金代。1127年金兵入侵中原时，曾经将包括皮影戏艺人在内的各类艺人掳掠到北方，北方的皮影戏由此发展而来，而以河北滦州（今唐山）一带为中心。

西部影系：涵盖陕西、四川、甘肃、青海、晋南、豫东、鄂西、冀中和北京西部等地。该系统的皮影戏是由北宋躲避靖康之乱而向西迁徙的中原皮影戏艺人带来，并经历代发展而形成。西部影系以陕西华县、华阴一带的皮影戏为主要代表。还有晋南皮影戏、川北皮影戏、陇原皮影戏、陇东皮影戏、环县道情皮影戏和青海皮影戏等。

中南部影系：包括中原地区及其以南地区的皮影戏。自北宋灭亡之后，中原地区的皮影戏艺人与其他各类艺人一起随着都城的南迁，到了临安（今浙江杭州），还有一部分艺人流落到江苏、湖北、湖南等地，后又陆续流转到广东、福建、台湾一带。这些地区加上中原地区的皮影戏，属我国中南部影系。中南部影系没有自己单独的唱腔，而是借用当地的戏曲、说唱、民歌小调的唱腔进行演唱。

清代文献中有关影戏的记载较多，尤其是方志中"民俗"栏目，可谓比比皆是。如清代乾隆年间进士李声振《百戏竹枝词·影戏》云："机关牵引未分明，绿

---

① （清）潘荣陛：《帝京岁时纪胜》；（清）富察敦崇：《燕京岁时记》，北京古籍出版社1981年版，第94页。

② （清）曹雪芹、高鹗：《红楼梦》，中国艺术研究院红楼梦研究所校注，人民文学出版社1996年版，第908页。

绮窗前透夜檠。半面才通君莫问，前身原是楮先生。"① 乾隆《永平府志》"岁时民俗"条云："通街张灯、演剧，或影戏、驱戏之类，观者达曙。"② 滦州学正左乔林《海阳竹枝词》有句云："张灯作戏调翻新，顾影徘徊却逼真。环佩珊珊莲步稳，帐前活现李夫人。"③ 清代澄海人李勋《说诀》卷十三云：潮人最尚影戏，其制以牛皮刻作人形，加以藻绘，作戏者于纸窗内爇火一盏，以箸运之，乃能旋转如意，舞蹈应节，较之傀儡更觉优雅可观。④ 说者谓此惟潮郡有之，其实非也。

民国年间，战争不断，社会动荡不安，许多时候，老百姓在生死线上挣扎，这自然会影响皮影戏的演出。但只要局势稍微稳定，皮影戏就会活跃起来，而在兵祸较少的地方，它还得到了长足的发展。

民国二十三年（1934），高云翘对滦州的皮影做了调查，感慨地说："高粱地里，唱影的不绝，梆子或有一二，皮黄绝无。"⑤ 卓之在《湖南戏剧概观》中记述了 20 世纪 30 年代湖南一些地方的皮影戏情况："影戏班在湖南，地位远不及汉班（即今之湘剧）及花鼓班，大概用为酬神还愿之工具而已。是以无论在城在乡，到处皆得见之。平日常演于各寺庵内，惟每届旧历中元节，则居民多演以祀祖，该省戏班异常忙碌，甚至从黄昏起演至通宵达旦，可演四五本之多。"⑥ 1934 年刊的辽宁《庄河县志》"民间文艺·影戏"条对本县的皮影戏有较为详细的介绍："有所谓驴皮影者，即影戏也。其制，酷似有声电影，不过彼为电灯机唱，此为油灯人唱耳。其法，以白布为幔，置灯其中，系以驴皮制人马牲畜、楼台建筑及飞潜动植等物，用灯幻照，俨在目前，并能活动自如，惟妙惟肖。司事者在幔歌唱，词多俚俗。农民凡有吉庆、酬神等事，多醵金演唱。"⑦

民国年间的影戏在与时俱进上，有三个方面的表现：一是灌制唱片，向全国

---

① 雷梦水等编：《中华竹枝词》，北京古籍出版社 1997 年版，第 81 页。该诗自注云："剪纸为之，透机械于小窗上，夜演一剧，亦有生致。"
② 《永平府志》，乾隆三十九年刻本。
③ 张工明编著：《滦县志诗歌集》，河北人民出版社 2015 年版，第 151 页。
④ 中山大学中国非物质文化遗产研究中心编：《中国非物质文化遗产第十一辑》，中山大学出版社 2006 年版，第 113 页。
⑤ 高云翘：《滦州影调查记》，《剧学月刊》第三卷第十一期，1934 年。
⑥ 卓之：《湖南戏剧概观》，《剧学月刊》第三卷第七期，1934 年。
⑦ 丁世良、赵放主编：《中国地方志民俗资料汇编·东北卷》，北京图书馆出版社 1989 年版，第 152 页。

发行，借此将地方皮影戏声腔与故事传播到全国。冀东的皮影戏艺人就曾经和胜利、百代、昆仑、丽歌、宝利等唱片公司合作，灌制了100多个剧目的唱段。二是借助新的印刷技术，刻印皮影戏的脚本。这当然是文人和出版商合作所为，出于射利的目的，但在客观上对于皮影戏的传播和帮助人们深刻认识其思想内容起到了积极的作用。三是自觉地将其作为救亡图存与革命斗争的工具。如日军占领嘉兴海宁时，皮影戏艺人张九元为揭露日本侵略者的暴行，唤起人们的抗日热情，创编了皮影戏《打皇兵》，演出后产生很大的影响。至于中国共产党建立政权的地区，影戏的政治功能则更为明显，从剧目的名称《田玉参军》《齐心杀敌》《土地改革》《送夫参军》《破除迷信》等，就可以看出它们的思想倾向性。

二、当代影戏的现状与分布

中华人民共和国成立后，因实行新的社会制度和倡导新的思想，无论是生产关系，还是意识形态，都发生了根本性的变化。作为一种艺术形式的皮影戏，在党的方针路线的指引下，在戏班组织、剧目编创、皮影绘制与表演形式上也进行了一系列的改革。新中国成立之初，皮影戏与戏曲的其他剧种一样，"改戏、改人、改制"。在"百花齐放，推陈出新"的政策的指导下，各地皮影剧团对传统剧目进行整理和改编，出现了一批思想性和艺术性较高的表现古代生活的剧目，如浙江海宁的皮影戏《蜈蚣岭》、陕西的碗碗腔皮影戏《快活林》、青海的皮影戏《牛头山》、湖南的皮影戏《梁红玉》《火焰山》，等等。配合不同时期的政治需要，编演了反映现代生活的剧目，如宣传新婚姻法的华阴皮影戏《小女婿》等。内容上的变革，一些地方在"文革"后期特别明显，仅在1972年至1976年间，唐山市皮影剧团就编演了《红嫂》《红灯记》《龙江颂》《智取威虎山》《沙家浜》《杜鹃山》《磐石湾》《山庄红医》《唐山人民缅怀毛主席》等。新中国成立之前的皮影戏班全部是民营的，而在新中国成立之后，能够留存下来的所有戏班都改成国有或集体所有制的剧团，艺人则成了"文艺工作者"。据《人民日报》1960年2月18日报道，至20世纪60年代初，我国的皮影戏班约有1 100多个，从业人员大约在6 200名。当然，地区之间是不平衡的。

自20世纪50年代之后，皮影戏在形式上发生的变革，成绩也是很突出的。例如湖南皮影戏艺人何德润、谭德贵与画家翟翊合作，让"影人比原来大出一倍多，变五分脸为七分身材七分脸，甚至由侧面改为正面。有的面部用赛璐珞着色剪制；有的服饰上嵌以彩色透明纸，又以新颖的灯光彩景和大影幕，使得影窗上的形象极其鲜艳生动。在操纵技术上，他们根据各种动物不同的典型动作，进行了特别的制作，利用卷棒、弹簧、拉线，使影人的表情可以活动自如：双眼可以开闭，嘴能张合；龟的四脚和鹤的头颈可以自由伸缩等。……在表现闪电雷鸣时，用两根炭棒相碰，闪出电光。在电唱机的转盘上，装上圆木板，板边装上一圈灯泡，通电后，灯亮木板转，轮番照射幕布上的火、水、云彩等道具，使影窗上的云、水、火都可以动起来，非常逼真"①。其他地方的影戏艺人，也发挥创造力，有许多推进皮影戏艺术发展的发明，像黑龙江皮影戏就使影人一步一步地走路和骑着自行车前进；唐山皮影戏增加了乐器，由原来的一把二胡，变成了扬琴、二胡、琵琶、三弦、大阮、笙、笛、唢呐等众多乐器，甚至小提琴也加入合奏，比起先前自然好听多了。

"文革"时期，皮影戏的繁荣景象戛然而止。剧团解散，剧目禁演，艺人转业，大量珍贵的皮影道具和文献资料被损毁，这种状况，除了个别地方，一直持续到1976年。

"文革"结束之后，各地皮影艺术迅速复苏，剧团重建，传统剧目解禁，新的剧目不断产生。仅1980年，湖南衡阳一个地区6个县就有大小剧团557个，从艺人员1150人。然而，随着电视的普及和娱乐形式的丰富，皮影戏与人演的戏曲一样，以不可遏制的趋势一天天衰萎下去，而市场的持续性的收缩又使得皮影戏进入了恶性循环，观众愈少，就愈加没有人从事这个行业，而人才缺乏，则会使皮影戏艺术不能与时俱进而得到观众的欣赏。于是，皮影戏艺术的前景便越来越黯淡。以辽宁凌源县为例，全县原有皮影戏班120个左右，进入20世纪90年代之后，不断缩减，现在可以演出的戏班仅存4个，艺人不到30位，而30岁以下的艺人又只有2位，其技艺和知名的老艺人则无法相比。

为了传承民族的优秀文化，保护像皮影戏这类古老的艺术形式，国家于2011年2月25日颁布了《中华人民共和国非物质文化遗产法》。自此之后，皮影戏便得到了中央和地方政府的高度重视，多种皮影戏进入国家级或省市级"非物质文化遗产名录"，得到了财政经费的支持，减缓了衰萎的速度，有的还显示出勃勃的生机。

---

① 魏力群主编：《中国皮影戏全集》第1卷"源流"，文物出版社2015年版，第160页。

如下表所示，现时的大多数皮影戏剧团主要分布在河北、陕西、甘肃、内蒙古、黑龙江、天津、北京、山东、河南、湖南、山西、浙江、广东、辽宁、青海、上海、湖北、重庆、福建、云南、江苏、安徽、江西等 20 多个省市、自治区，当然，有的地方多，有的地方少。

所属影系	省（市、自治区）	市（县、区、州）	剧团名称	主要演出区域
北方影系	内蒙古自治区	赤峰	阿鲁科尔沁旗皮影艺术团	内蒙古自治区、北京市等
			赤峰玉龙皮影文化艺术团	内蒙古自治区赤峰市红山区等
			宁城董家古装皮影戏	内蒙古自治区赤峰市宁城县等
			宁城龙雨皮影艺术团	内蒙古自治区赤峰市宁城县汐子镇等
	黑龙江	哈尔滨	哈尔滨儿童艺术剧院	黑龙江省哈尔滨市及周边地区
	辽宁	沈阳	浑南顾景恩皮影	辽宁省沈阳市浑南区及周边地区
		朝阳	凌源市旭日皮影艺术团	辽宁省朝阳市凌源市及辽西地区
			凌源英熙皮影文化产业有限公司	辽宁省朝阳市凌源市及周边地区
			喀左红星皮影团	辽宁省朝阳市喀左县洞子沟等
	河北	秦皇岛	青龙满族自治县百灵皮影剧团	河北省、北京市等
			青龙东方皮影剧团	河北省秦皇岛市青龙满族自治县大巫岚镇等
			卢龙县启明皮影团	河北省秦皇岛市卢龙县等地
			昌黎县向东皮影剧团	河北省秦皇岛市昌黎县及周边地区
		承德	平泉市皮影艺术团	河北省平泉市平房乡等
			河北省雾灵皮影艺术团	河北省承德市兴隆县及周边地区
			承德红星皮影剧团	河北省承德市及周边地区

续　表

所属影系	省（市、自治区）	市（县、区、州）	剧团名称	主要演出区域
北方影系	河北	唐山	圣灯皮影工作室	河北省唐山市乐亭县及周边地区
			滦南县皮影团	河北省唐山市滦南县及周边地区
			中国滦州皮影剧团	河北省唐山市滦州市小马庄镇等
			滦州禾丽皮影剧团	河北省滦州市
			周捞爷皮影艺术团	河北省唐山市
			迁西县燕昆皮影团	河北省唐山市迁西县兴城镇等
			郭宝皮影传承馆	河北省唐山市迁安市城区街道
			夕阳红皮影团	河北省唐山市遵化市
			天宇皮影团	河北省唐山市遵化市刘备寨乡刘南山村
		衡水	腾飞皮影戏班	河北省衡水市景县
		廊坊	庆升平乡村皮影民俗演艺文化基地	河北省廊坊市三河市
	天津	蓟州区	蓟州新城皮影队	天津市蓟州区
		宝坻区	海滨街道天锦园皮影队	天津市宝坻区
	北京	西城区	北京皮影剧团	北京市西城区
			小蚂蚁袖珍人皮影艺术团	北京市西城区
		通州区	韩非子剧社	北京市通州区
西部影戏	陕西	西安	黄河魂艺术团	陕西省西安市
			小雁塔传统文化交流中心皮影戏	陕西省西安市碑林区
			中国汪氏皮影艺术剧团	陕西省西安市

续　表

所属影系	省（市、自治区）	市（县、区、州）	剧团名称	主要演出区域
西部影戏	陕西	渭南	永兴坊皮影戏班	陕西省渭南市华州区胡磊村
			华县魏氏皮影剧社	陕西省渭南市华州区
			魏金全戏班	陕西省渭南市华州区
			陕西民间艺术演艺社	陕西省渭南市临渭区双泉乡
			白水县古调影子社	陕西省渭南市白水县尧禾镇麻家村
	山西	太原	清徐常丰皮影团	山西省太原市清徐县柳杜乡常丰村
		吕梁	王政仁皮影剧团	山西省吕梁市孝义市高阳镇高阳村
			传统文化展演团	山西省吕梁市孝义市贾家庄村
			武俊礼皮影剧团	山西省吕梁市孝义市梧桐镇
		临汾	侯马市皮影剧团	山西省临汾市侯马市
	甘肃	庆阳	环县杨登义戏班	甘肃省庆阳市环县
		定西	甘肃通渭刘氏皮影班	甘肃省定西市通渭县常家河镇
	青海	西宁	大通县新艺皮影社	青海省西宁市大通回族土族自治县黄家寨镇东柳村
	重庆	巫山县	同兴班皮影剧团	重庆市巫山县罗坪镇
	云南	保山	腾冲刘家寨皮影剧团	云南省保山市腾冲市
		楚雄彝族自治州	表演者：额加寿	云南省楚雄彝族自治州禄丰县
		玉溪	表演者：王文跃	云南省玉溪市
中南部影戏	山东	青岛	西海岸金凤皮影艺术团	山东省青岛市西海岸新区薛家岛
			大嘴巴皮影班	山东省青岛市市南区
		烟台	所城皮影艺术团	山东省烟台市芝罘区

续　表

所属影系	省（市、自治区）	市（县、区、州）	剧团名称	主要演出区域
中南部影戏	山东	泰安	泰山皮影艺术研究院	山东省泰安市
		枣庄	山亭皮影徐庄镇邢氏庄户剧团	山东省枣庄市山亭区徐庄镇
			鲁南山花皮影剧团	山东省枣庄市山亭区山亭街道
			山亭皮影凫城镇韩氏庄户剧团	山东省枣庄市山亭区
		菏泽	定陶荣坤皮影艺术团	山东省菏泽市定陶区张湾镇
			曹县任家班皮影剧团	山东省菏泽市曹县庄寨镇
	河南	三门峡	灵宝西车道情皮影艺术团	河南省三门峡市灵宝市尹庄镇西车村
		郑州	河南精灵梦皮影艺术团	河南省郑州市惠济区良库工舍
		南阳	桐柏县皮影艺术团彭家班	河南省南阳市桐柏县吴城镇邓庄村
			桐柏县皮影艺术团蔡家班	河南省南阳市桐柏县月河镇林庙村
		信阳	平桥区杜光金皮影戏剧团	河南省信阳市平桥区平昌镇
			罗山皮影戏新秀剧团	河南省信阳市罗山县彭新镇曾店村
			罗山弘馨皮影戏剧团	河南省信阳市罗山县周党镇同兴社区
			光山县任长明皮影戏文化传播有限公司	河南省信阳市光山县泼陂河镇黄涂湾村
	湖北	孝感	孝感市皮影艺术团	湖北省孝感市孝南区朋兴乡丹阳古镇
			张望明戏班	湖北省孝感市云梦县义堂镇好石村
			余长永戏班	湖北省孝感市云梦县曾店镇
			湖北省云梦皮影队	湖北省孝感市云梦县城关镇
			陈红军戏班	

13

续 表

所属影系	省(市、自治区)	市(县、区、州)	剧团名称	主要演出区域
中南部影戏	湖北	孝感	大悟县九女潭皮影团	湖北省孝感市大悟县宣化店镇
			应城市皮影艺术剧团	湖北省孝感市应城市汤池镇方集村
			应城市皮影艺术团	湖北省孝感市应城市
		黄冈	红安县华河镇皮影队	湖北省黄冈市红安县华河镇金桥村
			红安县杏花乡秦昌武皮影剧团	湖北省黄冈市红安县杏花乡长兴村
			红安县七里坪镇典明皮影艺术团	湖北省黄冈市红安县七里坪镇典明村
			红安县城关镇易杨家皮影队	湖北省黄冈市红安县城关镇易杨家村
			红安县城关镇倪赵家皮影队	湖北省黄冈市红安县城关镇倪赵家村
			红安县二程镇赵氏皮影戏团	湖北省黄冈市红安县二程镇新街村
			红安传统戏剧皮影艺术队	湖北省黄冈市红安县华河镇陈河村
			红安县杏花乡兴旺皮影队	湖北省黄冈市红安县杏花乡秦家岗湾
			中南皮影戏团	湖北省黄冈市麻城市中馆驿镇马路口村
			李先耀皮影队	湖北省黄冈市麻城市铁门岗乡谭程村
			东山皮影艺术团	湖北省黄冈市麻城市盐田河镇栗花新村
		武汉	新洲区龙丘黄冈皮影队	湖北省武汉市新洲区三店街道
			黄陂区大余湾皮影戏馆	湖北省武汉市黄陂区木兰乡

续　表

所属影系	省（市、自治区）	市（县、区、州）	剧团名称	主要演出区域
中南部影戏	湖北	天门	天门市豪城传承基地	湖北省天门市
		潜江	周矶雷谭仙潜业余皮影队	湖北省潜江市
		仙桃	仙桃江汉皮影团	湖北省仙桃市
			仙桃市江汉皮影艺术剧团	
		宜昌	夷陵区分乡徐氏皮影	湖北省宜昌市夷陵区分乡镇南垭村
			秭归皮影戏太和班	湖北省宜昌市秭归县郭家坝镇百日场村
		襄阳	沮水乐艺术团	湖北省襄阳市保康县马良镇张家岭村
		十堰	房县兴隆皮影戏班	湖北省十堰市房县窑淮乡
		神农架林区	下谷坪堂戏皮影戏剧团永和班	湖北省神农架林区下谷坪土家族乡
		恩施州	巴东皮影协会（大顺班）	湖北省恩施州巴东县沿渡河镇
	安徽	宿州	泗县古韵皮影剧团	安徽省宿州市泗县草沟镇秦桥村
		合肥	安徽省马派皮影戏剧团	安徽省合肥市
		宣城	皖南皮影戏曲艺术团	安徽省宣城市宣州区水东镇
	江苏	南京	姚其德戏班	南京市夫子庙秦淮人家酒楼
	上海	黄浦区	上海市木偶剧团有限公司	上海市黄浦区
		徐汇区	康健街道艺术团桂林皮影戏班	上海市徐汇区康健街道
		普陀区	上海马派影偶剧团	上海市普陀区
		长宁区	上海长宁民俗文化中心青梦园皮影团	上海市长宁区民俗文化中心

续 表

所属影系	省（市、自治区）	市（县、区、州）	剧团名称	主要演出区域
中南部影戏	上海	闵行区	上海七宝皮影馆	上海市闵行区七宝镇
		松江区	泗泾镇非遗传承基地	上海市松江区泗泾镇
	浙江	湖州	安吉孝丰项家皮影艺术团	浙江省湖州市安吉县孝丰镇大河村
		嘉兴	乌镇皮影艺术团	浙江省嘉兴市桐乡市西栅大街乌镇风景区
			海宁皮影艺术团有限公司	浙江省嘉兴市海宁市盐官镇
			海宁市长陆皮影剧团	浙江省嘉兴市海宁市长安镇陆泽村
		杭州	表演者：马群	浙江省杭州市上城区中国美术学院
	湖南	长沙	湖南省木偶皮影艺术保护传承中心	湖南省长沙市雨花区湖南省木偶皮影艺术保护传承中心
			长沙庆明皮影艺术团	湖南省长沙市望城区白箬铺镇
		湘潭	湘潭升平轩皮影艺术团	湖南省湘潭市雨湖区鹤岭镇凤凰村
		株洲	攸县丫江桥皮影一队	湖南省株洲市攸县丫江桥镇双江社区
	江西	萍乡	上栗县天马皮影戏文化艺术团	江西省萍乡市上栗县上栗镇绿塘村
			萍乡市湘东区永发皮影演艺团	江西省萍乡市湘东区东桥镇界头村
	福建	厦门	厦门市弘晏庄木偶皮影戏传习中心	福建省厦门市思明区曾厝垵文创艺术中心
	广东	汕尾	陆丰市皮影剧团	广东省汕尾市陆丰市
		深圳	深圳百仕达皮影艺术团	深圳市罗湖区翠竹街道
			草埔小学皮影艺术团	深圳市罗湖区草埔小学
			深圳三只猴剧团	深圳市宝安区观澜街道
			杜鹃花皮影文化艺术中心	深圳市龙岗区

每个地方的皮影戏因其渊源、剧目、唱腔、影人制法和表演技艺的不同，便和他地的皮影艺术形态有了差异。我们以甘肃省环县道情皮影戏和浙江海宁皮影戏为例，来看看它们的特色。

环县道情皮影戏是秦陇文化与周边族群文化、道情说唱曲艺与皮影艺术相结合的产物，采取"借灯、传影、配声以演故事"的手段，融民间音乐、美术和口传文学为一体。其独特性主要体现在道情音乐唱腔和皮影制作及表演上。戏班演出时，前台一人挑杆表演，并承担所有角色的做、唱、念、白的工作，后台四五人伴奏并"嘛簧"，一唱众和，其腔调粗犷高亢。道情音乐为徵调式，分为"伤音""花音"，以坦板、飞板两种速度演唱，曲牌体与板式体并存。其伴奏乐器有四弦、渔鼓、甩梆子、简板等。演唱剧目有 180 多部，以表现古代生活为主。

海宁皮影戏。皮影戏自南宋从中原传入海宁后，与当地的"海塘盐工曲"和"海宁小调"相融合，并吸收了"弋阳腔""海盐腔"等声腔，曲调既高亢激越，又婉转悠扬。其唱词和道白用海宁方言。其开台戏和武打戏，以板胡、二胡伴奏为主，其主腔为【三五七】【文二凡】【武二凡】【文三凡】【武三凡】【回龙】【叫王龙】等；正本戏用笛子、二胡伴奏，其声腔有【长腔】【十八板】【当头君官】【日出扶桑】【深深下拜】【上上楼】等。其影人脸谱造型既接近于京剧，又不同于京剧，它按忠、奸、贤、义的不同性格和喜、怒、哀、乐的不同表情来加以夸张塑造。为了符合剧情发展，适应操作上的艺术需要，在表演剧目时，有时候同一个人物要换几次头面。海宁皮影戏剧目近 300 个，有大戏、小戏和文戏、武戏之分。其皮影的主要制作特点是"少雕镂，重彩绘，单线平涂"；脸形圆活，单眼侧面；少夸张，近实像，富"人情"味；整体以单手、并足（侧身）为主。

三、皮影戏剧目的内容与艺术特征

尽管皮影戏历史悠久，但是由于多种原因，宋、元、明三代的剧本都没有留存下来，现存最早的剧本大概产生于清代中叶。

很可能在早期就没有书写的剧本，即纸质剧本，但并不是说，皮影戏的演唱就没有剧本，剧本还是有的，只不过是无文字的。在新中国成立之前，每一个地区的皮影戏，都有不依文字剧本演唱的戏班。由于多数艺人不识字，演唱的内容全凭着师徒间口传心授。当然，由于内容是靠记忆的，所以变化较大。同一个故事，不同的戏班演出的不一样，就是同一个戏班，甚至是同一个人，在不同的时间、不同的地点演出的也不完全一样。随着粗通文墨之人的加入，开始有了叙写故事梗概的"搭桥本"（湖南称"过桥本""口述本"，湖北称"杠子书"，河北称"书套子"），文雅的说法叫"提纲本"，相当于戏曲的"路头戏""幕表戏"。艺人在把握了所演唱故事的主要情节后，需要当场发挥，既可以添枝加叶，也可以"偷工减料"。为了演唱得好，显示文采，艺人大都会掌握一些"赋子"，每出现相同的场景时，就套用一下，如有皇帝早朝的场景时，就唱这样的四句："金殿当头紫阁重，仙人掌上玉芙蓉。太平皇帝朝元日，五色云车驾六龙。"空守闺房而心情郁闷的年轻妻子上场时，则袭用这样固定的诗句："闺中少妇不知愁，性惯娇痴懒上楼。想到昨宵春梦恶，对花不语自低头。"当然，这些"赋子"不是文盲艺人编写的，而是文人所作。

到了明代，随着教育的普及，许多原致力于科考的读书人，因为长期困顿场屋、功名无望，便将智力、精力与时间投入到皮影剧本的创作上，于是，皮影戏的剧目发生了根本性的变化。之前的剧目，主要来源于曲艺、民间传说和戏曲，而自此之后，产生了大量的原创性的剧目。如清代乾隆时的陕西渭南县举人李芳桂，在几次春闱失利后，为当地碗碗腔皮影戏创作了十部剧本，即《春秋配》《白玉钿》《香莲佩》《紫霞宫》《如意簪》《玉燕纹》《万福莲》《火焰驹》《四岔捎书》和《玄玄锄谷》。又如清道光时人滦州乐亭县戴家河的高述尧，因为人耿直，得罪权贵，被革除了秀才的名号，于是，他在设塾教书之暇，为皮影戏班编写了《二度梅》《三贤传》《定唐》《珠宝钗》《出师表》《青云剑》等剧目。一般来说，文人编写的剧本，比起"提纲本"或艺人自编的戏，质量上要高得多。这些剧本情节曲折，且符合生活与艺术的真实；人物形象鲜明，其行动具有内在的逻辑性；文通句顺，富有文采，唱词合辙押韵，好念易唱。

自古迄今，皮影戏的剧本，当以万计，真可谓汗牛充栋。仅陇东环县皮影戏，据 2004 年的调查，现存剧本就有 2 277 本，内容不重复的剧本有 188 本。滦州皮影戏的传统连本大戏有 415 部，传统的单出剧目则为 323 卷[①]，这些还不包括新中国成立后编创的剧目。

皮影戏剧本从素材的来源上，可以分为五大类。

---

① 魏力群:《中国皮影艺术史》，文物出版社 2007 年版，第 159—168 页。

第一类是讲史，多改编自历史演义。从夏商周起，重要人物和重大事件都有演绎，如《大舜王耕田》《禹王治水》《姜子牙下山》《吴越春秋》《战渑池》《黄泉见母》《伐子都》《马陵道》《将相和》《刺秦》《鸿门宴》《霸王别姬》《貂蝉拜月》《未央宫》《苏武牧羊》《昭君出塞》《骂王朗》《白帝托孤》《打黄盖》《单刀会》《讨荆州》《洛神》《铜雀台》《姚献杀妻》《绿珠坠楼》《秦琼卖马》《陈杏元出塞》《罗成叫关》《唐明皇哭妃》《千里送京娘》《陈桥驿》《下南唐》《打关西》《杨家将》《打銮驾》《精忠报国》，等等。

讲史剧目众多的原因在于我国民众对历史有着浓厚的兴趣，他们通过"知古"来反映自己对今日政治的诉求，并通过历史经验获得为人处世的原则，也正因为此，皮影艺人创作排演历史剧便拥有了厚实的观众基础和市场竞争力。而对于统治者来说，颂扬历史上的忠臣孝子，批判奸臣逆子，为人们树立道德榜样，无疑有利于政权的稳定与阶级矛盾的缓和，所以，具有"风化"功能的历史剧也得到了他们的鼓励。

第二类是民间故事，包括神话与传说。如《嫦娥奔月》《哪吒闹海》《天河配》《孟姜女》《赶山塞海》《大香山》《郭巨埋儿》《雪梅吊孝》《白蛇传》《花木兰从军》，等等。

第三类是非历史演义的小说。但凡著名的小说如《封神演义》《水浒传》《西游记》等，皮影艺人都会将它们改编成剧目。当然，不是原封不动地照搬，而是选择其中精彩的人物故事，重新整理改编，如将《水浒传》中的内容编成《乌龙院》《鲁达除霸》《逼上梁山》《打店》《石秀杀嫂》《丁甲山》《三打祝家庄》，等等。既可以连起来演连本的梁山好汉故事，也可以单独演出其中的折子戏。

第四类是戏曲曲艺故事，即是从戏曲剧目和说唱曲艺的曲目中改编而来，如《六月雪》《西厢记》《赵氏孤儿》《白兔记》《十五贯》《绣襦记》《铡美案》《梁山伯与祝英台》《珍珠塔》《杨乃武与小白菜》，等等。"文革"后期，许多地方的皮影戏也将《红灯记》《沙家浜》《智取威虎山》《杜鹃山》《龙江颂》《平原游击队》等"革命样板戏"映上了影窗。

第五类是根据古今生活创编的剧目。文人编写的剧本多属此类，一些篇幅不长的单出戏也是无所依傍的原创剧目，如传统剧目中的《一匹布》《卖杂货》《偷蔓菁》《怕婆娘》《董烂子卖他妈》《老顶嘴》《二姐娃做梦》，现当代剧目中的《穷人恨》《赤胆忠心》《焦裕禄》《新任支书》，等等。

尽管皮影戏剧目多改编自历史演义、民间故事、戏曲剧目、曲艺曲目等，但有许多剧目改编的幅度很大，不但情节不一样，人物的形象也大不相同，如长沙皮影戏《盘貂》虽然改编自湘剧的《斩貂》，但两者比较，差异很大，念白、唱词迥乎不同。湘剧《斩貂》中的关羽出场时这样唱道："【引】雄心赤胆汉英豪，撩袍勒马破奸曹！丹心耿耿，社稷坚牢，万马营中逞英豪，斩华雄，谁人不晓？"而皮影戏《盘貂》的关羽出场时的唱词为："【引】赤胆忠心，不知何日会桃园，徐州失散好惨凄。兄南弟北各一偏，好似鳌鱼吞钩线，各人肝胆费心间。"湘剧《斩貂》中的关羽有着"红颜祸水"的成见，对貂蝉的所作所为，极度蔑视："（唱）【乱弹腔】一轮明月照山川，推去了云雾星斗全。坐虎椅，看几本《春秋》《左传》。《春秋》内，尽都是妖女婵娟。（白）我想权臣篡位，即董卓父子；妖女丧夫，即貂蝉也！"最后毫不留情地将她杀死。而皮影戏《盘貂》中的关羽在听了貂蝉用美人计引起董卓、吕布父子争风吃醋而致董卓丧命的介绍后，以肯定的语气评价道："若还不把美人计献，眼见这汉江山归了董奸。"他欣赏貂蝉的智慧，准备将她送给兄长刘备，给她更好的前程："貂蝉女她生来嘴能舌变，几句话说得某喜笑连天。但愿某大哥早登金殿，封你个班头女子靠君前。"

依据篇幅的长度，皮影戏又可以分为折子戏、连本戏、单出戏。折子戏是一部戏中的一折，多数有一个相对完整的情节，如《游西湖》《拜佛》《精变》《盗草》《水漫金山》《断桥》《合钵》《宝塔压白蛇》《祭塔》是连本戏《白蛇传》的折子，因全本《白蛇传》需要几天才能演完，若时间不允许，可以演出其中的一个或几个折子戏。连本戏规模较大，没有五六个演出单元时间演不完，有的需连演一个多月，如《封神榜》《西游记》《杨家将》《包公案》《施公案》《江湖二十四侠》等。折子戏和连本戏的关系是整体和部分的关系，将内容相关的折子戏连起来就是一个整体，分开来就是折子戏。单出戏是叙事完整但体量不大的戏，往往又称为"小戏"，如《打面缸》《小姑贤》《教书谋馆》《嘎秃子闹洞房》《八仙过海》《兰香阁》《聚宝盆》等。浙江海宁皮影戏选出一些武打的折子戏做"开台戏"，活跃演出的气氛，常演的开台折子戏有《闹龙宫》《闹地府》《闹天宫》《火焰山》《快活林》《蜈蚣岭》《潞安州》《凤凰山》《打石猴》《南天国》《金沙滩》《两郎关》《烈火旗》等。

皮影戏和戏曲，在叙事的立足点上不完全一样。戏曲完全为代言体，每个角色为所扮演的人物代言，而皮影戏受说唱艺术的影响，为代言体和叙事体的结合。

如滦州皮影戏《珍珠塔》中的一个片段：

  天子：（唱）天子一见吃一惊。这刺客，甚是凶。杀败侍卫，怎把朕容？忙把
     宫人叫，赶快撞金钟。聚起阖朝文武，救驾保护主公。惊慌失色逃
     了命。
  陈春：（唱）陈春追，抖威风，提刀前往，上下冲锋，（代白）昏君哪里逃生！

无论是皇帝还是陈春，他们的唱词，代言体与叙述体都是混合在一起的。

  皮影戏剧本歌唱多而念白少，唱词的语言通俗易懂，如同常语，但是合辙押韵。如滦州皮影戏《紫荆关》中的一段唱词：

  姑嫂二人寻车辆，庄稼地里把身藏。何处万恶贼强盗，行路竟敢抢女娘。
  不知何人来救护，你我得便逃了祸殃。也不知哥哥/相公怎么样？唯恐追
  贼受了伤。
    叹咱鞋弓袜又小，不能急快转家乡。恐怕贼人来追赶，汗透衣衫心发慌。

  北方的皮影戏唱词，所用韵辙一般有十三道，其名目是：发花、梭波、乜斜、一七、姑苏、怀来、灰堆、遥条、由求、言前、人辰、江阳、中东。之外，还有两道儿化韵的小辙。通常是偶句押韵，压在句末的字上。押平声韵的叫"正韵"，押仄声韵的叫"硬辙"或称"反辙"。南方的方言较多，之间的差别很大，因而南方皮影戏唱词的用韵各地不一样。以吴语地区为例，其唱词的用韵共有十一部，分为阳声韵四部，为东同部、江阳部、真亭部和寒田部；阴声韵七部，为支鱼部、灰回部、萧豪部、皆来部、歌模部、家蛇部和尤侯部。当然，皮影戏的唱词格律没有诗、词或昆曲的曲律那么严格，只要顺口易唱即可。

  每一个地方的皮影戏唱腔与流传于该地域的地方戏声腔有着紧密的关系。若皮影戏后起于地方戏，那它就会运用戏曲的曲调，其唱腔与当地戏曲剧种的唱腔基本相同。如陕西、甘肃、宁夏的许多皮影戏多是用秦腔的曲调演唱，长沙一带的皮影戏用湘剧曲调演唱。若是由皮影戏为基础发展起来的戏曲剧种，当然唱的就是皮影戏原先的曲调，如流行于河北唐山一带的影调剧所唱的【平调】【花调】【滦河调】【吟腔】【硬唱】就是当地皮影戏所唱的；现为戏曲剧种的碗碗腔是在皮影戏基础上发展起来的，主要曲调自然还是原先皮影戏所唱的。后一种情况说明，有一些皮影戏已经形成了自己的曲调体系，如滦州皮影的原始曲调为"九腔十八调"，九腔即【梅花腔】【柔腔】【琴腔】【一字腔】【小银腔】【小东腔】【西门腔】【凤凰腔】【纺车腔】，而每腔上下两句的曲调不一样，故成"十八调"；之后，吸

收了戏曲和俚歌俗曲的曲调，渐渐由单调而变得丰富起来。

皮影戏剧目的主旨是鲜明的，传统剧目的思想性主要表现在三个方面：一是颂扬忠君爱国之臣的赤诚无畏的精神，二是高度肯定青年男女之间纯真的爱情，三是赞扬慈悲仁爱、行侠仗义、坚忍不拔的品质。而对那些少廉寡耻、自私自利、残忍酷虐、行奸贪婪之人，这些剧目则予以无情的批判。

皮影戏剧目大多故事情节丰富曲折，引人入胜，尤其是连本大戏，能让观众欲罢不能。如海宁皮影戏《聚宝盆》（又名《李金煌买鱼放生》）故事略云：

> 宋时，书生李金煌之父李天笙升为兵部尚书，但不久遭权奸何荣所害而被打入天牢。朝廷命杨文广率军抄家，杨同情李家，掩护其全家逃逸。金煌之叔李天帛与妻为武人，上首阳山为王；金煌与母亲逃至成都，落在瓦窑讨饭度日。其时，成都知府王天佑为官不廉，其女桂香力劝改邪归正，天佑怒，遣家丁上街找一叫花子，逼女嫁之。桂香恨，不带走王家一件衣物，匆匆随叫花子而去。叫花子乃李金煌也。金煌携桂香至瓦窑，见李母，一家相依相亲。桂香有一金钗，让金煌典当后买线绣花度日。不久桂香有孕，金煌欲为桂香煮鱼汤，上街买得鲤鱼一条，然见鱼可怜，放生而去。不料鱼乃是龙宫三太子。后龙王为酬答救子之恩，送来聚宝盆一只，恰逢桂香分娩，生子便名"得宝"。龙王又献大宅予金煌，使之顿成巨富，金煌感恩，改姓为教，人称"教百万"。李天帛为惩贪官，劫了绵迪县库银，朝廷命已升为总督的王天佑缉查。王与绵迪县令有隙，不但不查，反而耻笑他。县令怒，上告。王被罚银六十万两，无奈去教百万家借银，见到了女儿桂香，天佑认罪。后何荣与弟何延海奸事败露，李天笙获释封相；天帛归顺，为兵部侍郎；金煌亦得官，后李得宝被皇上招为驸马。

皮影戏剧目所叙述的故事大都具有传奇性，根本原因是为了迎合观众的审美需要。在旧时的中国，处于底层社会的劳动人民，生活极为单调，日出而作，日落而息，生产与生活是重复的、机械的，因而是乏味的。没有色彩的日子，必然导致身体的疲惫和心理的压抑，而传奇性的故事能如一剂"强心针"，为他们劳苦平淡的生活带来精神的抚慰与快感。另外，再平凡卑微的人都有追求"卓越"的心理，然而，"卓越"并非人人可以实现，但可以借助传奇性的人物和故事来表达自己"卓越"的理想，并获得间接的"卓越"感受。

连本戏的表演和唱白，较为严肃，而小戏因为贴近生活，角色又均为小人物，其言语举止幽默诙谐，或调侃，或自嘲，剧情轻松自如，具有喜剧的风格，如《王七怕老婆》《刘捣鬼》《老渔婆劝架》等。

新中国成立之后，皮影戏界为适应时代需要、拓展观众面，创作了一批短小精悍、生动活泼的童话寓言戏，代表剧目有《鹤与龟》《两个朋友》《野心狼》《东郭先生》《小羊过桥》《小猫钓鱼》《雀之灵》《两只公鸡》《狐狸与乌鸦》《三只老鼠》等。今天皮影戏之所以还有一些生命力，主要是靠为孩子们演出的这类剧目。

历史悠久、曾经遍布全国绝大多数省份的皮影戏，在城市化与现代化进程中，逐渐失去昔日的风光，但是，因受国家非物质文化遗产法的保护和对旅游经济的融入，它会在相当长时间内生存着，或者变更自己的功能，譬如皮影造型像书法、绘画一样成为家庭或一些场所的装饰品。就剧本而言，它们的生命力不会因为整个皮影戏艺术的衰萎而衰颓，反而会因时间的推移而不断地增强，因为它们汇集了千万个故事，能为今日文艺创作提供大量的素材；它们所反映的政治理想、宗教信仰、艺术趣味等会成为今人和后人了解民族过去的精神世界的信息库；它们表现的方言土语、民俗画面、社会活动、生产过程等具有宝贵的学术研究价值。就是作为普通的读物，它们至少也会像明清白话小说一样，给人们带来审美的愉悦。正是考虑到这样的意义，我们才选择它们中的一些精品，整理出版，以飨读者。

编 校 说 明

本丛书第 1—10 卷主要收录华北、东北地区的皮影戏剧目，对于剧本的编订整理遵循以下原则：

一、所收录的均是当地演出频繁且为百姓喜闻乐见的剧目，剧本以民间手抄本为底本。

二、编校整理时，一律保持剧本原貌，除注释某些较为难懂的方言、俗语外，主要是改正错别字、校补漏字等，在内容上不做改动。对于影响剧情内容的错讹则以按语的形式予以标注。

三、对于演绎历史故事的剧本，其历史人物姓名、地名仍用其称呼，以保持剧本原貌。

四、为便于读者把握剧情，在每个剧目的开篇处设有"故事梗概"，在每本戏的前面设"剧情梗概"，以总括主要情节、提示剧情进展。

五、由于皮影戏剧本的传承大多是口耳相传，手抄本中的很多人物身份及行当都没有标示清楚，为保持作品原貌，"主要人物及行当表"一仍其旧，缺失部分未予增加。

目　录

华北东北皮影戏概述 ……………………………………………………… 1

紫荆关（下）

主要人物及行当表 …………………………………………………………… 9
 第十五本 ……………………………………………………………… 11
 第十六本 ……………………………………………………………… 31
 第十七本 ……………………………………………………………… 61
 第十八本 ……………………………………………………………… 89
 第十九本 ……………………………………………………………… 118
 第二十本 ……………………………………………………………… 153
 第二十一本 …………………………………………………………… 184
 第二十二本 …………………………………………………………… 213
 第二十三本 …………………………………………………………… 242
 第二十四本 …………………………………………………………… 272
 第二十五本 …………………………………………………………… 301
 第二十六本 …………………………………………………………… 330
 第二十七本 …………………………………………………………… 363
 第二十八本 …………………………………………………………… 397

华北东北皮影戏概述

华北、东北的地域范围，为今日之河北、内蒙古、北京、天津、辽宁、吉林、黑龙江等地，而这一地域的皮影戏当以滦州为中心。

滦州，在今河北省唐山市，乐亭曾隶属于滦州，故外人将产生在这里的影戏称之为"滦州影""乐亭影"或"唐山皮影"等。

那么，这一地域的皮影来源于何处？据现有文献来看，当是中原一带。徐梦莘《三朝北盟会编》卷七十七"靖康二年正月二十五日乙卯"条记载道：

> 金人来索御前祇候、方脉医人、教坊乐人、内侍官四十五人；露台祇候、妓女千人，蔡京、童贯、王黼、梁师成等家歌舞宫女数百人。先是权贵家舞伎内人，自上即位后皆散出民间，令开封府勒牙婆媒人追寻之。……杂剧、说话、弄影戏、小说、嘌唱、弄傀儡、打筋斗、弹筝、琵瑟、吹笙等艺人一百五十余人，令开封府押赴军前。开封府军人争持文牒，乱取人口，攘夺财物，自城中发赴军前者，皆先破碎其家计，然后扶老携幼，竭室以行。亲戚、故旧涕泣，叙别离相送而去，哭泣之声，遍于里巷，如此者日日不绝。①

由此可见，至迟在金代时，北方就有了皮影戏。元蒙时期，皮影戏已经成了皇室欣赏的一种艺术形式。瑞典学者多桑（C. d'Ohsson）在他的蒙古史中说："有汉地人在窝阔台前作影戏，影中有各国人。其间有一老人，长髯，冠缠头巾……"②

然而，北方的"滦州影"却没有在金元明清的文献上出现过，直到了民国年间，才有一位叫李脱尘的皮影艺人说他从别人那里得到了一本《影戏小史》，他在此基础上写成《滦州影戏小史》。此书问世后，多被研究皮影的学者引用，佟晶心在《中国影戏考》中引述云：

---

① ［宋］徐梦莘撰：《三朝北盟会编》（影印本）上册（靖康中帙五十二），上海古籍出版社 1987 年版，第 583—584 页。

② ［瑞典］多桑著，冯承钧译：《多桑蒙古史》（上册），中华书局 1962 年版，第 206 页。

我国自影戏发端于前明嘉靖年，首创者为永平府属滦县人黄素志君。黄君，一生员也，博学而兼精雕刻、绘画。因连仕不第，遂游学关外（即山海关），至辽阳，设帐教读，启蒙该地幼童。惟黄先生素崇佛教，每见社会人心不古，奸诈邪淫，五伦反覆，思挽救之，始有影戏之作。初编制之影戏脚本为《盼儿楼》，系述周昭王误信偏妃之言致使夫妻父子离散，若许苦痛因而生焉，百姓小民更遭涂炭。黄君作影辞毕，复思如何现身说法以使芸芸众生易于了解，遂用厚纸刻成人形，染以颜色。然纸质易坏，屡经修改未获良法。黄君之弟子裴生，敏慧异常，每见先生雕刻，己则思维。后见先生屡次失望，便思以羊皮刮净毛血而刻之或能奏效。因以其意见述之乃师，黄先生采其言，试用果较纸人美观而坚实。后思忠奸邪正、君子小人宜如何分别方能使人一目了然，后于《孟子》书中得之，以眼目之形状分之。大概凡奸人必目似瓜子形，丑角眼外有白圈，即用外表以辨明其内心也。①

但一些学人对于有无黄素志其人持怀疑态度。但无论如何，"滦州影"在明代已经成熟，是一事实，因为在1958年，唐山专区文教局发现了一本标明为"明万历己卯年（1579）手抄"的连台本乐亭影卷《薄命图》，该本行当齐全，唱词有"十字赋"、七字句、"三赶七"等②。

　　因"滦州影"剧目数以百计，剧旨积极向上，故事内容丰富，情节传奇曲折，人物形象鲜明，唱腔悦耳动人，所以不断地向外扩展，几乎传播至整个华北、东北。自民国年间皮影艺术进入学术研究领域之后，所有的学者都一致认为华北、东北的皮影戏的源发地在滦州。

　　顾颉刚说："而负盛名之滦州影戏，则河北东部及东北各地尚为其领域。"③

　　江玉祥将影戏划分为七大系列，其中"滦州影戏，包括河北东部皮影、北京东城皮影、东北皮影、内蒙古皮影"④。

　　秦振安认为："滦州影系，以河北省之滦州（即今之昌黎、滦县、乐亭三县）

---

① 佟晶心：《中国影戏考》，《剧学月刊》第3卷第11期，1934年11月。
② 庞彦强、张松岩主编：《燕赵艺术精粹：河北皮影·木偶》，花山文艺出版社2005年版，第24—25、36页。
③ 顾颉刚：《中国影戏略史及其现状》，《文史》第19辑，中华书局1983年8月，第135页。
④ 江玉祥：《中国影戏》，四川人民出版社1992年版，第196页。

为中心。活动范围,遍及河北全境、北京及天津两特别市和东北各省。"①

魏力群通过调查后得出这样的结论:"清代道光年间至二十世纪三十年代,许多乐亭人到东北各城镇做生意,也就将家乡的影戏带到了东北。起初,这些影戏只在东北农村和小城镇流动演出,后来,乐亭县'翠荫堂班''王华班'等,先后应大商号之邀赴东北大城市沈阳、哈尔滨、营口等地进行职业演出,并获得巨大成功,使乐亭影戏很快风靡东北三省,为东北当地原有影戏充实了新的内容和形式,又结合当地风俗及语言条件的影响,形成了不同的演唱风格和流派。"②

一些地方志也证实了学者们的说法。吉林省《怀德县志》云:"光绪末年,河北省乐亭县移民杨德林等人迁来秦家屯,他们组织皮影戏班,并于乐亭县购进全部影箱、影卷,使皮影戏在怀德落了户。王老箭、于和、孙建、孙跃等为当时四大皮影名人。……艺人除在本地坐堂演出外,还到梨树、双辽、长岭、农安、黑龙江等地演出。"③ 因此,我们将华北、东北的皮影戏合成一卷。

华北、东北皮影经历了影经、流口影与翻卷影三个阶段。影经相当于故事提要,艺人在此基础上充实细节;流口影的内容相对于影经要固定一些,是师徒之间、艺人之间口耳相传的;到了翻卷影,才有了文本。之所以有影经与流口影,是因为彼阶段艺人们多是文盲,不具备阅读文本的能力。到了清代中叶之后,不能翻阅文本的艺人,说唱的随意性太大,无法保证表演的艺术质量,基本上是不受欢迎的,因而艺人多成了识字之人。

经过几百年数代艺人的创造,华北、东北的皮影戏影卷繁富,有上千个之多。其中大多数采用了其他文艺形式的故事,有的改编自章回小说,如《封神榜》《凤岐山》《伐西岐》《前七国》《后七国》《五雷阵》《吴越春秋》《六国封相》《反樊城》《重耳走国》《临潼斗宝》《楚汉相争》《九里山》《白莽山》《东汉》《三国》《瓦岗寨》《隋唐》《江流记》《二度梅》《小西唐》《中西唐》《大西唐》《薛丁山征西》《罗通扫北》《薛刚反唐》《打登州》《破孟州》《天汉山》《绿牡丹》《西游记》《五色英雄会》《刘金定救驾》《杨家将》《天门阵》《牤牛阵》《岳飞传》《五虎传》《九龙山》《十粒金丹》《三侠五义》《金鞭记》《飞龙传》《水浒传》《济公传》《大

---

① 秦振安编著:《中国皮影戏之主流——滦州影》,台湾省立博物馆出版部1991年版,第31页。
② 魏力群:《冀东乐亭皮影戏》,《神州民俗》2013年第206期。
③ 怀德县志编纂委员会编著:《怀德县志》,吉林文史出版社1996年版,第769页。

明英烈》《香莲帕》《于公案》《彭公案》《施公案》《刘公案》，等等；有的来自戏曲，如《蝴蝶梦》《昭君出塞》《狸猫换太子》《渔家乐》《灵飞镜》《蕉叶扇》《五龙图》《目连救母》《党人碑》《宝莲灯》《雷峰塔》《六月雪》《百花亭》《混元盒》，等等；还有的源自民间故事、宝卷、评书、鼓词、弹词等文艺形式。

到了清末之后，创作新影卷成了风气。如创作了《二度梅》《三贤传》《定唐》《珠宝钗》《出师表》和《青云剑》六大部影卷、达百万字之多的高述尧，为清嘉道时人，县诸生，居于乐亭城北关帝庙于庄（今代家河于庄），满族。他博学多才，屡试不第后，在家设塾教学。因性嗜影戏，谙熟音律，便在教学之余，创编影卷。他对影戏唱词结构进行了规范化的整理，摒弃了一些"杂牌子"，规范了"大、小金边"的格律，扩大了"硬辙"的使用范围。所编影卷，艺人视为范本之作①。在高述尧之后，华北、东北许多地方的文人热衷于影卷的创作，如清末辽宁锦县大齐屯齐二黑撰写了《五峰（锋）会》，其女又续写了《平西册》；辽宁凌源北炉乡平房村举人任善树（字老玉）撰写了《十粒金丹》；辽宁喀左县李杖子村皮影艺人李文然（1912年生）于二十世纪三十年代编撰了《丝绒带》《鲛绡帐》《万灵针》等。

新中国成立之前的传统影卷在内容与艺术上有三个特点：一是剧旨宣扬忠孝节义，二是情节曲折离奇，三是染上了地方特有的文化色彩。当然，编创者都是站在底层大众的立场上，以他们的伦理观、价值观来衡量是非，并表现他们的生活理想。如歌颂"忠君"的品质，很多故事中的"君"，尽是明君，而绝不是昏君，这明君等同于国家，"忠君"实际上就是忠于国家。而对于昏君，不管是哪朝哪代的，影卷都是大加挞伐。再如对女性形象的描写，虽然也以男性的视角写她们愿意在一夫多妻的婚姻中生活，但她们对于男人的选择却是主动的、积极的、高标准的。

新中国成立之后，为了迎合时代的需要，华北、东北的皮影戏的影卷内容发生了显著的变化。首先在剧旨上，体现出主流意识，即揭露封建社会的黑暗和统治阶级的残酷无道，歌颂劳动人民高尚的品质，宣扬爱国主义精神，等等。其次，多以现当代的社会生活为题材，以革命战争时期的英雄和社会主义建设时期的工农兵为主要人物。再次，以神话、童话为题材，充分考虑儿童的审美趣味。作品

---

① 张军：《滦州影戏研究》，大象出版社2010年版，第148—149页。

如《九件衣》《芦荡火种》《女游击队员》《焦裕禄》《红管家》《大闹天宫》《乌龟与兔子》《嫦娥下凡》，等等。

影卷的唱词结构形式有七字句和"十字锦""五字赋""三赶七""大金边""小金边""楼上楼""赞"等，总的来说，较为自由，编创者可以根据叙事、抒情与表现人物性格的需要而选择某种表达形式。

皮影戏艺人在表演时以"影卷"为脚本，依字来建构唱腔。唱词须合辙押韵，一般来讲，有十三辙，即中东、衣期、言前、灰堆、梭波、遥迢、麻沙、人辰、由求、包邪、姑苏、江阳、怀来等。编创者会根据不同行当、人物性格和情节需要，尽量选用适合的辙口。旦行较多使用"衣期""包邪""灰堆""由求"等，生行多用"江阳""中东""言前"等。由于韵母所含的字有多有少，含字多的叫宽辙，含字少的叫窄辙，也叫险辙。如"包邪"辙，平声字少，仄声字多，有文字功底的人才能够运用得恰到好处。押平声的叫"正辙"，押仄声的叫"硬辙"或"反辙"。

以"滦州影"为中心的华北、东北皮影戏，所唱的曲调有平调、悲调、花调、侉调、梦调、游阴调、还阳调、凄凉调等调式。"平调"是基本唱腔，男、女腔皆可用，它既能用于抒情性的唱段，又可用于叙事的唱段。"花调"是在平调基础上通过装饰、加花等手法发展而成，唱腔华丽，用于表现欢快、活泼、诙谐的情绪，在传统剧目中，为彩旦、花旦、小旦和丑专用，板式运用上只有大板和二性板。"凄凉调"也叫"路途悲"，用于表现悲哀凄凉的情绪，女腔专用，唱腔速度慢，擅长抒情和叙述，多用于怀念、回忆和痛苦之处。"悲调"一般为大板、二性板，速度缓慢，男、女腔皆有，用于表现声泪俱下、悲恸欲绝的感情，曲调如泣如诉，线条起伏很大，源于当地妇女失去亲人悲极痛哭的音调。"游阴调"传统上是人死后到阴间变成鬼魂时专用的唱腔，因为用途的局限性，很少演唱，也没有严格的规范。"滦州影"还有一个特殊的唱法，即用手指掐捏着喉头，控制声带而发出声音的歌唱。①

华北、东北的皮影戏，近年来一直处于衰落的状态。但由于许多地方将它们列为"非物质文化遗产"而得到传承，政府和业界正在按照"创新性发展、创造性转化"的精神，努力探索，让它能与时俱进，从而重新获得观众的喜爱。

---

① 刘荣德、石玉琢编著：《乐亭影戏音乐概论》，人民音乐出版社1991年版，第137—237页。

紫荆关

（下）

杨明忠　梁芝榕　整理

【故事梗概】 明朝正统年间，太监王振专权，皇帝对他言听计从。皇亲孙吉宗、大臣刘球等人先后被王振诬陷，刘球冤死狱中，全家被抄。无奈之下，孙家二子与刘家二子一女落草为寇，希冀冤案昭雪。与此同时，王振与北国乜先等人密谋颠覆大明，以平分大明疆土，将英宗皇帝引诱至土木堡俘虏，史称"土木堡之变"。为保大明，郕王朱祁钰在大臣于谦等人的拥护下登基，任命被忠仆救出的皇亲孙吉宗为元帅带兵平叛，同时命孙家二子和刘家二子带兵平叛王振余党所引起的内乱。最终，英宗皇帝被成功救出，重归帝位，孙家和刘家的冤案得以平反。

主要人物及行当表

孙吉宗：老髯王帽，昌国公、天子舅父
孙　堂：正武生，孙吉宗之子
康金定：正旦，孙堂之妻
赵素娘：正旦，孙堂之妻
孙　安：生，孙堂之弟
孙　弘：白面武生，孙堂之子
孙　月：黑面小生，孙堂之子
郭　登：白面武髯，大同总兵、孙吉宗妻兄
石建章：生，前工部尚书之子
董月英：正旦，石建章之妻
石　瑞：红面小生，石建章之子
石玉珠：正旦，石建章之妹
牛　氏：奸面旦，石建章继母

石大星：石建章异母弟
花翠红：小丑旦，石大星之妻
牛　寿：牛氏之弟
董　宽：绿高罗帽，董月英之弟
刘　汉：红面帅，刘球之子、宣化府总兵
刘　月：黑面武生，刘球之子
刘赛花：花旦，刘球之女
陈　望：丑，罗帽，刘球妻侄
赵　杰：白面髯生扎巾，京营指挥
陶季春：中年旦，赵杰之妻
张爱玉：小旦，赵杰之妾
赵　荣：赵杰之子
陶　忠：白脸武髯扎巾，陶季春之兄、

边镇指挥

陶秀英：陶忠之女
郝　仁：老丑，货郎
裴　成：老丑，渔民
裴桂香：小旦，裴成之女
邢碧云：裴成妻侄女
宋金芳：番旦，杏花山首领
朱祁钰：郕王，景泰皇帝
杨　普：白面，丞相
罗亨信：奸面，宣化府巡抚
张　锐：红面三尖帅，勋爵之子、紫荆关守将
同　寅：道士
王　振：奸面大老公，治国公、司礼监太监
王　文：都察院御史
王　山：丑花面武生，王振之侄
王　林：丑武生，王山之弟
王大才：丑生，王文之子
王永和：丑，锦衣卫
马　顺：奸面罗帽，指挥
杨　洪：老丑帅，京营武将
杨　俊：丑扎巾，杨洪之子
吴　良：指挥、杨洪妻弟
金玉莲：豹头山大郡主
金玉环：豹头山二郡主
陈　豹：奸外，恶霸
乜　先：蒙古宁顺王、太师
伯　彦：蒙古英烈王、乜先之弟
喜凤鸾：蒙古庆阳公主、乜先之弟
会　真：和尚，国师

第十五本

【剧情梗概】 番国援兵来到，乜先命伯彦率领一支人马进攻怀来，守将陶忠及外甥、女儿将番兵打败。前来增援的宣化府总兵杨洪之子看中了陶忠的女儿陶秀英，意欲求娶，被陶忠拒绝。乜先率领人马攻打紫荆关，佯装撤兵，引得明将朱冕等人来追，后将朱冕等人困在山林之中杀死。众臣请天子转回大同，王振则主张继续前进。后天才传旨扎营，这才作罢。孙堂得高人同寅道士指点，准备回麒麟山静待昭雪时机。

（番王升帐，四臣站一旁）

众　　人：（诗）化外秋高国运兴，兵强将勇逞奇能。
　　　　　　　　日日苦练人共马，要夺明朝旧江山。
阿　　刺：（白）吾枢密院阿刺。
铁哥不花：吾乃铁哥不花。
达儿不花：吾达儿不花。
众　　人：大王设坐，在此伺候。
　　　　　（番王出，坐）
脱脱不花：（诗）沙漠为王世代传，坐镇六国掌三川。
　　　　　　　　雄心一动兴旧业，要灭中华显故园。
　　　　　（白）孤家元主可汗脱脱不花，昔日会真带兵征南，不想丧师辱国，他竟然逃遁无踪。孤家暗行反间计，杀了敌国谋臣孙吉宗，此后又命瓦刺太师乜先行兵灭明，今在边关大战，也不知胜败如何。
　　　　　（阿刺跪）
阿　　刺：大王千岁，微臣枢密院阿刺，昨日接得太师乜先表章一道，不敢自专，特请大王御览。
脱脱不花：堂后官呈表上来。
堂后官：遵旨。
脱脱不花：闪过，爱卿归班。
阿　　刺：千岁。

脱脱不花：不知表章是何军情，待我拆开一观。

（唱）拆开表章留神看，上写乜先拜主公。
微臣奉旨领人马，可取要路往南征。
不想明主亲离国，发动倾国百万兵。
紫荆关下大交战，不分胜败无输赢。
微臣恐怕难取胜，故又写表奏分明。
望主多多派兵将，帮助微臣好成功。
元主看罢怒冲冲，大骂明主太逞凶。
不让疆土自尊大，竟敢带兵又来征。
只会难免拼上下，定要与你见雌雄。
孤家也发倾国兵，把你中原一扫平。
才要传旨选兵将，

军　卒：（唱）番官跪倒奏事情。

（白）启奏大王千岁，今有军师会真回国，现在午门候旨见驾。

脱脱不花：好，快些宣来见孤。

军　卒：领旨，大王有宣军帅上殿。

（会真上）

会　真：千岁千千岁，会真见驾。

脱脱不花：军师日久无踪，却在何处存身？

会　真：千岁，微臣从前丧师辱国，自知有罪，不敢回来，无奈远遁归山。听说咱国又去交兵，复又出头前来见驾，望乞宽容赦罪，再去效力，微臣感恩不尽。

脱脱不花：军师不必抱愧，自古说胜败军家常事，纵然损兵折将，赦你无罪，既往不咎。此时大动干戈，军师来得正好，明日一同孤家二御弟铁哥不花、达儿不花，你三人带三十万人马前去帮助太师乜先大战明将。若能得胜灭了明主，夺了中原，一统山河俱分。军师去原府休息，准备明日行师。

会　真：千岁。臣遵旨，谢主隆恩。

脱脱不花：正是：

（诗）国运轮流转，复业方称心。

（陶忠出，升帐）

陶　忠：（诗）全凭枪马镇边城，防守夷狄挡胡兵。
　　　　（白）吾镇边指挥陶忠。甥儿赵荣到此，不觉倏忽几载，今已成人，相貌堂堂，至亲喜爱，教他枪马，如今武艺精通。看他将门之后，身材凛凛，将来必成国器。叹我无后，有心亲上做亲，将把女儿招赘，与他半子之劳，却也有靠。早有心事，未曾出口，只因胡人常来犯境，纷扰不安，所以议亲之事，暂且停止。

军　卒：报禀主将得知，今有胡人又来犯境，为首一将带兵城外要战，乞令定夺。

陶　忠：呀，这还了得？吩咐抬枪带马，随我一同杀出城去。

（伯彦上）

伯　彦：对方蛮将，报名上来受死。

陶　忠：你指挥老爷陶忠，番贼何名？

伯　彦：你王爷伯彦，顺宁王乜先是我胞兄，奉令来取小路城堡。若知时务，就归降保命，不然叫你枪下做鬼。

陶　忠：满口胡说，看枪取你。

伯　彦：来，来。

（大战，陶忠败走）

陶　忠：众将官收兵回城。

伯　彦：老儿败阵而回，暂且由你。小番们，天晚安营下寨，打得胜鼓收兵回营。

陶　忠：军校们，防守城池，将马带过。哎呀，不好。
　　　　（硬唱）番贼来的人马多，为首敌将真不善。
　　　　　　　与他交锋十几回，只觉对敌枪法乱。
　　　　　　　随后番兵一起来，蜂拥而上不敢战。
　　　　　　　见事不祥败回城，不由心中暗打算。
　　　　　　　护守小小一城池，我是单丝不成线。
　　　　　　　若不趁早请救兵，只怕城破遭大难。
　　　　　　　想罢提笔写表章，刷刷点点做成卷。
　　　　　　　写完封好叫军校，尔等听我说一遍。
　　　　　　　行文去见杨总兵，发兵前来休怠慢。

军　卒：（唱）接到文书出帐中，上马而去飞似箭。

陶　忠：（唱）复又传令守城池，救兵到来再交战。
　　　　　　　吩咐一声回后堂，
同　寅：（唱）压下又表另一段。
　　　　　　　同寅住在旅店中，静候孙堂英雄汉。
　　　　（白）贫道明镜，那日将一粒仙丹交与东斗星之手，管保医治天蓬灾消病愈，指点他们暂且安身。早知小耗星孙堂又离高山，为家为国奔走不休，还得贫道指引，叫他一家聚会，后来镇定国乱，扶保江山。昨日到大同交界，住在广坪镇小店存身。前日卖卜轰动小巷，一街争着问卜，今日不免再到街前引诱，我俩见面，秘密指引他一回便了。待我前去。
　　　　（唱）忙取卦盒随身带，去到大街把人寻。
孙　堂：（唱）再表孙堂英雄汉，寻访一家渺无音。
　　　　　　　无奈催马奔塞北，直扑大同去投亲。
　　　　　　　这日来到广坪镇，正遇大路顺街心。
　　　　　　　豪杰马上抬头看，大街来往不断人。
众　人：（白）走哇，咱相面去，咱算卦去，这位先生赛过活神仙一般，真正灵啊！
孙　堂：（唱）你一言我一语说算卦，齐夸术士赛过神。
　　　　　　　我一向手足妻子寻不见，生死二字不知闻。
　　　　　　　我今何不算一算，观观相士艺浅深？
　　　　　　　若能卜卦有灵验，我也细细问终身。
　　　　　　　几时收元有结果？何日方能志遂心？
　　　　　　　主意一定下了马，手拉坐骑奔街心。
　　　　　　　相离卦房不甚远，只见围裹人一群。
　　　　（同寅上）
同　寅：（诗）八卦能通天地里，六爻搜尽鬼神惊。
　　　　　　　揣骨相面知生死，时来运转晓吉凶。
孙　堂：（唱）相士口气也太大了，听其言语惊鬼神。
　　　　　　　我定叫他相一相，再把那来之所往问原因。
　　　　　　　说话到了人群外，

众　人：（白）来算卦相面哪，这位仙家真是活神仙。
同　寅：你们闪开，有贵相来此。
孙　堂：（唱）又听术士把话云。
　　　　　　　拴马近前开言道，
　　　　（白）先生请了。
同　寅：请了。
孙　堂：道爷方才口气太高，想是艺术精微，必然能晓人之吉凶祸福，何妨与我相相贵贱？
　　　　几时能够时来运转，随心所愿？
同　寅：足下一品贵相，不用细观，过目即知。看你纵然幼年不利，受尽颠簸，将来灾消难满，祸去福来，必得公侯之位。
孙　堂：先生高抬过奖，在下鄙陋，哪有高升之期？先生不要过奖太重。
同　寅：贫道与人相面，少有奉承，君子若不嫌弃，屈辱少歇，待我收拾卦礼，君子拉马，你我请至店中一叙如何？
孙　堂：倒也使得，正要领教盛情，先生请。
同　寅：请。
众　人：哎呀，这是怎么说呢？来个骑马的把个神仙闹走咧。这位先生推好算命占课礼卦十文，并不多要，相面一概白搭，真是修好不爱财。等他不走，明个儿齐大呼的再来吧，散了吧。
　　　　（乜先升帐，众将站一旁）
乜　先：（诗）军威赫赫震山岳，杀气腾腾透九霄。
　　　　（白）孤家乜先。敌兵势重不能取胜，差人上表搬兵求救，为何不见来到？
军　卒：报大王得知，今有国主差来二王、三王，一同军师会真领兵前来助战，乞令定夺。
乜　先：好，传令速排队伍，待孤家前去迎接。
　　　　（唱）听说发来人共马，心中大悦往外迎。
众　人：（唱）来了铁哥与达儿，还有军师会真僧。
　　　　　　　营门以外见了面，彼此问候身打躬。
乜　先：（唱）有劳三位提兵至，请进大帐议军情。

　　　　　　　列位进来请上座，
众　人：（白）不敢，还是军师请升上座。
会　真：我等帮助、不掌兵权，情愿帐下听用。
乜　先：（唱）听此屈辱恕不恭。
　　　　　　　谦让一会方归座，又把军师尊一声。
会　真：（白）太师有何话说？
乜　先：（唱）听说法驾归山隐，几时却又回朝中？
会　真：（唱）自从丧师身有罪，无颜回朝见主公。
　　　　　　　遁归山林将身隐，熟悉兵法韬略精。
　　　　　　　早知我国又征战，故此出头下山峰。
　　　　　　　见主蒙恩赦了罪，帮助太师立大功。
乜　先：（白）好，难得国师与二位千岁到此，大家同心协力，何愁明主不灭？
会　真：（唱）太师传令去要战，大家从中做调停。
　　　　　　　只要败来不要胜，引诱敌兵往北行。
　　　　　　　到了两路夹攻势，设计埋伏必成功。
乜　先：（白）好，
　　　　（唱）连说不错好主意。
　　　　（白）军师所论有理，大家前去诱敌。众番兵们，一起出营前去要战，不得有误。
军　卒：报二位公爷得知，番贼添兵增将，又来要战。
张福、朱永：再探。众将官一起杀出城去。
　　　　（乱杀一阵，乜先上）
乜　先：儿们听真，人马倒退，一起拔营，速速假意惊慌北行。
　　　　（张福上）
张　福：番兵把营齐退，必有埋伏，切莫追赶。回关奏知皇帝，起兵再往前征就是了。众将官，收兵回城。
　　　　（皇帝出，四臣站）
皇　帝：（诗）君王行兵将，文武远从征。
　　　　　　　愿将烟尘扫，灭虏定太平。
王　振：（白）咱家王振。

杨　善：下官御史杨善。
邱　野：下官兵部邱野。
曹　鼎：下官学士曹鼎。
众　人：今有皇帝驾坐黄罗宝帐，大家排班伺候。
皇　帝：（诗）驾离金阙往北行，亲保山河社稷宁。
　　　　（白）寡人正统皇帝，亲征来至紫荆关，但愿克敌早灭胡虏。
内　臣：启禀万岁，有英、成二公前来见驾。
皇　帝：宣来见朕。
内　臣：领旨，圣上有宣。
张福、朱永：万岁万万岁，启奏圣上，今有敌兵退远，臣等前来见驾奏主。
皇　帝：好，依仗卿等之力杀退胡兵，寡人喜不自胜。快些传旨随朕起兵前进。
张福、朱永：万岁不可离关，住在城内自有臣等提兵灭贼，何劳陛下再往前进？
　　　　（王振跪）
王　振：万岁，休听他们谏言，敌兵既然退去，正该驾行远奔，莫容逃遁才好，为何竟又拦阻不容北进呢？
张福、朱永：住了，好个王振，又来惑乱圣聪，可恼哇可恼。
皇　帝：你二人不必动怒，先生劝朕前进，也是好意一番，为国在外休伤和气。寡人情愿前往，尔等不必再谏。此关留张锐镇守，驸马景元率领前军一同西宁侯朱英、武进伯朱冕跟随大队开路前行，后军督抚萧维祯，兵科给事王宏暂押銮舆，后队其余内侍官员一同先生王振仍在军中伴驾，随朕北行，即日起兵离关，人马北伐，不许再奏，退朝。
众　人：万岁万万岁。
　　　　（张福同下）
张　福：张锐随我这里来。
张　锐：是，来了，爹爹在上，孩儿叩首。
张　福：不消，起来。
张　锐：爹爹唤孩儿有何吩咐？
张　福：咳，我儿若问，听为父吩咐与你。
　　　　（唱）当今皇帝昏又聩，凡事听从王振言。

宦官专权真误国，害死许多文武官。
可怜你那孙叔父，被他陷害误遭冤。
国家去了擎天柱，难挡北塞众腥膻。
可怜军民遭涂炭，天下惶惶俱不安。
王振劝驾来征北，只怕难保锦江山。
贼退传旨往北进，留驾不准要离关。
皇帝留你守旧地，咱父子离别嘱咐你一言。
为父保驾入险地，怕有大变难回还。
皇帝倘若有失闪，要保江山只怕难。
我儿你见正扶危乱则退，莫等那国破家亡一旦间。
良臣侍主分邪正，忠孝二字不可偏。
为父的此去生死保不定，吩咐要你记心间。

张　　锐：（唱）张锐听罢心惊恐，爹爹休说不利言。
只管保重把兵退，必然平贼得胜还。
圣皇帝却有百灵助，不必忧虑把心担。
嘱咐言语儿遵命，见机而作保平安。
父子分离把行饯，明日便好分北南。

张　　福：（白）吾儿随父来，还有密言告诉与你。

张　　锐：愿听指示。暂且不言哪里事，

杨俊、吴良：再把那杨俊、吴良表一番。
（唱）二人奉令带兵将，要到怀来挡腥膻。

杨　　俊：（白）俺参将杨俊。

吴　　良：吾指挥吴良。

杨　　俊：舅舅哇，今有鞑子又来犯境，怀来首将陶忠不能抵挡，急差人到了宣化府，我父杨洪又调舅舅前来会兵，命咱二人带兵三千，速到怀来退番贼，只得传令兵将急急前行便了。

吴　　良：有理。军校们，人马一路速行，不可耽误。

杨　　俊：舅舅，你我并马而行，有话走着说吧。
（唱）可恨鞑子贼，为人最野性。

吴　　良：（唱）昔日犯界来，入寇宣化境。

杨　俊：（唱）想是那乜先，厉害真蛮横。
吴　良：（唱）力大本无穷，杀伐比人愣。
杨　俊：（唱）交锋被他擒，惜乎丧了命。
吴　良：（唱）若不想良谋，生杀保不定。
杨　俊：（唱）舅舅想方法，算把他愚弄。
吴　良：（唱）救出你残生，失信算一定。
杨　俊：（唱）朝廷不做亲，算他白进贡。
　　　　　　　公爷向着咱，暗中有拨弄。
　　　　　　　不叫朝廷知，免把钉子碰。
　　　　　　　番贼恼怒了，攻城不留空。
吴　良：（唱）惧怕鞑子贼，不战俱惜命。
杨　俊：（唱）事急无方法，巡抚发出令。
吴　良：（唱）调来石亨他，算比番贼横。
　　　　　　　大战众贼兵，退敌才安静。
杨　俊：（唱）胡人不歇心，又把干戈动。
　　　　　　　甥舅到怀来，又与贼比碰。
吴　良：（唱）最怕像前番，丢脸再扫兴。
　　　　　　　带来兵将多，这回必取胜。
杨　俊：（唱）要想全胜归，抓彩把功庆。
　　　　　　　吩咐众三军，快走休违令。
　　　　　　　暂压他们行，
番　兵：（唱）又把别人诵。
　　　　　　　伯彦把帐升，毛袄来听令。
　　　　　　　酋长与都督，帐前齐站定。
伯　彦：（唱）铁木尔坐帐中，高声忙传令。
　　　　（白）众番兵们，尔等随我出营要战。明将再若闭门不出，一起努力攻城，不得有误。
　　　　（陶秀英出）
陶秀英：（诗）二九芳春美多娇，闭月羞花难画描。
　　　　　　　文读烈女经书传，武习弓马演枪刀。

（白）奴陶秀英，爹爹陶忠、母亲孟氏生我一人，教习武功，父母爱惜如珠，不幸萱堂辞世，抛奴二九尚未择婿。那年表弟赵荣带领家人离京避祸，到此投亲，爹爹留他习文演武，如今才貌不俗，奴家爱惜，有意要托终身，怎奈爹爹不提，女孩自己不好出口。偏遇胡人犯境，爹爹守城，连日不到后堂以内。

陶　　忠：军校们，守城莫战，多备火炮弓箭，挡退贼兵。女儿在房？
陶秀英：爹爹来了，请转上座。
陶　　忠：便座可以。
陶秀英：咳，爹爹面带愁容，想是贼兵不退，救援不到吗？
陶　　忠：正是。贼人势重，连日常来攻城，怀来孤危之地，盼望救兵不到，日夜心中不安，十分忧虑。
　　（唱）番兵到了一场战，为父难敌紧守城。
　　　　　行文即到宣化府，去见总兵老杨洪。
　　　　　求取救兵不见到，番贼累累把城攻。
　　　　　怀来兵微将又少，要想坚守万不能。
　　　　　唯恐城破遭人难，来见我儿想调停。
　　　　　父女共议守城策，好救危机等救兵。
陶秀英：（唱）原来如此莫忧虑，爹爹放心不必惊。
　　　　　番兵逞强来攻打，女儿不服要出城。
　　　　　叫我表弟也出马，帮助爹爹与贼征。
　　　　　爷儿三个齐努力，叫他难挡父子兵。
　　　　　正然议论脚步响，进来英雄名赵荣。
陶秀英：（白）表弟来了，请坐吧。
赵　　荣：（唱）心中有事无暇做，舅舅表姐听分明。
　　　　　贼兵攻城甚是紧，咱何不甥舅姐弟齐出城？
　　　　　不才要把枪马展，哪怕舍死与忘生。
　　　　　齐心努力与贼战，杀退番贼保安宁。
陶秀英：（唱）佳人闻听说是好，表弟主意与我同。
　　　　　正好你来不用讲，大家披挂上阵行。
　　　　　爹爹出去快传令，大闪城门往外冲。

陶　　忠：（唱）摆手连说不中用，出马也难退贼兵。
　　　　　　　你们纵然习武艺，恶战大敌未曾经。
　　　　　　　为何擅自去出马？若有闪失了不成。
　　　　　　　守城莫如想别计，不可枉自送残生。
赵　　荣：（唱）舅舅休灭甥儿志，
陶秀英：（唱）爹爹莫长番贼能。
　　　　　　　自有一人要舍命，敌众可挡八面风。
　　　　　　　传授枪马不使用，埋没几时显英雄？
　　　　　　　女儿自负刀马勇，帮助爹爹必成功。
陶　　忠：（唱）好，你们既然有壮志，帮助立功可显能。
　　　　　　　不拦你们就披挂，待我传令杀出城。
赵荣、陶秀英：（白）是。
　　　　　　　（唱）不言他们齐出城，
军　　卒：（唱）城外番兵报一声。
　　　　　　　（白）报二王爷千岁得知，今有明兵炮响开关杀出城来，乞令定夺。
伯　　彦：如此人马撤退一箭之远，努力攻杀。
　　　　　　　（唱）铁木尔，把令传。
番　　兵：（唱）番贼毛袄，倒列旗幡。
　　　　　　　人马闪出路，复又杀上前。
　　　　　　　努力大战明将，（陶忠上）彼此奋勇争先。
陶忠等三人：（唱）陶忠父女催战马，后跟赵荣小魁元。
　　　　　　　拧枪杆，闪光寒。
　　　　　　　催开坐骑，赛如龙欢。
　　　　　　　枪刺番兵将，尸首倒平川。
　　　　　　　施展所学武艺，大战虎穴龙潭。
阿　　太：（唱）番将阿太心大怒，厉声大骂小南蛮。
　　　　　　　有本领，来会咱。
　　　　　　　一拧钢枪，直奔胸前。
陶　　忠：（唱）招架忙躲闪，枪刺把手还。
　　　　　　　杀着巧生变化，暗暗又弄玄虚。

	喝叫番贼加仔细，银枪一闪刺左肩。
阿　太：	（唱）呀，说不好，吓一蹿。
	拨马外逃，心内胆寒。
陶　忠：	（唱）呀，喊叫往下赶，追贼不容宽。
	舍命闯杀大队，生死不枉心间。
哈里马：	（唱）又来番将哈里马，遇见秀英女婵娟。
	好一个，玉天仙。
	叫声美人，不必争战。
	劝你随我去，咱俩配姻缘。
陶秀英：	（白）住了，番贼少要胡讲，报名叫你归泉。
哈里马：	都督名唤哈里马，美人你叫何名？
陶秀英：	（唱）哪有闲工夫通名道姓？大刀一举照顶悬。
哈里马：	（唱）来吧，忙着架，两膀酸。
	说声不好，要归阴间。
陶秀英：	（唱）刀去如闪电，脖项血直冲。
	番贼刀下废命，尸首掉下战鞍。
	复又追杀番兵将，
陶　忠：	（唱）陶忠马上用目观。
	早瞧见，心喜欢。
	女儿外甥，英勇无边。
	二人不惧怕，疆场占人先。
	这个枪刺番将，那个刀劈番官。
	从此我有此二膀臂，要退番兵不费难。
	不枉我，把艺传。
	教训他俩，费尽心田。
	今日这一用，能挡兵万千。
	看罢精神抖起，催马又把枪端。
	奋勇大战番兵将，三人疆场显威严。
	暂压下，且不言。
吴良、杨俊：	（唱）救兵来到，探知根源，

>吴良与杨俊，马上把令传。
>吩咐先去助战，得胜后把城还。
>兵丁杀奔疆场上，二人随后把阵观。

番　兵：（唱）番兵报知铁木尔，明将又把救兵添。

伯　彦：（白）起过，伯彦听罢忙传令。
>番兵们，明将男女厉害，杀伤酋长、都督，又添救兵，不能抵挡，快些收兵回营。

（陶忠、陶秀英、赵荣上）

陶　忠：今日一战退兵，多亏女儿、外甥帮我成功，凑巧救兵赶到又来助战，番贼见事不祥，撤兵而走。咱爷不必追赶，你姐弟收兵随后而行，待我去见救兵主帅，奉请一同进城。

赵　荣：军校们，打得胜鼓收兵。

杨　俊：好耶好耶。方才一同舅舅观阵传令退兵，但见疆场之上男女三将大战番兵，如入无人之境，借机又添人马，杀得番叛大败而回营。我命舅舅传令收兵，他去我又落后观看多时，想那老少两个男子必是陶忠指挥和他的儿子，那一女将不是他儿子媳妇必是他闺女，等那老儿到来，何不问了真切，再做道理？

>（唱）女子生得真可爱，老远看着模样娇。
>　　　不但人品生得好，又能跨马与抢刀。
>　　　看她形象那光景，必是个文武双全女英豪。
>　　　打听着要是媳妇白妄想，如是闺女好计较。
>　　　不聘说她成配偶，大料着娘子早死不费唠叨。
>　　　思想主意安排定，马上抬头用目瞧。
>　　　但只见他们却也收兵转，头前来的必是老陶。
>　　　说话之间离切近，

陶　忠：（唱）陶忠开言问根苗。
>马上可是杨总兵？

杨　俊：（白）不错，就是参将杨俊，奉我父帅之命同我舅舅吴良领兵前来助战，来者老将军莫非就是陶指挥吗？

陶　忠：（唱）不才末将就姓陶。

　　　　　　　迎接来迟多有罪，恕过我甲胄在身礼莫挑。
杨　俊：（白）不敢，老将军之言太谦了。
陶　忠：（唱）就请一同把城进，帅府休息再道劳。
杨　俊：（唱）此来为国一般样，别的言语用不着。
　　　　　　　问将军随你出征都是哪？疆场上哪里来的女窈窕？
陶　忠：（白）无有别人，一个是我外甥赵荣，一个是我亲生女。
杨　俊：哦，
　　　　（唱）如此说来少有将，令爱胜如将英豪。
　　　　　　　老将军有福生虎女，一般为国能操劳。
陶　忠：（白）皆因事急求救，老夫无计退贼，方才叫小女疆场出丑，单想为国效劳，却也理当如此，不劳上差夸奖。
杨　俊：如此算我来得晚了。
陶　忠：岂敢？未来迟，闲言少叙，快请收兵进城。
杨　俊：如此，将军前引路，大家帅府去歇着。随后传令把城进，
　　　　（唱）勒马慢行回头瞧。（赵荣、陶秀英下）
　　　　　　　只见那少年男女来得近，看得真切魂魄消。
　　　　　　　这女子生的朱唇桃花面，柳眉杏眼小口樱桃。
　　　　　　　杨柳身姿金莲小，诸般都算没得挑。
　　　　　　　消遣定把媒人遣，叫我舅舅见老陶。
　　　　　　　若能够说来此人成婚配，舅舅却也乐陶陶。
　　　　　　　思思想想把城进，暂压他们且不表。
同　寅：（白）再言同寅孙声远，二人旅店要分抛。贫道同寅，道号明镜。
孙　堂：俺孙堂，字叫声远。
同　寅：孙公子你我有缘相会，身栖旅店，静室谈话，倒也盘桓不尽。
孙　堂：可敬先生为人清高，世外胸藏艺术，能晓过去未来，深知吉凶，真有先见之明，令人不胜敬服仙家玄妙。
同　寅：公子不要夸奖，微明术数何足为奇？你我盘桓几日，今该分离。贫道算你虽然颠险已尽，目下不便出头，还该隐蔽。山人不叫大同投亲，径奔怀来。还有亲戚相遇救难，一同上山，自有骨肉相见。不久一家夫妻父子手足重逢，就该求名保国，灭贼雪恨。若是不依贫道之言，管教你枉

费徒劳，走奔无益。

（唱）你我分别重嘱咐，公子需要记在心。

孙　堂：（唱）深服先生有神见，不敢违拗紧紧遵。
同　寅：（唱）等候帝王身有难，那时就该你荣身。
孙　堂：（唱）国家兴衰是怎样，先生何不请明云？
同　寅：（唱）未来天机不敢泄，日久明白自知闻。
孙　堂：（唱）不知我手足妻子在何处，几时可以见亲人？
同　寅：（唱）不必细问从此后，相逢龙虎会风云。
孙　堂：（唱）如此说来算有幸，我多谢先生点迷津。
同　寅：（唱）你我应该两分手，我去云游你会亲。
孙　堂：（唱）一别不知何日会？实实难舍有缘人。
同　寅：（唱）耐等以后有时见，我还帮你立功勋。
孙　堂：（唱）如此仰望后来会，算了店账同起身。
同　寅：（白）有礼。

（唱）不言二人两分手，
番　兵：（唱）又表乜先点番军。
　　　　　　摇鼓聚将升大帐。

（升帐，众将站）

众　人：（诗）杀气迷四野，号炮震乾坤。
　　　　　　兵临山河动，征战起愁云。
会　真：（白）衰家会真。
铁哥不花：吾铁哥不花。
达儿不花：吾达儿不花。
哈　明：吾哈明。
撒　茂：吾撒茂。
撒　林：吾撒林。
龙　明：吾龙明。
虎　亮：吾虎亮。
众　人：太师升帐，在此伺候。

（乜先出）

也　先：（诗）刀兵滚滚震山河，干戈搅乱无日休。

（白）俺乜先，依军师之言退兵佯避，引诱明皇帝北行。昨日屯兵恶虎山，此处四面树木森森，正好藏兵埋伏去路。

军　卒：报大王得知，明兵杀来，离营不远。

乜　先：起过，军师上帐。

会　真：在。

乜　先：明兵前来，却用何计可胜？

会　真：千岁传令人马出营，一半交战一半藏入山林埋伏，引诱敌兵入林，出其不意必然成功。得胜咱再退兵，直奔两狼山，去到了那里再用埋伏之计，不愁他们不去入圈套。

乜　先：好，此举甚妙，二家大王上帐听令。

铁哥不花、达儿不花：在。

乜　先：你二人带兵一半前去退敌，如此这般引诱明将。

铁哥不花、达儿不花：遵令。

乜　先：军师和众将随孤出营，齐入山林不得有误。

（朱英、朱冕内）

朱英、朱冕：大小三军稳住阵脚。

（二将枪马上）

朱　英：俺西宁侯朱英。

朱　冕：俺武进伯朱冕。

朱　英：宗兄。

朱　冕：宗弟。

朱　英：你我随驾征北，前行开路，探听贼兵面前山下安营，率兵杀来定要灭贼成功。

（炮响）

朱英、朱冕：呀，号炮声，贼兵杀出，大家迎上前去。

众　人：有理。

（达儿不花、朱冕对上）

朱　冕：来者臊奴，快些下马受死。

达儿不花：住了，明将猖狂太甚，我们退兵，还敢追来，其情可恼，看刀取你。

朱　　冕：来来。

　　　　（达儿不花落败，朱冕追）

朱　　冕：番贼休走。

　　　　（唱）齐追赶，马不停。

　　　　　　　番将诈败，隐人林中。

　　　　（达儿不花上）

达儿不花：（唱）吩咐点信炮，林内起伏兵。

　　　　（朱冕上）

朱　　冕：（唱）呀，二将齐说不好，入了番贼牢笼。

　　　　　　人马不该把林入，吩咐退兵回里行。

　　　　　　只听得，发喊声。

　　　　　　人马倒退，想逃不能。

　　　　　　来了一番将，（乜先对杀）舍命大交锋。（朱冕死）

会　　真：（唱）朱冕枪下废命，会真又催能行。

　　　　　　带领鞑兵也杀来，抢开铁铲战朱英。

　　　　　　三合走，待能行。

　　　　　　败中取胜，要把人赢。

　　　　　　龙镖拿在手，对准敌人胸。

朱　　英：（唱）不好，朱英中镖落马，一命赴了幽冥。（朱英死）

番　　兵：（唱）番兵复又杀明将，林内喊声山岳崩。

　　　　　　番兵将，猛又凶。

明　　将：（唱）明将败走，多半倾生。

景　　元：（唱）景元随后到，闻报吃一惊。咳，

　　　　　　二将无谋丧命，传令急速退回。

　　　　　　领回残兵奏皇帝，车驾不可往前行。

众　　臣：（唱）众文武，劝主公。

　　　　　　人马不走，兵将齐停。

邸野、曹鼎：（唱）邸野与曹鼎，下马跪流平。

　　　　　　　只叫金銮休走，请驾回奔大同。

王　　振：（唱）王振一见心不悦，马上吆喝怒冲冲。

邝　野：	（唱）先生你是何意，不管少吉多凶？

邝　野：（唱）先生你是何意，不管少吉多凶？
　　　　　　臣子一死不足惜，陷殁圣上了不成。
王　振：（唱）你俩是，破败星。
　　　　　　竟言不利，惹人膈应。
　　　　　　胜败何足论。前行自成功。
　　　　　　不晓兵家之事，混来与我谏争。
　　　　　　拦驾多言真可恼，有罪就欠法难容。
　　　　　　正然愤怒天色变，（电闪雷鸣）
众　人：（唱）雷雨大作起狂风。
　　　　　　众人乱嚷难行走，
喜　宁：（唱）来了太监名喜宁。
　　　　　　人马不用起慌乱，皇上传旨叫安营。
　　　　　　这里安营且不表，
乜　先：（唱）乜先马上把令行。
　　　　　（白）众番兵，明兵安营不走，尔等随我赶奔两狼山埋伏，不得有误。
　　　　　（陶忠出，便衣坐）
陶　忠：（诗）人心惶惶起尘烟，为国勤劳不厌烦。
　　　　　（白）老夫陶忠，听说朝廷为国亲征，乃为不幸。各边防患，唯有这里胡兵侵扰太甚，昨日一战侥幸退敌。虽来救兵，太不随心，偏遇女儿被那杨俊所见，哼哼，向我细问来历，实实令人心烦，大为不悦。
军　卒：禀爷，今有指挥吴老爷前来求见。
陶　忠：吴良乃是杨俊至亲，同来为国与我无涉，不在本帐前来见我，却为何故？人来，就说有请。
军　卒：有请吴老爷。
吴　良：来了，陶兄哪里？
陶　忠：吴年兄何在？未去远接，望乞恕罪。
吴　良：好说，不敢。

陶　忠：兄台请退书房一叙，吴年兄请坐。
吴　良：大家同坐。
陶　忠：左右献茶伺候。哦，年兄远劳，随军至此，还未久停，来见陶某却有何事？
吴　良：若问何来，听了。
　　　　（唱）奉令领兵来至此，帮助年兄灭狼烟。
　　　　　　　领兵主帅杨参将，妻子病故有二年。
　　　　　　　挑选淑女总不遇，耽搁至今未续弦。
　　　　　　　昨日个恰好遇到两交战，疆场上看见令爱称心田。
　　　　　　　不才令我为红叶，斗胆撮合这姻缘。
　　　　　　　年兄若未把人许，正好应允把婚联。
　　　　　　　总兵之子为佳婿，也算高门见光鲜。
　　　　　　　不知年兄意怎样？
陶　忠：（唱）听罢心中不耐烦。
　　　　　　　年兄此事不用讲，
吴　良：（白）怎样？
陶　忠：（唱）小女无才不敢高攀，
　　　　　　　虽然未曾把亲许，婚姻注定我外甥。
　　　　　　　早欲招赘未出口，偏遇贼人来犯边。
　　　　　　　耽搁亲事未成配，小女终身且迟延。
　　　　　　　心主一定不外聘，年兄免劳费心田。
　　　　　　　替我回复杨总兵，就说此事不从权。
吴　良：（唱）听罢冷笑心不悦，年兄推辞礼不端。
　　　　　　　令爱既未把人许，若不应亲见识偏。
　　　　　　　回复参戎要不悦，再来看你有何言？
陶　忠：（唱）从来做亲两家愿，不允强求算不堪。
吴　良：（唱）听罢大怒抬身起。
　　　　（白）陶忠哪陶忠，你今不应亲事，就算目中无人、以下慢上，等我回来见了参戎，实言相告，他若不嗔，算你造化，若要亲事不舍再差人来，看你何计推辞，怎样答对？

陶　忠：哼哼，好个奸狡，我今不允亲事，看你回复又当怎样？哎呀，且住，吴良带怒而去，见了杨俊必然轻说重告，多加是非，大料不逊，无非怪罪，能奈我何？人在家中坐，祸从天上来。

（完）

第十六本

【剧情梗概】 为拒绝杨俊骚扰，陶忠将陶秀英嫁给侄儿赵荣。杨俊求娶不成恼羞成怒，借故将陶忠打死，还要追杀赵荣夫妇。幸得马云兄弟护送，赵荣二人逃出城门，又遇孙堂搭救，众人相认，一同回山，并将曾经偷马的歹人杀死。马云兄弟下山打听朝廷征北近况。成国公被番兵围困两狼山交崖峪，自刎身亡。孙安见父亲痊愈，告别父亲与石玉珠等人，前去寻找孙堂的踪迹。青郎长大成人，在学堂动手，将不遵赌约的恶霸陈豹之子打死。

（陶秀英出）

陶秀英： （诗）人生有限好春光，何时淑女配才郎？
（白）奴陶秀英。前日一同表弟退敌，吾二人疆场杀贼立功，爹爹喜不自胜，救兵赶到，得胜回朝。表弟武艺非常，越发叫人爱慕，有意成双，怎奈缺少冰人？难成好事。

（陶忠出）

陶　忠： 女儿在房？咳，可恨哇可恨。
陶秀英： 爹爹来了，请坐。这样面带不悦，怒气勃勃，却是为何？
陶　忠： 我儿不消提起，提起可恨。
（唱）只怨为父主意错，不该叫你去临敌。
陶秀英： （唱）帮助爹爹把功立，却有什么去不得？
陶　忠： （唱）只因你在疆场上，有人看见混胡思。
陶秀英： （唱）哪个见我起何意？女儿不明请说之。
陶　忠： （唱）救兵主将名杨俊，胜夸吾儿数第一。
陶秀英： （唱）不劳别人混夸奖，说此大话不体虚。
陶　忠： （唱）这般命人求亲事，说他早年丧了妻。
陶秀英： （唱）爹爹可曾应亲事？不由心内暗着急。
陶　忠： （唱）为父另有别心事，不愿未允已推辞。
陶秀英： （唱）爹爹不愿是正理，从来作亲要对心机。
陶　忠： （唱）早有心将你招赘你表弟，半子之劳是无疑。

陶秀英：（唱）哎呀，一闻此话心欢喜，这才遂愿正合心。
陶　忠：（唱）吾儿你要心如意，我就去见你表弟把亲提。
陶秀英：（唱）哎呀，爹爹看好看着做，女儿无有不遵依。
陶　忠：（唱）好，如此待我把他见，应允拜堂就在今夕。
　　　　　　　明日好把他们挡，省着缠扰再来提。
　　　　　　　说罢欠身出房去，
陶秀英：（唱）佳人欢喜笑盈盈。
　　　　　　　原来爹爹早有意，这才对了我心机。
　　　　　　　大料表弟无不允，这场婚姻不能辞。
　　　　　　　梳洗等候拜天地，今晚洞房会佳期。
　　　　　　　欢喜不尽候音信，
赵　荣：（唱）又表赵荣书房居。
　　　　　　　独坐思量以往事，想起父母泪珠滴。
　　　　　　　可怜母亲一定死，吾算脱难奔亲戚。
　　　　　　　不知何日把仇报，思想起来恨不息。
　　　　　　　正然自己长叹气，
陶　忠：（唱）陶爷进来把话提。
　　　　　（白）甥儿在房？
赵　荣：舅父请坐。
陶　忠：有坐。甥儿你今到此，却有几载，不才教你成丁，也算文成武就。有件心事早未出口，而今事到临头，特来见你商议。
赵　荣：甥儿到此，多蒙舅父照应，朝夕训教，视如亲生。有何心事，只管请讲。
陶　忠：好，甥儿若问，听吾道来。
　　　　（唱）老夫今年交花甲，无儿只有一女孩。
　　　　　　　叹你舅母也辞世，吾算无后说不来。
　　　　　　　你的表姐十八岁，未受聘还是闺中女裙钗。
　　　　　　　文武虽然不足论，自负伶俐也不呆。
　　　　　　　不才爱惜如珠宝，未肯轻依把婿择。
　　　　　　　早就有心招赘你，至今未曾说明白。
　　　　　　　如今特来对你讲，愿意拜堂就和谐。

赵　荣：（唱）听罢连连说不可，
陶　忠：（白）怎样？
赵　荣：（唱）舅父听我细说开。
　　　　　　　叹吾不幸孤又苦，多亏投奔这里来。
　　　　　　　蒙恩教训如父子，吾与表姐似同胞。
　　　　　　　名分姐弟无两样，要结花烛理不该。
陶　忠：（唱）甥儿不可如此讲，内中情由你不明白。
赵　荣：（白）有何情由？
陶　忠：（唱）从头至尾说一遍，杨俊求亲不乐哉。
　　　　　　　唯恐他再来缠扰无法挡，故此和你商议来。
　　　　　　　应允就把天地拜，好挡奸猾不怕歪。
　　　　　　　吾意已决事算定，不用推辞再思裁。
赵　荣：（白）罢了，舅父执意如此，甥儿不敢违命，任凭尊意就是了。
陶　忠：好，
　　　　（唱）应允快些随吾走，天晚日落好安排。
赵荣、秀英：（唱）夫妻锦帐两和谐。
　　　　　　　一夜晚景不用表，
杨　俊：（唱）次日杨俊早起来。
　　　　　　　心中惦着成美事，二番又把媒人差。
　　　　（白）吾杨俊自从看见陶小姐那样美貌，实实意马难拴。打听着未曾受聘，昨日命舅舅提亲，说是陶老儿推辞未允，回来见吾一说，叫人又气又恨。有心寻他晦气，怎奈惦着美人难舍？因此皮着脸蛋，一事不烦二主，又命舅舅二番去提亲。大料这回不能违抗，一定必是慨然应允。
（吴良急上）
吴　良：气死人也，气死人也。
杨　俊：舅舅来了，快些请坐，提亲怎样？为何气得这般光景？
吴　良：咳，甥儿不消问了。
　　　　（唱）昨日去提亲，去把陶忠见。
　　　　　　　老儿不应允，言语多傲慢。
　　　　　　　叫人气难消，那里未久站。

　　　　　　　今早又去提，我俩见了面。
　　　　　　　说明是这般，叫人气难咽。
　　　　　　　竟把他女儿，许配赵家汉。
　　　　　　　昨晚拜地天，悄悄把事办。
　　　　　　　雅密成了亲，可恼把先占。
　　　　　　　甥儿枉张罗，硬把咱打断。
　　　　　　　这样把人欺，恶气实难咽。
　　　　　　　甥儿想方法，报仇休怠慢。
杨　　俊：（唱）杨俊闻听之，肚子气两半。
　　　　　　　大骂老陶忠，好个老混蛋。
　　　　　　　不知卑与尊，抬爱反不愿。
　　　　　　　闺女给别人，我算白扯淡。
　　　　　　　待我去找他，扯倒和他算。
　　　　　　　说着往外行，
吴　　良：（唱）慢着，吴良拉住劝。
　　　　　　　甥儿把怒息，听吾说一遍。
　　　　　　　若说未求亲，寻他理不犯。
　　　　　　　何不另设法，用计把他绊？
　　　　　　　急速把帐升，传令去交战。
　　　　　　　不需多带人，叫他杀番叛。
　　　　　　　若说一字不，拉下打一万。
　　　　　　　行公报私仇，叫他冤难办。
　　　　　　　此计高不高？
杨　　俊：（白）好，
　　　　　（唱）连说好妙算。
　　　　　　　依计可成功。忙把中军唤。
　　　　　（白）中军拿吾令箭，传令击鼓升帐伺候。舅舅，看我升帐依计而行便了。
吴　　良：我也随去一观，甥儿请。
　　　　　（中军上）
中　　军：哎呀，主将有令，兵卒听着，快些击鼓聚将，尔等大家伺候。

　　　　　（唱）传罢令，转身形。
　　　　　　　　鼓响三通，谁敢消停？
　　　　　　　　兵丁齐呐喊，
陶　忠：（唱）陶忠吃一惊。
　　　　　　　　急上大帐伺候。
马云、马青：（唱）还有兵丁弟兄俩，名叫马云与马青。
　　　　　　　　　齐伺候，大帐中。
杨　俊：（唱）杨俊升帐，早有调停。
　　　　　　　　归座拔令箭，急忙叫陶忠。
　　　　　　　　命你贼营对战，此去要把贼平。
　　　　　　　　今朝许胜不许败，违令斩首定不容。
陶　忠：（唱）心着忙，身打躬。
　　　　　　　　不接令箭，难料详情。
　　　　　　　　胜败兵家事，不敢定输赢。
　　　　　　　　贼兵十分厉害，末将难保成功。
　　　　　　　　这个将令人惊惧，望乞从容海量行。
杨　俊：呀，
　　　　（唱）听罢大怒连拍案。
　　　　（白）我今命你讨战，为何推脱不去，竟说畏刀避剑之话？不遵将令明是轻人，哪里容得？左右将他拉下，重打四十，以戒轻慢之罪。
陶　忠：住了，你们谁敢动手？快些靠后。
　　　　（唱）一声喊，震斗牛。
　　　　　　　哈叫杨俊，与理不投。
　　　　　　　军令太不正，责人更胡诌。
　　　　　　　看你不把公为，好像要报私仇。
　　　　　　　必是求亲事不允，当此怀恨在心头。
杨　俊：（唱）住了，心大怒，瞪双眸。
　　　　　　　说着鬼病，气更不休。
　　　　　　　老儿胡言语，对众瞎胡诌。
　　　　　　　说甚公私不懂，少来火上浇油。

    违令责罚定不受，哼哼，不遵法度更吊猴。
    是想要，做对头。
    这口恶气，叫人难收。
    将令瞧不起，也得把我忧。
    叫你以轻惹重，爽利不把情留。
    军校们，过来将他拉下去，重打八十再讲究。
  （拉下）

马云、马青：（白）且慢动刑，马家兄弟把情讨，参戎息怒饶过他吧。

杨　俊：住了，
   （唱）退后少来把情求，喝令军校照实打。

军　卒：（唱）军校答应不敢拗，（打介）霎时打完八十数。

陶　忠：（唱）陶忠负恨血直流，又气又恨不住地骂。
   （白）杨贼杨贼，你今无故痛打老夫，陶某一定与你势不两立。

杨　俊：哎呀，这个老儿越发逞强。军校们，将他再打八十。
   （拉下，打完）

军　卒：禀爷，陶忠断气身亡。

杨　俊：当真？

军　卒：当真。

杨　俊：待吾亲身看来。哎呀，不好，老儿果然一死，他的闺女姑爷必要报仇，吴指挥你想这事怎好？

吴　良：这有何难？陶忠抗违将令，不去平贼，定有谋反之心，打死当然，将他家口拿问，一并诛之才为正理。

杨　俊：好，倒是你所见极是。

军　卒：报杨老爷得知，不知番兵何故，一概拔营退走，乞令定夺。

杨　俊：好，番贼退去必有事故，大料不能再来要战。这里无事，正好捉拿陶家人等问罪，吴指挥听令。

吴　良：在。

杨　俊：命你带兵速把陶家闺女、姑爷拿来正法。

吴　良：遵令。

马云、马青：慢着，吴老爷暂且慢行，我二人讨个情分。兵主息怒，陶指挥违令业已受刑一死，其余无罪不可拿问，小将等不才斗胆又来乞情，望兵主上裁宽恩三思。

杨　俊：住了，一派胡说，陶忠一死若不拿他姑爷闺女问罪，必要报仇谋反，为国除患，正该拿问。你们竟敢又来多嘴多舌，不知进退，真正可恼，从今革去你俩左右之职，仍旧当兵，有功再扶，无功不赏，下去。吴指挥，你还带兵去拿家眷，不可迟误，快去。

吴　良：遵令。

杨　俊：这么一做赶尽杀绝，论理本不应当，怎奈陶家闺女未得到手，叫人骑上老虎下不来台，事情赶得，不得不如此。一不做二不休，杀人不死枉为仇。

（马云、马青急上）

马云、马青：罢了罢了，可恼啊可恼啊。

马　云：好个杨俊，为官不思尽忠报国，信奸佞，坏害人。可怜陶指挥是咱乡亲，无故因为闺女，竟被他活活打死，还要剪草除根，叫人气恨不平，敢怒而不敢言。无奈讨个情儿，要想保护小姐夫妻不死，不想被他革去职务，依旧当兵，这口恶气怎么出呢？有了，兄弟呢？

马　青：若依吾说，咱在他们爷俩手下当兵，也没什么好处，莫如尽早脱身，别图进取。吾想吴良带兵去拿陶小姐夫妻，未必束手待擒，要报仇恨杀出逃走。倘若城门紧闭不能出去，咱俩何不行个方便？放出他们一同逃走，另投去处，岂不是好哇？

马　云：正合吾意，咱们哥儿俩见机而作便了。

马　青：有理。

（陶秀英出）

陶秀英：（诗）锦帐生春梦，合欢两情浓。

（白）奴陶秀英。爹爹把奴许配表弟成亲，夫妻合卺，遂心如意，唯恐杨家不肯干休，休再寻爹爹生事。

（赵荣急上）

赵　荣：家将把守府门，把你老爷尸灵成殓起来停在府内，快备刀马伺候。
哎呀，娘子可不好了。

陶秀英：官人为何这等惊慌？

赵　荣：娘子不知，原是这般这般如此，可怜舅父被杨俊打死。方才家人抬回尸灵，吩咐速用棺椁成殓。又听仇人来拿你吾剪草除根，事不宜迟，咱夫妻快些上马，杀出城去，逃走要紧。

陶秀英：呀，竟有此事，可不痛死人也。

（唱）恨又痛，大放声。

只叫爹爹，死得苦情。

万恶杨狗子，太也狠心肠。

竟敢打死吾父，剪草还要根清。

必因求亲事不允，假公济私报仇恨。

赵　荣：（唱）明是为此，何用细讲？

（吴良出）

吴　良：军校们，围困指挥宅门，休要放走陶忠的亲眷。

赵　荣：哎呀，待吾出去看来。娘子，兵将来到，困住宅门，家将把守不住，咱快杀出逃走吧。

陶秀英：（唱）叫官人，不用惊。

爹爹一死，仇恨难容。

咱俩舍性命，杀退众官兵。

遂急赶到帅府，去找对头奸凶。

拿住杨俊用刀剁，把他千刀万剐凌。

赵　荣：（唱）不可，说不可，道难行。

仇人势重，现掌权衡。

带来兵将广，俱是他随从。

你吾单丝不线，报仇如何成功？

依吾莫如急逃走，闯出城去保全生。

陶秀英：（唱）好，这主意，倒也通。

要走抛亲，难顾尸灵。

你吾快披挂，

赵　荣：（白）有理。

陶秀英：（唱）收拾出房中。

各提兵刃上马，带领手下家丁。

大开府门杀出去，

（院公马上）

赵　毅：（唱）老赵毅，跟随逃走战兢兢。
吴　良：（唱）贼吴良，带领兵。
　　　　　　　吩咐军校，齐把门封。
　　　　　　　（内）家将们往外冲杀呀。
　　　　　　　有人杀出府，开门抖威风。
　　　　　　　当先男女二将，率众只往外冲。
众　人：（白）闪开闪开。
吴　良：（唱）看罢拦路声断虎，报名上来受绑绳。
赵　荣：（白）你少爷，名赵荣。
陶秀英：陶忠之女，奴名秀英。
赵　荣：问你是哪个，拦路为何情？
吴　良：（唱）小辈男女问我，尔等留神细听。
　　　　　　　指挥吴良就是我，来拿你们到此行。
赵　荣：（唱）心大怒，眼圆睁。
陶秀英：（唱）叫声来将，细听分明。
赵　荣：（唱）可惜我舅父，多年苦尽忠。
陶秀英：（唱）镇守怀来之地，在此抵挡番兵。
赵　荣：（白）问问你，不知犯了什么罪？
陶秀英：（唱）叫他杖下一命倾。
吴　良：（唱）谁叫他，把人轻。
　　　　　　　抗违将令，不与贼争。
　　　　　　　军法如山重，违令定不容。
　　　　　　　若不将他打死，后来定把反行。
　　　　　　　尔等俱各不饶恕，一起拿住问典刑。
赵　荣：（白）住了，
　　　　（唱）叫声逆贼休妄想，
陶秀英：（唱）杀尽狗党报冤横。
赵　荣：（唱）赵荣说罢拧枪分心刺，
陶秀英：（唱）举刀并力往上攻。

吴　　良：（白）不中咧。

　　　　　（唱）吴良相敌回里败，

兵　　丁：（唱）兵丁不敢把路横。

赵荣、陶季英：（唱）夫妻得便闯出去，

吴　　良：（唱）吴良吩咐紧闭城。

赵荣、陶季英：（唱）夫妻一见直了眼，

马云、马青：（唱）惊动马云与马青。

　　　　　　　开门大叫陶小姐，你们快些往外行。

赵荣、陶季英：（唱）夫妻欢喜急催马，带领众人逃出城。（马云、马青同下）

吴　　良：（唱）吴良一见气炸肺。

　　　　　（白）哎呀，不好，马家两个贼子竟把陶家人等放出城去，必是他们同心反了！军校们，快些与你参将老爷知晓，一同带兵出城追赶。

（赵荣夫妻、院公、马云、马青等马上）

众　　人：好耶好耶，幸喜逃出城来，免遭罗网。二位将军姓甚名谁？多亏私放出城，我们感恩不尽。

马云、马青：好说，你们不知其故，吾弟兄名叫马云、马青，与小姐在京一巷居住，乃是乡亲。吾俩从小投在杨家父子帐下当兵，今见陶老爷被屈这般，想着求情，竟被杨俊一怒革去。又见小姐夫妻被困难脱，故而放你们一同逃走。

赵　　荣：好，多亏二位将军救困扶危。既不回去，大家同找去处便了。

吴　　良：（唱）众将官急急追赶。

赵　　荣：（白）呀，不好，后边追兵赶来。院公与二位大侠，和吾夫妻一同家将，抵挡他们回去。

赵　　毅：是，吓死人也，吓死老奴了。

马云、马青：你们不用着急，吾弟兄情愿帮手，大家一同挡他们回去，便好逃走。

赵　　荣：如此甚好。家将们随吾们一起努力杀退贼兵。

（陶秀英对杨俊）

杨　　俊：哎哟，哎哟，陶小姐，吾又看见你咧。打死令尊对不过，倘若依吾劝，不如弃恨和好，抛了赵家小子，你还是嫁吾吧。

陶秀英：呵，原来你就是杨俊，正好冤家相遇，杀你报仇，不要走，看刀。

杨　俊：不愿意就来罢。

（杨俊败，吴良败）

哎呀，陶家小姐与赵家小子实在厉害难敌，众将官一起奋勇围裹上去。

（院公急上）

赵　毅：哎呀，不好了，逃出城来不想又有追兵，公子与陶小姐一同众人回去挡退，我催马而行，不见他们到来，定是难出重围，剩我却也无法可使，这却怎好？

（唱）天啊，着急不住叫苍天，好人累累遭磨难。

主仆投奔陶老爷，稳住几年遂心愿。

不想这里祸又临，陶爷一死真可叹。

公子小姐难脱身，出城又与官兵战。

老汉无法枉担心，空把他们心中惦。

信马游行回头观，

孙　堂：（唱）来了孙堂英雄汉。

有人指引奔怀来，不知所遇何亲眷？

催马正走抬头观，那边来一年老汉。

看他光景带惊慌，马上不住回头看。

不知他是为何情？邻近待我问一遍。

相离不远咫尺间，

孙　堂：（唱）呀，这一老汉好面善，好像赵家老院公，昔日在京我曾见。他今到此何处行？纳闷说话来对面。

赵　毅：（唱）赵毅也就用目观，

孙　堂：（白）你不是京内赵家院公，名叫赵毅吗？

赵　毅：呀，

（唱）想起认得是亲眷。

我想你好像孙家姑老爷，

孙　堂：正是。

赵　毅：好，

（唱）难得巧遇遂心愿。

下马跪倒忙问安，

孙　堂：（白）不消，起来。
赵　毅：（唱）请问何来巧遇见。
孙　堂：（白）我的事情一言难尽。院公，你家夫人、公子可好么？
赵　毅：（唱）若问我家是与非，一时却也说不断。
　　　　　　　忙把投亲以往事，是是非非说一遍。
　　　　　　　呀，姑爷快去救他们，不然难脱这场难。
孙　堂：（唱）好，听罢飞身上前行，催马而去急似箭。
赵　毅：（唱）救星来了料放心，待我高处去观看。
　　　　　　　复又上马远远观，
赵荣夫妻：（唱）又说疆场两交战。
　　　　　　　赵荣夫妻困重围，家丁走死全不见。
　　　　　　　只有马云与马青，努力相帮未离散。
　　　　　　　左闯右冲杀不出，兵将围裹一大片。
孙　堂：（唱）来了孙堂闯重围，手中舞动纯钢剑。
　　　　　　　如同疯魔虎一般，蹦着急把阎王见。
　　　　　　　越杀越勇话不说，
杨　俊：（唱）杨俊败走枪法乱。
吴　良：（唱）吴良吃惊也逃脱，
兵　丁：（唱）兵丁害怕齐乱窜。
　　　　　　　霎时重围就解开，
众　人：（唱）赵荣夫妻得了便。
　　　　　　　还有马家二弟兄，借机算把兵杀散。
　　　　　　　无人拦挡一处归，
孙　堂：（唱）孙堂马上忙呼唤。
　　　　　　　叫声贤侄这里来，
赵　荣：（唱）赵荣留神早瞧见。
　　　　　　　叫声姑父到此来，马上问候把身欠。
陶秀英：（唱）秀英催马也近前，（马云、马青同上），启齿开言问一遍。
　　　　（白）请问将军，此位是谁，前来救难？
赵　荣：娘子不知，此乃是孙家姑父到此，快些问候。

陶秀英：姑父可好？

孙　堂：这可是侄妇陶小姐吗？

赵　荣：正是。姑父怎么知晓？

孙　堂：乃是院公赵毅告诉与我。我俩路途相遇，说你们在此大战官兵，故此急来解围。请问这二位是谁？怎与你们在一处？

赵　荣：姑父不知，原是这般这般如此，乃是马家二位好汉与我舅父乃是乡亲，如今患难相扶，共是好友。

孙　堂：好，如此说来同是一家，但不知你们脱难，可投何处存身？

赵　荣：无有定所，不过游奔他乡，漫寻去处。请问姑父从何而来？这样奇逢巧遇，解救我等脱难。

孙　堂：我是这般下山，路上逢人指引，到此不期而遇。贤侄正是至亲，理应知晓。你们既无投奔，何不随我一同上山？等时来报仇，岂不是好？

赵　荣：好，如此甚妙。我家院公还在路途，单等见面一同行路，我还要问问姑父以往之事。

孙　堂：正好，彼此两谈。

马云、马青：要是这么说，我们哥俩也要跟随去打扰。

孙　堂：好说，有缘聚会，不必多言，请！

众　人：请。

（吴良、杨俊急上）

吴　良：好生厉害。

杨　俊：舅舅呀，赵家小子与那陶氏丫头被困难逃，不知从何处来了一人硬闯重围，杀得你我大败而逃，兵丁四散，得便救出他们逃走。这件事情全是马家两个囚贼，闹得不得成功，真正活活把人气死。

吴　良：他们去了也难追赶，只好禀知你父，再去搜拿贼兵。远退这里，无事我还回转本地巡边。你在这里镇守以防鞑虏，打死陶忠之事早叫你父知道，从中做主，便好保佑无罪。

杨　俊：好，倒是舅舅替我想得周全。收兵回城，传令告知我父便了。舅舅请。

吴　良：请。

（伯彦马上）

伯　彦：番兵们急急快行。我伯彦兵发怀来，未曾取胜，反倒损兵折将，兄长传令又调我去到大营共灭明帝，无奈退兵四十里扎营。命酉长阿太留守一半人马，暂且屯兵不战，其余随我赶奔大营，星夜前往，只得快走。

（唱）马上急忙又传令，催促手下毛袄兵。

人马一路不停歇，连栈而行奔大营。

两国兵多齐鏖战，一攻一挡不安宁。

我弟兄若要把明灭，就算开基取江山。

元主不能薄汗马，分茅裂土必加封。

想到这里心内胜，急催人马速速行。

兵奔番营且不讲，

曹　乃：（唱）又把学生曹乃明。

奉旨运粮调兵将，星夜急急奔大同。

这日离城不甚远，马上吩咐叫随从。

（白）左右来至大同，人马进城，晓谕郭总兵急出帅府接旨便了。

（升帐，二将站）

郭戎、郭敬：（诗）朝臣待漏五更寒，铁甲将军夜渡关。

　　　　　　　　文官执笔安天下，武将提刀定江山。

郭　戎：（白）俺左护卫郭戎。

郭　敬：右护卫郭敬。

郭戎、郭敬：兄长升帐，在此伺候。

（白面武髯帅出）

郭　登：（诗）智勇将军盖世无，深通武子战策书。

　　　　　　六韬八阵胸藏术，敢把山河一掌扶。

（白）本帅郭登，在明主驾下称臣，官拜大同总兵之职，南京金陵人士，两个兄弟帐下听用，官为左右护卫，弟兄三人协力镇守大同。可怜妹丈孙吉宗竟被宦官谋害，皇帝不念汗马，屈杀忠臣，令人寒心。听说抄家，也曾命人暗访甥儿下落，不知何往。如今胡兵入寇，又闻朝廷御驾亲征，塞外大战，不知胜败如何。

军　卒：报帅爷得知，今有圣旨来到。

郭　登：哎呀，王命此来，不知胜败。尔等快排香案，众将官排开队伍，齐随本帅出去接旨。

曹　乃：圣旨到，跪。
郭　登：万岁，万万岁。
曹　乃：听宣读。诏曰：朕因胡兵搅扰，亲征保守家邦。今至塞外，番兵难灭，军中乏粮饿殍，难征作战。钦命学生曹乃捧旨与卿，速发兵饷，助军救济，成功回朝，不负忠义，寡人定加封赏。旨意读罢。钦此，勿违朕命。
郭　登：万岁，万万岁。人来将旨供奉龙亭，看宴伺候。
曹　乃：慢着。君命在身，不敢久停，镇台速发兵饷，下官回营赴命。
郭　登：君命下诏，不敢违误，屈尊大人少待片时，本帅有事请教。
曹　乃：镇台有何话讲？
郭　登：大人请坐。
曹　乃：有坐。
郭　登：人来排宴看茶来。

　　　　（唱）胡兵揭乱总犯界，现有合朝武共文。
　　　　　　 何用皇帝离朝内？为此请教问大人。
曹　乃：（唱）镇台不知其中故，乃是王振劝当今。
　　　　　　 单叫圣驾离京地，不知所怀什么心。
郭　登：（唱）圣上为何就听信？不该这样太轻身。
　　　　　　 纵不酌量有文武，也该公议拦主君。
曹　乃：（唱）群臣也曾苦苦谏，奈何不听枉费心。
　　　　　　 圣旨一下拦不住，无奈随驾离朝门。
郭　登：（唱）皇帝轻去干戈地，怕有差错玉石俱焚。
　　　　（白）告诉大人回见圣上，替吾传达天颜，就说郭某有言奏主，屡次征贼不胜，只可早回，莫等临期难以脱身。车驾若回，须从于金关而入，方保无虑，若从别处所归，只怕还有不便。
曹　乃：镇台所教，下官领教，事不宜迟，告辞起身。
郭　登：不敢久留。往下便叫左护卫郭戎听令。
郭　戎：在。
郭　登：命你带兵五千护送粮草，一半跟随大人去到御营助战，若遇不测，急速赶回，莫违将令。
郭　戎：遵令。

曹　乃： 下官告辞。
郭　戎： 送大人，请。大人去了，本帅操兵演将，小心巡境便了。众将官掩门。

（石玉珠出）

石玉珠：（诗）命由天定事由人，志于夫妇孝于亲。

（白）奴石玉珠只为公父有病卖身尽孝，杨老爷夫妻怜爱，认为义女，蒙恩厚待视如亲生。又遇神人救难，公爹病愈，一同相公齐至杨府安身。公爹、义父主婚，奴与相公成了大礼。我夫妻如宾，不觉过了七载有余了。

（孙安上）

孙　安： 娘子在房？
石玉珠： 呀，相公来了，请坐。
孙　安： 有坐。娘子与我速备行囊，拙夫别你，就要起身。
石玉珠： 呀，相公要往哪里去？
孙　安： 娘子听了。

（唱）一家有难大失散，从前死别两难分。
　　　我与爹爹得相会，侥幸离难得安身。
　　　又与娘子成大礼，周全多亏杨大人。
　　　拙夫避难读书史，不觉光阴过七春。
　　　咱在这里安然住，不知兄嫂何处存。
　　　生死存亡难测料，令人终朝惦在心。
　　　早要寻找怕不便，昨日听了一信音。

石玉珠：（白）不知所听何信呢？
孙　安：（唱）都说朝廷去征北，如今塞北战胡人。
　　　祸乱该有出头日，我要去把兄嫂寻。
　　　万一兄嫂手足会，同到这里来存身。
　　　耐等时来把仇报，雪恨一同保乾坤。
　　　我与爹爹商议妥，别你明日就起身。

石玉珠：（唱）相公要去难阻拦，当把伯伯嫂嫂寻。
　　　就有一件多牵挂，

孙　安：（白）有何牵挂？

石玉珠：（唱）你去叫人不放心。

知君能文不能武，怕有颠险遇歹人。

何况又是身避难，泄露难免祸事临。

路上倘有不测故，软弱书生怎脱身？

孙　安：（白）不妨，此去还是埋名隐姓，父叫家人与我作伴，行路不孤倒也无虑。

石玉珠：（唱）如此任凭相公你，还有一言嘱咐君。

远游路上加仔细，逢桥过水要小心。

一路上住店晚行要早宿，有罪小心过关津。

非是妾身多嘱咐，怕有闪失不留神。

但愿你此去早把兄嫂见，一家团圆才放心。

佳人说罢一席话，

孙　安：（唱）书生听罢说谨遵。

（白）娘子嘱咐之言，拙夫领教，无须牵挂。我若见了兄嫂必然早早同来，只盼一家相会，杀贼保国，才遂心愿。从小受尽无限苦，一家重会喜自多。

（王二刚拿棍，步上）

王二刚：（诗）越闹家越败，越败我学坏。

越坏越逞凶，越凶越祸害。

（白）我王二刚从小混闹，八方坑蒙拐骗，如今恼的是人人不敢招惹，万般无奈又学了打杠子，做着无本的买卖。离家州里有座黄土岭，岭上有山神庙，常常早上、晚上去到那里猫藏着，等着打劫行人。这几天闹得又没吃喝，今日早起手拿木棍，不免再到岭上走走。

（唱）起大早，趁天黑。

去到岭上，打劫一回。

人多不敢动，人少把心随。

单行一棒打倒，事物疾走如飞。

神不知来鬼不觉，有了吃喝嫖赌任意为。

常如此，未吃亏。

闹了几次，无人晓得。

所幸无命案，雅密事儿没。

得便胡作快乐，哪管天网恢恢？

　　　　　　　　不言二刚又奔庙，
孙　　堂：（白）再表行路众英魁。（孙堂、赵荣夫妻、院公同马上）
　　　　（唱）铃声远，把马催。
　　　　　　　带领众人，要把山回。
　　　　　　　早起晚眠走，一路不辞归。
众　　人：（唱）赵荣夫妻主仆，乘马在后相随。
　　　　　　　还有马家弟兄俩，徒步而行走如飞。
　　　　　　　正行走，用目窥。
　　　　　　　东方大亮，细看明白。
　　　　　　　来到山岭上，有座古庙归。
　　　　（王二刚上）
王二刚：（白）哎呀，来人多咧，不敢下手，还上庙里窝着去吧。
　　　　（众人上）
众　　人：呀，忽见一人藏躲，见着急把庙归。呀，是了，不用说，此人来历必不正，必然是个拦路贼。
　　　　（唱）大家何不问一问？有理，一起下马把庙围。
王二刚：呀，
　　　　（唱）庙内吓坏王二刚，贼人胆虚主意没。
　　　　　　　他们不走管闲事，必要盘问我是谁。
　　　　　　　要问来历怎答对，漏出由头命必亏。
　　　　（白）呀，有了，何不出庙急逃跑？大料他们不能追。
　　　　　　　主意定，手拿木棍往外跑。
　　　　（众人围住）
众　　人：呀，哪里走？
　　　　（唱）众人围住喊如雷。
赵　　荣：（唱）赵荣抓住按在地，抽出宝剑放光辉。
王二刚：（白）爷爷，饶了我吧，我是个好人哪。
赵　　荣：（唱）天色大亮看得准，呀，这贼好像见过一回。
　　　　　　　哎呀，猛然想起上年事，诓骗正是这个贼。
　　　　　　　仇家狭路仇当报，

赵　毅：（白）公子，你可认得他吗？
赵　荣：认得了，
　　　　（唱）闪过我还问是非。
　　　　（白）你这厮手提木棍，早起在此藏身，非是好人，定是拦路为盗。快说姓甚名谁，做此不法，该当何罪？
王二刚：爷爷不要诬赖好人，吾叫王二刚，乃是此处乡民。只因家贫投亲求助，起早离家，行路害怕，故拿家伙作伴，不想到此遇见你们，好意让路庙内歇歇。谁叫你们无故多事，拿我当贼？竟诬良为盗，也不怕庄乡拿住你们送官问罪么？
赵　荣：哈哈，贼子不要巧言舌辩，你可认得吾吗？
王二刚：没见过，不认得呀。
赵　荣：你可记得上年离此不远，路上遇见一老一少，被你诳去行路马匹，问你此事有无有哇？
王二刚：哎呀，不好了，爷爷，我不认得你，没有这么一宗事情么。
赵　毅：我家公子年长，不认也是有的。你不认得他，你可认得老汉我不哇？
王二刚：哎呀，不好，正是这个老头子又来了。妈呀，可不好了，这回算没说的了。爷爷们开恩，饶了我吧。
赵　荣：哼哼，贼子，你从小学会诳骗，今又为贼盗，一向为非作歹，不知你害人多少。今日冤家相遇，该你恶贯满盈，休想逃走，看剑。
　　　　（杀死王二刚）
赵　荣：贼子一死，当年仇恨算报，待我把他尸首扔在山沟之内，省得路遇行人惊恐。（扔尸下，又上）仇恨已报，大家上马赶路便了。
众　人：有理。
　　　　（乜先升帐，众将左右站）
乜　先：（诗）杀气弥漫照军营，刀枪密摆将南征。
　　　　（白）孤家乜先，一战得胜，今又屯兵两狼山。军师出营去观埋伏之地，便好安排人马再胜明营。也曾命人去怀来，调御弟伯彦前来会兵，为何不见到来？
军　卒：报大王得知，今有二王爷带兵前来，已至营外要见千岁。
乜　先：好，快些有请。

军　卒：有请二王爷。
　　　　（伯彦上）
伯　彦：来了，兄王在上，小弟来参。
乜　先：御弟免礼，愚兄命你去取怀来，胜败怎样？
伯　彦：这般如此未能取胜，兄长调吾甚紧，无奈退兵，屯扎人马，命酉长暂且守营不战，小弟带兵一半，急速来奔大营。
乜　先：些许小故，不足为虑。御弟远来劳乏，营内歇息去吧。
会　真：小番们，将马带过。
　　　　（会真上）
会　真：太师在上，衰家交令。
乜　先：免礼，军师回来观看，何处可以埋伏？
会　真：太师听了。
　　　（唱）贫僧所观藏兵处，正好要把古人学。
　　　　　　大宋杨家行人马，却与萧后把兵交。
　　　　　　众鞑兵，埋伏虎口交崖峪，杨家父子不能逃。
　　　　　　李陵碑碰死令公杨继业，犯了地名赴阴曹。
　　　　　　只如今咱也来到两狼山地，照样埋伏岂不高？
　　　　　　明主姓朱对机会，却与杨姓不差分毫。
　　　　　　朱杨怕狼是一样，要入虎口命难逃。
　　　　　　将他们引入交崖峪，管能成功在一朝。
乜　先：（白）好，军师所见甚妙，咱就照样埋伏，看是如何。
会　真：（唱）千岁去把敌兵引，叫他一起入穴巢。
　　　　　　贫僧把守鸡耳岭，山两边安排兵将暗藏着。
　　　　　　敌人入峪堵山口，前后夹攻莫辞劳。
　　　　　　山沟草木多昌茂，再备硫黄与火硝。
　　　　　　要学那诸葛火焚葫芦峪，管把敌人一概烧。
乜　先：（唱）乜先听罢说好计，传令骑兵如山摇。
　　　　　　出营埋伏分兵将，催马临阵远观瞧。
　　　　　　呀，对面来了无数人马，明将前来把兵交。
　　　　　　吩咐毛袄杀上去，

朱　　永：（唱）朱永当先喊声高。
　　　　　　　来者番将把名报，
乜　　先：（白）你王爷乜先，老将何名？
朱　　永：（唱）我名朱永威名标。
　　　　　　　带兵前来将贼灭，臊奴受死少逞英豪。
　　　　　　　说罢拧枪分心刺，
乜　　先：（唱）钢枪一还把手交。
　　　　　　　未及三合忙败走，
朱　　永：（唱）这厮本领太不高。
　　　　　　　传令众将一起赶，
　　　　　（白）人言鞑子乜先勇战无敌，为何今日不上数合径自败走？可见有名无实，本公定要擒他立功，杀此贼首，敌兵可破。大小三军随我努力追杀臊奴，不得有误。
　　　　　（唱）率兵将，赶得忙。
乜　　先：（唱）乜先诈败，要把人诓。
　　　　　　　诱敌入了峪，越岭把兵藏。
朱　　永：（唱）朱永催马正赶，抬头细看端详。
　　　　　　　呀，此是山沟进野地，不见番贼奔何方。
　　　　　　　不好了，只听得，喊声扬。
　　　　　　　说声不好，心内惊慌。
　　　　　　　光景中了计，大意未提防。
　　　　　　　必是埋伏人马，隐在山林两旁。
　　　　　　　吩咐撤兵回旧路，又听山口闹嚷嚷。
　　　　　　　人无数，杀气扬。
众　　人：（唱）兵将害怕，一起着忙。
　　　　　（冉保、方英上）番贼封去路，进退无主张。
冉保、方英：（唱）冉保方英忙乱，二将惊惧发慌。
　　　　　　　齐尊千岁说不好，何法可退众犬羊？
朱　　永：（唱）可叹吾，混逞强。
　　　　　　　有勇无谋，不细思量。

　　　　　　贼兵诈败走，追赶却不当。

　　　　　　而今又去险地，被困进退无方。

　　　　　　无计只可舍性命，努力杀回战一场。

众　　人：（唱）说遵令，抖绳缰。

　　　　　　拨回战马，舞动刀枪。

　　　　　　遇贼大交战，（冉保死）冉保一命亡。

　　　　　　贼兵以多为胜，一众凶似虎狼。

　　　　　　山口难出往里进，又见火起满山岗。

　　　　　　草木盛，山如墙。

　　　　　　顺风烧起，尽是火光。

　　　　　　两壁难逃走，兵丁火内亡。

　　　　　　其余不少烤死，又遇贼兵遭殃。

（乜先、会真上）

乜先、会真：（白）众毛袄，敌兵上岭，莫容逃遁，随吾二人劫杀。

　　　　　　（唱）山坡岭上大交战。

（乱杀众卒，方英败，朱永上）

朱　　永：（唱）朱永败走，大叫上苍。

　　　　　　叹吾从小英名表，今日无谋兵将亡。

　　　　　　叹气连声夺路走，见一碑碣石在路旁。

　　　　　　下马进前留神看，

　　　　　（白）呀，这一石碑上刻汉将"李陵"二字。哎呀，是了，这是李陵碑，当日宋将杨继业在此碰死。碑碣造记，地名两狼山交崖峪。大将最忌地名，本公姓朱也与杨姓一般，猪羊遇狼，是害吾今损将折兵，丧师辱国，逢此绝地，大料一命也难逃生。遇贼又来围裹，进退无路，既落贼首不如拔剑自刎。也罢。

（朱永死，番卒上）

番　　卒：哎呀，死咧，报去吧。报大王、国师得知，明将朱永，李陵碑下自刎而亡。

乜　　先：好，首将已死，余兵皆亡，纵使逃匿，不必追寻，打得胜鼓回营。

（方英步上）

方　英：苦哉，痛哉，俺方英可怜将死兵亡，朱千岁自刎，吾便骑马登山而逃。兵将纵使逃走，隐匿不见，只得回营禀知英国公便了。

（张福升帐）

张　福：（诗）统领貔貅百万军，征杀难灭众胡人。

（白）本帅张福，随驾行兵出塞，前方恶虎山失机，损伤兵将五千，今又兵临两狼山，离贼四十里安营下寨，成国公带兵三万又去对敌，不知胜败怎样？

军　卒：报门，方英告进。

方　英：千岁在上，末将领死。

张　福：将军随众对敌，为何狼狈而回？

方　英：千岁不消问了。

张　福：怎样？

方　英：遂把对敌误中埋伏之计说了一遍。呀，可怜成国公自尽身亡，兵将尽死山沟，小将得命，逃回报信。

张　福：呀，这还了得？如此遭劫真乃国家不幸也。

（唱）闻惊报，怔呵呵。

国公朱永，平素有谋。

为何中贼计，一死命难逃？

兵将尽遭毁殁，令人惨然难受。

只得急急奏皇帝，从中计议灭番贼。

退大帐，进皇銮。

且压这里，暂且不说。

刘　汉：（唱）又表高山寨，升帐乐呵呵。

刘汉刚刚归座，

喽　啰：（唱）帐下跪倒喽啰。

启禀大王得知，郡马老爷转山坡。

还带来，人儿多。

男女面生，俱不认得。

刘　汉：（唱）摆手说起过，待吾看明白。

迈步出了大帐，抬头细看清。

	果是姐夫回山转，带来男女人五个。
	走进来，把话说。

刘　　月：（唱）刘月也来，相随哥哥。

　　　　　　一起道辛苦，来往受奔波。

　　　　　　来此几位不晓，姐丈快说明白。

孙　　堂：（唱）从头至尾说一遍，亲友同来把难脱。

刘　　月：（唱）好，连说好，笑哈哈。

　　　　　　亲友同来，叫人快活。

　　　　　　来到高山寨，请谅慢待多。

众　　人：（白）好说，不敢，吾等无故前来打搅寨主，自愧不当，望乞恕罪。

刘　　月：不敢，既来有缘相会，客套一概休说。

赵　　荣：二位寨主，刘表叔是长亲，吾赵荣夫妻理当叩拜。

刘　　月：好说，至亲不用太多礼。喽啰们，对你寨主去学说。

喽　　啰：哈，忙答应，去如梭，告禀后寨，一齐晓得。

刘赛花：（唱）赛花心欢喜，出房把步挪。

众　　人：（白）还有月英、吴氏，海棠随后跟着。

郝　　仁：老儿郝仁也知道，来者众人热闹多。

董月英、刘赛花：叔叔/郡马受辛苦。

孙　　堂：彼此一样。去急来快爽神多。只因未曾远游，故而回来甚快。贤侄，这就是你的刘氏姑母。

赵荣、陶秀英：姑母可好？吾夫妻拜见来迟，望乞恕罪。

刘赛花：哎哟，

　　　　（唱）连忙还礼说不敢，恕过慢待礼儿薄。

陶秀英：（白）好说，姑母之言太谦了。

刘赛花：（唱）听说是赵家侄儿夫妇到，喽啰未得细学说。

　　　　　　郡马你再告诉吾，

孙　　堂：（唱）重把以往之始末。

　　　　　　只因如此遭了祸，这般同来上山坡。

刘赛花：（唱）如此说来算巧遇，侄儿夫妻脱网罗。

　　　　　　不才姑侄得相会，借仗高攀无别说。

赵　荣：（白）骨肉至亲一般无二，姑母不要见外。
孙　堂：（唱）侄儿说的果然是，若是两样礼不合。
郝　仁：（唱）郝仁过来开言道，这里不用闲唠嗑。
　　　　　　　你们娘儿后宅去，列位远来请歇着。
众　人：（唱）老人家之言有理，妇女一起身入后，
　　　　　　　众英雄齐进大帐把话说。
刘　汉：（唱）刘汉复又开言道。
　　　　（白）请问姐丈，你到边关纵未远行，想来也必知道朝廷征贼胜败怎样？
孙　堂：听说灭房不胜，本要打探明白，怎奈道人指示回山，未得探知详细。
马云、马青：这却不难，要知两国胜败，不才吾弟兄前去打听真实，回来禀之各位，如何？
刘　汉：不可，二位到此还未歇息，怎好劳动下山？
马云、马青：说哪里话来？我二人抛离奸狡来到高山，帮扶列位同心为国，弃暗投明，料效微劳，应当如此，何言"劳动"二字呢？
刘　汉：纵则如此，探事必得精细才好。
马云、马青：寨主放心，吾弟兄昔年走闯江湖，游过塞北，能通番语，此去管保比别人仔细就完咧。
刘　汉：好，如此就劳二位明日一往。喽啰们，杀猪宰羊，大排筵席伺候，好与众人远来迎风。
众　人：哈。
刘　汉：众位请。
（黑面小生出）
赵　必：（诗）懒念诗书在学堂，爱习拳脚演刀枪。
　　　　（白）俺赵必，乳名青郎，母亲常说家住怀来府，只因逃荒爹娘离散，父亲不知何往，母亲带吾来到祥府县，路认干亲裴家居住，听说随母来到此不满一周，如今年交九岁。干姥爷裴成指着打渔为生，母亲在此以织纺为业，供我念书带教武艺。如今文墨不成，习学拳脚，刀枪熟练，又兼臂力过人，一心习武，不爱念书，怎奈母亲归罪不容，吃了午饭，还得忍气上学。咳，念这个书真是倒运，两头受气，无法可使，说不了憋闷还得前去。学困如牢狱，几时得出笼。

（小丑生出）

陈　文：（诗）念书逃学不受管，先生见了白瞪眼。
　　　　　　　依仗家爹有银钱，巴结功名不算晚。
　　　　（白）学生陈文，家住祥符县，五里坡的人氏，家爹陈豹，舍妈姚氏。她老姓杜，只因一死抛下两个闺女，无人承管家业，所以招了舍爹，又生下吾咧，今年十岁，家爹真是爱如活宝。离家二里庄西关帝庙那里无有住持，家爹请的先生安了学，就叫吾那里念书习武，与书童作伴，服侍左右。书要不念，懒怠上学，先生也不拘管与吾，真乃自在逍遥，如同闲散一样。今日一乐，过午早些上学便了。书童哪里？

书　童：来了，少爷有何吩咐？

陈　文：没别的勾当，天气甚热，你与吾打着伞，咱主仆上学便了。有福之人人服侍，无福之人服侍人。

（二丑出）

众　人：念书尽胡闹，难叫人管教。不会常挨打，真是胡倒灶。

史　进：吾小生史进。

梅　信：吾梅信。

史　进：梅兄弟呀。

梅　信：史大哥说啥咧？

史　进：咱们在庙里念书，跟着先生起火吃饭，今日午后先生有事家去咧，嘱咐咱俩好好守着书房，不许淘气。要依吾说，学长不来，咱们不用念书，闲着踢个球儿玩玩不好哇？

梅　信：使得咧，踢着玩玩。

（青郎上）

赵　必：密友在学？

史　进：哟，赵兄弟来了，咱们齐大呼的玩玩呀。

赵　必：玩什么呢？

史　进：先生家去咧，咱们踢个球儿吧。

赵　必：好，正合吾意，咱们解解烦闷。

（陈文、书童上）

陈　文：哟，你们都在书房，先生不见，是往哪里去了？

众　　人：家去咧，吾们正想踢个球儿玩。学长你来了，咱们还得念书，不用玩了。

陈　文：咋不玩呢？先生不在家才正好玩吗！赵兄弟你早上挨了打咧，听说不上学了吗？有了气吗？咋又来咧？

赵　必：家母管教厉害，不得不来，不像陈兄你父母爱惜，面前买动先生并不规矩，里外不受委屈，真是自在。叹吾家里，无不多受管教，要想比你却是万万不能的了。

陈　文：那是自然。今日你受委屈受气必是憋闷，咱们不用踢球儿，等我挑个出儿，咱俩比比力气，赌个输赢如何？

赵　必：不知赌啥输赢？陈兄请讲。

陈　文：你每日常夸力大无穷，咱俩可没会过，今日何妨比试比试？这庙里殿外边有个石锁子，听说重有五十余斤，庄内演武之人，常来闲散，拿它比力。今日咱俩拿它露露由头，见谁能拿起，连举三个过顶，那就赢件东西，要是不能，那就输东西，定下输赢，找人作保，谁也不许反悔。

赵　必：倒也使得，不知可指何物定为输赢呢？

陈　文：有啊，吾想你胸前带的香囊，绣得十分精巧，招人稀罕。你要输了，把它给吾；我要输了，把吾胳膊上戴的银镯子给你，你说好哇不好？

赵　必：好是好，就怕你输了舍不得。

陈　文：这是啥话呢？你穷吾富，输了，吾再打也有理，这还算啥吗？咋就舍不得呢？

赵　必：罢了，如此就击掌取保，谁也不许拉钩反悔。

陈　文：那是一定，一言既出，没啥两样，也不用别人作保，就叫史进、梅信他俩保着。来来，你吾快些击掌。

赵　必：有理。

（二人击掌）

史进、梅信：你们两个算赌咧，掌也击了，你们快些露露本事，吾们俩也看个热闹。

众　　人：那是自然，大家快走哇。

（唱）一起的，把房出。

来到殿外，止步停足。

陈　文：（唱）陈文开言道，大伙看清楚。

    待吾试它一试，你们见见何如。

    长起精神要用力，急忙脱去大衣服。

    把腰倚，用功夫。

书　童：（白）少爷今儿个逞点强儿吧，太爷交与你的密功夫施展施展。

陈　文：呀，少说此话。

书　童：要不说也罢。

陈　文：（唱）伸手拿起，气力不舒。

    只觉乱打慌，使得瞪眼珠。

    挣扎实在难举，手软落地溜出。

史进、梅信：（唱）保人书童不敢笑，暗说不好就要输。

陈　文：（唱）真叫人，气不服。

    二番用力，定不含糊。

    双手又拿起，越发气力无。

    撒手复又落地，使得气喘吁吁。

    家爹常夸吾有力，今日他怎力不足？

赵　必：（唱）小赵必，把兄呼。

    看吾用力，试试何如。

    说罢一伸手，拿起力不弱。

    一举举了三举，放下气不长出。

众　人：（唱）好，众人一见齐喝彩，人小力大不唐突。

    力举石头真少有，不怪常夸力气粗。

陈　文：（唱）陈文说一猛之力算不了，再举起走上几步吾才服。

赵　必：（唱）这个不难极容易，更比先前来得熟。

    举起来回走几趟，这回你算输不输？

陈　文：（唱）心中难舍自己物，开言又把赵必呼。

    方才打赌是玩耍，莫要认真把物图。

赵　必：（唱）陈兄之言说错了，赌赛是你亲口出。

    说了为何又更改，不算男儿大丈夫。

陈　文：（唱）说得陈文脸难抹，羞恼变怒气扑扑。

  （白）好个赵必小子，先生不在学里，你吾赌赛不过闲来玩耍，当真你就和吾要起东西来咧。要不看你比吾小，说话这样冤人，就欠一顿大耳刮子。

赵　必：住了，你这狂奴，恋财不舍，反来得罪与吾，真正无礼也。霸道且不与你讲，现今保人休装睡梦，这厮不愿舍财，你俩给吾要出，万事全休，不然管叫你们各个俱都不便。

史进、梅信：说啥呢？你叫我们要东西？实话对你说吧，你输了不给可是不中，学长输了，这事有些含糊。要不要得凭你们吧，吾们可不敢管。

赵　必：哎呀，好两个狗子，作保不公，这样偏向真正可恨，好生可恼。

（唱）骂狗子，气不息。

祖宗虽小，不受人气。

这样不公道，偏向使不得。

不管待吾硬要，不用你们嚼蛆。

陈文快快交给吾，休等祖宗讲不依。

陈　文：（唱）哎呀，黑小子，了不得。

敢来欺吾，并不细思。

大爷有势力，富贵品不低。

先生还得由吾，何况你这小子？

玩耍当真贪财物，真是无知小顽皮。

赵　必：（唱）呀，吾赵必，心眼直。

不会转弯，说东道西。

今日打赌事，是你亲口提。

为何说了不算？输了赖角毛子。

不讲清理难容让，休等着惹恼祖宗后悔迟。

陈　文：（白）你不让，会怎的？

赵　必：（唱）一定硬要，你的东西。

陈　文：（唱）我物不敢动，叫你不便宜。

赵　必：（唱）别人不敢惹你，祖宗不能惧敌。

也罢，说罢扯手撸镯子，

陈　文：（唱）哎呀，小子撒野扯坏衣。

声大骂，无赖子。

好个杂种，王八崽子。

　　　　　　有娘无有父,你算啥东西?
　　　　　　敢与少爷晦气,真是胆大无知。
　　　　　　还吾镯子倒罢了,不然倒叫你赔几只。
赵　必:(唱)哎呀,小豪杰,气不息。
　　　　　　狗子胆大,太把人欺。
　　　　　　敢骂吾不正,胡说信口提。
　　　　　　气得扬拳就打,底下就用脚踢。
陈　文:(白)密友们,书童快上手打他,不怕有吾呢。
众　人:(唱)学生书童齐动手,狗仗人势帮上司。
赵　必:(白)可恼啊,
　　　　(唱)怎知黑爷有武艺?拳打脚踢来得急。
　　　　　　四犬难敌一只虎,打得众人两分离。
众　人:(唱)别人害怕俱躲藏,
陈　文:(唱)陈文该死头发迷。
　　　　　　逃跑不动跌在地,赵必拿起石锁子。
　　　　　　照着头上砸了去,(陈文死),脑浆迸裂命归西。
　　　　　　豪杰这才消了气。
赵　必:(白)狗子,是你起来,再与吾试试,为何不动?想是死咧,待吾上前看来。哎哟,不好,脑袋砸坏果然一死,这乱子惹得不小。这得急急回家告诉母亲一起避祸,逃走便了。
　　　　(书童急上)
书　童:少爷怎样?公子醒来,公子醒来,砸扁了一命身亡,少爷呀!
　　　　(史进、梅信上)
史　进:哎呀,这是怎么样了?
梅　信:死了不咧,怎么样?
史　进:哎呀,吾的妈呀,可了不得了,闹了人命这还了得?我也不顾了,咱们快跑吧。
书　童:他们全跑咧,剩吾一人。少爷尸首无法摆置,只好放在这里急急回家,禀知太爷便了。

(完)

第十七本

【剧情梗概】 康金定得知孙月杀人，就将身世详情告知于他，让他投奔麒麟山。陈豹得知儿子死讯，联合官府将康金定打入牢狱。孙月上山认父，众人决定一起下山解救康金定。英国公被番人设计重伤身亡，王振图谋与番人里应外合颠覆大明。郕王在京监国，听从大臣建议，将于谦召回，令其为主考，选拔天下英才。

（奸出，外坐）

陈　豹：（诗）昔为大盗在绿林，晚景富贵又迎春。
（白）老夫陈豹，原本浙江人氏，初年响马出身，因犯罪阖家被抄，剩我一人隐遁逃走，来到河南祥符县，又在杜家招亲，所生一子名唤陈文，今年十岁，在学读书。还有夫人前生二女，也是我照看成人，如今同年二九，尚未受聘。纵然一家两姓，子女双全倒也罢了。老夫晚成事业，家财巨富，捐纳功名又起雄心，深交官吏，强霸土豪，家养打手，无人敢惹，邻近俱称金斗员外，本地阎王。但等我儿久后长大，父子二人还要轰轰烈烈一番。

（书童急上）

书　童：哎呀，员外，可不好了。
陈　豹：呀，书童不在学堂伺候你公子读书，来到家中这样惊慌却是何故？
书　童：员外不知，我主仆上学，先生不在学内，他们淘气，如此如此这般这般，我少爷被那赵家小子打死一命，学生吓跑，小人回家特来报信。
陈　豹：呀，此话当真？
书　童：小人不敢撒谎。
陈　豹：呀，这还了得？待吾前去看来。
（唱）闻惊报，吓掉魂，
　　　　飞步出府，离了庄村。
　　　　来到关帝庙，举目细留神。
　　　　呀，果然吾儿倒地，头破血染浑身。

　　　　　　上前抱住号啕痛，叫声儿啦疼死人。

　　　　　　为父我，过五旬。

　　　　　　生你娇养，费尽血心。

　　　　　　并无兄与弟，只有你一人。

　　　　　　可惜抛了父母，无故一命归阴。

　　　　　　初年横死真可怜，活活摘去父的心。

　　　　　　只哭得，眼发昏。

众　　人：（唱）来了书童，还有家人。

　　　　　　一起忙解劝，太爷免泪淋。

　　　　　　当把公子成殓，急急抬回家门。

陈　　豹：（唱）尔等说得果有理，眼含痛泪站起身。

　　　　　　哎呀，将牙咬，气纷纷。

　　　　　　大骂赵家，小小贼根。

　　　　　　人小胆子大，竟敢打死人。

　　　　　　绝了老夫后嗣，休想逃命脱身。

　　　　　　定与我儿把仇报，拿你剥皮抽了筋。

　　　　　　恨罢多时忙吩咐。

（白）家人们，把你公子尸灵抬回府去成殓，起来快传十名打手，随我去到西村捉拿赵家贼子，千刀万剐，好与你少爷报仇。

众　　人：是。

陈　　豹：罢了，我的儿啦。

（康金定出）

康金定：（诗）他乡避祸耐时光，纺织教子训儿郎。

（白）奴康金定，昔年避祸逃难来到裴家认亲，不觉过了八年有余。抛弃亲生，不知有命无有。幸喜抚养青郎今年九岁，虽是嫡生庶养，疼爱胜如亲生。纺织攻书，代传武艺。从他外祖家的姓，起名赵必，可惜将门之后，生来力大无穷，虽然粗鲁倒也伶俐，传他武艺一教即会。看他后来文墨不成，又是一员武将，时下埋名隐姓，不敢出头。裴家义父、义妹待吾母子，恩情难报。今日他父女又上西河打鱼，青郎上学念书去了，剩吾一人在家只觉心惊肉跳，不知是何缘故。

（青郎急上）

赵　　必：妈呀，可不好了。

康金定：呀，吾儿上学回家，为何这样惊慌？身带血迹，莫非你惹了祸事不成？

赵　　必：正是，孩儿惹了大祸，不敢隐瞒，原是如此这般，一怒打死人命，回家来见母亲，咱母子快急急逃走，避祸要紧。

康金定：呀，好个不知死的小冤家。

（唱）贤人听罢吓一跳，用手一指骂冤家。
　　　　不爱读书会玩耍，惹下大祸把天塌。
　　　　陈家之人谁不晓？万恶豪霸不是善茬。
　　　　你竟打死他家子，滔天大祸怎么压？
　　　　拿你偿命还不算，连我也得染黄沙。
　　　　冤家无知真少有，竟不思想还有家。

赵　　必：（唱）母亲息怒消消气，细听孩儿说根芽。
　　　　玩耍本是儿的错，以后事儿要怨他。
　　　　谁叫他骂我有娘无有父，又说我野种叫人气难压。
　　　　故此一怒将他打，又用石锁将头砸。
　　　　吓得学生齐躲藏，孩儿急急来回家。
　　　　来见母亲要请教，我怎无爹光有妈？
　　　　不知我父何名姓？叫人糊涂不明白。
　　　　母亲快说真来历，免得外人胡话发。
　　　　说明咱好急逃走，避祸找我爹爹他。
　　　　小豪杰着急这事不住问，

康金定：咳，

（唱）听罢伤心泪滴嗒。

赵　　必：（白）母亲为何落泪呢？

康金定：（唱）事到此间难瞒你，房内无人听根芽。

（白）青郎。

赵　　必：有。

康金定：娇儿。

赵　　必：在。

康金定：你今受人辱骂惹下大祸，来见为娘打听根底，此是大祸临头不敢隐瞒，只好实言相告，放你逃走去吧。

（唱）儿啦，手拉青郎把儿叫，细听为娘对你云。
家乡来历说一遍，根底告诉你知闻。
我儿你不叫赵必名孙月，假名避祸真姓孙。
你祖父名叫吉宗谁不晓？一品公侯是皇亲。
你父孙堂是武辈，你叔父孙安身习文。
我儿你是赵氏养，奴家是你庶娘亲。
咱一家这般如此遭大难，你的祖父命归阴。
抄家你母全节死，托我抚养后代根。
急难中与你父叔俩失散，为娘保你算脱身。
半路又生下你兄弟，抛弃不知存不存。
悠悠认亲裴家住，不觉忽然过几春。
不想你今惹大祸，该着母子两离分。

孙　月：（白）不知母亲叫孩儿往哪里去呢？

康金定：（唱）你父收的刘氏女，麒麟山上聚众称尊。
我儿你去奔山东莱州府，打听自然知信音。
投奔那里收留你，可以免祸把身存。

孙　月：（白）叫孩儿避祸，难道母亲不同去吗？

康金定：（唱）冤家真乃不知事，难道忘了裴家恩。
母子若是同逃走，留下祸事交与何人？
祸留别人万不可，自己做事莫亏心。
我儿去吧娘在此，可以抵命免祸根。
急劝我儿你快去，休等着陈家人来难脱身。

孙　月：（唱）娘呀，小豪杰听罢眼落泪，开言又把母亲尊。
孩儿从小如做梦，今才明白底与根。
不想避难又惹祸，孩儿不孝连累母。
纵然不是你生养，也知要报养育恩。
惹祸若叫母命偿，孩儿成了什么人？
你老若不同逃走，我就偿命去归阴。

康金定：（唱）我儿说到哪里去，不可任性听娘云。
（白）青郎儿啦，为娘叫你逃走，我去偿命，乃是要存孙门一点骨血。你去寻父一家，报仇雪恨。若是拗性不听，自认一死，虽是孝义，以小误大，叫我劳而无功，反为不美，莫如依言顺从为孝，叫人心舒。若是执拗不听，叫我生不如死，莫如早寻自尽，省得同死无益。小冤家你去是不去，我是不管，为娘情愿一头碰死，倒是也罢。

孙　月：母亲不可不可，千万不要寻死，你老怎么吩咐，孩儿不敢违命就是了。

康金定：罢了，你既从命，我且不死，待为娘与你打点行李。儿啦，这是随身衣服盘费，这是带鞘一把宝剑，上有字迹，是你父名讳，拿去一路护身无事，掩藏莫叫人见。到了高山有你爹爹更好，若是不在，见你刘氏母亲说明其故，指物为凭也必相认。如要收留，就在那里安身，不必把我为念。但愿你后来为国为家报仇雪恨，为娘就是一死，也就甘心，不枉我为孙门保全宗嗣。为娘嘱咐已毕，你快些去吧！休等陈家人来，逃走不脱，那时叫我枉劳心意。

孙　月：是，孩儿遵命，母亲娘啊！

康金定：儿啦！青郎去了，不敢送出，唯恐人知逃走不便。叹我抚养他一场，未曾得济，反替冤家一死，真是奴家命该如此。

（裴家父女上）

裴成、裴桂香：闺女/姐姐在房？

康金定：爹爹、妹妹回来了。

裴成、裴桂香：正是回来了，姐姐/闺女为何满眼落泪？

康金定：爹爹、妹妹不知，原是这般如此。孩儿青郎惹下大祸，方才回家我放他逃走，陈家不依，我替认罪。抛下你们，你们的恩情未报，故此伤心落泪。

裴　成：哎呀，我的妈呀，可了不得了。
（唱）老儿听说吓出屁，

裴桂香：（唱）桂香闻听魂魄离。
人命关天怎么办？可叹姐姐把命抵。
我怎忍得叫你死？姐妹相守怎么离？

（陈豹上）

陈　　豹：（白）小子们，来到裴家门首，尔等着人把守，休叫凶手逃走，其余随我进去拿人。

康金定：（唱）正然说话外边嚷，不用说了，必是拿人来得急。

（白）爹爹不必害怕，妹妹房内躲避，他们进来让我答对顶罪，却与你们无干。

裴　　成：（唱）了不得了不得，老儿才要出去看。

陈　　豹：（唱）陈豹带人闯进屋。

裴　　成：（唱）老儿吓得不敢说话。

康金定：（唱）康氏带怒问端底。

（白）住了，你们这些生人是谁？青天白日闯入宅院，闯进妇女卧室。不知我家犯了何罪，你们来得这样凶险？

裴　　成：正是，倒是为啥，来得这么横？你们倒也说说。

陈　　豹：你们何须明知故问？

（唱）一进门，气冲天。

瞧见二女，又把心安。

腹内暗夸讲，带怒便开言。

你家学生万恶，行凶胆大包天。

打死吾儿该何罪？特来拿他大报冤。

裴　　成：（唱）裴老儿，吓软瘫。

裴桂香：（唱）桂香害怕，胆战心寒。

康金定：（唱）康氏开言道，你们听周全。

他们学中闹事，家中不知根源。

必是惹祸暗逃走，并未见他把家还。

陈　　豹：（唱）说此话，把谁瞒？

小小幼儿，哪里逃窜？

分明回家转，你们惧祸端。

想把凶手隐匿，拿他要想遮拦。

好好献出无的讲，不然时下就要翻。

康金定：（唱）本未见，非谎言。

不信任你，各处细观。

|若要搜不出，不用混牵连。
子去还有母在，偿命理之当然。
别的言语不用讲，奴家随你去见官。

陈　　豹：（唱）别人替，是枉然。
不见凶手，断不心甘。
吩咐众打手，尔等听我言。
随我前后搜查，倒是隐匿哪边。
量他插翅难逃走，定要拿住小孽冤。

家　　仆：（唱）哈，齐答应，闹声喧。
前后院内，俱都搜翻。
果然全不见，不知哪里钻？

陈　　豹：（唱）吩咐再到邻右，务要拿住凶顽。
合庄与我齐搜遍，不怕他入地飞上天。

家　　奴：（唱）众恶奴，去不言。

康金定：（唱）康氏金定，带怒而言。
叫声陈员外，你好礼不端。
打死你家之子，乃是我的儿男。
寻不见有人抵命就是了，不该混搜起不安。

陈　　豹：（唱）听此话，怒冲冠。
你这妇人，混把谁拦？
凶手若不见，断不等回还。
一人偿命不算，不称老夫心田。
定将你们齐上绑，报仇死一要还三。

康金定：（白）住了，莫非此地无王法，你这老贼信口言。
我儿打死你子，乃是年幼无知，他去偿命有我也就罢了，为何凶心不退，还想多累无辜？要知我儿行凶，未犯抄家之罪，你儿虽死不是凤子龙孙，却叫哪个一命抵三？你若仗着胡为，怎知奴家不是好惹的。任着有罪一身杀剐，不怕你们人有百万，奴家施展本领，多杀你们几个，我再偿命不迟。

陈　　豹：你这妇人休发狠言，既知法度，按律认罪，老夫且拿凶手，其余不究。

|裴　　成：|闺女呀，他们被你唬住，又拿外孙去了，门外有人把着，咱们逃走不了，这事情是怎好哇？

他若不见，再来拿你不迟。小子们，尔等门外把守，休教他们逃走，老夫随众且拿凶手去也。

裴　　成：闺女呀，他们被你唬住，又拿外孙去了，门外有人把着，咱们逃走不了，这事情是怎好哇？

康金定：爹爹不必多虑，你外孙逃走，无非女儿认罪，也就无事，别无可叹。就是我母子到此，蒙恩收留数载，恩情未报，令人大不遂心。指望得第，一家相会，成全妹妹终身，侍奉送终养老。不想冤家一旦惹祸，母子分离，他去我死，有负恩情，不能得报，只好来生再报大恩，慢慢以待结草衔环吧。

裴桂香：姐姐说哪里话来？你今有难不忍逃走，就算为吾父女全情尽意，还说什么恩情未报？小妹不能搭救，与你姐妹分离，叫我如何舍得？

康金定：愚姐命该如此，妹妹不必留恋，他们去了少刻便回，爹爹出去外边等候他们，来时告诉苦主，不要进来出去，女儿必然跟他们见官领罪。

裴　　成：是咧，没法子救你，只好等着他们来咧。咳，闺女呀。

（唱）老儿带泪哭出去？

裴桂香：（唱）桂香难舍泪汪汪。

康金定：（唱）金定回房把衣换，暗带短刀把身防。

裴桂香：（唱）姐姐带刀做什么？莫非是要自刎亡。

康金定：（唱）此去一则防护身，二则是定罪之后刎官堂。

裴桂香：（唱）何不坐监且忍耐，等候那姐夫救你下山岗？

康金定：（唱）望梅止渴不中用，可知他在哪一方？

裴桂香：（唱）万一的外甥投奔刘氏女，要知道她也必念姐妹情肠。

康金定：（唱）来不来的指不定，听说刘氏甚贤良。

裴桂香：（唱）万一他要把你救，何必认死丢主张？

康金定：（唱）如此且听妹妹话，不死忍耐监内藏。

裴桂香：（唱）从来吉人有天相，姐姐忍耐不必忙。

康金定：（唱）妹妹呀，我去有话嘱咐你，你父女不必久占在家乡。

打听青郎有了信，也去投奔那山岗。

万一的我家叔叔要有命，妹妹呀，等候淑女配才郎。

不在只好任凭你，愚姐我来未尽心肠。

　　　　　　正然嘱咐话无了，
陈　　豹：（唱）陈豹吩咐话高扬。
　　　　　（白）小子们，合庄搜遍，凶手不见，想是逃走，不必追赶，尔等随我进去绑拿那一妇人便了。
裴　　成：站住，站住，众位爷们来咧，不用进去绑拿，我闺女说咧，情愿跟着你们认罪去就是了。
陈　　豹：既要省事，快叫她出来。
裴　　成：是，你们料等一等，告诉她去，不要着急呀。
　　　　　（唱）老儿进来泪汪汪。
　　　　　　闺女呀，他们来了可怎的？
康金定：（白）爹爹呀，
　　　　　（唱）别无他说到当官。
　　　　　　拜别已毕哭出去，
陈　　豹：（唱）老陈豹留情押解女娇娘。
　　　　　　去见知县同计议，
裴桂香：（唱）裴氏桂香哭回房。
裴　　成：（唱）老裴成随后打探音信去，
孙　　月：（唱）接连再表小青郎。
　　　　　　一起走了十里地，自己停身犯思量。
　　　　　（白）俺孙月，母亲放我逃走，惦着她老人家心如刀绞，有心回去打听凶信，却又不敢回乡，这却如何是好？呀，有了，何不寻店打了晚尖，黑夜不存，暗暗回去听个信息？或是怎样，再做主意。定是如此，急急去寻店便了。

（鞑女升帐，武梅香站）

喜凤鸾：（诗）头戴佛顶珠，身披阿里苏。
　　　　　　闺女能文武，独显女丈夫。
　　　　　（白）贵家庆阳公主喜凤鸾，乃顺宁王匕先妹妹。二位兄长带兵征南，听说大明皇帝亲征扫北，两国大兵在边外对敌。贵家昨夜偶得一梦，十分奇异，见一白发老儿自称月老星君，说奴该有皇妃之命，终身主与南方，言罢化阵清风而去。少时间有一条黄龙将奴身体盘住，不时惊醒。自己觉乎此梦有些来历，告知嫂嫂要随兄长帮兵，嫂嫂不拦，命奴前去点了三千鞑兵，带领随人侍女，今日行师便了。鞑儿们，响炮起兵，抬刀拉马。

（唱）座上急忙传将令，人马行动吹别拉。

离座下了中军帐，提刀上了马桃花。

侍女青梅紧随后，主仆二人把马撒。

催军行路急又快，吩咐鞑兵不许喧哗。

此去明是助兄长，实意乃是为自家。

看奴终身落何地，留心择婿谁配咱。

不言鞑女行人马，

孙　安：（唱）再说书生孙安他。

带领仆人寻兄嫂，

（白）学生孙安假名安全。

（丑生上）

杨　兴：我小子杨府家人杨兴。

孙　安：辞别爹爹、娘子，离了杨家，不乘鞍马，带领仆人作伴，信步悠悠，寻访兄嫂，依然渺无踪影。本省再若寻觅不见，只好去到麒麟山一见刘氏嫂嫂，便知哥哥详细。杨兴随我赶奔开封府走走。

杨　兴：是。

（诗）柳絮随风舞，飘飘无定踪。

（丑官出，升堂）

毛　星：（诗）做官怕人命，银子不能挣。

多劳反糟糕，不丢算微幸。

（白）下官祥符县知县毛星，今有城北五里坡地方禀报陈家人命一案，本县下乡方才将尸体验完，苦主陈豹言道凶手逃走，将他亲妈拿来顶案，秘密托付不叫问罪抵偿，暗有心事暂且不露，拿住她的儿子再定此案。我俩相好咋说咋办，须得草草审问一番，再拿凶手。人呢？带女犯上堂。

衙　役：哈。

（康氏上，跪）

康金定：老爷在上，女犯叩头。

毛　星：哎呀哎呀，好个俊俏中年妇人哪，怪不得他人暗有心事。那一妇人，你儿念书，怎么逃学打死陈公子，惹祸逃走？你来顶案，是替你儿子偿命吗？

康金定：正是，我儿打死人命逃走，以母替子领罪当然。就请老爷将我定罪，奴家死而无怨哪，老爷。

（唱）不用审问愿招认，家乡住处细禀明。

毛　星：（白）听说你不是这里人氏，本家住哪里？怎么到这里惹祸呢？

康金定：（唱）本家住在河南怀庆府，夫主姓赵身贫穷。
　　　　逃荒离家两分散，剩我母子甚孤零。
　　　　游行来在祥符县，裴家认亲隐身形。
　　　　幼子成人攻书史，不想冤家他行凶。
　　　　打死人命他逃走，移祸于母影无踪。

毛　星：（白）不是你心疼儿子，放他逃走的嘛？

康金定：（唱）老爷说的言差矣，哪有放走理不通？
　　　　他从学房私逃走，奴家在家不知情。
　　　　陈员外带人去搜捕，这才知道大祸生。
　　　　无处拿他来领罪，以母代子理尚通。
　　　　老爷将我问抵命，百事全消无的明。
　　　　说罢不住将头叩，

毛　星：（唱）知县听罢口打哼。
　　　　开言又把女犯叫，

（白）那一女犯，你说的这话有些不对。从来爷做爷当，儿做儿当，你儿子杀人偿命，本县按律还是拿他问罪，你一个娘们家如何叫你抵命？若以我说看你不老不小，正在好时候，莫如你丈夫、儿子不在，趁早改嫁寻个人家脱难享福，乃是正理，何必替你儿子一死呢？

康金定：住了，你这官儿毫无道理，我儿杀人不在，有我偿命，你不按律销案，何必问我改嫁？莫非你家男子犯罪，妇女难道都是改嫁不成？此言也不怕人咒骂，玷辱各家体统。看你做官必是贪赃枉法，财色为先，竟学衣冠中的禽兽，不明人伦大礼。

毛　星：得咧得咧，别骂了，本县不劝你改嫁，教你认罪就是了。人呢？将她带下去，回城寄监。
衙　役：哈。
（带下康金定）
毛　星：左右呢？退堂！有请苦主同到公堂。
衙　役：哈。
毛　星：（唱）骂得知县无好气，吩咐一声退了堂。
陈　豹：（唱）陈豹相随入公堂，同上归座闻其详。
　　　　　　　父母①审问那女子，不知怎么做主张？
毛　星：（唱）口尊陈兄不必问，托付事儿太荒唐。
　　　　　　　我与你探探口气未明讲，叫她骂了我一场。
陈　豹：（唱）如此烈性怎么做？偿命又恋女红妆。
　　　　　　　捉拿凶手又不见，怎忍白死小儿郎？
毛　星：（唱）陈兄一心把她爱，暂且消停不用忙。
　　　　　　　将她寄监耐耐性，想法设计再商量。
陈　豹：（白）却不知道有何妙计？
毛　星：（唱）各处严拿她儿子，拿住暗杀莫声张。
　　　　　　　从来日久心必淡，那妇人受罪必然不耐长。
　　　　　　　折磨她若把心变，差遣官媒去商量。
　　　　　　　就说你怜她不把冤仇报，不拿凶手把命偿。
　　　　　　　留她儿子活在世，撮合你俩配成双。
　　　　　　　她若乐从这件事，免罪出监速拜堂。
　　　　　　　事成了你暗报仇明纳妾，下官成全好勾当。
　　　　　　　过了后纵然知她儿子死，有气也是白嚷嚷。
　　　　　　　依言而作是必要，这个主意强不强？
陈　豹：（唱）好，连说此举真绝妙，倒是相契费心肠。
　　　　　　　事成必然有重谢，
毛　星：（唱）好说，不敢，定案你就成殓令郎。
　　　　　　　余者不究回衙去，暗拿凶手要急忙。

---

① 此处指父母官。

陈　豹：（白）如此不好久留，请。
毛　星：请。
　　　　（唱）不言他们这里事，
孙　月：（唱）接连又表小青郎。
　　　　　　　心内惊慌不停止，
　　　　（白）哎呀，不好了，以往之事打听明白，原来母亲被陈家人等拿去见官，领罪寄监，还要拿吾偿命。这还须得星夜赶至麒麟山认父，搭救母亲便了。
　　　　（乜先上）
乜　先：小番们，抬叉拉马随孤攻打明营。
　　　　（又马上）
乜　先：孤家顺宁王乜先。两国交战，人马不息。前日两狼山埋伏退兵诱敌，明将不知其意，国师设计在交崖峪一战，伤损明朝无数兵马。他国君臣丧胆退兵南归，今在土木安营。孤家带兵前去，定要捉拿明将，向他要降书顺表。众番兵！
番　兵：有。
乜　先：随孤杀奔土木，不得有误。
　　　　（军卒、张福上）
军　卒：报公爷得知，番兵又来要战。
张　福：传令众将一起杀出营去。
　　　　（乱杀一阵）
张　福：番贼少来猖狂，本公擒你来也。
乜　先：你这老儿不是明营张福吗？
张　福：然也。既知我的厉害，就该撤兵，为何屡屡逞强，不知进退？
乜　先：你君臣不献降书，断不撤兵。你来应战，该你一死，老儿休走，看叉取你。
张　福：看刀。
　　　　（杀一阵，乜先败，又上）
乜　先：哎呀，好生厉害呀。
　　　　（唱）老将年迈力不弱，刀法精神鬼入神出。
　　　　　　　越杀越勇精神抖，棋逢对手两不服。

	孤家塞北有名将，自负英雄敌万夫。
	不料今日遇对手，老将骁勇盖世无。
	人强马壮无比赛，疆场大战敌住孤。
	二马盘桓百十步，奋勇争强用功夫。

张　　福：（唱）张福暗暗也夸奖，乜先赛过金兀术。
　　　　　　　武艺超群人难比，真是惯战英雄妒。
　　　　　　　力大叉沉人马壮，敌住本公胜过吾。
　　　　　　　着急又把番贼叫，定要杀你这胡奴。

乜　　先：（唱）老儿可笑休妄想，杀我只怕熬眼珠。
　　　　　　　咱俩看是谁取胜，只怕叫你赴酆都。
　　　　　　　杀得高兴不歇战，刀叉风声响呼呼。

张　　福：（唱）张爷大战频发狠，看我年迈却不服。
　　　　　　　刀晃一派寒光亮，神鬼惊惧胆突突。
　　　　　　　两阵兵将齐喝彩，杀到日落月东出。
　　　　　　　齐听鸣金方住手。

乜　　先：（白）张福，你我杀了一日，不分胜败，天晚鸣金罢战，明日再来比拼如何？

张　　福：谁还惧敌不成？

乜　　先：来者真君子，不来是小人。

张　　福：请。

　　　　　（摆场）

乜　　先：小番们。

番　　兵：有。

乜　　先：收兵回营，将马带过。

　　　　　（乜先坐，僧站）

乜　　先：一场好杀，一场好战。

会　　真：太师胜败如何？

乜　　先：我与明将张福大战一日，雌雄未分，天晚鸣金收兵，言道明日再见高低。

会　　真：来日可有胜他之计？

乜　　先：并无良谋，还求国师划策。

会　　真：要想胜他，却也不难。贫僧却有一计，管保可能成功。

也　先：倒是何计，这等绝妙？
会　真：太师若问听了。
　　　　（唱）衰家连日出营寨，行兵之地各处瞧。
　　　　　　　营南有个柳林地，一带严密树又高。
　　　　　　　贫僧带领弓箭手，瞧瞧那里埋伏着。
　　　　　　　太师明日再去战，引诱敌将林内逃。
　　　　　　　敌兵入林发乱箭，定叫他们赴阴曹。
　　　　　　　明营死了老张福，兵将无主好计较。
　　　　　　　设法捉拿明皇帝，要取降书在一朝。
　　　　　　　不知此计何如也？
也　先：（唱）点头连夸好良谋。
　　　　　　　依计而行快归帐，一夜晚景不细学。
　　　　　　　次日早晨用战饭，率众出营四处瞧。（也先、会真马上）
　　　　　　　分兵埋伏又要战，
明　兵：（唱）明兵报事禀根苗。
张　福：（唱）张福知晓忙传令，吩咐带马快抬刀。
　　　　　　　响炮出营抬头看，番贼杀得甚是刁。
　　　　　　　一催战马打了对，呼叫臊奴见低高。
　　　　　　　一抡大刀搂头砍，
也　先：（唱）手举钢叉忙架着。
　　　　　　　战了料有十几回，一带马缰回里逃。
张　福：（唱）番贼为何不耐战？莫非诈败有蹊跷？
　　　　　　　追赶须得加仔细，定要擒拿不轻饶。
　　　　　　　一催坐骑赶下去，
　　　　（张福下，也先下）
张　福：（唱）只见败贼逃荒郊。
　　　　　　　有个树林钻过去，赶至树林细斟酌。
　　　　（白）你看番贼入林，有心进林，怕有埋伏，不如撤兵回去再做道理。
会　真：小番们，敌兵追至林外，一起放箭。
众　人：哈。

张　　福：哎呀，不好了。
　　　　　（唱）说不好，箭临身。
　　　　　　　　打马而回，贼兵后跟。
会　　真：（唱）会真忙传令，出林赶敌人。
　　　　　　　　乱箭飞蝗如雨，射杀明将三军。
张　　福：（唱）张福中箭落了马，
袁　　斌：（唱）来了校尉名袁斌。
　　　　　　　　忙背起，回营门。
王　　计：（唱）王计带兵，堵挡贼人。
　　　　　　　　带领藤片手，挡箭难近身。
　　　　　　　　对敌闯杀一阵，收兵传令鸣金。
会真、乜先：（唱）会真乜先也不赶，收兵回营且不云。
　　　　　（皇帝上坐，王振、邸野、曹乃站）
皇　　帝：（唱）再说那，明主君。
　　　　　　　　闻报不祥，唬走真魂。
　　　　　　　　跑出黄罗帐，带领武共文。
袁　　斌：（唱）袁斌带来张福，见主放在埃尘。
　　　　　（老宫上）
太　　监：（唱）内臣进来忙扶住，
皇　　帝：（唱）皇帝一见好伤心。
　　　　　　　　开金口，问原因，
　　　　　　　　太师为何，自不小心？
　　　　　　　　中些雕翎箭，难免不伤身。
　　　　　　　　心内觉着怎样？快些告诉寡人。
众　　人：（唱）群臣一起也相问，老国公可觉不妨得安稳？
张　　福：（唱）咳，我主列位不必问，此时身体疼难禁。
　　　　　　　　恨我无谋该命尽，抛主不能灭贼人。
皇　　帝：（唱）太师宽心把伤养，不利之言不可云。
　　　　　　　　吩咐扶住速起箭，
内　　臣：（唱）内臣遵旨把手伸。

　　　　　　　　一人扶住一人起，

张　福：（白）哎呀，罢了我了。
　　　　（唱）拔了一根又一根。
　　　　　　　当胸一箭说休动，只觉心内如火焚。

皇　帝：（唱）皇帝近前复又问，
　　　　（白）老太师胸前一箭怎不让动？想是疼痛难忍，待朕亲手与你取出。

张　福：万岁不可，此箭是在要紧之处，当下一取，顷刻命亡，暂时不动还有命为，臣临死还有几句良言嘱咐国家大事，万岁爷呀！
　　　　（唱）微臣自觉难保命，惦着我主把心悬。
　　　　　　　圣驾今在干戈地，不同朝内有颠险。
　　　　　　　臣死愁着军无主，保举一人掌兵权。

皇　帝：（白）却是哪个？

张　福：（唱）总兵王计有谋略，可掌军机挡腥膻。
　　　　　　　劝主信众要远佞，不可糊涂像从前。
　　　　　　　回头又把袁斌叫，

袁　斌：（白）在。

张　福：（唱）将军救我报恩难。
　　　　　　　我死要你把忠尽，随军保驾尽心田。

袁　斌：（白）小将遵命。

张　福：又叫邸野与曹乃，二位大人听我言。

邸野、曹乃：老国公说什么？

张　福：（唱）你俩小心保圣驾，提防不测防权奸。
　　　　　　　怒目横眉叫王振，听我指教来近前。

王　振：（白）不知要说什么？

张　福：（唱）劝你改恶要从善，莫像从前害忠贤。
　　　　　　　你不劝驾来征北，皇帝不能到外边。
　　　　　　　带累今朝文共武，同你一人遭倒悬。

王　振：哟，
　　　　（唱）说此大话真不犯，可笑临死你还讨人嫌。

张　福：（白）住了。

皇　帝：（唱）又把正言当逆语，气恨起来打一拳。
　　　　（王振倒）
王　振：（白）跌倒又起说罢了，
皇　帝：太师不要理他，息怒养伤吧。
王　振：（唱）有气难生不敢言。
张　福：（唱）张福气恼伤疼痛，心如刀绞箭刺肝。
　　　　　　　大叫一声倒在地，悠悠一命赴黄泉。
皇　帝：（唱）皇帝一见忙扶住，
众　人：（唱）众人观瞧唬一蹿。
　　　　（白）老国公醒来。
皇　帝：呀，径自断气身亡，可不痛死朕也。
　　　　（唱）又悲又痛说可怜，不幸折将去栋梁。
众　人：（唱）袁斌邸野与曹乃，三人伤感泪汪汪。
　　　　　　　唯有王振心欢喜，暗恨老儿死应当。
皇　帝：（唱）苍天，想是寡人洪福尽，干国忠良一命亡。
众　人：（唱）叹息多会齐止泪，劝主不要过悲伤。
皇　帝：（唱）将心一并忙传旨，吩咐抬尸治灵丧。
侍　卫：（白）领旨。
　　　　（老宫抬尸下，王计上，站）
皇　帝：（诗）棺椁殡葬同祭奠，择一吉地葬忠良。
　　　　　　　王计封为都元帅，执掌军兵灭犬羊。
王　计：（白）谢主隆恩。
皇　帝：（唱）事毕回转黄罗帐，群臣各归本帐房。
王　振：（唱）王振回转心大怒，
　　　　（白）好耶好耶，张福已死，从今无人与我治气，趁此危机何不暗修书字一封？密差侄儿王林假装外路寻瞧，悄悄去到贼营下书，叫那番将乜先埋伏行事，我为内应，何愁不能成功？正是：要把江山卖，平分趁心怀。
　　　　（王直上）
王　直：（诗）华夷扰北内相征，朝野凶荒无计平。
　　　　（白）老夫王直。皇帝亲征塞北，折兵损将，朝闻凶报，忧虑不祥。郕王无计退敌，解围灭困，我今特请胡尚书共议良谋，便好保护圣驾无祸。差人去请，为何不见到来？

家　　仆：禀爷，胡大人请到。

王　　直：好，待我出去迎接。

（唱）急急忙忙迎出去，见面一起进书房。
归座吩咐把茶献，

胡　　英：（唱）胡英带笑把口张。
大人请我有何事？快对胡某说其详。

王　　直：（唱）劳动大人无别故，特议国事两相商。

胡　　英：（唱）提起朝中甚忧虑，皇帝在外不安康。

王　　直：（唱）灭虏不胜丧人马，凶报屡次来得忙。

胡　　英：（唱）郕王却也无法使，发兵无人出朝堂。

王　　直：（唱）兵将随驾多在外，朝内缺少将忠良。

胡　　英：（唱）无人不知怎计议，请我前来有何方？

王　　直：（唱）我要保举人一位，请你一同见郕王。

胡　　英：（唱）不知却是哪一个？大人快快讲其详。

王　　直：（唱）此人如今身在外，乃是昔日被贬于侍郎。

胡　　英：（唱）提起于谦常想念，可惜他今不在朝纲。

王　　直：（唱）此人才高智谋广，可以定国能安邦。

胡　　英：（唱）好，若能召他回了国，文能服众比人强。

（白）于谦因王振被贬离京，如今皇帝离朝，王振在外，国家求贤用人，正好召他回朝，共扶国政。而今当此天下惶惶，国内无主，正好挑选文武奇才治国灭寇，请驾还朝，方才保主无忧，社稷平安。不然眼见江山不稳，朝廷在外，倘若像以往金兵灭宋，那时悔之晚矣。

王　　直：正是，大人所虑与我相同，事不宜迟，就去上本，同见郕王便了。人来，外厢挑轿上朝，大人请。

胡　　英：请。

（二人同上，跪）

王直、胡英：大王千岁，臣王直/胡英有本奏来，启奏王驾。

朱祁钰：二位老贤卿，有何本奏？一一奏来。

王直、胡英：大王千岁容禀。

    （唱）二人复又齐叩首，同言有本奏根苗。
       万岁兴师去灭房，不见得胜转回朝。
       屡报不祥折兵将，朝内君臣心内焦。
       天下惶惶人心乱，唯恐社稷保不牢。
       臣等二人思谋国，想起一人智谋高。

朱祁钰：（白）却是哪个？

王直、胡英：（唱）就是于谦有谋略，可惜被贬出了朝。
       若能召他回了国，定保江山得安牢。

朱祁钰：（白）不知此人今在何处？

王直、胡英：（唱）他今河南为巡抚，新生曾把缙绅瞧。
       千岁召他回朝转，再开科考选英豪。
       点他文武大主考，挑选奇才把名标。
       招募能人平塞北，方可请驾转回朝。
       臣等之意望准奏，除此再无别计较。
       二人奏罢又叩首，

朱祁钰：（白）好。

       郕王听罢喜眉梢。
       皇兄征贼不取胜，孤王日夜心内焦。
       太君废寝把食忘，诸日为国把心操。
       三宫六院皆悬念，难住文武众官僚。
       孤王却又难离国，不能代驾把贼剿。
       昼夜愁闷无法使，二卿所荐主意高。
       依卿准奏就传旨，速把该人宣回朝。

    （白）二卿所奏甚合孤意，于谦素有才能，人人皆知。如今国家用人，正好开科取士，依卿所奏就此传旨。钦命太监裴富捧旨，一到河南宣召于谦回京，钦点大主考，科取天下奇才，征贼灭寇，请驾回朝，天下无忧，军民幸甚。二卿下殿回府，孤就传旨，速速一往退下。

王直、胡英：千岁千千岁。

    （董宽出，坐）

董　宽：（诗）国家凶乱世不安，英雄齐聚在高山。
　　　　（白）俺董宽，多亏朋友救难，一同姐姐来到高山，不觉外甥成人，今年九岁，我常常教他武艺，跑马射箭。山下路旁有块平川之地，常常去到那里演习弓马。今日闲暇无事，不免带领喽啰与外甥到此山下走走。
　　　　（红面小生上）
石　瑞：舅舅哇，不必坐着了，今日天气晴和，咱们爷两个又该下山玩耍去咧。
董　宽：正好唤你同来，就此吩咐喽啰抬枪带马，拿着弓箭随我下山走走便了。
　　　　（唱）不言甥舅把山下，
孙　月：（唱）又表孙月小魁元。
　　　　　　　有事不辞星夜走，寻父来奔麒麟山。
　　　　　　　逢人问信离不远，瞧见高山在面前。
　　　　　　　山下一场平川地，见有人马跑着玩。
　　　　　　　何不上前问一问，叫他领着我上山？
　　　　　　　主意一定奔上去，
喽　啰：（唱）早有喽啰四下观。
　　　　　　　瞧见来了人一个，人儿不大跑得欢。
　　　　　　　光景是要过山寨，咱何不叫他留下买命钱？
　　　　　　　说话之间对了面，大喊一声把路拦。
　　　　（白）哎呀，哪里来的黑小子，敢闯山寨？快些留下买命金银，放你过去。不然将你拿上山去，把你交与我们寨主，将你千刀万剐。
孙　月：住了，祖宗前来上山认父，谁叫你们挡住胡言乱道？若不观亲戚，有我爹爹在此，就欠把你们两个狗头一剑杀死。
喽　啰：哎呀哎呀，黑小子少来放屁，这里哪有这样亲戚？明是撒谎要过高山，哪里容得？不献财物，把你拿住再说。
孙　月：狗头休得无理，看剑。
喽　啰：来来。
　　　　（杀败二丑）
喽啰甲：哎呀哎呀，这个黑小子十分厉害，杀不过他，告诉董爷拿他便了。
喽啰乙：有理，快跑吧。
　　　　（孙月上）

孙　月：呀，狗男女哪里走？不要跑哇。
　　　　（唱）提剑随后追，走着连声骂。
　　　　　　　祖宗来认亲，你们混打差。
　　　　　　　拦住又后怂，不敢来打架。
　　　　　　　回去仗人多，祖宗也不怕。
　　　　　　　虎气昂昂追，
喽　啰：（唱）喽啰忙回话。
　　　　（白）禀董爷，山下来了一个黑小子，撒野打人，我们叫他揍回来啦。
董　宽：哎呀哎呀，
　　　　（唱）董宽与石瑞，甥舅肺气炸。
　　　　　　　何处黑小子？撒野真胆大。
　　　　　　　提剑把路拦，
孙　月：（唱）孙月正大骂。
　　　　　　　你们这伙人，不怕万人骂。
　　　　　　　祖宗来上山，竟把路途霸。
　　　　　　　要进礼不说，动手就打架。
　　　　　　　动手咱就来，不怕汉子差。
石　瑞：（唱）气坏小石瑞，小子好大话。
　　　　　　　舅舅你歇歇，看我把他打。
董　宽：（白）外甥小心着哇。
石　瑞：（唱）举剑迎上前，也不容说话。
　　　　　　　二人杀一堆，董宽观看罢。
董　宽：（唱）谁家小阿哥，这样本领大？
　　　　　　　外甥不敌他，看看要落下。
　　　　　　　开言把话说，外甥撒手吧。
石　瑞：（白）是，舅舅快来吧，我要歇歇。
董　宽：闪过了。
石　瑞：是。
董　宽：（唱）近前把手交，
孙　月：（白）不怕死的来吧。

董　宽：（唱）也觉难招架。

　　　　　　　自负本领高，怎不把他压，
　　　　　　　小子武艺精，力气却又大。
　　　　　　　必是出将门，明传有变化。
　　　　　　　寻常再不能，人小把我压。
　　　　　　　难敌甚惊慌，抽身忙败下。
　　　　　　　小子且停手，细问来答话。

孙　月：（白）哪里走？

董　宽：站住站住，且慢动手。

孙　月：呀，你这汉子莫非惧敌吗？

董　宽：非是惧敌，某家见你人小力大，本领高强，想来出身必然不低，何妨把你家乡来历姓甚名谁，一一告诉与我？要有紧事过山，某家放你过去如何？

孙　月：罢了，你既讲理，何必动手？你既问我，我还问你，此山是叫麒麟山不是？

董　宽：正是，你怎么知道？

孙　月：是就好说，既来打听自然知道。我再问你，昔日有个孙堂在此招亲姓刘，如今他们还在山上未有？

董　宽：俱都在此。这些事情你怎知道详细？莫非你与他们是有亲戚？

孙　月：正是亲戚，请问你老贵姓何名？领我上山拜见他们，叫我父子相认。

董　宽：站住站住，什么父子？叫人糊涂不明。必须说个清楚，我再领你上山不迟。

孙　月：咳，你老若问，听我细细告禀。

　　　　（唱）心中有底说实话，你老若问听清楚。
　　　　　　　家乡来历说一遍，名姓是非俱告诉。
　　　　　　　学生名字叫孙月，这般寻父不含糊。
　　　　　　　我父孙堂既在山寨，不枉这回千里途。
　　　　　　　恳求引我去拜父，父子相逢喜何如。

董　宽：（白）你既姓孙，知道父母以往之事，可知你父有姓董的朋友吗？当初患难相同，你知道不知道？

孙　月：（唱）此事家母也告诉，有个董宽是我盟叔。
　　　　　　　当初离家同患难，不想黑夜两分途。
　　　　　　　如今不知在何处，想是你老必相熟。
董　宽：（唱）诉罢上前忙拉住，口内连把贤侄呼。
孙　月：（白）这是怎么个称呼呢？
董　宽：（唱）不说量你不知道，我就是你董盟叔。
孙　月：呀！
　　　　（唱）豪杰听罢忙跪倒，
　　　　（白）原来你老姓董，就是我的盟叔，乞恕小侄不知，方才多有得罪。
董　宽：好说，你我叔侄各不相认，确实要紧，快些起来。
孙　月：是，谢过叔父。
董　宽：哈哈，当初离家之时，你是小孩童，如今长了这么大了，见面如何认得？若不说明，只当过路奸细盘问，哪想你来到此？而今叔侄相遇，令人喜不自胜，外甥哪里？快来。
石　瑞：舅舅说什么？怎不与他动手咧？
孙　月：动手来来。
董　宽：少说吧，这是你叔父之子，到此不是外人，与你乃是至交兄弟，方才多有冒撞，快些赔个礼吧。
石　瑞：是，小弟不知哥哥到此，多有冒犯，望乞恕罪。
孙　月：好说，不敢，小弟也有莽撞之罪，请问叔父这是哪个？小侄不知。你们不在山寨来到这里，却有何干？
董　宽：贤侄不知，他是我的外甥，他父与你爹爹也是相知。他姑母又是你婶婶，更又不是外人。方才我甥舅带领喽兵到此跑马射箭，不想你来，该着奇逢巧遇，快些随吾上山拜见你父和你刘氏母亲，便好发兵下山救你康氏母亲，脱难同到山寨。
孙　月：是，小侄此来全仗叔父引荐，拜见父母以认诸亲。
董　宽：那是自然。喽啰们带马回山，侄儿随我来。
孙　月：是，来了。
　　　　（孙堂出，刘赛花出）
孙　堂：（诗）英雄聚会在高山，

刘赛花：（诗）夫唱妇随乐安然。

孙　堂：（白）俺孙堂。

刘赛花：奴刘赛花。哎哟，将军哪，如今你的亲戚朋友都到高山，又无官兵征战，山寨平安无事，大家乐享天年，你还愁个哼拉哈的，愁的个啥劲吧？

孙　堂：咳，娘子不知，纵然亲身脱难，还有兄弟与康氏母子不知生死，惦着亲人不得相逢，叫我哪里来的欢喜？

刘赛花：不必着急，既有仙人指引，就等骨肉相见，将来必有团圆之日，何必这样性急，过于愁闷？

孙　堂：虽则如此，怕是言语不准，令人有失所望。

董　宽：贤侄外边少待。

孙　月：是。

董　宽：兄嫂在房？

孙　堂：贤弟来了，请坐。

董　宽：有坐。哥哥、嫂子你们大喜了。

孙　堂：贤弟取笑了，愚兄不得出头，还有亲人不见，哪里来的喜呢？

董　宽：纵然不是全喜，骨肉相见也是乐事。你每日常念诵我康氏嫂嫂母子二人失迷不见，如今他们有了下落，这般我侄儿找上山来，方才我与侄儿见面，说明以往，被我领来，父子就该相见，嫂嫂得个现成儿子，这可不是一喜吗？

刘赛花：愣头愣脑的你少说吧，方才正然念诵，哪有这凑巧？明是瞎说，叫人不信。

董　宽：真而且真，并非撒谎，不信领来就要见面。

孙　堂：慢着，贤弟可曾细问来历？倘乎要是奸细，到此也未可定。

董　宽：哥哥不要犯疑，起初我也当是奸细，后来问明一字不假。可怜康氏今在牢狱受罪，你父子正当相认，急去搭救嫂嫂才是正理。不然若等嫂嫂身亡，那时悔之晚矣。

孙　堂：呀，如此说来，想是不虚。你快领来见我，我再细细盘问。若果真是我儿到此，我家从前以往之事，他必尽知底里。

董　宽：不用斟酌，没有隐瞒，不信待我带来，你再问他一遍，看看真假。

（董宽下）

董　宽：贤侄随我来，拜见你的父母。
孙　月：来了。
董　宽：贤侄这是你的父，那是你母，快快上前拜见。
孙　月：是，爹娘在上，孩儿孙月叩头。
孙　堂：住了，小小孩子竟敢口称父母，既是我儿孙月到此，你可知道孙门以往之事？你祖父、叔叔叫何名讳？何人所生所养？今在何处成丁？快些说来。一字言差，定是奸细到此，立刻拿下废命。
刘赛花：小小孩子，不要吓唬与他，有话慢慢地说吧。
孙　月：爹娘若问，容儿细禀。

（唱）连连不住将头叩，口尊爹娘听儿云。
　　　咱们家祖居河南地，怀庆府孙家寨内有庭门。
　　　祖父吉宗为官宦，叔父孙安是儒人。
　　　爹爹习武娶二母，此后又收刘氏母亲。
　　　咱家如此犯了罪，祖父死，王振作对是仇人。
　　　朝廷下诏抄家口，可怜我生母赵氏命归阴。
　　　抛我青郎在襁褓，学名孙月爹爹存。
　　　庶母康氏抱出我，一同逃难又离分。
　　　父叔不知何所往，还有我董宽盟叔无处寻。

董　宽：（白）哥哥，你听这个孩子说的话对不对呀？
孙　堂：哼，听其所说的，言语倒也不错。
董　宽：接着说呀。
孙　月：（唱）康氏母半路又生我兄弟，无计抚养两条根。
　　　大义抛他为顾我，兄弟不知存不存。
　　　母子二人无投奔，是这般祥符县里认了亲。
　　　裴家住了八九载，照看孩儿成了人。
　　　请教武艺攻书史，不想如此惹祸根。
　　　孩儿打死陈家子，回家追问老娘亲。
　　　我母她从前假名瞒哄我，惹祸这才吐了真。
　　　说明叫我来寻父，她老认罪替儿身。
　　　孩儿不敢违母命，星夜来到此山林。

　　　　　凑巧遇见董叔父，说是爹爹这里存。
　　　　　领我前来见父母，幸喜得见二双亲。
　　　　　唯恐爹爹不凭信，还有一物认假真。
孙　　堂：（白）却是何物？拿来我看。
孙　　月：是，取出宝剑双手递，
孙　　堂：（唱）孙堂接来看原因。
　　　　　此剑是我随身带，当日个康氏带去记得真。
　　　　　果是我儿青郎到，不由一阵痛伤心。
　　　　　上前拉起把儿叫，不想你母子世上存。
　　　　　冤家惹祸累及母，好叫我见子思妻惦在心。
刘赛花：（唱）赛花含羞把儿叫，
孙　　月：（白）母亲有话请讲。
刘赛花：不弃嫌。
　　　　（唱）借光我算你母亲。
孙　　月：（白）母亲不必太谦，一般都是我母，并无两样。
刘赛花：（唱）如此套言不必叙，复又开言叫将军。
孙　　堂：（白）娘子说什么？
刘赛花：（唱）父子相逢是大喜，梦想不到见儿身。
　　　　　这才应了仙人语，理当庆贺见亲人。
董　　宽：（唱）董宽开言叫兄嫂，
　　　　（白）哥哥、嫂嫂，侄儿此来纵然大喜，但想康氏嫂嫂身在牢狱，若不解救，必然性命难保，应快发兵，急去救护，同到山寨才是。
孙　　月：正是，孩儿来此一则认父，二为搭救母亲，望乞爹娘速速发兵，急去解救，方不误事。
　　　　（唱）可怜母亲受死罪，只为孩儿算不该。
　　　　　一步去晚丧了命，孩儿万死罪难挨。
孙　　堂：（唱）孙堂着急呼娘子，快些发兵莫迟挨。
刘赛花：（唱）你们爷俩莫急躁，妾身自然有安排。
　　　　　料想他目下不能把命丧，秋后处决理才该。
　　　　　待我唤来二兄弟，商议领兵下山崖。

    从来吉人有天相，不必忧虑放心怀。
孙　堂：（白）如此甚好，急去方保无忧。
刘赛花：（唱）才要命人急去请，
刘汉等三人：（唱）门外进来三位英才。（刘汉、刘月、赵荣）
    听说外甥来到此，特见表弟来见明白。
孙　堂：我儿，这是你刘家二位舅舅，那是你赵家表兄，快些一起拜见。
孙　月：是，儿遵命。
  （唱）急忙一揖齐问候，
刘汉等三人：（唱）三人一起笑盈腮。
    外甥/表弟怎么到山寨？
刘赛花：（唱）赛花接言说明白。
    才要去把兄弟请，凑巧你们一起来。
    正好发兵将山下，急去救护好脱灾。
刘汉等三人：（唱）三人开言说有理，正当速去早回来。
刘　汉：（唱）刘汉复又开言道，
  （白）康氏姐姐有难，外甥认父前来求救，理当速去救护脱灾。事不宜迟，明日就留高礼、毛福寿二人守山，其余发兵同去救护才是。
刘赛花：兄弟言之有理。我儿远来到此，父子相认，令人喜之不尽。梅香，吩咐喽啰们大排筵席，庆贺你郡马老爷骨肉相逢之喜。
梅　香：晓得。
  （诗）一家失散久不逢，父子得见喜冲冲。

                    （完）

第十八本

【剧情梗概】于谦微服私访，与孙安一见如故，二人结伴而行。陈豹看中裴成之女，意欲抢夺，裴成携女连夜逃到侄女处，不想陈豹却将两个女子一起掳走。于谦恰遇此事，想要出头，却被陈豹家仆打伤。与此同时，带领麒麟山众人前来解救母亲的孙月到来，孙安与孙堂相认，众人一同闯到陈豹家中，救出两位女子。

（于谦出，便衣坐）

于　谦：（诗）为国勤劳秉忠心，上治君王下泽民。
　　　　（白）本府于谦，复又升为山西布政使，如今又为河南巡抚。上任以来，听说朝廷亲征，令人心内不安。昨夜偶得一梦，十分惊奇。明明白白自己出游旅舍，有一白象，将我左背含了一口，疼得本院转身回看，白象霎时不见，化作一位青年修士，与我口论诗文。本院爱他才貌，相邀谈心。方要出店，又见一棵枯树旁有两朵鲜花，被一饿狼带领狐兔闯树含花。本院近前跌了一跤，忽来一群猛虎，赶走黄狼狐兔，进去巢穴，不多时数位英雄擒出黄狐，手拿两朵鲜花，交于本院回衙。有一道士叫我打死黄狐，救一妇女，花赏三位英雄，与那青年修士他们拜谢出衙。本院送出，又进一座高楼内，有二龙绕室，外有无数犬羊围裹跳跃。狂风牛吼要将楼台刮倒，慌忙用手扶住。又来一位金甲老人带领先前一群猛虎赶散羊犬，一阵风息，见我贺曰，后言尔我相助。说罢我俩抬头一观看，一轮红日当空，二龙升降，祥光照耀楼台。不时本院一梦顿醒，正值鼓打三更。仔细思量，此梦蹊跷太甚，一梦二境，俱是先凶后吉，大料必有吉凶相应。我今何不出去探访一回，看是怎样？书童哪里？
书　童：来了，伺候大人。
于　谦：听我吩咐于你，本院有事外出拜访，一人不带，此去不定十天半月方回，有人问我，就说有恙，不需惊动府院，有事等我回来再议。
书　童：是，小人遵命。
于　谦：快来与我更换衣服，本院便好悄悄而走。
　　　　（唱）说罢回身把衣换，扮做相士把卦出。

　　　　　　　盘费银两随身带，收拾已毕背包袱。
　　　　　　　书童送出悄悄走，众人不知把城出。
　　　　　　　不言巡抚暗探访，
陈　豹：（唱）又说陈豹老贼徒。
　　　　　　　思量丧子寻美色，搜拿凶手踪影无。
　　　　　　　安人思儿身得病，如今说命在惜乎。
　　　　　　　女犯认罪抵命案，仇恨不报狱难出。
　　　　　　　无法想起裴家女，美貌倒也对心腹。
　　　　　　　差人去把裴老唤，当面提亲说情初。
　　　　　　　要他女儿与我做妾，量那老儿不敢不。
　　　　　　　正然思想心中盼，
家　仆：（唱）家人进来把爷呼。
　　　　（白）裴老头子请到了。
陈　豹：（唱）快些请进来见我，
家　仆：（白）是。
　　　　（唱）答应一声快又速。
　　　　　　　家主有请快去见，
裴　成：（唱）裴老进来胆突突。
　　　　　　　勉强问候忙施礼，
陈　豹：（白）老人家不要多礼，快些请坐。
裴　成：小老儿不敢坐。
陈　豹：坐了无妨。
裴　成：（唱）归座斗胆问清楚。
　　　　（白）老汉在家要去打渔，不知员外把我叫来有啥事情呢？何妨你老言讲言讲？省得老汉糊涂发闷。
陈　豹：无事不能劳动你来，到此若问情由，细听老夫对你言讲言讲。
　　　　（唱）叹我丧子缺了嗣，安人有病要将亡。
　　　　　　　有心纳妾生育后，无有美貌女娇娘。
　　　　　　　那日你家捉凶手，看见你女世无双。
　　　　　　　有心娶她为爱妾，故此唤你细商量。

乐从明日就搬娶，令爱过门速拜堂。
年迈你也有依靠，这里养老算沾光。
不知你心愿不愿，

裴　成：哎呀，
（唱）听罢吓出稀屎裆。
离座急快尊员外，抬爱连说不敢当。

陈　豹：（白）却是为何？

裴　成：（唱）我女不堪难侍奉，不敢陪伴员外郎。
休怪老汉恕过我，不能应允这一桩。

陈　豹：（白）住了。
（唱）听罢大怒声断喝，老狗无知太也狂。
好意求亲竟不允，不识抬举欠遭殃。
你若不允这亲事，立刻将你送当堂。
放走凶手该何罪？当与我儿把命偿。

裴　成：（白）了不得了。
（唱）老儿闻听吓出屁，作揖连说再商量。
（白）员外不必动怒，等老汉回家和闺女商量商量再说吧。

陈　豹：你要应允亲事就成，何用商议？快些回家告诉你女儿知道，明日就是良辰，老夫亲去搬娶，叫她今晚收拾收拾，准备明日上轿。若是不然，我将你送官问罪，纵然一死，你女还是难逃我手。

裴　成：员外说的虽是，不得老汉回家说明，顺顺才好，不然若有扭别不成，那时我咋好？

陈　豹：话已说明，凭你斟酌去做，老夫就等拜堂成亲。小子们，送他出府去吧。

家　仆：是。

裴　成：老汉告辞。

陈　豹：哈哈，裴老儿被我一言唬住，不敢违拗，回家见他女儿大料无有不允，我吩咐家人明日迎亲便了。一生酒色乐无休，哪管报应祸临头？
（出裴桂香）

裴桂香：（诗）悲伤愁无限，孤苦向谁言？
（白）奴裴桂香。可怜康氏姐姐为子受祸，领罪替死，抛奴冷落无伴，犹如失群孤雁一般，终朝思念要去探监，怎奈爹爹劝我，怕有不祥，不敢领奴前去。今日过午，爹爹又被陈家人等唤去，不知所为何事，唯恐人命牵连有祸，叫奴不由心中担惊受怕。

（裴成急上）

裴　成：哎呀，闺女，可不好了。

裴桂香：呀，爹爹回来何故这等惊慌？

裴　成：闺女不消问了。

（唱）可恨老陈家，请我是为你。
老贼陈豹他，见我说根底。
因他拿凶手，到过咱这里。
见你长得强，要你给他许。
说得真混蛋，做妾好生子。
说是一声不，就把厉害使。
赖吾放凶手，送官叫一死。
咱这也不饶，定要霸占你。
为父魂吓飞，不敢多言语。
他叫我回来，一一告诉你。
哪管应不应？硬要把人娶。
他说明日个，乃是好日子。
亲身来迎亲，无故到这里。
无法可挡他，真把人愁死。
老儿放声哭，

裴桂香：（唱）吓坏桂香女。
老贼做冤家，难挡祸事起。
爹爹无方法，奴也无计使。
罢了叫声天，着急泪如雨。

（白）罢了，天哪天哪，老贼如此作孽，叫我父女无法可挡，要保贞节，除非一死，无可说了。

（唱）着急又痛又是气，大骂陈豹万恶贼。
折得儿子早早死，分明报应天网恢。

　　　　　可叹孙家母子俩，惹祸离难去不回。
　　　　　后来报仇指不定，姐姐难免把阴归。
　　　　　老贼又要霸占我，难挡势力主意没。
　　　　　保守贞节得一死，大料着今日难把我心遂。
　　　　　实指望耐等姐姐团圆会，我的终身有定规。
　　　　　不想她今又犯罪，抛我又遇此是非。
　　　　　无的说了该如此，叫声爹爹大放悲。
裴　　成：（白）呀，闺女不必如此，我也无法保护你的事。
裴桂香：爹爹呀，
　　　　　（唱）孩儿无法要一死，断然不肯去从贼。
裴　　成：（白）闺女呀，
　　　　　（唱）老儿闻听心更痛，你死我也活不得。
　　　　　怎就无法可避祸？父女真是无能为。
　　　　　老儿越想越伤感，
裴桂香：（白）哎呀，有了，
　　　　　（唱）佳人想起展愁眉。
　　　　　叫声爹爹休悲痛，
　　　　（白）爹爹不必痛哭，女儿想起一处，可以暂且藏身避祸。
裴　　成：闺女你想起啥主意来了？
裴桂香：我舅母新近去世，剩下我表妹独自一人，咱父女今夜何不悄悄投奔那里居住？一则避祸，二则我姐妹作伴不孤，三则陈家来娶，这里无人，他们不知去向也撒手而回，大料不能寻找咱父女，远避恶人可以免祸平安无事。
裴　　成：只不过是眼下五里台离这才二十多里地，日久他们还有打听不着的呀？这还是安身不能哇。
裴桂香：躲过一时再讲，若有不测，再想主意。
裴　　成：哎，没别的法咧，也就是这么，咋不咧？就依你的主意，正好天黑，咱父女收拾收拾，搬家快走哇。
裴桂香：有理。
　　　　（诗）祸来难隐匿，逃走奔亲戚。

（五更内，陈豹上）

陈　豹：（白）小子们，鸡鸣五鼓，打起灯火，带领轿马人夫随我一到西村娶亲走走。

（唱）老贼陈豹忙上马，带领众人走得忙。
　　　四五里路霎时到，不多一时进了庄。

（下马，步，众家仆上）

来到了裴家门口静悄悄，门儿倒锁人渺茫。
莫非他们是逃走？不由大怒气昂昂。
吩咐小子砸门锁，随我进去看其详。
锁坏开了门两扇，众人一起进了房。
果然逃走人不见，各处找遍无影响。

陈　豹：（唱）吩咐邻舍问一问，他们是往哪处藏？
家　仆：（唱）小子答应忙出去，叫出邻居问其详。
　　　　　　去不多时忙回禀。

（白）回禀员外，方才问邻舍，裴家父女黑夜逃走，他们俱各不知。又有人说道五里台有他们亲戚，也许投奔那里去了，要到别处庄中，一概不知去向。

陈　豹：呀，如此说来，他们定是去奔五里台，大料本乡无人隐匿。老狗带他女儿逃走，真正气死人也。任你飞上天去，老夫也要抢回。小子们，将轿子打回，多带打手，随我到五里台搜翻裴家父女，不可迟误。

（邢碧云上）

邢碧云：（诗）思亲不断千行泪，孤苦无依万种愁。

（白）奴邢碧云，祥符县五里台的人氏，不幸母亲半月以前却又辞世，抛奴女儿孤苦，兄弟姐妹皆无，又未受聘，自己独处，家园无依无靠，何日是个了啊？思想起来这样苦命，不如一死，阴司去寻父母。

裴　成：侄女开门。
邢碧云：呀，外面有人叩门，声音好像裴家姑父，清晨到此不知何故？待奴开门出去看来。
裴　成：侄女快开门呐。

（上去开门）

邢碧云：果是姑父、表姐到此，你父女二人可好？
裴成、裴桂香：侄女/表妹多有承问了。
邢碧云：姑父、表姐，快请进屋里一叙。
裴　成：好好，快些关上大门，有话到屋再说吧。
邢碧云：姑父、表姐，请，二位请坐。
裴成、裴桂香：有坐。
裴　成：请问侄女，爹爹早死你母亡，剩你自己个孤零零，也没叫个作伴的，不嫌空虚啊？
邢碧云：这里白日无人，夜晚却有东邻李妈作伴，方才早起回家去了。请问姑父，我表姐往日看家，并不同来，今日凌晨为何徒步到此？看你父女面带惊慌，携带包裹离家，想来必有事故。
裴　成：正是不错，侄女真好眼力，你既看出，猜着爽神，不用再问。
　　　　（唱）是是非非说一遍，告诉侄女你明白。
裴桂香：（唱）我父女难把家住，特到这里避祸来。
邢碧云：（唱）闻言切齿说可恼，怎样贼徒这样歪？
裴　成：（唱）他的势力无人挡，提起远近俱惊骇。
裴桂香：（唱）祸事紧急无处躲，黑夜离家这里来。
邢碧云：（唱）来了正好此处住，姑父告状把贼获。
裴　成：（唱）摆手连说不中用，衙门告他却是白。
邢碧云：（白）如此何不上告呢？
裴桂香：（唱）上告却又无投奔，本县不准反受灾。
邢碧云：（唱）如此说来无法使，忍事枉自把仇怀。
裴　成：（唱）不敢出头把他惹，只好猫藏且躲开。
裴桂香：（唱）表妹这里多清净，暂借安身避祸胎。
邢碧云：（唱）至亲姑表休客套，孤伶正好你们来。
　　　　　　　　姐妹二人同作伴，姑父照看在家宅。
　　　　　　　　清晨起来未用饭，待奴做饭把茶筛。
　　　　（白）姑父与表姐，请。
裴成、桂香：请。
　　　　（唱）不言父女投亲眷，

于　　谦：（唱）又言巡抚表明白。

　　　　　　　　出城探访三两日，这日来奔五里台。

　　　　（白）本院于谦，假扮出城，各处寻访，今早清晨已过，只觉暑热难当，只得寻店歇息，过午再去相面才是。

　　　　（诗）假扮人难料，怎晓相面师？

（孙安出，坐）

孙　　安：（诗）忆起亲人久离分，力尽天涯无处寻。

　　　　（白）学生孙安。昨日来到祥符县，宿在五里台姜家店内，早起便要行路，只觉身体不爽，无奈存住，只好歇息，明日再行。方才仆人出去，剩我自己独坐，思想一家生死零替，不知何日聚会团圆？我奔走他乡，无有停止，可惜空有才能，无时显耀，真是甘落穷途待困。今日闲坐旅店，现有纸笔砚，当前何不墙上吟诗一首，以解心中愁闷？

　　　　（诗）腹隐凌云志，胸怀捧日心。

　　　　　　　　无待三巡隐，五湖寄踪人。

　　　　　　　　江湖散士夏日偶题。

于　　谦：（白）店家，客舍有茶吗？

小　　二：有有，请爷台里面坐着，用茶吧。

于　　谦：头前引路。

孙　　安：外面来了年迈之人，相士打扮，又进客旅。若是卖卜之人，我定求他算上一卦，几时亲人聚会，有个出头之日。

　　　　（唱）提诗已毕放下笔，观看相士进店房。

　　　　　　　　举动也是斯文派，纵然年迈不寻常。

　　　　　　　　说话进来忙让座，

于　　谦：（白）有坐。

孙　　安：老先生想是相面远方游？

于　　谦：正是相面算卦呀。

孙　　安：请问贵姓，何处住？

于　　谦：老朽家住杭州钱塘县。

孙　　安：如此却是远离乡土。

于　　谦：于爷也就开言问，君子高名在哪乡？

孙　安：学生名唤安全，怀庆府人氏。

于　谦：离府不知何贵干？君子对我说其详。

孙　安：无有别意，只因读书家贫，在外游行访友。

于　谦：（唱）听其言语观其面，正是读书少年郎。

　　　　　　　纵然贫困身在外，品格不俗貌堂堂。

　　　　　　　此人后来定主贵，必然胸藏好文章。

　　　　　　　观罢又往墙上看，但只见一首诗句口气强。

　　　　　　　墨迹未干是新写，并未落款把名藏。

　　　　　　　大料必然是他写，复又开言问其详。

　　　　（白）请问君子，壁上诗句何人所留？

孙　安：不才学生方才献丑。

于　谦：好笔尖，风采口气玄昂，真可称英敏之士。

孙　安：好说，不敢，区区草作，鄙陋不堪，多有见笑，老先生不要高抬过奖。

于　谦：称赞作诗皆因君子有志无时，题留此诗正合本身困苦之意。今见君子吐露才能，必在功名之内，大料不是青云无路之人。

孙　安：不才是身在荆门，游过泮水。

于　谦：如此在下不才，还要多劳领教一首，不知先生尊意如何？

孙　安：若不弃嫌，就请先生出题。

于　谦：你我身在逆旅，别无题目，此时下景，店外门前有棵槐树，开花正盛，古来读书求名，科举之年谓之槐秋，世人赴举是为题面，在下愿闻领教。

孙　安：如此学生斗胆，就要献丑了。

　　　　（诗）雨中装点望中黄，勾引蝉声送夕阳。

　　　　　　　举子赴士应花景，驰骋终日马蹄忙。

于　谦：（白）好，出口成章，不思而得，真是天生奇才，令人可爱可爱。

　　　　（唱）听罢诗句连夸好，真是饱学口才高。

　　　　　　　先生后来若得地，必然一品列当朝。

孙　安：（白）不敢，学生命小福薄，无由上进，先生不要过于夸赞。

于　谦：（唱）不嫌与你算一卦，占卜几时旺运交。

孙　安：（唱）好，不才正想要劳动，我还有别事相求问根苗。

　　　　　　　你我有缘来相会，一见投机要多劳。

　　　　　如此密室算一算，请到贵房细推敲。
　　　　　不言二人去算卦，
众　人：（唱）又表行路众英豪。
　　　　　孙月乘马前引路，下山一路走得急。
　　　　　孙堂夫妻随在后，紧催坐马把鞭摇，
　　　　　孙堂刘汉刘月齐乘骥，相随救难把亲瞧。
　　　　　董宽赵荣催马走，陈望喽啰步下遥。
　　　　　众人俱是小打扮，各个随身带枪刀。
　　　　　装作江湖把艺卖，一路前行不辞劳。
　　　　　下山来救康氏女，祥符县反狱劫牢。
　　　　　暂压众人路上走，
陈　豹：（唱）又说陈豹老土豪。
　　　　　乘马带领众打手，五里台去搜女多娇。
　　　　　见面一定把她抢，大料无人敢挡着。
　　　　　行路马上又思想，暗暗又有巧计较。
　　　　　我何不先探一探？有了消息她难逃。
　　　　　主意一定忙吩咐，
　　　（白）众打手听着，来到五里台，尔等慢行，站在庄外等候，我先到姜家店打探消息，如果裴家父女真在邢家躲藏，尔等随我进去硬抢，有人拦挡，用棍打退，看我眼力行事，不用发惧。
家　仆：是，员外咋吩咐咋办，说抢就抢，就完了不咧？
陈　豹：你们听我吩咐，不要远离，老夫先到店里去也。
家　仆：员外去了，咱庄外伺候，等着抢人便了。
陈　豹：店家哪里？
小　二：来了来了。陈老员外来了，待我拉马，你老请里面喝茶吧。
陈　豹：拴上坐骑，快到店房，老夫有话问你。
小　二：是，员外爷有请。
　　　　（陈豹坐店里）员外爷，请用茶吧。
陈　豹：放在这里。
小　二：是，不知员外是往哪里去？问我啥事情？你老快些请讲。

陈　　豹：别处不去，竟到你这里。店家，我且问你，老夫西村有个渔翁裴成，你认得不认得？

小　　二：咋不认得呢？他是这庄里老邢家姑爷吗，咋不认得呢？

陈　　豹：不知邢家却有哪个？他还往这里来往不成？

小　　二：为啥不来呢？邢家没有别人，早先有个老娘子半拉月里还死咧，如今就剩一个姑娘，自己个儿在家孤零无伴，说是裴家老头今日早晨领着他闺女上来，作伴来咧，这不是又来咧？

陈　　豹：呀，这个你怎知道？

小　　二：是听当家子堂叔大伯说的，老邢家雇他挑水，每日早起与他家送水，他看见来着，闲说话这才知道吗。

陈　　豹：这就是了。再问你，邢家女子如今多大？生得如何？可曾受聘了无有？

小　　二：没有呢，那闺女今年廿一岁咧，生得美丽无比。她妈在世没有儿子，想要找个养老女婿，不总没有对劲的，所以耽误到她妈死了，总也没受聘呢。

陈　　豹：如此正对心怀，但不知邢家住在哪里，你再告诉与我。

小　　二：不远，就在店西四个大门就是。

陈　　豹：如此多有借重了。快些带马，老夫出店。

小　　二：站住站住，你老且留贵步，方才打听这些话倒自有啥事情？你老该告诉告诉我呀。

陈　　豹：不用细问，少刻你就明白，等我事成，你便有赏。老夫事忙无暇久站，急急出店去也。

小　　二：哎呀，这个老爷子不说长短就走咧，好叫人发毛咧。我告诉他这些个，完了问他一句也不说就走咧，光景只怕没好勾当吧。

（于谦、孙安上）

于谦、孙安：店家，来的这是什么人？

小　　二：二位悄言，不要高声，若问听我告诉你们知道。

　　　　　（唱）方才那个人，他名叫陈豹。
　　　　　　　　家住五里坡，为人多霸道。
　　　　　　　　坐地赛阎王，外人送绰号。
　　　　　　　　做事无王法，出身是强盗。

　　　　　　如今把财发，还是多凶暴。
　　　　　　买的员外郎，仗着有银票。
　　　　　　歪邪不用说，酒色啥都好。
　　　　　　见了好闺女，想得眼珠掉。
　　　　　　哪有好媳妇，想法围着绕。
　　　　　　高兴抢到家，无人敢去告。
于谦、孙安：（白）这样恶人怎就无人告他吗？
小　二：（唱）交结知县官，啥事都有靠。
于　谦：（白）哼哼，好个中用的知县么，哼哼。
小　二：（唱）势力大过天，任着意儿闹。
于　谦：（白）不知他家离此多远？
小　二：（唱）离这二十多，三十不大到。
　　　　　　独霸在一方，远近人知道。
　　　　　　厉害太过了，不想有天报。
于　谦：（白）不知有什么报应？
小　二：（唱）新近死儿子，这般放了炮。
　　　　　　凶手行无踪，官司是不料。
　　　　　　不知啥事情，又上这来到。
　　　　　　打听老裴家，见面把我叫。
　　　　　　不得不告诉，觉着闲话聊。
　　　　　　说完他走了，不知哪葫芦药。
于　谦：（唱）二人听的说，又把店家叫。
　　　　（白）店小二，方才那人既非良善，到此打听妇女，想来不怀好意，不该把实言告诉与他。倘若言多语失，生了是非，那是怎了哇？
小　二：二位说得很对，我自个觉着不大得咧，真是无故话多嘴欠，没有好处，这却咋说咧？
于　谦：从今劝你需要改过，无故不可多舌，倘乎有事连累，那时岂不悔之晚矣？
小　二：那无非说对了，不咧不咧，二位劝我，算长见识，从今以后再也不敢多嘴。说话完了，二位坐着喝茶吧，我要失陪了。今个凭有啥事也不出去看，稳坐店内隐藏，猫着便了。

于　谦：店家被咱说得害怕躲藏，想来那人定有是非，待我此去访访与他，看是有何动静。

孙　安：先生要去我也跟随，仆人杨兴哪里？快来。

杨　兴：来了，姑爷有何吩咐？

孙　安：我与这位先生出店闲散，要你好好看守行囊，回来咱主仆行路。

杨　兴：是，小人遵命。

孙　安：老先生你我一同出店便了。

　　　　（唱）疑心观事体，

于　谦：（唱）剪恶要安良。

　　　　（邢碧云、裴桂香上）

邢碧云、裴桂香：（诗）闺中意投情如久，风波不息难忘忧。

邢碧云：（白）奴邢碧云。

裴桂香：奴裴桂香。

邢碧云：表姐你与姑父到此，咱姐妹作伴不孤，小妹倒也遂心意。

裴桂香：我父女前来打搅，表妹借仗安身，纵然是好，最怕陈豹闻风，找我到这里来，怕是连累表妹你呀。

邢碧云：不妨，无人走漏风声，量他找不到此。

　　　　（裴成急上）

裴　成：闺女、侄女不好了，了不得了。

裴桂香、邢碧云：姑父/爹爹，何故这等惊慌？莫非陈豹找来不成？

裴　成：不知哪个杂种王八蛋走漏消息，老贼陈豹带人找到这来了，把我魂都吓掉了。

　　　　（唱）我方才，看见他。

　　　　　　吓得急忙，就把门插。

　　　　　　来见你姐妹，倒是有啥法？

　　　　　　可惜连累侄女，跟着同受惊讶。

　　　　（白）呀，侄女呀，

　　　　（唱）这回找来无处躲，再想逃走眼熬瞎。

裴桂香、邢碧云：（唱）呀，姐妹俩，战打撒。

　　　　　　　　一起唬的，面如针扎。

　　　　　　　　　老贼来作孽,对头是冤家。
　　　　　　　　　到此怎么抵挡?真是祸把天塌。
　　　　　　　　　正然着急齐害怕。
陈　　豹:(唱)小子,一起努力砸门。
裴桂香、
邢碧云:(唱)又听门外响乓乓。
家　　奴:(唱)出来吧,猫着也不中。
　　　　　　　　　声乱嚷,闹喧哗。
　　　　　　　　　响声不止,齐把门砸。
裴成等三人:(唱)老儿浑身战,姐妹意如麻。
　　　　　　　　　出去无处躲闪,只得公然见他。
陈　　豹:(白)小子们,砸开门扇,尔等随我进去。
裴　　成:(唱)说声不好进来了,老儿吓得直叫妈。
陈　　豹:(唱)贼陈豹,怒气发。
　　　　　　　　　闯进房来,细细观察。
　　　　　　　　　一见骂老狗,逃走不见佳人。
　　　　　　　　　老夫寻找到此,看你还有何法?
　　　　　　　　　一边说着看二女,
邢碧云:(唱)碧云气得咬银牙。
　　　　　　　　　手一指,把话发。
　　　　　　　　　大骂贼徒,万恶天杀。
　　　　　　　　　无辜行非礼,竟不惧王法。
　　　　　　　　　青天白日乱抢,欺负幼女娇娃。
　　　　　　　　　强盗大送该何罪,也不怕拿住剐与杀?
陈　　豹:(唱)叫女子,把气压。
　　　　　　　　　听我对你,细说根芽。
　　　　　　　　　只因裴家女,他父许了咱。
　　　　　　　　　应允不该后悔,逃罪来到你家。
　　　　　　　　　老夫闻知寻到此,凑巧却又遇着他。
　　　　　　　　　又见你,貌如花。
　　　　　　　　　幼女生得,令人爱煞。

　　　　　　打听未受聘，配我正对搭。
　　　　　　今日她连着你，一同去到我家。
裴　成：（白）好一个万恶的老贼，你敢来抢哪个？
陈　豹：哼哼，不理回头忙吩咐。
　　　　　　小子们，抢着两个美人回府。
　　　　　　（抢着，偕邢碧云、裴桂香出）
裴　成：（唱）你别走！老儿大骂用手拉。
陈　豹：（白）老狗看脚。
　　　　　　（踢倒裴成）
裴　成：哎呀，罢了我了。
陈　豹：（唱）叫老狗，少胡拉。
　　　　　　不看你女，定把你杀。
　　　　　　饶过你不死，不理我回家。
　　　　　　说罢出门而去，
裴　成：（唱）老儿气得外爬。
庄里人：（唱）庄里无人敢拦挡，俱各躲开怕硬茬。
于谦、孙安：（唱）于爷孙安早瞧见，二人拦住气难压。
家　奴：（白）咳咳，闪开，要不闪开，打死无论。
众　人：罢了。
　　　　　　（唱）无人护庇敢拦挡，无奈闪开让过他。
陈　豹：（白）伙计们快走。
于谦、孙安：（唱）只见他们一轰去，马上驮定二娇娃。
　　　　　　无法解救真可恨，又只见后边出来陈豹他。
　　　　　　正好拦挡讲论理，留下二女是善法。
　　　　　　霎时对面开言道，
　　　　　　（白）陈员外慢行，我二人有事，不才特来请教。
陈　豹：住了，我与你们不相识，请教什么？不必多言，快快闪路。
于谦、孙安：你这人好不通时务，我二人见你行事非礼，好意特来解劝，为何见面不容讲话，出言这样无礼？是何道理？
陈　豹：胡说，哪行事非礼？岂知阎王不是好惹的？无辜少来晦气。若不走开，再要多言，冲撞与我，叫你二人定讨无趣。

于　　谦：哈哈，在外算卦多年，富贵贫贱经过多少，未见有你这样豪霸，做事无法无天，竟敢强抢民间妇女，也不怕天理王法难逃。若依我劝，你快将那女子送回，倒还罢了，若不然难免凶报，定遭杀身之祸。

陈　　豹：咦，好个狗才，越发逞强，胡言乱道，什么叫作天理王法？老夫一概不惧。劝你不走，这样絮絮叨叨，令人可恼，是你找打。

（于谦倒）

于　　谦：哎呀，罢了我了。

孙　　安：这样非礼真是反了。

陈　　豹：狗才不走开，叫你二人一起吃苦。我今不论，全看老夫大喜之日，饶过你俩不死就是了。

于　　谦：好一个万恶豪霸，劝他不听，竟敢打我一拳，真是该杀、该剐。

孙　　安：老先生无辜受辱，却教学生气恨不过，可惜你我枉费良言，未入逆耳，反倒受辱，有日拿他，定要报仇雪恨。

众　　人：这位老先生受点委屈儿，走吧，别想报仇，这老陈家，在这一方无人敢惹。你看他来抢人，谁敢拦挡着他？你们到这里就敢惹他，打也不中，告也不中，好汉不吃哑巴亏。算了吧，你们没有出气的地方。

于　　谦：罢了，列位说得这样厉害，多承指教，不寻他就是了。

众　　人：这不找事是他造化，你们回店吧，我们要走了。

（唱）众人说罢一起散，

于　　谦：（唱）于爷怒气满胸怀。

孙　　安：（唱）孙安说是咱回店，

裴　　成：（白）哎呀，罢了我了。

于　　谦：（唱）慢行你看有人来。

裴　　成：（白）裴老儿悲痛进前开言道，为我多谢二位兄台。

于谦、孙安：老丈贵姓？

裴　　成：（唱）我叫裴成遭不幸，被人抢去二裙钗。

于谦、孙安：（白）不知抢去那两个，是你什么人？

裴　　成：（唱）一个是我亲生女，一个是舍亲受冤灾。

可恨抢去无法使，二位拦挡竟白挨。

老汉受伤干瞪眼，并无方法救回来。

于　谦：（唱）于爷回言说无碍，你随我去有安排。

领你进城去告状，管保他们救回来。

裴　成：（唱）裴老听罢说多谢。

（白）这位兄台若肯领我告状，老汉感恩不尽，最怕告不倒他，反倒连你吃害，却叫老汉于心不忍。

于　谦：不妨，凭他有何势力，我且不惧，只管跟我前去，必然叫你告倒，拿他报仇，我也消恨。这位先生，你我一见有缘，不忍离难，何不跟我去盘桓几日？咱再分手，却也不迟。

孙　安：既承抬爱，学生从命。

于　谦：好，如此大家回店，速去取那行囊，你二人随我进城便了。

裴　成：好，要是那么，咱老汉多有借仗，二位兄台请。

孙　月：舅舅、叔叔催马快走。

（董宽三人走）

孙　月：俺青郎。

刘　月：俺刘月。

董　宽：俺董宽。

孙　月：舅舅、叔叔，你们同我爹娘下山，来到河南，救我母亲脱难，是我性急，头前引路。舅舅、叔叔下马，咱三人同行，落了他们几十里路，目下离着祥符县不远。你看迎面来了几个人，步下行走，内中有两个老头儿，年岁大的，老远看着面善，好像是我裴姥爷，不知却是何往？大家下马等上一等，看看是他不是。

董宽、刘月：倒也使得。

孙　月：正好歇息，等等他一同行走。你看他们来得且近，看得明白，那位正是我的裴姥爷到此。将马拴在路旁树上，我先见他打听打听我母亲的吉凶怎么样，然后再去劫牢反狱不迟。

董宽、刘月：有理。

于　谦：二位快走。

（于谦、孙月、裴成上）

孙　月：姥爷可好？你老跟随他们要往哪里去？

裴　成：哟，好的好的，我不当是哪个远来，还是我外甥，你怎么回来这么快呢？
孙　月：心中急如火焚，故此求他们来得甚快。
裴　成：那二人是谁呢？
孙　月：一个是我叔父，一个是我舅舅。有话路上不用细讲，后边还有别人，一起请到家里再说吧。
董　宽：老远看着有人面熟，后边那不是孙二公子吗？
孙　安：呀，原是董家哥哥到此。哥哥可好？小弟有礼。
董　宽：好说，你我彼此相见一样，请问二兄弟你在何处存身？叫我们一向海角天涯，寻觅不见。
孙　安：小弟苦处，令人一言难尽。
于　谦：你们都是何人？见面讲话令人不懂。
刘　月：说话这位我看也面善，怎么一时想不起来呢？呀呀，是了，认得咧。
　　　　（唱）心内一想明白了，早知于爷把京出。
　　　　　　　上前一揖忙问候，你老是我于年叔。
于　谦：（白）你是何人这样称呼？光景必是错认了人吧？
刘　月：（唱）认得准当无有错，你老乍见是发糊。
　　　　　　　难道说不认得小侄名刘月？我家你也知清楚。
　　　　　　　昔日在京常来往，你与我父如手足。
　　　　　　　只因我家犯了罪，你老被贬离帝都。
　　　　　　　一向久别常想念，不想今日会路途。
　　　　　　　这样打扮何处去？快对小侄说清楚。
于　谦：（唱）于爷听罢悲又喜，真是贤侄不唐突。
　　　　　　　异地眼拙不敢认，说明这才不糊涂。
　　　　　　　我是这般暗私访，他们却不认得吾。
　　　　　　　今日遇见不平事，这位老头有冤屈。
　　　　　　　不敢泄露把他领，回城发兵拿恶徒。
　　　　　　　不想得把贤侄遇，你从何来告诉吾？
刘　月：（唱）刘月从头说一遍，前后情由诉清楚。
众　人：（唱）众人俱各明白了，跪倒齐把大人呼。
　　　　　　　我等不知多有罪，恕过慢待无眼珠。

于　谦：（白）尔等无罪，一起起来。

众　人：是。

（唱）一起叩头平身起，

孙　安：（唱）孙安又把大人呼。

诉罢姓名以往事，恕我瞒哄死有余辜。

于　谦：（唱）原来你是孙公子，不知皆因两不熟。

孙刘两家遭冤枉，于某常常恨心腹。

只如今幸喜你们到一处，却叫老夫心内舒。

刘贤侄他弟兄既然招人马，愿你们后来报仇把恨来除。

于爷说罢喜又恨，

刘　月：（唱）刘月复又尊年叔。

我们发兵来救难，遇见大人正对服。

奉求你老可怜见，救我那个康氏姐姐把罪出。

孙安等三人：（唱）忙了那孙安青郎与裴老，三人跪倒泪扑簌。

恳求大人救危难，怜悯宏恩必报复①。

于　谦：（唱）于爷开言说请起，

（白）你们起来，本院自有计议。

众　人：是，谢过大人。

于　谦：刘贤侄，你们至亲相逢，正好引领孙公子一家相见，你们说明以往，再来见我。老夫还有事，令堂这件人命之事，且等我拿了奸贼，此案必有消解。

刘　月：好，如此大人请便，暂且少待。

（于谦下）

杨　兴：既不认得，我也一边闪闪，离开去吧。

刘　月：说来说去，原来都是亲戚，这位老人家与孙表弟，恕我刘月不知，多有失认。

董　宽：好说，彼此一样。外甥，你叔侄还未相认，快些拜见口头吧。

孙　月：是，叔父见面，恕过小侄不知，拜见来迟，望乞恕罪。

---

① 按：此处疑为"报答"，原文如此，可能是为了押韵。

孙　　安：叔侄乍见不认，何罪之有？快些起来。
孙　　月：是，谢过叔父。
孙　　安：裴老仁叔，多谢一向收留小生侄、嫂，理当拜谢才是。
裴　　成：好说，相公不要多礼。咱爷们见面别的休提，快去见你哥哥、嫂子，早救他们姐妹脱难便了。
孙　　安：那是自然。侄儿，领我快去见你父母。
孙　　月：叔父料等一等，你看他们随后就到，待孩儿先去禀明以往，然后亲友便好一起相见。
　　　　　（唱）说罢飞身急忙去，
孙　　安：（唱）孙安复又把话云。
　　　　　　　众位在此等一等，我见兄嫂认诸亲。
众　　人：（唱）众人等候说自便，
孙　　月：（唱）青郎回见禀原因。
孙　　堂：（唱）孙堂听说兄弟到，又惊又喜又伤心。
　　　　　　　夫妻下马来相见，
孙　　安：（白）兄嫂哪里？
孙　　堂：兄弟哪里？
　　　　　（二人对上）
孙　　安：（唱）兄弟见面泪纷纷。
　　　　　（白）这位想是刘氏嫂嫂？
刘赛花：正是愚嫂，叔叔可好？
孙　　安：好，恕小弟拜见来迟，莫要动嗔。
刘赛花：好说，不敢。
孙　　堂：（唱）拉住兄弟离别诉，可惜咱一家生死苦十分。
　　　　　　　爹爹死去仇未报，兄弟一向渺无音。
　　　　　　　愚兄找遍全不见，海角天涯无处寻。
　　　　　　　梦想不及今得见，兄弟你在何处存？
　　　　　　　快些告诉我知晓，
孙　　安：（唱）哥哥若问听原因。
　　　　　　　从头至尾说一遍，可惜小弟枉投亲。

　　　　　　饶幸爹爹不曾死，脱难却又病缠身。
　　　　　　石小姐替我把身卖，收留全亏杨大人。
　　　　　　周全我完了花喜事，一同爹爹杨府存身。
　　　　　　小弟我又惦念兄嫂出来访，不曾想今日得随心。
　　　　　　巧遇侄儿与兄嫂，还有私访于大人。
　　　　　　哥哥随我把他见，好救那康氏嫂嫂罪离身。
孙　　堂：（白）好。
　　　　　（唱）听罢惊喜谢天地，何幸爹爹世上存。
刘赛花：（唱）赛花听罢心欢喜，公爹有命幸十分。
孙　　堂：（唱）兄弟又得完佳偶，也算苍天相吉人。
刘赛花：（唱）康氏姐姐身脱难，眼见着一门花开又重新。
众　　人：（唱）正然说话人齐到，众英雄下马近前问原因。
　　　　　（刘汉、赵荣、陈望上）
众　　人：（唱）此位是谁不认识？
孙　　堂：（白）你们不知，这就是我兄弟到此。
众　　人：好。
　　　　　（唱）一起问候面生春。
孙　　安：（白）请问哥哥，这二位却是何人？
孙　　堂：兄弟不知这般，都是亲戚到了。
孙　　安：好。
　　　　　（唱）如此恕我多失认，不知众位是至亲。
　　　　　　彼此见面正叙话，
刘月、董宽：（唱）董宽刘月把话来云。
　　　　　（白）姐夫/哥哥，你众人见面诉罢离情，不必久谈，快些去见于大人便了，商议行事要紧。
孙　　堂：二位贤弟言之有理。
刘　　汉：不知哪个于大人？快说其详。
刘　　月：哥哥不知，就是兵部侍郎于谦，因咱父被贬离京，升官到此。如今假扮前来寻访，方才巧遇这般要拿豪霸，令咱同去商议便好行事。
刘　　汉：好，世交相遇理当拜见。姐丈，咱快同去走走。

孙　　堂：有理。其余别人暂且听候吩咐，咱四人去见大人议事便了，请。

（四人下，又上）

众　　人：大人哪里？

于　　谦：众英雄何在？

孙　　堂：大人可好，小可孙堂。

刘　　汉：小侄刘汉。

孙堂、刘汉：前来拜见大人/年叔。

于　　谦：二位免礼，孙公子与刘贤侄你们来意本院皆知，我的事想你们也必尽知。

众　　人：大人之事不必细告，方才有人告诉明白，若不弃嫌，我等情愿效劳去拿那奸贼，不知大人意下如何？

于　　谦：好，本院正想要求众位捉贼，省动官兵耽误时刻，不想你们愿往，正合我意。事不宜迟，就劳列位速速前去，本院立等拿贼回衙，便好销案。

孙　　堂：如此，大人等候，我率众捉贼去也。

于　　谦：你看他们去了，我随后观个动静便了。

（陈豹、家仆上）

陈　　豹：小子们，将那两个美女扶进大厅，速备天地纸马伺候。

（陈豹下，邢碧云、裴桂香上）

邢碧云、裴桂香：奸贼呀奸贼，竟敢仗势行凶，把你两姑太太抢来，也不怕天理昭昭，循环报应。

（唱）姐妹俩，咬银牙。

气得浑身，战战打撒。

只把奸贼骂，太也无王法。

敢抢良民妇女，不怕报应神罚。

太平世界行万恶，不怕犯罪剐与杀。

陈　　豹：（唱）叫美人，把气压。

不必动怒，细听根芽。

老夫声势重，威威富贵家。

你们来到我府，正该受享荣华。

不必执拗快从顺，省得逼迫会巫峡。

邢碧云、裴桂香：（唱）骂连声，老贼杀。

痴心妄想，霸占娇娃。
岂知良家女，心把名节重？
劝你送回罢了，不然命染黄沙。
生死二字不足惧，想要从婚眼熬瞎。

陈　豹：（唱）你二人，不怎么，
这样别扭，不令人夸？
纵然不愿意，却也难扭咱。
硬拉去拜天地，看你有何方法？
吩咐小子备香案，说罢近前用手拉。

邢碧云、裴桂香：（唱）老贼少来拉扯着打。

陈　豹：（唱）躲之不及挨一掌，不由一阵怒气发。
贱婢竟敢将我打，这样无情把泼撒。
气得忙把鞭子取，带恨怒打二娇娃。
再要扭打不应允，将你二人活打杀。

邢碧云、裴桂香：（唱）姐妹横心把贼骂，打死却也志不弱。

陈　豹：（唱）听罢越打越有气，

邢碧云、裴桂香：（唱）二人负痛地下爬。
正然痛打无完了，

家　仆：（唱）小子进来把话发。
（白）员外不用打了，那个裴老头子带领一群人找上门来了，外面破口大骂，只叫送出两个女子万事皆休，不然打进府来，定叫员外出去受死。

陈　豹：呀，都是哪个敢来无礼。梅香，哪里？快来。

梅　香：来了，员外有何吩咐？

陈　豹：把这两个女贱人送入二位小姐房中，叫她二人这般解劝，务要应允婚姻，老夫今日便好拜堂成亲。

梅　香：是，晓得。那二位女子快随我来吧。

陈　豹：不知裴老儿约何人敢来撒野？小子们，带领打手随我出去。
（杜连青、杜连红出）

杜连青：（诗）人生有限好春光，

杜连红：（诗）鸟啼花落岁月忙。

杜连青：（白）奴杜连青。
杜连红：奴杜连红。
杜连青：姐妹一双，同年一十九岁，待字闺中。只因爹爹早亡，杜门无后，缺少同宗，母亲无奈招夫养女。不想继父年幼豪霸出身，为人凶恶，母亲错待匪人，后悔至极。十数余年又生从弟陈文，今年十岁，指望父慈子贤，接续守业，不想学堂念书被人打死。母亲疼儿不过，染病将危，整日昏沉，唯恐早晚性命难保。
杜连青：姐姐，你我终身还未受聘，母亲若有好歹，继父为人不善，抛着姐妹若要无靠，不如跟随母亲一路而去。
梅　香：二位女子这里来。
裴桂香、邢碧云：苦哇。
杜连青、杜连红：呀，这是哪里来的两个女子？并不认得，梅香快说来历。
梅　香：是，二位姑娘不知，原是这般如此。
杜连青、杜连红：呀，竟有这样气人之事，毫无道理。
裴桂香、邢碧云：二位姑娘若肯见怜，奉求解劝令尊，将我姐妹送回，必然恩有重报。
杜连青、杜连红：呀，你们来到这里只怕轻易难出，等我姐妹慢用善言相劝，看是如何。不必着急，且随我们住在绣楼，二位请。
孙　堂：众位弟兄，围住杜家门首。裴岳父，你再上前叫骂，引贼出来便好一起捉拿。
众　人：使得。
裴　成：老汉裴成，干姑爷、孙公子叫我领着众人前来拿贼，要我闺女、侄女。方才骂了一阵，不见他们送出来，必是老贼霸占不舍，不见动静，待我再骂他几句，看他出来不出来。呀呀，可恶的陈贼老杂种，你装祖宗装老爷，你装大爹爹，特来要人，你再不送出来，一定打你个兔子入洞，拆你的狗窝。我这么立着骂不中，腿疼立不起，我得坐着骂。哎呀，万恶滔天的陈贼，你不出来我要拿住你家的妇女送入娼门。还没露面呢？我这坐着嫌屁股凉、腰疼，我得躺着骂，眼睛得盯着他点，若有动静，站起来好跑。（裴成躺下）万恶的王八蛋，我骂你兔崽子，我敢骂你呢，你敢滚出来，我就敢打着你一下。

陈　豹：小子们，拿着棍棒随我打出去。
裴　成：不得了，哎呀，要挨打了。那他们出来，我躲了，你们快来吧。
　　　　（孙堂、董宽、刘月、刘汉、陈望上）
众　人：老人家闪过了。
众　人：来者老贼，可是陈豹吗？
陈　豹：然也。尔等哪里来的一群匪棍，大胆敢来老夫门前造次？若不走开，叫尔个个难逃一死。
孙　堂：老贼不要狂言，我等进来拿你见官问罪。不要走，看拳打你。
陈　豹：哎呀，这还了得？小子们，一起动手。
　　　　（乱打乱杀）
陈　豹：哎呀，不好了，这伙人等凶如猛虎，家丁个个着伤，老夫今天只怕有些不好了。
　　　　（唱）心害怕，发了毛。
　　　　　　　这伙人等，来得蹊跷。
　　　　　　　不知裴老狗，他从哪里找？
　　　　　　　来寻老夫造次，声言拿我开刀。
　　　　　　　难以挡退回里败，闭门不出再计较。
　　　　（陈豹下）
众　人：（唱）众人等，逞英豪。
　　　　　　　不容闭门，闯进不饶。
　　　　　　　见人即杀砍，院内如草梢。
家　丁：（唱）苦了杜家人等，个个齐把殃遭。
　　　　　　　家奴打手死八九，仆奴丫鬟命难逃。
　　　　　　　跑不出，哭号啕。
　　　　　　　也有跳井，也有挨刀。
　　　　　　　家丁有不死，越墙去走逃。
　　　　　　　剩下老贼陈豹，吓得魄散魂销。
陈　豹：（唱）我今再要不逃走，只怕也要活不了。
　　　　　　　才要想着越墙走，
刘赛花：（唱）赛花赶上手一摇。

（白）老贼看锤。

陈　　豹：哎呀不好。（陈豹倒）

（唱）飞锤打倒流平地，

陈　　望：（唱）陈望上前绑得牢。

绑你算是当家子，越紧越好无人挑。

众　　人：（唱）家人齐来心欢喜，一阵算是把恨消。

孙　　堂：（唱）拿住老贼快回府，内室去寻女多娇。

庄　　人：（唱）庄中频频受困者，你们进去把贼掏。

一闻此言心欢喜，这可算是恶土豪。

损得家败人亡了，咱这一方安定了。

众　　人：（唱）众人齐言说进去，大家搜寻各处瞧。

刘赛花：（唱）赛花去把绣楼奔，

孙　　月：（唱）青郎随后喊声高。

直叫姨娘在哪里？

裴桂香等四人：（唱）惊动四位女窈窕。

绣楼以上魂不在，

（白）吓死人也，吓死人也。

杜连青、杜连红：外面一阵喊杀连天，不知何故，已命梅香下楼去探，为何不见回来？

（丫鬟急上）

梅　　香：哎呀，吓死我咧，我的妈也。二位小姐可不好了，不知哪里来了一伙强盗，杀进咱府，不论老幼男女一起乱砍。太爷被拿，吓死太太了。

杜连青、杜连红：哎呀妈呀。

梅　　香：有一女强盗带着一个黑小子，要上绣楼，小姐想法子猫着吧。咳，天哪天哪，梦想不及，一家遭此横祸，真是命该如此，大料逃走不及，只好一起舍命等死吧。

刘赛花：青郎随我上楼。

孙　　月：是，姨娘在哪里？

裴桂香：那不是青郎外甥吗？

孙　　月：正是甥儿到了。二位姨娘果然都在这里，你们老姐儿俩多有受惊。这二位女子不认得，必是杜家丫头，不要走，吃我一刀。
裴桂香、邢碧云： 慢着慢着，咱外甥不可动手。这两个小姐为人温和，待我二人不错，如要杀之，于理不合。
孙　月： 不管那些个，姨娘别拉着，我一定杀了她们一并消恨。
刘赛花： 青郎不要粗鲁，快些退后。
孙　月： 是，母亲不叫我杀，且饶过她们就是了。
裴桂香： 外甥，这却是哪个，这等称呼？
孙　月： 二位姨娘不知，原是这般如此，这就是我刘氏母亲，跟随下山一同前来救难。
裴桂香： 这就是了。不知姐姐到此，恕我姐妹多有失认。
刘赛花： 好说好说。愚姐救护来迟，多有受惊了。
杜连青、杜连红： 多谢三位救我姐妹不死。
刘赛花： 好说。二位姑娘必是不曾随父做歹，二位姐姐才肯保护不死。
邢碧云、裴桂香： 正是。二位小姐为人性善无过，姐姐不知其情，她们这般乃是两姓父女，其父作恶，与她二人无干，还求见了众人说明其故，拿了仇敌，其余无涉，不必再动死手。大家去见我姑父／爹爹，再求姐夫去见大人定案便好，再救康氏姐姐不死。
刘赛花： 二位妹妹言之有理。青郎，快去告诉你父与你舅舅，说与众人这里有你二位姨娘，安然无事，不必动厮杀，快些一起出府见了大人再做定夺。
孙　月： 是，孩儿遵命。
刘赛花： 你们不必害怕，随我也走吧。
杜连青、杜连红： 来了。
众　人：（唱）众位佳人把楼下，跟随出府不停足。
青郎告诉众人晓，一起住手把府出。
裴　成：（唱）裴老害怕远远躲，惦着闺女胆突突。
祷告救出虎穴地，答谢神灵多许猪。
众人请到我家里，吃喝几日乐如何？
正然捣鬼胡念诵，
孙　月：（白）姥爷哪里？快来呀。
裴　成：（唱）又听有人大声呼。

孙　月：（白）姥爷来呀。
裴　成：（唱）原是外甥把我叫，急忙近前问清楚。
孙　月：（白）老爷快见我姨娘去吧。
裴　成：（唱）却不知怎么救出她姐俩？拿贼之事办何如？
　　　　　　　我怕找我猫得远，眼也未睁气不敢出。
孙　月：（唱）从头至尾说一遍，只如今老贼被拿其余遭诛。
　　　　　　　剩下杜家二女子，陪伴我二位姨娘未受辱。
　　　　　　　领着一起出贼府，特请姥爷来得速。
　　　　　　　快去把我姨娘见，想你着急不住哭。
裴　成：（唱）老儿听罢悲又喜，拿住仇人料觉心舒。
　　　　　　　跟着来把闺女见。

（同下，五旦上）

裴桂香、邢碧云：（白）爹爹／姑父哪里？
裴　成：闺女、侄女哪里？闺女、侄女呀。
裴桂香、邢碧云：爹爹／姑父呀。

（三人见面不住哭）

杜连青、杜连红：裴老叔父可好？
裴　成：（白）好。
　　　　（唱）当下众人见了面，可恨你妈算糊涂。
　　　　　　　不该找个野汉子，横行霸道把人欺负。
杜连青、杜连红：（白）我家后悔当初做错，如今母已死，以往之事不用提了。
裴　成：（唱）你妈死了心也静，抛下闺女儿子无。
　　　　　　　人死财散家业败，吃亏嫁个强盗丈夫。
　　　　　　　老儿说话正无了，
孙　月：（唱）青郎来把姥爷呼。
　　　　　　　方才我父吩咐我，去见大人禀清楚。
　　　　　　　你们一起跟随我，同到衙门有开除。
众　人：（唱）众人听罢连连说快走，早早完事心才足。
　　　　　　　众妇女一起跟着去，又说那于爷孙安主与奴。
　　　　　　　观见众人齐来到，

孙　　堂：（唱）孙堂当先来得速。
　　　　　　　启禀大人得知晓，这般拿住老贼徒。
　　　　　　　还有杜家二女子，其余走死多半遭诛。
　　　　　　　押解前来把大人见，
于　　谦：（白）好。
　　　　　（唱）于爷听罢喜何如。
　　　　　（白）多亏众位英雄帮助本院成功，真是莫大之功劳。等我回去衙门，快去吩咐封锁杜家门户，押解杜家二女，一起随本院回衙清案，便好开脱以往之事。
衙　　役：是，小人遵命。
于　　谦：二公子也随老夫进城，事完还要一叙，随我来。
孙　　安：来了。
　　　　　（王林马上）
王　　林：（诗）奉了叔父命，传书到敌营。
　　　　　（白）吾王林。叔父王振叫我密见鞑子，假扮巡哨掩人耳目，远离了本国大营，只得小心前去走走便了。

（完）

第十九本

【剧情梗概】王振与番国乜先密谋里应外合，假作求和，将英宗皇帝哄出帐来。遭遇埋伏，明军死伤众多，皇帝在袁斌等人保护下逃出重围。于谦升堂，将陈豹处死，为康金定等一众人等洗刷冤屈，康金定与孙堂相认。朝廷召回于谦的公文下达，孙堂等人亦得同寅道士指点，决定跟随于谦进京报效朝廷。

（乜先出，升帐，和尚、番将站）

乜　先：（诗）旌旗映日月，杀气满乾坤。
　　　　（白）孤家乜先，那日箭射张福，被人救回，不知如今性命怎样？
军　卒：报大王得知，营外来了一员明将，口称是王振侄儿，名叫王林，来下密书，请千岁过目。
乜　先：呈上来。王振当日待孤无情，今日传书不知为何？待孤拆开看来。
　　　　（唱）展开书字铺桌案，闪目留神细细观。
　　　　　　　上写王振顿首拜，字传太师御驾前。
　　　　　　　当日求婚减马匹，望乞恕罪把情原。
　　　　　　　朝廷无女亲难结，非是从中不周全。
　　　　　　　而今诳驾来征北，实意尽忠于大元。
　　　　　　　昨日死了老张福，合营惶惶甚不安。
　　　　　　　太师久战长得胜，天意兴北该灭南。
　　　　　　　如今何不乘危取？用兵埋伏设机关。
　　　　　　　我在暗中相帮助，内外成功自不难。
　　　　　　　为此传书暗送信，达知太师莫迟延。
　　　　　　　本是真情无假意，并无一句虚谎言。
　　　　　　　看罢心中犯详参。
会　真：（白）是。
　　　　（唱）军师上帐来议事，
乜　先：（唱）书上言辞是这般。
　　　　　　　欲行又怕有假意，不然唯恐枉费心田。

为此犹疑心不定，特请军师议周全。

会　真：（唱）有人相助是机会，

（白）咱国大王昔日约买王振，结连灭明，倾心相助并无假。而今随营主谋，皇帝当作亲信。张福已死，便命其侄前来下书，必是叫咱乘势攻取，哪有不实？当此明营军心无主，兵马惶惶，正好太师传令埋伏，大料有胜无败，一阵必然成功。

乜　先：军师所见有理，不知怎样埋伏才好？

会　真：贫僧所观明营屯扎土木之地，那里旁边无水，周围一带树木接连，南边十五里有河。贫僧今晚带兵一半暗去把住上流，命人多用土木将水堵住，引往南流，再派兵将，去奔河口掘水，下冲必然淹没。敌兵一死，太师率众埋伏左右树林，出其不意劫杀大营，捉拿他国众臣，必然易如反掌。

乜　先：好，军师所言埋伏有理，就怕他们得知早做准备。

会　真：不妨，贫僧早已料定他们难逃此难。

（唱）土木乃是一旱地，明主安营是太凶。

正统乃是中华主，居旱地困龙无水怎飞腾？

夜晚观星紫微暗，正该明主有灾星。

又应了他是姓朱遇土木，造起围圈困局中。

独入圈内怎逃走？准备捉拿难逃生。

如今损将无主帅，天意造定咱成功。

及早安排请传令，

乜　先：（白）好，

（唱）听罢大悦乐无穷。

座上急忙传将令，大同王近前把令听。

大同王：（白）在。

乜　先：（唱）你同军师奔河道，引水堵坝多带兵。

绕过土木速速去，赛罕王也来把令听。

赛罕王：（白）在。

乜　先：（唱）你同龙明与虎亮，带兵埋伏土木东。

林中藏兵听信炮，响动速速杀奔大营。

才要传令西边去，

番　卒：（唱）小鞑进帐报一声。

（白）报大王得知，今有公主带兵前来助战。

乜　先：快些有请。

番　卒：有请公主。

喜凤鸾：哥哥可好？小妹万福。

乜　先：妹妹远来劳乏，免礼请坐。

喜凤鸾：小妹告坐。

乜　先：你不在瓦剌城内，带兵到这里作甚？

喜凤鸾：小妹因哥哥奉旨征南，久不奏凯，故此领兵前来助战成功。

乜　先：罢了，既来帮助，兄妹协力同心，倒也甚好。如今对敌如此这般埋伏人马，方才遣将分兵而去。妹妹既来，难辞劳苦，同你二哥伯彦带领鞑兵三万去到敌营西边树林埋伏，但听信炮一响，急急杀出，不可迟误。

喜凤鸾：小妹遵令。

乜　先：小番说与下书人，叫他回去禀报王振内中详细。

番　卒：哈。

乜　先：众番兵，随孤分道，从土木旁麻峪口进入，把住两路，四路夹攻，杀奔敌营，不得有误。

（梁贵、郭茂马上）

梁贵、郭茂：（诗）干戈无宁日，胡兵势难敌。

梁　贵：（白）俺梁贵。

郭　茂：俺郭茂。

梁　贵：郭将军，可惜英国公一死，皇帝钦命王元帅执掌军兵，胡人势重，无法退敌，元帅恐怕有失，命咱二人带兵离营巡境，晓谕各处城堡兵将，小心防备鞑虏。你我巡查已毕，回转大营便了。呀，那边尘土腾空，人马无数，好像贼兵入口。大家拦阻，杀上前去！哨探，大营有变无有？

郭　茂：有理。

番　卒：报大王得知，明兵带兵前来，杀奔咱营，乞令定夺。

乜　先：呀，想是他们早做准备，冲杀一阵，撤兵而回。

番　卒：哈。

郭　茂：番贼少往前进，有你郭爷在此。

乜　　先：明将敢挡去路？其情可恼，看叉。
郭　　茂：来来。
　　　　　（众败，郭茂、梁贵上）
郭茂、梁贵：呀，番贼未败，怎么退回？探听咱国大营未动，眼前来到白沙河，怎么无水？好生奇怪。
　　　　　（唱）此处河水却不小，渗干不流好怪哉。
　　　　　　　　正自纳闷留神看，那边人马又杀来。
　　　　　　　　一伙胡兵向东败，后边是咱国兵追赶要把贼获。
　　　　　　　　何不拼力擒鞑虏？吩咐明将听明白。
　　　　　　　　合兵一处赶贼寇，齐奔军队马催开。
　　　　　　　　两下相对离不远，
撒　　林：（唱）番将撒林喜心怀。
　　　　　　　　奉令有敌奔河口，只见后面两股兵来。
　　　　　　　　直扑河岸上流去，
李安、刘巨：（唱）再表李安、刘巨二将才。
　　　　　　　　杀败贼兵随后赶，瞧见梁贵郭茂来。
　　　　　　　　二位将军回来了，正好会兵将贼获。
梁贵、郭茂：（唱）梁郭二将也相问，
　　　　　（白）我俩路遇今来相助，请问二位前来交锋，不知营中怎样？
李安、刘巨：大营未动，别无可虑，就是人马缺水，饥渴之甚。番贼引河夺水又来要战，元帅特差我俩带兵退敌取水。
梁贵、郭茂：既然营内无水，就该挪动别处，为何稳守不动？
李安、刘巨：若依别人本要退兵南行，怎奈治国公王振不让移动？皇帝听他之言，众人难拗，只好由他做主。
梁贵、郭茂：这是死路无出，只怕祸不远矣。
李安、刘巨：咱为军将不能拗上，只好征贼尽忠而已。
梁贵、郭茂：无非如此，大家传令擒贼便了。
李安、刘巨：有理。众将官快随我等追杀贼兵。
会　　真：哀家会真，带兵引河聚水，深有五丈，宽阔无比。方才都督撒林诱敌引来明兵，顺着河岸上来，正好撒开水势。小番们，敌兵赶来，快些放水。

|（唱）忙了众鞑兵，开闸把水放。
潮水一般同，汪洋翻波浪。
激流往下冲，水深好几丈。

明　兵：（唱）哎呀，吓坏众明兵，一起魂飘荡。
水来跑不及，淹死把命丧。
兵亡三万多，逃走几员将。
想着回大营，

乜　先：（唱）乜先用目望。
敌兵被水淹，伤损心快畅。
未死有逃回，劫杀不容让。
传令起伏兵，号炮一起放。

番　兵：（唱）毛袄不消停，点炮齐响亮。
惊动埋伏兵，四面齐杀上。
喊声震地天，

明　兵：（唱）明兵知方向。
报与元帅知，

王　计：（唱）王计带兵将。
出营大对敌，征杀人马创。
贼兵撒地来，潮涌一般样。
又见自己兵，当头来二将。

（刘巨、李安上）

王　计：（唱）对面急忙开言道。
（白）我问二位将军，带兵取水怎样？

李安、刘巨：元帅不消问了，末将等带兵出营，遇贼交锋，到了河边又遇郭、梁二将查边回来，一同杀败贼兵，指望退敌立功，不料中了他们水淹之计，可怜咱的兵卒尽都被水淹没，我等得命逃回，又遇贼兵。奉劝元帅不如回营多加防范，用心保守为妙。

王　计：呀，这还了得？如此损兵，番贼四面埋伏，大营难动，人马无水如何是好？只得回营奏知皇帝再做定夺。众将官，鸣金收兵。

（乜先上）

乜　先：敌将败兵回营，不可追赶。命人把住河水，分兵四处屯扎，围困土木，再与军师计议捉拿明皇帝便了。小番们，打得胜鼓回营。

（皇帝出，众臣站）

皇　帝：（诗）胡兵凶威逞豪强，干戈难定是苍荒。

（白）寡人正统皇帝，行兵北来，不但胡人难灭，可惜损去两员托国老臣，令朕悲伤无尽。不幸今在旱地安营，附近无水，人马饥渴至甚。传旨命人掘井，深足有两丈，竟无出水。偏又敌势屡加增添，营内兵马惶惶，寡人忧虑太甚。

王　计：军校们，小心巡营，将马带过。万岁，微臣王计前来见驾。

皇　帝：元帅见朕，有何军情？

王　计：万岁，如今贼兵势众，四面攻围，杀得咱国人马一概怯战，又且军营无水，兵将饿殍，无力迎敌。南面有河被贼所据，微臣遣将退敌，如此这般又中番贼之计。可怜兵将水淹溺死，贼兵趁势又来攻营，微臣无奈，败守营寨，来见陛下。劝主莫如南归，休等临期有失，悔之晚矣。

（邸野跪）

邸　野：万岁，元帅所奏有理，圣上不可久居此地。怀来离此三十余里，相隔不远，请驾进关，以怀来为殿，方保无虑。

王　振：不可呀不可，吾皇万岁。

（唱）王振跪倒拦又阻，我主休听他们说。

　　　大营一动更不好，贼兵攻踏了不得。

皇　帝：（白）若依先生，怎样才安？

王　振：（唱）依着奴才愚拙见，无法抵挡不如打和。

　　　差遣通事贼营去，这般如此去分说。

　　　不知此举好不好？

皇　帝：（唱）皇帝点头说使得。

王　计：（唱）王计连连说不可，

邸　野：（唱）邸野从中拦又拨。

　　　番贼一心侵疆土，怎容讲和去分说？

王　振：咳，

（唱）你俩好不知时务。

（白）从来两国相争，多有讲和，罢息干戈，你俩怎的分说不容？元帅是一武夫，只晓征战，不明文理尤可，邸野你是文臣，难道不知当日苏秦六国联合之事乎？

邸　　野：此事虽知，如今胡人如何比古？再者咱国又无舌辩之士，哪个能学苏秦、张仪？纵就差人去说，只怕空劳无益。当此之际，莫如保驾南归，免得明臣兵将尽遭涂炭，只顾不走。住在这里，好比困龙无水。此等死守，稳兵不动，有何益处？

王　　振：住了！好个妇孺，不知兵事，竟是一派胡说。再要妄言，叫尔罪当一死。

邸　　野：我为社稷生灵为重，并非妄谈，何得以死惧我？前日车驾行路，若非你的辎重耽误途程，如何这里安营，尽受水火？难免同遭兵戈之苦。

王　　振：哎哟，你是与我怄气？孩子们，把他与我打出帐去。

皇　　帝：住着，你们都是为国，不要争怄。先生要想讲和亦是正理，不知可命何人去到敌营去说才好？

王　　振：别人一个个畏刀避剑，贪生怕死，如何敢去替主分忧？必得奴才前去走走。

皇　　帝：先生要去，寡人甚不放心，必得命人跟随保护才是。

王　　振：陛下放心，奴才既去，不怕颠险，别无可虑。此去怕有言语不和，太监喜宁他能番语，必得命他跟随同行，方好通达来往之事。

皇　　帝：倒也使得，就命喜宁跟随先生，寡人静听回音。

王　　振：奴才遵旨。

王计、邸野：万岁，王振此去怕有图谋不轨，如要回转，我主可要细问，多加谨慎。

皇　　帝：二卿言之差矣，他去为国尽忠，其余别意，不必多虑，退下。

王计、邸野：万岁。

王　　林：（诗）胡汉相搅扰，通和愿罢兵。

（白）叔父，唤来小侄有何吩咐？

王　　振：侄儿不知，原是这般如此。我今假公济私，命你一同彭德清，跟随我到番营走走。

王　　林：是，孩儿遵命。

王　　振：随我来，还要嘱咐于你，明日便好前去。

（同寅步上）

同　　寅：（诗）仙法天渊游遍处，海阔迷途指分明。
（白）贫道同寅，天意造定大明正统被困，塞北该有七载之难。目下国家惶惶，应该招聚天下英雄保国，前日来在河南开封府城内算卦，暗里施法点化梦境，特叫忠良私访，便好收录群星灭虏救驾。今日不免再到巡抚衙门前卖卜，求见于公，便好再指前途以往之事。
（唱）群星落难身隐遁，国乱正该出头时。
　　　我今为国无歇止，功成便好入仙籍。
　　　今日去见于巡抚，指引他治国安邦守帝基。
　　　天蓬星官该难满，不久出头保华夷。
　　　未来之事不敢泄，世事变动自有时。
　　　暂压同寅去算卦，

裴　　富：（唱）又把太监裴富提。
　　　奉旨来到河南地，宣召于谦回京师。
　　　这日来到开封府，令人通报巡抚知。
　　　不言钦差把城进，

于　　谦：（唱）再表那于爷回衙更换衣。
　　　才要升堂去问案，

中　　军：（唱）中军进来把话提。
　　　王命下诏来告禀，
（白）禀爷，朝命下。

于　　谦：呀，王命到来却有何事？中军快去速排香案伺候。

中　　军：是。

于　　谦：书童哪里？快来。

书　　童：来了。

于　　谦：你去吩咐众将，把拿来的恶霸陈豹押在大堂前，少刻审问。再把随来众位英雄请入衙内栖身，等我接旨已毕，安顿钦差，再去公堂理事。

书　　童：小人遵命。

于　　谦：吩咐已毕，待我前去接旨。

（裴富同上）

众　人：千岁千千岁。
裴　富：听宣。读诏曰：今因夷虏入寇，万岁离朝，征北不胜，天下惶惶，社稷不宁。孤承兄命监国，监理朝政，国事重大，内外难决。众臣奏道贤卿才能干国，孤出钧旨钦命太监裴富宣召爱卿回京，钦点主考科取天下奇才，便好灭虏请驾回朝。若能班师，平定华夷，方保天下社稷无忧。旨意读罢。钦此。
于　谦：千岁千千岁！人来，将旨供奉龙亭，排宴伺候。
裴　富：于大人，王命紧急，不可久停，事不宜迟，快随咱家回京要紧。
于　谦：钦差勿忙，暂请驿馆歇息，且容下官交待明白，再去进京不迟。
裴　富：倒也使得。大人有事，可要急办，千万不可迟误钧旨。
于　谦：那是自然。公公大人请。
　　　　（唱）奉请钦差入馆驿，吩咐打点把堂升。
同　寅：（唱）同寅卖卜收卦场，散去衙役与兵丁。
孙　安：（唱）来了孙家弟兄俩，孙安开言把话明。
　　　　　　　哥哥快随小弟走，
孙　堂：（唱）兄弟叫我上哪里去？
孙　安：（唱）有位恩人我认清。
孙　堂：（白）何人待咱有恩？兄弟快说。
孙　安：（唱）小弟我先随大人把城进，见一位道人算卦相面灵。
　　　　　　　昔日他赐药治好爹爹病，未曾拜谢影无踪。
　　　　　　　至今感恩并未忘，不想这里得相逢。
　　　　　　　哥哥随我把他见，拜谢恩人礼上通。
孙　堂：（唱）如此这般当急去，他在何处快说明？
孙　安：（唱）衙门外边出卦场，众人围裹不透风。
　　　　　　　咱去外面且等候，拜谢同他到店中。
孙　堂：（白）有理。
　　　　（唱）兄弟说罢出衙外，来到大街看分明。
　　　　　　　只见卦场人散去，剩下卖卜人一名。
　　　　　　　见他收拾要回店呀，此人我也认得清。
孙　安：（白）哥哥你在何处见过他呢？

孙　堂：（唱）也是行路遇见他算卦，同到店中叙心情。

　　　　　　　一别不想这里遇，活该故旧又相逢。

　　　　　　　说罢上前忙搭话，

同　寅：（白）那边二人好像孙家弟兄来也。

　　　　（同寅、孙家兄弟对上）

孙堂、孙安：（唱）二人一起尊先生。

同　寅：（白）二位何处而来？你们一向可好？

孙　堂：好，

　　　　（唱）一向久别常想念，

孙　安：（唱）不想又把仙家逢。

孙　堂：（唱）听说治好家父病，

孙　安：（唱）未等拜谢去无踪。

孙　堂：（唱）施舍一别今又会，

孙　安：（唱）弟兄同来谢先生。

同　寅：（白）好说，

　　　　（唱）你们是非我都晓，贫道早已知其情。

　　　　　　　喜你弟兄得相会，难免一家要重逢。

孙　堂：（唱）先生真是神人也，有请盘恒叙心情。

　　　　（白）我弟兄又遇先生真是三生有幸。大街相见不便，就请先生到我二人住处一叙如何？

同　寅：倒也使得。贫道得见故人，正想一会。二位请。

　　　　（于谦出，升堂）

于　谦：（诗）扫除凶暴安良善，暗理民情辨屈冤。

　　　　（白）本院于谦，回衙未及升堂，不想王命下降召我回京。方才接旨留住钦差，已命二府去调祥符县知县，一并女犯康氏，便好阅案。本院回城曾见衙外有一术士卖卜，却与梦中所见不差。看他仙风道骨，有些不凡，等我事毕退堂，定要请他问卜国家之事。人来！快带陈豹听审。

衙　役：哈，大盗进。

　　　　（陈豹上，跪）

陈　豹：大人在上，陈豹叩头。

于　　谦：陈豹，本院闻你是位富豪之家，为何不守法度？竟敢强抢良民妇女，该当何罪？

陈　　豹：哎呀，我本耕读为业，何敢胡为？伏乞大人辨明曲直，不要误听一群匪徒之言，屈诬良民哪，大人。

于　　谦：哈哈哈，你做强盗无法之事，本院亲眼看见，你还瞒哄哪个？问你此时不招，莫非你是不认得本院吗？

陈　　豹：我与大人素不相识，哪里敢认？

于　　谦：你口称不认得，抬头来看看我是哪个？难道不记得在五里台打我一拳吗？

陈　　豹：哎呀，不好了，巡抚正是我的对头。咳，罢了罢了。

（陈豹立）贪官哪贪官，不用细问，我今犯罪，遇在你手，大料我招也是一死，不招也是一死。又想大丈夫在世生而何欢，死而何惧？倒不如挺身认罪，死后有名，不做那区区之辈。你陈太爷，犯罪一死，情愿实招，不用动刑拷问就是了。

于　　谦：好，不叫动刑，自己愿招，倒是一世英雄，不灭志气。既愿招罪，快把以往之事从实招上来，本院赐你一刀之苦，免得受那刑罚之罪。

陈　　豹：如此，贪官，是你听了。

（唱）挺身而立气昂昂，喝叫贪官听仔细。
想我陈豹在世间，不做无名小辈事。
从小绿林是英雄，这般避祸逃远匿。
来到祥府又招亲，老来丧子时不济。
复又顿起少年心，抢护美色被你遇。
作对该我一命休，损免丧子以往事。
大料无人替报仇，千般大事不能虑。
老夫招认以往情，任你杀剐死不惧。

于　　谦：（唱）于爷听罢惊堂拍，连连断喝双眉立。
万恶老贼死不亏，做了多少逆天事。
恶贯满盈该归阴，所以才把本院遇。
汝子早该一命亡，逆根死去无人替。
你今犯在我手中，该死招认倒省事。
按律万剐该凌迟，怜你自招不隐匿。

施恩一刀把你杀，叫你死个头窜地。

吩咐推出快施刑，

刽子手：（唱）刽子手上来拉出去。

炮响三声把刀开，（陈豹死）

衙　役：（唱）上堂回禀跪在地。

（白）禀爷，施刑已毕。

于　谦：闪过。

衙　役：哈。

于　谦：人来，再带杜家两个女子上堂来见本院。

衙　役：杜家女子进。

杜连青、杜连红：大老爷在上，民女叩头。

于　谦：那两个女子，你家既是良民，务农为本，为何招个贼寇，祸害一方？本院将他正法除害，本当罪及合家，又恐拖累无辜，于心不忍。再问你家还有何人行凶？快些一一招来，本院便好另有开示。

杜连青、杜连红：老爷若问，容禀。

（唱）姐妹跪在大堂下，一起叩头尊老爷。

我家姓杜遭不幸，早年丧去我爹爹。

剩下母女人三个，孤零无靠忍苦难。

并无宗族相照管，亲戚朋友靠不得。

无奈招个远方客，姓陈名豹是豪杰。

不想为人多强暴，解劝不听性特别。

我母又生陈家后，读书这般一命绝。

继父却又行不善，强抢二女遇老爷。

抄家吓死我的母，剩我姐妹无体贴。

跟随来把老爷见，望乞留命施恩德。

继父正法该如此，自作自受无得曰。

老爷饶恕我姐妹，生生世世感恩德。

诉罢不住将头叩，

于　谦：（唱）于谦早把主意定。

细观二女多良善，虽是农村貌不缺。

陈杜二家不一姓，善恶不同要分别。
我若含糊齐问罪，就算不分正与邪。
既然辨明以往事，理当今日救女杰。
主意一定叫左右。
（白）人来，快传裴家父女同邢氏上堂，本院问话。

衙　　役：哈。
（三人进）

裴　　成：大老爷在上，小老儿叩头。

裴桂香、邢碧云：难女叩头。

于　　谦：裴成，本院已把陈豹问罪斩首，不知杜家父女素日为人怎样？要你从头实诉，本院从中便好另有处置。

裴　　成：大老爷，小老儿与杜家东西二村居住，相离不远，根底俱都知晓。原先杜老儿是个庄稼汉子，不曾为非作歹，皆因死后他女人招了陈豹，才闹得乡邻不安，任意横行，无人敢惹。如今他死咧，没有别人干系。大老爷看着咋办咋是，小老儿不与他们争论就完了。

于　　谦：据你说的全是陈豹一人作恶，却与杜家妇女无涉，但不知儿女被抢去到杜家怎样？你们再细细说来，本院便好完结此案。

裴桂香、邢碧云：大老爷，我姐妹被陈贼抢去，这般拷打，不允亲事，送在绣楼，这两位小姐相伴，欲要善言劝送回家，相待并无恶意。陈贼做事不法，却与她们无干，万望大老爷不要罪及二女。伏乞格外施恩，将她二人免罪。

于　　谦：好，这才是贤良，遇着慈善，诚心保护，本院无不准情。裴成，领她四人下堂，一入官宅栖身，等候本院事完，另有安排。下去。

众　　人：是，谢过老爷。

裴　　成：（唱）裴成叩头抬身起，
（白）你们随我来。

众　　人：来了。
（唱）领下四位女婵娟。

府　　官：（唱）二府官来把堂上。
（白）大人在上，卑职参见。

于　　谦：免参。

府　　官：是。

于　　谦：可将知县与女犯提到无有？

府　　官：（唱）一并提来在堂外，特见大人禀根源。

于　　谦：（白）吩咐先命知县来见。

府　　官：遵命，

　　　　　（唱）应声下堂忙传命，

毛　　星：（唱）知县毛星心胆寒。

　　　　　　　　答应一声说告进，伏服跪在堂下边。

　　　　　　　　口称卑职来参见，

于　　谦：（唱）于爷坐上便开言。

　　　　　　　　贵县快些平身起，

毛　　星：（白）谢过大人。

于　　谦：（唱）我有不明事一端。

　　　　　　　　听说这等一命案，故此前来问根源。

　　　　　　　　贵县却是怎么断？

毛　　星：（白）大人，

　　　　　（唱）连连打躬忙接言。

　　　　　　　　大人若问这一案，乃是如此与这般。

　　　　　　　　卑职不才问抵命，自觉公断理不偏。

　　　　　　　　不知大人怎么问？

于　　谦：（白）好呀，

　　　　　（唱）所断不偏本公然。

　　　　　　　　就是陈家当诛灭，听说与你情义甜。

　　　　　　　　为官不分邪与正，结交逆党不该然。

　　　　　　　　等我完了这一案，再听发落自不偏。

　　　　　　　　吩咐左右带女犯，

衙　　役：（白）哈。女犯近前。

康金定：（唱）康氏上堂尊青天。

于　　谦：（白）那一女犯，快把你以往之事细细说来，本院从中便好另有计议，曲

　　　　　　　直分明。
康金定：（唱）大老爷若问女犯其中故，容我细细诉根源。
　　　　　　　惦度不敢提孙姓，料说他乡免祸端。
　　　　　　　怎样逃荒离家下，怎么裴家把身安。
　　　　　　　惹祸情由说一遍，告禀大人不隐瞒。
　　　　　　　我儿打死陈家子，逃走有祸女犯担。
　　　　　　　今日大人又复审，不知却是主何缘？
　　　　　　　莫非是把女犯斩，
于　谦：（唱）非也非也，叫声女犯听我言。
　　　　　　　陈豹这般我诛灭，万恶大逆不容宽。
　　　　　　　汝子打死陈家后，早除逆根理当然。
　　　　　　　有功无过哪有罪？再问抵命理算偏。
　　　　　　　陈家无人你免罪，本院做主事算完。
康金定：（白）多谢大人救命之恩。
于　谦：人来，
　　　　（唱）再传裴成把堂上，
衙　役：（白）哈，裴成上堂。
裴　成：小人与老爷叩头。
于　谦：裴成，
　　　　（唱）我今替你把案翻。
　　　　　　　领你义女把堂下，叫他们夫妻母子去团圆。
裴　成：（白）多谢大人天恩，闺女随爹来吧。
康金定：爹爹呀。
裴　成：走吧。
于　谦：（唱）坐上复又叫知县，
　　　　（白）毛知县。
毛　星：伺候大人。
于　谦：陈豹是一贼寇大盗，从前在浙江聚众作乱，朝廷发兵征讨未灭，隐遁这里招亲，欺压乡民，你竟不查其过，反与逆党相契，任其强暴胡为，一概置之不论，该当何罪？

毛　　星：是，大人发落得是，卑职无才，不知陈豹他是反叛，望乞大人宽恩恕罪，笔下超生。

于　　谦：哼哼，论尔为官糊涂，无德无才，本当贬家为民，但念从前叛逆不知，有罪轻减，罚你白银五百两修补城池，以戒庸弱之罪，他日再有过犯，准备听参，下去。

毛　　星：是，谢过大人。

于　　谦：今日完案，全亏本院私访之功，看来梦境应验非常。这等退堂，请来那位术士，问问朝廷征北吉凶才是。

（诗）治国为忠孝，教民要德行。

（刘赛花出）

刘赛花：（诗）千里救难下高山，灾消破镜要重圆。

（白）奴刘赛花，来到官衙内宅栖身，将军与叔叔都在外面与众人叙话，打发青郎探视，告诉大人升堂，也不知解救康氏姐姐脱难未有，好叫人着急，不住盼望。

（裴成上）

裴　　成：外孙哪，你爹与你叔叔都在前面陪着一个老道说话呢，少刻必入后堂，先领你妈去到内宅歇息，见你刘氏母亲。我去叫你姨娘也来见面，大家同到一处欢喜欢喜，你说好不好哇？

孙　　月：好，姥爷快去，母亲快随儿这里来。

康金定：来了。

（康金定母子上，刘赛花上）

刘赛花：呀，这位想是康氏姐姐前来么？

孙　　月：正是。我妈脱难到此，你们老姐儿俩见面暂且说话，我去请我爹爹、叔父同来，一家相见便了。

刘赛花：不知姐姐受尽磨难，小妹救护来迟，望乞恕罪。

康金定：好说，不敢。贤妹为我远劳下山，愚姐承情不尽。

刘赛花：你我姐妹不必套言，快些请坐歇息歇息，有话慢慢地再说吧。

康金定：有坐有坐。

（唱）归座欢喜又伤感，叹我一向苦难说。

刘赛花：（唱）你的苦处不用讲，青郎告诉早明白。

康金定：（唱）我算侥幸身未死，今遇大人把难脱。
刘赛花：（唱）总是吉人有天相，你我姐妹得会合。
康金定：（唱）难为妹妹惦着我，不辞劳苦甚贤德。
刘赛花：（白）你罢呀，
　　　　（唱）小妹愚鲁不如你，抚养青郎小阿哥。
康金定：（唱）咱姐妹一见投机有缘分，同侍一夫和气多。
刘赛花：（白）哎呀，不和气还打架啊？
康金定：哎呀，不和气还打架呀？
刘赛花：（唱）你在先来我在后，只要咱不嫉妒哪有不和？
康金定：（白）妹妹取笑了。正是二人闲叙话，
裴　成：闺女呀，他们在这屋里呢，没有外人，咱们爷俩走进去吧。
裴桂香：来了。
康金定：（唱）又听外面把话说。
裴成、裴桂香：（唱）进来裴家父与女，桂香一见泪如梭。
康金定：（白）妹妹呀。
裴桂香：姐姐呀。
　　　　（唱）二人拉住齐诉苦，
裴　成：（白）两头儿事情都知道啦，你们姐妹俩也不用哭咧，苦尽甜来，大家见面欢喜欢喜吧。
裴桂香：（唱）彼此脱难仗神佛。
　　　　　　姐妹二人诉罢苦，桂香又把往事说。
　　　　（白）姐姐呀，你们一家见了面，我的事儿要想着。
康金定：那是自然，不用妹妹嘱咐。
裴　成：（唱）老儿说是有啥事？闺女告诉我明白。
裴桂香：（白）你老不用问，等听信吧。
裴　成：（唱）你不告诉就拉倒，横是没有别的啰唆。
孙　月：（白）妈呀，我爹、叔父来咧。
裴　成：闺女呀，
　　　　（唱）他们来了咱们走，你在这里不大得。
裴桂香：（白）是。

　　　　　　（唱）父女二人出房去，

孙　　堂：（唱）弟兄进来把话说。

　　　　　　（白）娘子。

孙　　安：嫂嫂受惊了。

康金定：官人与叔叔可好？

孙堂、孙安：好。

　　　　　　（唱）幸喜脱难出网罗。

刘赛花：（白）你们哥俩来了，一起坐下讲话吧。

孙堂、孙安：是，有坐。

康金定：（唱）一家见面悲又喜，一言难尽受奔波。

　　　　　　梦想不到重相见，死里重生离而复合。

　　　　　　叔叔你来有件事，愚嫂说出莫推脱。

孙　　安：（白）不知却有何事？嫂嫂请讲。

康金定：（唱）往日我在裴家住，他父女待我母子恩义多。

　　　　　　当日这般曾应许，裴家女与你两配合。

　　　　　　今日叔嫂见了面，要你应亲结丝萝。

孙　　安：（白）嫂嫂做主，本当从命，但想小弟早与石小姐成亲，如要应允停妻再娶，爹爹知道岂不见怪吗？

孙　　堂：（白）兄弟，

　　　　　　（唱）孙堂接言说无碍，一夫二妻不算多。

　　　　　　爹爹见怪还有我，从中周全无别说。

　　　　　　兄弟娶了裴家女，算你嫂嫂以恩报德。

孙　　安：（唱）听罢点头说从命。

　　　　　　（白）兄嫂既然做主，小弟无有别说，不怕爹爹见罪，我就斗胆依言允诺就是了。

孙　　堂：这便才是。兄弟应亲，等候见了爹爹再拜堂合卺。目下大人回京，皇家开科取士，正好你我弟兄求名，便好出头报仇雪恨。

孙　　安：哥哥所言，正合小弟之意。二位嫂嫂见面叙话，咱弟兄去见大人商议进京之事便了。

孙　　堂：有理，兄弟随我来。

孙　安：来了。

孙　月：妈呀，咱一家见面，还有我盟叔舅舅与我表兄都要前来拜见问候，你老带孩儿领他们前来，一同拜见罢。

刘赛花：暂且不必，今日天晚，叫你母亲歇息。你去说与他们等候，明日再见吧。

孙　月：孩儿遵命。

刘赛花：姐姐受难身软，快请歇息，姐妹要叙家常，慢慢再谈心吧。

康金定：有理，妹妹请。

（于谦出，坐）

于　谦：（诗）梦幻情难断，事过景非灵。

（白）本院于谦，方才退堂，请来同先生问卜国家事情，言有先凶后吉。留他书舍栖身，等我事毕，定要请做幕宾，一同进京早晚领教。

（书童上）

书　童：禀大人，外有二人口称孙氏弟兄前来求见。

于　谦：快些有请。

书　童：是。大人有请，二位进见。

孙堂、孙安：来了。大人在上，我弟兄有礼。

于　谦：二位公子免礼，请坐。

孙堂、孙安：告坐。

于　谦：你弟兄来得正好，本院有件心事要对你们言讲。

（唱）可叹你家遭大难，一门零替在外边。
　　　幸喜苍天有怜悯，又得聚会非偶然。
　　　本院除凶救良善，多亏努力帮助咱。

孙　堂：（白）小可妻子多蒙救难，料效微劳，大人何足挂齿？

于　谦：（唱）我与你父同一殿，遇难相救理当然。
　　　虎穴中救出邢裴二女子，优待杜家二婵娟。
　　　她们虽是庶民女，观其相貌性贤淑。
　　　四位处女无婚配，本院有意要周全。
　　　随你来的英雄将，却不知都是哪个少良缘？
　　　说明本院为媒证，便好撮合做保山。
　　　还有令弟二公子，本院有话不好言。

孙　堂：（白）大人有话，请讲无妨。
于　谦：（唱）遂把梦境说一遍，我才私访到外边。
　　　　　　　遇见你们这般应，果然梦境不非凡。
　　　　　　　令弟与我有缘分，有心认义怕高攀。
　　　　　　　为此不好明言讲，唯恐说出有弃嫌。
孙　堂：（唱）好，大人高抬敢不愿？求之不得对心田。
　　　　　　　梦相咬背关骨肉，正该认义理当然。
　　　　　　　兄弟过来快拜见，
孙　安：（唱）孙安近前跪平川。
　　　　　　　口尊爹爹蒙抬爱，受儿一拜在膝前。
孙　堂：（白）叔叔在上，小侄也有一礼。
于　谦：（唱）于爷带笑说请起。
　　　　（白）贤侄，不必多礼，你弟兄一同请起。
孙安、孙堂：是，谢过爹爹/叔父。
于　谦：贤侄与我儿，老夫看你弟兄良臣之后，品貌不凡，蛟龙不是池中之物，将来难满必要升天。如今国家用人，大开科场，宣召老夫作为主考，正好带你弟兄一同众人进京求名。倘若名登金榜，报国立功，孙、刘两家大报冤仇，岂不是好？
孙安、孙堂：好，我弟兄正想如此，才来拜见爹爹/叔父。
于　谦：如此，等我回京，你们同随一往。还有一事与贤侄商议，方才所言婚姻之事，老夫欲要择一良女与你弟为配，其余归于别者，贤侄你看如何？
孙　堂：叔父之意，小侄还未细禀。裴家之女，荆妻早许舍弟为婚，方才说明一言为定，其余无归。正好小侄朋友董宽与我妻弟刘汉、刘月俱都缺偶，何不归于他们为配？叔父做主完婚，岂不是好？
于　谦：好，贤侄所言正当如此。你与侄妇去见两下男女，说明其故，看是怎样，回来再禀老夫知晓。
孙　堂：是，小侄遵命。
孙　安：爹爹，孩儿蒙恩，认为义子，还有一事奉禀，我父这般未死，今在杨家存身。爹爹进京，若遇机会，还求保举我父出头，孩儿感恩不尽。
于　谦：好，令尊在世，活该国家不失擎天玉柱。此时国乱，忠奸必显，等你弟兄标明之后，为父保举自然不难。
孙　　堂：禀叔父，方才小侄夫妻去见两个说明亲事，他们俱都愿意不辞，此事任凭大人做主。
于　　谦：好，如此，你我便是他们月老，成全四家姻缘，正是天作之合。老夫为媒主婚，将把邢家之女许配董宽，杜氏二女匹配刘汉、刘月，裴家之女早有前言，归于孙安。不用拣择吉日，今晚就叫他们拜堂成亲。完了老夫这件心事，明日离任，便好随旨进京。
孙　　堂：好，大人事忙，正该如此成全而作。
　　　　　（诗）君子处事成人美，为官到处颂德声。
众百姓：走哇走哇，巡抚大人要回京了，不论乡绅父老、士农工商人等，担粮牵羊都去等候饯行。大家一起快走哇。
　　　　（唱）这位老爷多忠正，做官清廉数第一。
　　　　　　　并不贪赃卖国法，爱民如子世间稀。
　　　　　　　自他到任好几载，法度严明都感激。
　　　　　　　祥符县里去恶霸，今又拿问得安居。
　　　　　　　治理太平民乐业，真正是夜不闭户路不拾遗。
　　　　　　　都愿他在此永远把官做，不料想来了圣旨把他提。
　　　　　　　调进京去有国事，百姓人等不愿离。
　　　　　　　无法留住把行饯，万民送去伞共衣。
　　　　　　　这两日衙门人去满，咱们也去送九十。
　　　　　　　不言众人衙内去，
刘汉、刘月：（唱）又把刘汉刘月提。
　　　　　　　弟兄奉了大人命，花烛已毕把城离。
　　　　　　　夫妻四人杜家去，发殡岳母折变家资。
　　　　　　　大人吩咐算陪嫁，这样恩望数第一。
　　　　　　　事完同见孙伯父，跟随姐夫进京师。
　　　　　　　吩咐从人催车辆，早去早回不敢迟。
　　　　　　　暂压刘汉刘月杜家去，
裴　　富：（唱）又表钦差屋舍居。
　　　　　（白）咱家太监裴富，奉了郯王钧旨，来到河南开封府宣召于谦回京，至今两日驿站栖身。于大人为官清正，这两日百姓人等衙门饯行不绝。昨日审问一案，从人禀说衙内来了一个老道街前算卦如神，咱家闻听心中一动，也要问问朝廷征北事体如何。业已命人去请来，为何不见到来？

内　臣：回禀公爷，道人请到。

裴　富：命他进来。

内　臣：公爷命先生晋见。

同　寅：来了。公爷在上，贫道稽首。

裴　富：免礼请坐。

同　寅：贫道告坐。公爷唤来山人，莫非是要问卜吗？

裴　富：正是特求先生一卦，问问朝廷征北之事。

同　寅：这却不难，就请大人卜卦。

裴　富：六卦完毕，先生请断。

同　寅：就着桌案笔砚，待我写出一观。好，筮得乾之初九之卦，先凶后吉，真乃可贺。

裴　富：不知怎样？先生细细讲来，咱家听上一听。

同　寅：此卦属龙，龙君象也。四初之应，龙潜跃必以秋，应庚午泱岁。而庚龙变化之物也，庚午中秋，七八年间，秋季车驾必还乎？还则当复辟，午火德之壬也，丁者壬之合也，其岁丁丑日、壬寅日、壬午乎？自今岁数，更九跃则必飞。九者乾之用也，南面子冲午也，其君位乎？故曰大吉。

裴　富：先生算得好卦，就是令人难解。

同　寅：未来天机，不敢深泄。公公不明，我再出诗一首，令你观看，自然料得明白。诗已出完，公爷大人请看。

裴　富：待咱家看来。

　　（诗）天生二日照中华，先后光明两不差。
　　　　狂风摇动乾坤变，全凭金梁玉柱压。
　　　　龙离大海遭虾戏，难满高飞上云霞。
　　　　旧日复明新日隐，一体同春锦上花。

　　（白）呀，此诗也是难明。仔细粗会，莫非应在皇帝征北，胡人搅扰有变，情由难测？先生何不细细说明，省得咱家糊涂发闷？

同　寅：公公不必细问，久而自明。山人纵然粗晓一二，却也不敢泄露天机。卜卦已毕，贫道便要告辞。
裴　富：先生慢慢，请收卦礼，再去不迟。
同　寅：不用，贫道占算国事，不要卦礼。
　　　　（唱）公公请我问国事，应当为国卜凶吉。
裴　富：（唱）不收卦礼情难报，若不然咱家保你把官居。
同　寅：（唱）贫道不求红尘报，一生清闲远世俗。
裴　富：（唱）专心问道难留恋，这一别不知再会是何时？
同　寅：（唱）分别也许有日会，久候山人必进京师。
裴　富：（白）好，如此，咱家候仙驾，
同　寅：（唱）山人就行不宜迟。
　　　　才要告辞出馆驿，
从　人：（唱）从人进来禀爷知。
　　　　巡抚大人来到此，
裴　富：（唱）吩咐快请莫挨迟。
从　人：（唱）答应一声说有请，
于　谦：（唱）于爷进来把话提。
　　　　（白）公公请来先生算卦，不知占卜所问何事？
裴　富：大人不知，只因皇帝离朝，太后诸日心忧，常常叫我求人问卜，怎奈在京不遇奇人？咱家钦天监他们天运不提，少不得到此求先生一卦，算的先凶后吉，只是内里许多情由，还是叫人难测。
于　谦：如此说来，也与本院求卦相仿，未来难明，只好慢慢体验方知。我今已将事务交与二府前来执掌，目下就随钦差进京。苦请先生同往，朝夕请教国事，不知仙驾可肯去否？
同　寅：大人相邀，本当随行，怎奈山人清闲无累，不与是非相争？此来无非指点有缘，事毕别去，不能奉陪大人。此去入朝，国有大事，贫道却有几句言辞要你们谨记，自能安邦定国，不然天塌无救，纵有忠心也要付于流水。
于　谦：不知是何言语？先生请讲。
同　寅：大人若问细听，山人告诉与你。
　　　　（诗）寇入中华地，国乱莫南迁。

　　　　　　令出人心稳，方保社稷安。
　　　　（白）还有几句大人再听，谨记吾言。
　　　　（唱）备守无失，如有错行，大厦难支。
　　　　（白）语罢言绝，大人牢牢谨记，贫道告辞去也。
　　　　（唱）说罢举手扬长去，
裴　富：（唱）二人送出又转还。
　　　　　　这位老道带仙气，不爱做官愿清闲。
于　谦：（唱）看破红尘远世外，不与名利两相关。
裴　富：（唱）他去咱也把京进，朝中把你眼盼穿。
于　谦：（唱）本院事务交代毕，就请起身不迟延。
裴　富：（白）如此远行说带马，大人请。
于　谦：钦差请。二人起身且不言。
同　寅：（唱）同寅又把孙堂见，分别赠你柬一联。
孙　堂：（唱）不知于我有何用？先生快些请明言。
同　寅：（唱）你弟兄提名之后有颠险，防备仇敌拆开观。
　　　　　　且记着进京莫露真名姓，还有那赵荣刘家三魁元。
　　　　　　三家留心防不测，难满自然忠奸显。
　　　　　　别的事儿早嘱咐，却也不必再细言。
　　　　（白）柬帖收过，我去也。
孙　堂：是。
　　　　（唱）急忙相送去如烟，豪杰止步回身转。
　　　　（白）同先生别去，嘱咐我先见爹爹，后进京师，只得依言而作，领着亲友去到杨家见父，打发喽啰回山，于大人先奔京都，我与众人然后进京便了。
　　　　（伯彦上）
伯　彦：小番们，绕路行兵悄悄而行。吾伯彦。
喜凤鸾：贵家庆阳公主喜凤鸾。
伯　彦：妹妹，咱奉兄长之命，带兵一万南行，把住关口，挡阻明将君臣去路，使他前后腹背受敌，不得逃遁，悄悄而行前去则可。
喜凤鸾：有理。小番们，人马急急而行。

乜　先：军师请。

会　真：太师请。

（乜先、会真平坐）

乜　先：（诗）胡汉争强弱，

会　真：（诗）灭明要兴元。

乜　先：（白）孤家乜先。

会　真：衰家会真。

乜　先：军师，明营兵将，被咱杀得惊魂丧胆，眼看势穷力尽，不久被咱扫灭。今又令吾二弟、妹妹带兵前往，拦路劫住他们归道，敌营无水，饥渴危急，遭困不敢移动。再要进兵，前去攻打营寨，捉拿明主，管保易如反掌。

军　卒：禀大王，来了十数蛮人，为首两个太监，一名王振，一名喜宁，口称奉旨来下说辞，乞令定夺。

乜　先：哎呀，明主畏战，不献降书，妄想求和，怎的能够？小番，先绑差官来见。

会　真：慢着，太师不可莽撞。王振此来，必有机密之事。喜宁乃是咱国之人，早年大王随贡进献南朝，拜在王振门下，是为北朝手眼。他俩今日齐来，必有同谋。何不先问根底？后查详细不晚。

乜　先：就依军师之言。小番去传，先令喜宁来见。

军　卒：太师有令，喜宁进帐。

喜　宁：来了。王爷、国师可好？喜宁来参。

乜　先：免礼。

喜　宁：是。

会　真：果是喜公公前来，纵然离别日久，贫僧认得你。来到此是为做说客，或者另有别故，咱是一家，不必隐瞒，快些从实讲来。

喜　宁：二位若问，听了。

（唱）虽把来意说一遍，明做说辞暗有私。

　　　　王太监暗怀卖国意，为咱北国使碎心机。

　　　　哄信明主确不拗，叫我同来做说辞。

　　　　撺掇这里行人马，捉拿明主事不宜迟。

怕有不信我先讲，并无虚言句句实。
也先、会真：（唱）二人听罢心大悦，天赐成功在一时。
　　　　　　　　　吩咐排队接来客，公公先行去说知。
喜　宁：（白）是。
　　　（唱）离了内帐出营寨，彼此诉说把名提。
　　　　　　从人要至前账里，奉让王振后营栖。
　　　　　　一同进帐归了座，
王　振：（唱）王振开言尊太师。
　　　　　　咱家结连大元主，要灭大明锦江山。
　　　　　　今幸引诱将成事，功成列土分地基。
　　　　　　昔日太师进宝马，自愧减少罪有余。
也　先：（唱）过去休提言正事，还得议论来往军机。
王　振：（唱）不难现有来回计，
　　　（白）咱家奉旨明来说辞，暗与太师定计。今夜这里四面埋伏人马，明日打发喜宁回去复旨，就说讲和事妥，太师不敢失信，留住咱家做挡，必得见了皇帝玉敕，方敢放我回国。若有差官到来，咱家即便回去。就说太师要见朝廷一面便好撤兵，哄着皇帝见面，急急捉拿。大料纵有我国人马动手，咱这里伏兵一起，量他插翅难飞。
也　先：好，此计大妙，依言而行，天晚军师遣将埋伏，准备明日便好行事。
会　真：是，遵命。
军　卒：有请二位内帐歇息，请。
王振、喜宁：请。
　　　（升帐，八将站）
众　人：（诗）胡笳军威动，万兵抖威风。
　　　　　　　齐聚中军帐，但听令来行。
铁哥不花：（白）吾大同王铁哥不花。
达儿不花：吾赛罕王达儿不花。
哈　明：吾渠帅哈明。
撒　茂：吾大都督撒茂。
撒　林：吾二都督撒林。

龙　　明：吾左护卫龙明。
虎　　亮：吾右护卫虎亮。
乃　　公：酋长乃公。
众　　人：军师升帐，在此伺候。
　　　　　（会真出）
会　　真：（诗）身入法门不谈经，久练兵书韬略成。
　　　　　　　　昔年亡兵今负恨，一心为国建奇功。
　　　　　（白）衰家会真，奉太师之命，今夜指挥兵将，各路埋伏。往下便叫众番兵听真：今日行兵不同往日，尔等留神听吾的号令。
　　　　　（唱）座上传令高声叫，兵将细耳听分明。
　　　　　　　　今要这般行人马，如此埋伏各路行。
　　　　　　　　按着敌营东西南北，四面藏兵各用功。
　　　　　　　　明天一场要鏖战，听号炮准备小心各路争。
　　　　　　　　今夜悄悄出营去，一概的人不唱号马去鸾铃。
　　　　　　　　雅密而行各领队，明日遇敌不放松。
众　　将：（白）我等遵命。
会　　真：（唱）言罢急忙拨令箭，叫一声大同王爷把令听。
铁哥不花：（白）在。
会　　真：（唱）你带兵三万人共马，埋伏敌营奔正东。
　　　　　　　　准备厮杀速速去，
铁哥不花：（白）得令。
会　　真：（唱）又叫赛罕王与哈明。
达儿不花、哈明：（白）在。
会　　真：（唱）你俩带领兵四万，去奔那明营西方要急行。
达儿不花、哈明：（白）得令。
会　　真：（唱）叫声撒林与撒茂，你弟兄带领五万兵。
　　　　　　　　南边劫杀明兵将，努力前进退后无功。
撒林、撒茂：（白）得令。
会　　真：又叫声乃公、龙明与虎亮，
乃公等三人：在。

会　真：你三人带兵二万往北行。
　　　　（唱）遇见敌兵休退后，违令斩首法不容。
乃公等三人：（白）得令。
会　真：（唱）分派已毕下大帐，一夜晚景不必明。
喜　宁：（唱）次日喜宁先回转，催马进营把信通。
　　　　（皇帝坐，众臣站）
皇　帝：（唱）正统坐在黄罗帐，
众　人：（唱）官员侍立陪主公。
皇　帝：（唱）皇帝座上长叹气，天意不幸困孤穷。
　　　　　　　贼势浩大不能灭，反把寡人困其中。
　　　　　　　营内缺水两三日，人马饥渴不安宁。
　　　　　　　先生王振敌营去，讲和未知吉与凶。
喜　宁：（唱）正然思念喜宁到，进帐见驾跪流平。
　　　　　　　奴才回营奏圣主，讲和之事番贼应。
皇　帝：（白）讲和之事既然应允，怎不见王振先生回转？
喜　宁：（唱）番将乜先怕有诈，留他为质押在营。
　　　　　　　请旨见了真实据，放他急速就撤兵。
　　　　　　　假言奏罢又叩首，呈上番字为证凭。
皇　帝：（唱）皇帝展开看一遍，传旨叫声曹爱卿。
曹　乃：（白）万岁。
皇　帝：（唱）命你草敕书和字，回答番将好罢兵。
曹　乃：（白）微臣领旨。
喜　宁：（唱）喜宁复又尊圣主，
　　　　（白）曹大人写了通和回书，待奴才出营交与随来番将哈明，回答乜先，必放王先生回营。
皇　帝：但愿如此，寡人放心。
曹　乃：万岁，微臣写了和书呈上，请主御览。
皇　帝：爱卿退下。
曹　乃：万岁。
皇　帝：待朕看来。好，通和书字，言语甚谦。喜宁，捧旨出营交与来使，回去

　　　　　　速放王先生回转。
喜　宁：奴才遵旨。
　　　　（唱）捧敕急忙出营去，交与番将达乜先。
　　　　　　　两营相隔二十里，
王　振：（唱）王振早就出营盘。
　　　　　　　回营进了黄罗帐，奴才见驾得回还。
皇　帝：（白）先生回来万幸，快些平身。
王　振：万岁，
　　　　（唱）还有一本启奏主，乜先想要面天颜。
　　　　　　　请驾出营见一面，撤兵再不生事端。
　　　　　　　此乃讲和干戈罢，我主速速莫迟延。
皇　帝：（唱）皇帝点头说准奏，座上急忙把旨传。
　　　　　　　文武随朕出营去，速速备辇见番官。
众　人：（白）万岁不可。
　　　　（唱）曹乃邸野与杨善，三人跪倒把驾拦。
曹乃等三人：（唱）番将既来要见驾，和好令他进营盘。
　　　　　　　　何劳陛下出营外？倘若是乘机生变谁保平安？
王　振：（白）住了，
　　　　（唱）你们又来多言语，竟是一派混胡言。
　　　　　　　尔等若有退贼计，何用咱家来往还？
　　　　　　　好容易说得相和好，你们又怕反了心田。
　　　　　　　这怕那怕心多虑，难道他们不犯颠？
　　　　　　　谁肯轻身入重地？此论都是怕藏奸。
　　　　　　　圣驾不肯出营去，想叫他来也枉然。
　　　　　　　你们多心是误国，如何答辩计从权？
　　　　　　　此去出营两相见，就算无事两罢干。
　　　　　　　只顾多疑心偏想，错过机会再遇难。
　　　　　　　负了敌营贼人怒，只怕干戈永无完。
　　　　　　　说罢复又尊陛下，奴才之言细详参。
皇　帝：（唱）皇帝听知说有理，众卿不必把朕拦。

齐随寡人把贼见，小心保驾不相干。

王　　振：（白）我主放心，

（唱）奴才保驾万无一失。

皇　　帝：（唱）吩咐看辇齐出帐，

曹乃等三人：（唱）三位忠良心吊悬。

当先出帐见元帅，

王　　计：（唱）王计急忙问根源。

（白）列位大人，王振素有不轨，与贼讲和未见真假，皇帝听信谗言，与我等出营去见番将，倘有不测，如何是好？

众　　人：我等谏止，皇帝不听，无法，来见元帅，快请传令兵将，小心保护圣驾才是。

王　　计：是，言之有理。众将官各执兵刃，一起上马出营保驾，防备贼兵。

众　　人：哈。

王　　计：众位请。

番　　卒：报大王得知，今有明皇帝乘辇出营，请爷前去见驾。

乜　　先：知道了。小番们，尔等各藏短刀，看我眼力行事，将马带过。

（乜先上）

乜　　先：孤乜先。多亏王振来往用计，目下要拿正统，真是天该灭明，元家恢复社稷旧业了。

（唱）心中大悦假谦恭，带领兵卒暗藏刀。

王　　振：（唱）王振请驾下车辇，文武保驾步履摇，

相离且近对了面，彼此答话把言交。

（白）北国太师哪里？

乜　　先：南朝圣驾哪里？

（唱）跪倒口称臣有罪，不该一向叛天朝。

皇　　帝：（唱）口称太师说请起，

乜　　先：（白）谢过万岁。

（唱）起来瞅着忙抽刀。

喝叫昏君哪里走？

王　　计：（唱）王计拔剑喊声高。

（白）万岁快走。

皇　帝：不好。

王　计：番贼少来行刺，看剑。

乜　先：看刀。番兵一起动手。

（皇帝、众臣急上）

皇　帝：哎呀，不好，吓死朕也。

（樊忠上）

樊　忠：万岁，快请上马，微臣保驾逃走。

王　振：樊将军快去上马挡贼，圣上有咱家保护，你不用害怕。

樊　忠：住了，明是你这逆贼勾结番叛，要害圣上盗卖江山，事到临期还说什么不怕？待我打死你这卖国囚贼，与主消恨，看锤。

王　振：哎呀，不好。

皇　帝：爱卿不必赶他，四外喊杀连天，必是贼兵前来诈营，快保寡人回营再作主意。

众　人：陛下不必回营，有樊将军保驾，弃舍车辇，快随臣等一起上马逃走。

皇　帝：有理。

（三人下）

皇帝等三人：（唱）一起上能行，保驾回逃走。

王　计：（唱）王计战乜先，上马又交手。

　　　　　　长枪对钢叉，大战威风斗。

　　　　　　杀了百十合，回头用目瞅。

　　　　　　皇帝影无踪，文武皆无有。

　　　　　　怕是回大营，被困又遭羞。

　　　　　　着急拨马回，传令拔营走。

　　　　　　保驾向南行，急急进关口。

蒋　贵：（唱）蒋贵催马来，元帅可知否？

王　计：（白）又有何事？请问将军，皇帝可是逃走？可是回营？

蒋　贵：（唱）圣上未回营，文武保驾走。

　　　　　　王振顺番贼，卖国把心扭。

王　计：（唱）不用说了早知晓。

　　　　　（白）王振通贼卖国，随驾文武皆知，就是皇帝信宠不明其故，而今事露，大料却也明白。你看贼兵遍地杀来，你我传令拔营起寨，保护圣驾悄悄而行。贼兵追赶，努力退敌，人马进关，到了怀来自然无事。

蒋　　贵：元帅言之有理。

王　　计：众将官起兵拔营，倒退南行保驾退贼，不得有误。

　　　　　（唱）一声令下人马行，

众　　兵：（唱）兵丁将校忙不住。

　　　　　　　收拾器械往南行，人马急走不敢误。

　　　　　　　不言他们得脱身，

乜先、会真：（唱）乜先会真又吩咐。

　　　　　　　传令响炮起伏兵，休叫蛮兵把关入。

　　　　　　　炮响四面发喊声，贼兵齐来拦去路。

众　　人：（唱）正统君臣把马催，（同上曹乃、邱野、杨善、皇帝）

　　　　　　　南行不过四里路。

　　　　　　　只见贼兵四面围，

樊　　忠：（唱）樊忠当先冲冠怒。

　　　　　（白）呀，不好了，贼兵各处埋伏，怎么逃走？列位大人保护圣驾随后而行，待我努力杀退贼兵。

　　　　　（唱）手抡铁锤往前闯，催马当先喊如雷。

　　　　　　　迎面来了一番将，（撒茂对杀）不通名姓杀一堆。

　　　　　　　闪身一锤打下马，（撒茂死）番将一死把命亏。

　　　　　　　又来一将也对垒，（撒林对杀）措手不及又一锤。（撒林死）

　　　　　　　一连打死两员将，壮起精神抖雄威。

铁哥不花：（唱）铁哥不花也杀到，喝令番兵一起围。

樊　　忠：（白）哎呀，

　　　　　（唱）杀着越发贼兵广，左冲右撞来往回。

　　　　　　　不言樊忠身被困，

刘巨、李安：（唱）刘巨李安把马催。

达儿不花：（唱）达儿不花来对战，蛮将凶勇胜不得。（铁哥不花败）

　　　　　　　喝令鞑兵齐放箭，

    （白）放箭放箭。
刘巨、李安：（唱）刘李二人忙退回。
       躲之不及齐中箭，好似柴棚满身堆。
       二将疆场齐丧命，
    （刘、李二人死）
樊　忠：（唱）樊忠不能退番贼。
       寡不敌众力气软，我今难免命要亏。（铁哥不花上，樊忠败）
樊　忠：（白）哎呀，不好了，
    （唱）连说不好要落人手，不如自己把阴归。
       一锤击顶落马死，
铁哥不花：（唱）蛮将自尽算英魁。
       吩咐番兵拿正统，量他插翅不能飞。
皇　帝：（唱）英宗吓得魂离体，
袁斌、梁贵：（唱）袁斌梁贵永相随。
鬼：（唱）圣皇帝暗有神灵助，（鬼上）护驾神保护命不亏。
       有难日后拖累拽，二将保驾闯出重围。
邸野、曹乃：（唱）邸野曹乃齐落后，被兵围困走不得。
       四面八方贼杀到，蛮兵将遭劫尸成堆。
       二人各带防身剑，难逃自刎把阴归。（邸野、曹乃死）
众　臣：（唱）其余官员与宦侍，俱被番贼用刀挥。
    （乱杀一阵，丑官老公尽死）
       番兵铁骑踩蹋入，明兵外闯各施威。
       虎贲校尉齐奋勇，杀得地暗与天昏。
       尸山血海一般样，鬼哭神嚎大放悲。
铁哥不花：（白）铁哥不花又喊叫。呀嗨，明兵若有怕死的，卸甲投刀者不杀，不然难逃大难。众毛袄炮火齐发，照旧开弓，一起放箭。
    （唱）高声喊，把令传。
       番兵番将，一起上前。
       也有使炮打，也有用箭穿。
明　兵：（唱）明兵卸甲怕死，裸体中了机关。

乱跑奔逃相踏死，尸横遍野满山川。

遇劫数，躲避难。

炮打箭射，命赴九泉。

鞑兵死有限，苦了明将官。

中炮身遭乱箭，体如刺猬一般。

兵亡沟壑死无数，十不存一好可怜。

前途事，好可怜。

后队兵将，喊杀连天。

方英战虎亮，奋勇各逞先。

会　真：（唱）会真后边暗算，飞镖托在手间。

照着敌将脑后去，方英中镖一命捐。

虎护卫，跟着咱。

捉拿蛮将，努力向前。

虎　亮：（白）遵令。

王计、蒋贵：（唱）王计催战马，蒋贵在后边。

二人大战番将，困在虎穴龙潭。

龙　明：（唱）龙明对敌战王计，叫声蛮将想走难。

王　计：（唱）王元帅，火直蹿。

枪刺敌将，掉下马鞍。（番将死）

番贼一命尽，拧枪瞪眼圆。

蒋贵相随在后，紧跟二马相连。

杀开前路逃命走，

出重围，还有范广与景元。

乜先、会真：（唱）乜先会真随后赶，杀得那明营战将死有几千。

文武大臣死百个，其余未死越岭登山。

散走兵卒不再表，

杨善等三人：（唱）接言文武三位官。

杨　善：（白）下官御史杨善。

萧维祯：下官后军督抚萧维祯。

王　宏：下官兵科给事中王宏。

杨　善：二位大人，可恨王振顺贼诳驾出营，皇帝惜乎被害。咱国兵将尽遭屠戮，下官跟随圣上逃走，可怜诸位大人丧命，多亏二位能人携同下官闯出重围，换了衣冠，得便逃走。皇帝眼见有人保驾逃出重地，不知奔向何方，君臣失散吉凶难定，好叫人放心不下。

萧维祯：从来圣皇帝百灵相助，大料无妨有事。你我何不去到紫荆关与元帅商议？寻找陛下才是。

杨　善：也只好如此了。

（完）

第二十本

【剧情梗概】明英宗被乜先俘虏，乜先意欲将其处死，被伯彦拦阻，喜凤鸾渴望成为英宗皇妃，故亦加以保护。乜先见皇帝被俘，明兵群龙无首，大举进攻。梁贵奉英宗命回朝搬救兵，朝中得知皇帝被俘，大乱太后做主让郕王朱祁钰登基，朱祁钰下令捉拿王振余党，只有王山逃脱，其余人等被诛杀。孙安带孙堂等人回到杨府，孙吉宗与众亲友相见。

（袁斌、梁贵、皇帝出，马上）

袁　斌：（白）圣上，催马快走。

皇　帝：是，来了。

袁斌、梁贵：（唱）袁斌梁贵前引路，

皇　帝：（唱）皇帝紧跟在后边。

　　　　　　恐怕番兵随后赶，再要围困逃走难。

　　　　　　君臣行路正惊恐，又听迎面喊连天。

　　　　　　皇帝吓得勒住马，

袁　斌：（唱）袁斌一见便开言。

　　　　　　口尊圣上休害怕，待臣舍死一马当先。

　　　　　　梁将军小心保圣驾，看我杀退鞑子官。

　　　　　　恶狠狠催马杀上去，

梁　贵：（唱）梁贵保驾在后边。

　　　　　　陛下休离臣左右，有命凭上天。

　　　　　　不惧生死往上闯，

伯　彦：（唱）杀来番将名伯彦。

　　　　　　一见袁斌声断喝，

　　　　（白）蛮将休要逃走，有你王爷在此埋伏，快些下马受死。

袁　斌：住了，胡奴其心可恼，我们落荒逃走，你就该退兵，为何各路埋伏赶尽杀绝？我今不惧犬羊，杀奴负恨。臊奴休走看枪。

伯　彦：来来。

　　　　　（伯彦败）
哈　明：（内）二千岁闪过，看我哈明擒拿蛮将。
伯　彦：可要小心。
哈　明：不劳嘱咐。
　　　　　（伯彦、喜凤鸾上）
伯　彦：妹妹你看，哈明与蛮将杀在一处。那边又来二人，头前一将后跟一人，身穿黄袍头戴金冠，打扮非凡，想是明朝皇帝，咱兄妹两人捉拿便了。
喜凤鸾：有理。
　　　　　（梁贵、皇帝急上）
皇　帝：梁将军，可不好了，袁斌杀退贼兵，又有胡人前来，咱君臣料想插翅难飞，如何是好？
梁　贵：陛下莫慌，事在危急，快些弃了金冠黄袍，微臣保驾便好逃走，不然君臣难免要落贼手。
皇　帝：咳，罢了罢了，苍天呐苍天，
　　　　　（唱）急忙舍金冠。
　　　　　　　　脱袍不怠慢，扔在地平川。
梁　贵：（唱）圣上快走吧，君臣忙逃窜。
伯彦、喜凤鸾：（唱）伯彦喜凤鸾，要拿黄袍汉。
　　　　　　　　　见他把马催，怎么又不见？
　　　　　　　　　明明看得真，追赶留神看。
　　　　　　　　　接木又移花，莫非有更变？
　　　　　　　　　细想心内明，定是把衣换。
　　　　　　　　　传令毛袄兵，快走休迟慢。
　　　　　　　　　急急把马催，如飞急似箭。
　　　　　　　　　霎时赶近前，君臣回头看。
　　　　　　　　　贼兵到后边，难逃要被陷。
梁　贵：（唱）梁贵尊主公，敌兵来不善。
　　　　　　　　万岁快逃生，微臣与贼战。
皇　帝：（白）将军小心，寡人去也。
　　　　　（伯彦上）

伯　彦：蛮将哪里走！

梁　贵：（唱）拧枪把路横，大骂贼番叛。

　　　　　　　赶尽要杀绝，不怕天遭怨。

　　　　　　　咱俩把命拼，贼奴休逃窜。

　　　　　　　用枪刺前胸，招架大交战。

　　　　　　　厮杀且不言，

皇　帝：（唱）皇帝魂魄散。

　　　　　　　有一女将来，追赶见了面。

　　　　　　　着急紧加鞭，马跑鞍子转。

　　　　　　　掉下马能行，害怕把神念。

喜凤鸾：（唱）凤鸾到跟前，刀下如闪电。

皇　帝：（唱）英宗魂吓飞，（现龙）浑身只是颤。

喜凤鸾：（唱）凤鸾吃一惊，明白芳心乱。

　　　　　　　此人是明君，应梦遂心愿。

　　　　　　　龙凤既相逢，姻缘牵一线。

　　　　　　　何不定终身，当面讨宫院？

　　　　　　　想罢下能行，近前连呼唤。

喜凤鸾：（白）南朝万岁醒来。

皇　帝：哎呀，吓死朕也。

喜凤鸾：万岁休怕，鞑女惊驾，罪该万死，望乞恕罪。

　　　　（喜凤鸾跪）

皇　帝：寡人被你赶得走投无路，落马要做刀头之鬼，为何不杀反来请罪？

喜凤鸾：万岁乃是天下人王帝主，四海皆尊，不过一时落难，鞑女何敢弑君？斗胆欲要请驾进宫，见我胞兄乜先，两国讲和，罢息干戈，送驾还朝，万岁意下如何？

皇　帝：怎么？乜先他就是你胞兄？

喜凤鸾：正是。

皇　帝：可笑他是一国上将，怎么行事逆天，叛乱大国？亦不如你这女流心存仁义，不害寡人。你兄妹人情不一，可见世间男子也有不如你这妇女。寡人感你活命之恩，断不见罪，快些请起。

喜凤鸾：咳，吾皇万岁。
（唱）伏服在地不肯起，连连又把万岁尊。
我兄叛逆各为主，伏乞勿怪需开恩。
奴家今得遇圣主，其中另有一段因。
皇　帝：（白）有何原因？
喜凤鸾：（唱）自从两国来交战，在家夜梦一神人。
说是南朝皇王主，御驾亲征北塞临。
落难应该奴解救，造定姻缘配主君。
不才斗胆讨宫院，封奴保驾免祸侵。
说罢含羞红粉面，
皇　帝：（唱）皇帝听罢犯沉吟。
鞑女无耻求封赠，现有那三宫六院怎收胡人？
欲待不允负情义，收纳有辱万乘尊。
无法推辞难死朕，进退无门陷住身。
正然为难无主意，呀，那边马跑又来人。
喜凤鸾：（唱）凤鸾惊起留神看，原是二哥到来临。
伯　彦：（唱）伯彦马上开言问，
（白）妹妹因何下马？此人在旁怎么不杀之？留他作甚？
喜凤鸾：二哥不知，原是这般如此，此人乃是南朝皇帝，小妹未敢造次。
伯　彦：哦，原来这等，方才那一明将被我擒住，绑押后队，前来随你赶他，曾见金光一片，不想明主却在这里。真是巧遇，天赐成功。不必亏他性命，绑押回营去见兄长便了。
喜凤鸾：哥哥见了兄长，千万尽心保护，不可野性轻视中原帝王，顺天行事。
伯　彦：妹妹不必嘱咐，愚兄也知顺天者存，逆天者亡。咱虽未食大国爵禄，也是海外臣子，岂可以臣弑君，坐视不管？待我下马参驾。万岁，臣伯彦曾受圣上恩赏，陛下今临北国有难，臣当以礼尽忠相救。请驾上马，随臣回营，方保无事。
皇　帝：你兄妹既有此美意，要尽忠心，何不放我逃走？若叫寡人去见令兄，岂有我的命在？
伯　彦：各有其主，不敢徇私。万岁请往，有我兄妹保驾，管保无妨。

皇　帝：罢了，到此地步，难辞生死，仗你兄妹保护，寡人去见就是了。
伯　彦：这便才是，请万岁上马。
　　　　（袁斌、哈明对杀，哈明落马）
袁　斌：番将快请上马，再来比拼。
哈　明：我今落马有死而矣，为何不杀？
袁　斌：非我不杀与你，咱俩大战多时，未分胜败，方才见你马失前蹄坠落征驹，并非真落马，拜为下风，岂有乘势取命之理？怜你是一条好汉，故此刀下留情，暂饶不死，且等败在我手，再死不晚。
哈　明：好，君子真乃仁义之士，在下万分不及矣。你今饶我不死，好有一比。
袁　斌：比作何来？
哈　明：将军好比汉室云长大战黄忠，落马失蹄，见危不取我命。我今虽无憾，一箭之报却也不敢忘情。将军若不弃嫌，某家情愿结为昆仲，不知尊意如何？
袁　斌：既当抬爱，岂有不愿之理？
哈　明：如此，多有感情，是不能忘。
袁　斌：但我君臣目下被困，不定生死，将军若有放我君臣逃走，咱就结为患难之交，意肯不辞。
哈　明：咱若相契，吾便周全，以报足下仁义之德。
袁　斌：如此便是知己，待我下马，大家各叙姓名年庚。
　　　　（唱）急忙放枪下坐骑，忙把家乡姓名云。
　　　　　　　我名袁斌二十岁，家是顺天府内人。
哈　明：（唱）在下哈明瓦剌住，不枉痴长整三旬。
袁　斌：（唱）兄台年长我为弟，大家撮土把香焚。
哈　明：（唱）一起跪倒明誓愿，患难生死为知心。
袁　斌：（唱）拜罢平身尊兄长，望乞速放我君臣。
哈　明：（唱）众目所视难遮掩，这般如此好脱身。
袁　斌：（唱）好，我就口称归顺你，见机而作可掩人。
番　兵：（唱）正然说话番卒报，英烈王拿住了正统君臣。
　　　　　　　传令收兵回营寨，报与渠爷得知闻。
哈　明：（白）起过。

（唱）闻报惊慌说怎了？
袁　斌：（唱）时下唬坏将袁斌。
　　　　　　只叫仁兄说怎好？皇帝被擒命难存。
哈　明：（唱）贤弟莫怕有我去，英烈王他是我至亲。
　　　　　　托他从中把情讲，保护你国明主君。
袁　斌：（唱）全仗仁兄为小弟，我只好假作投降把你跟。
哈　明：（白）有理。
　　　　（唱）二人上马回营去，
乜　先：（唱）再把乜先王振云。
　　　　　　早已见面归一处，二人谦让归了座。
　　　　　　乜先带笑把话云，仰仗先生同协力。
　　　　　　目下就恢复元家旧乾坤，杀死明兵无其数。
　　　　　　可惜未把正统擒，令孤心中不遂意。
王　振：（白）太师放心，我国朝廷量他漏网之鱼，却也难逃被擒。
乜　先：（唱）但愿擒住方称心，
伯　彦：（唱）正然议论伯彦到。
　　　　（白）小番们，将马带过。兄长在上，小弟一同妹妹擒来大明皇帝，任凭发落。
乜　先：好，二弟、妹妹真是奇功一件，快把正统绑上帐来。
伯　彦：不可，他是中原一主，咱是化外一臣，不要暴虐，还以君臣之礼相待才是。
乜　先：各有其主，与他论的什么君臣。依你之言不折磨与他也就是了。快些把他领进帐来。
伯　彦：遵命，有请陛下进帐。
皇　帝：来了，乜太师请了。
乜　先：住了。你今被擒，还不求生下跪，还敢大模大样妄自尊大？难道不怕死么？
皇　帝：寡人威威中原帝主，岂可屈膝于人？虽然落难，生死不惧，我今到此地位，生死任凭尔等。
乜　先：罢了，看你有此志气，倒也不愧为君。我常告天要求大元一统天下，不料灭明易如反掌，真是天从人愿也。
　　　　（唱）心中大悦开言道，帐下众将俱听知。

明主被擒在当面，问尔众将有何使？
乃　公：（白）千岁，
　　　　（唱）帐下有人接言语，闪出一将把话提。
　　　　　　乃公急忙上大帐，近前行礼尊太师。
乜　先：（白）乃公有何主见？
乃　公：（唱）仇敌天赐在当面，不必留生当杀之。
伯　彦：（白）住了。
　　　　（唱）伯彦听罢心大怒，乃公胡言把天欺。
　　　　　　军有主将何用你？在此多言混乱提。
乜　先：（白）御弟所言有理，乃公退后。
伯　彦：（唱）皇兄不可拗天作，大明皇帝福有余。
　　　　　　两军阵前大交战，敌兵一概命归西。
　　　　　　残伤压死众刀剑，皇帝无伤天护庇。
　　　　　　咱也受过皇恩赏，从前赐过龙蟒衣。
　　　　　　有恩当报君臣义，不可扭天把罪迷。
　　　　　　皇兄写表奏国主，讲和两国把兵息。
　　　　　　差人遣使达南国，迎送皇帝转帝基。
　　　　　　咱弟兄落个义士好男子，名垂千古美名提。
　　　　　　小弟之言何如也？
乜　先：（白）哼，
　　　　（唱）乜先听罢犯寻思。
　　　　　　御弟所言虽然好，最怕大王不肯依。
王　振：（唱）转过王振接言语，
　　　　（白）大王既奉元主旨意恢复江山，咱家帮助好容易拿了我国皇帝，不要松放。若依别人之言，误了国事你我吃罪不起。
皇　帝：呀，大帐人多不曾理会，王振怎么先到这里？方才之言好叫寡人不懂。
王　振：圣上不必做梦，而今水落石出了。也不瞒哄与你，听我告诉明白，你就知晓了。
　　　　（唱）冷笑便开言，若问听根底。
　　　　　　如此与这般，一一告诉你。

    我与大元主，早年把义起。
    结连分江山，好把社稷取。
    谁你塞北来，被擒到这里。
    大事算成功，江山就要劈。
    你要顺势行，不忍叫你死。
    写表让江山，不失公侯位。
    若说一字不，难免身一死。
    大兵杀进京，臣民一概洗。
    那时后悔迟，不如早应许。
    要你细思量，可以不可以？
皇 帝：呀，
   （唱）皇帝怒气生，咬牙频切齿。
    大骂卖国贼，奴才该万死。
    一向恩待高，拿你当贴己。
    谁知害寡人，早把奸心起？
    倾国害君主，不怕循环理。
    凌迟死不屈，骂名垂典史。
    何日朕心昏，不明宠爱你？
    而今心明白，后悔怨自己。
    恨不把你杀，剖腹把心取。
    寡人恨难消，罪逆如法旨。
王 振：（唱）王振愧在心，骂得无言语。
    退后话不说，
乜 先：（唱）乜先火性起。
   （白）住了。昏君无德，该你倾邦丧国，混怨哪个？论理你今被擒，该遭诛戮，念你身为一朝皇帝，不忍加害，暂且留你为质，发兵南征，取了中原再做定夺。御弟伯彦听令。
伯 彦：在。
乜 先：将这昏君带到你的营去叫人护守，令他速写手谕，遣人送到南朝。若能献金银珠宝，让了京都便罢，不然也学金兵直发汴梁，看他怎样阻挡？

伯　彦：皇兄所论有理，但不知所擒来的明将怎样发落？

乜　先：他们若肯归降，一概免死，不然杀之可以。

伯　彦：只可留生，不可令他一死。如若归降，一概免死才是。

乜　先：御弟仁义待人，愚兄念你与妹妹有功，排宴庆贺。你兄妹各归本营，歇息去吧。

伯　彦：遵命。

王　振：太师拿住明皇帝可是押送回国，还是留住军营？

乜　先：明主虽然被擒北番，南朝岂无能将保国？大料必不肯断送江山，只好留他军营做挡，便好引诱做个进取之路。孤家写表命你沙漠求见大王，启奏你我之功，方不负先生一心为北国帮助的一番美意。

王　振：太师美意，咱家乐从。正该朝见大王，前去走走。

乜　先：今日得了衣甲、器械、辎重无数，获住三人，金银骡马二十余万，真乃喜满心怀。众番兵，大排筵席，合营庆贺大功。先生请。

王　振：太师请。

　　　　（喜凤鸾步上）

喜凤鸾：好耶好耶，幸喜二哥见了兄长，保护南朝帝王未死，领到他的营内护守，免遭加害。可惜好事未成，未得讨封宫院，只好日后再遇机会，看是如何。

　　　　（诗）凤缘早定终身错，一心耐等当贵妃。

　　　　（升帐，郭登出，站）

郭　登：（诗）昼练兵和将，夜观战策书。

　　　　（白）本帅郭登，圣驾征北，闻报屡败不胜，差遣郭茂带兵前去助战，不知如今胜败怎样？

郭　茂：军校们，将马带过。元帅在上，小弟打躬。

郭　登：二弟回来，可曾胜过胡兵？

郭　茂：兄长不消问了，贼兵厉害，杀得咱国人马一概灭亡，这般如此，皇帝失迷，不知所在。元帅王计还有蒋贵闯出重围，与小弟一同来到这里。

郭　登：呀，国遭涂炭，这样不幸，真乃苦哉痛哉。

　　　　（唱）乍闻皇帝被失陷，气得跺足又捶胸。

　　　　　　百万人马遭陷没，丧尽胡地好苦情。

　　　　　圣上存亡指不定，国家无主了不成。
　　　　　社稷难免倾亡际，好比那金兵灭宋一般同。
　　　　　元帅未死来到此，须得率众去接迎。
　　　　　吩咐众将排队伍，迈步出了大帐中。
　　　　　上马出城见了面，搭话一起请进城。
　　　　　进了帅府入大帐，（众将同上，坐）宾主归座把话明。
　　　　　元帅逃难主被擒，可有何计灭贼兵？

王　计：（唱）咳，王计叹气呼总镇，本帅丧师算无能。
　　　　　失落圣上罪应死，君仇未报且贪生。
　　　　　可恨王振竟卖国，害主社稷被他倾。
　　　　　理当拿他复国恨，扫灭胡人气才平。
　　　　　我今有心算无力，来见镇台求助兵。
　　　　　大家同心要协力，杀贼救驾苦尽忠。

郭　登：（唱）摆手连说不中用，
　　　　（白）元帅若叫这里助兵灭寇，只怕有些不妥。大同兵危将寡，贼兵撒地而来，你我纵然舍死尽忠，独狼怎敌众犬？

王　计：若依镇台，另有何计？

郭　登：依本镇看来，贼兵俘去皇帝，必然要取京都，元帅这里退敌，胡人若从别处所过，岂不空手无益？当此之际，元帅莫如速回京都，去见郕王千岁，早做准备，保守内地，不失外路。严防自然无患，国家社稷宗庙不失，免学金兵辱宋，就算光荣天下。元帅入朝，郭某志守大同，彼此尽命，内防外严，保全华夷，乃为上策。

王　计：好，镇台所言有理，本帅深服其教。事不宜迟，我和蒋将军速速回京。话已说尽，就要告辞。

郭　登：国家事大，不敢久留。

王　计：请。

郭　登：请。

郭　登：京兵去了。众将官，昼夜操练人马，准备杀贼。小心贼兵瞧探，小心巡营。

（梁贵便衣上）

梁　贵：（诗）君臣落陷川，困龙无计飞。

　　　　（白）俺梁贵，一同皇帝被贼擒拿，自谓必死，不料番将心存仁义，未肯害主留命，连我也未加害。校尉袁斌假意降了贼营，乜先将我二人拨在伯彦营内，服侍圣上，君臣一处栖身。胡人要索金银珠宝赎驾回朝，皇帝无奈应酬，写了手敕差我回京去见郕王。过了怀来，星夜回京便了。

　　　　（唱）连打马，走得速。

　　　　　　　不分昼夜，回转京都。

　　　　　　　早把郕王见，遣将发兵卒。

　　　　　　　塞北解围救驾，好把鞑子平服。

　　　　　　　梁贵行程却不表，

景　元：（唱）又表景元在路途。

　　　　　　　催马走，气长出。

　　　　　　　想起王振，恨骂不休。

　　　　　　　竟把江山卖，倾国顺贼奴。

　　　　　　　可惜皇帝被俘，百万人马鸣呼。

　　　　　　　失落圣驾寻不见，不知生死命有无。

　　　　　　　我突围，算逃出。

　　　　　　　漏网不死，来赴冥途。

　　　　　　　无法可救驾，贼势如破竹。

　　　　　　　鞑子随后入境，叫人犯了踌躇。

　　　　　　　无奈去到宣化府，求见杨洪竟枉扑。

　　　　　　　最可恼，老贼徒。

　　　　　　　畏刀避剑，闭门不出。

　　　　　　　穷极离处地，只好回京都。

　　　　　　　见了郕王千岁，发兵再把贼除。

　　　　　　　景元行路又不表，

韩青等四人：（唱）又把四人表清楚。

　　　　　　　　韩青王宏和杨善，萧维祯同行急又速。

　　　　　　　　寻访皇帝影无踪，星夜不停转帝都。

韩　青：（唱）韩青勒马开言道。

（白）列位大人，你们寻驾不遇，末将一路同行来到紫荆关，待我先行一步进城禀知我家元帅，然后再迎接众位进城在此歇息，岂不是好？

众　人：好，如此有劳将军，快些前去通禀，我等慢行，且在城外等候。

韩　青：好，如此有理，众位少待，我先去也。

（众人同下，张锐坐帐）

张　锐：（诗）国乱军遭难，难保锦江山。

（白）本帅张锐，长探报到皇帝征贼被擒，爹爹为国身亡，虽得凶信，未知真假。已命韩青塞北去探虚实，为何不见到来？

韩　青：军校们，将马带过。哎呀，元帅可不好了。

张　锐：将军回来为何这等惊慌？莫非我父已死，朝廷落难？可是真么？

韩　青：怎么不真？令尊阵亡，皇帝被擒，一字不假。末将走至半路，遇见三位官员落难逃回，一同前来，他们在后，末将先来回禀元帅。

张　锐：这样不祥灭绝之事，可不痛死人也。

（张锐倒）

韩　青：元帅醒来。

张　锐：哎呀，

（唱）一闻凶报魂不在，苏醒多时又还阳。

　　　　定定精神睁二目，抬身坐起泪汪汪。

　　　　爹爹，圣上，大放悲声哭君父，君辱臣死痛断肠。

　　　　爹爹出关恐不利，而今果然是不祥。

　　　　君臣隐没腥膻地，皇帝不知是存亡。

　　　　百万之中遭不幸，铁石人闻也心伤。

　　　　咳，哭罢大怒频切齿，大骂臊奴众犬羊。

　　　　以地欺天该诛灭，不可容留混逞强。

　　　　有我张锐活在世，若不报仇算平常。

　　　　刻下离关发人马，定把胡人一扫光。

　　　　为国损躯死不惧，马革裹尸也应当。

　　　　说罢就要传将令，

韩　青：（白）慢着，

（唱）韩青拦阻把口张。元帅不可且息怒，

　　　　　　　单丝不线难逞强。若想为国把仇报，
　　　　　　　还得一本奏郎王。快请官员把城进，
　　　　　　　叫他们速速转朝堂。早发倾国人共马，
　　　　　　　才能扫灭众犬羊。不知说的是不是，
　　　　　　　元帅用心细思量。
张　锐：（唱）张锐听罢将头点，将军所言理应当。
　　　　　　　你我去把他们请，迎接进城讲其详。
韩　青：（唱）答应一声说遵命，
众　人：（唱）二人齐出帅府堂。
　　　　　　　吩咐军校齐请进，迎接下马步履忙。
　　　　　　　众人见面报名姓，礼毕相请入书房。
　　　　　　　叙礼已毕归了座，
张　锐：（唱）张锐复又问其详。
　　　　（白）列位大人随驾从征，听说家父已死，朝廷被辱，咱国人马遭残无
　　　　　　　数，你等得命逃回，不知皇帝怎样？王振如何？列位快些请道其详。
王宏等三人：镇台不消问了。
　　　　（唱）三人未语先叹气，将军若问不消说。
　　　　　　　皇帝不幸身落难，全是王振贼万恶。
　　　　　　　到处不祥曾劝止，俱是他挡拦又拨。
　　　　　　　令尊一死军无主，困地交营不敢挪。
　　　　　　　王振求和做说客，暗与番贼早合谋。
　　　　　　　事到临朝遭大变，齐入罗网祸难脱。
　　　　　　　君臣遇难各逃命，番贼埋伏杀得泼。
　　　　　　　咱国大兵死无数，俱都一命见阎罗。
　　　　　　　我三人得便逃性命，不知皇帝死与活。
　　　　　　　王振顺了贼营去，剩我们寻驾不遇无奈何。
　　　　　　　星夜回来把将找，来见镇台说情状。
张　锐：（唱）列位不来早知信，未见真实探明白。
　　　　　　　若依我得命去杀胡番叛，又怕离关有啰唆。
众　人：（唱）一起摆手说不可，将军此地离不得。

　　　　　　　胡人如要破关口，内地难保锦山河。
　　　　　　　等我三人回朝转，奏知郕王灭番贼。
张　　锐：（唱）列位之言我遵命，暂且防守候番贼。
　　　　　　　以逸待劳破敌也。
　　　　　（白）众位远来受惊，到此歇息，明日再行，请。
众　　人：请。
（乜先升帐）
乜　　先：（诗）捉虎擒龙灭敌兵，杀气冲破斗牛宫。
　　　　　（白）孤家乜先，拿住皇帝，未曾加害，囚在御弟营中留命做挡。勒索金帛后，敌国一空，无力争持，杀入内地，打破北京，必然易如反掌。又想按兵不动，令人心急，还得商议发兵南征，往下便叫军师上帐听令。
会　　真：在，唤来衰家有何事议？
乜　　先：军师坐了，孤家与你商议军机之事。
会　　真：衰家谢坐。
乜　　先：军师。
　　　　　（唱）孤家拿住明皇帝，军师用计成了功。
会　　真：（唱）也亏王振相帮助，暗与北国用心胸。
乜　　先：（唱）前日打发他回国，朝见国主去报功。
会　　真：（唱）单等灭了中原地，平分疆土两国清。
乜　　先：（唱）目下还得南征进，必须攻关过长城。
会　　真：（唱）一处攻打不中用，须从几路去进兵。
乜　　先：（唱）此处离着山西近，正好先去攻大同。
会　　真：（唱）怀来离此也不远，攻破可取宣化城。
乜　　先：（唱）两处攻打也可以，差人再去破紫荆。
会　　真：（唱）攻城带着明皇帝，这般诓他可诈城。
乜　　先：（唱）好，军师想的绝妙计，依计而行必成功。
　　　　　　　你替孤家去传令，叫我御弟速拔营。
　　　　　　　随孤去奔大同地，带着明主一同行。
会　　真：（白）遵令。
乜　　先：（唱）大同王上帐快听令，命你带领三万兵。

　　　　　速速去把怀来取，代攻独石御马营。
铁哥不花：（白）得令。
乜　先：（唱）分兵而去又遣将，赛罕王也来把令听。
达儿不花：（白）在。
乜　先：（唱）你带兵两万人共马，前去杀奔紫荆城。
达儿不花：（白）得令。
乜　先：（唱）吩咐已毕忙传令，
　　　　　（白）小番们，起兵随孤杀奔大同，不得有误。
众　人：得令。
乜　先：（诗）三路大兵取关津，要把中原社稷吞。
　　　（孙吉宗便衣出，白髯坐）
孙吉宗：（诗）浩然正气忠心掩，何日拨云复见天？
　　　　（白）老夫孙吉宗，身在杨家隐居数载，常常为国思家，不得报仇。自己忧虑两鬓斑白，又想长子不见，孙安一去不回，莫非该我父子不能见面，老死在外？咳，无有出头之日了。
　　　　（唱）独坐书房长叹气，诸日忧愁恨心头。
　　　　　　叹我竟受宫奴害，一世英名付水流。
　　　　　　院公替死恩难报，义仆忠诚贯千秋。
　　　　　　赵氏媳妇全节死，也算烈女把名留。
　　　　　　其余不死逃性命，幸喜孙安把亲收。
　　　　　　不幸之中之不幸，不知孙堂何处游？
　　　　　　康氏媳妇也不见，次子寻兄又外游。
　　　　　　不回定是未见面，又听说朝廷征北心内忧。
　　　　　　父子隐匿两不见，不能劝王怎报仇？
　　　　　　埋没难把忠心显，莫非老死不能出头。
　　　　　　正是孙爷心焦躁，
　　　（杨普上）
杨　普：（唱）杨爷进房知情由。
孙吉宗：（白）大人来了，请坐。
杨　普：有坐，

(唱）亲翁不必心烦闷，奉劝开怀且消愁。
令郎不久就回转，弟兄同来不必忧。
正然相劝家人到。

（杨兴上）

杨　兴：（唱）杨兴进来忙问候，叩问老爷身体好？
（白）二位老爷可好？小人杨兴叩头。

杨普、孙吉宗：杨兴你今回转，为何不见你姑爷回来？

杨　兴：来了，随后就到。不管他，还有一大些个呢，连男带女不在少数，都往咱家来了呢。

孙吉宗：都是何人到此？起来讲。

杨　兴：是，二位老爷若问听禀。
（唱）小人随姑爷，一同外头绕。
寻找大少爷，绕了不少道。
去到祥符县，遇见甚巧妙。
如此是这般，拿贼一场闹。
于爷把案消，圣上把他调。
大人去回京，他们把这到。
男女一起来，有说又有笑。
不久进府中，问候齐来到。
小人见老爷，当面来禀报。
说罢事一宗，

杨普、孙吉宗：（唱）二人心中乐。
一起笑颜开，

杨　普：（唱）又把杨兴叫。
（白）杨兴快去告知丫鬟，叫你姑娘去接女眷，叫他们进来一起相见。

杨　兴：是，小人遵命。

孙　安：娘子一同诸位嫂嫂下车吧。诸位亲友大庭稍待，等我弟兄且去拜见家父与杨大人，说明以往，少刻再来同请相见。

众　人：是。

孙　安：哥哥随我去见爹爹。

孙　　堂：来了，来了，爹爹在哪里？
　　　　　（孙堂上，跪）
孙　　堂：爹爹呀。
孙吉宗：儿们哪。
　　　　（唱）父子见面悲又痛，拉起儿们泪双抛。
孙　　堂：（白）爹爹呀，
　　　　　（唱）孩儿不孝罪逆重，愧见天伦不用曰。
孙　　安：（唱）久离膝下欠定省，寻来兄嫂见爹爹。
杨　　普：（白）亲翁，你父子见面，不必悲伤，骨肉相逢理当欢喜才是。
孙吉宗：（唱）大人说的果然是，
孙堂、孙安：（唱）弟兄又来拜杨老爷。
杨　　普：（唱）贤侄姑爷快免礼，
孙堂、孙安：（白）是。
杨　　普：（唱）亲翁请坐把话曰。
孙吉宗：（白）你我同坐。
　　　　（唱）孙堂恨我当日把你斩，为父遗恨算情绝。
孙　　堂：（唱）当日犯罪当正法，孩儿应该被刀切。
孙吉宗：（唱）众将保留将你解，半路逃走去得切。
孙　　堂：（唱）背父私逃罪更重，怕死贪生累及爹爹。
孙吉宗：（唱）过去之事不再讲，再问你一向何处把身歇？
孙　　堂：（唱）从头至尾说一遍，咱一家侥幸未死仗天爷。
孙吉宗：（白）好，
　　　　（唱）你们未死天有眼，父子又有相会时节。
孙　　堂：（唱）听说是爹爹未死院公替，一死难报大恩德。
孙吉宗：（唱）义仆为人世间少，还有那赵氏媳妇能尽节。
　　　　　　孙门主仆全节义，死后留名不用曰。
孙　　安：（白）启禀爹爹、岳父，还有众亲友，都在大厅等候，齐来见面。
孙吉宗：（唱）且等一家相见毕，再请亲友众豪杰。
　　　　　　快叫你嫂嫂与众媳妇，同来拜见礼莫缺。
孙　　安：（白）是，

	（唱）答应一声出房去，
石玉珠：	（唱）女眷同来忙不迭。
孙　月：	（唱）青郎当先把房进，
孙　堂：	（白）我儿这是祖父，那位是你杨姥爷，快快近前问安才是。
孙　月：	（唱）上前跪倒尊爷爷。
	小孙青郎来拜见，问候祖父与姥爷。
孙吉宗：	（唱）孙儿却也这么大，叫人欢喜心熨帖。
杨　普：	（唱）亲翁相传好接续，令孙他又是一位豪杰。
孙吉宗：	（白）大人过奖。
杨　普：	（唱）一门后来必昌盛，世代绵绵如瓜叠。
孙吉宗：	（唱）多谢大人吉言语，侥幸孙门嗣未绝。
	孙儿起来一旁站，
孙　月：	（白）是，谢过爷爷。
众佳人：	（唱）众佳人齐来拜见公爹。
	石玉珠妯娌姐妹早相见，进房来又见伯伯诉离别。

（石玉珠、孙安上）

石玉珠：	（白）哥哥一向可好？
孙　堂：	好，你我兄妹一样。
石玉珠：	（唱）问候已毕一旁站，
众　人：	（唱）众人一起进来咧。

（康金定、刘赛花、裴桂香、邢碧云、杜连青、杜连红六旦上，跪）

众佳人：	（唱）跪倒一起把安问，
孙吉宗：	（唱）一见伤心暗惨切。
	康氏媳妇你来了？儿啊，
	难为你抚养孙儿真贤德。
康金定：	（白）这是媳妇分所当然。
孙吉宗：	来的都是哪一个？媳妇快对为父说。
康金定：	公父不知，这是我刘家贤妹与裴氏婶婶，三位乃是这般如此，都是亲戚，同来拜见公爹与杨老伯父万福金安。
孙吉宗：	好，

　　　　　　（唱）如此都是媳妇到，一同起来无分别。
众佳人：（白）谢过公父/伯父。
杨　普：原来都是亲眷到此，真是无有外人。
刘赛花：（唱）刘氏赛花又跪倒，媳妇带罪见公爹。
孙吉宗：（唱）往事休提无再讲，媳妇们同来听我曰。
　　　　　　（康金定、裴桂香、石玉珠跪）
康金定等四人：（白）儿们伺候。
孙吉宗：（唱）要你们各尽其道称姐妹，不分大小无扭别。
　　　　　　起来拜见杨太师，同入后堂将身歇。
康金定等四人：（白）儿们遵命。
石玉珠：（唱）石氏玉珠说遵命，
　　　　　　（白）众位嫂嫂与裴氏妹妹一起请入后堂见我义母，众位随我来。
众　人：来了。
孙吉宗：他们入后堂去了。孙堂去请众人齐来相见。
孙　堂：是，孩儿遵命。
　　　　　　（唱）急去请，不消停。
　　　　　　　　有请众位相见。
众佳人：（白）来了。一起来了，众位英雄。裴老也来到，相随进房中。
　　　　　　（刘汉、刘月、董宽、赵荣、陈望、裴成上）
众佳人：二位大人可好，
　　　　　　（唱）问候一起打躬说。
孙吉宗、杨普：（白）免礼。
董　宽：（唱）久别盟父又相见，
刘　月：（唱）刘月又把长辈称。
　　　　　　　　上年事，可记清。
　　　　　　　　见面动怒，不认亲情。
　　　　　　　　伯父撵出我，小侄回店中。
　　　　　　　　听说你老犯罪，闹得天塌地崩。
孙吉宗：（白）昔日慢待贤侄，老夫乃是惧罪，如今见面贤侄不要介意。
刘　月：着哇，

　　　　　　（唱）至亲说过就拉倒，从今过去一旁扔。
孙吉宗：（白）这便才是。你们来得好，老夫有不认识的，不知这几位都是何人？
　　　　　　你们快说来历。
众　　人：大人若问，听了。
刘　　汉：（唱）有刘汉，道其情。
赵　　荣：（白）赵荣。
陈　　望：陈望。
众　　人：（唱）各诉分明。
　　　　　　我们见伯父，商议要进兵。
　　　　　　协力好把仇报，塞北去救朝廷。
　　　　　　众人说罢一些话，
孙吉宗：（白）好，
　　　　　　（唱）孙爷听罢喜心中。
　　　　　　众亲友，得相逢。
　　　　　　观见他们，俱是英雄。
　　　　　　人马多雄壮，杀气带威风。
　　　　　　上天不灭忠义，出头要报仇横。
　　　　　　贤侄赵杰遭连累，因为我家一命倾。
　　　　　　幸喜有后能接续，孙儿赵荣又成丁。
　　　　　　孙刘赵家有冤枉，但愿报仇灭奸凶。
　　　　　　说罢又喜又恼怒，
裴　　成：（唱）转过老儿把话明。
　　　　　　你们说完该着我，亲家呀，你不认得我裴成。
　　　　　　你儿我女成婚配，官话咱俩是亲翁。
　　　　　　杨老爷，老汉也要高攀了，借光都把亲家称。
杨　　普：（白）亲友到来同是一家，何分彼此？
裴　　成：（唱）要不嫌弃无挑拣，吃喝你可别心疼。
杨　　普：（白）亲翁取笑了。
　　　　　　（唱）说罢一阵又后退，杨爷大悦喜气生。
　　　　　　亲翁一家得相会，你们出头好进京。

　　　　　　　吩咐一声排宴会，

　　　　（白）家童吩咐厨下，大排筵席，好与众位接风。

家　　童：哈。

杨　　普：众位远来到此歇息歇息，有请入席，大家今晚慢议国事。

众　　人：好，我等正要请教，不才到此打搅。

杨　　普：好说，知己客套休叙，众位请。

众　　人：请。

　　　　（梁贵马上）

梁　　贵：（诗）人报泰山倒，马跑转帝都。

　　　　（白）俺梁贵。皇帝被擒塞北，命我回朝求救，不分昼夜来到京都，只得催马前行，到金殿去见郕王千岁便了。

　　　　（唱）急急的，紧加鞭。

　　　　　　　独自回国，一马当先。

　　　　　　　去见二千岁，一一奏根源。

　　　　　　　先交皇帝手敕，看是有何计全。

　　　　　　　不言梁贵去上殿，

萧维祯等三人：（唱）又说回京三位官。

　　　　　　　萧维祯，在头前。

　　　　　　　王宏杨善，随在后边。

　　　　　　　三人催马走，早离紫荆关。

　　　　　　　这日也把城进，来在帝都顺天。

　　　　　　　三人上殿又不表，

范广、景元：（唱）再说范广与景元。

　　　　　　　回朝转，不停闲。

　　　　　　　在路招聚，人马一千。

　　　　　　　残兵与败将，跟随把国还。

　　　　　　　京都却也不远，压下暂且不言。

王计、蒋贵：（唱）又表王计与蒋贵，二人催马走如烟。

　　　　　　　回朝内，把兵搬。

　　　　　　　再发人马，去灭腥膻。

	路遇残兵将，跟随把国还。

路遇残兵将，跟随把国还。

二人一同召集，越岭复又登山。

七拐八弯回朝转，前后不等陆续接连。

不言他们路上走，

裴富、于谦：（唱）又说裴富和于谦。

二人半路闻风信，朝廷被擒心胆战。

昼夜不停回朝转，恨不飞身到金銮。

暂压二人把京进，

太　后：（唱）又表太后心不安。

皇儿离朝去征北，叫人日夜把心悬。

怕有不祥常挂念，梦想难忘心意牵。

正是国太心忧虑，

（宫女上）

宫　娥：（唱）宫娥进来跪平川。

（白）启奏太后，今有二千岁有事进宫，来见国太。

太　后：宣进宫来。

宫　娥：领旨。太后有宣二千岁。

朱祁钰：来了。皇娘在上，儿臣参驾。

太　后：皇儿平身坐了。

朱祁钰：儿臣谢坐。

太　后：皇儿有何国事来见为娘？

朱祁钰：咳，皇娘不消问了。

（唱）我皇兄，征北番。

命儿监国，执掌朝班。

方才在金殿，一将把朝还。

此人名叫梁贵，从征身为将官。

随驾到了北番地，胡人厉害实非凡。

咱国兵，取胜难。

太监王振，与贼结连。

这般与如此，卖国祸塌天。

皇兄遭擒被抓，兵将都染黄泉。

为首胡人索贿赂，应许献宝送驾还。

梁贵来，领皇宣。

圣旨一到，速叫周全。

正在惊慌际，又来众将官。

不死落难回转，——又奏根源。

儿臣前来见母后，奏明是非想万全。

太　后：（白）哎呀，不好，

（唱）老太后，吓一蹿。

皇儿被擒，怎保平安？

吉凶保不定，可恨恶贼顽。

王振知他卖国，信宠盗卖江山。

从前解劝不醒悟，而今受害后悔难。

通番贼，罪逆天。

满门要灭，九族难宽。

皇儿快出旨，抄拿莫迟延。

逆党一概诛灭，与国大报仇怨。

正然议论金英到，

（金英上）

金　英：（唱）进宫奏事跪平川。

（白）启奏太后、郕王，文武百官俱知王振卖国顺贼，一起上表请旨灭族，以安人心，若是不然，群臣死也不退。莫如千岁传旨，安顿他们散去，诛灭逆党，方保朝内无事。若是不然，他们吵闹惊天动地，内外不安，如何是好？

朱祁钰：罢了，如此午门设座，都令他们外边聚集，不许他们入朝喧哗，待孤传旨。

内　臣：遵旨。

太　后：皇儿身栖塞北，若不早救，只怕要学宋室徽、钦二帝久留胡地，生命难保。宫娥，快去宣你国母娘娘来见哀家。

宫　娥：遵旨。

|（唱）宫娥传旨急去宣，

皇　　后：（唱）钱太贞忙忙离昭阳。
　　　　　　霎时来到养老宫，进宫跪倒尊皇娘。
　　　　　　宣召媳妇有何事？

太　　后：（唱）快些平身听其详。

皇　　后：（白）是。

太　　后：（唱）从头至尾说一遍，塌天大祸起萧墙。

皇　　后：（白）呀，
　　　　　（唱）太贞听罢朱颜变，惊慌失色面焦黄。
　　　　　　出神多会连叫苦，只叫皇爷欠主张。
　　　　　　当日也曾苦苦劝，不信偏要离朝堂。
　　　　　　而今受了奸臣害，全都被擒困番邦。
　　　　　　哎呀，咬牙骂声贼王振，竟敢卖国害君王。
　　　　　　不惜生灵遭涂炭，可怜将死与兵亡。
　　　　　　陷害故主投化外，万恶逆贼欺上苍。
　　　　　　乱臣贼子若拿住，一定刀剐碎尸亡。
　　　　　　恨罢又把皇娘叫，救急可有何主张？

太　　后：（唱）此时我也无主意。
　　　　　（白）皇儿被擒，国家慌乱，朝内不可一日无主，皇孙年幼，不能执掌国家大事，只好叫郕王登基，保护宗庙社稷不失。一日大皇儿脱难回国，弟让兄位，哀家所论，不知媳妇意下如何？

皇　　后：国家慌乱，不可一日无主，任凭皇娘做主。

太　　后：好，如此等候郕王回宫传旨，哀家去到金殿晓谕，合朝文武，择日速叫郕王即位便好，安顿国家大事。
　　　　　（诗）逆贼卖国遭大变，但愿神灵保江山。
　　　　　（金英上）

金　　英：（诗）奉命传令旨，抄灭逆党门。
　　　　　（白）咱家金英，可恨王振不念君恩，卖国求荣，方才郕王传旨，命我速叫指挥马顺去拿王振满门家眷问罪，在午门以外待我高声召唤便了。喂！锦衣卫马顺听着。

马　　顺：在。

金　　英：二千岁郕王有命，命你奉旨带领御林军速拿王振、彭德清两家的家口，一并逆党一同斩首，急急快去。

马　　顺：领旨。

王　　宏：慢着。马顺乃是王振一党，若差他去，必有暗放，必须另遣别将前去，方可无事。

马　　顺：住了。我马顺忠心报国，谁与王振一党？你王宏竟敢对众胡言乱道。

王　　宏：哼哼，好个奸贼，少来瞒我。

　　　　　（唱）王宏恼，大动嗔。

　　　　　　　　喝叫马顺，不用瞒人。

　　　　　　　　你与贼王振，结党甚同心。

　　　　　　　　相遇助纣为虐，往往作弊蒙君。

　　　　　　　　今日你要领旨去，难免放贼要脱身。

马　　顺：哎呀，

　　　　　（唱）好王贼，太胡云。

　　　　　　　　无名火起，忙把手伸。

　　　　　　　　上前忙抓住，你我进午门。

　　　　　　　　去见郕王千岁，分辨谁是忠臣。

　　　　　　　　力大还手也抓住，捉住衣襟恶狠狠。

萧维祯：（白）又来了，

　　　　（唱）萧维祯，帮助扯倒，

马　　顺：（白）你们真反了。

萧维祯：按在尘埃。

金　　英：二位大人因何动粗？快些放手叫他起来。

王　　宏：（唱）公公快闪过，解劝白费心。

萧维祯：（唱）我俩将他打死，任凭偿命归阴。

王　　宏：（白）你一下来我一下，

马　　顺：哎呀，罢了我了。

萧维祯：使尽力气用拳抡。

金　　英：（唱）金太监，忙闪身。

　　　　　　　　　无法解劝，两个愣人。
　　　　　　　　　躲在一旁闪，
众　　人：（唱）文武不理论。
　　　　　　　　　大家一概不劝，俱各有气在心。
　　　　　　　　　袖手旁观看热闹，
萧维祯、王宏：（唱）王肖二人气攻心。
　　　　　　　　　踢又打，抖精神。
马　　顺：（唱）马顺受伤，鲜血淋淋。
　　　　　　　　　疼痛喊又叫，扎挣又翻身。
　　　　　　　　　难起仰面朝上，
王　　宏：（唱）王宏又踹前心。
　　　　　　　　　恶狠几脚身不动，
马　　顺：（唱）贼马顺应誓命归阴。
　　　　（马顺死）
萧维祯、王宏：（唱）奸贼不动想是死，这才撒手站起身。
杨　　善：（唱）杨善上前说不好，
金　　英：（唱）金英上前唬掉魂。
　　　　（白）二位大人只顾愤怒任性，将马顺打死，岂不怕郕王千岁见罪吗？
王　　宏：为国除贼何惧许多？马顺是我打死的，与别人无涉。
萧维祯：大人休怕，你我把他尸首扯出，再会同与王振有仇之人同心协力诛灭余党便了。
　　　　（王宏、萧维祯扯尸下）
杨　　善：这二人太也鲁性无比，不待王命自己任性所为，这还了得？
　　　　（王直、胡英急上）
王直、胡英：杨大人与金公公可不好了。
杨善、金英：怎样？
王直、胡英：方才有王振府中两个内侍，一名王明，一名毛亮，前来探视，又被王、萧二位大人会同多人活活打死。他们不顾法度，一概惊天动地，喧哗不止。这般朝野汹汹，如何是好？
杨　　善：他们这般凶险，越发有罪，少不得大家保护劝阻。众人且免喧哗，金公公速去禀奏千岁，少刻我三人必然同去保本。
金　英：倒也使得，请。
众　人：请。
（郕王出）
朱祁钰：（诗）王命令旨下，诛灭逆党人。
（白）孤家朱祁钰，静坐午门以内，方才传旨命金英晓谕锦衣卫指挥马顺带兵抄拿王振家口，一并逆党诛灭，消除国患。
（金英急上）
金　英：启奏千岁，可不好了。
朱祁钰：怎样？
金　英：奴才奉旨，方才已到午门以外，不想指挥马顺还有王振两个内侍被有仇恨的文武官员殴打而死。
朱祁钰：呀，却是何人，不待令旨这样大胆？
金　英：人多势众难以细问。众人惧罪，号呼连天，都要齐来见驾恳求赦罪，幸亏有人劝止，他们未敢擅入。奴婢无法可使，特来回奏千岁。
朱祁钰：呀，朝内无君，孤王做主，莫非他们就如此无主，蜂乱不成？好生令人可笑。
于　谦：各位大人不必惊慌，待我于谦去见王驾保本。
众　人：好，于大人与裴公公来得正好。大人赶到，快去保护我等，我等听候回音。
于　谦：如此，你们外厢等候，待我去见千岁便了。
（唱）于谦裴富不怠慢，齐进午门来得急。
裴　富：（唱）裴富回奏说交旨，
朱祁钰：（白）闪过。
裴　富：是。
于　谦：千岁，
（唱）臣来参驾进京师。
朱祁钰：（白）于爱卿来得正好。如今文武这般有罪，不知怎样发落才好？
于　谦：千岁，
（唱）文武粗心虽有罪，若要问罪使不得。
朱祁钰：（白）怎样？

于　谦：（唱）外厢死了人三个，微臣赶到事皆知。
　　　　　　　王振卖国把贼顺，满朝文武皆气急。
　　　　　　　无奈恨他入骨髓，应该抄家灭族人。
　　　　　　　因此不待千岁旨，他们抄拿把心齐。
　　　　　　　马顺平素是内党，助纣为虐死不屈。
　　　　　　　还有王振二内侍，一并殴打赴阴司。
　　　　　　　纵然死了人三个，按律问罪理上宜。
　　　　　　　千岁莫把众人怪，问罪还得要三思。
　　　　　　　不知臣言是不是？
朱祁钰：（唱）郕王闻听把话提。
　　　　（白）文武惧罪蜂拥不散，孤家愁恨交加，行止难定，还得爱卿替孤计议，怎样挡退才好？
于　谦：千岁莫忧，若依微臣拙见，不如人死不论，传旨赦罪一概不究，安抚人心，省得兵卒有变。再传旨意，急急抄拿逆党，朝内安然无患，慢慢再议平贼救驾之计如何？
朱祁钰：好，依卿准奏。金英速去传旨，一概赦罪不究。再令陈益都御史抄拿王振九族，一并逆党，杀斩云阳市口。事毕速来回奏。
金　英：领旨。
朱祁钰：于爱卿去宣大臣胡英、王直，少刻你三人同到偏殿议事。
于　谦：是，千岁，微臣领旨。
　　　　（唱）于谦急急平身起，
朱祁钰：（唱）郕王离座出朝堂。
金　英：（唱）金英传旨赦了罪，文武安定回奏郕王。
于　谦：（唱）于谦出了午门外，正遇着王直胡英二人说其详。
王　直：（唱）王直叫声于巡抚，今日个若不亏你定不安康。
　　　　　　　死了那王家内侍与马顺，文武齐怕罪难当。
　　　　　　　幸亏你来得免罪，众人这才不慌忙。
　　　　　　　千岁命你宣我俩，却不知有何国事两商量？
于　谦：（唱）我也不知议何事，见了千岁知其详。
　　　　　　　说罢一起才要走，

（王计、景元、蒋贵、范将军上）

王　计：（白）列位大人暂且慢行。范将军，你将人马领去扎在教军场内，待我三人上殿去见郕王千岁。

范将军：遵令。

于　谦：（唱）喊叫何人上朝堂。
　　　　　　一起止步留神看，瞧见三人来得忙。

王计等三人：（唱）来了那王计景元与蒋贵，三人近前问其详。
　　　　　　（白）列位大人是要上朝去么？

众　人：正是。三位将军随驾征北遭了大变，有命逃回，三位落后而来，可知皇帝被擒，如今吉凶怎样？

王　计：圣驾被擒，探听生擒番营，并未遇害，我三人指望借兵救驾，谁知并无勤王之师，只好回朝奏之郕王，再发大兵平贼，救主回国。

众　人：只好如此。我等方欲上朝，不想又遇三位前来，正好大家一同上朝。
　　　　（唱）众人一起把朝上，

太　后：（唱）太后离了养老宫。一同郕王临偏殿，归座等候众公卿。

百　官：（唱）文武上殿参王驾，又见太后问安宁。
　　　　　　不知宣召有何事，国太王爷说分明。

朱祁钰：（唱）郕王未及开言道，

太　后：（唱）太后座上叫众卿。我皇儿为国出征陷塞北，
　　　　　　怕像宋主不回京。徽钦二帝丧化外，
　　　　　　我儿也与他们同。怕是一去不回转，
　　　　　　社稷宗庙守不成。虽有皇孙在年幼，
　　　　　　难掌国家大事情。为此来与众卿议，
　　　　　　欲叫郕王把基登。保守江山防鞑虏，
　　　　　　救驾发动倾国兵。灭贼救主回朝转，
　　　　　　还叫他们弟让兄。卿等意下何如也？
　　　　（白）此事可行不可行？

百　官：（唱）文武一齐说有理，凤驾议论甚是明。
　　　　　　臣等却也有此意，不想太后心内同。
　　　　　　圣驾被陷国无主，朝内不可一日空。

　　　　　　　正该二主即大位，保守社稷得安宁。
　　　　　　　众臣说罢伏服地，一起叩头尊主公。
朱祁钰：（唱）郕王离座说不可，太后面前身打躬。
　　　　　　　皇娘不可如此讲，众卿议论理不通。
　　　　　　　皇兄在外身落难，如何叫我把位承？
　　　　　　　你们若愁国无主，叫我皇侄坐九重。
　　　　　　　太子年幼我摄政，全朝也能掌江山。
百　官：（唱）千岁不必多辞让，名正言顺无事争。
　　　　　　　国危储君在年幼，摄位之事不可行。
　　　　　　　必得面君弥祸乱，才保社稷不能倾。
　　　　　　　不然差错后悔晚，金宋之事岂不明？
　　　　　　　劝千岁太后懿旨莫违背，臣等议定也无更。
　　　　　　　不必推脱事算定，就等朝贺把基登。
　　　　　　　众臣说罢又叩首，
朱祁钰：（唱）郕王座上口打哼。
太　后：（白）皇儿不必思索，为娘出旨，众臣议定，事无有更改，你快择日表告天地，即了大位便好安排国家之事。
朱祁钰：（唱）点头遵命说罢了，众意难违只得从。
太　后：（白）这便才是我儿。大位一定，安排国事，为娘回宫去也。
朱祁钰：（唱）传旨文武平身起，
百　官：（白）谢过千岁。
朱祁钰：（唱）归座又叫于爱卿。
　　　　　　　孤王有事与你议，
　　　　（白）于爱卿，孤王宣你进京，只为科取之事，选拔良才便好救驾平贼。不想我皇兄被陷北塞，吉凶难定，欲要解救不能，兵微将寡又怕难行，为此与卿商议，不知怎样安排，一举救驾灭贼才好？
于　谦：千岁，咱国兵将亡于塞北，此时国危势弱，纵有一二能人也难克敌，莫如等候天下举子到来。千岁即了大位，大赦天下，叫他们能者出头，量才委用，不必等候科场，耽误国家大事，只盼英雄多聚，早去灭虏救驾还朝，岂不是好？

朱祁钰：好，爱卿所言有理。免去科场，急急出旨挂榜招贤，你看如何？

于　　谦：如此便好。千岁下旨，微臣愿去监榜，一同文武面试英雄。

朱祁钰：待孤传旨，旨意出，众卿上殿。

百　　官：千岁。

朱祁钰：你们一起随于谦领旨下殿，监理皇榜，召集天下文武才能之士，领来见孤，封官赠旨。

百　　官：臣等遵旨。

（陈益上）

陈　　益：千岁，微臣陈益奉旨抄灭王振家口，一并逆党杀斩不留，只有逆贼王山早已不见，必是逃回原籍。微臣抄来王家金银十车，珠宝无数，还有牲畜骡马一万余匹并入册，特来交旨，请千岁过目。

朱祁钰：好，把金银珠宝入库，骡马散与兵丁，爱卿下殿办理去吧。

陈　　益：是，千岁，微臣领旨。

朱祁钰：不免吉日发兵，再拿王山问罪便了。

（诗）乱臣贼子法不容，九族合灭罪非轻。

（完）

第二十一本

【剧情梗概】 明英宗被俘后,番兵乘胜南下,杨洪父子接连失败。朱祁钰登极,遣使携带大量金银来赎英宗。乜先假意答应,却图谋利用英宗诈取大同,被总兵郭登识破。攻大同受挫,乜先率兵转攻宣化,被巡抚罗亨信大破。乜先愤怒,派喜宁刺杀英宗,英宗得鬼神庇佑不死,喜宁亦为袁斌所杀。乜先欲亲自去斩英宗,因龙王施法救护,最终接受伯彦建议,厚待英宗,并将喜凤鸾嫁与他。于谦奉新君之命,招考天下英才,孙堂等人分别以化名应选,受到封赏。王山自立为王,并与豹头山金霸勾结,令后者在途中阻击前来缉捕的官军。

（王正上）

王　正：（白）苦哉,痛哉,吾王振的家将王正,主人顺了塞北,如今犯罪,阖家被抄,九族全灭,凡是京内外亲戚朋友一概不留。是我见事不祥,早早溜之,呼也,也算命长不该死,只得星夜去到原籍,与大公子送信便了。

（铁哥不花上）

铁哥不花：小番们,随吾去奔怀来,去夺城池,不得有误。带领三千毛袄兵,攻破独石城一座。

　　　　（唱）铁哥不花传将令,带领三千毛袄兵。
　　　　　　　攻破独石城一座,杀得明将魂胆惊。
　　　　　　　复又直取怀来地,定要攻破八座城。
　　　　　　　暂压番兵来要战,

杨　俊：（唱）又表杨俊把帐升。
　　　　　　　从来要亲不遂意,打死指挥老陶忠。
　　　　　　　怀来无人我镇守,依仗爹爹免罪名。
　　　　　　　听说鞑子多厉害,御驾征北拿住朝廷。
　　　　　　　千万莫往这里奔,不来念神我承情。
　　　　　　　他们要夺怀来地,难以抵挡把我倾。
　　　　　　　正然打算心害怕,

军　卒：（唱）军卒进来报一声。

　　　　　　指挥吴爷也到此，

杨　俊：（唱）吩咐快请进帐中。
军　卒：（白）有请吴爷。
吴　良：（唱）吴良进帐心胆战。
　　　　（白）哎呀，甥儿，可不好了。
杨　俊：舅舅来了，请坐，为何这样惊慌呢？
吴　良：哎，我此时亡兵败将，恨不一死，还有什么闲坐？
杨　俊：倒是咋？舅舅快讲。
吴　良：甥儿不知，如今番兵攻破独石御马营，见事不祥，我便弃城逃走，来到这里。不想番兵连破几座城池，时下又到怀来。甥儿快想计策，怎样挡退番兵才好？
杨　俊：唉呀妈呀，我正怕他呢，心里吓得直跳，又来到阵咧，哪有法可挡哪？
军　卒：报杨老爷得知，今有番兵杀奔城下而来，口口声声只叫献城投降，不然杀个鸡犬不宁，一扫而灭。
杨　俊：再探再探。
军　卒：哈。
杨　俊：哎呀，越发了不得了舅舅，他们来得这样厉害，倒是咋好？
吴　良：哎呀，事急无法可使，你我只好舍命出城与贼打上一阵。倘若努力挡退便罢，若要不胜只好弃城而走，一同赶奔宣化府，见了你父慢慢再想退贼之计。
杨　俊：就是，那么咱们就仗着胆子与他们打上一打。众将官，抬枪带马，帮着我杀出城去。
　　　　（铁哥不花上，与杨俊对）
铁哥不花：来者明将，报名领死。
杨　俊：你参将老爷杨俊，你这鞑子叫什么东西？快说。
铁哥不花：你大同王爷铁哥不花。小辈若知时务，快些归降保命，不然叫你刀下做鬼。
杨　俊：休说大话，看枪。
铁哥不花：来来。
　　　　（杨俊败，明兵聚众杀，也败）

铁哥不花：明将俱各大败逃回,哪里容得?小番们,一同追杀,走马困城,多加云梯火炮,努力攻打,不得有误。

（呐喊声）

杨　俊：舅舅催马快跑哇,舅舅。

（唱）杨俊魂唬飞,打马往南跑。

吴　良：（唱）吴良紧相随,气恨把牙咬。

杨　俊：（唱）番贼占城池,不跑命难保。

吴　良：（唱）见了你爹爹,再设良谋巧。

杨　俊：（唱）那里兵将多,必退贼毛袄。

吴　良：（唱）说话回头观,一见说不好。

铁哥不花：（白）小番们,占了城池把守,其余的随我攻打宣化府便了。

杨　俊：哎呀,不好了。

（唱）番贼随后赶,来的人不少。

吴　良：（唱）甥舅紧加鞭,马跑如电扫。

望见宣化城,眼前来到了。

二人进城池,

（杨洪升帐,众人站）

杨　洪：（唱）又把杨洪表。

聚众把帐升,

军　卒：（唱）军卒来跪倒。

这般报了信,从头说分晓。

少爷吴指挥,二人齐来了。

杨　洪：（白）如此命他们进帐。

军　卒：（唱）答应把令传,

杨俊、吴良：（唱）二人不停脚。

进帐齐打躬,

杨　洪：（白）你二人怎么失了城池?快些一一说来。

杨　俊：是,

（唱）若问听分晓。

吴　良：（唱）番贼撒地来,恶战城难保。

杨　俊：（唱）甥舅把命逃，前来见你老。
吴　良：（唱）姐丈想良谋，退贼必要早。
杨　洪：（唱）你们把城失，逃走罪不小。
　　　　　　　纵然见我来，也难把贼扫。
　　　　　　　正然把话说，
军　卒：（唱）又来一军校。
　　　　　　　跪倒帐前忙禀报。
　　　　（白）报帅爷得知，贼兵撒地蜂拥而来，对面安营，城外要战，乞令定夺。
杨　洪：再去打探。番贼真乃猖狂太甚，往下便叫哪位将军出城去挡一阵？
纪　广：有吾纪广愿往。
杨　洪：外甥可要小心。
纪　广：不劳嘱咐。军校们，马来。
军　卒：报帅爷得知，纪将军出城落马而亡。
杨　洪：哎呀，这还了得？众将官齐随本帅出城杀贼，便好报仇雪恨。快些抬刀带马。（杀败回）众将官快放冷箭，护守城池，将马带过来。哎呀，好生厉害呀。
杨俊、吴良：爹爹/姐丈为何这样狼狈而回？
杨　洪：咳，你们不消问了。
　　　　（唱）吾方才，到疆场。
　　　　　　　率众对敌，大战犬羊。
　　　　　　　胡人太也狂，势重勇难挡。
　　　　　　　杀得城内兵将，各个大败有伤。
　　　　　　　不怪纪广丧了命，吾也败阵难逞强。
杨俊、吴良：（白）这里兵多将广，爹爹/姐丈再若不胜，只怕这座城池还是难保哇。
杨　洪：（唱）心着急，无主张。
　　　　　　　左思右想，并无良方。
　　　　　　　番贼把城困，兵将必着慌。
　　　　　　　日久城池若破，难免一起命亡。

　　　　　　　有心顺贼把城献，只因家眷在帝邦。
　　　　　　　无主意，闷胸膛。
　　　　　　　只好用心，且作提防。
　　　　　　　我儿见巡抚，请教慢商量。
　　　　　　　有计若把贼退，无事且保安康。
　　　　　　　主意一定忙传令，兵将守城把贼防。
　　　　　　　吾儿妻弟歇息去，
杨俊、吴良：（白）是。
杨　洪：（唱）众将齐出帅府堂。
　　　　　　　暂且不言这里事，
陈　益：（唱）又表差官出帝邦。（陈益上）
　　　　　　　奉命押着金银珠宝，去见胡人赎皇上。
　　　（白）下官左都御史陈益，昨日新君即位，天立国号景泰，尊称正统为太上皇帝。故主身陷塞北，大同总兵郭登差遣飞报进京表奏，胡人要取贿赂，归还上皇回国，尽在大同城外等候。钱娘娘恨不一时上皇回京，尽拨宫中金银珠宝一并新君所赠金银、绸缎共凑一处，钦命下官押送人同，去见敌兵，好赎上皇回朝。为国不辞，只得星夜赶奔大同走走。
　　　（唱）吩咐左右催骡马，一路速行莫迟延。
　　　　　　　但愿早把上皇见，胡人放回谢上天。
　　　　　　　从来胡人爱贪利，此去故主必回还。
　　　　　　　思想一路兼程走，不辞昼夜扑阳关。
　　　　　　　不言差官大同去，
毛福寿：（唱）接连又表麒麟山。
　　　　　　　毛福寿聚众升大帐，高礼喽啰站帐前。
　　　　　　　寨主郡主把山下，不见他们转回还。
　　　　　　　正然思念喽啰报，
军　卒：（唱）二大王姐弟转回山。
　　　　　　　跟来不少众女眷，别人不见有董宽。
毛福寿：（白）好，
　　　（唱）吩咐速接休息慢，迈步出账走得欢。

　　　　　　　瞧见众人把山上，迎接对面把话言。
毛福寿：（唱）董兄回来了，别人不见主何愿？
刘赛花、董宽：（唱）他们这般把京进，打发吾俩转回山。
　　　　　　　料想别事不用讲，你们必然知周全。
毛福寿：（唱）别的早有喽啰报，不用细说知根源。
　　　　　　　才要同请齐进帐，
郝　仁：（唱）郝仁跑来好喜欢。
　　　　　　　见面连忙道辛苦，有啥话大伙进帐再叙谈。
　　　　　　　忙到后帐又报信，
众　人：（唱）忙了众位女婵娟。
　　　　　　　董月英陶氏头里走，吴氏海棠在后边。
　　　　　　　一起迎接众女眷，刘赛花带领众人到寨前。
　　　　　　　后跟着康金定与邢氏女，还有杜家二婵娟。
　　　　　　　两下见面齐问候，彼此诉说知根源。
刘赛花：（唱）杨府留下裴氏女，其余俱都来上山。
邢碧云：（唱）碧云又把大姑见，问候姐姐一向身安？
董月英：（唱）董氏带笑尊贤妹，想不到千里有缘一线牵。
吴　氏：（唱）这里不是讲话处，快请一同到后边。
众　人：（唱）请。不言他们入后寨，再说前帐众英贤。
　　　　　　　齐进大帐来归座，又有喽啰跪帐前。
喽　啰：（白）报寨主得知，今有马家弟兄回山，已至殿外。
众　人：好，快些有请。
喽　啰：有请二位将军。
马青、马云：来了。众位一向可好？
众　人：好，二位将军远劳乏困，快些请坐。
马青、马云：告坐。
　　　　　　　（刘月、董宽、马青、马云坐）
刘月、董宽：二位探得塞北之事怎样？快些告诉我等知晓。
马青、马云：二位若问，听了。
　　　　　　　（硬唱）我弟兄，离山寨。

　　　　　　　　　打听朝廷，去到北塞。
　　　　　　　　　王振贼老公，心恶把国卖。
　　　　　　　　　暗与胡人串通，要把皇帝倾害。
　　　　　　　　　闹来闹去露出头，临期果然事情坏。
　　　　　　　　　咱国兵，无能耐。
　　　　　　　　　出马不行，一起遭害。
　　　　　　　　　杀得血成河，死尸把地盖。
　　　　　　　　　真是搅海翻江，人死如同砍菜。
　　　　　　　　　朝廷难逃被擒拿，没死必是有命在。
　　　　　　　　　众番兵，又想快。
　　　　　　　　　留住不杀，军营随带。
　　　　　　　　　去到大同城，那里去放赖。
　　　　　　　　　要取大同财帛，不给算是硬派。
　　　　　　　　　又去割界破怀来，杀得杨家父子败。
　　　　　　　　　吾二人，知里外。
　　　　　　　　　急急回山，不敢慢待。
　　　　　　　　　来见众将军，商议怎扑分派。
　　　　　　　　　为何不见他们？莫是有事出外？
　　　　　　　　　二人说罢一席话，

刘月、董宽：（白）哎呀，

　　　　　　（唱）刘月董宽都气坏。大骂臊奴狗胡人，
　　　　　　　　　无知逆天敢作怪，竟拿朝廷杀天兵，
　　　　　　　　　搅乱大同不安泰。好个王振万恶贼，
　　　　　　　　　老公竟把江山卖。恨罢又叫二将军，
　　　　　　　　　你们回来倒也快。他们求名去进京，
　　　　　　　　　叫吾二人守山寨。

马青、马云：（白）他们进京怎不同去呢？

刘月、董宽：（唱）怕是吾俩性粗鲁，多去生非惹祸害。
　　　　　　　　　吩咐下来不得不，老守山寨本不爱。

　　　　　　（白）他们进京不叫吾俩同去，本来憋闷，凑巧你们来了，正好大家商议或是随后进京，或是发兵去平塞北。大家计议，从此早去成功，岂不是好？

马青、马云： 不可，别人吩咐，还是听候安排，不可违命。你二人难逃山寨，莫如还是我弟兄闲去进京打探，见了他们若有官职，等候提拔荐用，再去出头报国，有何不可？

刘月、董宽： 好，二位不嫌劳苦，真是为国不辞。此去劳动，有赵家院子也要下山进京见他主人，正好你们做伴一路同行。喽啰们，杀猪宰羊，大排筵席，先与二位饯行，庆贺接风喜酒，一同歇息再去下山。二位请！

（王山出）

王　山： （诗）富贵不足兴大业，立意图谋锦乾坤。

（白）俺王山，叔父离朝，吾便回乡来到原籍，招聚四方亡命之徒不少，都来归顺与吾。宅院周围造起城池，十分宽大，邻近州县官员与吾相契，往来犹如一家，近来声势浩大，力赛一镇诸侯。叔父差人与吾送信，说他顺了胡人，皇帝身在北国，叫吾准备夺取京都，目下便要早分疆土。

家　仆： 报公子得知，今有家将王正自京而来，要见少爷。

王　山： 命他进来见吾。

家　仆： 公子命你进见。

王　正： 哎呀，少爷，可不好了。

王　山： 王正你不在京都，来到原籍有何大事，这等惊慌？

王　正： 公子不消问了。只因太爷顺贼，咱家犯罪，祸灭九族，在京亲戚朋友一概抄家问斩，小人逃命来与公子送信，在半路又听说新朝廷坐殿发兵，必拿公子剪草除根，少爷想法儿免祸吧。

王　山： 哎呀，此事可是当真？

王　正： 小人焉敢撒谎？

王　山： 起过。

王　正： 是。

王　山： 哎呀，可不气死人也。

（硬唱）一闻凶信气又悲，怒气冲天双足跺。

　　　　　　人死财散一场空，宗族亲朋全遭祸。
　　　　　　叔父兄弟幸未亡，还可夺得江山坐。
　　　　　　吾今定要发大兵，趁势就把北京破。
　　　　　　推倒新君杀百官，满朝文武着刀剁。
　　　　　　我就继位把基登，报仇雪恨心才乐。
　　　　　　传令家将细听真，吾要如此这般做。
　　　　　　传齐好汉与家丁，齐集大厅听封贺。
　　　　　　回身冠带去更衣，

家　将：（唱）家将传令齐声喝。
王　山：（唱）令下你们记在心，齐来听封不可错。
　　　　（白）呀嗨，阖府家丁、将士、好汉听着，一起披挂，大厅伺候。
　　　　（唱）聚将鼓打如雷响，忙了家丁众豪凶。
　　　　　　来了为首四大将，
　　　　（奸丑上，扎巾）

郎　彪：（白）郎彪。
郎　豹：郎豹。
黄　虎：黄虎。
潘　龙：潘龙。
众　人：（唱）众贼齐集大厅内。
王　山：（唱）王山升帐显威风，高叫众人听我讲。
众　人：（白）在。
王　山：（唱）忙把是非说分明。
　　　　　　吾家被抄九族灭，连累多少众宾朋。
　　　　　　血海冤仇如山重，还要拿我必发兵。
　　　　　　赶着人马未来到，需做准备早调停。
　　　　　　我要为王立国号，尔等一概尽加封。
　　　　　　好挡来兵起人马，杀奔京都灭大明。
　　　　　　成功之后有重赏，开疆拓土必高升。
　　　　　　不知你们可如意？

众　人：（白）好，

王　山：	（唱）听罢一起说乐从。

急忙跪倒齐叩首，请立国号把官封。

王　山：哈哈，

（唱）王山大悦哈哈笑。

（白）众卿顺势而行，称为俊杰。孤今为王，立字永安大王，册立张氏为妃，大厅改为银安殿，郎彪封为开国大将军，郎豹封为辅国将军，黄虎封为左健将，潘龙封为右健将，其余有本领之人俱封保国大将，灭明之后，另加升赏。众卿一起平身。

众　人：谢过大王，千岁千千岁。

王　山：孤不免修书字一封，差人下到豹头山，叫吾盟叔金霸替吾半路安兵，若能挡退京内人马，然后起兵再往东征便了。不做惊天事，怎为人上人？

（郭登升帐）

郭　登：（诗）国家不幸社稷危，君王被陷驾难回。

（白）本帅郭登。可叹皇帝征贼被陷，丧师辱国。胡兵今在关外屯兵，声言只要贿赂，送驾进城。本帅恐怕胡人诈关，不敢开城接驾。无奈写表奏知郕王，只待朝命到来，再做定夺。

军　卒：报帅爷得知，今有皇宣下降，差官进城请爷接旨。

郭　登：呵，皇帝被陷在外，朝内哪有圣旨？此事令人可疑。人来，快排香案待吾迎接，看是什么皇宣，再做道理。众将官，排开队伍随吾接旨。

（陈益到）

陈　益：圣旨到，跪。

郭　登：快请开读。

陈　益：听皇宣，诏曰：朕因皇兄蒙尘化外，枕席不安。天下惶惶，社稷无主，太后有命，文武共劝寡人继位，以安天下，保守宗庙。知尔大同总兵郭登，忠义可嘉，表奏胡人犯境，索贿寡人。皇兄困在番营，朕出金帛以及皇宫国宝玉器，遣使与卿，献与胡人赎回上皇，朕让天位，复旧山河，国家幸甚。旨意读罢。钦此。

郭　登：万岁万万岁。人来，将旨供奉龙亭，看宴席伺候。

陈　益：且慢饮酒，国事为重。镇台晓谕胡人，速速献宝，赎回圣驾要紧。

郭　登：大人贵姓高名？请坐一叙，还要请教朝中底里。

陈　　益：镇台要问，听吾一言相告。

（唱）下官陈益为御史，奉旨离朝到此来。

郭　　登：（唱）问大人，皇帝在外有太子，别人坐殿理不该。

陈　　益：（唱）太子年幼难继位，众文武共议郕王坐金阶。

郭　　登：（唱）储君纵幼当扶立，二主全朝怎安排？

陈　　益：（唱）幼主不能掌国事，必得长君挡祸灾。

郭　　登：（唱）如此说来应机变，外臣议论也是白。

陈　　益：（唱）朝内有主国安定，免得江山社稷衰。

郭　　登：（唱）连连点头说也是。

（白）国家忙乱，长君坐殿执掌国政也是正理，但不知故主有日脱难还朝，却是怎样安排？

陈　　益：新君言道上皇还朝，弟让兄位，仍是旧主为君。

郭　　登：好，如此有道乃是明君，令人可服。旨上所言，大人此来是为求见胡人，献宝赎回皇帝还国，但不知带来多少金银珠宝？

陈　　益：新君发出金银五车，龙蟒袍数件，国母钱娘娘取尽宫中奇珍异宝，装成八骥，圣旨钦命下官到此来见镇台，交献胡人请还圣驾，速速回国。

郭　　登：胡人心是要取中原疆土，金帛未必打动心怀。

陈　　益：番贼从来爱贪贿赂，且等献出看是如何。

郭　　登：大人言之有理，但不知怎样去见胡人才好？

陈　　益：为国尽忠难辞颠险，下官既来少不得亲送敌营走走。

郭　　登：好，大人忠心为国，好比当年吴、蜀联合，后汉邓芝复出。

陈　　益：镇台过奖。

郭　　登：郭茂听令。

郭　　茂：在。

郭　　登：你送大人去到贼营，可要多加小心保护。

郭　　茂：遵令。

郭　　登：大人此去需要小心，多加仔细。

陈　　益：那是自然，不劳嘱咐。

郭　　登：待吾送大人出城。军校们，速速开关。

众　　人：哈。

郭　登：大人请。

（乜先出，升帐，会真及众番将站）

乜　先：（诗）威声震破南蛮国，好比金宋两交兵。

（白）孤家乜先来破大同，指望用计诈城。不料关内守将郭登为人奸猾太甚，并不开关接驾，也不出城交锋，总说容日赎驾，必然和好，吱唔对兵不战。此关难破，好生叫人忧闷。

军　卒：报大王得知，今有差兵行贿，目下说是已至营外要见大王。

乜　先：起过，军师上帐。

会　真：在。

乜　先：南朝差官到此，必为明主求和，特与军师商议，不知怎样安排才好？

会　真：蛮人前来行贿，大王何不如此将计就计？成功诈城，一战取了大同，岂不是好？

乜　先：好，此计太妙。小番们，弓上弦，刀出鞘，令那蛮官钻刀而近，前来见吾。

军　卒：哈，太师有令，南朝使臣小心进帐。

陈　益：来了。北国太师在上，南朝使臣陈益有礼。

乜　先：住了，你这蛮官见了孤家，这等大模大样，好不尽礼。

陈　益：太师言之差矣。从来南上北下，礼分君臣，下官不才，身居贵邦，今见太师深施下一礼，自觉公而无错。太师，为何见怪？

乜　先：你这官儿好大口气。你来见孤，口称行贿，必是为尔主来下说辞，若有言差语错，你看吾帐下，刀枪摆列，孤家一声令下，焉有你的命在？

陈　益：太师何用以威唬人？常言两国有事不斩来使，我今为国单身至此，一身尚不畏众，太师你有这武将雄兵，何必惧吾一个文臣儒士？

乜　先：你看我帐下，现有百万之众，你不惧吾，吾怎惧你？岂不说起笑话来了？

陈　益：太师不必瞒人，你不惧吾，令人摆列这些枪刀何用？

乜　先：哼，是呀，你说得有理。小番们，撤去枪刀弓箭。南朝使臣，你国无君，何人差你到此求和？来献什么礼物？一一说来，孤好从中定夺。

陈　益：太师若问听了。

（唱）心有胆量不畏惧，见面撤去胡人威。

　　　开言又把太师奉，细听使臣说明白。

　　　　　吾国君王身被陷，吃了太监王振亏。
　　　　　闹得两国不和睦，皇帝被困驾难回。
　　　　　幸喜吾国又有主，
乜　先：（白）呀，你国哪个继位？
陈　益：（唱）英宗之弟把君为。
　　　　　思兄瘩寐心不忘，手足之情痛又悲。
　　　　　不惜国宝金玉币，钦命吾来请驾回。
　　　　　带来金帛玉器宝，五车八骥亲押随。
　　　　　送献太师算恕罪，望乞释放吾主归。
　　　　　两国讲和干戈罢，吾国君臣不忘恩德。
　　　　　太师若不开恩典，南朝新君也有天威。
　　　　　恼怒若发人共马，比拼却也不让谁。
　　　　　与其争斗怎如和好？从来天命不可违。
　　　　　识时务者顺时做，强如任性惹颠危。
　　　　　南北不失如初好，两国彼此各有光辉。
　　　　　下官良言已说尽，太师思量自定规。
　　　　　说罢刚柔一席话，
乜　先：（唱）乜先暗笑把话回。
　　　　（白）你今献宝，来做说客，要赎你家朝廷回国，不知送的什么礼物？一一报名，孤好照数查收。
陈　益：无暇细报，现有礼单，太师请看。
乜　先：小番们，呈上来，待孤看来。上写金银百万，绫罗绸缎无数，皇宫奇珍异宝八骥，俱有名册。龙蟒袍十件，奉献北国乜太师，抬前见字，亲揽收纳。看这礼单之上礼物倒也不少。南国使臣，你既远来奉旨求和，孤家收下礼物，放回你家朝廷就是了。
陈　益：多谢太师之恩。
乜　先：但有一件，速回叫那郭登出城接驾，孤家这里必然前去奉送。
陈　益：太师吩咐，使臣遵命。还求请出吾国皇帝君臣相见，未知肯否？
乜　先：你主未在这里，在吾御弟营盘，离此还有数里之遥，少刻送去不就见面？何必心急？只管去吧，孤家断不失信。

陈　益：是。
乜　先：小番们，收了南朝礼物，去到你二王爷营盘领来明主，就说讲和，放他回国。急去速回，不可迟误。
军　卒：哈。
乜　先：众番兵，随孤一起出营，拥护明主，准备一勇杀进关城，不得有误了。
　　　　（唱）不言番兵行奸计，
郭　登：（唱）又表郭登把帐升。
军　卒：（唱）军卒禀报钦差回转，
郭　登：（白）起过，
　　　　（唱）率众出帐忙接迎。
　　　　　　 一起进帐归了座，启齿开言问分明。
　　　　　　 大人去急来得快，求和之事怎么应承？
陈　益：（唱）从头至尾说一遍，讲和之事贼应从。
　　　　　　 收下礼物放圣上，叫吾回来把信通。
　　　　　　 他们随后送圣驾，叫你出城去接迎。
郭　登：（唱）出城接驾却容易，最怕番贼心口不同。
　　　　　　 唯恐假意有异变，怕是借机诈关城。
陈　益：（白）呀，
　　　　（唱）一言提醒将头点，
　　　　（白）倒是镇台深谋远虑，贼人倘乎有诈，可有何计救驾？
郭　登：无非率兵接驾，出城观看动静，贼人若有变动，努力杀贼夺驾入城。
陈　益：此计不可。贼势浩大，以多为胜，镇台纵然英勇，这里将寡兵微，独狼只怕难敌众犬。
郭　登：依大人有何妙计？
陈　益：若依下官莫如城门紧闭，传令兵将早做准备，你吾上城见贼，如此而言。他若真心和好，必然撤兵回营，留下圣驾，咱再迎接进城。不然就是假意，元帅带兵杀出，劫夺圣驾不迟。预先提防，免得临期中计。
郭　登：好，此计甚妥。众将关闭了城门，准备杀贼救驾。
军　卒：报元帅得知，番贼来送圣驾，到了北门以外。
郭　登：起过，大人随吾上城。请。

（唱）二人一起出帅府，来到了北门城头用目观。

但只见来了无数番兵将，拥护着一人来到城下边。

（皇帝马上，袁斌步上，乜先马上）

细看正是皇帝到，城上打躬忙答言。

城下莫非圣驾到？

皇　帝：（白）正是寡人到了，快些开门。

郭　登：（唱）启奏不能速开关。

皇　帝：（白）却是为何？

郭　登：（唱）臣等自然有心意，且等候番兵退去再把驾参。

乜　先：（唱）乜先马上开言道，高叫城上二蛮官。

孤家送来你国主，怎不迎接速进关？

闭门不出何意也？

郭登、陈益：（唱）二人城上齐接言。

两国既然讲和好，太师应当把兵还。

留下吾主回营去，方敢接驾到外边。

太师若不退兵将，算是不敢擅开关。

乜　先：（白）呀，

（唱）蛮官果然太仔细，莫非识破巧机关？

哼，不由含嗔心大怒。

（白）孤家允和好意，亲送尔主到此，并无别意，你们怎不开城接驾？这等胆小细心，好生可笑。

皇　帝：正是，太师送朕前来无有别心，卿等不必多虑，快些开关，朕好进城。

郭　登：万岁，微臣镇守此城，乃是兵家要紧之地，他们若不退兵，微臣至死不敢开城。

乜　先：住了，你这明将，真是奸猾太甚。既不开城，实话对你说吧，孤家此来本是安心借机要诈入关城，谁知你们计算明白，不肯入计？纵然不开关口，孤也不肯善罢甘休。若叫孤家退兵，除非献了北京，两罢干戈，不然休想你家朝廷回国。

郭　登：好个番贼！早知诓哄贿赂，失信我主，本帅深明其意，你今纵不退兵也要救吾主回国。众将官，抬刀带马，随吾出城杀贼救驾，不得有误。

也　先：呀，好一明将，竟敢出城退敌。小番们，押送明皇帝回营，随吾捉拿明将郭登便了。

皇　帝：哈，罢了我了。

（郭茂、郭敬上，乱杀一阵）

郭　登：番贼不退兵，竟敢奋勇杀来，快些报名受死。

兔尔斯：你都督名叫兔尔斯。明将竟不开关，你真大胆该死。

郭　登：休逞威风，看刀。

兔尔斯：来吧。

（兔尔斯死）

郭　登：番贼报名。本帅刀下不死无名之鬼。

乌里哇：吾名叫乌里哇。明将不要走，看枪吧。

郭　登：看刀。

（乌里哇死）

郭　登：一连刀斩二将，众将一起努力冲杀。

（也先上）

也　先：好一郭登，竟敢杀吾两员大将？哪里走？孤家特来擒你，看叉。

郭　登：来来来。

（郭登败）

郭　登：番贼也先果然骁勇无敌，本帅难以取胜。众将官快放火炮弓箭，一起挡退贼兵。

（呐喊声，炮响放箭，也先急上）

也　先：哎呀，不好，明兵炮打箭射，此关能将把守，迎敌难破，不如奔向别处，再夺要路便了。小番们，快撤兵拔营，急急赶奔宣化府便了。

（郭登上）

郭　登：敌兵退走，可惜未得救驾，又被番贼带回，不能追赶，只好回城说与钦差，速速回京，奏知新君，发动倾国人马，再来救驾。众将官，收兵回城。

（于谦出）

于　谦：（诗）九天新雨露，恩光救帝基。
　　　　　　保国招贤士，救驾定华夷。

（白）本相于谦，进京以来为国尽心。新君登基有功，升赏蒙恩，将吾加封少保之位，奉旨收科纳士，招募天下英雄，一同武臣监榜。孙家弟兄，一同刘汉、赵荣、陈望五人进京先见本相，隐蔽仇人，改名揭榜。孙堂改名高声远，义子假名安全，刘汉更名金万，赵荣更名赵丙，已命他们揭了皇榜，方才面试，文武按次序入了花名册，只待引见皇帝，便好封官重用。人来，急急挑轿上朝。

（于谦下，又上）

于　　谦：万岁万万岁，微臣于谦一同王计、景元三人监榜招募许多举子进京，内中只有五人面试才能，他们同来，一文四武，果然文能出众，武辈夺魁。问明家乡姓氏，计名入册。微臣引来见驾，望主量才为用封官。花名册呈上，请主御览。

朱祁钰：内臣，呈上来。

内　　臣：遵旨。

朱祁钰：好。皇帝展开册簿，从头至尾看了一遍。好哇，丞相快引五人前来见朕。

于　　谦：微臣领旨。

内　　臣：圣上有宣，五位举子上殿。

（孙安、孙堂、刘汉、陈望、赵荣上）

孙安等五人：万岁，万万岁。民子等前来见驾。

皇　　帝：你们抬起头来。

孙安等五人：万岁。

朱祁钰：呀，好哇。

（唱）皇帝一见暗夸奖，五人生得果不凡。
　　　面貌形象不一样，内有三人赛潘安。
　　　一文生，多儒雅，四武雄壮正当年。
　　　真是保国英雄将，吾朕有福遇奇男。
　　　看罢座上开言道，尔等名姓对朕言。
　　　纵然揽过花名册，未见其人分辨难。

孙安等五人：（白）万岁，

（唱）众人各报假名姓，唯有陈望从实言。

朱祁钰：（唱）皇帝听罢开金口，尔等本领不一般。

　　　　　　按着次序封官职,安全点名文状元。
　　　　　　武魁钦封高声远,堪能为帅掌兵权。
　　　　　　赵丙封为武榜眼,为将也能占人先。
　　　　　　三名探花点金万,陈望封为指挥官。
　　　　　　琼林宴罢另封赠,好救上皇灭腥膻。

孙安等五人：(白)万岁。谢主隆恩。

朱祁钰：(唱)吩咐内臣一起领,去入偏殿换衣冠。

内　臣：(白)遵旨。有请众位偏殿更衣。

孙安等五人：万岁。
　　　　　　(唱)众人谢恩平身起,相随一起入金銮。
　　　　　　　　京内之事且不讲,

众　人：(唱)接连再表豹头山。
　　　　　　喽啰聚众升大帐,
　　　　(诗)男儿胆气豪,女孩武艺高。
　　　　　　同心兴事业,立意灭明朝。

金眼龙：(白)俺大太保金眼龙。

金毛虎：二太保金毛虎。

刁　熊：左健将刁熊。

暴　熊：右健将暴熊。

金玉莲：奴大郡主金玉莲。

金玉环：奴二郡主金玉环。

众　人：父王/寨主升帐,在此伺候。
　　　　(大奸面反王坐)

金　霸：(诗)独霸在山峰,聚众养雄兵。
　　　　　　雄心助友开基业,南北联合灭大明。
　　　　(白)孤家大力王金霸,在豹头山为王,聚众称尊,与太监王振为友。吾是他心腹之交,私养兵马。上年盟兄传书,叫吾多招兵将,准备联合塞北一举灭明。孤家膝下二子二女,俱有万夫不挡之勇,还有帐下喽兵一万,各个惯战能征。孤家一动,真是贴己心腹之助。可喜盟兄诓驾征北,又听朝廷被陷,孤家操练人马,以待胡兵入境,便好同破京师,平分疆土。
军　卒：报大王得知，今有王山差人下书，来到山寨，请爷过目。
金　霸：呈上来，待孤看来。盟侄传书必有大事，待吾拆开观看便了。
　　　　（唱）展开书字铺桌案，一闪二目仔细观。
　　　　　　　上写王山顿首拜，字达盟叔虎驾前。
　　　　　　　既与家叔为契友，如同亲人一样般。
　　　　　　　吾家投外犯大罪，京内被抄是可怜。
　　　　　　　又有新君坐了殿，拿我难免一命捐。
　　　　　　　家将回乡来报信，京内以往知根源。
　　　　　　　吾今一怒身自立，为王要去反顺天。
　　　　　　　唯恐塞北不接济，晓谕盟叔帮助咱。
　　　　　　　兵来需要用将挡，休等压境来近前。
　　　　　　　如要得胜往前进，联合破京自不难。
　　　　　　　要与塞北分疆土，咱叔侄同享富贵理当然。
　　　　　　　余不再赘多千万，呀，看罢书字怒冲冠。
　　　　　　　王家被抄吾难忍，定要帮助一马当先。
　　　　　　　座上忙把女儿叫，王家传书是这般。
　　　　　　　与你姐姐同商议，可是坐等可是离山？
金玉环、金玉莲：（唱）是，姐妹一起开言道，口尊父王听儿言。
　　　　　　　　　　京师人马从此过，正好劫杀把兵安。
金　霸：（白）哪里可以屯兵？
金玉环、金玉莲：（唱）东去百里双凤岭，乃是咽喉路阳关。
　　　　　　　　　　父王何不带兵将，那里屯扎远离山？
　　　　　　　　　　一替王家拔刀相助，二保山寨得平安。
　　　　　　　　　　得胜同征会鞑虏，共灭大同却不难。
　　　　　　　　　　未知此论何如也？
金　霸：（白）好，
　　　　（唱）听罢点头道万全。
　　　　（白）倒是女儿们深有谋略，防守于敌，胜如为父。孤就依言而去，命你姐妹保守山寨。

金玉环、金玉莲：是，女儿遵命。

金　　霸：往下便叫太保头目一起听令。

金眼龙等四人：在。

金　　霸：命你四人带兵五千，随孤去到双凤岭扎营，准备好挡京兵。

金眼龙等四人：遵令。

金　　霸：喽啰们，带马下山，发兵前去，不得有误。

（罗亨信出，升帐）

罗亨信：（诗）两国交战动刀兵，困龙兴废无定平。

（白）本院宣化府巡抚罗亨信。可惜皇帝被困，番邦入境，打破怀来独石御马营，杨俊、吴良两个下将失去八座城池，逃归宣化府。可笑杨洪爱子向亲，俱不问罪。番兵攻城，疆场死了副将纪广，他竟畏刀避剑不敢出马。本院知他为人奸诈，不肯为国出力，一怒写表奏知新君，调他父子一同吴良入京，收入监内。贼兵困城，军民怕死便要逃走，是吾传令四门紧闭，命人从里向外挖下地洞，安下地雷火炮，准备番贼攻城时炮打贼兵，一计管能退得番贼。

（朱千上）

朱　　千：众将官，城外又添贼兵无数，尔等快些一起点炮。

（炮响，呐喊）

罗亨信：呀，外面一阵天崩地裂，必是炮打番贼，不知胜败怎样？

朱　　千：众将官将马带过。大人在上，末将朱千打躬。

罗亨信：免礼，将军退贼巡城，方才炮响可曾退去贼兵？

朱　　千：托赖大人之计，一阵攻城死了贼兵无数，四散奔逃而走。

（唱）末将奉令把城守，安下地炮等着贼兵。

为首乜先兵又到，两路共合把城攻。

番兵齐来无边岸，末将传令用炮轰。

震死贼兵齐倒地，其余不死远逃生。

旌旗倒卷无踪影，量他不敢再来攻。

多亏大人有妙计，一计真能胜万兵。

罗亨信：（唱）好，贼兵远遁算安静，也亏将军紧守城。

不辞昼夜防贼寇，为国尽忠胜杨洪。

　　　　　　可惜万全石参将，不救上皇荐进京。
　　　　　　新君把他囚监内，有负当日退贼功。
　　　　　　一朝有错负忠义，大将不能显威风。
　　　　　　幸咱这里把兵退，你我二人都有功。
　　　　　　本院差人去上本，表奏将军为总兵。

朱　千：（白）多谢大人。

罗亨信：吩咐左右排宴，随我恭贺饮刘伶。将军这里来。

朱　千：来了，

罗亨信：（唱）暂且不言这里事，

乜　先：（唱）再说乜先折了兵。
　　　　　　弃甲曳兵远逃命，兵退八十又安营。
　　　　　　进了大帐连声喊，

　　　　（白）哎呀，好一明将诡计多端，震死番兵八万有余，此仇不报誓不为人。往下便叫军师上帐议事。

会　真：在。

乜　先：咱今损兵折将，军师有何妙计，可报今日之仇、亡兵之恨？

会　真：太师不必发怒如雷。我想三路分兵，两处不胜，必是明皇帝少吉多凶。他是亡国之君，到处不幸，咱国留他无益，莫如趁早谋害，绝了南朝念头，然后中原可灭。不然有他不胜，只怕到处与军不利。

乜　先：好，军师所见不差。待我吩咐喜宁，到我御弟营中刺杀昏君，然后再取关口，看是如何？
　　　　（诗）乾坤混乱无上下，一心并吞灭中华。

（喜宁拿刀上）

喜　宁：（诗）奉了太师令，行刺要成功。
　　　　（白）咱家北国太监喜宁，自从土木之变顺了太师乜先，随营扮成大兵南征，作为向导。如今太师到处克敌不胜，命吾杀了南朝昏君，然后大兵兴旺，最终破关南进，吾的功劳却也不小。
　　　　（唱）太监王振他，诓驾顺北国。
　　　　　　如今在沙漠，敬他热如火。
　　　　　　咱家随营中，恩待也不左。

　　　　　太师乜先他，南征都问我。
　　　　　谁知不成功？叫人心起火。
　　　　　命吾杀昏君，一定要办妥。
　　　　　幸喜各营中，出入不拦我。
　　　　　此去必成功，量他无处躲。
　　　　　最怕那袁斌，武艺非小可。
　　　　　必得支开他，下手才得妥。
　　　　　别人不能拦，俱都知道我。
　　　　　常常伴昏君，哪个都晓得。
　　　　　吾把昏君杀，必把二王惹。
　　　　　伯彦要不依，太师架着我。
　　　　　以弟难抗兄，奉令捉罪者。
　　　　　哪个敢不依，无人奈何我。
　　　　　想到得意中，急去不耽搁。
　　　　　进营暗藏刀，去把昏君抹。
　　　　　暂压喜宁他，妄想把功得。

皇　　帝：（唱）再表明英宗，自叹身被获。（皇帝上座，袁斌立）
　　　　　君臣同居牛皮帐。

　　　（白）寡人正统皇帝，可叹为国身陷外化，胡人留吾，为着诓哄贿赂，无人救吾回朝，思想以往，真是悔之晚矣了。

　　　（唱）闷坐焦愁思往事，真叫寡人后悔迟。
　　　　　在朝不该宠王振，忠臣良将赴阴司。
　　　　　可叹皇亲孙国舅，他在冤狱死得屈。
　　　　　不该贬了杨丞相，托国老贤把京离。
　　　　　宦奴当道害文武，寡人昏聩却不知。
　　　　　只当亲信无二意，不想作弊把君欺。
　　　　　不该信他亲离国，远征贼寇陷淤泥。
　　　　　百万雄兵今何在？俱都为国丧沟渠。
　　　　　想起那文武忠良俱不在，如今哪有勤王师？
　　　　　寡人蒙尘在化外，御弟临朝又登基。

皇娘御妻惦着吾，可叹他们枉费心机。
御弟差人来行贿，胡人诓哄把信失。
不送寡人夺关口，只怕要丧锦中华。
怎得灭虏拿王振？寡人问罪转京师。
愁恨不住长叹气，

袁　斌：（唱）转过袁斌把话提。
跪倒面前呼万岁，奉劝宽心免忧思。

皇　帝：（白）爱卿平身。

袁　斌：万岁，
（唱）君臣纵然身落难，苍天必然有护持。
从来圣主百灵助，必有救驾勤王师。
耐等咱国大兵到，困龙自有上天时。
正是袁斌来解劝，

喜　宁：（唱）喜宁进来带惊疑。
跪倒故意说不好，
（白）万岁，可不好了。不知何故，太师爷先大怒，来拿陛下问罪，万岁快些藏躲藏躲，免遭毒手，不然难免一死，奴婢却也无法可挡了，万岁。

皇　帝：哎呀，这还了得？寡人避罪，不曾惹着他们，却为何故来拿吾朕？袁爱卿，你快出去问个明白，善言劝他回去。

袁　斌：微臣遵旨。

喜　宁：好哇，袁斌出去该你一死，昏君看刀。

皇　帝：哎呀，不好。
（皇帝倒，鬼按喜宁）

袁　斌：呀，外边无人，皇帝何故这样喊叫？待我回去看来，万岁怎么样了？陛下醒来。

皇　帝：哎呀，吓死朕也。

袁　斌：吾主请起，圣驾为何倒地昏迷，喜宁却也人事不知？旁有短刀一把，莫非是他前来行刺不成？

皇　帝：正是，这个奴才前来行刺，唬得寡人惜乎一死，不知怎么他也倒在这里。想是不该朕当一死，暗有神灵保佑。

（鬼叩头下）

皇　帝：他今此来必有主使，爱卿将他上绑，急速唤醒，寡人要问来历。
袁　斌：遵旨。

（袁斌绑上喜宁）

袁　斌：喜宁醒来。
皇　帝：奴才醒醒。
喜　宁：哎呀。

（唱）有人叫，口打咳。
　　　苏醒动转，只说怪哉。
　　　举刀要动手，却有厉鬼来。
　　　张牙舞爪扑吾，被他按倒尘埃。
　　　吓得五迷不知觉，多时醒过又明白。

（白）哎呀，罢了我了。哼，这是何人把吾上绑？

袁　斌：（白）喜宁。
皇　帝：奴才。
袁　斌：你可醒过来了？

（唱）袁斌怒，气满腮。

皇　帝：（唱）皇帝座上，大叫奴才。
袁　斌：（唱）圣上隆恩重，待你义不乖。
皇　帝：（唱）为何要害吾朕？万恶太也不该。
袁　斌：（唱）以臣弑君该问罪，神鬼不容报应来。
喜　宁：（唱）身被绑，跪尘埃。
皇　帝：（唱）皇帝带怒，追问明白。
　　　　　　与你何仇恨？行刺为何来？
　　　　　　大料必有主使，情由不用细猜。
　　　　　　无有主谋你不敢，快说何人把你差？
喜　宁：（唱）头碰地，泪满腮。
　　　　　　皇爷若问，细听明白。
　　　　　　奴才不瞒哄，对主细说开。
　　　　　　原是这般如此，奴才不得不来。

　　　　　　　　纵然冒犯无实意，不过虚情好免灾。
皇　　帝：（唱）你不用，哄朕呆。
　　　　　　　　真情已露，何用隐瞒？
　　　　　　　　知你把贼顺，寡人不见责。
　　　　　　　　朕在矮檐以下，任凭你们安排。
　　　　　　　　狐种夷狄一类也，早就各把心事怀。
袁　　斌：（唱）袁斌大怒开言道，叫声喜宁休卖乖。
　　　　　　　　王振早年把你献，勾串如今都明白。
　　　　　　　　你是胡人一奸细，皇爷不究把恩开。
　　　　　　　　君臣落难身做挡，乜先也把歹意怀。
　　　　　　　　差你行刺就来作，不念君恩心太歪。
　　　　　　　　吾今报仇把你斩，任着一死名不衰。
　　　　　　　　说罢取刀削首级，

　　　　（喜宁死）

皇　　帝：（唱）皇帝一见甚惊骇。
　　　　（白）袁将军为何把他斩首？岂不知咱君臣今在虎穴罗网？胡人知道，岂有你吾命在？
袁　　斌：圣上不必惊慌。喜宁不死，终是南朝奸细。吾今杀他，去了北国向导，胡人问罪与主无关，微臣愿死不辞，大丈夫损躯为国，生死不惧。
　　　　（唱）微臣去了贼手眼，中国之事他渺茫。
　　　　　　　　尽忠除患死不惧，但愿二主守家邦。
　　　　　　　　若能灭虏来救驾，吾主自然转回乡。
　　　　　　　　微臣一死无牵挂，只要死后姓名香。
皇　　帝：（唱）皇帝闻听心伤感，爱卿是个真忠良。
　　　　　　　　君臣同难死不惧，恨朕不能灭犬羊。
　　　　　　　　目下祸事料难免，怎忍爱卿一身亡？
　　　　　　　　寡人无福臣遭难，任着一死要同当。
　　　　　　　　君臣讲话有人报，
伯　　彦：（唱）伯彦知其详。
　　　　　　　　带领番卒来进帐，皇帝一见甚惊慌。

袁斌不惧开言问。

袁　斌：（白）二千岁到来，莫非知吾杀死喜宁，特来拿吾问罪么？

伯　彦：非也，小王不知喜宁因何一死，不过见你君臣问个详细，并无别意。哪有加害之心？将军不要多疑。

袁　斌：原来千岁不知其情，此乃太师差他密来行刺，幸亏吾主命大福长，不该一死。若像令兄无德，只怕难免要遭毒手？吾君臣身在患难，有何能为，还想赶尽杀绝？这样行为如何能图大计？将来必遭天诛。吾袁斌既杀刺客，不惧一死。来来，就请千岁传令施刑，若有一分惧色，不算男儿。

伯　彦：好，将军这等烈性，忠于尔主，真是盖世英雄，堪笑吾国无人能比。吾今若杀仁义士，就算一生无德。你君臣不必多虑，喜宁虽死，断不罪及将军。家兄不仁，待吾劝他改过。小番们，快把喜宁尸首抬出埋葬，外厢带马伺候。

军　卒：哈。

（二丑抬尸下）

伯　彦：你君臣不必出帐，待吾到大营去见家兄。

皇　帝：好，伯彦志诚无二，真算仁义君子。最怕此去难劝乜先，唯恐震怒，害怕有变。

袁　斌：万岁莫忧，君臣有命在天，何必畏惧生死？

皇　帝：咳，你吾无计可脱，无非凭天由命吧。

（诗）困龙遭虾戏，无计离水池。

袁　斌：（白）万岁，虎瘦雄心在，不服犬来欺。

乜　先：军师请。

会　真：太师请。

（会真、乜先坐）

乜　先：孤家乜先。

会　真：衰家会真。

乜　先：军师你吾议定，密差喜宁去杀昏君，天色已晚，为何不见回音？

会　真：唯恐二千岁闻知不叫行刺，你吾二人心机白费。

（伯彦上）

伯　彦：小番们，将马带过。皇兄在帐？

也　先：御弟来了，请坐。

伯　彦：小弟告坐。

也　先：御弟不在自己营内，来见愚兄却有何事？

伯　彦：皇兄不必明知故问，喜宁密去行刺，难道不是奉你之令么？

也　先：是吾叫他前去，不见回来，莫非是你阻拦？

伯　彦：那个只因喜宁被杀，吾才知道。

也　先：呀，喜宁怎么被杀？快说快讲。

伯　彦：皇兄不必着急，喜宁送死是你之过，休怨别人不当。起初明主被陷，好意不杀，而今何故又要谋害？袁斌保驾杀死喜宁，明是天意报应，行刺不得，反倒遭诛。奉劝皇兄不必动怒，且听小弟一言，不要逆天而作。

（唱）咱今奉旨把明灭，不过争夺为江山。
　　　明主被陷遭大难，想是塞北该灭南。
　　　纵然为国尽其道，从来成败都在天。
　　　明主被擒国未灭，天运不定随该然。
　　　反正都有君臣义，莫要欺心把歹意安。
　　　皇兄若听小弟劝，今日之事要容宽。
　　　喜宁一死不必多论，且把君臣大义现。
　　　伯彦连说带着劝，

也　先：（白）住了！

（唱）听罢大怒眼瞪圆。
　　　用手一指声断喝，少来无知解劝咱。
　　　喜宁一死少谋略，南征缺了向导官。
　　　你不替吾把仇报，反心向外太不端。
　　　还敢胆大把吾劝，不看手足罪难宽。
　　　无用匹夫真可恼，快些退后少近前。

伯　彦：（白）咳，这是怎了？

也　先：（唱）待吾亲去把仇报，拿他君臣斧剁锤颠。
　　　盼咐小番快带马，恶狠狠地出营盘。

伯　彦：（唱）伯彦不敢再拦挡，随后跟去心不安。

会　真：（唱）会真回帐听音信，

龙　王：（唱）适逢八月夜阴天。
　　　　　　　明主有难不该灭，上天保佑配姻缘。
　　　　　　　东海龙王奉敕旨，施雨救驾把令传。
　　　　（白）众龟兵，今奉玉帝敕旨救驾，施风布雨，雷电齐发，惊唬鞑虏，水淹番营，不得有误。
龟　兵：遵法旨。
龙　王：（唱）众神不消停，一起各施法。
　　　　　　　阴云布满天，狂风不住刮。
　　　　　　　雷电两交加，霹雷不住打。
　　　　　　　大雨如瓢泼，从空往下洒。
乜　先：（唱）乜先带兵来，冒雨连打马。
　　　　　　　要把明主拿，君臣齐杀剐。
　　　　　　　不想大雨淋，浇透衣和甲。
　　　　　　　闪电劈雷声，不住头上打。
　　　　　　　金光照顶来，唬得栽下马。

（乜先落马，雷击马死）

乜　先：（唱）雷响坐骑亡，乜先活吓傻。
番　兵：（唱）番卒背回营，淌水响哗啦。
　　　　　　　雨过大水来，把人活糟蹋。
　　　　　　　粮草被水冲，跑出人共马。
　　　　　　　也有死水中，哪也不顾哪。
乜先、伯彦：（唱）伯彦与乜先，忙了兄弟俩。
　　　　　　　二人奔南埠，传令聚人马。
　　　　　　　夜过天大明，四望用目撒。
　　　　　　　粮草水中扔，军卒缺衣甲。
乜　先：（唱）乜先喊连天，气得喉咙哑。
　　　　（白）唉呀妈呀，吓死人也，恨死人也，可恼苍天，竟自与我作对，行事不成，反倒招灾。一夜风雨大作，电闪雷鸣，震死孤家座马，叹我惜乎一死，侥幸回营，又被水冲，粮草器械损去大半。可恨事不遂心，竟又这样遭害，真是活活把人气死。

伯　彦：兄长不必恨天怨地，总因不听解劝，才惹报应不祥。粮草短缺，人马未丧，幸喜小弟与妹妹两座营盘高卧未动，还有粮草暂能接济。明主天运未绝，皇兄不可加害，还得以礼相待才是。

乜　先：咳，罢了我了，遭此天变，令吾惊惧，想是该他君臣不死，御弟劝吾回心，不知怎样留他才好？

伯　彦：这却不难，皇兄容量，莫如将妹妹许配明主为妃，留他瓦剌成亲，你吾带兵南征取了便可，不然北国若败，必得讲和，两罢干戈，那时送他君妻回国，你吾太上至亲，无人见罪，保全两国，不失和好，一则忠义两全，二则不失王位。小弟拙见在此，不知皇兄意下如何？

乜　先：好，御弟远见高强，愚兄依你而做，大家兵合一处。你见明主，吾见妹妹，两下提亲，大料无有不允之理。事成另夺关口，再往南征便了。

（诗）国运轮流转，日久见兴衰。

（完）

第二十二本

【剧情梗概】也先将喜凤鸾许配给明英宗，二人回瓦剌城完婚。臧万年奉旨驰援紫荆关，他骗张锐出城交战，把城关献于也先。也先进攻都城，被石亨等人击败。会真献计，围困都城，焚烧陵寝。萧维祯率兵缉拿王山，因金霸阻击而受挫，派王宏回朝求援，朝廷则因也先进犯而无兵可派。王文劝说景泰帝迁都，以乘机献城于也先，因于谦反对而未遂。他又设下毒计，欲谋害孙堂等新科才子，然后造反献城。兴郎已被石建章养大，并随同寅学得一身本领。

（鞑女出，升帐，青梅站）

喜凤鸾：（诗）终生仰望心意高，鸾凤无缘枉徒劳。

（白）贵家喜凤鸾，领兵以来本为自己终身，不想哥哥薄待明主，留他做挡，只图贿赂，别事不提。大兵征讨到处不胜，无法可施。我兄妹各立营盘，相隔五里之遥。方才家卒报道长兄大营昨日夜里曾受水患之灾，奴家知道，全不挂意，只是亲事不成，是奴心中一个大病。

（唱）自己坐在中军帐，想起终身意不宁。
　　　自从见了明皇帝，诸日思量在心中。
　　　月老说奴命主贵，终身应该凤配龙。
　　　当日讨封未成就，想法却被二哥冲。
　　　姻缘有望无媒妁，事到如今仍未成。
　　　自提终身向谁讲？哥哥偏又不体人情。
　　　几时得把冰人遇，撮合姻缘婚配成。
　　　莫非想是无缘分，月老惊梦是虚情。
　　　越思越想愁默默，

青　梅：（唱）转过青梅把话明。
　　　公主为何心不悦？莫非又想自己事。
　　　不必着忙且耐等，老来不能守孤灯。

喜凤鸾：呸，

（唱）丫头少来瞎说罢。

　　　　　　　正是主仆闲逗趣，

鞑　儿：（唱）鞑儿进来跪流平。

　　　　　　　启禀公主太师到，

喜凤鸾：（白）起过。

　　　　（唱）急忙离座向外迎。

　　　　　　　兄妹进帐齐归座，

　　　　（白）哥哥来到小妹营中却有何事？

乜　先：（唱）妹妹不知听我明。

　　　　　　　来历心事说一遍，特来见你定婚盟。

　　　　　　　愿意随我见明主，成亲住在瓦剌城。

　　　　　　　从与不从快些讲，

喜凤鸾：哎哟，

　　　　（唱）听说欢喜乐心中。

　　　　　　　正对心事难出口，当面难言面绯红。

乜　先：（白）妹妹道是怎样？为何低头不语？

喜凤鸾：（唱）哥哥追问只得讲，不然秃噜再难成。

　　　　　　　把脸一憨尊兄长，看好做主无不从。

　　　　　　　最怕别人不愿意，哥哥枉自费心胸。

乜　先：（白）此亲哪个敢不愿意？

喜凤鸾：（唱）人家是一朝皇帝尊又贵，岂要化外女花容？

乜　先：（白）不妨，

　　　　（唱）他今被陷得由我，压派不从也得从。

　　　　　　　妹妹愿意随我走，先去见你二长兄。

　　　　　　　说明同见明皇帝，亲事定要一伙成。

喜凤鸾：（唱）凤鸾点头说遵命，

乜先等三人：（唱）兄妹欢喜来见驾。

　　　　　　　　进帐一起把头磕，

皇　帝：（唱）皇帝传旨说请起。

喜凤鸾、乜先：（白）谢主隆恩，兄妹平身喜气多。

喜凤鸾：（唱）凤鸾不起呼万岁，臊得粉面红又白。

皇　　帝：（唱）皇帝坐下开金口，今此一来息干戈。
　　　　　　　　渐免愁烦接言语，
　　　　　（白）贵人至此，不嫌寡人无福，多蒙令兄雅爱，要结秦晋，美意难辞，屈尊贵人收为嫔妃。吾国大位已定，寡人回与不回，都在你兄妹。
喜凤鸾：万岁，胡女蒙恩怜爱，身归陛下，就算天朝之人，侍驾绝无二意。成亲之后，两国和好，君妻必然同归南朝，绝不久居北国。
皇　　帝：罢了，如此寡人封你为妃，君妻患难相伴，贤卿平身。
喜凤鸾：谢主隆恩。
乜　　先：万岁收纳舍妹，草野不可行礼，君妻同回瓦剌成亲，吾今要行仁义之师，到你大国走走。令弟为君，要能让位，急速罢兵而回。要是篡位不舍，将他推倒，吾再送你回朝复位，岂不人情两尽？
皇　　帝：你弟兄情意难测，不由寡人做主，任凭尊意吧。
乜　　先：臣无异心，不必多虑。小番们，大排筵席，庆贺龙凤呈祥之喜。
皇　　帝：（唱）全做假仁义，屈从非本心。
　　　　　（臧万年上）
臧万年：（白）众将官，人马出京，急急潜行。本帅臧万年。北国鞑子拿去朝廷，如今又有新君继位。接得紫荆关张总兵急表一道，说是胡人要夺关城，难以把守。王丞相保奏叫吾为帅，带兵三万去到紫荆关挡退胡兵；一来秘密吩咐，叫吾献关投降，接引鞑子入境。吾们都是王公爷的心腹，吩咐不敢不从命。到在那里，见机而作便了。军校们，速速赶奔紫荆关，不可迟误。
　　　　　（唱）不言京中发人马，
陈　　益：（唱）再表陈益紧加鞭。
　　　　　　　　可恼胡人诓贿赂，不放皇帝把国还。
　　　　　　　　星夜离了大同地，回朝奏主挡腥膻。
　　　　　　　　暂压陈益把京进，
众　　臣：（唱）又表皇帝设朝班。
　　　　　　　　文武官员齐来到，当先站立名于谦。
　　　　　　　　奸相王文与杨善，王直胡英上金銮。
　　　　　　　　还有新科二魁首，孙家文武二状元。
　　　　　　　　众臣齐集金阙下，

朱祁钰：（唱）皇帝出宫坐金銮。

（白）寡人景泰皇帝在位。只因皇兄离朝征北，蒙尘化外，国家无主，皇侄年幼，难掌金阙，文武共扶寡人继位，皇兄尊为太上皇帝，皇嫂称为国太，皇后与老太后同居养老宫内，皇侄朱见深立为守阙太子。朕当执掌江山，守卫宗庙，招贤取士，挑选奇才，保守京都，好防贼兵。又命御史陈益带着金帛去到大同，与胡人求和，好赎皇兄回国。去已日久，为何不见回音？

陈　益：左右将马带过，尔等午门外伺候。

御林军：哈。

陈　益：万岁万万岁，微臣陈益回朝，见驾领罪。

朱祁钰：爱卿何罪之有？可曾赎回朕的皇兄？

陈　益：万岁不知，原是这般如此。可恼胡人诓哄索诈，失信负义，微臣星夜回朝，望主赦臣死罪。

朱祁钰：呀，这还了得？胡人诓哄贿赂，不放皇兄，其情可恼。爱卿纵未救驾，却也无奈，下殿回府去吧。

陈　益：万岁，谢主隆恩。

朱祁钰：内臣伺候，速宣学士于谦上殿议事。

于　谦：万岁，微臣于谦前来见驾。

朱祁钰：爱卿平身，朕有国事相议。

于　谦：万岁有何国事？

朱祁钰：爱卿听朕言讲。

（唱）方才陈益回朝转，启奏寡人是这般。
　　　胡人诓贿竟失信，必要猖獗破边关。
　　　休等胡兵临险地，与卿计议设机关。
　　　怕是长驱犯境地，卿有何策退腥膻？

于　谦：（白）万岁，

（唱）胡人猖狂难抵挡，京师须得防备严。
　　　城池内外多安兵将，操练士卒安营盘。
　　　设下战壕安火炮，首领必得智谋全。
　　　万全县参将石亨有韬略，此人力大勇无边。

　　　　　因为他昔日未救上皇驾，解进京都囚在监。
　　　　　还有那宣化府杨洪父与子，犯罪都因袖手旁观。
　　　　　万岁何不齐赦罪，封赠他们任军官？
　　　　　加封石亨为元帅，统领大队掌兵权。
　　　　　杨洪封为副帅职，分兵安营队伍安。
　　　　　不知此计何如也？
朱祁钰：（白）好，依卿所奏把旨传。
　　　　　爱卿捧旨下殿，任你安排保守江山。事毕散朝。
于　谦：万岁万万岁。
　　　（于谦下）
萧维祯：众将官，人马赶奔山西，速速而行。
　　　（萧维祯帅盔马上）
萧维祯：本帅萧维祯，从前随驾征北，逃难回京，一同王宏打死马顺，还有王振的家奴，郕王并未见罪。抄灭王家余党，新君登基，命我一同王宏，带兵一千，去拿王山。人马离京，星夜赶奔玉州，走走便了。
　　　（唱）当今即位甚有道，加封忠良保国家。
　　　　　逆贼王振顺化外，陷害上皇灭中华。
　　　　　幸喜朝内又有主，信任忠良于谦他。
　　　　　开科取士又挂榜，招聚英才防房銰。
　　　　　王振算他计白用，却把前代事看差。
　　　　　要想依金兵灭宋不能够，岂知准备早设法？
　　　　　他今顺贼虽未死，幸喜先把九族杀。
　　　　　恨他早把奸心起，富贵犹如帝王家。
　　　　　被抄如今全入库，我今又去拿其侄王山他。
　　　　　拿住回京杀与剐，手下不饶尽皆拿。
　　　　　思思想想催马走，不知劫路暂且压。
金　霸：（唱）接连再说双凤岭，金霸屯兵把路查。
众　将：（唱）升帐太保健将到，喽啰呐喊声喧哗。
金　霸：（唱）金霸急忙升大帐，候等明兵好劫杀。
　　　　　正然思想喽啰报，

喽　啰：（唱）京内果然把兵发。

　　　　　　　人马来到山岭下，探明特来报根芽。

金　霸：（白）再探。

喽　啰：得令。

金　霸：（唱）传令一起杀出去，吩咐抬刀把马拉。

高达、夏井：（唱）再说二将领军队，吩咐兵丁把阵压。

　　　　　　　耀武扬威到山下，

高　达：（白）吾指挥高达。

夏　井：吾团练夏井。

高　达：夏将军哪，你吾从前跟着朱千岁成国公征讨麒麟山，一点功劳未立，如今又跟着肖元帅带兵去拿王山，听说离着玉州还有二百多里呢，不知怎么面前岭上有人屯兵，你吾哨探人马何处来的，得便跨山而过才是。

夏　井：有理。

金　霸：喽啰们，一起杀上前去。

喽　啰：哈。

高　达：前去问个明白，努力拿贼便了。

夏　井：就是，那么就杀这些个兔崽子们。

（刁熊上）

高　达：站住站住，你们是何处来的人马，还是此山毛寇？竟敢拦路，快些报名上来受死。

刁　熊：告你头目，老爷名叫刁熊，吾们大王金霸乃是王太监的朋友，知道王家犯罪被抄，京里必要发兵，特来拦路劫杀。你们要知好歹快些退回，免得送死，不然杀个干净，一个不留。

高　达：哎哟，这还了得。说来说去，正是对头。不要走，看枪。

刁　熊：来来。

（刁熊败，暴熊上，高达败，夏井上，暴熊败，金眼龙上）

金眼龙：明将休逞威风，你太保爷特此擒你。

夏　井：什么太保、高保的？看枪吧。

金眼龙：看刀吧。

（夏井死）

金眼龙：明将被我一刀劈于马下。喽啰们，冲杀。

（高达死，王宏上）

王　宏：毛寇赶杀官兵，不要走，吾王宏擒你来也，看刀。

金眼龙：来来。

（金眼龙败，金霸上）

金　霸：明将不要逞勇，孤家擒你来也，看刀。

王　宏：来来。

（王宏败，萧维祯上）

萧维祯：何处毛寇，敢与天兵对垒，杀死官兵？本帅特来擒你。快些报名上来，好做枪下之鬼。

金　霸：（唱）勒住马，便开言。

　　　　　　　明将要问，细听根源。

　　　　　　　孤家名金霸，住在豹头山，

　　　　　　　相交太监王振，招兵买马多年。

　　　　　　　知他犯罪抄家口，发兵特来把路拦。

萧维祯：（唱）叫毛寇，太不端。

　　　　　　　逆贼王振，盗卖江山。

　　　　　　　犯罪当诛灭，法度不容宽。

　　　　　　　你竟与他同党，助贼胆大包天。

　　　　　　　若知好歹快归顺，免罪一同拿王山。

金　霸：（白）住了，

　　　　（唱）休妄想，少劝咱。

　　　　　　　吾与王家，生死相连。

　　　　　　　断不负朋友，帮助理当然。

　　　　　　　你是何人到此？领兵前来争战。

　　　　　　　有吾挡住这条路，要往前进只怕难。

萧维祯：嘟，

　　　　（唱）贼反叛，少狂言。

　　　　　　　若问本帅，细听周全。

　　　　　　　我名萧维祯，后军督抚官。

奉旨领兵为帅，去抄王贼家园。

你今拦路不听劝，不留群贼一扫完。

说罢拧枪分心刺，

金　　霸：（唱）大刀招架各争先。

二马盘桓十几趟，金霸暗暗取钢鞭。

措手不及只一下。

（白）明将着打。

萧维祯：哎呀不好。

金　　霸：明将受伤大败，不必追赶。喽啰们打得胜鼓，收兵回山。

（摆帐，萧维祯上）

萧维祯：众将官远远扎营，将马带过了。

（王宏站，萧维祯坐）

萧维祯：哎呀罢了我了，好山贼把我一鞭好打。

（唱）坐大帐，心意慌。

左膀疼痛，只觉难当。

山贼真厉害，大战在疆场。

死了高夏二将，本帅却又受伤。

失机败阵兵难进，不能西行费周章。

哼，无法使，犯愁肠。

王　　宏：（白）元帅，

（唱）王宏上帐，忙把口张。

贼兵多厉害，势重勇难当。

咱今损兵折将，无法可把贼降。

不如写表搬兵将，末将回朝见君王。

萧维祯：（唱）说有理，道应当。

提起竹管，忙写奏章。

写完装封筒，大印按中央。

座上急忙传令，护卫细听其详。

王　　宏：（白）在。

萧维祯：（唱）命你日夜把京进，速去快来要急忙。

王　宏：（唱）说声遵令出大帐，乘马而行奔帝邦。

　　　　　　　不言援表把京进，

萧维祯：（唱）复又分派众儿郎。

　　　　（白）众将官小心巡营，防备贼兵。

（喜凤鸾上）

喜凤鸾：鞑儿们，回转塞北，尔等随驾，急急潜行。贵家喜凤鸾，二位兄长带兵去破紫荆关，命奴一同明皇帝回转瓦剌成亲。吩咐青梅监押后队，贵家头前开路，急回本国才是。

　　　　（唱）这回遂了心中愿，奴算信服月老星君。

　　　　　　　二位哥哥做了主，得与明主配婚姻。

　　　　　　　一则大国人物好，二则又是第一人。

　　　　　　　纵然回国不复位，退居也是太上尊。

　　　　　　　贵家也算有福分，得为天朝玉贵人。

　　　　　　　最怕哥哥把心狠，灭了天朝不论亲。

　　　　　　　料想未必把明灭，天意不能依人心。

　　　　　　　好歹无非后来见，目下我俩且成亲。

　　　　　　　哥哥纵然把心变，有奴保护无祸临。

　　　　　　　少不了他的驸马位，别事不管顾终身。

　　　　　　　想到这里心畅快，头里催马走如云。

　　　　（袁斌、皇帝上）

皇帝、袁斌：（唱）中间却是明皇帝，相陪伴驾有袁斌。

　　　　　　　　　君臣回北极无奈，万不得已顺虏心。

　　　　　　　　　并马而行中间走，相随拥护有番军。

青　梅：（唱）使女青梅领后队，却与公主前后分。

　　　　　　　自己也想终身事，二十多岁女红裙。

　　　　　　　扶持公主这么大，什么事儿不知闻？

　　　　　　　看人家如今婚动龙配凤，我还无主是单身。

　　　　　　　北国之人瞧不上，生来粗俗蠢笨心。

　　　　　　　若依我的心中事，看上那位袁将军。

　　　　　　　住在南朝品格好，三十上下不同寻。

　　　　　　　　我二人正好作对鸳鸯伴，自愧无媒少冰人。
　　　　　　　　为奴作婢谁肯要？必嫌低微不用云。
　　　　　　　　暗恨自己没好命，生在北国鞑子堆。
　　　　　　　　哪个能晓心腹事，替吾撮合这婚姻？
　　　　　　　　想到这里生愁闷，无好拉气催后军。
　　　　　　　　不言他们回塞北，
达儿不花：（唱）又把那紫荆关外番兵云。
　　　　　　　　达儿不花升大帐，征战不胜恨在心。
　　　　　　　　自从拿了明皇帝，从前三路把兵分。
　　　　　　　　太师去取了大同地，吾来攻打紫荆关。
　　　　　　　　城内守将名张锐，足智多谋韬略深。
　　　　　　　　防守严密攻不破，令人无法枉劳神。
　　　　　　　　正在中军发愁闷，
军　　卒：（唱）小鞑禀报太师临。
达儿不花：（白）起过。好哇。
　　　　　（唱）闻报大悦接出去，见面问候面生春。
乜　　先：（唱）乜先传令进大帐，再把军机细细陈。
达儿不花：（白）请。
　　　　　（唱）不言他们把营进，
张　　锐：（唱）张锐闻报早知闻。
　　　　　　　　聚集兵丁升大帐，归座忙乱甚惊心。
　　　　　　　　番贼乜先又来到，只怕难保此关津。
　　　　　　　　正然着急军卒报。
军　　卒：（白）报帅爷得知，今有朝中发来人马，为首元帅名叫臧万年，带兵七万来到关城助战，乞令定夺。
张　　锐：好，传令速开南门，随吾出去迎接元帅。
　　　　　（唱）正坐大帐心焦躁，救兵到来展愁眉。
　　　　　　　　率众急忙出大帐，出城上马走如飞。
　　　　　　　　瞧见许多人马到，旌旗招展有雄威。
　　　　　　　　看罢下马路旁站，

（张锐对上臧万年）

臧万年：（唱）臧万年马到问明白。

将军可是张总镇？

张　锐：（白）正是末将前来迎接元帅进城。

臧万年：好，

（唱）果然是个将英魁。

引路人马把城进，帅府计议挡番贼。

张　锐：（白）遵令。

（臧万年、张锐同下）

（唱）大兵入关到帅府，

（臧万年坐，张锐、韩青同站）

臧万年：（唱）归座复又问一回。

不知鞑子怎厉害？大家挡退好定规。

张　锐：（唱）元帅若问听告禀，贼兵常来把城围。

末将传令加防备，单等救兵退番贼。

番营又添人共马，乜先厉害胜群贼。

军卒禀报正忧虑，元帅来到把心遂。

全仗虎威把敌退，

臧万年：（唱）听罢连说了不得。

心中辗转有主意，正好接引把心亏。

才要传令齐出马，

军　卒：（唱）探子上帐报是非。

（白）报元帅得知，番贼齐来要战，前来攻城，乞令定夺。

臧万年：再去打探。

军　卒：得令。

臧万年：哎呀，这还了得？往下便叫张总镇，上帐听令。

张　锐：在。

臧万年：命你带本部人马出城对敌，本帅大兵随后接应，番贼不知救兵到来，断来厮杀，叫他不知人马多少，然后一鼓而进，必然杀退番贼，大获全胜。

张　锐：末将遵令。韩将军随我带兵杀出城去。

韩　青：遵令。

臧万年：他们当先出马，不知本帅主意，待吾传令自己兵将随后出城观阵，见事不祥，吩咐撤回，番贼到来开门投降便了。众将官，随我出城，远远地观阵，不得有误。

（乜先上，对韩青）

乜　先：明将还不开关投降？孤家兵到，定要将尔一城人马杀尽。不要走，看叉取你。

韩　青：看枪。

（韩青死，张锐上）

张　锐：好一番贼又来逞凶，杀吾大将，本帅与你以死相拼，看枪。

乜　先：来来来。

（张锐败）

乜　先：明将不上数合，径自败走，孤家若不杀你破关，算吾二番枉来到此。

（唱）催动征马驹，手中钢叉晃。
　　　　吩咐众番兵，追赶一起上。

张　锐：（唱）张锐胆战惊，败阵回里望。
　　　　番贼随后追，叫人魂胆丧。
　　　　救兵怎不来？观阵远远望。
　　　　叫人不明白，心事怎么样？
　　　　吾且回里行，看他何方向。
　　　　败兵要回城，

臧万年：（唱）万年早打量。
　　　　看罢旗一摇，撤回兵与将。
　　　　吩咐闭城门，不管他怎样。

张　锐：（唱）张锐到城壕，叫门不开放。
　　　　着急无方法，一想心明亮。
　　　　救兵要顺贼，吾今难不让。
　　　　只得把命逃，进京走一趟。
　　　　奏与主当今，再拿卖国将。
　　　　想罢去逃生，

臧万年：（唱）万年心快畅。

    张锐入计谋，上了我的当。
    他今行无踪，必得一命丧。
    番贼一起来，蜂拥一般样。
    到了城下边，一将多雄壮。
    坐马手提叉，生得好怪相。
    必是乜先他，北国有名将。

乜　先：（白）呀，明将快些开关投降，不然攻破城池，杀个鸡犬不留。

臧万年：（唱）见他开言把话说，急忙回转问方向。

    （白）城下说话者敢是北国太师乜先么？

乜　先：然也。你是何人？怎知孤家名讳？

臧万年：小将名叫臧万年，乃是太监王公爷的心腹门下，他今归顺你国，吾等同做内应。知道太师前来破关，凑巧领兵至此，用计支开旧将，要接太师鞑兵进城。当先说明免动杀罚，小将出城，好去迎接大驾。

乜　先：此话当真？

臧万年：小将怎会诓哄太师？不信，待我传令开关，就请人马进关，看看小将归降是真是假。

乜　先：罢了，你既开关，我就敢进城去，却也不怕归降有诈。小番们，人马暂退，免动刀枪，等候开城，迎接大兵进城，便好歇马。

    （唱）一声令下兵皆退，

臧万年：（唱）万年也就下了城。

    相离不远又跪倒，乜先马到喜心中。

乜　先：（唱）叫声将军快请起，

臧万年：（白）是。

乜　先：（唱）你今献关立一功。

    待孤写表奏国主，请驾一同破京都。

    要得大元旧基业，一品公侯把你封。

臧万年：（白）谢过太师。

乜　先：（唱）快些引路把关进，出榜安民好歇兵。

臧万年：（白）遵令。

乜　先：（唱）传令大队人共马，歇息一夜往南征。

　　　　　　　　不言他们把城进，

张　锐：（唱）张锐逃走催马行。

　　　　　　　　直奔京都急似箭。

　　　　（白）气死人也！恨死人也！好个臧万年，竟自献关顺贼，可惜韩青疆场废命，我算得便逃出重围，无计恢复城池，只得连夜进京奏知新君，好挡鞑虏，保护帝都便了。

　　　　（赵荣出）

赵　荣：（诗）时来龙虎风云会，光宗耀祖姓名香。

　　　　（白）下官武榜眼赵荣，随众进京侥幸成名，一同武状元探花，未去征贼救驾，于大人奏主，俱在内地听用。仇人在朝，不露真名，改名赵丙。前日院公赵毅一同马家弟兄进京前来见我，留在府内居住。想起母亲不知生死，密差院公去到锦衣卫访查消息，为何不见回来进府？

　　　　（赵毅上）

赵　毅：少老爷，大喜了哇。

赵　荣：院公回来口称大喜，莫非我母未死，还在监中受罪么？

赵　毅：非也，太夫人不在监中，侥幸复生另有去处。

　　　　（唱）奉命去到锦衣卫，见了昔日旧牢头。

　　　　　　　　老爷真情不敢露，说我自己回里游。

　　　　　　　　访问夫人生与死，领我密地吐情由。

　　　　　　　　告诉夫人还有命，这般脱难离牢囚。

　　　　　　　　刘妈领到她家去，住在那草帽胡同甚清幽。

　　　　　　　　叫她领我到去处，主仆得见诉情由。

　　　　　　　　夫人叫我把你领，母子得见解心愁。

赵　荣：（白）好，

　　　　（唱）听罢举手谢天地，心中一喜忘去忧。

　　　　　　　　自从母子分离后，自谓必死一命休。

　　　　　　　　不想母亲还有命，该吾赵荣有幸头。

　　　　　　　　只得悄悄去拜见，母子相逢乐悠悠。

　　　　　　　　说罢回身忙改换，院公领我出府游。

　　　　　　　　不言主仆悄悄去，

马　氏①：（唱）刘妈陶氏表根由。
　　　　　　　　二人一起房中坐，老身刘门是马氏。
陶季春：（白）奴陶季春。母亲。
马　氏：女儿。
陶季春：蒙恩解救到此居住，不觉十数余年，纵然安身无虑，只是想起我儿常常泪珠不断。正然愁思不解，不想吾家院公到来。
马　氏：外孙得中高官，真是梦想不及，说与院公回去，命他同来相见，为何不见到来？
赵　毅：刘老太太开门来。
马　氏：哟，外边有人叩门，许是外孙来咧，待我出去瞧瞧。哪来咧？
赵　毅：是我二人到此。
赵　荣：外祖母可好？孙儿拜揖。
马　氏：哟，好哇，你瞧外孙这大咧，乍见真是不敢认咧？快跟我见你妈去吧。
赵　荣：是，来了，母亲在哪里？
　　　　（赵荣跪）哎呀，母亲，娘啊。
陶季春：咳，儿啦。
　　　　（唱）上前拉住亲生子，二目盈盈泪直倾。
　　　　　　　只叫儿啦想死我，咱母子莫非梦里得相逢？
赵　荣：（白）明明青天白日，怎言是梦？
陶季春：（唱）想儿想得糊涂了，乍见忽悠如梦中。
　　　　　　　不想母子得相见，幸喜吾儿又身荣。
　　　　　　　快些拜谢你外祖母，多亏解救吾残生。
赵　荣：（白）多蒙外祖母救吾母亲之恩，请受孙儿一拜。
马　氏：不用哪，
　　　　（唱）只叫孙儿快请起，一起坐下叙叙离情。
赵　荣：（白）告坐。
陶季春：（唱）吾儿如今居高位，莫忘你舅舅大恩情。
赵　荣：（白）我舅舅身亡，孩儿无恩可报。

---

①　马氏：刘门马氏，即前文中女牢头。

陶季春：（唱）以往是非院公言讲，告诉为娘知分明。
　　　　　　　媳妇侄女不在此，不知何日得相逢？
　　　　　　　你舅舅半子之劳全靠你，吾儿当替报冤横。
赵　荣：（唱）母亲不必多嘱咐，舅舅之仇在心中。
　　　　　　　对头乃是杨家子，还有吴良都在京。
　　　　　　　咱的仇人也不忘，恼恨王文老奸凶。
　　　　　　　孩儿真名不敢露，这般还有众亲朋。
　　　　　　　俱都慢等把仇报，水落石出再露名。
　　　　　　　此时国家刀兵动，京内惶惶不安宁。
　　　　　　　母亲且在这里住，稳待僻巷免受惊。
　　　　　　　等候国安平定日，同接二老回府中。
陶季春：（唱）贤人点头说有理，
　　　　（白）我儿为国无暇顾家，且等平定，我再回府。为娘在此，不用挂念，事忙你快回去吧。
赵　荣：是，孩儿遵命。
马　氏：哟，外孙来咧，你们娘俩见面，好容易想不到的相逢，不等吃了饭再去？一头忙的，就要走咧。
陶季春：为国尽忠，不可以私误公，我儿你去吧。
赵　荣：是，孩儿少倚膝下，有缺赡养，命院公来送银两。事忙暂且告退，翌日闲暇再来拜见。院公，咱要回府随我来。
赵　毅：来了。
马　氏：闺女真是贤惠，明明白白，不叫外孙多待一会儿说个话呢。
陶季春：既食君禄，当报君恩，国家事忙，不可以私情相连。尽忠难报孝，
马　氏：总是大义高。
　　　　（王文、于谦、王直、胡英、王宏上）
军　卒：请爷下轿。
众　臣：朝笏伺候。
王　宏：左右将马带过，尔等午门外伺候。
　　　　（王宏跪）
王　宏：万岁万万岁，微臣王宏回京前来见驾。

朱祁钰：爱卿随军去拿王山，为何独自一人回转？
王　宏：万岁，微臣一同肖元帅去拿反贼，谁知半路却有贼兵劫杀，挡住人马不能西进。元帅无奈写表，特差微臣回朝。搬兵表章在此，请主御览。
朱祁钰：内臣。
内　臣：伺候。
王　宏：呈上来。
内　臣：遵旨。请主御览。
朱祁钰：闪过。
内　臣：遵旨。
朱祁钰：景泰皇帝拆开表章，从头至尾看了一遍。呀，这还了得！原来王振私养人马，如今叛乱，一同王山造反，挡住兵马不能抄拿，反倒折兵损将，真正气死人也。

　　（唱）看罢奏表说可恼，龙心触怒气填胸。
　　　　　正愁胡人无法挡，又添山西一股兵。
　　　　　王振卖国造大孽，外反内叛不能平。
　　　　　正然览表心大怒，
杨　善：（唱）又来杨善跪龙庭。
　　　　　三呼万岁臣见驾，紫荆关来了张总兵。
　　　　　紧急大事把京进，微臣引来见主公。
朱祁钰：（白）如此宣来见朕。
内　臣：（唱）急忙下殿说有宣，
张　锐：（白）万岁，
　　　　（唱）张锐急来不消停。
　　　　　上殿跪倒呼万岁，微臣张锐来进京。
朱祁钰：（白）张爱卿不守要地，有何大事进京来见寡人？
张　锐：（唱）万岁不知塌天祸，细听微臣奏分明。
　　　　　这般大战贼反叛，疆场死了将韩青。
　　　　　万年卖国把贼顺，支开微臣献关城。
　　　　　胡人占了紫荆地，鞑兵潮涌杀奔京。
　　　　　微臣漏网来见驾，启奏万岁挡贼兵。

    奏罢不住连叩首，

朱祁钰：（白）呀，

    （唱）皇帝听罢吃一惊。

      直叫文武怎么好？何计退贼保江山？

王　文：（白）万岁，

    （唱）王文出班忙跪倒，

    （白）万岁，贼兵杀入内地，咱国要无能人抵挡，只怕国破，玉石俱焚，奉劝陛下，莫如趁早离京，驾幸金陵避兵，君臣免遭涂炭。要如金兵灭宋那时，岂不悔之晚矣？

于　谦：不可不可。（跪）休听！王丞相之言一派安奏，不知周之东迁，西京凋落；宋之南渡，汴京难回。京师一弃，天下根本皆失。现有宗庙、社稷、陵寝、百官、仓场、府库，如何不守？怎能劝驾南迁？明是不怀好意，要送一统江山，该当何罪？

    （唱）心不忿，气满怀。

      喝叫丞相，所谏不该。

      番贼总入境，早就有安排。

      城内有兵有将，何惧外患之灾？

      劝驾南迁事必坏，大业一去回不来。

王　文：（唱）羞又气，怒满怀。

      少保你今，出言太歪。

      哪个无好意？要你说明白。

      只因上皇被陷，眼见社稷要衰。

      胡人要把京都犯，新君不走难脱灾。

于　谦：（唱）说此话，欠思裁。

      要无内引，外患不来。

      上皇不离国，哪能蒙祸灾？

      皆因信从王振，圣驾才离金阶。

      勾引外国把主卖，你又劝驾向外迈。

王　文：（唱）住了，心大怒，气难挨。

      说着诡辩，勉强搪塞。

于谦休胡讲,少来把人拍。

我劝圣驾避祸,为何狐疑乱猜?

这样屈人硬挡驾,只怕因你赴黄台。

于　谦:(唱)不劳你,多挂怀。

于某遣将,早把兵埋。

人马有千万,何惧番贼来?

要把京城固守,哪怕犬羊吊歪?

天不灭明贼难取,凭他混乱也是白。

王　文:(唱)说此话,更胡来。

番兵势重,谁不惊骇?

既把关口破,只怕中原开。

争夺以强压弱,处处北盛南衰。

你有什么安邦策,混在驾前充能差?

于　谦:(唱)你不用,将话白,

不能固守,己任应该。

纵把京都困,闭门有安排。

任他三年五载,却也攻打不开。

耐等日久贼零替,自有能人挡退何愁惧哉?

凭你怎么来诱君,不叫圣驾离金阶。

说罢复又呼万岁,微臣奏主听明白。

千万不可离京地,兴废乃是天意该。

南迁之言要禁止,再有人来把头摘。

朱祁钰:(唱)皇帝听罢将头点。

(白)少保之言,所奏有理,从来君心无主,多有迁都之害。寡人不移己任,坐守宗庙,生死不离。再有多言上本,一定问罪,斩首不恕。出榜晓谕臣民,不许倡议南迁。目下贼兵来犯京师,不知怎样调度,还得少保调用,早做准备。

于　谦:万岁不知,微臣早就安排文官守城,武将出战京师,九门俱都有人把守,内外安置妥当,专候贼兵对敌,不用我主多虑,请放宽心。只要禁止内患,微臣管保不失。

朱祁钰：好，依卿所奏，封你总理国政，全力保国。张锐留在京师中听用，王宏且回京营御敌，等候京师平安，再发救兵。一起下殿办理军机，不许再奏。退下。

于　谦：万岁万万岁。

（王文急上）

王　文：可恼哇可恼，好个于谦，竟敢当殿直言老夫诓君作弊，使我一片言语尽成画饼。这等仇恨不报，枉自为人。这就慢慢回府，慢思良策，谋害与他便了。哼哼哼，于谦哪于谦，我叫你忠奸难并立，冰火不同炉。

乜　先：小番们，大兵杀奔京都，不得有误。

（唱）乜先马上传将令，带领鞑兵走如梭。

　　　领定倾国人共马，胡兵却有百万多。

　　　一路抢州又夺县，势如破竹不用说。

　　　黎民百姓遭涂炭，生死逃亡命难活。

　　　这日杀到顺天府，走马困城要把京夺。

　　　且压番兵来鏖战，

（升帐，四战将上）

众　人：（唱）再把城外兵将说。

　　　安营升帐聚兵将。

（诗）人赛天神样，马如海底龙。

　　　剑戟排虎势，营门列枪刀。

杨　洪：（白）吾京营总兵杨洪。

张　锐：吾紫荆关总兵张锐。

梁　贵：吾护卫将梁贵。

石　彪：吾猛烈将军石彪。

众　人：元帅升帐，在此伺候。（石亨出）

石　亨：（诗）方面丰躯美髯飘，天武神威性气豪。

　　　百万军中为首将，排兵布阵胜萧曹。

（白）本帅京营节度石亨，从前身为参将镇守万全，只因上皇被虏，未曾救驾，犯罪入京遭囚。新君继位，学士于谦保奏出狱，蒙恩加封节度，

　　　　总理京兵。还有侄男石彪，骁勇善战，也在帐下听用。本帅操兵练将，京都九门内外，俱有兵将屯扎，立下营盘，城里城外俱有战壕铁炮，准备征战，炮打贼兵。飞报到来，胡兵将至，目下必有一场恶战。

军　　卒：报元帅得知，北塞鞑兵撒地而来，乞令定夺。

石　　亨：再探。

军　　卒：得令。

石　　亨：贼兵既来，不可喘息。众将官，一起杀出营去。

　　　　（达儿不花上，对张锐）

张　　锐：番贼竟敢长驱来犯禁地，真好胆大，自取灭亡。不要走，看枪。

达儿不花：撒马过来。

　　　　（达儿不花败，石彪上，对乜先）

乜　　先：来者明将，报名受死。

石　　彪：爷爷名石彪，番贼何名？

乜　　先：你王爷乜先来灭大明，劝你撤兵速献京城，免遭杀戮，不然攻破城池，推倒景帝，将把北京一扫而灭。

石　　彪：嘟，臊奴休发狠言，看斧子取你。

乜　　先：看叉。

　　　　（石亨刀马上）

石　　亨：呀，你看石彪大战乜先，真是棋逢对手，不分强弱。

　　　　（唱）在马上，看得真。

　　　　　　　二人大战，胜败不分。

　　　　　　　叉来斧子架，杀得惊鬼神。

　　　　　　　二马盘桓来往，彼此努力相拼。

　　　　　　　时候多了怕失闪，石彪闪过，我与贼人拼。

石　　彪：（白）是。

石　　亨：（唱）抡大刀，抖精神。

　　　　　　　催开座下，战马齐临。

　　　　　　　叫声贼番将，我来把你擒。

乜　　先：（唱）声大斥，冒火云。

　　　　　　　高叫石亨，老儿听真。

孤家知道你，与众不同寻。

宣化城外大战，你我以死相拼。

孤家前来把京困，你从何处又来临？

石　亨：（唱）早知你，逞凶心。

破关入境，中原来侵。

本帅把京进，如今掌三军。

知你来侵禁地，城外固守兵屯。

早做防备把贼候，你来算是枉费神。

知时务，退痴心。

劝你收兵，纳贡称臣。

速速回塞北，放回我国君。

南北仍旧和好，保全两国军民。

执意若是不听劝，叫你刀下做鬼魂。

乜　先：（唱）哎呀哎呀，一声喊，镇乾坤。

唬叫老儿，一派胡云。

孤家行兵到，定把中原吞。

说甚撤兵回国，笑尔枉费舌唇。

不必饶舌拼上下，钢叉一晃刺前心。

石　亨：（唱）忙招架，抖精神。

越杀越勇，要立功勋。

乜　先：（唱）乜先暗夸奖，老儿艺超群。

人老气力不弱，还是刀马绝伦。

大料不能快取胜，急忙拨马传令一起战敌人。

番　卒：（唱）哈，众番将，把命遵。

齐如潮涌，大战官军。

石　亨：（唱）石亨也传令，退兵诱贼人。

战壕点起大炮，震得地暗天昏。

轰死不少番兵将，其余逃跑乱纷纷。

乜　先：（唱）乜先害怕收兵转，

石　亨：（唱）石亨一见笑吟吟。

乜　先：（白）好好，一阵冲杀炮打，番贼大败而回，众将官打得胜鼓收兵。

乜　先：番兵们，将马带过。哎呀，好生厉害，好生厉害，不料蛮人竟有准备。孤家交锋，又遇两个劲敌，被那石亨诈败，用炮震死番兵无数。此来京城难破，如何是好？

军　卒：报太师得知，今有国师请来大王，统领人马已至营外，快请太师接驾。

乜　先：好，军师献计，请来国主，又添兵将，何愁京都不破？小番们，快排队伍，随孤出营接驾，不得有误。

（唱）率众迎接出大帐，营门见面把驾参。

脱脱不花：（白）太师平身。

乜　先：（白）千岁，

（唱）君臣同入中军帐，元帅归座便开言。

脱脱不花：（唱）军师回国献捷表，以往军机孤了然。

北国留下明皇帝，为质正好取江山。

见表亲自来助战，调动六国与三川。

又带胡兵五十万，一同过了紫荆关。

来与太师合兵将，君臣协力灭南蛮。

太师到此怎么样？胜败如何对孤言。

乜　先：（白）千岁，

（唱）微臣奉旨灭中国，百战不辞为江山。

从前得胜不用讲，大王俱都知根源。

自从占了紫荆地，守关留下臧万年。

差遣军师把捷献，奉请千岁到中原。

微臣先来把京困，谁知明主早把兵安？

方才城外一场战，咱兵死了有五千。

正然愁烦千岁到，幸喜驾来又把兵添。

共合一百四十万，兵多足以胜南蛮。

军师妙用韬略广，何不施展用机关？

怎的一战把京破，功劳簿上你为先。

会　真：（唱）会真闻听说有计，

（白）太师，千岁要灭京都却也不难。咱的兵多将广，何不散开人马，城周围安下联营？围困京师，抢夺外边州邑屯堡，用火焚他三陵寝殿，断外边粮草不能进城，常常攻打九门。想他日久，不能固守，何愁京师不破？

セ　先：好，军师主意甚妙。暂且歇息，明日散开兵将困城便了。小番们，大排筵席伺候，大王、军师请。

会　真：太师请。

（石建章、宋金芳上）

石建章、宋金芳：（诗）身为两地耐时光，丝萝永固海天长。

石建章：（白）生石建章。

宋金芳：奴宋金芳。

石建章：娘子自从拾得孙氏婴儿，夫妻教养不觉一十四岁，跟随你我习文演武，倒也伶俐过人。昔日送你原来是位隐逸术士，自称道号明镜，俗名同寅，前月上山教育此子兵书战策，我也常常领教艺术，道学非常清高，真有半仙之分。

（唱）自好安静亲有道，有幸有缘遇隐逸。
　　　道人来到高山上，与他久住并未辞。
　　　昔日送子形未露，娘子得把婴儿拾。
　　　如今又来教兵法，却叫兴郎拜为师。
　　　孙门此子必主贵，感动道人费心机。
　　　目下真情不泄露，叫那孩子且姓石。
　　　言道有日朋友会，再露真情却不迟。
　　　道人嘱咐我紧领，却不知故人相会在何时。

宋金芳：（唱）金芳带笑忙启齿，口尊相公莫心急。
　　　　抚养义子成人大，为友尽心也算数第一。
　　　　人生聚散如云雾，相逢有日非一时。
　　　　你我相隔千里路，哪想得遇作夫妻？
　　　　看来事事皆天定，不由人力混胡思。
　　　　常常你把姐姐惦，母子二人生死不知。

石建章：（白）我在这里安乐，他们有无不晓，拙夫焉有心中不惦着哇？

宋金芳：哎哟哎哟，说着说着，他又念诵上咧。

（唱）劝你不必过忧虑，善人自有天护持。
　　　神佛保佑必无事，不必常常惦心里。

大料有日必相会，何用终朝心内思？
石建章：（唱）娘子解劝纵然是，怎奈思想你不见。
宋金芳：（唱）你要想念放不下，何不再去问仙师？
算算他们母与子，在家倒是凶和吉？
石建章：（白）从前问过半言半语，总是不说明澈，却也不能知晓。
宋金芳：（唱）想是未来不肯泄，吉凶祸福他必知。
正是夫妻闲叙话，
兴　郎：（唱）兴郎进来把话提。
上前一揖尊父母，我师傅下山要告辞。
石建章：（白）我还留他授教，为何便要告辞？待我前去见他，一定留住不放，我儿随父来。
（唱）父子二人出房去，
宋金芳：（唱）金芳回后且不提。
同　寅：（唱）再表同寅前寨坐，日久又要把山离。
（白）贫道明镜，辞别于谦、孙堂，遍游中华，又到杏花山来教白虎星为徒，授他兵法，一门团圆便好保国。黑虎星和奎木二星又该有难，必须贫道救护归一，便好平贼灭寇。
（石建章、兴郎上）

石建章、兴郎：先生在房？
同　寅：先生来了，请坐。
石建章：有坐。
兴　郎：师傅在上，徒儿拜揖。
同　寅：站立一旁。
石建章：方才小儿禀道，先生要想告辞下山，可是真么？
同　寅：正是，贫道来此日久，理当告辞行路。
石建章：先生不可，屈尊留住高山，在下还有一言求教。
（唱）叹我生来命运舛，以往曾对先生说。
祸来抛妻又闪子，侥幸脱难住山坡。
不知糟糠生与死，无奈又收女娇娥。
犬子多蒙先生教，师徒之恩难报答。

		不才永留求教诲，为何要想下山坡？
		还要问卜心中事，不知几时得复合？
同　寅：	（唱）	要问流离与颠沛，与你算明过坎坷。
		高山耐等父子见，还有亲朋都会合。
		不上二载同完聚，受享荣华安乐多。
		目下未来难细讲，久候必然见明白。
		我来授徒顺天命，教他保国好平贼。
		未来之事不敢泄，久而自明不用说。
		相逢有日莫留恋，事毕该向别处挪。
		说罢起身把辞告，
石建章：	（唱）	执意要行难扭拨。
		无奈拜别施一礼，
同　寅：	（白）	好说，不敢。
兴　郎：	（唱）	兴郎跪倒把头磕。
同　寅：	（白）	不用，起来。
	（唱）	嘱咐于你勤习武，后来有用离山坡。
		等候不可离父母，我的言词记心窝。
兴　郎：	（白）	弟子遵命。
石建章：	（唱）	师徒分别我也去，相送难舍又难割。
		父子送罢同回转，
兴　郎：	（唱）	兴郎复又把话说。
	（白）	爹爹我师傅别去，不知何日相逢，好叫孩儿想念。

石建章：他人言道后会有期，必然有时相见。我儿用心习武艺，料等出头之时不远，一家便好同离山寨。

兴　郎：是，父亲之言孩儿谨记。

石建章：（诗）凡夫难晓未来事，

兴　郎：（诗）仙客不敢泄天机。

石建章：（诗）国家惶惶堪用武，

兴　郎：（诗）不知出头在何时？

（杨俊扎巾上）

杨　俊：（诗）罪满又效力，有事心多疑。

（白）吾杨俊，只因鞑子犯边，我与舅舅吴良失陷怀来独石御马营，还有爹爹不能退敌，宣化府巡抚暗奏折子入朝，新君调我父子、甥舅一同进京问罪入监。幸喜如今用人之时，蒙恩赦罪，又挡贼兵。家爹随军战贼，不想昨日得了卸甲风，病得十分沉重。我与舅舅送进城来馆驿将养，真是父病子不安。这个心焦倒还罢了，还有一事令人可疑，思想起来，只觉心内害怕。

（唱）打死陶忠那件事，至今不忘总在心。
　　　想他闺女未到手，配他外甥恨死人。
　　　要拿赵荣把仇报，硬抢陶氏女钗裙。
　　　不想有人放逃走，追拿又遇挡横人。
　　　不知名姓是哪个，杀得我舅走无门。
　　　还有马家弟兄俩，他们逃走是一群。
　　　美人白搭空妄想，一向搜拿渺无音。
　　　我看那武状元和那野汉，武榜眼却与赵荣不差毫分。
　　　如何改名叫赵丙？叫人犯疑闷在心。
　　　必是有个原故在，只得提防他二人。
　　　我今何不见舅舅，问问他们底与根？
　　　主意一定相府走？

王　文：（唱）又表奸相老王文。
　　　坐在书房思毒计，

（白）老夫王文，胡人反进中原，逼迫京师，指望同谋做事，用计倾国顺贼，好与王振分茅裂土。不想于谦拦奏，识破机关，可惜空生妄想，大事难成，令人气恨难消。因此命人去请锦衣卫共议良谋，灭国除恨，为何不见到来？

（中军上）

中　军：禀爷，锦衣卫王老爷到。

王　文：快些有请。

中　军：相爷有请。

（王永和、杨俊上）

王永和、杨俊：来了。丞相，卑职有礼。

王　文：大人免礼，请坐。

王永和、杨俊：告坐。不知丞相唤来下官有何事议？

王　文：中军外面伺候，吩咐闲人免进，大人听老夫道来。

（唱）你我同交王太监，三人从前如一家。

他今身在北国住，一人犯罪九族诛。

幸喜王山原籍反，招兵聚将不服拿。

北国番兵把京困，眼见帝都乱如麻。

我要劝驾离京地，于谦拦阻气死咱。

龙不离潭难外诱，京都难破无方法。

同谋举意不成事，只觉难对王振他。

离京再三托付你我，有仇之人要细查。

我看武状元那探花榜眼，有对图像不知根芽。

他们都与于谦厚，藐视与咱气难压。

特请你们同商议，怎得灭国害冤家？

王永和：（白）哼，

（唱）听罢低头想妙计，眉头一皱眼吧嗒。

想罢多时说有理，低言巧语把话发。

你我要想把仇报，得把狠毒主意拿。

害死他们往外反，里应外合是毒法。

王　文：（白）是何毒计，这等绝妙？

王永和：丞相若问听我讲。现今鞑子困京，不显别人奏事，乃是朝廷一个大总管分派文官武将，保护帝都，防备甚严。新科文武状元、探花、榜眼都是他的心腹之人，一群小辈眼空四方，真是叫人气恨不服。咱今要报私仇，何不备下鸩酒毒药？丞相明日请客，就说朝廷有事，请大臣公议，奉请文武三甲齐至相府公堂，共议国政。见面恭然而敬茶罢，把酒献给他们，饮了药死更好，不然再动埋伏，还有用武之计。

（唱）药酒亲自预备妥，再挑家将五十名。

埋伏大厅两廊内，各执短刀听令行。

文谋不成即用武，吩咐他们必成功。

　　　　堂鼓一响为号令，一起突出奔大厅。
　　　　措手不及齐动手，将他们杀死在府中。
　　　　去了于谦他膀臂，咱二人急急装扮去巡城。
　　　　开门引进众鞑子，定然杀他个地塌天崩。
　　　　拿住于谦用刀剁，推倒昏君一扫平。
　　　　安民占了北京地，收了六院与三宫。
　　　　然后再去归元主，咱与王振都有功。
　　　　开国元勋何用讲？必然割地把王封。

王　文：（白）此计真是高，要得成功，都有诸侯之位，难得大人想得这等绝妙。

杨　俊：（唱）想得不错怕有差，

王　文：（白）还有什么不妥呢？

杨　俊：（唱）此乃是至危大险事一宗。

王　文：（白）你父若能保我二人成功，你父子何愁不得公侯之位？

杨　俊：好，要能成功大事，保护不难。就是我父现今有病，叫人有些不爽。

王　文：怎么得病，这等不巧？

杨　俊：乃是征战得了卸甲风。细想有病也不要紧，若要携带，还有我舅舅保护无妨。我今此来，也是有心事在内，乃是这等访问仇人，告诉你们知晓。而今大家同心做事，就是福祸同当。若要出城，别的不怕，你两家家眷有些累赘，怕是逃走不便。

王　文：这不妨，我看国乱不祥，早把你姑母送回原籍。如今投外，京内一无挂念。

王永和：我也不怕，正头夫人早亡，其余姬妾不在心上，富贵随来，不用多虑。

杨　俊：好，你们要无挂念，此事好办。我就急速回去，令人安排妥当，明日叫我舅舅吴良也来帮助，将我保护一同出京见胡人，就算免祸是福。

王永和：那是自然。我也回去安排安排，明日早来办事。

王　文：事忙请便，老夫不送。

王永和、杨俊：我二人告辞。

王　文：你看他二人去了，我这得依计而行，速下请帖，准备明日请客才是，这便准备。

（完）

第二十三本

【剧情梗概】 鸿门宴上,赵荣、孙堂等人早知酒内有毒一滴未饮,并挟持王文使杨俊等人不敢妄动。于谦将此事禀告景泰皇帝,皇帝大怒,将王文等人治罪毒死,并为赵荣、孙堂等人洗刷冤屈,将孙吉宗重新召回朝中。孙吉宗带领麒麟山众人一同下山,安排女眷到杨府存身。孙月和石瑞两个孩子得知身世真相后,私自下山来到番将营前挑战,幸被同寅所救。

(孙安坐)

孙　安:(诗)十载寒窗学业优,时来金榜占鳌头。
　　　　　　琼林宴罢沾恩宠,赫赫声名贯九州。
（白）下官文状元孙安,假名安全,一同哥哥与众亲友进京取士。我弟兄有幸得中文武状元,如今胡人困京,哥哥随军操兵御寇。方才有丞相王文差人下帖,言道共请文武新科明晨会客,同到相府议事。细想这个老贼与我家也是仇敌,一向从未拜见,大料请客必非好意,细思量,不如不去。

(中军上)

中　军:禀爷,今有武状元前来求见。
孙　安:好,起中门,待吾迎接。
　　　（唱)急急忙忙接出去,弟兄见面齐躬身。
　　　　　　礼毕一同入书舍,分宾而作叫中军。
孙　安:(白)外头伺候。
中　军:是。
孙　安:(唱)哥哥此来必有事,必是一同见王文。
孙　堂:(白)正是。
　　　（唱)老贼请咱有事议,令人不由起疑心。
　　　　　　有仇未去把他拜,貌视越发怀恨深。
　　　　　　大料请咱非好意,必有阴谋不用云。
孙　安:(白)小弟却也虑在这里。

孙　堂：(唱) 难以推辞说不去，只好勉强他府临。
　　　　　　去了又怕有不测，故此商议好防身。
　　　　　　愚兄想起有书柬，拆开一观内有音。
　　　　　　不得会意难猜解，不如兄弟解奇文。
　　　　　　说罢取去忙递过，
　　　　（白）这封书柬乃是同先生昔日在河南与我分别，暗暗所赠，有道成名之后，防备仇敌必有颠险。如今老贼请咱议事，令人犯疑，愚兄拆开书柬，内有情由难测，兄弟你再细细一观，看是有何机密，大家留心，好防身体。

孙　安：是。呀，柬贴上有五言八句诗词一首，旁边还有小字两首四句，待我从头念来。诗曰：
　　　　(诗) 文成能保国，武就定江山。
　　　　　　三头必有难，元老暗藏奸。
　　　　　　须臾入险地，防守自平安。
　　　　　　毒行主和气，酒至莫当前。
　　　　（白）一旁小字，谨记速解，会意无失。如有胡蒙，难离寸地。还有四字一首写得明白：题名在后，忠奸并显，水落石出，露真不晚。咳，柬帖末尾还有初首八句，诗词难解，不明情由，如何是好？
　　　　(唱) 书内明明有不测，不知怎么做提防。
　　　　　　难晓老贼心中意，怎样谋害暗里藏。
　　　　　　柬帖不敢明泄露，只叫自己细推详。
　　　　　　咳，心中着急难策略，只道是个难人方。
　　　　　　无奈拿起重重念，反复展玩细思量。
　　　　　　每句头上念一字，心内明白有主张。
　　　　　　只叫哥哥你再看，

孙　堂：(白) 再看什么？

孙　安：(唱) 柬帖之上说其详。

孙　堂：(白) 不知兄弟怎么念的？

孙　安：你把那诗句头上八个字，合而细思两句当。心内明澈不明澈？

孙　堂：呀，字头合会分作两句，一念乃是"文武三元，须防毒酒"。是了，莫非这老贼是要暗设药酒害咱弟兄不成么？

孙　安：正是。

（唱）明是此意叫咱提防。

题名之后忠奸显，事露岂不见君王。

老贼他害人不成反害己，自作其孽难逃王章。

金殿辨明他一死，奸灭自然显忠良。

小弟恬度是不是？

孙　堂：（白）好，

（唱）倒是兄弟学术强。

若不测透其中意，大家难免丧无常。

同先生真是神人也，早有先见妙算方。

既然指明其中故，须得共议把身防。

何不同见于相国，准备参贼奏君王？

孙　安：（唱）哥哥之言甚有理。

（白）你我明白老贼之意，须得四人会齐，同去见我义父大人，说知其故，怎样计议，便好铲除佞党。

孙　堂：兄弟所言极是。大家出府会齐同去，走走便了。

孙　安：有理。中军，吩咐外面调轿，一到于府。

中　军：哈。

孙　安：哥哥请。

孙　堂：兄弟请。

（于谦出，坐）

于　谦：（诗）职任军国事，御寇保邦基。

（白）本相于谦深服术士之言，果有佞党南迁之意。一言禁止，佞口皆息，亲执军伍，守城御敌。昼夜忙碌，难辞为国勤劳之苦。

（中军上）

中　军：禀爷，今有文武状元、探花、榜眼一起来拜。

于　谦：快些看坐，一起有请。

中　军：哈。有请众位一起进见。

孙安等四人：来了。

（孙安、孙堂、赵荣、刘汉上）

众　人：义父/大人在上，孩儿/晚生等有礼。

于　谦：吾儿与众位贤契免礼，请坐。

众　人：吾等告坐。

于　谦：你四人不去守城退敌，齐来见我却有何事？

孙　安：爹爹不知，我等前来，孩儿却有密言相告。

于　谦：呀，中军快些退后，吩咐闲人免进。

中　军：哈。

于　谦：我儿有何密言？你们快些说来。

众　人：大人不知，今有奸相王文请我四人共议国事，如今城外兵马惶惶，我等遵命守城，无暇前去，却也不敢推辞。无奈特来请教大人，可知相府有命令？

于　谦：哼，他今不理朝政，有何国事？今请你们必因素日不睦，大料非是好意。尔等不可一往，快些回复与他，就说事忙不去，量他却也难怪。

孙　安：爹爹所见不差，我等一向未有相见，今日设计什么，明明必是暗暗加害。

孙安、孙堂：爹爹/大人，若问听我弟兄细细告禀。

（唱）老贼下帖请我等，孩儿早就心犯颠。

孙　堂：（唱）小侄度乎无好意，皆因素日无眼观。

孙　安：（唱）藐视于他必怀恨，相邀以把歹意安。

孙　堂：（唱）想起道人同仙长，昔日赠与柬一联。

孙　安：（唱）我俩观瞧料会意，再请爹爹观一观。

于　谦：（唱）什么柬帖？拿来我看。

孙　安：（白）是。

（唱）取出柬帖放桌案，

于　谦：（唱）于爷拆开看一番。

内中隐语难自省，令人乍见不了然。

孙　安：（白）爹爹何不这般再看看？可就晓得其意。

于　谦：哼哼，

（唱）一言提醒说的是，同寅果然是神仙。

深服他人有仙见，尔等仔细听我言。

　　　　　王文王振同一党，两个内外是一般。
　　　　　一个引出上皇去，一个劝驾要南迁。
　　　　　是我谏止不移动，量他无法奈何咱。
　　　　　你们与他同有恨，必是约请设机关。
　　　　　先明其故你们去，候旨拿问把他参。
　　　（白）同先生算定如此，既留柬帖，晓谕明白，你们不可不去。正好事露，就此拿他问罪。你们拨云见天，就在此举。不然无计除贼，你们何日报仇雪恨？

众　人：我等想着也是如此，要得水落石出，还得大人周全奏主，我们便好拨云见日。

于　谦：那是自然，老夫无不尽心竭力。你们要去听我嘱咐：王文既然谋害尔等，要不饮酒，他必羞恼多怒，还许命人行刺，不叫出府。你们可要各带防身之物，小心防患。贤侄保护你兄弟莫遭颠险，此去再带着指挥陈望扮做仆人，跟随去到他府。若无变动便罢，倘乎有造次，叫他飞身出府与我报信，老夫必在午门听候消息。若有凶信，命人带兵好去抄府。京师九门，我再传令不许城内之人出入。有人不遵，就当奸细拿问，罪立斩首。安排停当，你们见他要有风波，不怕王文飞上天去，也要拿他见驾问罪斩首。

众　人：好，倒是大人处事严密无失，我等听从，明日见他便了。领教已毕，告辞回府。

于　谦：请便。

众　人：请。

于　谦：他们去了，待我暗暗传令九门各加防备，明日早到午门，听候音信便了。内定国乱安朝政，外攘夷狄退羌兵。
　　　（石瑞出）

石　瑞：（诗）闲来比武玩拳脚，闷向山河采猎游。
　　　（白）俺石瑞，乳名难喜，母子居住高山，我今一十四岁，还不知父亲何在。常常追问母亲，只说贸易，不知所往。我要寻找他老，总不叫我下山。看我世交兄弟孙月从前来到高山，爹娘相认，后又跟他爷爷重学武艺，如今又到山寨，母子重逢。咳，看人家一家团圆，父母叔婶、孙孙爷爷全都见过面咧。想想我如今有娘无父，怎不叫人憋闷？何不还到后寨问问母亲？父亲倒是何姓？问出去处？定要下山寻找。这回谁也挡不住我。走，问个清楚便了。

（诗）有娘无有父，好像是梦生。

（董月英出）

董月英：（诗）教子立志心常在，万里云山不见天。

（白）奴董月英，昔日逃难，一向住在高山抚养幼子成人，如今一十四岁，总要下山寻找他父，只因路远途长，不敢叫他远游。因此不说去处，只好等个三年五载，难喜成人长大，告诉明白，再去叫他寻父不迟。

（难喜上）

石　瑞：母亲在上，孩儿拜揖。

董月英：不消，我儿不随你舅舅习学武艺，又来进房面带不悦，却是为何？

石　瑞：咳，妈呀，你老不用细问，孩儿命苦，没有乐的时候，要是叫孩儿欢喜，除非见了我父，不然就得憋闷死了，还有什么心肠再去耍枪弄棒？

（唱）孩儿又来问我父，你老怎不说其详？
　　　看看人家想想我，真是叫人气得慌。
　　　孙兄弟与我是同岁，人家有爹又有娘。
　　　我怎有娘无有父？你老不说总瞒藏。
　　　问紧了光说是贸易，总也不知在何方。
　　　倒是哪州与哪县？说明寻找理应当。
　　　有我这大不得济，父子不见永分张。
　　　不说把人憋闷坏，越思越想心窝囊。
　　　今日再不告诉我，只怕要害病一场。
　　　子不见父憋闷死，我看母亲你怎当？
　　　你老何妨告诉我？孩儿倒也宽宽心肠。
　　　小豪杰不住追究频频问，

董月英：（白）咳，我的夫哇，

（唱）问得贤人好悲伤。

石　瑞：（白）母亲为何落泪？莫非我父不在咧？去世几年了？

董月英：儿啦，
　　　　（唱）若问你父在不在，我也不知存与亡。
　　　　　　　你今这是殷殷问，不说却也难隐藏。
　　　　（白）石瑞。

石　瑞：有。

董月英：难喜。

石　瑞：儿在。

董月英：冤家近前些。

石　瑞：是。

董月英：你今再三追问你父，不得不说。若要提起真是肝肠寸断，令人心如刀绞。
　　　　（唱）用手拉住亲生子，二目滔滔珠泪滴。
　　　　　　　我儿若问你的父，细听为娘告诉知。
　　　　　　　咱家以往从前事，这般如此苦第一。
　　　　　　　你父发配陕西地，为娘险些赴阴司。
　　　　　　　多亏解救脱了难，一同来到山寨居。
　　　　　　　郝家待咱恩不浅，后来答报理上宜。
　　　　　　　你的姑母归孙姓，如今也算把苦离。
　　　　　　　我儿你今十四岁，十几年你父生死哪个知？
　　　　　　　当日分离曾说过，子寻父带去我的钗一支。
　　　　　　　说的言语牢牢记，为娘不忘在心里。
　　　　　　　我儿你常问非是我不讲，皆因你年幼难行才未提。
　　　　　　　只好再等三五载，我自然教你寻父把山离。
　　　　　　　这是咱家以往事，告诉我儿你可知？

石　瑞：哎呀，
　　　　（唱）豪杰听罢一声喊，跺足捶胸好着急。
　　　　　　　竟有这些非礼事，叫人知道如何受？
　　　　　　　待我陕西去寻父，路过家乡到原籍。
　　　　　　　问我祖母与婶婶，这样害人为怎的？
　　　　　　　拿住牛寿着刀剁，不管亲戚不亲戚。
　　　　　　　说罢带怒就要走，

董月英：（白）住了，

（唱）叫声冤家好无知。

（白）为娘说过，你今年幼不可远离，谁知告诉与你，就要下山寻父报仇？冤家，你要不听教诲，强要寻父到家，以下犯上再要惹祸，不如我先一死，你再自便。话已说完任你去吧，为娘我就一头碰死倒也罢了。

（石瑞拉介）

石　瑞：母亲不可呀，不可呀，你老千万别死，孩儿不去就是了。

（唱）拉衣跪倒不撒手，只叫娘亲莫伤心。

不叫下山儿不去，何必拼命把死寻？

千万留命莫拙想，需要照看孽障根。

不住央求苦苦劝，你老千万要开恩。

董月英：（白）罢了，你要不去，我且不死。

石　瑞：（唱）母亲请坐儿赔罪，不住叩头把话云。

你老快些消消气，恕过孩儿再平身。

正是豪杰央又劝，

康金定、刘赛花：（唱）来了康刘二佳人。

石　瑞：（白）二位婶婶来了。请坐。

康金定、刘赛花：有坐。

（唱）侄儿为何跪在地？嫂嫂怎么面带嗔？

石　瑞：（白）是我惹的呗。

康金定、刘赛花：（唱）你们娘俩为什么？快些对我二人云。

石　瑞：（白）原是这般如此，二位婶婶替我费心劝劝吧。

康金定、刘赛花：哈。

（唱）如此说来是怨你，不该强要下山林。

你弟兄都会把人怄，年轻人儿一路心。

石　瑞：（白）莫非我兄弟他也惹着二位婶母了吗？

康金定、刘赛花：正是。

（唱）他也要想把山下，进京要去见父亲。

勉强拦住生闷气，我俩特来把你寻。

石　瑞：（白）寻我没有别的勾当，必是叫我们闲着比武。

康金定、刘赛花：（唱）正是为此消愁闷，咱们娘儿四个去散心。

你们演习刀枪剑，我俩看着细留神。

要有不对同指引，习练便好武艺深。

石　瑞：（白）婶母，小侄愿去就是，只是跪在这里，不得去了。

康金定、刘赛花：嫂嫂哇，

（唱）孩子惹着不要紧，叫他起来快开恩。

董月英：（白）罢了，全看二位婶婶，叫他起来就是了。

康金定、刘赛花：看看，

（唱）叫声侄儿起来吧，你的母亲她不嗔。

石　瑞：（白）是，多谢二位婶婶讲情。

康金定、刘赛花：（唱）快去招呼你兄弟，我们还劝你母亲。

石　瑞：（白）是，小侄遵命，走咧。

康金定、刘赛花：（唱）嫂嫂真是好家教，看你老实能管子孙。

伯伯也必把你怕，外柔内刚不用云。

董月英：（白）婶婶们取笑了。

康金定、刘赛花：（唱）笑不笑的少气恼，我们少陪去散心。

二人说罢出房去，

董月英：（唱）月英回后也不云。

孙　月：（唱）又表青郎心烦闷，

（诗）刚直由性定，英烈是天生。

力大能伏虎，武勇可降龙。

（白）俺孙月，一家相会，叔父、爹爹上京，二位母亲回山，爷爷留家教我武艺。思想母亲辞别祖父，又到山寨母子重逢，想我爹爹、叔父上京求官，我也要去与国效力。怎奈二位母亲不叫下山。真乃叫人闷闷不乐。

（石瑞上）

石　瑞：兄弟在房？

孙　月：哥哥来了，请坐。

石　瑞：不用坐了，方才这般，我受了一肚子气，无法下山。二位婶母叫我和你同去习学武艺，正好消愁解闷，省得憋屈不乐。

孙　月：就是这么说，哥哥你且站站，小弟有话和你商议。

石　瑞：兄弟有话请讲。
孙　月：哥哥要问，咱俩全都坐下，细听小弟对你言讲言讲。
　　　　（唱）我来到高山，日期也不少。
　　　　　　　母子又相逢，住着倒也好。
　　　　　　　想起父与叔，揭榜去赶考。
　　　　　　　我也想进京，去把他们找。
　　　　　　　万一要用人，也把朝廷保。
　　　　　　　父子同做官，赫赫威名表。
　　　　　　　不敢私自行，告禀二年老。
　　　　　　　一说不随心，拦住说我小。
　　　　　　　不叫下高山，叫人把兴扫。
　　　　　　　小弟正憋屈，哥哥来到了。
　　　　　　　诉说同了心，你也把父找。
　　　　　　　也是娘不依，伯母心中恼。
　　　　　　　要依我这说，不要见他老。
　　　　　　　伯父也休寻，路远瞎乱跑。
　　　　　　　不如去进京，咱俩偷着跑。
　　　　　　　去见我爹爹，引荐把你保。
　　　　　　　哥哥要做官，只用一道表。
　　　　　　　请回伯父来，何用自己找？
　　　　　　　父子得团圆，你说好不好？
石　瑞：（唱）听罢好喜欢，想得十分巧。
　　　　（白）倒是兄弟想得绝妙，待我背着家母，偷支金钗，日后见了我父好有凭证。咱俩相随且去演枪遛马，得便一去不回，偷着走岂不是好？
孙　月：好，这个主意更不错。我偷珠宝，你偷金钗，明日一同走他娘的便了。
　　　　（诗）学成文武艺，卖与帝王家。
　　　　（吴良上）
吴　良：设下埋伏计，但听号令行。俺吴良。
杨　俊：吾杨俊。舅舅哇，你我二人奉了我姑父之命，各带杨家兵将二十余名，手执兵刃，埋伏大厅两廊以内，暗暗藏身，准备他们请客。要有奸猾不饮酒的，一声喝令，鼓响为号，两下涌出杀入大厅，叫他们各个难逃一死。你我只得依计而行准备便了。

吴　　良：言之有理。

（唱）不言二人埋伏去，

王文、王永和：（唱）再说王文王永和。

二人齐坐大厅内，鸩毒药酒预备得。

两廊埋伏众家将，文计不成用武谋。

诸事停当厚待客，来了叫他们不能活。

天色近午咋不到？莫非是他们识破巧计谋？

正然胡思与乱想，

（中军上）

中　军：（唱）中军进来禀明白。

文武贵客齐来到，

王　文：（白）好，

（唱）中军近前听我说。

他们进来把门闭，休叫众人得逃脱。

中　军：（白）遵命。

（孙堂、孙安、赵荣、刘汉上）

孙堂等四人：（唱）众人见礼把话说。

深造贵府多有罪，过蒙抬爱有何德？

从前未把丞相见，今日进府愧见多。

王　文：（白）好说，

（唱）为国无暇无人怪，

王永和：（唱）过去休提不用说。

孙堂等四人：（唱）锦衣卫大人何时到？凑巧一处得会合。

王永和：（唱）相爷请吾来陪客，下官早到候新科。

王　文：（唱）套言休叙快些请，

王永和：（唱）齐入大厅把话说。

孙堂等四人：（唱）进了大厅齐归座，看罢早设酒宴桌。

坐定一起开言问，丞相相邀是为何？

王　文：（唱）王文带笑开言道，
（白）老夫有劳列位至此，别无请教，只因贼兵困京，唯恐国破家亡，故此邀请诸位新科贵客来至敝府，同在公堂会客，共议安邦保国之策。谁能有计退敌，便好治乱扶危，不然城破，同遭隐殁，那时无计可救，如何是好？

孙堂等四人：丞相身入台阁，监国负重，有平贼灭寇之计，何必多劳求教我等？我等学疏才浅，无计当先，既然公心为国，莫如还是丞相自用奇谋，我等纵无韬略相助，情愿舍死效力，以任指挥听用，如何？

王　文：说哪里话来？早知众位才高志广，一般为国，不必推辞。若说献计不爽，何妨饮酒？大家席前慢慢再议。哼，中军，快排宴席上来。

中　军：哈。

孙堂等四人：慢着，我等在府用过酒宴，丞相不必再费全心。既无委用分派，我等暂且告辞回府。

王　文：列位慢行，老夫酒薄肴粗，也得屈尊少坐，何必当面就要告辞，令人脸上难抹？

王永和：着哇，丞相说得很是，既为公事请客，列位到此纵不尽醉而回，也得畅饮一杯再去不迟，为何酒不沾唇就要告辞呢？若不弃嫌，何妨我先到此，算替相爷做东？不才下官每位先敬一盏，你们再饮如何？中军，快看酒来。
（唱）说罢吩咐快看酒，

中　军：（白）哈。酒已到。

王永和：闪过。
（唱）同心做事献殷勤。
　　　　取过药酒壶一把，急急忙忙把酒斟。
　　　　用手高擎频频让，来来，快请接过酒一巡。

孙　堂：（唱）孙堂急忙接过酒，对众开言把话云。
　　　　丞相以大是敬小，又蒙大人厚待恩。
　　　　纵然恭敬不敢饮，起盏应当敬鬼神。
　　　　说罢将酒祭天地，

王永和：（唱）永和一见暗惊心。

　　　　　　药酒莫非他知晓，纵然可恨不好云。
　　　　　　带笑又把状元叫，你的礼多太劳心。
　　　　　　请客何论大与小？宾主相待上下不分。
　　　　　　我再重新把酒续，头盏不用饮二巡。
孙　　堂：（唱）接过连说要回敬，
　　　　（白）我将头盏祭了天地，抛在公堂，二盏应当回敬大人一盏，然后一同归座再饮不迟。来来来，原礼敬回，大人请饮。
王永和：状元这是为何？相爷请我陪席，原是效劳代东，下官好意敬酒，状元怎么连连推辞不饮，反倒礼从外来？这不是你多此一举么？
孙　　堂：应当如此，不算礼从外来。东不吃，客不饮，必得大人用过此酒，我等方好再饮。
王永和：哟，状元你这就不是了，我等好心好意地敬你，为何一滴不用，反倒念念叨叨让我？是何道理？这样要算我看你真不懂得人情，也太不识事。酒要不吃，放着，不用你混让。
王　　文：正是。老夫请客，将酒待人，并无恶意，状元为何当头不饮？莫非是疑酒内有毒？我看此举你也太多心，大大的不对了。
孙　　堂：哈哈，你二人不用当面责人巧辩，我看酒色不对，故才不饮。方才酒点落地，你看堂砖染红一片，明明酒内有毒。
王永和：这是我叫中军搁点红糖挂点色，你俩多疑不饮，可惜我的好心白费了。
孙　　堂：何用瞒人？若不亏我细心观察，我等同来，此时饮酒，难免一起废命。若说酒内无毒，何妨我拿着此杯，代呼大家一同面圣，当殿辨明有无？若为屈赖，情愿认罪。言尽于此，大家快走。
　　　　（孙堂拿酒杯，王永和夺介）
王永和：慢着慢着，这个酒壶你拿不了去，快些给我拿来吧。
孙　　堂：鬼病已露，少来夺取，是你放手。
　　　　（孙堂推倒王永和）
王永和：哎呀，罢了我了。
孙　　堂：待我把银壶塞裹揣在怀内，王文、王永和你俩随我快去面圣。
王　　文：住了，好个小辈，敢来撒野，藏起我的银壶，哪里容得？纵然识破机关，也难逃出我府。说罢回身击动堂鼓，喝叫家将快些齐来动手。

王永和：丞相快走罢。

（孙堂、刘汉上，拿住王文、王永和）

王文、王永和：哎呀，不好。

孙堂、刘汉：你二人同谋害人，休想躲避，要动埋伏，先教你两个刻下受死。

（硬唱）抓住二人不放松，一齐亮出防身剑。

王文、王永和：（唱）二人害怕只告饶，一起吓得魂魄散。

杨俊、吴良：（唱）杨俊吴良带家丁，闯进大堂动刀剑。

孙堂、刘汉：（唱）喊叫谁敢来近前？先把你俩头颅断。

王文、王永和：（白）你们不可动手，快些退后。

吴良、杨俊：是。

（吴良、杨俊下）

刘　汉：（唱）挡住众贼往外行，

孙　安：（唱）孙安吓得魂胆战。

赵　荣：（唱）赵荣保护在后边，

孙堂、刘汉：（唱）孙堂刘汉在前面。

举起二贼把路开，无人拦挡不停站。

陈　望：（唱）陈望知道有变更，早已飞身出了院。

急到午门报于谦，带兵抄府不怠慢。

众　人：（唱）从人知晓各防身，贼府动手大交战。

乱杀乱砍喊连天，相府以内如麻乱。

府门紧闭不能出，众人外闯留神看。

只见闭门着了急，

孙堂、刘汉：（唱）忙了孙堂与刘汉。

手举二贼大声呼，吩咐开门快出院。

不然就把你俩杀，生杀我们手内攥。

王　文：（唱）二位留命莫着急，待我吩咐他们散。

孙堂、刘汉：（白）快快吩咐。

王　文：（唱）是是是是，高声喊叫众家丁，快快开门莫交战。

不然我的老命休，你们却也难逃窜。

众　人：（唱）开门急急往外行，得便一起脱了难。

　　　　　　　遇见于谦发来兵，围困贼府抄家眷。
杨俊、吴良：（唱）急坏杨俊与吴良，齐说不好反遭难。
　　　　　　　二人上马手举枪，相约出城顺番贼。
　　　　　　　遇见兵来大交锋，（范广枪马上），一起围裹人不断。
杨　俊：（唱）杨俊得便出重围，
吴　良：（唱）吴良落马身被陷。
范　广：（唱）范广吩咐上绑绳，快赶杨俊休怠慢。
　　　　　　　分兵随后急去追，
陈　望：（唱）陈望抄府入贼院。
　　　　　　　杀死王文众家丁，男女一起用刀片。
　　　　　　　抄灭贼府且不说，
杨　俊：（唱）又表杨俊假装扮。
　　　　（白）哎呀，不好了，不得了，不想害人机关已露，他们被擒，难逃无罪，我算侥幸闯出重围，却也难顾舍爹，有病生死难定，只好自己混出城去，且保个人不死，再讲主意，一定催马逃命便了。
　　　　（范广上）
范　广：校尉们，随我快快追赶杨俊，休叫他出城逃走。
军　卒：我等遵令。
范　广：吾范广。不想贼兵扰境，又有内乱生非。方才奉相国之命，一同指挥陈望抄拿王贼余党，拿住吴良，杨俊得便逃走。九门早有防备，量他插翅难飞。只得急急追拿，不容逃匿才是。
　　　　（杨俊急上）
杨　俊：哎呀，坏唎坏唎，只说假扮出城巡哨，得便逃走，不想各门都有准备，盘根问底，无令不叫出城。真是前进无路，后退无门，这可活活杀了我了。
范　广：校尉们，面前正是杨俊，快些一拥上前捉拿，不得有误。
杨　俊：哎呀，不好了，追兵赶上无处躲藏，不如死活杀出一条路，和他们干吧。
　　　　（范广上）
范　广：好一逆贼，还不下马认罪服绑？竟敢动手，哪里容得？不要走，看枪。
　　　　（范广活捉杨俊）

范　广：校尉们，将这厮上绑。

（绑下）

范　广：回见于相国交令便了。

于　谦：众位，午门稍候，待我先去见驾，奏知皇帝。

侍　卫：遵令。

（于谦跪）

于　谦：万岁万万岁，微臣于谦前来见驾，有本奏主。

（朱祁钰上）

朱祁钰：于少保来见寡人，有何本奏？

于　谦：万岁不知，微臣奉旨总督军务，出府验兵，不想遇见文、武状元一同探花、榜眼如此这般，受人谋害，侥幸未死。微臣见事不祥，恐奸凶顺乱贼子，故此拿问二贼前来见驾。望陛下扫除奸党，清理朝政，好安国事，不然再留国患，只怕社稷不存，那时悔之晚矣。

朱祁钰：呀，这还了得！王文、王永和竟敢蒙恩作弊，害贤误国，真乃罪所不容！少保下殿，命人再拿余党，勿容逃匿。速宣文武新科齐见，朕问明曲直，便好斩首佞臣，以正国法。

于　谦：微臣领旨。

内　臣：圣上有宣，众人一起上殿。

众　人：万岁。

（孙堂、刘汉、赵荣、孙安上）

孙堂等四人：万岁万万岁，臣等前来见驾。

朱祁钰：众位爱卿，方才少保奏道，尔等有人谋害，朕却不知所为何故，快些一一奏来，朕好除贼正法，以除国患。

孙堂等四人：万岁，若听情由，细听臣等奏来。

　　　　　（唱）一起叩头呼万岁，吾皇陛下听根源。

　　　　　　　　若问因何惹奸党，却也不知为哪般。

　　　　　　　　不过平素未拜见，除此无恨又无冤。

　　　　　　　　少隙成仇怀大怨，毒酒害人太不端。

朱祁钰：（白）尔等与他别无仇恨，怎知谋害，酒内有毒呢？

孙　堂：万岁，

　　　　　　（唱）他说约请议国事，谁知假公暗藏奸？
　　　　　　　　　众人进府说请教，设宴献酒臣细观。
　　　　　　　　　酒色变赤未敢饮，微臣抛弃染堂砖。
　　　　　　　　　惹恼二人心大怒，事露埋伏杀上前。
　　　　　　　　　这般遮挡逃出府，带他二人不放宽。
　　　　　　　　　巧遇相国于少保，绑缚他俩面龙颜。
　　　　　　　　　臣等受害算未死，求主发落二权奸。
　　　　　　　　　毒酒暗算何仇恨？今日当殿要辩冤。
　　　　　　　　　奏罢不住伏服地，
朱祁钰：（唱）皇帝复又问根源。
　　　　　　　　　尔等有恨来辩本，有何凭据把人参？
孙　堂：（唱）连连叩头说有有，
　　　　（白）万岁，微臣若无凭据，不敢误参大臣，前来辩本。这里现有王文银壶，内藏毒酒，原物作证。绫巾塞裹，微臣带来献与陛下一观，便知毒物害人真假。
朱祁钰：好，若有凭据便好发落。酒中有毒，朕有玉杯能辨虚实。内臣伺候，呈上银壶，快取白玉杯来。
内　臣：遵命，玉杯取到。
朱祁钰：撤去封口，快些斟酒，待朕亲自一验。
内　臣：遵旨。
　　　　（唱）内臣取杯斟上酒，
朱祁钰：（唱）皇帝观看验假真。
　　　　　　　　　酒入玉杯颜色变，一派红紫甚惊心。
　　　　　　　　　毒酒害人真不假，看罢恼怒大动嗔。
　　　　　　　　　叫声金瓜武士，
众　人：（白）万岁。
朱祁钰：（唱）快些绑来二佞臣。
武　士：（白）万岁，
　　　　（唱）武士遵旨不怠慢，绑来永和与王文。
朱祁钰：（唱）皇帝一见连拍案，大叫二贼贼胆大。

	众人与你何仇恨？要想谋害什么心。
	明是顺贼要卖国，一党同谋害寡人。
	害贤误国该何罪？应当剥皮与抽筋。
王文、王永和：	（唱）二人叩头呼万岁，吾皇不可屈为臣。
	请人议事把敌退，乃是安邦定国心。
	好意敬酒说谋害，一滴不用硬赖人。
	今在驾前要分辨，圣上需要辨清浑。
	不可误把人冤枉，听信谗言屈旧臣。
	巧言奏罢又叩首，
众　　人：	（唱）复又跪倒虎一群。
	若说是酒内无毒叫他饮，平安无事算屈人。
	臣等诬赖愿领罪，凭主杀剐不屈心。
朱祁钰：	（唱）皇帝听罢说有理，众位爱卿且平身。
众　　人：	（白）万岁。
朱祁钰：	（唱）拍案又叫二佞党，鬼病已露休瞒人。
	毒酒方才朕面试，果然不虚情是真。
	害人不招也难恕，寡人另自有条陈。

（白）王文、王永和，你俩害人凭据在此，同谋事露，若不认罪伏诛，快把此酒各饮一盏，果若不死，算他们诬屈。不然凭据当面，法度难容，量尔纵就不招，却也难逃国典问罪。

王　　文：	咳，罢了罢了，万岁赐酒，不敢不饮，这是死活凭天，临期可也无的分辩。
朱祁钰：	哼哼，佞臣们不言而喻，朕早明白该尔一死，不用细审。内臣快些斟酒，叫他二人饮过。
内　　臣：	遵旨。（斟介）
内　　臣：	二位请饮。
王文、王永和：	不用催逼，我俩饮过就是了。说罢，接过酒杯各饮一盏。登时色变，说声不好，一起大叫：昏君啊昏君，该你社稷不亡，我俩一死，大事全完。说罢满腹疼痛，心如刀绞，浑身乱颤。哎呀，大叫一声，自己配药自己吃，扑地而亡。

众　　臣：万岁，他二人已死，朝内祸患全消，从此外患不难平复。我主仁明，保全社稷无忧，真乃国家幸甚。

朱祁钰：多亏卿等细心免祸，不然险些一死。二贼安心叛国，虽死罪有余辜，真算便宜他们。众卿平身。

众　　臣：万岁。

朱祁钰：御林军。

御林军：万岁。

朱祁钰：将他二人尸首抬下金殿，扔在万人坑内去吧。

御林军：遵旨。

（御林军抬尸下，于谦跪）

于　　谦：万岁，微臣命人拿来两个王贼余党，名叫吴良、杨俊，前来见驾。

朱祁钰：真正的同谋佞党？

于　　谦：万岁，却不知王文、王永和，吾皇怎么问罪赐死？

朱祁钰：少保不知，寡人这般叫他二人自作自受，反遭毒灭。

于　　谦：好，这算他俩恶贯满盈，反害自己。陛下再诛灭余党，祸患除尽，安贤定国，便好平贼灭寇。

朱祁钰：少保言之有理，平身。

于　　谦：万岁。

朱祁钰：武士们。

武　　士：万岁。

朱祁钰：将逆贼吴良、杨俊绑上殿来。

武　　士：遵旨。

（唱）武士答应不怠慢，忙把二人绑上来。

吴良、杨俊：（唱）吴良杨俊将头叩，

朱祁钰：（唱）皇帝一见把案拍。

逆贼逆贼，你们从前遭拿问，赦罪应该把贼获。

为何助纣又为虐，一党同谋害贤才？

要想作乱该何罪？将你们万剐也应该。

吴良、杨俊：（白）万岁，

（唱）二人怕死强分辩，口呼万岁听明白。

今日不把我们怨，乃是他们把心歪。
锦衣卫与王丞相，他二人都与王振交心来。
三人同心要卖国，内外作乱早安排。
从先苦把忠良害，如今再把社稷衰。
多疑新科文共武，恐怕报仇有祸灾。

朱祁钰：（白）他们素日并无仇恨，不知怕者何来呢？
吴良、杨俊：（唱）从头至尾奏一遍，故此诛害两安排。
谁知事露反害己？他们一死都应该。
可惜连累我两个，如今后悔说不来。
望乞万岁赦死罪，感恩情愿把贼获。
说罢不住将头叩，

于　谦：（白）万岁，
（唱）于谦趁此跪金阶。
同党作恶全招认，朝中也算雾散云开。
良臣之后把京进，必有隐姓把名埋。
何不传旨齐赦罪？省得隐匿栋梁材。

朱祁钰：（唱）皇帝听罢说准奏，少保之言理应该。
良臣被屈朕长念，可惜遭残受冤哉。
谁若出头来保国，从今不必把名埋。

众　人：（白）万岁，
（唱）一言未了齐答应，吐露真名上殿来。
一起跪倒说有罪，假名蒙驾恕不该。

朱祁钰：（唱）皇帝接言忙忙问，
（白）卿等都是何人之后？不知从先却有何罪？快把真名来历一一奏来。

孙堂、孙安：万岁，罪臣等二人真名孙堂、孙安，乃是手足弟兄，只因臣父孙吉宗受那王振之害，可怜一家被抄，从前之事，令人一言难尽。
（唱）弟兄俩，齐叩头。
以往之事，细奏根由。
侥幸算未死，臣等把命留。
不敢明来揭榜，假名来赴龙楼。

今算出头鸣冤枉，不知何日得报仇？

赵　荣：（唱）赵榜眼，用目丢。

仇人当面，恨在心头。

今把真名露，正好把情搜。

想罢连呼万岁，吾皇细听根由。

微臣赵荣是如此，从前以往恨不休。

刘　汉：（唱）刘探花，也叩头。

臣名刘汉，先父刘球。

这般是如此，杀妻远逃留。

无奈招贤落草，背主隐居山丘。

今日洗清大冤屈，拨云见天好出头。

朱祁钰：（白）好哇，

（唱）皇帝喜，乐悠悠。

卿等冤枉，算知根由。

可恼贼王振，卖国顺贼因。

尔等平贼灭寇，拿他不难报仇。

赵　荣：（白）万岁，

（唱）赵荣又奏一道本，代替陶家把恨收。

朱祁钰：哼哼，

（唱）皇帝听罢连拍案，圆睁二目瞪双眸。

大骂吴良与杨俊，好个万恶二贼囚。

求婚不允逞强暴，敢打官将一命休。

孙　堂：（白）万岁，此事微臣这般所见，榜眼奏的真乃一字不假。

杨　俊：我们造化低，都遇见你们，完了。

孙　堂：（唱）逆贼作恶真少有，一介武夫算到头。

杨　俊：（白）万岁，打死陶忠有谁见证？一面之词千万不可听信。

赵　荣：（唱）若问证见臣早有，如此准备早收留。

朱祁钰：（白）好，有人见证快些宣来见朕。

赵　荣：领旨，

（唱）急忙下殿去回府，

朱祁钰：（白）众卿平身。

赵　荣：（唱）去不多时回里游。

　　　　　　　带来二人上金殿，

　　　　（白）万岁，微臣宣来二人，名叫马青与马云，前来见驾。

朱祁钰：好，马云、马青。

马云、马青：有哇，万岁。

朱祁钰：你二人怎知杨俊争亲，打死陶忠？吴良怎样帮助同拿赵荣？要你二人当殿一一诉来，朕好斩首二贼，以与陶家报仇雪恨。

马云、马青：万岁，我二人乃是杨俊两名旗牌，若问他们，不止一宗作恶。以前还有鞑子犯边，杨俊交锋被擒，吴良奉令行贿，私许两国结亲，有人瞒哄，未敢奏主，只因失信鞑子，才惹刀兵不息。后又争亲，打死陶忠，我俩见事不祥，多有被革，无奈跟随赵公子投奔高山。复又打探两国交兵，他俩失陷重地，真该万死。

　　　　（唱）这是以往情，从头讲完毕。

朱祁钰：（唱）皇帝听明白，动怒气加气。

　　　　　　　叫声赵爱卿，

赵　荣：（白）万岁。

朱祁钰：（唱）快些领旨去。

　　　　　　　速拿老杨洪，当殿问来历。

　　　　　　　问罪一起杀，法度不留逆。

赵　荣：（白）遵令。

吴良、杨俊：（唱）吓坏贼吴良，杨俊吓出屁。

杨　俊：（唱）事露要遭诛，

吴　良：（唱）该死难躲避。

杨　俊：（唱）不想遇冤家，

吴　良：（唱）仇人一起至。

杨　俊：（唱）罢了无得说，

吴　良：（唱）一死不用惧。

杨　俊：（唱）害怕只心慌，

赵　荣：（唱）赵荣交旨意。

　　　　　　　回奏老杨洪，怕死归阴去。
　　　　　　　有病自刎亡，不用问详细。
朱祁钰：（唱）好，便宜老贼他，死得倒省事。
　　　　　　　爱卿快平身，忙叫众武士。
　　　　　　　绑出二逆贼，杀在云阳市。
武　士：（白）遵旨。
　　　　（唱）武士不消停，急忙推出去。
　　　　　　　大炮响三声，斩首头落地。
　　　　　　　上殿交旨来，
朱祁钰：（唱）皇帝说回避。
武　士：（白）是。
朱祁钰：（唱）高声叫众卿，除患把贼虑。
众　人：（白）万岁！
　　　　（唱）一起跪丹墀，
孙　堂：（唱）孙堂又奏事。
　　　　（白）万岁，如今内患除净，外寇应当平复。微臣蒙恩赦罪，理当倾心保国。还有一位老臣能平贼灭寇，望乞我主速去宣召复用。
朱祁钰：却是哪个这样本领。快些一一奏来。
孙　堂：万岁，若要提起不是别人，就是臣父孙吉宗。昔日这般隐遁未死，如今却在山东丞相杨普家内存身，不忘国恩，还要出头报国。幸喜屈情已洗，微臣不敢隐匿，故而启奏陛下知晓。
朱祁钰：好哇，老皇亲不死，活该国家不失擎天玉柱，贼寇不难灭矣。老太后常常痛念在心，他人在世，真是梦想不及。如今贼兵困京，不知何人能闯出重围？速去宣召才好。
　　　　（于谦跪）
于　谦：万岁，要宣皇亲却也不难，就命指挥陈望前去。他能日行千里，管保来往急速，不会误事。纵则如此，但想贼势浩大，单丝不线，却也枉然。不如陛下多出皇宣，调取各路大兵来助，再招麒麟山上人马归降，钦封皇亲为帅，招募各处民壮，总归一处前来解围。微臣再分派京兵里外夹攻，一场鏖战，何愁贼兵不灭？

朱祁钰：好，倒是少保所虑有理，寡人准奏。钦命指挥陈望带着圣旨、金牌宣召皇亲，各处调兵齐来灭寇。马云、马青忠心为国，封为指挥千总，随军立功，其余众卿加封武职，任少保调用平贼保国，如能扫灭鞑虏，不负汗马之功。一起领旨下殿，不许再奏。退朝。

众　人：万岁万万岁。

（石瑞、孙月出）

石瑞、孙月：（诗）胆大平贼寇，保国立奇功。

石　瑞：（白）吾石瑞。

孙　月：俺孙月。

石　瑞：兄弟。

孙　月：哥哥。

石　瑞：你我兄弟二人偷下高山，要上京都杀贼报仇，投见令尊，得见朝廷，却是何等样的光彩？

孙　月：那是自然，催马快走。

（唱）两个豪杰把山下，背母私逃无人追。

石　瑞：（唱）一路行程闻风信，都说鞑子把城围。

孙　月：（唱）你我前去灭番叛，一定杀尽犬羊贼。

石　瑞：（唱）解围若把鞑子灭，赫赫有名耀武扬威。

孙　月：（唱）想到此间心更胜，一齐顿辔把马催。

石　瑞：（唱）晓行夜宿非一日，离京不远知明白。

孙　月：（唱）瞧见贼兵有千万，连营无数杀气堆。

石瑞、孙月：（唱）二人看罢心大怒，你我舍命闯一回。

　　　　　　石瑞马上拧枪杆，孙月急忙举双锤。

　　　　　　单把番贼乜先找，闯杀大营喊如雷。

　　　　　　山摇地动一般样，

番　兵：（唱）番兵急忙报是非。

（白）报大王得知，营外杀来两个小蛮子，凶如猛虎，无人敢敌，堪堪闯入营盘，乞令定夺。

乜　先：哎呀哎呀，这还了得？快将孤家叉马伺候。

番　兵：哈。

（乜先叉马上）

乜　先：呀，哪里来的小小顽童，敢闯孤家大营？快些报名受死。

孙　月：你祖宗名叫孙月，番贼何名？

乜　先：你大王乜先。看你奶黄未退，竟敢来惹孤家，真乃胆大包天，不知死活。要知好歹，快些速速逃命，不然叫你叉下做鬼。

孙　月：番贼休说大话，小看祖宗我，今闻名进来找你会会有何本领，不要走！看锤，打你个王八吃的。

乜　先：看叉。

（乜先败）

乜　先：哎呀，这一小儿力大无穷，杀伐无敌，好生的厉害呀。

　　　　（唱）孤家从来无敌手，不想今日落下梢。
　　　　　　　小子锤沉力又大，如同下山虎一条。
　　　　　　　从前也把劲敌遇，不像这个小儿曹。
　　　　　　　越杀越勇难抵挡，冤家武艺比我高。
　　　　　　　孤家今日败了阵，一世英名落人薄。
　　　　　　　想到此间又奋勇，勉强招架汗透征袍。

孙　月：（唱）孙月一见精神长，卖个破绽使巧招。
　　　　　　　铁锤磕叉一声响，

乜　先：（白）哎呀，不好，
　　　　（唱）震破虎口把命逃。

孙　月：哈哈，

　　　　（唱）人言乜先无对手，原来武艺并不高。
　　　　　　　今日败在我的手，我看他有名无实算脓包。
　　　　　　　定要拿他把功献，跑在哪里也不饶。
　　　　　　　一催座马往下赶，

会　真：（唱）会真和尚喊声高。
　　　　　　　哪里来的小孺子，杀败太师逞英豪，
　　　　　　　贫僧与你会一会，催马抡铲把手交。

孙　月：（唱）铁锤一晃只一下，

会　真：（白）哎呀，不好，

|（唱）幼儿力大了不得。
圈回座马把镖取，喝叫幼儿少逞豪。
看看贫僧宝贝到，

孙　月：（白）哎呀，不好，着伤败回发毛了。
石　瑞：（唱）石瑞劫杀骂和尚，枪刺光头长得牢。
不敢再战也败阵，
会　真：（唱）一对幼儿哪里逃？
传令番兵随后赶，
同　寅：（唱）来了同寅用目瞧。
黑虎星官该有难，山人搭救把灾消。
口中念念使法术，拂尘一抖大风飘。
飞沙走石从天降，贼兵退后闹吵吵。
会　真：（唱）会真收兵回营转，
孙　月：（唱）孙月一见喜眉梢。
忍着疼痛忙下马，瞧见先生问根苗。
（白）先生从何而来？这等凑巧给我们解围救难。
同　寅：我与你们别后云游访道，知尔有难，特来挡退贼兵，解救灾危。贫道这里有丹药一粒，快些拿去用在腹内，管保立止疼痛，镖伤无恙。
孙　月：是，待我用下。好哇，果然伤处不疼，多谢先生解救之恩。
（石瑞上，下马）
石　瑞：兄弟，此位是谁？你们见面讲话，莫非早就认识不成？
孙　月：正是。哥哥不知，这位就是向日常说的那位同先生，奇逢巧遇，到此设法挡退番兵，方才给我丹药用下，果然立时就伤处不疼，神效无比。
石　瑞：好！久闻先生大名，未得见面，不期今日相逢，又蒙慈悲救难，理当拜谢大恩才是。
同　寅：好说，不必如此。
石　瑞：先生既有这样本领，何不施展法术，平贼立功？去见朝廷，必然封你活神仙一名。何必用那千军万马混征乱战，不定胜败？反倒多劳费事呢？
同　寅：你们不知，此乃造定劫数，干戈难免，贫道不敢违逆天意。你们年幼粗鲁，不该擅入征杀之地。若非我来，一定有死无生。若依我劝，莫如暂避杀戒，等候劫运已了，再去出头，岂不是好？
石瑞、孙月：先生指点，不敢违命。我俩情愿向师傅请教韬略，再去杀贼灭寇。
同　　寅：好，你们如此上马，随我且寻僻静存身，自有机会，必叫尔等出头立功。
　　　　　　随我来。
石瑞、孙月：来了。
　　　　　　（唱）不言三人寻去处，
陈　　望：（唱）再表陈望离了京。
　　　　　　闯过贼营无人赶，身背圣旨走如风。
　　　　　　一直来奔山东地，飞行到了杨家门。
　　　　　　吩咐家人去传禀，
杨普、孙吉宗：（唱）再说杨爷与孙公。
　　　　　　二人同坐书房内，议论国家以往情。
　　　　　　正然议论家人报，
家　　仆：（唱）来了圣旨到门庭。
杨　　普：（白）不知何人捧旨到此？
家　　仆：（唱）此人名字叫陈望，从前来过认得清。
杨　　普：（白）好，
　　　　　　（唱）如此必有好音至，你我接旨莫消停。
　　　　　　有理，吩咐家童排香案，迎接钦差入大庭。
陈　　望：（唱）陈望高声宣读旨，
　　　　　　（白）圣旨到！跪。
众　　人：万岁万万岁。
陈　　望：听宣读，诏曰：南北交兵，国家不幸。蒙尘化外，朕承兄位，守御太庙，大厦难支。寇逼京都，缺少勤王之师，从前忠良受害，冤情已洗。知尔皇亲孙吉宗，隐蔽杨家丞相府内存身，钦命都指挥陈望，捧旨宣召，钦封为帅，招安麒麟山寨人马归降，调取各路兵将，齐赴京师，勤王灭寇。诏命紧急，速行莫误。圣旨读罢，钦此。谢恩。
众　　人：万岁万万岁，谢主隆恩。
杨　　普：家童，将旨供奉龙亭，吩咐排宴伺候。
家　　童：哈。

陈　望：二位老大人可好？久别不见，拜见来迟，望乞恕罪。

孙吉宗：好说，不敢。钦差，请入书房一叙便了。

陈　望：请。

孙吉宗：（唱）三人一起入书舍，分宾而坐把话言。
　　　　　　　请问京中以往事，怎么宣旨来招安？

陈　望：（唱）从头至尾说一遍，如今拨云见青天。
　　　　　　　忠良被屈齐免罪，朝内奸党一扫完。
　　　　　　　我今奉旨调兵将，宣召皇亲灭狼烟。
　　　　　　　杨大人朝廷也想念，令郎抄书来问安。
　　　　　　　说罢取出双手递，

杨　普：（唱）杨爷拆开细细观。
　　　　　　　原来犬子嘱咐我，无虑不用把心悬。

孙吉宗：（唱）孙爷复又开言道，
　　　　（白）原来新王有道，辨明忠奸，我父子蒙恩赦罪，宣召老夫灭贼。王命不可稍停，陈贤契速去各路调兵，收取民壮。老夫急上高山，招安众人归降，齐至京外会兵，便好一战平贼灭寇。

杨　普：你二人王命在身，老夫不敢久留，屈尊同住一宿，明日一同饯行，二位请。

众　人：请。

（黑面武生出）

徐　信：（诗）志大心雄性气刚，世代官高美名扬。
　　　　（白）俺徐信，亳州人氏。先祖徐达有功于明，辈辈世袭爵位，传至我父徐公，因保朋友，冒犯朝廷，自尽身亡，厚赐恩偿，金井玉葬，宣我进朝，子袭父职。我因老母年高，不敢远离。不想过了几载，萱堂辞世，听说胡人去反中原，扰乱京师，此时正该我去帮军灭贼，建功受职。方才辞别娘子，吩咐外边鞍马齐备，只得赶奔京都便了。

（刘赛花升帐，刘月、董宽站）

刘赛花：（诗）绣绒刀摆杀气飘，飞锤能胜将英豪。
　　　　（白）奴刘赛花，石瑞、孙月背母，私自离山，不知何往，命人追寻，渺无踪迹。石家嫂嫂与康氏姐姐、我三人盼望两个冤家没事，还真是诸日忧愁不解。
军　卒：报寨主得知，今有皇亲孙大人来到高山，有请寨主迎接。
刘赛花：起过。好，公父前来必有好音，喽啰们快些排开队伍，齐去迎接。

（唱）说罢转身回后寨，急忙告诉康姐姐。

康金定：（唱）金定闻听心欢喜，披挂一起去迎接。
孙吉宗：（唱）孙爷后寨下了马，
董宽、刘月：（唱）董宽刘月忙不迭。

施礼问声大人好，

孙吉宗：（白）免礼。
刘赛花、康金定：（唱）两个佳人见公爹。

跪倒面前把安问，

孙吉宗：（唱）儿们起来听我曰。
刘赛花、康金定：（白）是。
孙吉宗：（唱）快些引路齐进帐，
刘赛花、康金定：（白）公父请。
孙吉宗：（唱）归座以后话说开。

我今奉旨到山寨，招安你们同弃邪。
一起随军把贼灭，好拿王振把恨歇。

众　人：（唱）众人闻听心欢喜，归降雪恨心熨帖。
孙吉宗：哼哼，

（唱）我来孙孙怎不见？媳妇们快对为父曰。

刘赛花、康金定：（唱）公父若问听告禀，这两个孩子不见咧。

寻觅不知何处去，度乎许是见公爹。
原来未见也不晓，叫人糊涂不明白。
冤家倒是哪里去？莫非各个找他爹？

孙吉宗：（唱）小小顽童不知事，也许进京不用曰。

唯恐混入征杀地，生死存亡定不得。
只好且办国家事，孩童性命仰天爷。
你们随我把山下，征贼灭寇见皇爷。

刘赛花、康金定：（唱）二位佳人说遵命，还有一事禀公爹。

　　　　　（白）大兵离山无人执掌山寨，还有众父女不知寄在何处存身，必须安顿去处，方好同离山寨。
孙吉宗：那是自然。既归王化，也非久居之地。软弱妇女不能携带，他们无处安身，只好送到杨家存身，久候平安，无事再进京，岂不是好？
刘赛花、康金定：公父言之有理。大人远来，请入后寨歇息，明日便好一起下山。喽啰们，杀猪宰羊，大排筵席伺候。
　　　　　（诗）昔年官满如花谢，而今扶国又扬名。
众　人：（白）请。

（完）

第二十四本

【剧情梗概】 孙吉宗与石亨里应外合，杀死番兵八十余万，番兵仓皇逃走。景泰皇帝为众英雄恢复名誉，众人在杨府相认。孙堂奉皇命来捉拿王山，孙月、石瑞亦根据同寅指示前来助阵，众人一同杀贼。

（陈望出）

陈　望：（诗）飞行无定止，各处调雄兵。

（白）俺陈望，身背圣旨，手执金牌，调取辽东、山海、宣化、保定四路人马，同归皇亲，会兵一处，便好京外大战番贼。安置已毕，我再回京去见于大人，准备里外夹攻，何愁番贼不灭？

（唱）新君有道能护国，灭了奸臣又用忠。

　　　料想大明不该灭，料想鞑子难逞凶。

　　　里外安兵把敌破，这回显见陈某能。

　　　到处勾兵全仗我，千里途程一日功。

　　　行走如风不用马，勾来兵将又回京。

　　　准备里外一场战，安排来往把信通。

　　　别人不能还得我，灭贼我算一大功。

　　　不言陈望回京去，

曹　义：（唱）来到辽东曹总兵。

　　　带领一万人共马，金牌调取奔都京。

　　　几路大兵合一处，任凭调用见元戎。

　　　压下曹义路上走，

朱　谦：（唱）又来朱谦催走龙。

　　　带兵离了宣化府，一路催促人马行。

　　　赶奔京师且不讲，

董宽、刘月：（唱）又表山寨发大兵。

　　　董宽刘月前开路，

孙吉宗：（唱）中间却是孙吉宗。

　　　　　　　　带领降兵人共马，一路不辞离山东。
　　　　　　　　大旗之上书招讨，
康金定、刘赛花：（唱）后队却是女淑容。
　　　　　　　　康刘二氏催马走，你言我语把话明。
　　　　　　　　这回平贼夫妻会，但愿见着小儿童。
　　　　　　　　一家报仇杀王振，苦尽甜来受皇封。
　　　　　　　　二人领队闲叙话，
海棠、陶秀英：（唱）后跟海棠陶秀英。
　　　　　　　　人马行走如流水，暂且搁下咱不明。
郝　仁：（唱）再说郝仁送女眷，骑马跟随车辆行。
　　　　　　　　吩咐车夫快赶路，晓行夜宿奔途程。
　　　　　　　　他们发兵灭贼去，山寨无人一火烘。
　　　　　　　　我们机密去居住，平安无事再进京。
　　　　　　　　这日来在杨家门首，
石玉珠、裴桂香：（唱）又表二位女花容。
　　　　　　　　姐妹二人居一室。
石玉珠：（白）奴石玉珠。
裴桂香：奴裴桂香。
石玉珠：姐姐，小妹托福与你同侍一夫，姐妹相会，又蒙杨太太认为义女，待咱一般无二，真是恩情双双难报。
裴桂香：总是你我有缘，才得百年相伴。幸喜相公、伯伯得中文、武状元，公爹又得出头保国，一家去祸得福，眼见花木又有逢春之日。
　　　（祁氏上）
祁　氏：女儿在房么？
石玉珠、裴桂香：母亲来了，请坐。
祁　氏：不用坐了。方才院子禀报，你父说是从麒麟山来了众位女眷，要在咱家存身，都是亲戚，到此不可怠慢，你姐妹快去迎接，一入上房。
石玉珠：呀，众人齐来，必有嫂嫂在内。此来姑嫂相逢，真是又悲又喜。
　　　（唱）说罢急急出房去，
裴桂香、祁氏：（唱）桂香祁氏随后跟。

杨　普：（唱）杨老爷前厅来会客，吩咐车辆进府门。
众　人：（唱）众女子齐来把车下，瞧见迎接出来人。
　　　　　　董氏月英邢氏女，吴氏杜家二钗裙。
　　　　　　一起举目留神看，月英一见喜在心。
　　　　　　瞧见姑姑玉珠女，
石玉珠：（白）嫂嫂哇。
董月英：姑姑哇。
　　　　（唱）姑嫂见面泪纷纷。
　　　　　　二人拉手悲又切，一言难尽苦十分。
众　人：（唱）众人在旁一起劝，见面喜欢莫伤心。
裴桂香、祁氏：（唱）又来桂香杨太太，见面诉说把话云。
众　人：（唱）众人一齐道万福，拜见太太老夫人。
祁　氏：（唱）众位远来到敝府，一路多有受风尘。
　　　　　　这里不必久谈话，快请入内叙寒温。
　　　　　　不言他们齐去后，
裴　成：（唱）又表裴成老儿云。（裴成上）
　　　　　　迎接郝仁见了面，不用说了必是亲家叫郝仁。
郝　仁：（白）我是叫郝仁哪，你是谁也？
裴　成：（唱）我是裴成你也晓，咱们俩拉扯起来都有亲。
　　　　　　无影亲家我差着你，
郝　仁：（白）打打打，咋说差着呢？
　　　　（唱）就是取笑爱骂人。
　　　　　　你差我来我差你，彼此一样不又云？
裴　成：（唱）你咋说是一个样？看你老实不让人。
　　　　　　亲家老远来到此，
郝　仁：（白）老远哪，你咋说老远呢？老东西真是混云。
裴　成：呸，又不对咧，
　　　　（唱）说话你总挑字眼，不必犯疑是口音。
　　　　　　说罢拉手往里让，
杨　普：（唱）杨老爷欢喜叫家人。

　　　　　　吩咐厨下排宴席，庆贺男女远来宾。
　　　　　　压下这里再不表，
于　　谦：（唱）又表于谦治国臣。
　　　　　　坐在大厅虑国事，
　　　　（白）本相于谦，贼兵势众，围困京城，抢了通州坝，侵占卢沟桥，四外抢掠，任意搅乱不安。传令附近居民进城，免遭涂炭。幸喜朝内奸党除尽，免遭内患之忧。陈望调兵回京交旨，言道路远，救兵将发城下，还得协力破敌，便好平贼定国。命人去请石亨，共议埋伏之计，为何不见到来？
　　　　（中军上）
中　　军：禀爷，石元帅请到。
于　　谦：好，待我出去亲自迎接。
中　　军：哈。
于　　谦：（唱）带笑容急忙离座接出去，见面一起进大厅。
　　　　　　分宾而坐开言道，元帅却是怎安兵？
　　　　　　外路救应也来到，来往有人把信通。
　　　　　　还得你我共商议，怎么分派把贼平。
石　　亨：（唱）丞相吩咐练兵将，诱敌一起撤贼兵。
　　　　　　用心操练人共马，城内设下神机营。
　　　　　　多日闭门不交战，如今演成战法精。
　　　　　　大小军队有人领，进退有法能战攻。
　　　　　　巧用变动不错乱，对敌管能胜贼兵。
　　　　　　外路勤王兵即到，并立灭贼必成功。
于　　谦：（唱）待吾亲去看一验，准备埋伏好出城。
　　　　（白）如此，大人请。
石　　亨：请。
　　　　（唱）二人出府上了马，去到将台验看兵。
　　　　　　石亨吩咐快排队，中军传令喊一声。
中　　军：（白）哎呀，元帅有令，大人验兵，人马排队不许错乱，尔等小心伺候。
众　　人：哈。

（唱）一声令下排队伍，兵层层来将层层。

于谦、石亨：（唱）于谦石亨把台上，只见兵山一般同。

于　谦：（唱）于爷一见心欢喜，又把元帅叫一声。

（白）好，倒是元帅能用兵，一声令下队伍就整齐，这样兵山将海，难得号令归一，若要出城交锋，何愁不能大获全胜？

石　亨：末将纵然练兵精锐，也亏丞相赏罚分明，才得公心服众。

于　谦：如今朝中无人服务，负重不才，文武之中就算你我为首，若不尽心治乱保国，只怕江山要属化外。幸亏天不灭明，还有仁君保守宗庙，大家仰仗皇帝洪福，需要安邦定国，才不亏为人臣之本分。说罢眼望台下一声高叫：众将官，尔等齐听本相一言。面谕：自古养兵千日，用在一时，既食君禄，当报君恩。贼兵长驱，围困帝都，大家报效朝廷，需要认定捐躯为国，才算忠良，凌阁传流，世间义士也。

（唱）从来家贫知孝子，国乱之时显忠臣。
　　　王振卖国把贼顺，才有胡人乱乾坤。
　　　上皇蒙尘难回国，犬戎又来困新君。
　　　主忧臣辱难辞苦，主辱臣死休惜身。
　　　此时国乱倾危际，正该用咱尽忠心。
　　　若能灭寇把敌退，名标凌阁不用云。
　　　朝廷断不薄汗马，一定封妻荫子孙。
　　　光宗耀祖荣五代，名垂不朽万古吟。
　　　若不尽忠死无益，国破家亡别屈心。
　　　说罢一片激烈话？

众　人：（唱）兵将听罢尊大人。
　　　我等有赖擎天柱，不怕贼人百万军。
　　　马革裹尸不足惧，情愿一死报国恩。

于　谦：（白）好。

（唱）这才算是怀忠义，为国为家又为民。
　　　但等外路兵来到，里外一战灭贼人。
　　　说罢又叫石元帅，

石　亨：（白）大人有何调遣？

于　谦：（唱）你快埋伏把兵屯。
　　　　　　　里出外入杀贼寇，接战之时要留神。
　　　　　　　我叫文官把城守，武将观阵助三军。
　　　　　　　外来炮响为号令，里外通报却有人。
　　　　　　　你快点兵我回府，一起分派武共文。
石　亨：（白）大人请回，末将就去升帐。
于谦、石亨：二人一起把台下，
石　亨：（唱）石亨传令点三军。
　　　　　　　击鼓聚将兵来到，
众　将：（唱）王通王计急来临。
　　　　　　　蒋贵景元不怠慢，孙堂张锐走如云。
　　　　　　　又来赵荣与刘汉，石彪范广随后跟。
　　　　　　　马云马青也来到，众将一起至中军，
石　亨：（唱）石亨急忙升大帐。
　　　　（诗）执掌军中兵百万，动合机宜号令严。
　　　　　　　设伏内地诛贼寇，灭尽羌胡定江山。
　　　　（白）本帅京营节度大元帅石亨，奉旨操兵练将，会合外路之师，准备合力灭贼。方才少保令我城内埋伏，只得依计而行便了。手持令箭，往下便叫，提督王通、王计、蒋贵、驸马景元一起上帐听令。
王通等四人：在。
石　亨：你四人细听本帅分派。
　　　　（唱）我今埋伏在城内，文官守城武出征。
　　　　　　　外边解围人马到，号令一动两夹攻。
　　　　　　　你们上城去观阵，四外八方看分明。
　　　　　　　征战必然有不胜，各按一面要用功。
　　　　　　　哪路败兵到城下，上马劫杀莫消停。
　　　　　　　哪里救兵要不到，违令斩首定不容。
王通等四人：（白）遵令。
石　亨：（唱）又叫孙堂与张锐，
孙堂、张锐：（白）在。

石　　亨：（唱）你二人带领十万兵。

　　　　　　　　埋伏西面在城里，探听外战杀出城。

　　　　　　　　去踏敌营有不胜，败兵必得有接应。

孙堂、张锐：（白）遵令。

石　　亨：（唱）又叫赵荣与刘汉，细听本帅将令行。

　　　　　　　　你二人也带兵十万，埋伏那北面城里去屯兵。

　　　　　　　　探听炮响救兵到，人马一涌去交锋。

赵荣、刘汉：（白）得令。

石　　亨：（唱）石彪范广来上帐，

石彪、范广：（白）在。

石　　亨：（唱）你二人带人马照样而行。

　　　　　　　　南面埋伏速速去，

石彪、范广：（白）得令。

石　　亨：（唱）马云马青把令听。

马云、马青：（白）在。

石　　亨：（唱）你弟兄照着他们带兵将，东面埋伏闯敌营。

马云、马青：（白）遵令。

石　　亨：（唱）四面遣将埋伏毕，准备一战要成功。

　　　　　　（白）安排已毕，等候大战贼兵。唯有西、北两处乃是鞑王两座大营，为首兵多将广，最是要紧之地。纵然合击，使贼腹背受敌，还怕他们不能成功。临期还得本帅接应，方保无事。军校们，城外巡哨，要有动静准备杀贼，不可有误。

军　　校：哈。

　　　　　　（诗）表里擒贼寇，中间灭夷狄。

陈　　望：（诗）来往传号令，小心过贼营。

　　　　　　（白）俺陈望，外路调兵回见朝廷复命。京内人马安排妥当，于大人命我又去见那孙吉宗，打探会兵一处。目下就要扫平鞑虏，出得城来，只得闯过贼营，去见皇亲便了。

　　　　　　（升帐，八男四女站）

众　　人：（诗）马踏尘垢起，飞空杀气迷。

　　　　　　将军能百战，平贼立功勋。

曹　义：（白）吾辽东城总兵曹义。

柳　普：吾山海关总兵柳普。

朱　谦：吾宣化府总兵朱谦。

梁　瑶：吾保定府总兵梁瑶。

刘　月：俺刘月。

董　宽：俺董宽。

高　礼：高礼。

毛福寿：毛福寿。

康金定：奴康金定。

刘赛花：奴刘赛花。

陶秀英：陶秀英。

海　棠：海棠。

众　人：元帅升帐，在此伺候。

　　　　（孙吉宗出，白髯帅盔）

孙吉宗：（诗）统领六军怀日月，熟悉八阵肃风尘。

　　　　　　旌旗一展扶王室，铁马金戈净塞尘。

　　　　（白）本帅招讨大元帅孙吉宗，奉旨招安降兵民壮，又会合外镇四路总兵，共凑人马二十一万有余。唯恐难破贼兵百万之众，故此听候京内回音，单等有了准备，传令再去会战不迟。

军　卒：报元帅得知，营外来了一人，口称徐恭之子，名叫徐信，从亳州而来，要进大营拜见元帅。

孙吉宗：呀，徐家贤侄，本帅认得，大料不是奸细到此。军校，

军　校：有。

孙吉宗：快些传令有请。

军　卒：哈，我家元帅有请公子。

徐　信：来了。（跪）叔父大人在上，一向可好？小侄徐信前来拜见问安。

孙吉宗：哎呀，果然贤侄到此，请起请起。

　　　　（唱）离座近前忙拉住，叫一声贤侄好伤心。

　　　　　　可怜去世你的父，实为保我命归阴。

		今日见了贤侄面，如同见你父天伦。
		再问你母可康泰？不见却有十几春。
徐　信：	（白）	叔父不知，我的母亲却也辞世了。
孙吉宗：	（唱）	一闻此言说可叹，原来嫂嫂也不存。
		你的父母都辞世，贤侄为何离家门？
徐　信：	（唱）	叔父不知小侄意，我家不敢忘国恩。
		双亲不在身无挂，国危我该显忠臣。
		离家平贼来报效，闻知叔父领三军。
		故此进营来拜见，正好随征立功勋。
孙吉宗：	（白）	好。
	（唱）	真是将门出虎子，不忘世袭尽忠贞。
		贤侄随军把贼灭，又是公侯大将军。
		屈尊帐下且听用，成功引你去见君。
		说罢转身归了座，
徐　信：	（白）	小侄遵命。

（军卒上）

军　卒：（唱）军卒进来跪在尘。

　　　　（白）报元帅得知，京内又来报信差官，进营来见元帅。

孙吉宗：快些有请。

军　卒：有请差官，老爷接见。

陈　望：来了。老大人在上，陈望打躬。

孙吉宗：将军免礼。

陈　望：是。

孙吉宗：陈贤侄，你见于大人京内却是怎样安排？快些告诉老夫知晓。

陈　望：大人不知，于相国与石元帅二人计议明白，如此这般早有埋伏，静候大人一同灭贼。不知会兵何如？命我探听详细。

孙吉宗：人马会齐就等杀奔京师，既有准备，贤侄速回报信，老夫随后就起兵前去。

陈　望：是，小侄遵令。

孙吉宗：众将官，人马赶奔京都，分兵闯杀贼营，不得有误。

（唱）一声令下人马动，拔寨起营走如飞。
男兵女将齐上马，各提兵刃抖雄威。
大兵行走急又快，来奔京都闯重围。
行过卢沟桥一座，瞧见贼营杀气雄。
孙爷马上传将令，分兵四路杀番贼。
人马一涌闯贼寨，里外破敌一处归。
分开兵将杀上去，

达儿不花：（唱）番营兵将来对敌。
达儿不花忙上马，抵挡蛮将喊如雷。

曹　义：（唱）总兵曹义来对战，不通名姓杀一堆。

柳　普：（唱）柳普拧枪来帮助，二人并力战番贼。

达儿不花：（唱）达儿不花难招架，吩咐番兵速撤回。

曹义、柳普：（唱）曹柳追赶响号炮，京兵出城把马催。

石彪、范广：（唱）石彪范广带兵将，齐杀番兵如虎威。
石彪大战何里素，将把番贼一斧挥。
奋勇一直往前闯，范广催兵紧相随。
龙枪火箭一起放，杀伤无数众番贼。

王计、胡英：（唱）王计胡英来观阵，城上不住把鼓擂。
南面杀贼且不讲，又把东面表明白。

铁哥不花：（唱）番兵迎敌出营寨。
（白）孤家铁哥不花。大兵困京，四面安下连营，皇兄、御弟攻打西方正南，我与太师乜先带兵城东、城北。四面八方攻打，京城坚固不破。番兵报道明将又从四外勾来救兵解围，孤家闻报出营，准备迎敌，一场鏖战。

（朱谦上）

朱　谦：众将官，炮响一起杀奔敌营。

铁哥不花：呀，明兵杀来。小番们，随我迎将上去。

（朱谦对铁哥不花）

铁哥不花：来者明将，报名受死。

朱　谦：你爷爷宣化府总兵朱谦，奉旨特来扫平贼寇。臊奴不要走，看枪！

铁哥不花：来来。

　　　　　　（朱败，又上梁瑶，铁哥不花败）

铁哥不花：哎呀哎呀，好生厉害。

　　　　　　（唱）明将轮流来交战，杀得孤王不能敌。

　　　　　　　　　难以挡退回里败，

马云、马青：（唱）又把马云马青提。

　　　　　　　　　弟兄二人闻风报，带领大兵出城池。

　　　　　　　　　来到疆场留神看，只见交锋杀气迷。

　　　　　　　　　炮响人马齐呐喊，二人看罢催征驹。

　　　　　　　　　带领兵将杀上去，

蒋贵、王直：（唱）又表蒋贵与王直。

　　　　　　　　　一文一武来观阵，二人上城看高低。

　　　　　　　　　守城备战加防备，交兵催阵把鼓击。

　　　　　　　　　东面胜败又不表，

刘月、董宽：（唱）再把刘月董宽提。

　　　　　　　　　带领高礼毛福寿，杀奔贼营扑城西。

刘　月：（白）俺刘月。

董　宽：俺董宽。刘兄弟，你我奉令分兵来闯番王大营，只得传令人马一起上前去便了。

刘　月：有理。军校们，随我二人努力杀至番营，不得有误。

　　　　　　（番王升帐，番将站）

众　人：（诗）队列惊天地，胡笳振军威。

　　　　　　　　　呐喊山摇动，战鼓响如雷。

耶律青：（白）吾左军都督耶律青。

耶律红：吾右军都督耶律红。

沙里库：吾监军沙里库。

混海蛟：吾酋长混海蛟。

众　人：大王升帐，在此伺候。

　　　　　　（脱脱不花出）

脱脱不花：（诗）雨集云屯百万兵，连绵不断陆地营。

（白）孤家大元王脱脱不花，离国亲征，带领胡兵百万，一同太师乜先困了北京顺天府，离城十里周围安下连营不断。常与明将交锋，不能攻破城池，令人无法可使。

军　卒：报大王得知，今有明将勾来外路人马，四面闯杀咱国大营，乞令定夺。

脱脱不花：哇呀呀，这还了得？众番兵们，抬刀带马一起杀出营去，不得有误。

军　卒：哈。

（刘月对上沙里库）

沙里库：来者明将少往前进，快些报名上来受死。

刘　月：问你爷爷，名叫刘月。番贼休走，看枪。

沙里库：来来。

（沙里库死，刘月、高礼、毛福寿乱杀一阵，番将败，炮响呐喊，孙堂上）

孙　堂：俺孙堂，奉令埋伏西直门，一同张锐带兵杀出城来。面前一带尘土飞空，号炮连天，必是番贼接应，正好里外夹攻破敌。众将官，一起杀上前去便了。

（混海蛟上，对孙堂，混海蛟死；张锐上，耶律青败）

孙　堂：一阵闯开连营，面前二人好像刘月、董宽，待我应他一声。喂，二位贤弟这里来。

（刘月、董宽上）

刘月、董宽：哎呀，原是姐夫／哥哥到此，问你一向安好？

孙　堂：好，大家一样。二位贤弟随军到此，想来我父必是催兵在后？

刘月、董宽：老人家不在后面，这般分兵去奔城北，我二人奉令来闯城西。幸喜踏断连营，大家得遇，正好合兵一处，平贼西路去归大队。

孙　堂：言之有理。众将官，人马归一，并力闯杀贼营，不得有误。

（番王急上）

脱脱不花：哎呀，不好，明将两路齐攻，若不挡退，只怕大营保住不能。小番们，快些一起放箭。

（唱）忙了众鞑兵，各个不怠慢。
　　　乱箭一起发，明将遭了难。

众　将：（唱）毛福寿跑开，高礼中了箭。
　　　　落马一命亡，孙堂不敢战。

退兵回里走，急走不吃慢。

刘月与董宽，逃走眼力见。

脱脱不花：（唱）番王喜心中，马上留神看。

只见众明兵，逃走队伍乱。

吩咐往前攻，追杀在后面。

明　　兵：（唱）明兵撤地回，城下围一片，

叫门不敢开，难入团团转。

王　　通：（唱）王通在城头，观阵心忙乱。

吩咐快抬枪，出城去接战。

于谦、杨善：（唱）又说二文官，于谦与杨善。

擂鼓助军威，响亮声不断。

石　　亨：（唱）石亨率兵来，枪炮挡冷箭。

番兵齐退回，大战贼反叛。

王　　通：（唱）王通手提枪，奋勇来接战。

败兵又杀回，人多十几万。

一起战番贼，疆场如麻乱。

石　　亨：（唱）石亨抖威风，大刀如闪电。

（乱杀一阵，石亨杀死耶律二将。孙堂、王通杀败番王，石亨上）

杀了将二员，闯队人皆散。

众将杀贼兵，死尸马蹄绊，

血水流成河，疆场倒成片。

番　　兵：（唱）苦了众鞑兵，叫苦声不断。

死的人太多，不知有几万。

不死远逃生，怕死都慢散。

脱脱不花：（唱）番王魂吓飞，逃走脱死难。

（白）苦哉痛哉，明兵杀来，乱箭挡回，口说转败为胜，不想他们又有伏兵相助，杀得孤家四面难出。可怜酋长、都督俱都废命疆场，鞑兵死了无数，幸而孤家闯出重围，只得去见太师乜先，再作主意便了。

（石亨上，王通、孙堂上）

孙　　堂：多亏二位大人相助，一阵扫灭西路贼兵。鞑王逃走不见，必是去奔乜先

大营。王大人暂且回去紧守城池，我与石亨元帅去见家父，共合人马，一同灭贼，然后大兵便好进城。

石亨、王通：言之有理，请。

（孙吉宗上）

孙吉宗：众将官，急急杀奔番营。本帅孙吉宗，分兵四面围裹，攻打贼营。传令四面总兵，去打东、南两处。刘月、董宽带领降兵去奔城西，老夫大队来闯正北。一马当先指明要阵，会会番贼也先便了。

军　卒：报太师得知，营外来了一员老将，单叫太师出去受死。

也　先：哎呀，这还了得？众番兵们，一起杀出营去。

众　人：哈。

（孙吉宗对上也先）

也　先：来者老儿报名上来，枪下受死。

孙吉宗：本帅孙吉宗，你这番贼是谁？

也　先：你王爷名讳也先。听说你这老儿一向早亡，为何死而复生，又来出头受死？今遇孤家，量尔一命难逃。老儿不要走，看枪。

孙吉宗：且慢动手。本帅久闻你是北国大将，为何不达时务？搅乱天朝，侵略大国，野性猖狂，是你该当何罪！

（唱）勒住马，把话说。
　　　叫声也先，细听明白。
　　　既然为首将，大义当晓得。
　　　大明中原为主，尔国外居沙漠。
　　　为何不遵君臣礼，欺凌大国动干戈？

也　先：（唱）又一指，气勃勃。
　　　叫声老儿，休得胡说。
　　　大元早为主，却被你国夺。
　　　因此才结仇恨，世代两国不合。
　　　我们兴兵恢复旧业，纵灭南朝不为夺。

孙吉宗：（白）住了。

（唱）心大怒，气怔呵。
　　　双眉紧皱，大叫番贼。

　　　　　　妄想灭中国，不知死与活。
　　　　　　老爷来把围解，该你命不得活。
　　　　　　若知好歹撤人马，不然各个命难活。
乜　先：（唱）哎呀，一声喊，怪吆喝。
　　　　　　大骂老狗，来吓哪个？
　　　　　　既把京都困，破城再掌握。
　　　　　　何惧你来解救？浑话不在心窝。
　　　　　　孤家一怒全扫灭，重兴故主旧山河。
孙吉宗：（唱）大骂臊奴休胡讲，真是无知犬羊贼。
　　　　　　好意劝解不知进退，混来猖狂逞凶泼。
　　　　　　我今不把番贼灭，誓不为人在世活。
　　　　　　说罢拧枪分心刺，
　　　　（白）臊奴不要猖狂，看枪取你狗命。
乜　先：来来来。
　　　　（乜先杀下，又上）
乜　先：呀，这一老将枪法神没鬼出，果然名不虚传，真是一员大将无敌。
　　　　（唱）一行交手加仔细，老儿枪法快又急。
　　　　　　不怪我国都夸奖，此人也算数第一。
　　　　　　不但有谋又有勇，虽然年迈力有余。
　　　　　　孤家与他是对手，今日倒要见高低。
　　　　　　一行杀着又奋勇，
孙吉宗：（唱）孙爷腹内犯寻思。
　　　　　　番贼乜先真骁勇，赫赫有名果不虚。
　　　　　　我今与他会一会，年迈不惧这顽敌。
　　　　　　抖擞精神无胜败，
　　　　（刘赛花上）
刘赛花：（唱）赛花观阵把刀提。
　　　　　　看罢催马来助阵，只叫公爹快歇息。
孙吉宗：（唱）孙爷嘱咐多加仔细，
刘赛花：（白）是。

|（唱）番贼敢来用刀劈。

乇　先：（白）蛮婆敢来出丑，看叉。

刘赛花：（唱）刀磕叉迎难招架，只觉刀砍不能敌。
　　　　　　　败下又把飞锤取，番贼追来使玄机。

乇　先：（白）蛮婆哪里走？

刘赛花：慢来，找打。

乇　先：喂呀，乇先受伤败下去。

刘赛花：（唱）追赶催动马征驹。

会　真：（唱）会真一见心大怒，妇人何能胜太师？
　　　　　　　哀家与你会一会，有何本领施一施。

徐　信：（唱）公子徐信来对阵，一声喊叫骂秃驴。
　　　　　　　祖宗与你试一试，拧枪直刺光头皮。
　　　　　　　一点不入说不好，不敢再战发了虚。

会　真：（唱）小辈无能败了阵，我今叫你命归西。
　　　　　　　催马抡铲往下赶，

孙吉宗：（唱）孙爷一见叫贤侄。
　　　　　　　和尚根底你不晓，快些闪过我迎敌。

徐　信：（唱）直叫叔父加仔细，和尚他是铁身躯。

孙吉宗：（唱）不用嘱咐我知道，看我会会这秃驴。
　　　　　　　说罢催马迎上去，对面高声把话提。
　　　　（白）你这和尚乃是败军之将，为何又敢出头，前来送死？

会　真：我当你是何人，原来又是你这老儿前来作对，正好拿你报昔日之仇。老儿不要走，看铲取你。

孙吉宗：来来来。（枪刺咽喉，会真败）

孙吉宗：和尚骁勇无敌，为何不上数合，径自败走？看光景有些诈败要行暗算，待我追赶，小心防备与他才是。

会　真：这老儿枪法无敌，神出鬼入，我俩交锋，直取贫僧咽喉，使我难以抵挡。等他赶来，不免甩去飞镖打他便了。

孙吉宗：秃驴哪里走？

会　真：慢来，看镖。

孙吉宗：接镖在手，回镖打你。
会　真：老儿手疾眼快，令人可恨。贫僧与你势不两立，看铲。
孙吉宗：看枪取你。
会　真：（唱）二人复又杀一处，以死相拼在疆场。
孙吉宗：（唱）孙爷大战心发狠，这个和尚体如钢，
　　　　　　　真是练就身体壮，回镖不能把他伤。
　　　　　　　除了咽喉别难入，他算留神紧提防。
　　　　　　　着急又把枪法变，直取咽喉一道亮光。
会　真：（唱）会真吓得魂体散，咽喉惜乎中一枪。
　　　　　　　不敢再战逃了命，
孙吉宗：（唱）孙爷追杀率儿郎。
众女将：（唱）后面杀来众女将，一起催马抖丝缰。
　　　　　　　刘赛花和康金定，还有秀英与海棠。
　　　　　　　损杀贼兵齐奋勇，
阿　太：（唱）番将阿太骂女娘。
　　　　　　　有何本领会会我，管教你们一命亡。
康金定：（唱）康氏金定来对战，大叫番贼少猖狂。
　　　　　　　十数回合一刀斩，（番将死）一个死尸两下张。
乃　公：（唱）酋长乃公来对阵，
陶秀英：（唱）秀英刀劈见阎王。
　　　　　　　努力杀贼把敌退，
众　人：（唱）疆场号炮震天堂。
　　　　　　　城里杀出众兵将，赵荣刘汉到疆场。
　　　　　　　一起大战贼番将，（乱杀一阵，赵荣刺死虎亮）番寇虎亮一命亡。
景　元：（唱）驸马景元来观阵，城头之上看其详。
　　　　　　　只见里外杀贼寇，疆场搅海翻了江。
　　　　　　　死尸盖地无其数，眼见杀败众犬羊。
　　　　　　　看罢擂鼓把威助，以逸待劳一起忙。
众　人：（唱）城下四外兵皆到，围裹反叛遭了殃。
　　　　　　　杀得天昏与地暗，

朱祁钰：（唱）又表那皇帝观阵出朝堂。

　　　　　　　下了车辇把城上，

　　　　　（皇帝、于谦、孙安同上城）

于谦、孙安：（唱）于谦孙安伴君王。

　　　　　（白）万岁请看城下，咱国大兵杀得胡人尸横遍野，血流成河。这场杀伐非同小可，好比当年列国诸侯西京解围杀退犬戎，扶国救难真是一般无二。

朱祁钰：二卿比得不错，真好一场恶战，生死相拼。

　　　　（唱）皇帝举目留神看，城北一地杀气漫。

　　　　　　　刀兵滚滚不停战，杀得神嚎鬼叫连天。

　　　　　　　鞑虏遭残死无数，本国大兵猛又欢。

　　　　　　　眼见解围把敌退，北国难夺锦江山。

　　　　　　　皇帝看罢心欢喜，急传圣旨叫于谦。

　　　　　　　咱国杀退贼番将，传旨城外把营安。

　　　　　　　以逸待劳逐贼寇，再见寡人到金銮。

　　　　　　　朕再发兵灭北国，好救皇兄把朝还。

于　谦：（唱）于谦领旨出城去，皇帝下城去回銮。

众　人：（唱）城外鸣金罢了阵，贼兵势危逞勇难。

　　　　　　　明将猛烈挡腥膻，罢战回兵凯歌还。

番兵将：（唱）贼兵遁走心胆寒。

　　　　　　　脱脱不花逃了命，遇着会真和乜先。

　　　　　　　君臣一路同逃走，召集残兵且不言。

　　　　　　　铁哥不花也逃命，还有哈明与伯彦。

　　　　　　　七零八落往北狼狈走，会合陆续把营出。

　　　　　　　且压他们咱不表，

孙吉宗：（唱）孙爷疆场把令传。

　　　　　　　正然吩咐众兵将，

孙　堂：（唱）孙堂前来问父安。

　　　　（白）爹爹可好？恕过孩儿甲胄在身，不能下马叩拜，望乞恕罪。

孙吉宗：野地相见，不必多礼。方才军卒报到皇帝观阵，亲见杀退贼兵，喜之不尽。圣上命于谦大人出城晓谕为父与石亨元帅，城外屯兵，共议军机。吾儿来得正好，还有媳妇们随军到此，你们快去见他们。吩咐各立营盘，一同歇息才是。

孙　堂：孩儿遵命。

孙吉宗：众将官，收拾贼兵所弃粮草、器械入于军中，打得胜鼓，收兵安营下寨。

众　人：哈。

孙　堂：（内）大人请去军营，一进内帐。

众　人：二位元帅请。

（于谦、孙吉宗、石亨上）

孙吉宗：大人请坐。

于　谦：大家同坐。

于　谦：多亏二位元帅合兵里外击贼，仰仗虎威退敌，皇帝胜夸功高如山，真乃可喜可贺。

孙吉宗：好说，不敢。我等无谋，全亏大人运筹才得成功。料想贼兵纵退，首领未灭，必不干休，还得大家计议远逐贼寇，方保无虑。

于　谦：正是于某思虑。不才还有拙计，早已密遣谍报去探贼兵何处安营，若果离此不远，今夜运动大炮，命人去击贼营，管保有胜无败。

孙吉宗：好！倒是丞相妙计多端，贼兵不难破矣。贼兵不妨暗用炮打，此乃绝计成功，哪有不胜之理？

军　卒：报丞相、元帅得知，小人奉命探得明白，贼兵散而复聚，离京四十里安营下寨，乞令定夺。

于　谦：好，探事有功，下去领赏。

军　卒：哈，谢过丞相。

于　谦：二位元帅，贼兵离京不远，何不依计而行，叫他同遭覆灭？理应速去方妥。

石　亨：大人用此机密，正该速行为妙。皇亲远来，人马劳乏，理当歇息，待石某带领精兵速去一往。事不宜迟，少陪二位，告辞出营去也。

于　谦：好！石元帅一去必然成功。皇亲，你我相伴歇息。明早传令四下搜灭贼党，候等鞑兵远遁，一同进京，再去朝见皇帝便了。

孙吉宗：大人言之有理，你我军营歇息议事，请。

于　谦：请。

（脱脱不花出，升帐，乜先、会真、铁哥不花、达儿不花站）

脱脱不花：（诗）长驱陷没中原地，回兵遁北畏南敌。

（白）孤家脱脱不花，可恨明兵解围，里出外入，杀得我国百万胡兵，损去八十余万，剩我君臣为首漏网潜逃，招聚残兵败将，中路安营。此时兵微将寡，前进无路，后退无法。有心回国，又被蛮人所笑，愁思无法可使，夜难成寝。只好军中帐内，君臣议事，往下便叫太师、军师上帐。

乜先、会真：哈，在。大王有何军令？

脱脱不花：你我君臣无眠，只好秉灯共议军机。你二人坐了，与孤同议国事。

乜先、会真：谢坐。

（唱）咳，军营以内交三鼓，君臣同坐议军情。

脱脱不花：（唱）元主恨怒长叹气，紧皱眉头叫二卿。

君臣只说把明灭，不想损将又折兵。

咱国空自拿正统，不能恢复旧江山。

大明不灭又有主，就把旧君一旁扔。

留他为质算无用，倾了咱国无数兵。

今日一败再无胜，吃亏又来孙吉宗。

昔年害他未曾死，今又出头领大兵。

里外杀得咱丧胆，君臣未死算逃生。

兵微势弱仇难报，孤家心内如油烹。

不知你们有何计？快些说来作调停。

乜先、会真：（白）千岁。

（唱）二人一起尊国主，不必着急暂屯兵。

再发倾国人共马，必把南朝一扫平。

君臣大帐正议事，（内炮响）呀，不好，一阵天崩地裂声。

震得头迷惜乎倒，跑来伯彦共哈明。

伯彦、哈明：（唱）只叫大王说不好，明将偷营用炮轰。

震死兵将无其数，后队不剩到前营。

君臣若不快逃命，只死一起丧残生。

脱脱不花：哎呀哎呀。

（唱）元主听罢魂离体,

乜先、会真：（唱）吓坏乜先会真僧。

只叫大王快逃走,回转塞北再调停。

脱脱不花：（唱）罢了,急忙传令把兵退,粮草器械一起扔。

出营上马齐逃命,连夜过关出长城。

不言番兵回塞北,

明　兵：（唱）不多一时天大明。

明兵未战把敌退,

石　亨：（唱）喜坏元帅名石亨。

多亏运动红衣炮,震退番贼远逃生。

不必追杀转回京,去见皇帝齐报功。

吩咐收拾贼营物,收兵而回进大营。

见了于谦孙元帅,大兵一起进了城。

于　谦：（唱）于谦上殿来见驾,跪倒丹墀奏一声。

（白）万岁万万岁,微臣于谦一同二位元帅石亨、孙吉宗三人,复又用计炮轰,贼兵远遁。大兵一起进城,微臣先来奏主,二位元帅齐在午门候旨见驾。

朱祁钰：好,一起宣来见朕。

于　谦：领旨。

内　臣：圣上有旨,宣二位元帅上殿。

孙吉宗、石亨：万岁万万岁。

（孙吉宗、石亨上）

孙吉宗：万岁万万岁,罪臣孙吉宗。

石　亨：微臣石亨。

孙吉宗、石亨：仰仗我主洪福,侥幸退去贼兵,前来见驾。

朱祁钰：皇亲何罪之有？从前被屈是怨朕的皇兄不明。过去勿论,如今寡人宣你来救国难,幸喜解围退敌。你与石元帅功高莫大,细听寡人再加封赠：皇亲为国救难,官复原职,加封招讨大元帅,领兵去平塞北；石元帅为国退敌,加封武清侯,带兵巡边,以安外镇,事毕一同皇亲灭贼,解救上皇回朝，另加封赏。你二人暂且平身，再宣少保上殿。

孙吉宗、石亨：吾皇万岁。

（唱）二人谢恩平身起，

朱祁钰：（唱）皇帝座上叫于谦。

于　谦：（白）万岁。

朱祁钰：（唱）少保为国功劳大，运筹帷幄退腥膻。

殿前大权皆归你，辖文管武保江山。

于　谦：（白）谢过隆恩。

朱祁钰：（唱）安定国家以往事，还得丞相对朕言。

于　谦：（白）万岁。

（唱）皇亲救驾去征北，石亨带兵去巡边。

文官武将皆有分派，还得差人去拿王山。

朱祁钰：（白）不知何人可以前去？

于　谦：（唱）武状元孙堂可以去，带领归降众将官。

榜眼探花一同去，必然成功得胜还。

打发那四路总兵回本镇，防备鞑虏内外安。

皇　帝：（白）依言准奏都差遣，快宣他们上金銮。

内　臣：圣上有宣，众臣上殿。

众　人：万岁。

（唱）众人齐至金阶下，叩头齐把姓名言。

皇　帝：（唱）皇帝座上开言道：

（白）尔等为国立功，朕加封赠，还有差遣旨意下：钦封武状元孙堂为兵马大元帅，带兵去拿王山，刘汉、刘月封为帐前正副先锋，董宽、赵荣封为左右护卫，陈望、毛福寿封为监军团练，吉日发兵出朝。以往四路总兵为国勤劳，各加禄米百石，在京歇兵三日，各回本镇守境挡贼。石亨巡边安镇。皇亲孙吉宗，太后有旨宣召入宫，兄妹相见，黄道吉日发兵去征塞北。今日退去国难，寡人大喜，同在显庆殿大排筵席，与合朝文武官员庆功，众卿一起下殿。

众　人：谢主隆恩，万岁万万岁。

（陶季春、马氏出）

陶季春：（唱）苦难磨尽甜来日，积德善报乐有余。

（白）奴陶季春。

马　氏：老身马氏。闺女呀，可喜外孙时来运转，做了大官，如今露真名实姓，把咱娘俩接回府来，老身沾光侥幸，一同得好，真是欢喜不尽。

陶季春：母亲恩德难报，我母子苦尽甜来，正该尽孝养老，以德报恩，方不负义。

赵　荣：娘子，且随姑母在后，待我先去禀之母亲。

（赵荣上）

赵　荣：母亲、姥娘在房？

陶季春、马氏：我儿/外孙今日下朝，为何这样欢喜？莫非朝廷退贼，国家平安无事么？

赵　荣：正是。如今大兵杀退番叛，离京远遁，朝廷欢喜，与文武庆功，方才宴席已毕，孩儿下朝回府，如此这般。还有陶氏与我，二位孙家姑母前来，亲戚到此，不可慢待。孩儿特来禀知母亲，理当迎接进府。

陶季春：好，原是媳妇与姑姑到此。她们虽是外姓，至亲一般无二，待为娘急去迎接才是。

（唱）心中欢喜不怠慢，

马　氏：（白）我也去瞧。

（唱）迎接一同出了房。

（三女子上）

陶秀英等三人：（唱）三位女子把府进，

赵　荣：（唱）赵荣当先说其详。

（白）娘子，这就是母亲、姥娘，快些拜见，叩头问安。

陶秀英：是，遵命。

（唱）秀英近前忙跪倒，问候婆母与姥娘。

陶季春：（白）好，又是媳妇又是侄女，不必多礼，快些起来。

陶秀英：是。

马　氏：真好，外孙媳妇长了一个干净。

康金定、刘赛花：嫂嫂与二位老人家可好？

马　氏：好哇，全都长了一个花枝似的。

陶季春：（唱）二位姑姑远来到，接迎来迟恕不当。

康金定、刘赛花：（唱）金定赛花说不敢，姑嫂客套扔一旁。
陶季春：（唱）我家姑姑去了世，提起叫人甚悲伤。
　　　　　　今日二位妹妹至，愚嫂却又喜洋洋。
康金定、刘赛花：（唱）她一人全节常想念，难忘姐妹好情伤。
　　　　　　我二人久闻嫂嫂未见面，今日一见果贤良。
陶季春：（白）好说。
　　　　　　（唱）姑姑们真是女魁将，文贤武勇柔又刚。
康金定、刘赛花：（白）嫂嫂过奖了。
　　　　　　（唱）姑嫂见面正然闲叙话，
家　仆：（唱）院子前来禀其详。
　　　　　　少卿薛爷来进府，有请官人到正堂。
赵　荣：（白）知道了。
　　　　　　（唱）娘子姑母请入后，一入内室叙家常。
陶季春：（唱）我儿前庭去待客，见了你薛伯父替我问安康。
赵　荣：（唱）赵荣急忙前厅去，
众　人：（唱）众位佳人入后房。
赵　荣：（唱）赵荣迎接薛伯父，问候请进内书房。
　　　　　　吩咐院公把茶献，
薛　瑄：（唱）薛爷带笑把口张。
　　　　　　贤侄你今身富贵，老夫我想起当年事一桩。
　　　　　　你母子受害惜乎死，可喜今又得荣光。
　　　　　　你今却又随军旅，去拿王山离帝邦。
　　　　　　眼看大仇全要报，我特来饯行愿你早早回朝纲。
赵　荣：（唱）连连打躬说不敢，多劳伯父费心肠。
　　　　　　昔年因为我母子，可惜遭败转回乡。
　　　　　　幸喜官复又原职，得会伯父在朝堂。
　　　　　　且等我拿回王山把仇报，慢慢报答情义长。
薛　瑄：（唱）连连摆手说不必。
　　　　　　（白）贤侄说哪里话？我与你父情同生死，朋友患难理当相扶，以往之事不必挂齿，只要你母子能够报仇，老夫看着也就于心足矣。

赵　荣：总是伯父为人情长，有恩不足得报，虽则如此，小侄意不敢忘。今日又蒙下顾敝府钱行，实实令人不敢担当。别无可报，只好设宴留宿，吩咐厨下速排宴席伺候。伯父请。

薛　瑄：贤侄请。

（王宏马上）

王　宏：（诗）国安狼烟灭，催促取救兵。

（白）吾王宏，前时奉令，回朝搬兵，正遇国乱不宁，如今二次回京都探信，幸而王师杀退鞑虏，这才发兵离京。人马未动，我只得先回军营去见萧元帅报信便了。

（升帐，六男三女站）

众　人：（诗）杀气冲霄汉，威风贯斗牛。
　　　　　　扶国安天下，灭寇建宏勋。

刘　汉：（白）俺正印先行刘汉。

刘　月：副先行刘月。

赵　荣：左护卫赵荣。

董　宽：右护卫董宽。

陈　望：监军陈望。

毛福寿：团练毛福寿。

康金定：奴康金定。

刘赛花：刘赛花。

海　棠：海棠。

众　人：元帅升帐，在此伺候。

（孙堂上）

孙　堂：（诗）天武神威将英才，威风凛凛坐将台。
　　　　　　三通鼓毕将军到，大小儿郎两边排。

（白）本帅孙堂。爹爹去平塞北救驾，我今奉旨灭寇，去拿王山。还有二位夫人同随军伍，常念幼子孙月不知去向，我为国事，家务不思。此去亲朋协力，料想必然成功。今逢黄道吉日，人马点齐，众将官就此起兵，一起奔去山西，不得有误。

（同寅出，坐）

同　寅：（诗）山水常为伴，遨游无定踪。
　　　　　　　红尘功德满，一计变飞升。
　　　　（白）贫道同寅，疆场解救石瑞、孙月，我三人来到京西三清观内存身，不觉个月有余。孙月镖伤大愈，传他二人武艺，拜我为师。如今京师解围，应该出头立功，便好父子相见。石瑞、孙月哪里？快来。

石瑞、孙月：来了。师傅在上，弟子稽首。

同　寅：你二人坐下。

石瑞、孙月：是，弟子告坐。

同　寅：今该师徒分离，听我仔仔细细指点与你们俩。
　　　　（唱）你们灾消难已满，从今为国该立功。
　　　　　　　此去两家团圆会，父子一同两相逢。

石　瑞：（白）不知我们父子何处相会？

同　寅：（唱）此去直奔大同地，半路有座岭双峰。
　　　　　　　那里帮兵把贼灭，有人引领入军营。
　　　　　　　孙月你把父母见，大兵一同往西征。
　　　　　　　石瑞见父杏花地，二人还有弟与兄。
　　　　　　　然后直捣玉州地，捉拿叛逆好回京。
　　　　　　　嘱咐已毕你们去，

石瑞、孙月：（唱）二人齐把师傅称。
　　　　　　　蒙恩救难传武艺，怎忍分离忘恩情。
　　　　　　　既叫为国把功立，师徒何不一同行？
　　　　　　　帮助徒儿把贼灭，有功朝廷必加封。
　　　　　　　师傅得把神仙做，不枉红尘费心胸。

同　寅：（唱）不必难舍我必去，
　　　　（白）观内住持去做道场，必得七七四十九日方回，咱们师徒在此打搅日久，怎好不辞而去？你二人暂且先行一步，等候庙内道士回来，为师辞别，必到玉州与你们相逢。目下分别，不必留恋，庙内有你二人坐骑，兵刃随身，快些上马赶路，赶奔军营立功去吧。

石瑞、孙月：是。师傅既不同行，请受弟子一拜而别。（二人跪拜）

同　寅：你们去吧。

石瑞、孙月：是。

同　寅：他们去了，临期还得山人帮助成功才是。茫茫气数生造化，事事天定不由人。

（萧维祯出，升帐）

萧维祯：（诗）西讨兵难进，取救盼回音。

（白）本帅萧维祯，奉旨平贼，不想失机，损兵折将。打发王宏回朝求救，谁知正逢国乱，皇帝不敢发兵，无奈军营坐守。又差王宏二返京师，还不见救兵到来。贼寇常来攻营要战，不敢迎敌，令人无法可施。

王　宏：军卒们，将马带过。元帅在上，末将打躬。

萧维祯：将军回来，可曾搬来兵将？

王　宏：如此这般，京师贼退，皇帝发来救兵，人马在后。末将恐怕元帅盼望心急，故此先回军营，前来送信。

萧维祯：好，京师解围救兵前来，免我之忧。幸喜帝都根本已固，外寇何难扫灭？

（唱）都城大患已退去，就算社稷得安然。

救兵来到平贼寇，眼望成功灭狼烟。

内清外净国安稳，便好班师奏凯旋。

欢喜正盼救兵到，

军　卒：（唱）军卒报事跪帐前。

京兵来到离不远，

萧维祯：（白）好。

（唱）传令排队出营盘。

出帐上了行人马，率众迎接远远观。

只见大队人马到，为首元帅在中间。

凛凛威风带杀气，好比子龙离常山。

这样军威惊人胆，能挡万夫在盛年。

相离不远下坐骑，路旁恭候把话言。

报名迎接忙施礼，

孙　堂：（唱）孙堂下马顶礼还。

大家快些把营进，共议军机把令传。

平贼急急过山岭，玉州快快拿王山。

萧维祯：（唱）说声遵令快些请，二人齐上马雕鞍。
          不言大兵把营进，
喽　啰：（唱）早有喽啰报根源。
金　霸：（唱）金霸传令攻营寨，吩咐一起杀向前。
金眼龙：（唱）太保拧枪撒战马，耀武扬威来得欢。
       （白）俺大太保金眼龙，方才喽啰报到，敌营又添救兵。父王大怒，传令杀下山岭。喽啰们，随我前去攻打敌营。
军　卒：报元帅得知，今有山贼前来攻营要战，乞令定夺。
孙　堂：再去打探。往下便叫：哪位将军建立头功？
董　宽：有我董宽愿往。
孙　堂：可要小心。
董　宽：不劳嘱咐。众将官，看我枪马伺候。（金眼龙上，对董宽）
       来者山贼少往前进，报名受死。
金眼龙：你太保爷金眼龙，敌将何名？
董　宽：哪有闲工夫与你通名道姓？不要唠叨，看枪。
      （唱）二人大交锋，一冲又一枪。
          马跑到疆场，来往十几趟。
          奋勇正厮杀，
孙月、石瑞：（唱）来了两小将。
            孙月与石瑞，马上来打仗。
            那边尘垢飞，好像征杀样。
            必是咱国兵，与贼正打仗。
            正好咱俩来，赶上不容让。
            孙月取铁锤，石瑞银枪晃。
            喊叫杀贼兵，催马一起上。
            二虎奔羊群，闯队无人当。
            董宽落下风，一阵难抢上。
           （董宽对孙月、石瑞）
孙月、石瑞：（白）呀，这不是叔父/舅舅？你老可好？
董　宽：好。

（唱）侄儿外甥来，叫人心快畅。
你们从何来？寻找无方向。
事忙难细说，快杀贼反将。

孙月、石瑞：（白）有理。
（唱）协力又杀回，抖起精神壮。
金眼龙对敌，孙月把马放。
不问姓与名，大战疆场上，
闪空只一锤，（金眼龙死）贼将一命丧。

金毛虎：（唱）金毛虎杀来，大骂黑小将。
（白）哪里来的黑小子，竟敢打死我哥哥？你二太保金毛虎擒你来也。

孙　月：什么毛虎毛狗的？祖宗并不惧敌。你与他既是弟兄，今日叫你们进了窝不就完了？看锤打你。
（金毛虎死，刁熊上）

石　瑞：来者反贼，看枪报名受死。

刁　熊：我乃健将刁熊，来将何名？

石　瑞：哪有工夫与你通名？看枪。

刁　熊：来了来了。
（刁熊死，刁虎上）

刁　虎：来将你也把我糟蹋了就完咧。

董　宽：好。
（董宽用力一刺，刁虎死）

董　宽：反贼一死，众将官一起攻打山岭。

（完）

第二十五本

【剧情梗概】孙吉宗奉命北征,一举夺回紫荆关。孙堂率兵征讨王山,孙月、石瑞为前部。路过杏花山,二人被宋金芳擒上山寨。石瑞诉说身世,与石建章相认,孙弘亦认祖归宗。石建章等人弃杏花山,归附朝廷,与孙堂等相聚。豹头山金霸截击官军失败,回山请女儿玉莲、玉环相助。金玉环活捉前来征讨的孙月、孙弘兄弟,并愿意归顺朝廷,与孙弘结下婚盟。

喽　啰:(白)报王爷得知,太保健将一起落马而亡,明兵齐来攻打营寨。
金　霸:哎呀,这还了得?快看孤家刀马伺候。
　　　　(孙月上,对金霸)
金　霸:来者黑小子,方才伤我家太保、健将,可是你么?
孙　月:然也。老贼何名?
金　霸:你大王爷金霸,特来拿你摘心饮酒,与我儿报仇。小冤家不要走,看刀取你。
孙　月:老贼看锤。(金霸败)老贼又被我一锤打伤左膀,大败而逃,正好踏破贼营,去见父母报功便了。
金　霸:哎呀,罢了我了。喽啰们,不必守营,快些保护孤家逃命要紧。
　　　　(董宽、孙月、石瑞上)
董　宽:好哇,多亏外甥、侄儿到此一阵帮我,成功杀得贼兵四散。老贼金霸逃走不见,不必追赶。你二人随我进营报功才是。众将官,收拾贼营器械,打得胜鼓回营。
　　　　(唱)令下鸣金收人马,
孙　堂:(唱)又表元帅名孙堂。(康金定、刘赛花上,后站)
　　　　　　营外观阵回大帐,瞧见得胜喜洋洋。
董　宽:(唱)董宽下马进了帐,只叫兄嫂喜非常。
孙　堂:(白)贤弟马到成功,杀退贼兵,真是大喜。
董　宽:哥哥呀,
　　　　(唱)不是得胜这个喜,另有一喜听其详。

外甥侄儿来到此，得胜是他们把我帮。
方才一战大得胜，杀得贼兵走死逃亡。
领来他们把营进，侄儿前来见爹娘。

孙　　堂：（白）好。
（唱）孙堂闻听心大悦，
康金定、刘赛花：（唱）金定赛花喜洋洋。
快叫他们来进帐，问问一向在何方。
董　　宽：（白）是。侄儿、外甥，快来进帐，见你父母叔婶。
孙月、石瑞：来了。
（唱）弟兄二人忙进帐，一起跪倒问安康。
孙　　堂：（唱）孙堂未及开言语，
康金定、刘赛花：（唱）两个佳人把口张。
你们弟兄何处去？命人寻找觅无踪。
诸日心焦放不下，常常同念小儿郎。
今日你们从何至？一向哪里把身藏？
孙月、石瑞：（唱）口尊父母叔与婶，你们不知听其详。
我们想着把京进，杀贼报效把名扬。
同见爹爹与叔父，引荐一起见君王。
石　　瑞：（唱）不想这般败了阵，未得杀贼反遭殃。
孙　　月：（唱）多亏遇着同仙长，他与孩儿治镖伤。
石　　瑞：（唱）拜为师傅又学艺，我们一同古庙藏。
孙　　月：（唱）指引前来把敌退，孩儿又得见爹娘。
孙　　堂：（唱）小小顽童不知事，不该出头混逞强。
幸喜未曾伤性命，吉人扶保得安康。
今日到此把功立，令人一见宽心肠。
吩咐军校排宴席，
（白）我儿与贤侄来到贼营，父子、叔侄又得相会，令人宽心大悦。众将官，大排筵席，歇兵三天，再往西征。军兵到处威风畅，不久平贼转帝邦。
金　　霸：喽啰们，召集残兵，急急回山。
众　　人：哈。

金　霸：孤家金霸，可恨明营天兵助战，一阵伤了两个太保，健将齐亡，喽兵死了多半，孤家惜乎命丧疆场。我与明将，仇深似海，只得调兵回山，再与女儿计议，劫杀明兵，好与我儿报恨雪仇。

　　　　（唱）不言金霸回山去，

明　军：（唱）再说明营将与兵。

　　　　　　　王计蒋贵进大帐，景元张锐随后行。

　　　　　　　又来徐信与范广，还有马云与马青。

　　　　　　　众将兵丁齐来到，

孙吉宗：（唱）皇亲孙爷把帐升。

　　　　　　　孙堂领兵山西去，我今奉旨往北征。

　　　　　　　但愿狼烟齐扫灭，解救上皇好回京。

　　　　　　　中原重享升平世，不枉一同苦尽忠。

　　　　　　　须得恢复紫荆地，好奔沙漠瓦剌城。

　　　　　　　取关还得用巧计，先有内应好取胜。

　　　　　　　想罢座上开言道，众位将军仔细听。

　　　　　　　吾要这般把关取，众人前去混进城。

马云、马青：（白）有理。

　　　　（唱）马家兄弟齐答应，急忙上帐身打躬，

　　　　　　　口尊皇亲吾们愿往。

　　　　（白）元帅要取紫荆关，先差内应这却不难。不才吾弟兄昔日常出塞游北，学会番语。假扮平人，胡汉混杂，可以先去进城，然后前去困城。有吾二人开门杀入，要取城池管保易如反掌。

孙吉宗：好。如此，你二人先行一步，混入关城，本帅随后就到。

马云、马青：是，小将二人遵命。

孙吉宗：众将官，起兵前行，前去恢复城池。

众　人：哈。

　　　　（金玉莲、金玉环上）

金玉莲、金玉环：（诗）戎装衣带飘，别样显娇娆。

　　　　　　　　　　虽是闺中秀，名扬天下标。

金玉莲：（白）奴金玉莲。

金玉环：奴金玉环。

金玉莲：（唱）咱们熟练刀马，荒山居守为寇。

金玉环：（白）姐姐，父王一同哥哥们带兵去守双凤岭，命咱姐妹执掌山寨。喽啰报道，父王得胜，挡住京兵。细想咱们一家帮助叛逆，背反朝廷，左思右想真是无益。

金玉莲：怎奈父王解劝不听？你我女孩却也难拗。

喽　啰：报二位姑娘得知，今有大兵败回，人马已至寨外。

金玉莲：起过。

喽　啰：哈。

金玉莲：父王怎么败兵而回？光景必是战事不幸。

（唱）姐妹吃惊不怠慢，慌忙出帐往外迎。
　　　父女寨外见了面，一起进了大帐中。

金霸：（唱）金霸上帐归了座，唉声叹气皱眉峰。

金玉莲、金玉环：（唱）姐妹二人开言问，父王为何叹连声？
　　　　　　　　　怎么败兵回山转？为何不见二长兄？

金　霸：（唱）咳声叹气连说不用问，为父心内如油烹。
　　　　损兵折将说一遍，你两兄长丧残生。
　　　　为父受伤回营寨，来见女儿说分明。
　　　　京兵随后就杀到，怎么挡退保安宁。

金玉莲、金玉环：（唱）姐妹听罢如刀绞，大放悲声哭长兄。
　　　　　　　　　可惜疆场一命丧，兄妹不见赴幽冥。
　　　　　　　　　父王临危无结果，老来无后谁送终。
　　　　　　　　　哭罢咬牙频切齿，蛾眉直立眼圆睁。
　　　　　　　　　大骂明将真可恼，杀我哥哥好苦情。
　　　　　　　　　姐妹定要将仇报，不怕你有百万兵。
　　　　　　　　　恨罢又把父王叫，请放宽心不必惊。
　　　　　　　　　你老受伤山寨养，不必出马去交锋。
　　　　　　　　　敌兵到来儿们挡，必把他们一扫平。

金　霸：（白）女儿虽有武艺，唯恐明兵势重难敌。有心要求宋家帮助，怎奈他们家人无男子？此时叫人不好启齿。

金玉莲、金玉环：（唱）咱与宋家缺来往，如今算是断交情。
有我姐妹把仇报，不必劳动女花容。

金　霸：（白）好。

（唱）金霸大悦心欢喜，

（白）女儿们，不叫为父求人，为父全仗你们报仇雪恨。要挡敌兵，你姐妹传令喽啰下山，去到四十里安营下寨，准备劫杀敌兵人马。为父伤好，再去帮助。父女协力同心，必然成功，大获全胜。

金玉莲、金玉环：是，女儿们遵命。

金　霸：喽啰们，挑选人马，随你二位郡主下山。正是：帮军创业难成事，老来丧子恨不息。

（白面武生出，兴郎上）

兴　郎：（诗）熟练弓和箭，枪马占人先。
一身能文武，英雄出少年。

（白）俺石弘，乳名兴郎，父亲石建章，母亲宋氏，一家居住高山，倒也自在逍遥。我今一十四岁，跟随爹爹习文演武，又有师傅传授韬略兵书，一十八般兵器无不精通。言道后来保国，不知何日出头，今日闷闷不乐，要到山下演枪遛马。方才说与头目田壮，随我同来，为何不见到来？

田　壮：公子，外边枪马齐备，小将奉陪演武，你我快到山下走走。

兴　郎：如此，你我带领喽啰同去走走。

（唱）说罢欠身忙离座，一同头目下山坡。
寨外提枪上了马，带领几个小喽啰。
暂压二人去演武，

石瑞、孙月：（唱）又说两个小愣哥。
石瑞孙月领军队，前行开路走得泼。

石　瑞：（唱）石瑞有语叫兄弟，

孙　月：（唱）哥哥有话走着说。

石　瑞：（唱）咱俩寻亲把功立，真是阵前把旗夺。

孙　月：（唱）家父胜夸你与我，人小胆大力不薄。
杀败贼兵把敌退，走死逃亡命不活。

石　瑞：（唱）大兵西行把岭过，你我当先走得泼。

孙　月：（唱）逢山开路无阻挡，遇水叠桥就过河。
石　瑞：（唱）这日正走抬头看，面前又有大山坡。
孙　月：（唱）山下的人有数个，马上来往做什么？
石　瑞：（唱）光景定是又不正，必是拦路强盗贼。
孙　月：（唱）咱俩一勇闯山过，要把毛寇抄净窝。
石　瑞：（白）有理。
　　　　（唱）拧枪催马往前进，
田壮、兴郎：（唱）又把演武二人说。
　　　　　　　各显手段正高兴，喽啰前来报明白。
喽　啰：（白）报公子与头目得知，大路来了一伙官兵，光景是要闯山而过，乞令定夺。
田　壮：啊，何处人马不献买路金银？竟敢闯山撒野，哪里容得？待我挡他们回去。
喽　啰：慢着，公子不必前去，待我问问他们献不献的再讲。
兴　郎：你看头目前去，我随后看个动静才是。
　　　　（田壮、兴郎上）
田壮、兴郎：嘟，你们是何处兵将？要过此山，快献买路金银，不然休想过去。
　　　　　　要是不听，强往前进，叫你死无葬身之地。
孙月、石瑞：呀，果有毛寇在此拦路。既是强盗，正好抄拿，不用问长问短，看枪。
田　壮：看枪。
　　　　（田壮死，兴郎上）
兴　郎：好个大胆敌兵，竟敢撒野，杀死我家头目。少爷若不杀你报仇，誓不为人。不要走，看枪取你狗命。
孙月、石瑞：来！来！
　　　　（石瑞败，又上）
石　瑞：这个小子枪马无敌，好生厉害。
　　　　（唱）抵挡不住败下来，
孙　月：（唱）孙月催马忙迎上。
　　　　　　喊声大骂小毛贼，拦路叫你一命丧。
　　　　　　举锤挡住小银枪，

兴　郎：（唱）兴郎也就骂敌将。

　　　　　　　硬来撒野过高山，定拿你们不轻放。

　　　　　　　说着奋勇抖威风，舞动花枪力气壮。

孙　月：（唱）黑白二虎杀一堆，棋逢对手两不让。

　　　　　　　二人杀得难解分，

喽　啰：（唱）早有喽兵把山上。

　　　　　　　——报与寨主知，

宋金芳：（唱）宋氏金芳心不放。

　　　　　　　提刀上了马桃花，急忙下山用目望。

　　　　　　　只见兴郎战敌兵，交锋也是一小将。

　　　　　　　看罢远远大声呼，我儿快来莫打仗。

兴　郎：（白）来了。

　　　　（唱）兴郎闻听把马圈，未得取胜不快畅。

　　　　（白）母亲来了，为何不叫孩儿对敌？官兵杀死头目，若不报仇，怎消心头之恨？

宋金芳：我儿不必心急，方才喽啰报道官兵无数，为娘怕你年幼，不能取胜，故此前来帮助成功。你看官兵赶来，我儿歇息，你且闪过。

兴　郎：是。

孙　月：小辈哪里走？

宋金芳：小辈慢来，寨主奶奶在此。

孙　月：哎呀，又杀出强盗老婆来咧。祖宗不怕人多，正好一并抄拿。不要走，看锤取你。

宋金芳：看刀。

　　　　（宋金芳败，又上）

宋金芳：呀，这一小将力大无穷，实在难以取胜。喽啰们，就地下上绊马索擒他。

　　　　（孙月落马）

宋金芳：喽啰们，将他绑了。

喽　啰：哈，绑着绑着。

　　　　（石瑞上）

石　瑞：贼老婆，竟敢拿住我孙家兄弟。劝你放回，万事皆休，不然扫平山寨，都叫你们枪下做鬼。
宋金芳：小小幼儿，快些报名受死。
石　瑞：你少爷名唤石瑞，不用问长问短，看枪。
宋金芳：看刀。

（宋金芳败，用索拿住石瑞）

宋金芳：喽啰们，把两个小将一起绑上山寨，追杀敌兵，不得有误。
兴　郎：母亲拿住二人，其余逃走，不必追赶，快些回山见我爹爹报功去吧。
宋金芳：我儿言之有理。喽啰们，打得胜鼓回山。
石建章：（诗）蝴蝶梦中家万里，杜鹃枝上月三更。

（白）我石建章，自从抚养孙家之子成人，未露真情，还从石姓起名呼唤，又有异人训教嘱咐，但等见了他父，再叫他复姓归宗。今早义子下山玩耍，不知是与何人交锋，方才宋氏闻报，又去退敌。不见他们回来，好叫人放心不下。

宋金芳：喽啰们，将马带过，且把两个小将绑在帐外听候发落，我儿快随娘去见你父。
兴　郎：是。
宋金芳、兴郎：相公／爹爹在房？
石建章：呀，你母子回来了，倒是哪里兵将到此？快些说个明白。
宋金芳：只顾交锋，未曾细问，只知拿来二人，一个是孙月，一个叫石瑞。
石建章：呀，叫什么？
宋金芳：叫石瑞。
石建章：呀，不知都是多大岁数？快些说来。
宋金芳：与咱孩儿不差上下，相公打听甚紧，莫非多疑，想着是姐姐所生之子，名叫石瑞么？
石建章：正是。拙夫想到这里，不知是与不是。
宋金芳：哎呀，你是思家太甚，狐疑多想，天下之人同名同姓太多，哪有这么凑巧？大料纵就是他们，我想千山万水未必找到这里。
石建章：娘子之言虽是，我想夫妻父子，离别日久，万一天叫父子相见，也未可定，是与不是？且等一问便知，娘子一旁坐了。
宋金芳：是。

石建章：兴郎快去吩咐绑来石瑞，我要细问来历。

兴　郎：是，孩儿遵命。喽啰们，把那白面小将绑入后寨。

（绑石瑞上）

喽　啰：跪下！跪下！

石　瑞：呀，爷爷被擒，生死不惧，谁肯屈膝下跪毛寇？

石建章：喽啰退下。那一小将不要性暴，问你年庚多大？姓甚名谁？家住何方？父母何名？快些报名，一一说来，便好饶你不死。

石　瑞：你们要问，细听爷爷道来。

（硬唱）虎气昂昂把话说，你们问吾有名姓。

一十五岁叫石瑞，家住山东莱州境。

吾母名叫董月英，父亲名叫石建章。

石建章：（白）不知你母之外，还有哪个？

石　瑞：（唱）祖母叔婶与姑姑，一家人多有不幸。

石建章：（白）因何不幸？

石　瑞：（唱）父母分离是这般，受了祖母阴毒病。

后来聚会居郝家，王家又害把计定。

我父发配到陕西，不知有命没有命。

石建章：（白）不知你姑母后来怎样？

石　瑞：（唱）姑母后来到孙家，祸去福来得安定。

石建章：（白）好，这算是吉人天相，不知你母还在郝家无有？

石　瑞：（唱）后来之事不消说，从头至尾说个净。

脱难一向住高山，亲戚朋友把喜庆。

石建章：（白）好，待我谢天谢地。

石　瑞：（唱）你今这样细打听，谢的什么好无用。

石建章：（白）我与你非是外人，缘故皆知，怎说无用？

石　瑞：（唱）不知你是什么人？如何知道我家病？

叫人糊涂不明白，快说省得我做梦。

石建章：（唱）听罢急忙把绑松，不由一阵悲又痛。

叫声冤家你不知，我是你父石建章。

石　瑞：（白）不要混讨便宜。要是我父，你可知道我家还有凭据无有？

石建章：有哇，

（唱）要问凭据是金钗，父子相认可作证。
你是我儿难喜来，想来随身必带钗。

石　瑞：（唱）一闻此言跪平川，算是爹爹父子碰。
孩儿冒犯恕不知，取出金钗双手奉。

石建章：（白）咳，儿啦，

（唱）叫声我儿快起来，

石　瑞：（白）爹爹呀，是。

石建章：（唱）见物思人好悲痛。

（白）儿啦，当日我与你母约定，你成人寻父，全仗金钗为定。不期今日父子巧遇，我儿带来此物，真是天叫骨肉相逢，父子得见。我儿你还不知，这位就是你宋氏母亲，那个是你兄弟，一家并无外人，快些一起相认。

石　瑞：是，母亲、兄弟可好？恕我不知，多有冒犯，望乞恕罪。

宋金芳：哎哟，自己娘儿们不必介意，不必多礼，快些起来。兴郎，与你哥哥见礼。

兴　郎：哥哥请恕小弟不知，多有得罪，望乞海涵。

石　瑞：好说，不敢。你我弟兄不知，彼此一样。

石建章：我儿，你怎么随军到此？与你同来的却是哪个？快些告诉为父知晓。

宋金芳：你们爷俩有话坐下说吧。

石　瑞：是，孩儿告坐。爹爹要问有所不知，遂把背母离山寻父、搭伴有难随军，以往之事说了一遍。孩儿得见盟叔孙堂，与我世交兄弟孙月作伴，带兵袭来，头前开路。不想到此，遇见亲兄弟，我俩被擒，得见爹爹。望乞快将他人松放，一同见我盟叔才是。

石建章：呀，原来孙家贤侄到此，受辱不当。我儿快去松绑，说明其故，领来见吾。

石　瑞：是。

（唱）答应一声急急去，

宋金芳：（唱）宋氏金芳把话提。
相公你的朋友到，理当速见不可迟。

石建章：（白）那是自然。

宋金芳：（唱）人家父子该见面，不必瞒哄当告知。

石建章：（唱）娘子之言甚有理，兴郎近前细听知。

兴　郎：（白）有，爹爹有何教训？

石建章：（唱）我儿你今十四岁，本身根底却不知。

兴　郎：（白）孩儿父母当面，不知道还有什么以外根底？

石建章：（唱）收养之事说一遍，你本是姓孙不姓石。

　　　　　　我夫妻照养你成人，算为朋友尽心机。

　　　　　　如今你的父母至，复姓归宗理才宜。

兴　郎：（白）爹爹如此而言，孩儿一字不知，今有父母难信。

石建章：（唱）我儿若是不凭信，有你生母留血诗。

　　　　　　还有你师傅一联柬，嘱咐收留不敢辞。

　　　　　　娘子快把血书取，

宋金芳：（白）是（取血书，下，又上）

石建章：（唱）我儿你去看虚实。

兴　郎：（白）是。

　　　　　（唱）接过绫巾展开看，从头至尾念端底。

　　　　　　又看柬帖如梦醒，放在桌案泪淋淋。

　　　　　　欲要细问家乡事，来了孙月认亲戚。

　　　（孙月、石瑞上）

石　瑞：（白）兄弟，这就是我的爹爹。

孙　月：（唱）急忙跪倒尊伯父，不知拜见来迟了。

石建章：（白）贤侄请起。

孙　月：（唱）复又一揖尊伯母，山下冒犯恕小侄。

宋金芳：（白）过去无奈，贤侄免礼。

石建章：（唱）兴郎这是你兄长，手足见面快认识。

兴　郎：（白）是。

　　　　　（唱）上前一揖说得罪，哥哥呀，恕过小弟我不知。

孙　月：（唱）孙月一见发了怔。

　　　　　（白）伯父伯母，这是你们所生令郎，为何说是我的兄弟？好叫小侄不懂。

石建章：贤侄不知，原是这般如此。他是你家所生，有人护送，我们抚养，如今成人，你们相遇，正该复姓归宗。贤侄如果不信，这里现有血书、黄柬，拿去一观便知分晓。

孙　月：什么血书、黄柬？待我看来。血书正是康氏母亲遗留，柬帖乃是明镜先生所示，如此真是手足无疑。哎呀，我那兄弟呀。

兴　郎：哥哥呀。

孙　月：（唱）上前拉住号啕哭，咧开大嘴放悲声。

兴　郎：（唱）小弟一向不知道，不想今日弟见兄。

孙　月：（唱）可惜咱家遭大祸，生死不顾把你扔。

兴　郎：（唱）不知怎么把我弃？哥哥快对小弟明。

孙　月：（唱）听说这般逃大难，母亲她为我不顾你死生。

兴　郎：（唱）师傅送行将我养，成人难报大恩情。

孙　月：（唱）回过身来忙拜谢，伯父伯母恩不轻。

石建章：（唱）大用伸手忙拉起，贤侄快些把身平。

石　瑞：（唱）石瑞接言尊父母，两家也算喜相逢。
　　　　　　是请人马上山寨，还是一同到明营？

石建章：（唱）我儿之言甚有理，又叫娘子你是听。
　　　　　　劝你弃邪得归正，夫妻一同下山峰。
　　　　　　随我同归明营内，平贼灭寇好回京。

宋金芳：（唱）这个先说不能够，自己惯了不离山峰。

石建章：（唱）娘子你要不归顺，你在西来我在东。

兴　郎：（唱）兴郎近前尊声母，儿有一言听分明。
　　　　　　母亲若是不归顺，孩儿怎么把孝行？
　　　　　　两下父母难侍奉，怎么答报养育情？
　　　　　　你老不肯离山寨，我也不愿去归宗。
　　　　　　任咱侍奉养生母，不枉多年把我疼。

宋金芳：哎哟，
　　　　　（唱）孩子你真会说话，叫人顺心甚欢迎。
　　　　　　不忘恩情是孝子，不枉爱你如星星。

你们既然连轴转，我说不出也不中。

大料一人难拗众，出嫁只好把夫从。

石建章：（白）这便才是。

（唱）娘子归顺我欢喜，快些传令下山峰。

宋金芳：（白）是。

（唱）才要吩咐离山寨，

喽　啰：（唱）进来喽啰报一声。

（白）报寨主得知，山下来了将官，口口声声只叫送出两个小将，万事皆休，不然扫平山寨，杀个鸡犬不留。

宋金芳：起过了。

孙　月：伯母万安，待小侄下山迎回他们，去见我父说明以往，再请伯父、伯母进营见我父母，你们老哥们姐们一同见面，岂不是好？

石建章：却也不用再请，贤侄领你兄弟先去见你父母，一家相认。然后我们一起离山，随后便到。

孙　月：是，兄弟随我来。

兴　郎：来了。

石建章：娘子快些传令人马，一奔明营。

宋金芳：有理！众喽啰们，收拾山寨器械，随吾夫妻归顺明营，不可迟误。

（唱）弃邪同归正，

石建章：（唱）父子得相逢。

（刘汉、刘月上）

刘汉、刘月：（白）众将官，随吾二人杀奔山寨。

刘　汉：俺刘汉。

刘　月：俺刘月。哥哥，可恨山贼拿去石瑞、孙月，军卒逃回，禀报元帅，姐夫发怒，传令山下安营，命咱二人带怒扫灭贼穴，好救他二人脱难。

刘　汉：呀，你看山上下来二人，头前正是外甥，外跟一人不熟，不知却是哪个？

（孙月三人上）

孙　月：原是二位舅舅带兵前来。兄弟，你不认识，这是刘家二位舅舅，快些下马一起问安。

兴　郎：是，二位舅舅可好？甥儿拜揖来迟，望乞恕罪。

刘汉、刘月：好说，不敢。外甥，此是何人？这等称呼。

孙　月：舅舅不知，我与石瑞被擒上山，原是这般如此。方才我弟兄相认，随后石家父子一同山寨人马下山。他们落后，我俩先来送信，撤兵回营，迎接他们，便好同归一处。

刘汉、刘月：这等凑巧，两家相遇，真是大喜。你弟兄快些上马，随我二人去见你父便了。众将官，一起撤兵回营。

（孙堂出，升帐，刘赛花、康金定、董宽、赵荣、赵毅、陈望、毛福寿站）

孙　堂：（诗）行师讨叛逆，到处遇锋镝。

（白）本帅孙堂，大兵西行，到处毛寇阻路。军卒报道，石瑞、孙月遭擒，已命刘家弟兄带兵前去解救，不知吉凶怎样？

刘汉、刘月：军校们，将马带过。姐丈大喜了。

孙　堂：二位兄弟回来急快，不知喜从何来？

刘　汉：不用细问，外甥到来，你就知晓。

孙　月：兄弟随我进帐。

兴　郎：来了。（同上，跪）

孙月、兴郎：爹娘在上，儿们叩头。

孙　堂：孙月，你怎么一人回转？为何不见石瑞？带来这一幼童，却是哪个？为何见面同称父母？

孙　月：爹爹不知，这是我弟兄兴郎到了。

康金定：呀，口称兴郎，多年生死不知，今日见面，有何凭据？

兴　郎：爹娘，这里有吾带来血书、黄柬，呈上一观便知真假。

孙　堂：呀，原是一幅白绫汗巾，上有血书，待我念来。

（诗）家门不幸被祸欺，生死存亡一旦离。

路途生子难养育，弃舍婴儿将字遗。

母去但求神保佑，保留有命愿人拾。

苍天不灭孙门后，日久相逢凭血诗。

（白）此子乳名兴郎，学名孙弘，父名孙堂，生母康氏途生，以血泣题。

这柬帖也是八句，上写：

（诗）术士明镜柬一联，亲送天星杏花山。

收留全亏石建章，他乡耐度二七年。

　　　　养子成人亲生见，孙石二家两团圆。
　　　　顺应逆灭干戈定，同享皇恩雨露沾。
　　（白）呀，柬帖乃是先生明镜所留，血书却是婴儿凭据。娘子，你看这封血书，是你写的不是？

康金定：不用再看，柬不明，血书正是妾身所留。

孙　堂：如此说来，有凭有据，真是咱的孩儿到了。

孙堂、康金定：兴郎！

兴　郎：有。

孙堂、康金定：孙弘。

孙　弘：在。

孙　堂：罢了，我的儿啦。
　　（唱）孙堂离座号啕痛，

康金定：（唱）康氏抱住手不松。

孙　堂：（唱）离乱之时留名姓，

康金定：（唱）逃难孤身把你生。

孙　堂：（唱）可怜生死不能救。

康金定：（唱）无奈弃舍把你扔。

孙　堂：（唱）不想我儿还有命，

康金定：（唱）未死你还在世生。

孙　堂：（唱）多亏异人把你送，

康金定：（唱）有人收留十几冬。

孙　堂：（唱）十几年后子见父，

康金定：（唱）母子分离又相逢。

孙　堂：（唱）孙堂哭罢归了座，

康金定：（唱）康氏拉住小儿童。
　　（白）儿啦，难为你那养身父母，抚养这大长成丁。

刘赛花：（唱）刘氏赛花接言语，姐姐大喜见亲生。

康金定：（白）我儿，这位是你刘氏母，快些拜见莫消停。

孙　弘：是，母亲可好？孩儿叩头。

刘赛花：哎呀，

　　　　　　（唱）孩子起来莫多礼，从今后借光也把母子称。
孙　　弘：（白）同是母亲，何分彼此？
刘赛花：可也是呀，
　　　　　　（唱）我儿说话尽情理，不才也算一般同。
　　　　　　　　　说罢欢喜又退后，
董宽、赵荣：（唱）董宽赵荣把话明。
　　　　　　　　　侄儿表弟见父母，一家真是喜相逢。
孙　　堂：（白）我儿，这是你盟叔与你表兄，还有众位亲友到此，快些一一相见。
孙　　弘：是。
　　　　　　（唱）听罢另叫名与姓，俱都问候身打躬。
众　　人：（唱）众人一齐说免礼，
孙　　堂：（唱）孙堂复又问分明。
　　　　　　（白）我儿你养身父母在何处？我好拜见谢恩情。
孙　　弘：（唱）爹爹若问听告禀，从头至尾说个清。
　　　　　　　　　不久随后就来到，
孙　　堂：（白）好。
　　　　　　（唱）听罢大悦乐无穷。
　　　　　　（白）原来石兄落难招亲，为我尽心收养孩儿，真是恩情难报。二位娘子，快些随我迎接兄嫂，进营拜谢洪恩。
刘赛花、康金定：是。
孙　　堂：众将官，排开队伍迎接山寨人马，齐出大营便了。
众　　人：有理。
孙　　堂：（唱）率众一起出大帐，上马迎接出营盘。
石建章、宋金芳：（唱）石建章夫妻离山寨，带领着喽啰乘马鞍。
石　　瑞：（唱）石瑞陪着父与母，当先引路在头前。
　　　　　　　　　走着离营不甚远，马上抬头用目观。
　　　　　　　　　只见兵将出营寨，前来迎接禀根源。
　　　　　　　　　相离不远齐下马，
董　　宽：（唱）当先来了名董宽。
　　　　　　　　　上前问声姐夫好，

石建章：（白）贤弟可好？
董　宽：（唱）这是姐姐不用言。
　　　　　　　复又施礼忙问候，
宋金芳：（白）好说，不敢，还礼过去。
董　宽：（唱）说罢以往事根源。
　　　　　　　不想郎舅又见面，姐夫你真是受尽苦万千。
　　　　　　　正然说话人又到，
孙　堂：（唱）孙堂夫妻来近前。
　　　　　　　仁兄呀，朋友见面心酸痛，
石建章：（唱）贤弟，可惜分离已多年。
康金定、刘赛花：（唱）康氏刘氏一起拜，多谢兄嫂费心田。
　　　　　　　难得抚养孙弘子，真是恩重如同山。
宋金芳：（唱）宋氏赔笑尊婶婶，亲戚客套不用言。
孙　堂：（唱）快请兄嫂把营进，这里不用把话谈。
　　　　　　　一起上马进营寨，女眷一起入后边。
石建章：（唱）大用跟随到前帐，叙礼归座又开言。
　　　　　　　久别贤弟又相见，故旧不死算有缘。
孙　堂：（唱）知道仁兄遭大难，幸喜招亲一身安。
　　　　　　　又蒙抚养小幼子，恩德小弟报不全。
　　　　　　　等候灭贼回朝转，同享富贵理当然。
　　　　　　　今日弟兄得见面，暂且歇兵庆团圆。
　　　　　　　吩咐已毕排筵席，
　　　（白）众将官，大排筵席，歇兵三天，再往西征。朋友聚会三生幸，父子相逢非偶然。

（会真升帐，臧万年站）

会　真：（诗）丧师难扶恨，守关防敌兵。
　　　（白）衰家会真，自从南朝败兵，丧去倾国人马，我君臣逃回塞北，大王去归沙漠，太师回转瓦剌。命我保守紫荆关，昼夜严加防备，不叫敌兵越境。
番　卒：报国师得知，今有南朝孙吉宗带领大兵来到关下要战，乞令定夺。

会　　真：再去打探。哎呀，不好，我料明兵必不干休。果然，人马随后杀来。若叫敌兵过关，只怕一带城池难保，往下便叫总兵臧万年上帐听令。

臧万年：在。

会　　真：你国人马前来杀到城下，将军你我舍命出去对敌，小心保护关城才是。

臧万年：遵令。

会　　真：小番们，随我二人一勇杀出城去，不得有误。

（马青、马云便衣上）

马　青：哥哥这里来。

马　云：来了。

马　云：吾马云。

马　青：吾马青。

马　云：咱二人奉了孙元帅之令，假扮客商混入关城，等待大兵杀来。方才贼兵出去迎敌，咱二人只得赶到南门，准备开关，接迎咱国大兵杀进城来便了。

马　青：有理，快走。

张　锐：众将官一起杀上前去。

（张锐枪马上，对臧万年）

臧万年：好个张锐，你是漏网之鱼，还敢前来逞强，你真是好大胆子。

张　锐：呀，好个卖国之贼，反心向外，还有何颜前来对敌？竟不知耻，真乃不如禽兽。我今拿你，定报昔日献关之仇。反贼不要走，看枪！

臧万年：来！来！（臧万年死）

张　锐：这厮被我一枪刺于马下，聊解昔日失城之恨。今日努力，定要恢复城池。众将官，随我一勇攻杀。

（会真上）

会　　真：明将前来赶尽杀绝，其情可恼，看铲取你。

张　锐：看枪！（众将官败）

孙吉宗：众将官，一起闪过，待本帅擒拿和尚。（孙吉宗对会真）

会　　真：好个老儿，咱俩冤家，累次相遇，我今定要以死相拼，拿你杀剐，以报两次折兵之恨。

孙吉宗：秃驴，你是我手下逃军败将，见我还敢口出大话。今日本帅取关灭贼，

若不杀你，誓不为人，不要走。看枪。（会真败）

会　真：老儿枪法绝妙，直取咽喉，贫僧难敌大众。明兵齐上，无法可挡，只得败走而回关，暂且保护城池要紧。

孙吉宗：和尚不敢耐战，竟又败阵而走，趁此正好攻打城池。内有马云与马青，必然接应成功。众将官，努力诈关，不得有误。

会　真：哎呀，不好了。明兵诈关，内有奸细开城，人马杀入，鞑兵走死逃亡，剩我不能支持，只得弃城逃走回山，请来太师同见师兄，再来报仇便了。

　　（唱）忙逃走，催征驼。

　　　　回山而去，暂且不说。

众　人：（唱）城内齐杀砍，喊声乱吆喝。

　　　　鞑兵多半废命，其余逃走不多。

　　　　明兵明将如猛虎，一阵破城灭番贼。

孙吉宗：（唱）孙元帅，喜如何。

　　　　城内居民，扶归正辙。

　　　　传令且罢战，安慰百姓们。

　　　　查收粮草器械，城内细搜奸贼。

　　　　余党不留全杀尽，一战算把城来夺。

众　人：（唱）众将官，搜得泼。

　　　　满处查念，搜遍贼窝。

　　　　汉人齐归顺，鞑子俱逃脱。

　　　　官衙各处搜尽，禀报帅爷明白。

孙吉宗：（唱）孙爷传令收兵将，齐入帅府下征驼。

　　（孙吉宗上帐，归座）

孙吉宗：（唱）上了大帐归了座。

　　（白）本帅孙吉宗，一战夺回紫荆关，可惜走了和尚，令人不快。今日取城破敌，全亏马家弟兄内中用力，二人有功，升为游击守备，其余兵将按功论赏。明日腊月已尽，且过新年，同在关内歇兵数日，留将镇守城池，起兵再奔沙漠，扫灭鞑房，便好救驾还朝。众将官，歇兵过节，大排筵席伺候。

　　（诗）久战失重地，要路又复回。

（金玉环、金玉莲上）

金玉环：（诗）团花帐里玩韬略，

金玉莲：（诗）满腹幽情闷屯兵。

金玉莲：（白）奴金玉莲。

金玉环：奴金玉环。姐姐你我奉父王之命带领喽啰来到百草坡扎营，等候明兵对敌，不见人马到来，莫非他们从别处过去不成？

金玉莲：此乃必走之路，哪有绕过之理？必有一场鏖战。

金玉环：姐姐呀，咱今协助父王，帮助他的朋友，不知几时创成大业？可惜闹得二位哥哥丧命。咱是女孩，跟着出乖露丑，不知何日是个头了？

（唱）你我姐妹却不小，过了新年十七八。

执子于归无音信，不知何日宜尔室家？

常言女大思婚配，无人提媒过礼行茶。

跟着父王瞎胡混，婚姻之事一言不发。

女孩大了不出嫁，思想终身意如麻。

何日有个佳期会，鸳鸯成对并头花？

莫非是个孤鸾命，该着老死在山崖？

金玉莲：（唱）妹妹不必心焦躁，咱俩耐等父王他。

帮助王家若成事，挑选才貌结烛花。

福贵双全遂心愿，管保如意乐无涯。

姐妹俩正在后帐闲叙话，

侍　女：（唱）进来侍女把话发。

启禀二位姑娘晓，明兵杀来把营扎。

金玉莲、金玉环：（唱）快去吩咐看刀马，准备出帐去厮杀。

二人回身去披挂，出帐上马把刀拿。

大闪营门杀出去，

孙　月：（唱）来了孙月把马撒。

前来要战留神看，贼营出来女娇娃。

看罢催马迎上去，二人对面把话发。

（白）来者毛寇丫头，报名受死。

金玉莲：你姑娘名唤金玉莲，来者小将何名？

孙　月：问你爷爷名叫孙月。知我厉害，快些下马投降，省得拿住叫你出丑。

金玉莲：住了，小辈不要胡说。你叫孙月，想来从前打我父王金霸，莫非就是你么？

孙　月：然也，正是你爷爷我呀。

金玉莲：呀，好个小辈，大胆敢逞强也，"然也"二字哪里容得？不要走，看刀取你。

孙　月：看锤。

金玉莲：呀，不好。

（唱）铁锤一磕两手软，震得佳人甚惊慌。

　　　　不敢再战往下败，

金玉环：（唱）玉环一见闯上来。

　　　　只叫姐姐且闪过，小妹拿他把头摘。

金玉莲：（白）妹妹可要小心。

金玉环：不劳嘱咐。

（唱）把马一催打了对，大骂小辈少吊歪。

　　　　恶狠狠举刀搂头砍，

刘　月：（唱）一锤又把刀磕开。

金玉环：（白）呀，不好。

（唱）招架不住转回身，震得玉腕手难抬。

　　　　不怪姐姐她败阵，奴也难敌败下来。

　　　　要想今日把功立，须得擒着把他坏。

　　　　勒马忙把飞爪取，

（白）黑小子力大无穷，无人敢比，实杀不能取胜。等他赶来，不免用飞爪擒他便了。

孙　月：丫头哪里走？

金玉环：慢来，看爪擒你。

孙　月：哎呀，不好。

金玉环：喽啰们，将他绑回营去。

（孙月绑下，孙弘上）

孙　弘：丫头慢走，二爷孙弘擒你来也。

金玉环：呀，那边又来一小将，年纪不大，哎哟，小模样生得干净漂亮，叫人可爱。

（唱）勒马擎刀留神看，打量小将来得欢。
　　　看此人年纪不过十五六岁，天武神威不非凡。
　　　只见他白缎扎巾头上戴，虎头战靴足下穿。
　　　身披锁子连环甲，护心宝镜挂胸前。
　　　坐下一匹白龙马，一杆银枪手内端。
　　　模样风流人间少，好看青春美少年。
　　　想想他来想想我，不由叫人心犯颠。
　　　我今不小十七岁，不知何人配姻缘？
　　　若等父王择佳婿，只怕老死在高山。
　　　莫如自己拿主意，省得久把终身耽。
　　　何不拿他成婚配，遂心如意过几年？
　　　想罢催马迎上去，

孙　弘：（唱）孙弘也在看婵娟。
　　　只见女寇临且近，看得明白仔细观。
　　　见她模样生得俊，生得美貌赛天仙。
　　　头戴七星飘雉尾，身披战衣色色鲜。
　　　提刀坐跨桃花马，葵花镫内露金莲。
　　　此女生得十分美，敢比三国美貂蝉。
　　　看罢两下对了面，大叫丫头便开言。

（白）来者女子有何本领，竟敢拿去我哥哥？报名上来，好做枪下之鬼。

金玉环：呀，你这小将人儿不大，好大话呀，问你姑娘名叫金玉环。方才拿去那人，口称是你哥哥，想来你必是他兄弟。不知你们领兵何往？快些说明来历，我好捉拿你们一并献功。

孙　弘：丫头休发狠言，问你少爷名叫孙弘，拿去我兄名叫孙月，我弟兄原是这般如此，跟随父母领兵去拿王山。你这丫头却是哪里贼寇？竟敢阻拦去路，拿我哥哥。劝你好好放回，万事皆休，不然少爷一怒，定把你们一扫而灭。

金玉环：哈，你咋那厉害也？放你哥哥不说央求，竟闹来硬的，你觉着人家还怕来硬的呀？

（唱）目儿一溜开言道，叫声小将听我说。
我家根底你不晓，细听奴家说明白。
我的父王名金霸，高山为王聚喽啰。
却与王家有交往，帮助朋友创山河。
招兵聚将非一日，要把大明江山夺。
不想交兵败了阵，命我姐妹下山坡。
屯兵竟遇你们过，方才拿去你哥哥。
叫我放他也容易，你得听着奴家说。
不战你们把兵撤，你随奴家上山坡。

孙　弘：（白）我随你去做什么呢？

金玉环：哎哟。

（唱）有件心事难出口，

孙　弘：（白）为何不讲？

金玉莲：咳，

（唱）憋得粉面脸又白。
（白）也罢，把脸一憋说罢了，问声将军你几何？

孙　弘：（白）在下过了新年一十五岁了。

金玉环：哎哟，正好的。

（唱）奴家十七你十五，大你两岁不算多。
不弃嫌情愿招你为郡马，咱俩成亲两配合。
不知你可愿不愿？

孙　弘：（白）住了。

（唱）叫声丫头少胡说。
爷爷乃是名门后，岂要毛寇女娇娥？
不必多言看枪刺，

金玉环：（唱）你这人儿理不合。

（白）姑娘好意和你提亲，为何不应反倒动手？真是无情无义。既要交锋，谁还惧你不成？来来来，倒要见见你的本事如何，仔细着看刀。

孙　弘：看枪！

金玉莲：哎哟，小将果然枪马无敌，提亲不允，不免拿他进营，再定终身，看是如何？

孙　弘：丫头哪里走？

金玉环：不用赶，看飞爪擒你。

孙　弘：哎呀，不好。（孙弘落马）

金玉莲：喽啰们，将他绑着回营。

孙　堂：女寇慢走，本帅擒你来也。

金玉环：你这将官是谁？敢来与你姑娘对垒。

孙　堂：本帅孙堂。方才观阵，见你拿去两个孩儿，特来救他二人回去，捉拿你这反女。

金玉环：原来还是你老人家，不必生气，纵然拿去他俩，并不杀害。你看天晚，奉劝收兵请回，明日必有好音。奴家却也不战，收兵回营去也。

孙　堂：呀，这一女寇见我，不战自退，又言拿去我儿不杀，想来必有缘故。天晚不必追究，只好撤兵回营，明日再探消息便了。众将官，鸣金收兵。

金玉环：喽啰们，将马带过，把那两个小将擒在左边空营，小心看守，莫叫逃走。姐姐请入后帐，小妹有事与你商议。

金玉莲：妹妹请。

　　　　（唱）姐妹二人回后帐，摘盔卸甲整芳容。
　　　　　　　梳洗已毕归了座，玉莲启齿把话明。
　　　　　　　妹妹心事我猜透，

金玉环：（白）哟，姐姐你猜着啥咧？

金玉莲：（唱）愚姐在阵观得清。
　　　　　　　拿来白面那小将，你俩疆场两传情。

金玉环：（白）呸，你瞎说咧。

金玉莲：实话越说越对。

　　　　（唱）瞎说实话把他爱，你必有心配婚盟。

金玉环：（白）你咋知道那么多咧？

金玉莲：不必瞒我是不是？

金玉环：哎哟，

　　　　　（唱）玉环听罢喜盈盈。
　　　　　　　　姐姐猜着我心事，怎奈提亲他不应？
金玉莲：（白）哈，早说过咧。
金玉环：（唱）不瞒你说当面讲，疆场提过他不从。
金玉莲：（唱）妹妹你真好大脸，不管面生不面生。
　　　　　　　　自古男女不授受，自己提亲理不通。
金玉环：（唱）这件事儿你少笑，一为两为你不明。
　　　　（白）姐姐不要见笑，想着姐妹不小，爹爹年迈，你我终身之事，他从不提起，自己事儿各人再不用功，只怕家中过老。如今你看拿来二人，与咱年貌相对，正好你我姐妹配他弟兄。大归大，小归小，同在一家，两不分离，此乃一举两得。姐姐不知其意，何必又说小妹提亲不对呢？
金玉莲：哼，好是好，只是各有各心，额外这个情儿，奴家不领。
　　　　（唱）咱俩心事是一样，都是爱白不爱黑。
　　　　　　　你把俊的挑了去，黑的往我身上推。
　　　　　　　岂不知打过父王仇恨重，在疆场险些又打我一锤？
　　　　　　　恼恨不了愣头鬼，再要嫁他无能为。
　　　　　　　你爱俊俏我也爱，断不嫁那老歪黑。
金玉环：（唱）这个先说不能够，由着你挑使不得。
金玉莲：（唱）不了谁也不用做，你想占尖谁吃亏？
金玉环：（唱）大丫头你不要抢，欺压妹妹情算非。
金玉莲：（唱）二丫头你不欺压我，却怎么单挑好的要与归？
金玉环：（唱）人是我拿由我意，你要争夺理算没。
金玉莲：（唱）争不争的你要我也要，硬想抓尖谁让谁？
金玉环：（唱）咳，大丫头你是把人怄，
金玉莲：（唱）算是不让这一回。
金玉环：（唱）可恼可恼真可恼，
金玉莲：（唱）不用厉害少发威。
金玉环：（唱）气得玉环打一掌，
金玉莲：（唱）玉莲还手撕一堆。
金玉环：（唱）姐妹二人闹一处，

金玉莲：（唱）桌案茶盏一起推。

金玉环：（唱）二人厮打难分解，

（梅香上）

梅　香：（唱）梅香进来劝一回。

二位姑娘快住手，这样打闹使不得。

提亲之事还未讲，争夺人家不晓得。

打闹误事伤情义，绑着人家怎定规？

金玉莲：（唱）姐妹听罢住了手，使得气喘皱蛾眉。

金玉环：（唱）玉环心内有主意，梅香说得有理。

（白）大丫头，咱俩不用厮打，你我凭天由命，你看如何？

金玉莲：怎叫凭天由命？二丫头你说说看。

金玉环：我想咱俩打啥子？闹啥子？无人做主，亲事却也难定。不如写上黑、白两个字纸球儿，你我抓上一抓，谁抓着黑的就配黑的，谁抓着白的就配白的，此乃天定良缘，无得争论，你说好哇不好哇？

金玉莲：好，这倒公平使得。

金玉环：但有一件，咱俩谁写球儿，那也不许看哪。

金玉莲：那要看着怕啥呢？

金玉环：亲事做不成咧。

金玉莲：这才是凭天由命呢。

金玉环：对吗，等完了写的人后抓，不写的先抓，两条道儿由着你，倒是谁写吧？

金玉莲：由命不用挑。要不你写我不看完了，我先抓吧。

金玉环：就是那么完了。你先抓，梅香快看笔砚过来。

梅　香：晓得。

（唱）梅香答应不怠慢，文房四宝放在桌。

金玉环：（唱）叫声姐姐你休看，

金玉莲：（白）是，我不看。

金玉环：只写黑来不写白。

两个黑字写完毕，急急忙忙用手搓。

姐姐快抓大家看，

金玉莲：（唱）不用妹妹你窜咧。

未从伸手暗祝告，保佑随心仗神佛。

抓起一个展开看，呀，是个"黑"字怔呵呵。

（白）咳，气得撕个粉粉碎，又想去抓第二个。

金玉环：站住。

（唱）这是我的你休动，姐姐不许你搅拨。

说得清楚由天命，抓了怎么不算着？

你想更改不能够，事算定了无别说。

我的球儿我藏起，不叫你看休想夺。

咱二人女婿挑成婚一定，就等议亲两配合。

别人应了就办事，不许你再气勃勃。

金玉莲：（唱）事不随心我不做，你有好命你张罗。

你做你的我不管，我的事儿不用说。

无好拉气天色晚，我要回帐去歇着。

金玉环：（唱）气得亲事不用说。

不愿占用就不做，日后你也跑不得。

她的不提说我的，

（白）梅香哪。

梅　香：姑娘说什么？

金玉环：（唱）这般提亲我把你托。

那白面小将允不允，回来你再细学舌。

梅　香：（白）奴婢遵命。

金玉环：（唱）梅香去了指不定，他要应了我念佛。

正然思想怕不妥，

梅　香：（唱）梅香回来说明白。

小将再三亲不允，

金玉环：（白）为何不允？

梅　香：（唱）他怕是临阵收妻罪难脱。

金玉环：（唱）这个不难罪好免，你再前去对他说。

应了夫妻成亲后，情愿归降免干戈。

梅　香：（白）是。

	（唱）答应一声复又去，
金玉环：	（唱）只因成事必无挪。
	心中欢喜甚得意，
梅　香：	（唱）梅香急来快如梭。
	尊声姑娘事成就，
金玉环：	（白）哎哟，成了才好，觉着必有样儿。
梅　香：	（唱）这回多亏他哥哥。
	撺掇应了来回禀，小将他要见姑娘有话说。
金玉环：	（唱）有话快去把他领。

（白）小将既然应亲，有他哥哥做主，必无更改。快去吩咐喽啰，将他二人松绑，令他哥哥进营，请你郡马老爷前来见我。

梅　香：是，晓得。

金玉环：阿弥陀佛。这婚姻成就，郎才女貌合欢，真是叫人于心足矣。

梅　香：（唱）郡马随我这里走。

孙　弘：（白）来了，多蒙郡主雅爱，愿结朱陈，我弟兄免祸身安，在下这里多谢。

金玉环：好说，不敢，你我既作夫妻，套言休叙。不知将军有何话说？快请明言，奴家无不从命。

孙　弘：郡主不知，我在这里招亲，无有父命，回去一定问罪，罪责不赦，万望娘子千万解劝令尊归降，好免拙夫杀身之罪。

金玉环：那是自然，还用你说呀？我父女弃邪归正，必然保你无罪。呀，梅香快去吩咐，准备香烛，我与你姑爷去交拜天地。

梅　香：是。

金玉环：快请郡马更衣拜堂。

孙　弘：娘子请。

金玉环：将军请。

（同寅上）

同　寅：（诗）动游普救群迷苦，静悟参禅会缘公。

（白）贫道同寅，辞别道友，离了三清观来奔山西，帮助孙家父子扫除叛贼，事毕再到塞北降服夷狄，讨得封号，好归山境修真。

（唱）我今为国把功立，但愿飞升到玉州，
　　　不但行世撒名利，人间学道苦不休。
　　　奉劝人间要行善，不要忙碌早回头。
　　　喜欢乐道无烦恼，抛弃人间总无忧。
　　　心中思想劝世界，慈悲逍遥到处游。
　　　这日来到山西地，早知那黑白二将把妻收。
　　　有难贫道来解救，一到大营把情求。

（完）

第二十六本

【剧情梗概】孙堂得知孙弘私娶金玉环,下令将其斩首。众人求情不允,后宋金芳大闹帅帐,同寅加以点化,孙弘这才得到赦免。金氏姐妹将与孙弘联姻之事告知父亲,并劝说金霸归顺朝廷,金霸欲斩二女。金玉环与父亲动武,抢走姐姐,杀出豹头山。金霸自刎,金氏姐妹投奔明营,金玉莲嫁与孙月。同寅冒充蒙古军师,假意增援王山,与孙堂等人里应外合大破玉州。王山被天子凌迟处死,张爱玉则被交由赵府惩处。孙吉宗进兵瓦剌,慧空施展妖法,击败明军。

（升帐,孙堂坐）

孙　堂：（诗）将军志勇安邦国,丹心烈日照山河。
　　　　（白）本帅孙堂。昨日反女擒去孙月、孙弘,言语留情,不知有何缘故?命人瞧探吉凶,不见回来,好叫本帅放心不下。
　　　　（孙月、孙弘上）

孙月、孙弘：军校们,将马带过。

孙月、孙弘：（上,跪）爹爹在上,儿们叩头。

孙　堂：好,你俩回来了?不知怎的脱难贼营?快些告诉为父。

孙　弘：父帅不知,原是这般如此,我弟兄才得回营,孩儿来见爹爹请罪。

孙　堂：呀,怎么你们弟兄被擒,女寇再三求亲,你竟贪色,投降于贼营配偶吗?

孙　弘：正是。

孙　堂：呀,好个大胆冤家无知!竟敢犯了灭门之罪,哪里容得?刀斧手何在?将这逆子推出营门斩首报来。

兵　卒：哈。

孙　月：慢着,且慢动手,父帅息怒。此事与我兄弟无干,乃是孩儿叫他应亲,贪图收服女寇,可以将功折罪,不想来见爹爹请罪,动怒不容。既要问斩,不要杀我兄弟,快些传令杀我,孩儿死而无怨。

孙　堂：住了,你俩同是不忠不孝,不晓国法军规。当日我收你刘氏母亲,有犯国律,你祖父把我定斩不容,不想今日你们又犯此罪。我为军中大帅,岂敢为己怀私?既然同做同当,死无偏向。军校们,把他二人一起推出

　　　　　斩首示众。

兵　　卒：哈（推下孙月、孙弘）。
康金定、刘赛花：慢着慢着，刀下留人！
　　　　　（唱）：康刘二氏吓一跳，只叫刀下把人留。
（孙月、孙弘下，又上）
康金定、刘赛花：（唱）回身上帐双膝跪，只叫元帅想情由。
　　　　　　　　孩儿收妻纵犯罪，不可问斩一命休。
　　　　　　　　国家大乱不安稳，这才出兵到外头。
　　　　　　　　无非扫除烟尘净，才得班师转龙楼。
　　　　　　　　招亲不用征与战，乃是为国把贼收。
　　　　　　　　论理有功无有罪，又在这用军之时将难求。
　　　　　　　　何况又是亲父子，怎忍绝情天性丢？
　　　　　　　　望乞夫主开恩典，饶恕他们理才投。
　　　　　　　　二人说罢将头叩，
孙　　堂：（唱）听罢大怒瞪双眸。
　　　　　　　　康氏求情还犹可，刘氏你真不害羞。
　　　　　　　　当日本帅收了你，怎知犯罪满门不留？
　　　　　　　　弃怨和好不提起，刚刚丢开以往仇。
　　　　　　　　他们犯罪还来保，也不细想投不投。
　　　　　　　　不必多言快退后，莫惹翻面一场羞。
刘赛花：（白）是。
　　　　　（唱）刘赛花不敢再言退下帐，去守将台心内愁。
康金定：（唱）康氏伏地不肯起，只叫元帅泪交流。
　　　　　　　　夫主不必把心狠，当把孙氏宗庙留。
　　　　　　　　要斩孙弘还犹可，死了青郎把心揪。
　　　　　　　　抚养更比亲生重，费尽心血非一秋。
　　　　　　　　刚刚教养成人大，怎忍叫他一命休？
　　　　　　　　望将军不看亲身看去世，当把姐姐骨血留。
　　　　　　　　说罢不住将头叩，
孙　　堂：（唱）听罢不由心内柔。

（白）也罢，且看夫人你的分上，饶过青郎不死，将他重打四十，以戒粗鲁之罪。孙弘罪重，定斩不留。夫人平身，快些退后。

康金定：哎呀，罢了罢了，众亲官们，再保保我儿不死吧，苦哇。

（唱）无得再说出大帐，去看娇儿且不言。

众　人：（白）元帅，

（唱）忙了刘汉与刘月，还有赵荣与董宽，

陈望石瑞毛福寿，一起上帐把话言。

口尊元帅开恩典，莫斩令郎小魁元。

临阵收妻纵有罪，如今却不比从前。

一则无有人作对，二则为国是求安。

收服贼寇应权变，将功折罪理当然。

乞看薄面请息怒，恕他年幼将恩宽。

孙　堂：（唱）听罢不悦呼列位，你们休惹本帅烦。

别人保留都可以，刘家弟兄不该然。

本帅我因为你们犯过罪，惜乎一死刀下餐。

如今冤家又犯罪，世代相传法难宽。

你们不必把他保，快请退后莫多言。

众　人：（白）是。

（唱）一起退下中军帐，无法可使面面相观。

刘汉去见萧元帅，还有王宏先锋官。

萧维祯王宏不怠慢，进帐来把元帅参。

孙　堂：（白）二位大人免礼，不知来见本帅有何军情？

萧维祯、王宏：（唱）元帅明知休故问，来保公子命不捐。

孙　堂：（白）二位免费金心，不必挽留逆子。

萧维祯、王宏：（唱）望乞元帅把情看，莫叫枉来这一番。

孙　堂：（白）二位请退，不必多劳。逆子不忠不孝，本帅有他不多，无他不少。

萧维祯、王宏：咳，

（唱）听罢赧颜往后退，出帐而去回营盘。

石　瑞：（唱）众将无人敢来保，急坏公子石瑞男。

忙去告知父与母，

石建章：（唱）大用闻听吓一蹿。

　　　　　慌忙来到中军帐，故意问声为哪般？

　　　　（白）贤弟，咱那孩儿犯了何罪？这样心狠，便要问斩。

孙　堂：仁兄不必明知故问，冤家临阵收妻，犯了杀身之罪。若不将他斩首正法，只怕满门大罪难逃。仁兄前来想是保他不死，奉劝请回不必多劳心意。

石建章：贤弟言之差矣。

　　　　（唱）犯罪都许有人保，为何这样不肯容？

孙　堂：（唱）众将保留皆不准，你来我怎看人情？

石建章：（唱）看与不看算赖定，劝你莫斩小儿童。

孙　堂：（唱）斩算定了无更改，谁来也难保畜生。

石建章：（唱）莫非不念朋友义，这样傲慢好无情。

孙　堂：（唱）大帐乃是王法地，不论亲戚与宾朋。

石建章：（唱）论不论的你休斩，我今定保小孙弘。

孙　堂：（唱）石建章你莫把人怄，

石建章：（唱）孙堂少来混提名。

孙　堂：（唱）斩的是我亲生子，

石建章：（唱）我是养身也不轻。

孙　堂：（唱）凭你怎么也难恕，

石建章：（唱）有我你算斩不成。

孙　堂：（唱）要斩要斩定要斩，

石建章：（唱）不能不能你不能。

孙　堂：（唱）怒气冲天又传令，

石建章：（唱）要杀连我问典刑。

孙　堂：（唱）刀快无罪不杀你，

石建章：（唱）不杀你得看人情。

孙　堂：（唱）石建章仗着结拜来压我，本帅一言要你听。

　　　　　自古正人先正己，王法不正令难行。

　　　　　不叫我斩小逆子，想来你能管兵丁。（拿印介）

　　　　　来来来，快些接过这只印，你替本帅掌权衡。

石建章：（白）你罢呀。

　　　　　（唱）一介文儒羞奈我，何妨不管任你行？
　　　　　　　　甩袖出了中军帐，去对宋氏细言明。
孙　　堂：（唱）交给大事不敢管，早就该出大帐中。
　　　　　　　　转身复又归了座，
宋金芳：（唱）来了宋氏女花容。
　　　　　　　　大怒不服进了帐，
孙　　堂：（唱）孙堂一见问分明。
　　　　　（白）哥哥去了，嫂嫂又来，必是还为逆子前来讲情，奉劝不如早早出帐，省得叔嫂反目不便。
宋金芳：住了。吾说姓孙的，奴家好意来求脸面，为何问口，不顺人情？要知道虽是你的儿子，也是吾们抚养长大的，你说要杀就杀，不容人说话，这个情理，我就不忿。
　　　　　（唱）怒气冲冲说话紧，你杀个样儿吾瞧瞧。
孙　　堂：（白）住了。
　　　　　（唱）仗着妇人不讲理，可笑石兄差你不高。
宋金芳：（唱）吾夫妻为顾你儿子，混说什么少笑嘲。
孙　　堂：（唱）养子不教父之过，有罪不杀王法难逃。
宋金芳：（唱）什么王法吾不管，你想杀他把眼熬。
孙　　堂：哼哼，
　　　　　（唱）妇人家不懂军规来闯帐，拦挡本帅来放刁。
　　　　　　　　我今不把冤家斩，当着众将落你薄。
　　　　　　　　拍案叫声刀斧手，快把逆子速开刀。
宋金芳：（白）住了。
　　　　　（唱）谁敢杀他有吾在？喝叫孙堂你听着。
　　　　　　　　虽是你儿吾要管，返回高山任逍遥。
　　　　　　　　说罢出了中军帐，割绑救出小儿曹。
军　　卒：（唱）军卒进帐来禀报，石夫人救去公子把命逃。
孙　　堂：（白）起过。
　　　　　（唱）传令众将谁去赶？（众将不言）无人答言气难消。
　　　　　　　　也罢，待我亲身走一走，难免叔嫂把手交。

	才要传令看枪马，
军　卒：	（唱）又来军卒把话学。
	（白）乞报元帅，外边来了一个老道，口称姓同，要见元帅，乞令定夺。
孙　堂：	好，同先生来了，快些有请。
军　卒：	哈，有请道爷。

（同寅上）

同　寅：	元帅在上，贫道稽首。
孙　堂：	好说，不敢。先生来了，请入后帐歇息，本帅有事，暂且少陪，等吾回来大家再叙。
同　寅：	慢着，元帅不必出营，这里是非，贫道早已知晓。令郎他们该有两段姻缘之分，此乃天定难违。莫如收服二女，寇贼可平。不然干戈难定，何日方能奏凯？
孙　堂：	先生纵有先见之明，怎奈本帅不敢为国徇私？逆子犯罪，若要不斩，如何以法服众？
同　寅：	元帅千万不可如此，此事无妨，只要为国立功，贫道管能保你无罪。
孙　堂：	罢了，先生解劝不得不从。人来！
军　卒：	有。
孙　堂：	请你石爷前来见我。
军　卒：	元帅有请石爷。
石建章：	来了。
石建章：	呀，同先生何时到此？一向可好？
同　寅：	好。
孙　堂：	犬子曾言受教先生门下，却与仁兄都是故友重逢，事忙且等闲暇，再叙不迟。
石建章：	元帅所言事忙，莫非唤我，你是回心转意？
孙　堂：	仁兄问我，也非追悔，皆因先生到此劝我，婚定该然，又观兄嫂之面，还有众将一概来求情，怎好不赦？方才冒犯仁兄，望乞海涵恕罪，还求哥哥请回嫂嫂，请到山寨收服金家父女，一同归降。大兵西行，捉拿反叛回京，大家有功受赏，小弟不忘兄嫂之义也。
石建章：	罢了，既是贤弟回心转意，又有先生成全，愚兄怎好不去？事忙少叙，

等我回来再与先生盘桓，暂且告辞去也。

孙　堂：石兄一去，大事已了。有请先生同归后帐，本帅请教军机，暂且歇兵不动。先生请。

同　寅：元帅请。

孙　堂：请。

（孙弘上）

孙　弘：爹爹暂且落后，待孩儿先行一步，去见金氏，叫她前来拜见父母。

孙　堂：如此，我儿头前先去吧。

孙　弘：是。

（孙弘马上）

孙　弘：俺孙弘，只因收妻父亲怪罪，惜乎一死，多亏养母宋氏救护出营。方才我父赶来，说明其故，原来师傅到此求情，爹爹无奈赦罪。奉求金家父女归降，我只身去见娘子，说透其情，劝她父王、姐姐同归便了。

（金玉环、金玉莲出，升帐）

金玉莲：（诗）姻缘无分心意灰，

金玉环：（诗）行计鸳鸯两相随。

金玉莲：（白）奴金玉莲。

金玉环：奴金玉环。姐姐，小妹终身有主，你总气恨长叹，奉劝姐姐莫如同归孙姓，姐妹作为妯娌，何等不好？偏要别扭，不愿意看你丹心旁落，乞愿总有结果。

军　卒：报二位姑娘得知，今有郡马老爷前来，请二郡主出营，说有大事相商，叫你速去，不可迟误。

金玉环：呀，郡马回来，必有好音。姐姐守营，待我出去相见。

（唱）吩咐喽啰快带马，急忙出帐去得忙。

金玉莲：（唱）剩下玉莲心暗想，他们不知何勾当？

　　　　妹妹得把便宜占，她算是郎才女貌配成双。

　　　　叫吾嫁那黑脸汉，虽说不愿也应当。

　　　　人家虽黑可不丑，生来勇猛性刚强。

　　　　上阵交锋无对手，天生是个汉子王。

　　　　奴家若与他配偶，虎女英雄正对当。

　　　　　　后悔晚了无人讲，耽搁不得配鸳鸯。
　　　　　　越思越想越憋闷。
金玉环：（唱）喽啰们将马带过，玉环回来喜洋洋。
金玉莲：（唱）妹妹来了快请坐，妹夫到此何勾当？
金玉环：（唱）姐姐不知其中故，细听小妹说其详。
　　　　　　你妹夫见了他的父，这般惜乎一命亡。
　　　　　　多亏有人把情讨，叫他招安咱投降。
　　　　　　还有那杏花山的宋氏女，早已招了郡马郎。
　　　　　　是你妹夫养身父母，小妹拜见问安康。
　　　　　　他叫咱们归王化，你的事儿也有商量。
金玉莲：（白）也有啥商量呢？
金玉环：（唱）不过为你终身事，你还嫁那黑面郎。
金玉莲：哼。
金玉环：（唱）不知姐姐愿不愿？
金玉莲：（白）他们既然要成全，不用问吾，妹妹你看着做去吧，吾不管。
金玉环：好。
　　　　（唱）你既愿意不能黄。
　　　　　　我叫他们同回去，咱二人还得回山见父王。
　　　　　　奉劝他老同归正，你到明营好拜堂。
金玉莲：（唱）任凭妹妹我不扭，要去咱快转山岗。
金玉环：（唱）听罢点头说有理，急忙传令叫梅香。
　　　　（白）梅香听令。
梅　香：姑娘有何吩咐？
金玉环：我姐妹要回高山，命你执掌营中大事，吩咐喽啰无事不可妄动，等我们回来，便好同归明营。
梅　香：奴婢遵命。
金玉环：喽啰们，带马回山。姐姐请。
金玉莲：妹妹请。
　　　　（四和尚站）
众　人：（诗）居住在庙堂，绿林逞豪强。

　　　　　　僧兵如蚁聚，要保大元王。

庶法和尚：（白）吾庶法和尚。

庶力和尚：吾庶力和尚。

庶志和尚：吾庶志和尚。

庶谋和尚：吾庶谋和尚。

众　　人：师傅设座，在此伺候。

慧　　空：（诗）胸藏韬略妙法高，奇门异术鬼神毛。

　　　　　（白）出家人普化和尚慧空，兄弟会真因保元主，往南去征，不知胜败怎样？

小 和 尚：禀老师傅，今有师叔又来求见。

慧　　空：快些有请。

小 和 尚：哈，有请师叔。

会　　真：来了。师兄可好？小弟稽首。

慧　　空：师弟免礼，请坐。

会　　真：有坐。

慧　　空：听说师弟随军，大获全胜，如何又回高山？莫非南国不灭，失机败阵？

会　　真：咳，师兄不消问了。

　　　　　（唱）先胜后败说一遍，大元无福社稷回。
　　　　　　　鞑兵百万伤八九，苦争恶战火化灰。
　　　　　　　君臣夜遁回塞北，明兵追赶趁孤危。
　　　　　　　我又失陷紫荆地，来见师兄把山回。
　　　　　　　奉劝为国走一走，拔刀相助展神威。
　　　　　　　要保大元把明灭，强如古庙把僧围。
　　　　　　　赫赫有名为一品，管能名标万古垂。
　　　　　　　师兄莫辞随我去，

慧　　空：（唱）听罢大怒皱双眉。
　　　　　　　叫声师弟莫忧虑，我去必然灭蛮贼。
　　　　　　　带领徒弟把山下，不知先往何处归？

会　　真：（白）师兄要去，你我先奔瓦剌，去见太师也先，一同发兵便好南进。

慧　　空：好。

|（唱）如此师弟歇一夜，明日大家走一回。

会　真：（白）请。

（唱）暂且不言这里事，

（金玉莲、金玉环上）

金玉莲、金玉环：（唱）又表金家二蛾眉。

姐妹二人回山寨，同心劝父把降归。

金玉莲：（白）奴金玉莲。

金玉环：奴金玉环。姐姐，你我离营上山劝父归降，小妹私自招亲，父王闻知必然动怒。莫如你先去见爹爹，说明就里，父王不嗔，小妹再见不迟。唯恐不愿，归降之言，不好启齿。

金玉莲：妹妹所言极是。你且落后，愚姐先行去也。

金玉环：你看姐姐头前而去，我在后边听个消息便了。

（金霸升帐）

金　霸：（诗）为王难建业，助友望成功。

（白）孤家金霸，自从战败回山，又命女儿去到百草坡，抵挡京都人马，不见胜败回音，好叫孤家心中悬挂。

金玉莲：喽啰们，将马带过。

金玉莲：父王在上，女儿万福。

金　霸：我儿回来了，可与明兵对敌，为何不见你妹妹？独自回山，却有何事？

金玉莲：父王若问，听儿实言相告。

（唱）女儿奉了父王令，姐妹去到百草坡。

扎营阻挡敌兵将，两下对战杀与搏。

遇见孙家二小将，我妹把他二人捉。

金　霸：（白）真是你姐妹武艺精通。

金玉莲：（唱）回营这般成婚配，妹妹招亲结丝萝。

孙家弟兄回营转，见了他父事又多。

惜乎把他弟兄斩，多亏友人把情说。

不杀招安咱父女，姐妹同来转山坡。

我妹妹自知有罪不敢讲，孩儿先来禀明白。

劝父王不必扶保王家子，莫如投降免干戈。

　　　　　　　一则成全两女儿，二则弃邪理正合。
　　　　　　　连说带劝言未尽，
金　　霸：（白）住了。
　　　　　（唱）听罢大怒气勃勃。
　　　　　　　拍案骂声二逆女，一概无知罪难脱。
　　　　　　　玉环招亲真可恼，你竟同心不扭别。
　　　　　　　丫头逆亲同向外，你还胆大前来说。
　　　　　　　少来劝我快退后，不许你在混多舌。
　　　　　　　叫你妹妹来见我，将她问罪把头割。
金玉莲：（唱）父王不可如此讲，要杀妹妹理不合。
　　　　（白）父王你今花甲，只为朋友死儿绝后，还不回头，等待何时？女儿劝你不听，还想父女绝情。这样扶假灭真，迷而不悟，只怕逆天大罪难容。目下大兵已到，你要做刀头之鬼么？
金　　霸：哎呀哎呀，好个逆女，这样不孝，扬父之过，姐妹一同反心向外，哪里容得？喽啰们，把这丫头推出寨外，斩首报来。
　　　　（喽啰推金玉莲下，金玉环上）
金玉环：刀下留人！父王，我姐姐犯了何罪，一怒竟要问斩？
金　　霸：呀呸，好个无耻丫头，你还胆大敢来问我？
　　　　（唱）背父招亲真该死，私自苟合脸太憨。
金玉环：（唱）自古女大择佳婿，月老造定是前缘。
金　　霸：（唱）私嫁仇敌该何罪？还敢劝孤来回山。
金玉环：（唱）劝你归降是正理，为何怪罪太不端？
金　　霸：（唱）你们不该向外人，反亲侍仇罪难宽。
金玉环：（唱）不叫你把反贼助，乃是保护把命全。
金　　霸：（唱）誓死不把朋友弃，别人劝我是枉然。
金玉环：（唱）这样劝你不醒悟，将来难免一命捐。
金　　霸：（唱）死活不用你们管，
金玉环：（唱）不听你也休管咱。
金　　霸：（唱）丫头无脸该羞死，
金玉环：（唱）不像你反叛行逆天。

金　　霸：哎呀，

　　　　（唱）这样顶撞真可恼，
金玉环：（唱）气死你省得被刀餐。
金　　霸：（唱）两个丫头俱该斩，
金玉环：（唱）杀我姐妹只怕难。
金　　霸：（唱）吩咐喽啰往外绑。
金玉环：（白）住了。

　　　　（唱）哪个胆大敢近前？
金　　霸：（唱）丫头无父真是反，
金玉环：（唱）说反就反不怕天。
金　　霸：（白）也罢。

　　　　（唱）待孤亲身把你斩，
金玉环：（唱）不怕父女两争残。
金　　霸：（唱）气得金霸拔宝剑，
金玉环：（唱）玉环也抽剑龙泉。
金　　霸：（唱）恶狠狠地砍了去，
金玉环：（唱）宝剑一迎把手还。

　　　　　　　父女二人杀出帐，
喽　　啰：（唱）喽啰害怕不敢拦。
金玉环：（唱）玉环杀着叠主意，需得吓唬父年残。

　　　　　　　败下忙把龙爪取，赶来抓下头上冠。
金　　霸：（白）呀，不好。

　　　　（唱）吓得金霸往后退，回了大帐心胆战。
金玉环：（唱）玉环忙把姐姐救，割断绑绳把话言。

　　　　　　　父王待咱心毒狠，不必劝他别离山。

　　　　　　　顺从明营咱姐妹，量他不敢追杀咱。
金玉莲：（白）有理。

　　　　（唱）二人提刀忙上马，下山而去不回还。
金　　霸：（唱）金霸回帐惊又恨，

　　　　（军卒上）

军　卒：（唱）归来喽啰跪平川。
　　　　（白）报大王得知，二位郡主反下高山，去归明营，我等不敢拦挡，来禀大王，乞令定夺。
金　霸：起过。
军　卒：哈。
金　霸：哎呀，这还了得！好两个丫头，真正气死人也。待孤上马赶去，父女决一死战。哎呀，且住，我想她俩武艺高强，量我一人赶上，单丝不线，却不是她们对手，这却如何是好？咳，也罢，想我金霸为人一世，纵横宇宙，帮助朋友未得创业，反倒老来绝后，儿死女离，似此活着不如一死，待我拔剑自刎，是是也罢。
　　　　（金霸死，军卒上）
军　卒：哎呀，大王自刎身亡，大家赶快请回她们，成殓尸首吧。
　　　　（内报）报二位郡主得知，你们不用走了。王爷自尽身亡，快些成殓王爷尸首去吧。
金玉莲：呀，这还了得？咱姐妹快些回去看来。喽啰们，将马带过。
金玉莲、金玉环：父王哪里？父王怎样？果然自刎已死。咳，我那狠心的父王。
　　　　（唱）姐妹二人号啕痛，直叫爹爹死得不当。
　　　　　　　女儿劝你心不醒，总恋朋友苦相帮。
　　　　　　　老来丧子又自刎，可惜空自创业一场。
　　　　　　　父死儿们算不孝，只得殡葬在山岗。
　　　　　　　哭罢多时抬身起，叫声喽啰听其详。
　　　　　　　把你王爷快成殓，速用棺椁把尸装。
　　　　　　　停在大寨候发殡，尔等跟随齐投降。
众　人：（白）哈。
金玉莲、金玉环：（唱）姐妹啼哭又上马，直奔明营去得忙。
　　　　　　　暂不表他们来归顺，
　　　　（孙堂上帐，坐）
孙　堂：（唱）又表元帅名孙堂。
　　　　　　　升帐聚集众兵将，盼望敌营女红妆。
　　　　　　　等候归降无音信，叫人心内犯思量。

　　　　　　　又命我儿去打探，不见回营得渺茫。
　　　　　　　正坐大帐心思虑，
孙　弘：（唱）孙弘回营喜洋洋。
　　　　　　　上帐打躬尊父帅，孩儿回来禀其详。
　　　　　　　我的岳父名金霸，这般自刎一命亡。
　　　　　　　金家二女来归顺，还有喽啰齐投降。
孙　堂：（白）好，我儿，快叫她姐妹进帐。
孙　弘：是。
　　　（唱）答应一声忙出帐，营门以外高声扬。
　　　　　　　姐姐娘子速进帐，同到这里算有光。
　　　　　　　你们快些急速见，
金玉莲、金玉环：（白）来了。
　　　　　　（唱）姐妹二人来得忙。
　　　　　　　　　进帐含羞双齐跪，
金玉环：（唱）玉环启齿把口张。
　　　　　　　媳妇带罪见公父，拜见公婆认爹娘。
　　　　　　　可惜我父身自尽，望乞容儿发灵丧。
孙　堂：（白）好。
　　　（唱）不忘亲恩是孝女，殡葬亲翁理正当。
　　　　　　　金家姑娘大小姐，有人提亲说其详。
　　　　　　　配吾长子名孙月，夫妻一起去发丧。
　　　　　　　事毕速回随军旅，好去平贼转朝纲。
金玉莲、金玉环：（白）谢过公父大人好意。
孙　堂：（唱）叫声媳妇平身起，
　　　（白）孙月。
孙　月：有。
孙　堂：（唱）领去拜见你的娘。
孙　月：（白）是，你姐妹随吾来。
金玉环、金玉莲：来了。
孙　堂：（唱）吩咐一声排宴席，预备花烛好拜堂。

（白）今日收留金家二女，匹配我儿，倒也遂心如意。同先生与我定计，他便先去投奔反叛王山，叫我大兵随后就到，准备智取，灭贼成功。本帅依计而行，等候花烛完毕，起兵玉州便了。

（诗）叛逆不难灭，扶助仗仙人。

（六番将，升帐站）

众　人：（诗）打鼓军威振，兵将密如云。
　　　　　　覆灭中原国，胡马又南侵。

铁哥不花：（白）吾铁哥不花。

达儿不花：吾达儿不花。

伯　彦：吾伯彦。

哈　明：吾哈明。

耶律休哥：吾耶律休哥。

耶律学占：吾耶律学占。

众　人：太师升帐，在此伺候。

（乜先出）

乜　先：（诗）世代为王掌生杀，一兴一废反中华。
　　　　　　战事侵扰乾坤乱，国仇无了永征杀。

（白）孤家顺宁王乜先。自从兵困燕山，杀得天崩地裂，可怜百万胡兵尽遭涂炭而亡。我君臣得命逃回本国，复又调动人马起兵南征。小番报到，明兵夺回紫荆关，杀奔塞北，军师逃去无踪。孤家这一前去迎敌，大动干戈，又是一场恶战。

军　卒：报大王得知，今有军师请来一位长老，还有许多和尚一起来到大营要见太师，乞令定夺。

乜　先：好，快请军师、那位仙长前来见孤。

军　卒：大王有请，军师仙长前来一同进帐。

会　真：来了。（慧空、会真上）

慧空、会真：太师可好？贫僧稽首。

乜　先：好说，不敢。二位快些请坐。

慧空、会真：有坐。

乜　先：请问军师怎么失陷关城？请来长老法号何名？快些告诉孤家知晓。

会　真：太师若问，听了。

　　　　（唱）失落关口说一遍，衰家逃走愧无能。
　　　　　　　无计报仇回山去，请来师兄名慧空。
　　　　　　　带来五百僧兵将，俱各惯战又能征。
　　　　　　　知道太师回本郡，齐来赶奔瓦剌城。
　　　　　　　半路又知发人马，故此急急到大营。
　　　　　　　这回再去两对战，有师兄他必成功。

乜　先：（白）好。

　　　　（唱）听罢大悦心欢喜，原来长老法力能。
　　　　　　　这回再把中原奔，全仗佛法退敌兵。

慧　空：（白）太师不要过奖。

乜　先：（唱）说罢传令拔营寨，起兵急急向南征。
　　　　　　　不言乜先行人马，

同　寅：（唱）又表明镜同先生。
　　　　　　　定计来把玉州奔，卖卦为由混进城。
　　　　　　　等候反叛不取胜，用人投入显奇能。
　　　　　　　暂压同寅观动变，

众　人：（唱）再表王山把帐升。
　　　　　　　来了郎彪与郎豹，还有飞虎与潘兴。
　　　　　　　大小兵将齐来到，三通鼓打响连声。

王　山：（唱）王山升帐方归座，

军　卒：（唱）探子跑来报事情。

　　　　（白）报大王得知，了不得了。

王　山：有何大事？慢慢报来。

军　卒：大王听报。

　　　　（唱）报报报是非，大祸急来到。
　　　　　　　探得豹头山，金家不着靠。
　　　　　　　男子命皆倾，闺女不害臊。
　　　　　　　嫁了明将官，归降顺了教。
　　　　　　　明兵到玉州，来得多凶暴。

　　　　　　　　离城不远了，安营埋锅灶。
　　　　　　　　随后就杀来，探明来禀报。
王　山：（白）再探。
军　卒：得令。
王　山：（唱）王山火星冒。
　　　　　　　　明兵太也凶，逞强来作耗。
　　　　　　　　金家父子亡，孤算无依靠。
　　　　　　　　既来不等饶，难免一场闹。
　　　　　　　　正然自发威，
军　卒：（唱）探子又来报。
　　　　　　　　敌兵人马来，不住响大炮。
　　　　　　　　对面把城攻，口口把阵要。
王　山：（唱）再探莫消停。
军　卒：（白）得令。
王　山：（唱）急把众将叫。
　　　　（白）众将官，人马一起杀出城去，不可有误。
军　卒：哈。
　　　　（郎彪上，对刘汉）
刘　汉：来者贼将，报名上来，好做枪下之鬼。
郎　彪：问你将军名叫郎彪。明将是谁？敢来送死。
刘　汉：休发狠言大话，看枪取你。
郎　彪：来来。
　　　　（郎彪死。刘月杀郎豹，郎豹死。乱杀一阵，飞虎、潘兴俱死，军卒上）
军　卒：报王爷得知，四位将军俱各落马而亡。乞令定夺。
王　山：哎呀哎呀，这还了得？快看孤家刀马伺候。
军　卒：哈。
　　　　（王山上，对赵荣）
赵　荣：来者贼人，打扮各别，敢是逆贼王山吗？
王　山：然也。明将是谁？尔等竟敢杀我四员大将。孤家特来报仇，不要走，看刀取你。

赵　荣：且慢动手，冤家狭路相逢，你是不识，老爷名唤赵荣，奉旨随军到此，今来拿你一除国患，二报当日之仇。

王　山：住了。我与你早年有何仇恨？这样胡言乱道，令人可恼。

赵　荣：逆贼，你不记得当日在京，抢夺赵家人口，将我惜乎摔死？爷爷今日特来拿你报仇，碎尸万段，不要走，看枪与你。

王　山：哎呀，原来你是赵家小子到此，正好杀你，以绝后患。休走！看刀！

赵　荣：来来。

（王山中枪败，又上）

王　山：哎呀，小辈好生厉害。众将官，快些收兵回城。

赵　荣：逆贼被我刺中一枪，大败回城。众将官休辞劳苦，努力攻打城池。

王　山：小军们，紧闭城门，严加防备。将马带过，哎呀，可不好了。

（唱）左臂上，中一枪。

　　　　回到大帐，疼痛难当。

　　　　小子真骁勇，武艺比我强。

　　　　可惜四员大将，一起命丧疆场。

　　　　孤家不服把阵上，又遇小辈受了伤。

　　　　只是我，大不祥。

　　　　去了膀臂，无人相帮。

　　　　敌兵攻城紧，无法可提防。

　　　　倘若城池攻破，难免一起命亡。

　　　　着急不住干搓手，

军　卒：（唱）军卒报事来得忙。上大帐，报其详。

　　　　有个老道，来见大王。

　　　　他说保千岁，退敌有妙方。

　　　　是奉老王差遣，到此竟来相帮。

王　山：（白）好。

　　　　（唱）叔父差人来得巧，命他进来问其详。

军　卒：（白）哈，大王有令，命你进见。

同　寅：来了。

　　　　（唱）同寅进帐忙稽首。

王　　山：	你这老人法号何名？我叔怎么差你到此？快些一一说来。稍有言差语错，便当奸细拿下问斩。

（白）大王在上，贫道稽首。

王　　山：你这老人法号何名？我叔怎么差你到此？快些一一说来。稍有言差语错，便当奸细拿下问斩。

同　　寅：大王不要多疑，若问差遣，细听贫道说明来历。

（唱）山人法号名玄净，乃是北国新封军师。
　　　令叔王振与我相契，同朝办事两如一。
　　　叫你为王起大义，诸般俱都对我提。
　　　令叔怕你不成事，一本奏与元主知。
　　　差我到此来相助，同取大明锦山河。
　　　贫道雅密来见你，不想正遇两对敌。
　　　怕是拿我当奸细，托言令叔面生疑。
　　　见面实言告诉你，公私两尽来扶持。
　　　巧言说罢又稽首，

王　　山：（白）好。

（唱）听罢急忙把座离。
　　　不知军师来到此，慢待恕过我多疑。

同　　寅：（白）好说，不敢。两军对敌，人心复杂，理当加些谨慎。

王　　山：（唱）话已说明无介意，快些请坐议军机。
　　　　　才要请教把敌退，

军　　卒：（唱）军卒上帐来得急。

（白）报大王得知，敌兵攻城甚紧，只叫大王出去受死，小人不敢不报。

王　　山：无人出马快去传令，免战牌高悬。

军　　卒：哈。

同　　寅：慢着，千岁，敌兵既然攻城，怎不传令交锋？为何这等闭门不出？岂不被人所笑？

王　　山：军师不知，敌兵厉害无比，城内大将皆亡。孤家出马受伤而回，无人敢去作战，只好传令防守，慢想退兵之计。

同　　寅：千岁放心，贫道既来，愿效犬马之劳。不才立功，才不负托，只管传令出城会战，贫道管保有胜无败。

王　　山：军师远来是客，还未歇息，怎好劳动出马？

同　寅：不妨，既来之，则安之，何言劳动二字？不是山人夸口，只拿凡夫俗子，不用亲身出马，只用别人诱敌，引那明将一到城下，准备绳索拿人，贫道在城上施展法术，管教敌人落马。

王　山：好，如此多有依仗神威，往下便叫家将王正听令。

王　正：在。

王　山：原是如此这般，命你出城诱敌，许败不许胜，引那敌将到城下，军师自有妙计成功。快去。

王　正：遵令。

王　山：孤家奉陪军师，一到城头，倒要见识见识玄妙，请。

同　寅：请。

赵荣、孙月：众将官压住阵脚。

众　人：哈。

（赵荣、孙月马上）

赵　荣：俺赵荣。

孙　月：俺孙月。

赵　荣：表兄，我师傅同先生与我爹爹定计，要拿反叛。大兵来到玉州，杀得贼人惊魂丧胆，闭门不出，探听我师傅早已进城，料想必有安排。叫咱攻城留神看意，要有我师傅上城，大家需要见机而作。

孙　月：那是自然。呀，你看城门大开，出来人马退敌，远望城上有人观阵，正是先生同寅。光景必是贼人中计，大家杀上前去便是。

赵　荣：有理。

（王正上，对赵荣）

王　正：来者贼将，快些下马受死。

赵　荣：呀，不要唠叨，看枪。

王　正：来！来！（王正败）明将，你快赶。

（唱）圈马诈败回城转，

赵　荣：（唱）赵荣故意赶得急。

不用一时到城下，（同寅、王山上）留神观瞧看端底。

同　寅：（唱）同寅一见高声喊，明将少来把人欺。

故意念咒手一指，（混念瞎说一气）还不落马等何时？

赵　荣：（唱）赵荣会意掉下马，
军　卒：（唱）出来军卒绑得紧。
王　山：（白）好，真是法术绝妙。
　　　　（王正上）
王　正：（唱）王正出城来交战，（孙月对杀）故意装着喘吁吁。
　　　　　　　不上三合忙败走，
孙　月：（唱）孙月追赶马不停。
同　寅：（唱）同寅喊叫用手指，照样也就落征驹。
军　卒：（唱）军卒绑着把城进，
孙弘、石瑞：（唱）又来了孙弘石瑞两对敌。
　　　　（白）哪里走？
同　寅：明将休追，快些落马。（同寅念咒）
孙弘、石瑞：哎呀不好，
　　　　　　（唱）闪身落地装头迷。
军　卒：（唱）又来军卒绑了去，
孙　堂：（唱）孙堂赶到假装虚。
　　　　（白）哎呀不好，
　　　　（唱）故意大败撤兵将，
王　山：（白）好哇，
　　　　（唱）王山一见乐有余。
　　　　　　　明兵胆怯回营转，无人敢来再对敌。
　　　　　　　城上观罢心欢喜，你纵有百万人马不放心里。
（白）哈哈哈，军师果然妙法多端，拿住四将，其余不战自退，大败而回，真是奇功一件。快请下城，随孤一到大帐排宴庆功，请。
（摆场，王山、同寅上）
王　山：军校们，将马带过，军师请坐。
同　寅：有坐。
王　山：请问军师拿来四将，不知怎样发落才好？
同　寅：论理仇敌当斩，大王若有爱将之心，何不劝他们归降，将他们收在帐下听用，岂不是好？

王　　山：不要，内有一人，千万留不得的。

同　　寅：怎么留不得的？

王　　山：那个姓赵的与我有仇，若要留他，岂不滋心生害？

同　　寅：不妨，自古道君子不念旧恶，大王若肯收留，贫道就用良言劝他归降，不然还有法术治他。用军之时，何论许多？只要侧席求贤，感化人心，好好恩待与他，大料无有不顺。

王　　山：罢了，就依军师之言，解劝他们看是如何。快来，请升正座，孤家一旁奉陪。

同　　寅：如此有礼了。

（同寅正坐，王山后坐）

同　　寅：军校们，将那四个明将绑上帐来。

（军卒绑四人上）

赵荣等四人：罢了，罢了。

同　　寅：四位将军不必害怕，纵然被擒，不叫你们轻生，奉劝归降自有好处。

赵荣等四人：住了，好个牛鼻子，少来解劝我等。

（唱）故意大发威，立目声断喝。

　　　大骂野道人，王山贼正恶。

　　　我等是忠臣，顺贼不能做。

　　　邪法把人拿，取胜不怎么。

　　　要杀就请杀，不怕用刀剁。

　　　归降万不能，任你口说破。

同　　寅：（白）住了。

（唱）良言既不听，叫人心不乐。

　　　扭别是枉然，带怒忙离座。

　　　照面用口吹，

赵荣等四人：（唱）四人心明澈。

　　　装着好喜欢，归降连应诺。

　　　忙忙连叩头，连说方才错。

　　　弃暗愿投明，归顺心中乐。

（白）仙长老爷与大王爷爷，我等情愿归降，帐下听用，哪怕回去复返杀贼，万死不辞。
- **同　　寅**：好，你们既愿归降，别无他说，贫道怎样吩咐，不可违逆。
- **赵荣等四人**：是，道爷怎说怎是，情愿舍命立功。
- **同　　寅**：罢了，如此就算收服尔等。军校们，将他四人松绑，领去好生款待。
- **军　　卒**：哈，你们随我来。
- **赵荣等四人**：来了。
- **王　　山**：军师，方才他们那样光景，怎么啐了一口，就欣然愿意归降？
- **同　　寅**：大王不知，此乃又是法术，竟叫他迷着今夜，好有用处。
- **王　　山**：什么用处？
- **同　　寅**：今晚叫他们两个巡城，两个带兵，三更时候悄悄出城，去到明营偷营劫寨，料他自家兵将逃回，必然不做准备，出其不意，管保一战必然成功。
- **王　　山**：好，此计甚妙，军师真是神仙，叫人越发敬重了。
- **同　　寅**：好说，不敢，大王过奖了。
- **王　　山**：就把军机一概交付与你，孤家大事不管，就等灭明，平分江山。人来，大排筵席，孤与军师庆功。
- **军　　卒**：哈。
- **王　　山**：军师请。
- **同　　寅**：大王请。

（孙堂升帐，男女众将站）

- **孙　　堂**：（诗）奇计能决胜，妙用便成功。

  （白）本帅孙堂，先生明镜去投王山，果然收留重用。拿去四人哄信愚迷，料想必有用处。本帅夜晚传令，人不卸甲马不离鞍，准备城内若有消息，便好起兵杀进城去，捉拿反叛。
- **孙　　弘**：（内）军校们，尔等悄悄巡营，不许惊走贼寇，将马带过。（上）父帅在上，孩儿打躬。
- **孙　　堂**：我儿回来了，不知你二位哥哥与你表兄怎样？同先生有何安排？快些一一告诉与我。
- **孙　　弘**：父帅若问容禀。

  （唱）我师傅，妙计多。

  　　　拿我四人，这般劝说。

　　　　　　　当面装不允，又说巧良谋。

　　　　　　　每人啐了一口，归降哄信王贼。

　　　　　　　如此差遣有分派，把我四人两下拨。

　　　　　　　候夜晚，二更多。

　　　　　　　孩儿出城，同我哥哥。

　　　　　　　偷营来劫寨，定规把身脱。

　　　　　　　得便离了贼队，别人却不晓得。

　　　　　　　悄悄回营来送信，告诉父帅知明白。

　　　　　　　忙传令，去杀贼。

　　　　　　　攻城有人，里应外合。

　　　　　　　一战城必破，好把王贼捉。

　　　　　　　内有先生做主，量他插翅难脱。

　　　　　　　开门需看灯为记，有我表兄石家哥哥。

孙　堂：（唱）说知道，好快活。

　　　　　　　一举平贼，要奏凯歌。

　　　　　　　座上忙传令，众将去杀贼。

　　　　　　　我儿头前引路，大兵去把城夺。

孙　弘：（白）遵令。

孙　堂：（唱）吩咐妇女齐守寨，众将攻城走如梭。

王正、孙月：（唱）又把那，二人说。

　　　　　　　王正孙月，齐催征驼。

　　　　　　　带领贼兵将，偷营来得早。

　　　　　　　正走鸾铃声响，黑夜看不明白。

　　　　　　　老远像有人一片，来得无数太也多，

　　　　　　　王正一见说不好，人家准备去不得。

孙　月：（白）哼哼，不好。

　　　（唱）孙月故意也害怕，吩咐撤兵回来挪。

贼　兵：（唱）贼兵着忙一起退，人马到齐跑如梭。

　　　　　　　不多一时到城下，

　　　　　　　（赵荣、石瑞提灯上）

王　　正：（唱）快些开城挡明贼。

赵荣、石瑞：（唱）赵荣石瑞早知晓，红灯高举喊吆喝。

　　　　　　　吩咐开门把城下，

孙　　月：（唱）小孙月打死王正见阎罗。

　　　　　　　喊叫人马往里闯，孙堂兵到无拦拨。

　　　　　　　大兵一涌将城进，黑夜杀得如翻锅。

　　　　　　　喊声震地山摇动，

石瑞、赵荣：（唱）石瑞赵荣喜心窝。

赵　　荣：（白）石兄弟，大兵杀进城来，趁此忙乱之时，你我现有令箭随身，里外出入不难，正好去见同先生，一同捉拿王山，岂不是好？

石　　瑞：有理快走。

王　　山：先生请。

同　　寅：大王请。（王山坐，同寅便座）

王　　山：孤家王山。

同　　寅：贫道玄净。大王，山人遭将偷营去了，大料一战必然成功，把明营扫灭易如反掌。

王　　山：军师此来，真是该我兴邦立业。若把明兵灭尽，早取京都，平分疆土，一定同享富贵。

同　　寅：大王只管放心，山人仰仗洪福，要灭大明，管保势如破竹，目下就完成了。

王　　山：后事莫论，你我晚宴用过，还得夜饮才是。

　　　　　（内喊声，赵荣、石瑞急上）

赵荣、石瑞：哎呀，大王与军师，可不好了。

王　　山：为着何事，这等惊慌？

赵荣、石瑞：不知怎么明兵杀进城来了。

王　　山：哎呀，这还了得？怪不得总不好梦。

同　　寅：将军、徒儿，你们来了？趁此无人，你们还不下手，等待何时？

赵荣、石瑞：遵命，逆贼哪里走？（绑上王山）

王　　山：哎呀，罢了我了，军师怎不救驾？还叫他们绑我？咋不念那嘟嘟噜噜灵验咒语，却是为何？

同　　寅：住了，逆贼休推睡梦，原是这般如此，算你入了牢笼之计。

王　山：哎呀，目下就完了。

同　寅：不用逃走，徒儿与赵将军，你们快些把他拿下，打入囚车，搜拿贼党，好去迎接元帅一入大营。

石瑞、赵荣：遵命。

（张爱玉出）

张爱玉：（诗）命中有福为贵妃，久候将来入宫闱。

（白）奴张爱玉。大王如今建都创业，日后坐了朝廷，奴家就是昭阳正院。听说新近又从北国来了一位军师，大王在前殿理事，无暇回宫。夜晚剩我独宿，自己一人好生寂寞。

（丑扮梅香急上）

梅　香：哎呀，娘娘可不好了。

张爱玉：宫娥为何这等惊慌？

梅　香：不知怎么明兵进城，大王被拿，有人搜宫，又拿娘娘来了。

张爱玉：呀，此话当真哪？

梅　香：哟，怎么不真？娘娘不用发怔，快些想法逃命吧。

张爱玉：哎呀，可不好了，我的妈呀。

（唱）战战兢兢说不好，心中害怕魂吓飞。
　　　　大王怎被人拿住？明兵太也了不得。
　　　　又来拿我可怎好？夜晚难逃主意没。

梅　香：（白）娘娘快来吧。

张爱玉：（唱）只怕人来走不脱，（内喊）

赵　荣：（白）军校们，随我搜拿贼人家眷。

张爱玉：（唱）又听外面声如雷。

赵　荣：（唱）赵荣拿剑入内室，（杀死丫鬟）忙把侍女用剑挥。

张爱玉：（白）爷爷饶命吧。（跪）

赵　荣：哼，

（唱）灯烛辉煌留神看，呀，此妇好像我认得。
　　　　宝剑一指开言问，你必是贼妇说明白。

张爱玉：（唱）连连叩头说正是，奴家便是王山的宫妃。
　　　　口尊爷爷饶了我，怎样吩咐不敢违。

赵　荣：（白）不要胡说，问你姓甚名谁，快快讲。
张爱玉：（唱）奴家名唤张爱玉，请问爷爷姓甚名谁？
赵　荣：（唱）微微冷笑开言道，莫非你是不认得？
张爱玉：（白）素不相识，怎么认得？
赵　荣：（唱）你不知我我知你，进门犯疑就细窥。
　　　　　　　果然你是张氏女，忘了当年惹是非。
　　　　　　　我家守节你不愿，一心改嫁要从贼。
　　　　　　　叹我母子惜乎死，你竟狠心去不回。
　　　　　　　如今也有时来到，难逃报应天网恢恢。
　　　　　　　我本赵荣来到此，报应该你一命亏。
张爱玉：（唱）一闻此言羞又愧，站起身来叫声儿。
赵　荣：（白）住了！谁是你儿？少来胡言乱道。
张爱玉：咳，
　　　　（唱）冤家不把姨娘认，还想要把我命亏。
　　　　　　　常言道君子不把旧恶念，休提过去是与非。
　　　　　　　你今若是饶了我，甘心情愿赵门守节增光辉。
　　　　　　　赧颜说罢一席话，
赵　荣：（白）住了。
　　　　（唱）听罢大怒紧皱眉。
　　　　（白）当日你若不变心从贼，焉有今日之祸？我母子死里重生，都是因你所起。既然失节丧志，见我应当愧死，还提什么旧事？如今拿住贼子，你也难逃法度，我且开恩，不忍杀你，快些受绑，身入囚车，免遭凌辱。等到京内，我母亲还要见你一面，亲自发落。
张爱玉：咳呀，罢了我了，事到其间任凭你吧。
赵　荣：快些服绑，随我来。
张爱玉：来了。
孙　堂：（内）众将官，天色已晚，贼兵归降，不用厮杀，人马歇息安屯，兵将齐进大帐。先生请。
　　　　（同寅上，众将官、孙堂站）
孙　堂：多亏先生用计灭贼，请升正座，孙某理当拜谢。

同　寅：好说，不敢。仰仗军威，为国除患，理之当然。贫道奉陪，元帅快些请坐，发落贼人才是。
孙　堂：如此不恭了。
同　寅：应该。
孙　堂：有礼了。
同　寅：该呀，哈哈。
　　　　（孙堂正坐，同寅坐，赵荣上）
赵　荣：启禀元帅，末将拿来贼妻张氏。若要进京问罪，望乞代奏朝廷，讨下此人，好见家母，以消我家从前之恨。
孙　堂：就依贤侄之言，快些退后。
赵　荣：是。
孙　堂：军校们，快把反叛王山绑来见我。
军　卒：哈。（绑上王山）
王　山：罢了，哇哇哇哇。
孙　堂：住了，好个逆贼，你叔侄外联内叛反乱朝廷，该当何罪？
　　　　（唱）连拍案，喊声高。
　　　　　　　仇人见面，气恨难消。
　　　　　　　当日把你遇，半路行恶刁。
　　　　　　　抢占石家女子，仗势胆肥身包。
　　　　　　　恨我未得杀了你，径自逃走未赴阴曹。
　　　　　　　你叔侄，把反谋。
　　　　　　　倾害故国，天理不饶。
　　　　　　　孙家人未死，今又把名标。
　　　　　　　本帅前来拿你，恶贯满盈难逃。
　　　　　　　该我孙家把仇报，将你万剐剁千刀。
王　山：（唱）叫孙堂，少发飙。
　　　　　　　恨我糊涂，自把祸招。
　　　　　　　入了野道计，被擒入笼牢。
　　　　　　　不用说黄道黑，杀剐任你开消。
孙　堂：（唱）这里不便杀了你，等候面君转回朝。

（白）军校们，将他拿下，一并张氏打入囚车，准备押解回京，绑下去。

（绑下王山，同寅上）

同　　寅：元帅拿了反叛，理应班师奏凯，怎奈塞北还有大患未除，料想令尊不能平灭，还得你我前去帮助，方可救驾回京，不然干戈难定，如何以安天下？

孙　　堂：先生言之有理，吾家大仇未报，不拿王振誓不甘心。这里狼烟扫灭，待吾写表，命萧元帅回朝面圣，再命石瑞、赵荣、王宏押解反叛协同石家兄嫂一起回京，本帅就从这里一同先生去到塞北，帮助吾父共灭鞑虏，若能救驾还朝，一定表奏先生，讨得封号，好归仙境。

同　　寅：好，多谢元帅美意。

　　　　　（诗）奔走红尘立仙功，治国安邦定太平。

慧　　空：（内）徒弟们，随我杀奔明营。（慧空马上）衰家慧空，师弟邀吾下山帮助乜先探听明兵入境，再于沐川扎下大营。两下相离不远，衰家当先前来要阵。马上高叫明营小校听着，报得进去，叫你家主帅出来受死。

军　　卒：（内报）报元帅得知，营外又来了一个和尚要阵，指名单叫元帅出去受死。

孙吉宗：快看枪马伺候，一起杀出营去。

（慧空上，对孙吉宗）

孙吉宗：你是何处僧人，又来军伍逞威？快些报名受死。

慧　　空：老将要问，听了。

　　　　　（唱）衰家我，名慧空。

　　　　　　　　会真邀吾，下了山峰。

　　　　　　　　我俩师兄弟，报仇来帮兵。

　　　　　　　　师弟几次败阵，令人恨在心中。

　　　　　　　　你这老儿来出马，莫非就是孙吉宗？

孙吉宗：（白）然也。

　　　　　（唱）你既知，本帅名，

　　　　　　　　就该保命，早退全生。

　　　　　　　　为何来逞勇，胆大把人轻？

　　　　　　　　既为佛门弟子，怎不学道念经？

　　　　　　不守清规该何罪？竟破杀戒送残生。
慧　空：（唱）胡言语，我不听。
　　　　　　说些大话，难唬贫僧。
　　　　　　既来保国助，不怕赌斗争。
　　　　　　任你霸王之勇，难挡法力精通。
　　　　　　有何本领试试我，看是谁输与谁赢？
孙吉宗：（唱）微冷笑，叫凶僧。
　　　　　　有何邪术？混把人惊。
　　　　　　本帅全不惧，见见有何能？
　　　　　　说罢拧枪撒马，取命直奔前胸。
慧　空：（唱）铁铲一晃交了手，二马盘桓两相争。
　　　　　　杀一处，暗调停。
　　　　　　老将无敌，果有威风。
　　　　　　实杀难取胜，拨回马能行。
　　　　　　取出纸人纸马，要用法术成功。
　　　　　　急忙掐诀口念咒，法器一吹起在空。
孙吉宗：（白）呀，不好。
　　　　（唱）孙元帅，吃一惊。
　　　　　　哪里来的，天降神兵？
　　　　　　人高马又大，各个貌狰狞。
　　　　　　手拿刀枪乱舞，来与凡夫相争。
　　　　　　不敢交战回里败，
众　僧：（唱）欢乍五百众僧兵。
　　　　　　步下如飞来对阵，疆场之上大交锋。（乱杀一阵，众明将败）
　　　　　　仗着纸人与纸马，鬼哭神嚎把人惊。
　　　　　　杀死明兵人不少，疆场之上血流红。
众　将：（唱）众将一起唬破胆，天神下降挡不能。
　　　　　　各个害怕不能战，催马败阵跑如风。
孙吉宗：（唱）孙爷急急忙传令，吩咐收兵回了营。
慧　空：（唱）慧空一见哈哈笑，收了法术喜心中。

（白）一阵法术克敌，大获全胜，真是奇功一件。徒弟们，打得胜鼓回营报功。

家　　仆：请爷下轿。

于　　谦：尔等午门外伺候。

（于谦上，跪）

于　　谦：万岁万万岁，微臣于谦见驾。启奏吾主，今有元帅孙堂拿住王山，已命督抚萧维祯押解回朝，现在午门候旨见驾。

朱祁钰：好哇，快些宣来见朕。

内　　臣：圣上有旨，宣萧督抚上殿。

萧维祯：万岁。

（萧维祯上，跪）

萧维祯：万岁万万岁，微臣萧维祯奉旨征贼，不能奏凯，多亏孙元帅拿住反叛，命臣押解回京，前来见驾。

朱祁钰：督抚回朝，为何不见元帅孙堂？

萧维祯：万岁，他今带兵又去塞北救驾，共灭鞑虏，暂时不能回京。这里有他表章一道，微臣带来请主御览。

朱祁钰：内臣伺候，呈上来。

内　　臣：遵旨。

朱祁钰：督抚暂且平身。

萧维祯：万岁。

朱祁钰：不知表内是何情由，待朕看来。

（唱）皇帝座上留神看，展开表章看其详。
　　　上写孙堂奏圣上，拿住反叛转朝纲。
　　　表奏功劳有名姓，额外还有事一桩。
　　　落难收妻石建章，朋友带回奏君王。
　　　赵家这般遭冤枉，皆因张氏起不良。
　　　拿住贼妻回京转，赵家发落理应当。
　　　微臣不回去救驾，同父协力灭犬羊。
　　　无暇回转求代奏，故命督抚奏上皇。
　　　看罢表章冲天怒，眼望武士把口张。

快绑王山来见朕，问罪杀剐一命亡。

武　士：（白）遵旨。

（唱）武士答应不怠慢，绑上金阙急又忙。

（王山上，跪）

王　山：（唱）王山跪倒将头叩，

朱祁钰：（唱）景帝一见脸气黄。

连拍御案骂反叛，逆贼兴心太不当。

在京你对赵家欺孤寡，硬夺美色害女娘。

王文怎么偏向你？薛瑄遭败竟回乡。

你在原籍又造反，叔侄里外叛君王。

逆贼被拿到金殿，快说以往莫瞒藏。

王　山：（唱）万岁要问以往事，该死说了也无妨。

从头至尾说一遍，任凭定罪不屈枉。

朱祁钰：（唱）皇帝听罢忙传旨。

（白）逆贼作孽，自己实招，罪该凌迟一死。王文助恶早亡，如今免遭诛戮。往下便叫金瓜武士听真。

武　士：万岁。

朱祁钰：将王山推到云阳市口，万剐凌迟，以消国恨。

武　士：领旨。（退下，杀王山，武士又上）

武　士：启奏万岁，将反叛施刑已毕。

朱祁钰：起过了。

武　士：万岁。

朱祁钰：往下便叫萧爱卿上殿。

萧维祯：万岁。

朱祁钰：快宣王宏、赵荣、石家父子齐来见朕。

内　臣：遵旨，圣上有宣，尔等四人上殿。

（四人上殿，跪）

王宏等四人：万岁。

王　宏：万岁万万岁，微臣王宏。

赵　荣：赵荣。

石建章： 臣子石建章。

石　瑞： 石瑞。

王宏等四人： 同来见驾。

朱祁钰： 你四人功立不一，孙元帅表奏明白，寡人皆知。兵科给事王宏与后军督抚萧维祯二人出征，身为元帅、先锋，如今回京仍居旧职，为国勤劳，外加禄米百石。榜眼赵荣随军立功，加封中书舍人，其妻陶氏随职，从前受害，仇恨已消，将贱妇张氏交与爱卿领回府去发落。秀才石建章落难招妻，幼子立功，封为祭酒学士，其子石瑞封为带刀指挥，父子二人祭祖后再回京都。封赏已毕，众卿一起下殿。

众　人： 谢主隆恩，万岁万岁万万岁。

（完）

第二十七本

【剧情梗概】 张爱玉被押入赵府，备受奚落，自尽身亡。石建章奉旨回乡祭祖，携宋金芳至杨普处，与董月英相认。此时花翠红已亡，牛氏姐弟因家道败落而沦为乞丐。慧空邪法被同寅破解，又心生毒计，在明军水源投毒。明军纷纷中毒，幸得同寅救助。同寅令马云兄弟等诈降乜先，又摆下八卦连环阵，大破番军，斩杀慧空、会真，生擒乜先。

（陶氏婆媳二人出）

陶季春：（诗）霜冷叶落残秋尽，岁寒腊去又回春。
（白）奴陶季春。

陶秀英：奴陶秀英。

陶季春：媳妇，你我姑侄又成婆媳，真叫为娘遂心如意。我儿随军灭贼，但愿拿来张氏报仇雪恨，才解母子以往心头之怨。

（丑老旦装扮马氏上）

马　氏：闺女、外孙媳妇，你们大喜了。外孙征贼回京，拿来恶妇张氏，方才下朝回府，囚车大进府门。我们娘俩见面问候些去，把人乐得欢喜，你们姑侄俩还不快出去呀。

陶秀英、陶季春：呀，姥娘/母亲，此话当真？

马　氏：咋不真呢？外孙吩咐令人看守囚车，横竖一会也必快来，你们不信，亲自问问他嘛。

赵　荣：（内）娘子、母亲在房？

马　氏：哟，咋说咋就来咧？

（赵荣上，跪）

赵　荣：母亲可好？孩儿叩头。

陶季春：我儿不消，起来。

赵　荣：是。

陶秀英：官人可好？

陶季春：我儿回来这等荣耀，莫非平贼有功，朝廷又加封赠？

赵　荣：正是，孩儿蒙恩又加封赏。
陶季春：为娘方才听你姥娘言道，说你拿来张氏，可是真的吗？
赵　荣：怎么不真呢？以往之事原是这般如此。孩儿随我姑父拿来仇人王山，朝廷当殿问罪正法，将张氏发在咱们府中，任凭母亲发落。
陶季春：好，如此说来，这贱人也有今日。我儿快去吩咐院公庭前设座，把那贱人提出囚车，为娘随后就去将她责罚，以报当日之恨。
赵　荣：孩儿遵命。
　　　　（唱）赵荣答应出房去，
陶季春：（唱）陶氏心内好乐哉。义母请回房中去，
马　氏：（白）是，我不看她，省得生气。
陶季春：（唱）媳妇随我出内宅。
陶秀英：（白）是，孩儿奉陪你老同去。
陶季春：（唱）你去不必早露面，听吾呼唤再出来。
　　　　　　　吩咐梅香前引路，速到前面莫迟挨。
　　　　　　　说罢一起出房去，
赵　荣：（唱）赵荣早已吩咐明白。
　　　　　　　打开囚车放张氏，院子设座在月台。
　　　　　　　香茶玉盏桌上摆，伺候夫人把茶筛。
张爱玉：（唱）张氏远远留神看，陶氏贤人出堂来。
　　　　（陶季春上，院子、梅香、赵荣后立）
陶季春：（唱）一见张氏装不认，故意问，你是谁家女裙钗？
张爱玉：（白）夫人姐姐可好，难道不认得小妹我张氏了吗？
陶季春：怎么你是张氏？
张爱玉：正是。
陶季春：呀，
　　　　（唱）你怎回来想不到，一向享福可无灾？
张爱玉：（白）小妹实实愧见姐姐，不必再来打趣。
陶季春：（唱）并非打趣是实话，你到王家怎回赵宅？
　　　　　　　自古道守节不如把夫嫁，一生有主乐和谐。
　　　　　　　你嫁个王孙贵公子，不把饥寒岁月挨。

　　　　　　比在这里强百倍，高门富贵称心怀。
　　　　　　听说你做了王妃更尊贵，却不知又登贱地为何来？
赵　荣：（白）母亲站立多时，岂不累？快些请坐吧。
赵　毅：正是，夫人请坐用茶吧。
陶季春：好，拿来我用。
　　　　（唱）刻薄她几句归了座，有人伺候把茶筛。
　　　　　　院子梅香两旁立，
张爱玉：（唱）张氏羞愧头难抬。
　　　　　　憨脸又把夫人叫，过去休提悔不来。
　　　　　　好心姐姐不用讲，知过必改我明白。
　　　　　　善人不必纠恶念，姐姐你是大量宽怀。
　　　　　　小妹有愧今知罪，望乞姐姐把恩开。
　　　　　　饶我不死留在府，再造之恩感心怀。
　　　　　　哪怕叫我为奴婢，任凭姐姐你安排。
　　　　　　说罢哀求跪在地，
陶季春：（唱）听罢不由怒满怀。
　　　　（白）张氏贱人，当日我劝你守节立志，言说照看幼子成人，你我有始有终，谁知百般解劝不听？吾母子无奈，双双下跪，也未留住，径自狠心，一去从贼，反害得吾母子死别生离，惜乎一命不在。谁知上天有眼，不负孤苦，保佑我母子离而复合。如今赵荣一身荣耀，贼逢恶报，你也有了今日。今日与其面前下跪求饶，何如当日守节不离？如今却是何等样的光彩？
　　　　（唱）你在赵家把节守，如今也是太夫人。
　　　　　　有我谁敢错待你？侍奉哪有不随心。
　　　　　　谁知你无福要改嫁？陡起淫心引贼人。
　　　　　　百般解劝留不住，害吾母子苦十分。
　　　　　　只说你一去欢乐常富贵，不想天爷看得真。
　　　　　　嫁个反叛万人骂，祸来报应命难存。
　　　　　　我陶氏不死还有命，母子又为人上人。
　　　　　　说罢回头一声唤，媳妇快来出庭门。

（陶秀英上）

陶秀英：（白）来了，媳妇伺候婆母。

陶季春：媳妇。

陶秀英：有。

陶季春：赵荣。

赵　荣：儿在。

陶季春：（白）好哇。

（唱）唤你夫妻连声应，一起伺候为娘身。
叫声张氏你看一看，我佳儿佳妇在面前存。
哪知寒门有更改？妄想富贵化灰尘。
你为罪人来下跪，姐妹姨娘为人尊。

（白）吾今叫你见一见，媳妇。

陶秀英：是。

陶季春：（唱）不必久站回房门。
说罢归座不搭理，

陶秀英：（白）是。

张爱玉：（唱）张氏哀告叫开恩。
姐姐留吾做奴婢，只当修好发善心。

陶季春：（唱）听罢故意又取笑，

（白）张氏你是一品王妃，我是宦门寒妇，卑微命薄，遣使不起你这贵人为奴，快些起来离我远着些。

张爱玉：咳，好心的姐姐不要耍笑，开恩饶命留下我吧。

陶季春：住了，好一个无休无耻无知的贱人。

（唱）贤人越说越有气，复又站起骂不良。
岂知道忠孝节义名常在，无义富贵不久长？
当年你不从贼去，哪有今日把人央？
你看我母子受尽寒彻苦，今算梅花有异香。
使奴唤婢有人应，看来算是比你强。
你今在我面前跪，妄想哀求命不亡。
自古循环有报应，难逃天理与昭彰。

　　　　　　　　说话站立觉乏困，
　　　（白）院子。

赵　　毅：有。

陶季春：（唱）快来搭座要急忙。（搭座）

赵　　毅：（白）夫人请坐。

陶季春：（唱）吩咐梅香把茶看，话多口渴甚着慌。
　　　（白）丫头看茶。

梅　　香：夫人请用茶吧。

陶季春：（唱）饮了半盏说端去，天热打扇快扇凉。

张爱玉：（白）夫人见见可怜吧。

陶季春：（唱）并不搭理身稳坐，

张爱玉：（唱）张氏羞愧甚难当。
　　　　　他们寒心恼痛吾，求情这等把人央。
　　　　　无奈何叫声院子老赵毅，

赵　　毅：（白）哼，我是赵家院子，怎该你叫？不许提名道姓，快些离我远着些吧，我一个老朽沾你了呀？

张爱玉：（唱）咳，扫兴我又撞南墙。
　　　　　壮胆又来赵荣叫，你须留情看姨娘。
　　　　　你母子开恩饶了我，一生大恩感情肠。

赵　　荣：（白）你是反叛之妻，朝廷问罪，法度不容，叫我怎敢徇私？况且有我母亲做主，死活凭她，我是不敢自专。

张爱玉：咳，
　　　（唱）冤家不管叫我死，还得姐姐念情肠。

陶季春：（唱）哀告我也是不管，不必枉来把口张。

张爱玉：（白）咳，姐姐不管，真就忍心叫我一死不成么？

陶季春：（唱）生死不必来问我，见见亡夫理应当。
　　　（白）赵荣。

赵　　荣：有。

陶季春：（唱）快去请来你父神主，存留在他饶你姨娘。

赵　　荣：（唱）答应一声说遵命，急忙去到祖先堂。

请来神主桌上放，跪倒行礼泪汪汪。

陶季春：（唱）我儿起来休落泪，叫声张氏听其详。
生死你把亡夫问，我母子不能做主张。

张爱玉：（唱）一见死人牌位到，只觉一阵愧难当。
想起当年发誓愿，羞见鬼魂记心肠。
一家生死我伤透，纵然活着也平常。
倒不如早死无人恨，省得活着面无光。
想到这里说罢了，该我应死无荒唐。
望着月台往下蹦，触阶而死一命亡。

（白）是是也罢。

（张爱玉碰死）

陶季春：（唱）贤人一见说可叹，

赵　荣：（唱）赵荣转念也心伤。

（白）母亲，我姨娘自知有愧，自己碰死倒也有些豪气。

陶季春： 罢了，她今应誓而亡，省得活着有愧。人死不念旧恶，我儿将她好好殡葬，算尽当日之情吧。

赵　荣： 是，儿遵命。院公、梅香。

赵毅、梅香： 有。

赵　荣： 将她抬到床上停殓，稍刻用衣衾棺椁成殓，择一孤地埋葬。

赵　毅： 是。

赵　荣： 母亲请回后堂歇息，待我料理丧事便了。

（诗）善恶到头终有报，只等来早与来迟。

（升帐，孙吉宗出）

孙吉宗：（诗）兵临战斗无足惧，邪法难敌把正欺。

（白）本帅孙吉宗。大兵离了紫荆关，要奔沙漠救驾，不想路遇贼兵，被那妖僧不知弄何邪术，好似天神一般，唬死人马无数。本帅失机，闭营不出，思想要找能人退敌，只怕大兵离境，怎能救驾回国？

军　卒： 报元帅得知，今有少将军扫平玉州贼党，来到大营助战，要见元帅。

孙吉宗： 好，快去传令，命我儿孙堂来见。

军　卒： 元帅有令，命少将军进见。

孙　　堂：来了。

　　　　　（唱）孙堂带领妻与子，老少夫妻进帐中。

　　　　　（父子、婆媳上）

众　　人：（唱）一起跪倒把安问，父帅/爷爷可好？

孙吉宗：（白）呀，

　　　　　（唱）孙爷一见不分明。

　　　　　吩咐一起平身起，又把孙堂叫一声。

孙　　堂：（白）在。

孙吉宗：（唱）孙孙青郎何处去？你父子几时得相逢？

　　　　　媳妇随军也到此，不知几时把贼平？

　　　　　后边小将与二女，都是何人快说清。

孙　　堂：（唱）爹爹若问听告禀，以往从头讲分明。

　　　　　征贼把你孙孙遇，灭寇多亏同先生。

　　　　　拿了反叛进京去，又来助战到军营。

　　　　　你孙孙收了金家女，姐妹双双配弟兄。

　　　　　有罪为儿禀父帅，成婚不得不从容。

　　　　　（白）兴郎。

孙　　弘：有。

孙　　堂：（唱）再来拜见你祖父，有罪恕过你年轻。

孙　　弘：（白）是，爷爷在上，孙孙又来叩拜。

孙吉宗：（唱）孙爷听罢忙离座，拉起孙孙小娇生。

　　　　　欢喜一阵又伤感，又把孙孙叫连声。

　　　　　（白）孙弘。

孙　　弘：有。

孙吉宗：孙弘。

孙　　弘：有。

孙吉宗：可怜你降生，你娘扔在半路，你父母告诉与我，不知有命无命，不想如今成人这大，算来多亏亲戚抚养。待你养身父母情深，理当重重报答，才算知恩图报。今日祖孙相见，真是梦想不及，叫人又悲又喜呀。

　　　　　（唱）想起犯了灭门罪，一家被抄东奔西逃。

　　　　　　你母保护你兄长，亲生难顾把你抛。
　　　　　　留下血书记名姓，从前一一对我说。
　　　　　　不想孙孙还有命，倏忽成人把亲招。
　　　　　　一家老少都相见，却叫人一喜忘忧乐陶陶。
　　　　　　孙孙俱都成婚配，也算结果有下梢。
　　　　　　一家团圆把贼灭，但愿救驾好还朝。
　　　　　　说罢座上又传令，媳妇们另自安营去歇劳。
众　　人：（白）是。
孙吉宗：（唱）吩咐众人免参见，又叫孙堂听父说。
孙　　堂：（白）在。
孙吉宗：（唱）番营这般有邪术，你有何计把贼抄？
孙　　堂：（唱）口尊父帅莫忧虑，倒有一人法术高。
孙吉宗：（白）却是哪个？
孙　　堂：（唱）先生明镜同来到，何不请教问根苗？
孙吉宗：（唱）久想此人未见面，来得叫人心宽绰。
　　　　　　我儿快去把他请，为父请教对他说。
孙　　堂：（白）遵命。
　　　　　（唱）出帐急去说有请，
同　　寅：（唱）同寅相随步履摇。
　　　　　　来到大帐忙稽首，
孙吉宗：（白）不敢，
　　　　　（唱）孙爷站起喜眉梢。
　　　　　（白）不知仙驾光临，老夫有失远迎，望乞恕罪。
同　　寅：好说，不敢。贫道救护来迟，也有一罪。
孙吉宗：仙长不必套言，快些请坐。
同　　寅：贫道告坐。
孙吉宗：老夫从前有恙，细听小儿言讲，多蒙先生救难，未得拜谢，不辞而去。一向念在心中，不期今得会面，真是三生有幸。老夫一则拜谢前情，二则请教军中大事。番营这般如此，是何邪术伤人？不知何计可破？望乞先生帮助成功。

同　寅：将军不用细讲，僧道不正，必是旁门之术，自显奇能。等他再来要战，多用火炮弓箭，水器水桶，这等破他邪术，射杀僧兵，一战必然大获全胜。

孙吉宗：好，就依先生之计，准备成功。众将官，尔等这般预备齐整，等候临阵便好使用。

军　卒：元帅，得知营外又来和尚要战。乞令定夺。

孙吉宗：传令一起杀出营去，不得有误。

　　　（唱）吩咐兵将齐出战，先生你吾把阵观。
　　　　　　说罢一起出营去，

慧　空：（唱）又表慧空来当先。
　　　　　　带领徒弟来要阵，要拿明将占营盘。
　　　　　　正然催马抬头看，明营出来众将官。
　　　　　　吩咐一起杀上去，

明　将：（唱）明将对敌勇又欢。（乱杀一阵，众僧败下）
　　　　　　杀败和尚随后赶，

慧　空：（唱）慧空勒马念真言。
　　　　　　纸人纸马凭空起，率众杀回用目观。

明　将：（唱）众将一见心不惧，吩咐水兵齐进前。

军　卒：（唱）军卒答应不怠慢，水器水桶摆列严。
　　　　　　人马赶来泼出水，（纸人马被水浇坏）湿坏一派落平川。
　　　　　　众人一见心欢喜，原是纸人一起完。
　　　　　　火炮弓箭一起上，射打僧兵一起捐。
　　　　　　五百和尚死多半，

慧　空：（唱）慧空一见气冲天。
　　　（白）哎呀，哎呀，气死我也，气死我也，不知什么人用计破了我的纸人纸马，又用炮打箭射五百僧兵，死了多半，这还了得？待我用飞沙走石挡退他们才是。
　　　（唱）忙念咒，把诀掐。
　　　　　　用手一指，陡起风沙。
　　　　　　催马随在后，（兵上，石打）

明　兵：（唱）哎呀不好了，明兵叫爹妈。

　　　　　　　败阵回里乱跑，跌倒连滚带爬。
　　　　　　　大风闭目难睁眼，石头单把脑袋砸。
　　　（孙吉宗、同寅马上）
孙吉宗：（唱）孙元帅，甚惊讶。
同　寅：（唱）同寅马上，用目细撒。
孙吉宗：（唱）二人来观阵，只见起飞沙。
同　寅：（唱）破了纸人纸马，我再挡退飞沙。
　　　　　　　用剑一指大风退，飞沙走石回里砸。
　　　（慧空上）
慧　空：（白）不好。
　　　　（唱）慧和尚，战打撒。
　　　　　　　破吾奇门，什么妙法？
　　　　　　　害怕回营去，不敢再争杀。
　　　　　　　僧兵跟随齐退，霎时大风全压。
明　兵：（唱）明兵明将齐欢喜，和尚退回乱如麻。
孙吉宗：（唱）孙元帅，笑哈哈。
　　　　　　　马上喝彩，不住连夸。
　　　　　　　本帅从未见，这样法力佳。
　　　　　　　挡退大风一阵，只见闪闪光华。
　　　　　　　先生并非凡人也，真是神仙来助咱。
同　寅：（白）些许小术相帮，元帅不必称赞过奖。
孙吉宗：（唱）随吾回营把功庆，远来未歇又劳乏。
同　寅：（白）仅效微劳，何足挂齿？
孙吉宗：先生请。
　　　　（唱）不言他们收兵转，
乜　先：（唱）又表番营乜先他。升帐归座候得胜，
慧　空：（唱）慧空回营气难压。
乜　先：（白）长老回来，胜败如何？
慧　空：（唱）口尊太师不要问，这般大败气死咱。
乜　先：（白）呀，长老妙法已破，敌营必有能人相助，这却如何是好哇？

慧　空：（唱）太师不必多忧虑，不胜另外想方法。
乜　先：（白）不知还有何妙计？
慧　空：（唱）却不知敌营吃的什么水？太师必然知根芽。
乜　先：（白）这个孤家尽知，有何用处呢？
慧　空：（唱）得便暗暗去下药，叫他人马染黄沙。
乜　先：（白）却是何等毒药，这样绝妙？
慧　空：（唱）此药乃是百鸟粪，贫僧带来随身拿。
　　　　　　　水中下毒把敌灭，稳坐成功不用杀。
乜　先：（白）好，这个毒法容易做。此地名榆木川，是孤行兵旧路。哪里有水无水，无不皆知。如今敌兵旱地安营，必从西南五里清泉井取水。那座井泉，乃是咱国人马先前所备，不想今被他们侵占。长老要去下药，必然成功。此举灭敌真是易如反掌。
慧　空：好，这等凑巧，正好行事，但等三更以后，我去走走便了。明兵哪明兵，吾叫你金风未觉蝉先觉，暗算无常死不知。
　　　　（宋金芳出）
宋金芳：（诗）夫荣妻贵言非假，胜如为王在高山。
　　　　（白）奴宋金芳，跟随相公父子进京，一同住在状元府，幸喜一家荣耀，各有府邸存身。想奴从前落草，今为官妇，倒也于心足矣。
　　　　（石建章上，戴冠）
石建章：夫人在房？
宋金芳：老爷来了，请转上座。
石建章：便座可以。夫人，方才孙家妹丈与我议定，一同回家祭祖，事毕接取家眷回京。吾想此去接她姑嫂同到杨家，途长路远，不知夫人你是在京，还是跟随同去呢？
宋金芳：老爷说哪里话来？既要祭祖，理当同行才是，哪有留吾在京不去之理？妾身亦晓水源木本，追远之理。
　　　　（唱）常把姐姐姑娘盼，要想见面万不能。
　　　　　　　好容易回乡去祭祖，接她姑嫂要相逢。
　　　　　　　哪有说是不去理？这个说法理不通。
　　　　　　　你们要去吾也去，几时起身就同行。

石建章：（白）目下就要离京行路。
宋金芳：（唱）如此我就收拾去，准备一同好离京。
　　　　　　　此去一则把姐姐见，二则到家问安宁。
　　　　　　　婆母婶婶怎毒狠，看她还有何话明？
石建章：（唱）夫人之言甚有理，夫妻父子就同行。
　　　　　　　我见妹丈备车辆，同去回乡走一程。
　　　　　　　说罢离座出房去，
宋金芳：（唱）佳人收拾喜心中。
　　　　　　　倒要原籍看一看，怎样厉害狠毒虫？
　　　　　　　不言他们回乡去，
　　（慧空上）
慧　空：（唱）又表和尚名慧空。
　　　　　　　三更以后离营寨，脚驾行云快如风。
　　　　　　　四十多里顷刻到，明月当空看分明。
　　　　　　　来到井泉落在地，取出毒药撒井中。
　　　　　　　天明他们用此水，不过三日一命倾。
　　　　　　　药死敌营人共马，不枉衰家下山峰。
　　　　　　　事毕驾云回营去，
明　军：（唱）不多一时天大明。
　　　　　　　明营兵丁来取水，煎茶做饭不消停。
　　　　　　　不多时饭后俱都有了病，合营以内乱哼哼。
　　　　　　　兵丁头迷眼又黑，拉稀跑肚又出恭。
　　　　　　　不吃饭的就无病，谁也不知为何情？
　　　　　　　不言合营人病倒，
同寅、孙吉宗：（唱）又表同寅孙吉宗。
　　　　　　　　　二人共是一处宿，朝夕相伴议军情。
　　　　　　　　　清晨起来未用饭，
　　（军卒上）
军　卒：（唱）军卒进来报一声。
　　　　（白）报元帅，今早饭后不知何故，合营人马病了多半，俱各挣扎不起，乞令定夺。

孙吉宗：起过。

军　卒：哈。

孙吉宗：这是什么缘故？待吾出去仔细看来。

（唱）心内惊慌忙出帐，合营俱都看明白。

只见人马无其数，俱各病得东倒西歪。

回进帐来说不好，

同　寅：（白）元帅去看兵将怎样？

孙吉宗：（唱）真是奇哉又怪哉。

人马果然都病倒，不知其病从何来？

先生快请看一看，何法医治可消灾？

同　寅：（唱）如此待吾出去看，去不多时回帐来。

孙吉宗：（白）先生观看他们是何病症？

同　寅：（唱）人人俱像中毒样，不用细说吾明白。

孙吉宗：（白）明白何故？

同　寅：（唱）必是番贼下毒药，人马吃水有此灾。

孙吉宗：（白）先生可有何法医治？

同　寅：（唱）我有解毒丹十粒，管保无恙放心怀。

（白）元帅命人快将昨日取的净水，多多聚集放在水桶，再将丹药研开，搁在水内。吃饭有病之人各饮一盏，无不消灾病愈。

孙吉宗：好，想来先生妙药，必然神效。人来。

军　卒：有。

孙吉宗：如此这般快去吩咐，好与众人治病。

军　卒：哈。

（唱）军卒答应去传令，合营众人俱都知。

将把净水聚一处，忙来禀报预备齐。

孙吉宗：（白）闪过。

同　寅：（唱）同寅忙取丹几粒，

孙吉宗：（唱）孙爷相陪把步移。

同到外边去观看，药入水内治病疾。

　　　　　　有病军卒来试验，齐来喝水把药吃。
　　　　　　霎时止住肚不痛，头清眼亮不发迷。
　　　　　　齐夸灵丹好妙药，
孙吉宗：（唱）孙爷大悦喜滋滋。
　　　　　　吩咐再往内营送，妇女也用保无疾。
　　　　　　欢喜复又回内帐，眼望先生把话提。
　　　　　　人马共用一处水，何法解毒把灾离？
同　寅：（唱）这却不难有丹药，命人拿去入水池。
　　　　　　其毒自解无妨碍，再命人把守井泉昼夜莫远离。
　　　　　　必是那贼营僧人来下药，他必差人探虚实。
　　　　　　依吾将计要就计，正好设计哄愚迷。
孙吉宗：（白）先生有何妙计呢？
同　寅：元帅。
　　　（唱）贫道算定贼该灭，应在那中秋佳节有日期。
　　　　　　元帅调兵差能将，敌营诈降弄玄虚。
　　　　　　如此诓他劫粮草，他必信真不犯疑。
　　　　　　这般定下火攻计，偷营一战必灭敌。
　　　　　　不知此计妥不妥？
孙吉宗：（白）好。
　　　（唱）连夸妙计果出奇。
　　　　　　不亚陈平赛诸葛，运筹帷幄数第一。
　　　　　　本帅深服依奇计。
　　　（白）先生妙策，真有神鬼不测之机。本帅无谋，全仗助扶成功。中军。
中　军：有。
孙吉宗：拿我令箭快传陈望、马云、马青、刘汉、刘月来到后帐听令。
中　军：遵令。（内）元帅有令，陈望、马、刘五位将军一入内帐。
众　人：来了。（五人上）元帅传来末将等，有何调遣？
孙吉宗：你五人留神听吾分派。
　　　（唱）叫陈望，听吾明。
陈　望：（白）在。

孙吉宗：（唱）仗你脚快，步行如风。

拿吾令一面，各处去调兵。

先见石亨元帅，还有大同郭登。

紫荆关的名张锐，叫他们各带人马来会兵。

灭叛番，好成功。

陈　望：（白）遵令。

孙吉宗：说罢又叫马云、马青。

马云、马青：在。

孙吉宗：（唱）仗你弟兄俩，能把番语通。

假扮胡人走走，这般去到番营。

诓他入计收留下，便好接引咱国兵。

要哄他，入牢笼。

马云、马青：（白）遵令。

孙吉宗：刘汉、刘月。

（唱）细把令听。

你们急挑选，五百精壮兵。

假扮押粮运草，暗带大将随行。

叫那董宽毛福寿，还有那范广梁贵人二名。

叫他们，扮兵丁。

步下领队，跟随用功。

粮草要少备，不过是虚情。

多备硫黄火药，掩入粮草车中。

暗藏不叫贼人晓，作用便好烧番营。

约量走，暗途程。

十五要见，马家弟兄。

引贼劫粮草，随机应便行。

你们充作朋友，联手投入贼营。

夜间举火焚粮草，杀了为首恶凶僧。

去邪术，闯贼营。

本帅必然，埋伏大兵。

　　　　　　火起为号令，插翅也难飞腾。
　　　　　　此乃至危至险事，连环一计破番兵。
　　　　　　要你四人小心做，千万谨慎雅密行。
　　　　　　令下速去莫迟误，

刘汉等四人：（白）遵令。
　　　　　　（唱）四人出帐不消停。

同　寅：（白）好。
　　　　　　（唱）同寅一见连夸奖。
　　　　　　（白）贫道设此计谋，元帅传令安排倒也不错，量那胡人做梦也不知你吾有此破敌之计。

孙吉宗：总是天不灭明，才有能人相助。

同　寅：元帅不必过奖，这里还有丹药，命人拿去送入井泉，便能解毒用水。合营病好，不许声张，只好哄贼不动，临期便成功也。

孙吉宗：那是自然，还得诈病不出，方可稳贼用计。中军。

中　军：有。

孙吉宗：将药拿去，命人把守井泉，传令合营不许泄露军机。快去。

中　军：遵令。

孙吉宗：先生治好合营病症，本帅理当把盏庆功，你吾谈心，就等一举灭贼便了。先生请。

同　寅：元帅请。

　　　　　　（马云、马青便衣步上）

马　云：（诗）密奉元帅令，假扮到贼营。
　　　　　　（白）吾马云。

马　青：吾马青。

马　云：兄弟。

马　青：哥哥。

马　云：你吾弟兄奉令假扮逃军，去投贼营，料想必得计较计较，撒个大谎，方才办事。
　　　　　　（唱）你吾奉令来，去把贼营奔。

马　青：（唱）必得把谎撒，鞑子才能信。

马　云：（唱）真名却不中，恐怕人家认。
马　青：（唱）故此改了名，好去把贼混。
马　云：（唱）吾改叫胡来，你改叫胡顺。
马　青：（唱）自投见乜先，拿住必审问。
马　云：（唱）就说北国人，早把鞑子顺。
马　青：（唱）说明咱营中，得病拉又勤。
马　云：（唱）粮草不能接，人马饿又困。
马　青：（唱）病重要灭亡，无救必死尽。
马　云：（唱）得便溜出来，又把旧主顺。
马　青：（唱）哄他粮草车，愚弄好入阵。
马　云：（唱）留下咱弟兄，就算他倒运。
马　青：（唱）议定快快行，拿去必引进。
马　云：（白）有理。
　　　　（唱）二人且不说，来把番营奔。
乜　先：（唱）乜先把帐升，（二僧站）归座心中闷。
　　　　长老药敌兵，人马必死尽。
　　　　稳坐要成功，不用再理论。
　　　　正然自思量，
耶律学古：（唱）有人来报信。
　　　　（白）小番们，将马带过。太师在上，末将耶律学古，奉令巡哨，拿住明营两个奸细，审问他们一名胡来，一名胡顺，能通咱国番语，说有机密大事来见太师，乞令定夺。
乜　先：既是奸细，有何密事？绑进大帐。
　　　　（马云、马青绑上）
马　云：太师在上，小人胡来。
马　青：胡顺叩头。
乜　先：住了，好两个大胆奸细，你们是明营之人，来见孤家有何大事？快些一一实说。若是不然，立刻拿下，碎尸万段。
马云、马青：太师息怒，要问事情，容吾二人细禀。
　　　　（唱）弟兄俩，把头磕。

>　　　　　　　太师若问，细听明白。
>　　　　　　　不知因何故，明营把病得。
>　　　　　　　一早人马倒卧，俱各带死不活。
>　　　　　　　我俩晚起未用饭，不曾有病侥幸多。
>　　　　　　　看他们，要遭折。
>　　　　　　　绝粮断草，又遇病魔。

乜　先：（白）莫非他们不曾运粮，人马就等着困饿吗？

马云、马青：（唱）运粮有早去，未来不晓得。
>　　　　　　　时下不能接济，病饿要见阎罗。
>　　　　　　　吾俩看着没有救，见事不祥把身脱。
>　　　　　　　想道路，另求活。
>　　　　　　　弃南回北，密来细说。
>　　　　　　　不想遇兵将，把我二人捉。
>　　　　　　　当作奸细拿问，有口不能辩白。
>　　　　　　　幸喜得便太师见，要归故国细学说。

乜　先：（白）你俩口称故国，难道不是南朝兵将？原籍哪里？

马云、马青：（唱）要说起，吾俩么，
>　　　　　　　从小当兵，苦处难说。
>　　　　　　　不在瓦剌住，生长在沙漠。
>　　　　　　　弟兄离了本国，只因大动干戈。
>　　　　　　　被南兵把我们裹了去，开恩不杀劝又说。
>　　　　　　　无奈怕死顺敌国，熬得为将朋友多。
>　　　　　　　随军他们有了病，遇机我俩暗逃脱。
>　　　　　　　来见太师报机密，要想立功把罪折。

乜　先：（白）你俩可有何功可立？

马云、马青：他们运粮未来到，咱这里何不去劫粮草车？

乜　先：哼，如此倒是个机会。

马云、马青：（唱）运粮官又与吾俩都相契，手下兵将又不多。
>　　　　　　　情愿跟随一同去，不用杀来不用夺。
>　　　　　　　管教他们齐归顺，粮草齐往这里挪。

也　先：（白）纵然如此，哪有这等容易？

马云、马青：（唱）太师若问不凭信，命人随去看如何？
　　　　　　　　　若是多疑怕有诈，我俩再把乡话说。
　　　　　　　　　蒙古话儿番几句，这个蛮人不晓得。
　　　　　　　　　说罢复又将头叩，

也　先：（唱）也先听罢犯惦度。
　　　　　　　又叫军师与长老，

会真、慧空：（白）在。

也　先：你二人看着去得去不得？

会　真：他俩既会番语，想来不是蛮兵。要劫粮草，何妨去去，看是怎样？

慧　空：太师，两国相争，有失有胜，他俩名姓相宜，胡来、胡顺正应天顺，胡人兴元灭明，就在此举。

也　先：罢了，你们要看无假，是收留他俩无别说。
　　　　胡来、胡顺。

马云、马青：有哇，太师爷。

也　先：你俩既是本国兵卒，孤家收留不弃，可要真心办事，立功赎罪。

马云、马青：那是自然。太师收留若不见罪，情愿一死以效犬马之劳。

也　先：好，好，如此起来，听候将令。

马云、马青：是，谢过太师。

也　先：往下便叫耶律学古听令。

耶律学古：在。

也　先：命你带兵一千，一同胡来、胡顺半路去劫明营粮草。要是人马齐来，急去速回，莫误。

耶律学古：遵令。（马云、马青、耶律学古下）

也　先：多亏长老下药，敌兵中毒，这回明营定遭绝灭不胜。又得降兵来投，单等劫来粮草，不用征战，待他人马死尽，孤再起兵南征便了。

杨　普：（诗）天意灭明难扶立，兴废不由人力为。

　　　　（杨普出）

　　　　（诗）寿鹤乐享天年永，国恩富贵庆长春。

　　　　（白）老夫杨普，弃职还乡，嗣在朝内。我今林下逍遥，却有多少亲朋女眷住在吾府，不知众人几时救驾回京？只盼国家平定，各安其室，不柱老夫全情尽义。

家　童： 禀爷，今有孙姑爷与石姑爷兄嫂、侄儿一同回乡祭祖，来到咱家，轿夫人马齐至府门，小人来禀老爷知道。

杨　普： 好，快到后头说与丫鬟，禀知小姐、姑娘，叫她夫妻、兄妹相见。

家　童：（唱）家童后面去报信，

杨　普：（唱）杨普迈步出书房。

丫　鬟：（唱）丫鬟禀报到绣户，

众　人：（唱）忙了一群众女娘。

　　董氏月英心欢喜，还有那玉珠裴氏喜洋洋。
　　杜家姐妹邢氏女，一起跟随离后堂。
　　迎接女眷到前面，来了孙安状元郎。
　　后跟石家父与子，还有佳人宋金芳。
　　进府举目抬头看，先来了董氏玉珠裴桂香。
　　三人近前齐问候，大用一见好悲伤。

石建章：（白）娘子呀，妹妹呀。

石玉珠、董月英： 哥哥／相公呀。

　　（唱）夫妻兄妹离别诉，

石　瑞：（唱）小石瑞问候姑母与亲娘。

石玉珠：（唱）侄儿长了这么大，

裴桂香：（唱）吾为姑母也悲伤。
　　不想今日全都在，我为姑母也沾光。

董月英：（唱）董氏带怒叫难喜，

石　瑞：（白）在。

董月英：（唱）冤家你从前背母到何方？
　　父子怎的见了面？快把那以往之事告诉娘。

石　瑞：（白）是。

　　（唱）从头至尾说一遍，父子相逢在山岗。
　　这位就是吾宋氏母，跟随同来祭祖还乡。

董月英：（唱）多谢妹妹把吾相公救，免祸招亲得安康。

宋金芳：（唱）姐姐贤德恕小妹，分你恩爱理不当。
董月英：（唱）你我姐妹无彼此，只要相伴两情长。
　　　　　　正然叙话人又到，
郝仁、裴成：（唱）郝仁裴成来得忙。
　　　　　　见面两问姑爷好，
石建章、孙安：（唱）彼此回答问安康。
孙　安：（唱）娘子嫂嫂请入后，你们见面叙心肠。
　　　　　　妻兄侄儿随吾去，拜见杨爷到书房。
众　人：（白）是。
　　　　（唱）说罢三人一起去，
郝　仁：（白）走哇，咱们老哥俩也陪他们说个话去。
裴　成：中中中。
众　人：（唱）又来众位女红妆。
　　　　　　吴氏跟着也来到，齐接宋氏入后堂。
　　　　　　且不言她们去见杨太太，
杨　普：（唱）前厅杨爷喜非常。
　　　　　　同请众人入书舍，早把情由问其详。
　　　　　　心中大悦开言道：
　　　　（白）贤婿奉旨来接家眷，重修庙宇；石贤侄父子回乡祭祖，也来到此；犬子传书问安，老夫得见亲朋家信，大慰心怀，理当排宴庆贺。家童。
家　童：有。
杨　普：吩咐厨下大排筵宴，好与姑爷、石爷父子接风。
家　童：哈。
石建章：小侄高攀，多蒙老大人收留舍妹，认为义女。荆妻又来打搅久住，一向恩德难报。今日得见尊颜，老大人请上，理当再受吾父子一拜。
杨　普：不必多礼，君子救困，理之当然。贤侄姑爷，你两家到此团圆相逢，老夫看着喜之不尽。套言休叙，大家饮酒接风，众位请。
　　　　（内）众将官押解粮草急急潜行。
　　　　（刘月、刘汉枪马上）
刘　汉：俺刘汉。

刘　月：哥哥，咱弟兄奉元帅之命带兵五百，假装运粮，暗带引火之物，准备诈降，火烧敌营兵卒。对内却命董宽、范广、梁贵、毛福寿他们扮作小卒，跟随无人认得。大家办事，预备妥当，押粮行走，为何不见马家弟兄引贼到来，好生叫人着急盼望。

　　　　（唱）恐怕他们事败露，计策白用枉费心。

刘　汉：（唱）不用着急慢等候，顺路而行且催军。

　　　　　　弟兄正往前行走，

耶律学古：（白）小番们，面前正是明将押解粮草行路，尔等随吾三人迎上前去呀！

刘　月：（唱）迎面来了许多人。

　　　　　　心内明白暗欢喜，咱二人去见改名胡将军。

刘　汉：（唱）又只见当先来了一个番将，相离且近把话云。

　　　　　　何处贼名敢拦路？报名上来好追魂。

耶律学古：（唱）都督耶律名学古，来劫粮草灭敌军。

　　　　　　尔等营中人皆病，不久一概命归阴。

　　　　　　要知时务顺北国，保全生路性命存。

　　　　　　不然却也难回去，大兵定把尔等擒。

刘　汉：（白）呀，

　　　　（唱）故意惊慌说不信，你这番将是胡云。

　　　　　　明营人马欢如虎，好端端的哪有祸临？

　　　　　　不必胡说快闪路，

耶律学古：（白）住了。

　　　　（唱）好意告诉信不真。

　　　　　　都督之言无欺哄，不信问问你国人。

刘　汉：（白）叫我们去问哪个？

耶律学古：（唱）说罢马上忙呼唤，快来二位胡将军。

　　　　　　（马云、马青上）

马云、马青：（白）二位刘将军为何运粮来迟？

刘　汉：呀，

　　　　（唱）故意发怔忙忙问。

　　　　　　（白）二位胡将军，为何投入贼营？莫非忘了朝廷国恩，也像王振学那乱臣贼子？

马云、马青：二位不必着急，听吾二人道来。

　　　　　　（唱）装有愧，话难答。

　　　　　　　　　冷了多会，又把话发。

　　　　　　　　　要问怎投外，二位听根芽。

　　　　　　　　　咱国人马不幸，百万病了七八。

　　　　　　　　　目下绝粮又断草，合营难免染黄沙。

　　　　　　　　　吾们俩，无别法。

　　　　　　　　　另投门路，算学奸猾。

　　　　　　　　　不等病饿死，早把主意拿。

　　　　　　　　　你们运粮不晓，知道却也白搭。

　　　　　　　　　杯水难救车薪火，些许粮草饥难压。

　　　　　　　　　好朋友，相遇咱。

　　　　　　　　　惦着你俩，情义不落。

　　　　　　　　　君子行路便，要把事务达。

　　　　　　　　　咱国大兵要灭，病得东倒西趴。

　　　　　　　　　何必寻病去找死？不如早早离了他。

刘　汉：（白）我俩不回大营，这些粮草放在何处？

马云、马青：（唱）你们俩，大傻瓜。

　　　　　　　　　不去正好，粮草不撒。

　　　　　　　　　何不同投外，去见乜先他？

　　　　　　　　　献粮有功必赏，外邦也爱荣华。

　　　　　　　　　要能立功成事业，强如中国有发达。

　　　　　　　　　不知说的是不是？要你二人细详察。

刘　汉：（白）哼，

　　　　（唱）听罢故意沉吟想，寻思多会把话发。

　　　　　　　你们劝化总有理，最怕引荐不见佳。

马云、马青：（唱）这个不难管容易，吾俩不成还有他。

　　　　　　　　　都督要把太师见，肥猪拱门管不撒。

耶律学古：（唱）学古接言说有理。

（白）二位将军要降吾国，不才引荐太师，管保悲变为喜，收留无错。

刘汉、刘月：罢了，既是朋友、都督引荐不难，吾俩更会躲静求安，从此不回，就跟三位去见太师。还有从人，也叫他们归降同去，岂不是好？

马云、马青：如此更妙。要去快些传令，大家便好同奔大营。

刘月、刘汉：有理。军校们，咱国大营不知因何同得重病，生死难保，吾二人如此如此这般，要归塞北。你们有缘跟随便罢，不然各自散去。不必再回大营，同遭病饿而死。

众　人：二位将军怕死求生，难道吾们就不惜命？你们既归敌国，吾们也要跟去，哪怕祸福同当？情愿生死永不离散。

刘月、刘汉：好，知时务者成为俊杰，既然不忍分离，快随吾们押解粮草同奔敌营。

众　人：遵令。

刘月、刘汉：（诗）密计人难测，归降保全生。

（内牛寿喊）

牛　寿：（白）姐姐快走哇。

牛　氏：兄弟别忙，就着慢着些走哇。

（牛氏姐弟上）

牛　寿：（诗）沾光不幸一旦穷，人死财散一场空。

（白）吾牛寿。

牛　氏：老身牛氏。

牛　寿：姐姐呀，自从二外甥被那董家之人摔死，外甥媳妇花氏她也受伤命亡，又有强盗解脱法场，救去董氏姐弟，远走高飞不知落在何处，惹下乱子，牵连咱们官司不离门，家什一贫如洗，如今房产、地土皆无，无法糊口，只盼乞食为生，挨家讨要叫化，真乃可叹可怜。

牛　氏：咳，兄弟呀，你别说咧，总是咱们没有好心才闹到这步田地，如今后悔不来，都是吃了你的亏了。

（唱）恨吾心毒也怨你，有事挑唆不解和。

牛　寿：（唱）姐姐你咋又怨吾？小弟不过听你说。

牛　氏：（唱）谋害前房儿与女，多半都是你主谋。

牛　寿：（唱）过去事情不用讲，你不叫做谁敢多舌？
牛　氏：（唱）姐姐糊涂你不劝，越闹越大祸事多。
牛　寿：（唱）总是你家该不幸，自无主意怨哪个？
牛　氏：（唱）最可叹前窝后继都不在，如今剩吾独自个。
牛　寿：（唱）小弟奉陪你要饭，护能不死世上活。
牛　氏：（唱）太太一名不用讲，如今成了个花子老婆。
牛　寿：（唱）家业已败人不在，沦落人下不用说。
牛　氏：（唱）本地要饭人咒骂，无奈离乡远处挪。
牛　寿：（唱）他们信口还解恨，都说咱们该遭折。
牛　氏：（唱）一抖气儿离本处，远走他乡无人说。
牛　寿：（唱）你我来到即墨县，有个去处倒也得。
牛　氏：（唱）不知何处饭好要？多住几日混吃喝。
牛　寿：（白）现如今白衣庵有人重修庙，听说是唱戏舍饭，去的人好多。
牛　氏：这等咱们走一走，倒省得叫爷叫奶把人吆喝。
牛　寿：那是自然。
　　　　（唱）奔到那里住几日，现成的饭儿把饱里撮。
　　　　　　且不言他姐弟去赶庙，
　　　　（乜先等上）
乜　先：（唱）又把番营乜先说。
　　　　　　聚集番兵升大帐，盼望劫来粮草车。
耶律学古：（唱）耶律学古把营进，
　　　　（白）小番们，将马带过。（上）太师在上，末将一同胡来、胡顺劫来明营粮草车五十辆，还有二将刘汉、刘月劝化归降，带兵五百，齐至大营来见太师，望乞收纳听用。
乜　先：好，都督办事有功，快命胡来、胡顺一同降将齐来进见。
耶律学古：遵令。太师有令，胡、刘四位将军一起进帐。
马云等四人：来了。（四人上，跪）
马　云：太师在上，小将胡来。
马　青：胡顺。
刘　汉：刘汉。

刘　月：刘月。

马云等四人：一起来参见千岁。

乜　先：众位将军平身。

马云等四人：谢过千岁。

乜　先：二位将军一意归降，果不失信。将降兵、粮草散入军营，你四人升为后军酋长，排宴庆功完毕，各归帐房歇息去吧。

马云等四人：谢过太师。

乜　先：长老慧空上帐。

慧　空：在。太师有何军令？

乜　先：咱国又得天兵助粮，真是兴隆之兆。昨日哨探，敌营人人病重，闭门不出，不知是刻取呀，还是等待自灭？特与长老计议，怎样调停而作才好？

慧　空：太师不必心急，吾的百毒丸百发百中，不过七日就把敌营一网打尽，何必再动厮杀？太师若不深信，何妨等过限期？要不成功，贫僧情愿割下人头交令。

乜　先：好，长老夸口想来不虚，只好等候，暂且不动，待过七日看是如何。小番们，今晚大排宴席，庆贺中秋佳节，合营犒赏得来粮草之喜。

（诗）天助北房灭南蛮，重开华夷旧江山。

（孙吉宗、同寅出，坐）

孙吉宗：（诗）设下罗网擒野鸟，安排香饵钓金鳌。

（白）本帅孙吉宗。

同　寅：贫道同寅。

孙吉宗：多亏先生计策，本帅命人诈降劫取粮草，一入敌营，军卒回报。正好今夜埋伏，里外杀贼，大料一战无不成功。

同　寅：正好，你我妙计已成，贼兵不难扫灭。

孙吉宗：用军之时，陈望调兵不到，怕有些迟误。

陈　望：陈望告进。元帅在上，末将交令。

孙吉宗：将军回来？调兵怎样？

陈　望：末将奉令调取人马，正遇元帅石亨也到大同巡边，一同总兵郭登带兵齐来。又到紫荆关，调来张锐。三路合兵，齐到大营。末将特此交令。

孙吉宗：好，这等急速，倒也凑巧。大兵共合一处，上了册簿，把兵符交与先生执掌，今夜遣将埋伏，本帅愿听调遣。

同　寅：不可，贫道山野之人，学疏才浅，怎敢担此重任？

孙吉宗：不必太谦，请收兵符，快去升帐。

同　寅：如此有礼了。元帅紧守大营，不劳出战，贫道排兵就去扫灭贼营。中军。

中　军：有。

同　寅：快去传令，击鼓聚将，齐到大帐伺候。

中　军：哈。

同　寅：（诗）计就月中擒玉兔，谋成日里捉金乌。

（升帐，男前女后，十八人站）

众　人：（诗）腰带三尺剑，能挡百万兵。

挥戈平鞑虏，千古表英雄。

石　亨：（白）吾石亨。

郭　登：郭登。

王　计：王计。

蒋　贵：蒋贵。

景　元：景元。

张　锐：张锐。

徐　信：徐信。

孙　堂：孙堂。

孙　月：孙月。

孙　弘：孙弘。

石　彪：石彪。

陈　望：陈望。

康金定：康金定。

刘赛花：刘赛花。

金玉莲：金玉莲。

金玉环：金玉环。

海　棠：海棠。

秋　桂：秋桂。

众　人：今有仙师升帐，在此伺候。

　　　　（同寅上）

同　寅：（白）山人同寅，观察天时地利，从此南胜北衰，今夜埋伏便要扫平贼兵。往下便叫众将官，尔等留神，细听我的号令。

　　　　（唱）座上高声出将令，晓谕大小将与兵。

　　　　　　　今乃八月十五日，中秋佳节把贼平。

　　　　　　　早定诈降火攻计，内烧粮草外诈营。

　　　　　　　谁拿乜先把功献，不要死来只要生。

　　　　　　　制服夷狄国难灭，不过救驾转回京。

　　　　　　　吾今夜摆下八卦连环阵，四面八方踏敌营。

　　　　　　　尔等近前莫退后，违令斩首定不容。

　　　　　　　说罢伸手拔令箭，照定册簿点姓名。

　　　　　　　元帅石亨来听令，

石　亨：（白）在。

同　寅：（唱）你带三千马步兵。

　　　　　　　埋伏敌营东北地，炮响为号往里攻。

石　亨：（白）得令。

同　寅：（唱）总兵郭登来上帐，

郭　登：（白）在。

同　寅：（唱）你带领一万长枪奔正东。

　　　　　　　但听中央信炮响，杀奔敌营莫消停。

郭　登：（白）得令。

同　寅：（唱）王计听令休怠慢，

王　计：（白）在。

同　寅：（唱）你带一万短刀兵。

　　　　　　　埋伏东南听信炮，一起奋勇奔敌营。

王　计：（白）得令。

同　寅：（唱）又叫副帅名蒋贵，

蒋　贵：（白）在。

同　寅：（唱）你带一万火炮兵。埋伏正南听号炮，

　　　　　　　响亮一声往里攻。

蒋　贵：（白）得令。

同　寅：（唱）座上又叫景副将，还有那张锐徐信听令行。

景元等三人：（白）在。

同　寅：（唱）你三人细听吾分派。

　　　　（白）驸马景元带领弓箭手三万埋伏敌营西南，张锐带领藤兵手两万埋伏正西，徐信带领挠钩手一万埋伏西北，你三人各自藏兵，听候信炮，一阵声响，杀奔敌营，不可迟误。

景元等三人：遵令。

　　　　（唱）三人接令下大帐，三路埋伏去得忙。

同　寅：（唱）座上复又拔令箭，又叫元帅名孙堂。

孙　堂：（白）在。

同　寅：（唱）还有孙弘与孙月，女将齐来听其详。

众　人：（白）在。

　　　　（唱）忙了赛花康金定，后跟金家二女装。
　　　　　　　婆媳四人不怠慢，还有秋桂与海棠。
　　　　　　　一起上帐来听令，

同　寅：（唱）同寅座上声高扬。
　　　　　　　差遣你们一路去，散开埋伏在地方。
　　　　　　　乜先逃遁要回国，你们山峪把兵藏。
　　　　　　　小心拿他要仔细，活捉不可把命伤。
　　　　　　　回营山人把他劝，要拿王振赎上皇。
　　　　　　　父子兵此去要努力，一家夫妇两相帮。

众　人：（唱）众佳人齐声说遵令，各按布置有规章。

同　寅：（唱）又叫石彪与陈望，你二人带兵一千奔中央。
　　　　　　　马去銮铃人免唱，悄悄而行要提防。

石彪、陈望：（白）是。

同　寅：（唱）敌营火起速放炮，引动埋伏要急忙。

石彪、陈望：（白）遵令。

同　寅：（唱）分派完毕心欢喜。

(白）按着八方乾、坎、艮、震、巽、离、坤、兑，安排已毕。天交初吉，吾料贼兵必当明营人马将帅有病，今夜他们安然放心，一到中秋佳节必然饮酒不妨。出其不意，内有火攻，外有埋伏，里外一战必定成功，吾也出营上马观阵便了。

（诗）就地挖坑擒虎豹，满天撒网打蛟龙。

（刘月出）

刘　月：（诗）蛟龙入水赴深潭，要施潮涌海底翻。

（白）俺刘月，幸喜马家弟兄诓贼入计，我哥哥带兵假顺敌营，凑巧番贼收留，又把粮草散去五营四哨。细想活该今夜成功，真是天遂人愿也。

（唱）他们今夜同贺节，合营饮得醉醺醺。
　　　浮云遮月明又暗，正好放火把粮草焚。
　　　随来人等早计议，各处举火必齐心。
　　　引动埋伏兵来到，里外杀贼立功勋。
　　　吾国人马有暗号，两无失措把贼擒。
　　　哥哥怕吾行事愣，他先出去见众人。
　　　等他回来事办妥，吾再同去免忧心。
　　　正然着急外边喊，

番　卒：（白）不好了，粮草垛上失了火咧，快打锣来，一起救火呀。

刘　月：（唱）乱嚷失火震乾坤。
　　　才要出去刘汉到。

刘　汉：（白）兄弟打起暗号，一起放火快抄兵刃，你我随众杀贼便了。

刘　月：有理。

（唱）回身转，快抽刀。
　　　二人出帐，仔细观瞧。
　　　满营声震耳，锣鼓一起敲。
　　　五营四哨火起，粮草帐房齐烧。
　　　硫黄火硝与火药，火光蹿起万丈高。
　　　欢喜了，二英豪。
　　　砍杀贼寇，暂且不说。

番　将：（唱）惊起众番将，满营闹吵吵。

个个乱嚷救火，

慧　空：（唱）慧空出帐观瞧。

才要念动避火咒，

董　宽：（唱）董宽赶来砍一刀。（背后杀慧空死）

贼和尚，赴阴曹。

砍杀秃驴，俱各不饶。

众　人：（唱）纪广毛福寿，一起手抡刀。

不论僧俗乱砍，喊声地动山摇。（众和尚全死）

贼兵和尚死无数，齐遭劫数命难逃。

贼营内，如草烧。

早就惊动，陈望石彪。

信炮一声响，伏兵知根苗。

四面八方来到，人马齐把贼抄。

里外攻杀这一阵，好似赤壁兵破曹。

（石亨、郭登上，杀死铁哥不花，众将乱杀一阵，耶律学古、耶律休哥、乌里哇众番将俱死，乜先、会真、伯彦、哈明四人逃走）

众　兵：（唱）众鞑子，一命消。

人头滚滚，血水滔滔。

同寅把风借，贼营一火烧。

霎时成了平地，一阵火灭冰消。

番兵不死却有限，为首不多把命逃。

（乜先、会真、伯彦、哈明马上）

乜　先：（唱）乜先马上如木偶，半响开言喊声高。

（白）咳呀，苦哉呀，痛哉呀，可恨孤家一时大意不明，径自受人诈降之计，黑夜不防火烧营盘，里外受敌，人马俱遭杀戮。只因贪杯误事，丧师辱国，死了两家亲王，长老废命，为首剩咱四人，叫吾如何回国见主？

众　人：太师不必忧虑，后事莫论，快些逃命要紧。

（唱）闯出重围快逃命，速奔小路把国还。

不然挨尽追兵到，赶上大家命难全。

乜　先：（唱）唉声叹气说罢了，无可奈何紧加鞭。

　　　　　　　马跑鸾铃声不断，不多一时亮了天。
　　　　　　　正走中间抬头看，不好，又有伏兵把路拦。
　　　　　　　害怕难进又难退，也罢，无奈舍命杀上前。
孙　　堂：（内白）众将官，贼兵逃走，埋伏人马一起杀上前去，努力劫杀贼兵。
　　　　　　　孙堂夫妻拦去路，劫杀贼兵不容宽。
　　　　　（孙堂上，康金定、刘赛花、海棠、秋桂乱杀一阵，乜先、会真、伯彦、哈明俱败，又上）
伯彦、哈明：（唱）伯彦哈明败了阵，害怕逃走弃马登山。
　　　　　　　柴草避身逃了命，
会真、乜先：（唱）剩下会真与乜先。
　　　　　　　不敢再战绕路走，又有敌兵在面前。
孙弘、金玉环：（唱）孙弘夫妻把贼战，豪杰奋勇一马当先。（孙弘上，对会真）
　　　　　　　枪刺和尚不理会，浑身硬如铁石坚。
　　　　　　　着急不胜圈回马，想起祖父爹爹言。
　　　　　　　何不刺他咽喉处。不妨量他躲避难。
会　　真：（白）小辈哪里走？
孙　　弘：慢来，看枪。
会　　真：哎呀，不好。（会真死）
孙　　弘：好哇。
　　　　　（唱）这个秃驴落了马，未想到枪刺咽喉一命捐。
　　　　　　　欢喜又去拿贼首，
乜　　先：（唱）乜先大战金玉环。
金 玉 环：（唱）佳人吃惊往下败，番贼力大难占先。
　　　　　　　将军刺死贼和尚，奴也立刻使妙玄。
　　　　　　　囊中忙把飞爪起，活捉番将回营盘。
　　　　　（乜先上）
乜　　先：蛮婆哪里走？
金 玉 环：慢来，看我抓你。（金玉环抓掉盔）
乜　　先：哎呀，不好。
　　　　　（唱）一闪头盔落了地，拨马逃走去如烟。

金玉环：（唱）番贼眼尖未拿住，得便一去不回还。

孙　弘：（唱）孙弘马到呼娘子，

（白）番贼逃走，未得拿住，你吾夫妻快赶，定要将他拿住，方是你吾奇功一件。

金玉环：将军言之有理。

孙　弘：众将官，随吾夫妻快赶乜先，休叫番贼逃走。

乜　先：哎呀，不好了，御弟、元帅逃走，不见军师，定是命丧小将之手，剩孤一人，惜乎又被蛮婆拿去，幸得眼快逃生，只得另寻山路，密从盘龙岭急急逃走便了。

（硬唱）心急害怕紧加鞭，打马如飞急似箭。

　　　　不住回头用目观，追兵赶来在后面。

　　　　催马绕路奔山沟，一人一骑暗逃窜。

孙　月：（唱）孙月埋伏在岭头，高阜之处早瞧见。

　　　　传令一起把贼拿，回营好去把功献。

金玉莲：（唱）金氏玉莲在平川，催马对敌来交战。

乜　先：（唱）乜先一见唬一蹿，到处埋伏人罕见。

　　　　莫非他们知道孤，准行此路有神算？

　　　　两旁陡涧难上山，里外只有路一线。

　　　　后退不能有追兵，前进有人把岭占。

　　　　叹孤一世将英雄，逢此绝路真可叹。

　　　　又见女子来交锋，也罢，忍着舍命决死战。

　　　　催马进前把手交，刀来叉架声不断。（金玉莲败下）

金玉莲：（唱）玉莲难敌败下来，番贼力大真不善。

　　　　直奔岭头唤将军，

孙　月：（唱）孙月急忙接着战。

　　　　大叫番叛贼乜先，快来咱俩干一干。

　　　　量你今日难逃脱，祖宗定要拿叛番。

乜　先：（白）休发狠言，看叉！

孙　月：来来。

（唱）铁锤磕叉响连声，越杀越勇威风现。

|||番贼只有招架功，恶狠一下叉两段。
乜　先：（唱）震破虎口手一撒，唬得后退魂魄散。
孙　月：（唱）败走手下把情留，拿个活的把功献。
　　　　　　　哈哈大笑赶下来，把锤一扔下对面。
　　　　（砸，乜先落马）
乜　先：哎呀，罢了我了。
孙　月：（唱）砸伤左膀落征驹，吩咐上绑不怠慢。
　　　　（白）绑下！
　　　　（唱）拿住番贼把兵收，又见兄弟来对面。
孙　弘：（唱）孙弘一见不住夸，哥哥奇功头一件。
　　　　（白）兄长拿住叛番乜先，真是莫大第一之功。快些收兵，一同父母回营，去见祖父和先生，哥哥报功便了。
孙　月：兄弟所言有理。众将官绑押叛番，打得胜鼓收兵回营。
　　　　（诗）南兴北衰一场空，活捉乜先第一功。

（完）

第二十八本

【剧情梗概】 牛氏姐弟至白衣庵乞食，遇到石建章一家，牛氏羞愧而死，牛寿被石建章命人乱棍打死。同寅劝说乜先归顺大明后将其释放。乜先请求元主脱脱不花交出王振，对大明献表称臣。脱脱不花大怒，与乜先刀兵相见，被乜先所伤，回城后逝去，蒙古众臣拥立乜先为汗。乜先将王振交给明军惩处，并送回英宗。朱祁钰归还皇位于兄长，英宗重新即位，改元天顺，大封群臣。

（伯彦、哈明步上）

伯　彦：（诗）穿林入野境，草木可避身。
　　　　（白）吾伯彦。
哈　明：吾哈明。千岁，咱与太师、军师一同逃走，不知他们从哪儿脱身，咱二人幸得登山越岭，逃出重围。躲避他们，只得急急逃命回国便了。
　　　　（唱）可恨明兵把营诈，不曾防备夜黄昏。
伯　彦：（唱）中了他们诈降计，太师大意算粗心。
　　　　　　　只当明军还有病，谁知入了计谋内？
哈　明：（唱）祸到临头难躲避，可怜全军命归阴。
伯　彦：（唱）为首逃出又离散，到处竟遇埋伏人。
哈　明：（唱）太师军师皆不见，不知外逃身被擒。
伯　彦：（唱）兄长倘若有不测，瓦剌沙漠祸更临。
哈　明：（唱）回国太师要不见，只好央求大明君。
伯　彦：（唱）必是和好送回国，除此仇敌无解分。
哈　明：（唱）千岁所言是善计，你我二人算同心。
伯　彦：（唱）大家星夜回瓦剌，共议就是此条陈。
　　　　　　　不言二人回北去，
孙吉宗：（唱）又表孙爷和同寅。（排大帐，二人上，平坐）
　　　　　　　二人同坐中军帐，吩咐歇兵庆功勋。
　　　　　　　孙爷又把先生叫，可惜乜先未得擒。
同　寅：（白）元帅勿忙，量他难逃埋伏，必然被擒，任凭元帅发落。

孙　　堂：（唱）父子三人入中军。

　　　　　　　　上帐打躬说交令，这般得把叛番擒。

　　　　　　　　拿来乜先任发落，

孙吉宗：（唱）孙爷闻听喜在心。

　　　　（白）倒是先生用兵如神，拿来乜先快请发落，然后扫荡沙漠，便好迎请上皇回宫。

同　　寅：元帅不必心急，拿住乜先，只要劝他和好，从此两罢干戈，要请上皇回驾自不难矣。

孙吉宗：好，如此还得先生发落，本帅愿在一旁领教奉陪。

同　　寅：元帅威名，不才还得有谦。

孙吉宗：好说，先生快请升座。

同　　寅：大家同坐。（同寅正坐，孙吉宗后坐）孙将军夫妻、父子擒贼有功，快请回帐歇息去吧。

孙　　堂：遵令。

同　　寅：众将官，快把叛番乜先绑进大帐。

众　　人：哈。

　　　　（乜先绑上，不跪）

乜　　先：罢了，哇哇哇。

同　　寅：嘟，好个叛番，你今被擒，为何立而不跪？难道不怕山人叫你刀下做鬼？

乜　　先：住了，孤家误中诡计，丧师辱国，一身被擒，视死如归，哪怕你们千刀万剐？断不屈膝下跪。

同　　寅：罢了，看你生死不惧，真是北番第一名将。既然志不屈人，就当深知礼仪，何不顺势而为？乃是丈夫。听我一言奉劝：

　　　　（唱）满面春风开言道，叫声乜先听我说。

　　　　　　　　为人不可拗天作，常言道顺天者存逆者难活。

　　　　　　　　大明一统是正国，奉天承运掌山河。

　　　　　　　　从来是邪难侵正，强扭天意使不得。

　　　　　　　　我国皇帝你护去，不过遭困身受折。

　　　　　　　　圣皇帝自有百灵助，量你把他无奈何。

　　　　　　　　怎知道天不灭明难亡国，去了一个又一个？

怎知你今身被逮住，生死却在我手握？
知时务者听人劝，从权答辩礼才合。
你今若要求生路，情愿放你免干戈。
解劝尔主纳降表，献出王振免啰唆。
送回我国上皇主，管教你不失王位体面多。
南北两国成秦晋，免学吴越两争夺。
愿生你就依言做，愿死令下首级割。
我国若无贼王振，你国也不侵山河。
忠直能扶国家稳，佞臣巧语把君谋。
人力难把天运改，落得民遭涂炭多。
我的良言已说尽，凭你思量自忖度。

也　先：（白）哼，
　　　　（唱）听罢低头心暗想，道人之言有恩德。
　　　　　　　目下若不依他做，一声令下命难活。
　　　　　　　又想到丈夫徒死成无益，不如权变两相和。
　　　　　　　不看王振把国卖，南征损将把兵折。
　　　　　　　悔之不及枉着落，从此罢兵免干戈。
　　　　　　　思想多时说罢了。

　　　　（白）罢了，兵主良言相劝，令人顿开茅塞之心。蒙恩不杀，情愿罢兵和好。不才舍妹现与你国皇帝为配，今在瓦剌栖身。等我去到沙漠，奉劝元主归降，献了王振，再送舍妹、君主同回南朝，岂不两全其美？

同　寅：好！这等慨然答应，才算大丈夫当世所为。今既和好，不可情疏，待我亲自与你解绑。太师受辱，伏乞勿怪。

也　先：好说，不敢。久为仇敌，今日这样恩义相待，倒叫我也先于心有愧。

同　寅：彼此和好，往事休提。就请依言而作，不可更改。我等静候佳音，便好收兵回国。

也　先：那是自然，一言既出，断不失信。

同　寅：好，如此，我等等候佳音。太师此去，还防不测。贫道观你先凶后吉，可要小心，多加仔细。

也　先：仙长之言，孤家谨领。事不宜迟，告辞去也。

同　　寅：理当一送，但怕风声外泄。请。
乜　　先：请。
　　　　　（乜先下，孙吉宗上）
孙吉宗：先生放去乜先，最怕胡人临期言不应口，如何是好？
同　　寅：不妨，元帅只管放心。从此南北已成秦晋，且观他们龙虎相斗，临期必送皇帝回南，大家班师回国，贫道管保有喜无忧。
孙吉宗：先生之言，令人可信，暂且歇兵不动，待我写表奏知新君，差人前来接驾便了。
　　　　　（诗）干戈搅扰今始罢，喜望君臣转帝都。
　　　　　（老尼僧出）
静　　贞：（诗）宝鼎香烟冲霄汉，庙堂辉煌画堂新。
　　　　　（白）贫尼静贞，数年前皇亲孙大人庵内养病，灾消病愈，如今一家得第，少老爷接取家眷，奉旨重修白衣庵。工完落成，开光演戏三日，舍饭不绝。我师徒伺候香火，却比从前十分稠密。
一　　清：禀师傅，今有杨太太带领一群妇女前来上香，庙外下了车轿，有请师傅前去迎接。
静　　贞：你快去到大殿伺候焚香，待为师急急前去迎接太太。
　　　　　（唱）慌忙离座往外走，出了禅堂去接迎。
　　　　　　　　早有衙役净了路，山门以外把身停。
众　　人：（唱）妇女来到下车轿，齐进山门往里行。
　　　　　　　　头里走的杨太太，后跟着玉珠裴氏二花容。
　　　　　　　　董氏月英宋氏女，同来上庙到庵中。
静　　贞：（唱）尼姑迎接上大殿，参神入后且不明。
众　　人：（唱）再说庙外设会场，两旁伺候搭席棚。
　　　　　　　　有人监管把位散，男东女西不乱腾。
　　　　　　　　孙家石家父与子，坐在馆内饮茶厅。
　　　　　　　　人山人海来上庙，男男女女乱哄哄。
　　　　　　　　也有老来也有少，也有多半在年轻。
　　　　　　　　扶老携幼人无数，都来看戏拜庙神。
　　　　　　　　许多玩艺来上会，各样杂耍数不清。

　　　　　大戏开台锣鼓住，生旦净丑唱得精。
　　　　　会场热闹且不表，又把两个花子明。
牛氏、牛寿：（唱）牛氏姐弟来上庙，晌午撒戏要入饭棚。
牛　　氏：（白）老身牛氏。
牛　　寿：我牛寿。姐姐呀，咱们姐儿俩来到白衣庵，这里开光唱戏，真是热闹无比，听说这位老爷姓孙，早年许愿，如今重修庙宇舍饭，真是周济贫人，比咱们到镇上去叫爷爷、奶奶强。你看晌午大戏撒台，咱们快去到饭棚吃饭去吧。正好走得乏咧，也饿咧，吃完了饭歇息歇息再看戏吧。可怜太太一名，老来闹得要着吃，穿不暖，挨冷受冻，真乃梦想不到，这大年纪受这样的苦哇。咳，姐姐，你没听说呀？宁受小来苦，不受老来贫，真是古语说得不差呀。业已闹到这步田地，不也是受着贫了吗？咳，闲话少说，快走吧。
　　　　　（孙安、石建章出，坐）
孙　　安：（诗）神堂映彩旧复新，衣锦荣归候酬神。
　　　　　（白）下官状元孙安。
石建章：下官祭酒学士石建章。
孙　　安：妻兄，你我同到即墨县杨府来接家眷，小弟奉旨限期三月，虔心了愿，重修古庙，等候酬神已毕，辞别杨大人，便好携眷一同回京。
郝　　仁：二位姑爷在吗？
孙安、石建章：老人家来了，请坐。
郝　　仁：不用坐着咧，老汉有点勾当告诉你们知道。石姑爷，你那后妈和你那好舅舅来咧，你不出去瞧瞧他们哪？
石建章：老人家取笑了，我家离此途长路远，他们不在故乡，离家来到这里作甚？
郝　　仁：可真是呢，我看着他们光景乃是要着吃的到此。方才入了席棚，老汉乍见有些犯疑，随后我又看了看，真是他们到此没含糊，准而且准，烟熏火燎的样儿。姑爷你要不信，亲自瞧瞧去吧。
石建章：哎呀，我家并不饥空，他们如何这般光景？真乃好生的怪呀。
　　　　　（唱）心内惊疑呼妹丈，
孙　　安：（唱）妻兄有何话请讲。
石建章：（唱）想起以往苦难言。

|||继母有过无的讲，牛寿作恶罪难宽。
|||妹丈投亲我家去，恨他不该设机关。
|||宗宗仇恨未得报，今日此来该报冤。
|||岳父想来看仔细，

郝　　仁：（白）认准是他们没有差。

石建章：（唱）如此不用亲自观。
|||妹丈你我神堂去，叫他姑嫂见年残。
|||大家报仇拿牛寿，请我继母回故园。

孙　　安：（唱）孙安接言说有理。

石建章：（白）又叫我儿石瑞。

石　　瑞：来了，爹爹有何吩咐？

石建章：我儿这般，来了你祖母，一家拜见理当然。

石　　瑞：孩儿遵命。

石建章：（唱）岳父命人请我母，莫叫牛寿他外窜。

郝　　仁：（白）我得露面，叫别人看着牛寿，去叫你妈等着。你们见了面，我定要得罪她一顿，出出气。

（唱）说罢一起出席馆，去到神殿往后转。
|||设下桌椅齐等候，

家　　仆：那一老女花子，我们老爷叫你有话说，随我庙里来。

牛　　氏：来了。

（唱）牛氏不知为那般。
|||跟随进庙到大殿，

孙安、石建章：（唱）郎舅早已用眼观。

（牛氏上）

孙　　安：（白）呀，真是岳母。

石建章：（唱）果真是我母亲到，大用拜见跪平川。

（白）母亲可好？孩儿叩头。

孙　　安：岳母万安，小婿拜揖。

牛　　氏：哎哟，可了不得了，二位老爷是谁呀？这样称呼作揖、叩头的，可折寿死老身了。你们快些请起吧，我这里跪下也磕头咧。

石建章：老人家请起，不要惊慌，莫非你不认得孩儿石建章？

孙　安：小婿孙安也不认得了？

牛　氏：哟，你是我儿石建章，姑爷孙安也在这呢。

孙安、石建章：是。

牛　氏：你们怎么这样光鲜？可惜老身成了花子，没脸见你们俩呀。你们哪，快起来吧。

石建章：是，母亲不要抱愧。

牛　氏：真是没脸见你呀。

（唱）毒妇一阵羞又愧，自觉无颜难见人。

叫声我儿石建章，妈妈乖乖听娘云。

从前都是妈妈错，今见你们愧在心。

媳妇冤枉不用讲，你们受苦我算心昏。

姑爷提亲假留住，事露闺女同脱身。

宗宗件件对不过，我儿姑爷不用嗔。

石建章：（白）孩儿不敢。

孙　安：小婿无忌，母亲不要多心。

牛　氏：（唱）你们怎得身荣贵？媳妇闺女何处存？

石建章：（唱）从头至尾说一遍，彼此苦尽得容身。

妹丈妹妹同在此，孩儿夫妻与你孙孙。

母亲到此团圆会，一家见面得遂心。

才要细问家中事，

石　瑞：（唱）石瑞后边禀原因。

出来一见忙忙问，爹爹这是什么人？

石建章：（唱）我儿这是你祖母，快些拜见把话云。

石　瑞：（白）是，祖母可好？孙孙叩头。

牛　氏：（唱）牛氏连说起来吧，孙子这大也成人。

正然说话人又到，

（董月英、石玉珠上）

董月英、石玉珠：（唱）出来姑嫂跪在尘。

（白）真是婆母/母亲到此，不孝媳妇/女儿拜见来迟，望乞恕罪。

　　　　　　（唱）老人家在外可无恙？不孝儿们来问安。
　　　　　　　　　久闻膝下缺孝道，可惜离别十几年。
　　　　　　　　　不知怎么离家下，受苦叫化在外边？
　　　　　　　　　婶婶/弟妹在家可安稳，老人家快些说根源。
牛　氏：（白）咳，你们不用问咧，原是这般如此，花氏早也死了，闹得家败人亡，老身才到外边要饭。今日见着你们不得罪我就好，不用跪着，快些起来吧。
董月英、石玉珠：是。
　　　　　　（唱）儿们天胆也不敢，提亲之过算不贤。
　　　　　　　　　无有不是是父母，总是儿们孝不全。
　　　　　　　　　你老在外身受罪，不知苦楚罪弥天。
　　　　　　　　　可惜婶婶/弟妹已经死，万贯家财一旦捐。
　　　　　　　　　可怜婆母/母亲身受难，离乡在外受熬煎。
　　　　　　　　　今幸这里一家遇，儿女婆媳又团圆。
　　　　　　　　　从此奉请回故里，同受国恩前事不言。
牛　氏：（白）咳，
　　　　（唱）牛氏听罢觉愧臊，肚子憋屈在心间。
　　　　　　　想起来自己亲生儿子死，媳妇早又赴九泉。
　　　　　　　心毒害人有天报，自己落得太不堪。
　　　　　　　花子老婆人人笑，看他们苦尽甜来竟做官。
　　　　　　　丫头老婆遂心愿，夫荣妻贵好威严。
　　　　　　　见了面亲近明是羞辱我，无脸活着讨人嫌。
　　　　　　　不如一死省现世，自恨无有地缝钻。
　　　　　　　心内焦躁正上火，又来郝仁把话言。
郝　仁：（唱）见面叫声石太太，
牛　氏：（白）哟，你是哪也，我不认得。
郝　仁：（唱）不说清如何认得咱。
　　　　（白）石太太，你不认得我是卖杂货的郝仁，先前常到你家门首卖货，你不认得我，我可认得你。只因后来你家闹事，与我连上亲戚，这才弃了卖货不做。常想要见姐弟说个话，不想今个遇着咧。先说下，我这要说起来，可不怕伤人，管你爱听不爱听，我要说上一小阵子咧。

（唱）叫声石太太，不用浑装扮。
　　　想起你当初，好心真有限。
　　　还有你兄弟，牛寿那头蒜。
　　　姐弟害好人，同心两勾窜。
　　　谋害前房根，儿女情不恋。
　　　处处不歇心，想着野法办。
　　　勾引王家贼，坏心王八蛋。
　　　硬赖姑爷他，偷盗成贼犯。
　　　问罪充了军，发配真可怜。
　　　霸娶干闺女，硬把人谋算。
　　　得了闺女她，杀了那头蒜。
　　　因起淫邪心，天报死狗蛋。
　　　可怜去坐监，受罪真可叹。
　　　来了她兄弟，报仇气难按。
　　　你家去遭殃，真叫人趁愿。
　　　把你拉四街，裤裆刮两半。
　　　上衣全破了，脊梁顺地窜。
　　　众人看热闹，存怨不爱劝。
　　　摔死你儿子，脑袋稀胡乱。
　　　投堂见了官，救命人不断。
　　　许多人马来，杀得天昏暗。
　　　解救齐上山，吾也连轴转。
　　　姐弟把难脱，好人天照看。
　　　你咋不在家，外头来要饭？
　　　猫食与狗食，吃着多体面。
　　　臊死也不亏，活着真讨厌。
　　　我要是牛氏，用尿浸死个蛋。
　　　把话说完了，不在这里站。
　　　说罢忙躲出，

牛　　氏：（唱）牛氏转两转。

　　　　　　　羞愧正难当，又添气难咽，

　　　　　　　一阵火上攻，羞得浑身颤。

　　　　　　　往后这一栽，去把阎王见。

石玉珠、董月英：（唱）姑嫂着了忙，扶住连声唤。

石建章等三人：（唱）父子与孙安，近前一起看。

　　　　　　　呼唤总不应，原来把气断。

众　　人：（唱）姑嫂放悲声，父子泪满面。

　　　　　　又来裴桂香，宋氏不怠慢。

　　　　　　近前泪扑扑，可惜未见面。

　　　　　　又来杨太太，尼姑全陪伴。

　　　　　　早在暗中观，人死到前殿。

郝　　仁：（唱）郝仁抹不开，觉着不好看。

　　　　　　近前把话说，这事怪老汉。

　　　　　　气死石太太，觉着礼不犯。

　　　　　　只是怎说说，多嘴好讨厌。

众　　人：（唱）众人说无妨，

石建章：（唱）大用忙解劝。

　　　　（白）岳父不必抱愧，家母病终，想是命所该然，死于异乡。娘子、妹妹不必悲痛，你们一同杨太太请回禅堂，待吾命人把母亲尸灵成殓，准备回乡殡葬祖茔。

众　　人：是，母亲／太太呀。

郝　　仁：你这么着爽利，吾再多个嘴吧。姑爷，你妈已死咧，没有关系，你把牛寿也就开发了，少了一个坏蛋以除旧恨，就完了不咧？

石建章：岳父之言有理。人来，将太太尸灵抬下，速用棺椁成殓，吩咐速把牛寿绑来见吾。

　　　　（抬下尸，孙安归座，牛寿绑上）

牛　　寿：咳，二位老爷，要饭吃的花子，不曾犯罪，不知将吾绑来却是为何？

孙安、石建章：牛寿你抬起头来，看看吾二人是哪个？

牛　　寿：哎呀，原来还是外甥、姑爷在此。

石建章：哼哼，吾郎舅今日与你冤家狭路相逢，断不容恕。人来！将这恶贼拉出庙外，用乱棍活活打死，埋在荒郊。

牛　寿：唉呀妈呀，可坏了。

（拉下牛寿打死，仆役又上）

家　仆：禀爷，将牛寿打死，掩埋郊外。

石建章：起过。你吾仇恨已报，吾父子先行一步，回家祭祖，代葬慈亲。

孙　安：事毕重谢尼姑，拜辞杨爷夫妇。吾就携同亲眷，大家回朝复命，就此启程。

（诗）忠孝常存恶人败，劝世行善莫欺心。

（番王出，升帐）

脱脱不花：（诗）祖业难回终日忧，不得灭明恨心头。

（白）孤家大元王脱脱不花，可叹乜先，无力恢复基业，损兵回国。复又调兵，命他南征，不知如今胜败怎样？

昂　克：千岁，臣平章昂克接得乜先太师表章一道，请主御览。

脱脱不花：堂后官，呈表上来。

昂　克：遵旨，请主过目。

脱脱不花：闪过，待孤看来。好，元王展开表章，从头至尾看了一遍。哎呀哎呀，一阵大怒骂声乜先，好生大胆，你今丧师被擒，怕死顺敌，还敢劝孤纳表，早献王振，其情可恼。丞相速宣王振上殿。

昂　克：领旨。

（唱）忙下殿，把旨传。

王　振：（唱）王振上殿，跪倒银安。

（白）宣召有何事？

脱脱不花：（唱）请起听孤言。

王　振：（白）千岁。

脱脱不花：（唱）表章这般如此，令人恼在心间。

孤家怎肯把你献？不义之事人笑谈。

王　振：（唱）呀，忙跪倒，心胆寒。

伏服丹墀，叩首连连。

只叫千岁爷，需要见可怜。

　　　　　　叹吾一向为国，苦苦费尽心田。

　　　　　　好容易诓出明主到了塞北，指望裂土分江山。

　　　　　　乜太师，礼不端。

　　　　　　从前得胜，怎样威严。

　　　　　　南朝献贿赂，一概被他贪。

　　　　　　大王不得实惠，凡事由他自专。

　　　　　　真是胆大目无主，君臣之意撂一边。

　　　　　　如今他，时运残。

　　　　　　败兵被擒，中人机关。

　　　　　　众人舍性命，怕死把生贪。

　　　　　　不说自己之罪，反来劝主献咱。

　　　　　　不可呀不可呀，千岁需要拿主意，不可听他混胡言。

　　　　　　理应当，把旨传。

　　　　　　叫他领兵，再去征南。

　　　　　　得胜还罢了，不然罪难宽。

　　　　　　问他丧师辱国，拿问急用刀餐。

　　　　　　早除此人免祸患，省得后来里外勾连。

脱脱不花：（白）爱卿所奏有理，平身。

王　　振：千岁，

　　　　　（唱）忙站起，归了班。

脱脱不花：（白）元王传旨，丞相听言。

昂　　克：千岁。

脱脱不花：（唱）如此快下殿，告诉那差官。

　　　　　　　　叫他速速回去，告诉太师乜先。

　　　　　　　　早早进兵以功折罪，不然抗旨罪难宽。

昂　　克：（白）遵旨。

　　　　　（唱）说声领旨下殿去，

阿　　刺：（唱）阿刺跪倒来谏言。

　　　　　（白）千岁，乜太师性如烈火，愚鲁太甚。他已应许两国和好，大王若要不从，他要一怒，不遵王命，顺南灭北带兵杀来，何人敢挡？

脱脱不花：爱卿放心，不必多虑。他纵兵权如山，从来君不服臣，不必多言，归班。

阿　刺：千岁。

（呐喊，昂克急上，跪）

昂　克：千岁，可不好了！微臣打发差官回营，不想那乜先随后带兵杀来，单叫千岁急写降书，早献王振倒还罢了，不然一怒，杀进城来，推倒大王，另立朝纲。

脱脱不花：哎呀，哎呀，这还了得，逆贼真正反了。往下便叫哪位爱卿出马将他拿来问罪？

王　振：千岁，文武不答，无人敢去出马，不然待吾差遣彭德清与吾侄儿王林出城对敌，看是胜败如何？

脱脱不花：好，爱卿有此忠心，多差兵将，助他二人，定将逆臣拿来问罪，快去。

王　振：遵旨。

（呐喊，王振又上）

王　振：苦哉呀，痛哉！千岁，可惜臣的侄儿与彭德清出马，径自一概阵亡了。

脱脱不花：起去。哎呀哎呀，气死人也。待孤亲自出马，与他决一死战。众番兵，抬刀带马，一起杀出城去。

乜　先：孤家乜先，南北和好，来劝国王纳降。道人嘱咐，叫吾提防不测，故此又从瓦刺调兵来到沙漠。谁知上表，昏君竟听谗言，果然不献王振。方才命人出马，是孤杀了王林、彭德清，去了王振羽翼，大料昏君必不干休。这回难讲君臣反目，料想必有一场恶战。

脱脱不花：众番兵，大闪城门。

乜　先：呀，你看昏君亲自杀出城来，待孤上前，先礼后兵，看是如何？

（元王刀马上）

脱脱不花：好一叛臣乜先，孤家哪点亏待与你？丧师辱国，不思报仇雪恨，还敢劝孤投降，这等不忠不义、灭己助敌，该当何罪？

乜　先：大王息怒，臣还有一言相劝千岁。

　　　　（唱）勒马停叉呼千岁，不必动怒听臣说。
　　　　　　　南北世仇无消解，天不灭明柱争夺。
　　　　　　　大王怎不献王振？偏心留他祸患多。
　　　　　　　全不想明主待他何等厚，贪心不足乱山河。

　　　　　　　　咱国留他更无益，若有不周何用说？
　　　　　　　　哪如趁早把他献？纳表称臣免干戈。
　　　　　　　　大王若不听臣劝，怕是国亡祸难脱。
　　　　　　　　乜先还要往下讲，

脱脱不花：（白）住了。
　　　　　　（唱）逆臣一派竟胡说。
　　　　　　　　你今怕死顺敌国，还敢劝孤混主谋。
　　　　　　　　逼写降书献王振，不准你竟来反戈。
　　　　　　　　方才杀了两员将，明明是要反沙漠。
　　　　　　　　乱臣贼子该万死，杀你再去灭蛮贼。
　　　　　　　　说罢举刀搂头砍，

乜　先：（唱）钢叉一架把话说。
　　　　　　　　砍吾一刀不还手，

脱脱不花：（白）却是为何？

乜　先：（唱）君臣交战理不合。

脱脱不花：（白）你今叛逆，哪有君臣之义？不要走，看刀。

乜　先：（唱）二次不动还尊让，

脱脱不花：（白）你吾如今现为仇敌，还有尊让？逆贼看刀。

乜先：哎呀哎呀，
　　　（唱）三下恼怒喊吆喝。
　　　（白）好一昏君，吾看君臣之分，让你三次，不忍还手，谁知竟还逞强，不知进退。你既无情，谁还有义？昏君不要走，看叉。

脱脱不花：来来来。
　　　　　（脱脱不花中叉败下）

乜　先：你看昏君，被吾叉伤左膀，大败回城，这回攻破沙漠，定叫昏君难讨公道。小番们，人马困城，一起努力攻打，不得有误。
　　　　　（摆场，脱脱不花上）

脱脱不花：众将官，紧闭城门，将马带过。
　　　　　（脱脱不花上，王振站）

脱脱不花：哎呀，罢了孤了。

众　人：大王这是怎样？

脱脱不花：逆贼乜先与孤大战，被他一叉刺中，左膀疼痛难忍，败回城来。此时怒满胸怀，心如火焚，只怕不好了。

　　（唱）坐在银安身打晃，内臣扶住打咳声。

　　　　　好个乜先贼叛逆，胆大包天太也凶。

　　　　　逆臣竟要把君弑，孤家惜乎叉下倾。

　　　　　又是羞来又是气，无法拿他报冤横。

　　　　　不多一时又有病，痰堵咽喉气不通。

　　　　　双睛圆睁不出语，霎时之间归阴城。（脱脱不花死）

众　人：（白）呀，千岁怎样？千岁醒来。众人近前一起叫，不好了。

　　（唱）千岁原来是驾崩。

　　　　　吩咐内侍抬御驾，白虎殿上且停灵。

内　臣：（白）遵旨。

众　人：（唱）大家着人办丧事，再者人去保守城。

　　　　　各治其事下了殿，平章参政有调停。

　　　　　一同阿剌密商议。

昂　克：阿大人，这样大祸都因王振所起，如今大王驾崩，朝内无主，世子年幼，不能知事，大家何不迎接乜太师进城继位？拿了王振，任凭他主张，方可平安无事。

阿　剌：二位大人言之有理。你们去拿王振，不要叫他逃脱，待吾一到城头说明其故，迎请太师进城便了。

昂　克：有理。

乜　先：众番兵一起攻城。孤家乜先，方才昏君受伤回城，不见有人出马，想来惧敌，必有降服之意。

　　（阿剌上城）

阿　剌：乜太师可好，一向别来无恙？

乜　先：呀，城上原是枢密院到此，大人怎不劝化大王服降？为何竟任昏君听信谗言，叫吾君臣二人反目？

阿　剌：大人不知，怎奈吾等苦劝不听，却也无可奈何？方才大王驾崩，吾等商议，拿了王振，要保太师继位，收兵进城，便好安于朝中大事。

乜　先：此话当真？

阿　刺：非有谎言。

乜　先：罢了，昏君一死，我算不忠，事到临头不得不然。众位既然协力同心，保吾为君，孤就收兵进城，参灵吊孝。先颁喜诏，后葬大王，荣封首领，以尽君臣之意。

阿　刺：好，太师这等一做，可算有道明君，就请进城，速速继位。众鞑兵，快些开城接驾。

　　　　（唱）说罢回身下城去，

乜　先：（唱）乜先率众进了城。

　　　　　　　参灵已毕即了座，（阿刺、昂克站）

众　臣：（唱）众臣拜贺跪流平。

乜　先：（唱）孤家继位为可汗，殡葬元主尽恩情。

　　　　　　　众卿暂且居旧职，等候事毕再加封。

　　　　（白）平身。

众　人：谢过千岁。

乜　先：众番兵，吩咐一声绑王振，

　　　　（王振绑上）

王　振：（白）千岁饶吾不死吧。

乜　先：哼，

　　　　（唱）大骂卖国奸贼凶。

　　　　　　　倾害南朝到北国，毒害天下不太平。

　　　　　　　今日孤家拿住你，交回你国两罢兵。

　　　　　　　传旨一声绑下去，打入囚车送明营。

番　卒：（白）是。（王振绑下）

乜　先：（唱）孤家还得回瓦刺，明日文武一同行。

　　　　　　　事毕散朝且不讲，

赵荣、杨善：（唱）又表差官离了京。（赵荣、杨善马上）

　　　　　（白）奉旨塞北去接驾。

杨　善：下官杨善。

赵　荣：赵荣。

杨　善：今有孙元帅捷表进京奏主，新君命咱二人前往塞北，迎接上皇回京。君命着急，一路不停，晓行夜宿，过了紫荆关，只得急急赶奔榆木川大营便了。

赵　荣：有理，人马急急前行。

（唱）两国争斗皆为疆土，

杨　善：（唱）一兴一废天运流行。

赵　荣：（唱）大元苗裔沙漠地，恢复旧业再不能。

杨　善：（唱）前朝也有卖国辈，咱朝王振塞北私通。

赵　荣：（唱）苦害忠良又诓圣驾，保国受害死得苦情。

杨　善：（唱）而今两国共和好，要回王振免争战。

赵　荣：（唱）上皇回朝忠奸显，万人皆恨死之应当。

杨　善：（唱）二人迎驾且不讲，

喜凤鸾：（唱）又表那鞑女凤鸾坐内营。

（诗）困龙随彩凤，何日向南飞？

（白）贵家喜凤鸾，匹配明主不觉七载。南北交兵，听说失机和好，眼见龙凤南归，出嫁从夫，只好抛离本国。

（青梅上）

青　梅：启禀贵家，今有大千岁这般成为可汗，大王绑拿王振，送你君妻回国。二位王爷外边伺候，贵人快去，奏知南国万岁，收拾行李便好去到明营。

喜凤鸾：此话当真？

青　梅：贵人不信，亲自去看看。

喜凤鸾：好，这么一来，困龙可有出头之日。

（唱）听说哥哥为可汗，奴家两国玉贵人。

　　　　终身归于大明主，不知不觉整七春。

　　　　皇爷拘留在塞北，诸日忧愁不舒心。

　　　　常想太后与兄弟，还有三宫六院人。

　　　　恐怕江山有失闪，盼念合朝武共文。

　　　　不见有人来接驾，常思回国难动身。

　　　　这回送驾拿王振，报仇回南得遂心。

青　梅：（唱）侍女青梅接言语，心中不乐把话云。

　　　　公主出嫁随龙去，中国娘娘贵又尊。

      你今一去不管吾，有人服侍去伴君。

      可惜主仆要分手，抛奴无主靠何人？

喜凤鸾：（唱）青梅不用往下讲，你的心事吾知闻。

      既要服侍一同去，到南朝与你挑个美官人。

青　梅：（唱）只要贵人成全做，不用挑选有一人。

喜凤鸾：（白）却是哪个？

青　梅：（唱）随驾同来想一想，何妨主仆伴君臣？

喜凤鸾：（唱）不用细说知道了，你必是看中那位袁将军。

青　梅：（白）哎哟，公主猜得倒也不错。

喜凤鸾：（唱）不必惦着全在吾，依言叫你定终身。

青　梅：（唱）多谢贵人做了主，奴婢一生不忘恩。

喜凤鸾：（唱）一言为定去传命，奴到后宫去见君。

青　梅：（白）是，晓得了。

    （唱）说罢离座后边去，

皇　帝：（唱）又表正统困龙云。

      独坐后宫常叹气，

    （白）寡人正统皇帝，可惜深陷番邦，胡人强逼招亲，无奈收了鞑女，住在瓦剌城内。细想寡人万乘之尊，身为胡婿，有辱中国之贵，不得回朝，实实心中有愧。

喜凤鸾：鞑女们，宫外伺候。万岁在上，小妃参驾。

皇　帝：爱妃平身，请坐。

喜凤鸾：小妃谢座。万岁，吾主恭喜了。

皇　帝：寡人被困，忧愁不已，不知喜从何来？爱妃不要闲来解闷。

喜凤鸾：圣上不知，如今大皇兄这般如此，承继元业。身为可汗王，情愿永在天朝称臣，现在拿了国贼王振，要送你我君妻回国，这岂不是一件天大之喜么？

皇　帝：呀，爱妃之言，可是当真吗？

喜凤鸾：小妃不敢虚哄我主，就请皇爷出宫上辇，我两家哥哥随后起身，一同护送去到大营。

皇　帝：好哇，谢天谢地，寡人久困于此，不想今日回转故国，真是侥天之幸呀。

    （唱）一闻此言心大悦，困龙又得向南飞。

喜凤鸾：（唱）万岁若回南朝去，不知可还把君为？
皇　帝：（唱）御弟既然承大位，朕再为君使不得。
喜凤鸾：（唱）不为皇帝要退位，太上之尊免不得。
皇　帝：（唱）愿为清闲心足矣，爱妃可肯同朕回。
喜凤鸾：（唱）皇帝庶民一个理，出嫁从夫不敢违。
皇　帝：（唱）知你深通中原礼，素待寡人恩不亏。
喜凤鸾：（唱）多蒙抬爱不见外，我不保驾谁解围？
皇　帝：（唱）患难之恩情难报，回朝断不薄待爱妃。
喜凤鸾：（唱）如此小妃把恩谢，就请起身把驾陪。
　　　　　　　君妻一同下营去，带领侍女小青梅。
乜先、伯彦：（唱）乜先伯彦来参驾，
皇　帝：（白）二位皇兄，快些平身。
乜先、伯彦：谢过万岁。
　　　　　　（唱）口称臣等送驾回。
　　　　　　　陛下妹妹请上马，一同护送把驾陪。
皇　帝：（白）二位皇兄，前引道路。
乜先、伯彦：遵令。
皇　帝：（唱）君妻外行同上马，
乜先、伯彦：（唱）弟兄乘马两相随。
　　　　　　　出城且把明营奔，
袁斌、哈明：（唱）袁斌哈明把马催。
　　　　　　　二人开路打前站，
袁　斌：（唱）袁斌欢喜把心遂。
　　　　　　叫声仁兄你落后，我先通报暂失陪。
哈　明：（白）贤弟请便。
袁　斌：（唱）说罢打马前行去，直扑明营走如飞。
哈　明：（唱）哈明恋友难割舍，最可惜从今分手心意灰。
　　　　　　思想落后开路走，
孙吉宗：（唱）又把明营表一回。
　　　　　　元帅孙爷升大帐，（孙堂、刘汉、刘月、董宽站）三军呐喊把座归。

　　　　　　　　候迎上皇无音信，乜先一去不见回。
　　　　　　　　莫非事体有更变？正然思量不住盼。
军　　卒：（唱）军卒进来报是非，
　　　　　（白）报元帅得知，营外来了一人，口称咱国校尉袁斌要见帅爷。
孙吉宗：呀，袁斌是我孙家恩人，不可慢待，快些有请。
军　　卒：哈，有请那位袁爷一进大帐。
袁　　斌：来了。（上，跪）元帅大人、盟父在上，袁斌久别尊颜，拜见来迟，望乞恕罪。
孙吉宗：贤侄免礼，快些请起。
　　　　（唱）孙爷离座忙搀起，久别贤侄又相逢。
孙堂、董宽：（唱）孙堂董宽齐问候，朋友相见叙离情。
孙吉宗：（唱）口尊贤侄快请起，一别渴想十几冬。
　　　　　　我父子不亏你私放，如何同在世上生？
　　　　　　今幸平贼来救驾，得见天日显奸忠。
　　　　　　贤契来到军营内，想来必是有军情。
　　　　　　贤契随驾同患难，上皇一向可安宁？
袁　　斌：（唱）前后之事说一遍，告诉盟父得知情。
　　　　　　圣驾被陷招番女，一向平安无祸生。
　　　　　　乜先今为大可汗，拿了王振送主公。
　　　　　　我为前站来通报，盟父快去把驾迎。
孙吉宗：（白）好哇。
　　　　（唱）听罢加额谢天地，妙算深服同先生。
袁　　斌：（白）不知同先生今在何处？
孙吉宗：（唱）这般同在军营内，仰仗他老立奇功。
　　　　　　算定上皇该回国，果然送来不虚情。
袁　　斌：（白）同先生与我也是故人，理当拜见才是。
孙吉宗：（唱）贤侄要见不难极容易，吩咐快请莫消停。
军　　卒：（唱）军卒通知说有请，
同　　寅：（唱）同寅急来到帐中。
　　　　　　口尊将军在哪里？

袁　斌：（白）先生一向可好？

同　寅：好。

（唱）何幸故人又相逢。

袁　斌：（唱）敬服先生通妙理，神卦不错件件灵。

以往之事言不尽，

孙吉宗：（唱）孙爷复又把话明。

贤契通报速回转，本帅接驾出大营。

袁　斌：（白）遵令。

（唱）袁斌急忙出营去，

孙吉宗：（唱）孙爷传令将与兵。

吩咐带马去接驾，欠身离座出帐中。

（下，军卒又上，孙吉宗马上）

孙吉宗：（唱）率众出营接数里，人马排队一窝蜂。

马上远远留神看，迎面尘垢俱飞空。

旌旗招展人无数，相离不远下能行。

（孙吉宗、同寅、众将上，跪）

孙吉宗：（唱）率众跪倒说接驾，

袁　斌：（唱）早有袁斌细奏情。

上皇传旨免参见，

（白）皇帝有旨，路旁免参，列位快些请起。

孙吉宗：听说太师得为可汗大王，可喜可贺。

乜　先：好说，同先生真有先见之明，果应其言，孤家侥幸先凶后吉，臣即君位。如今拿来王振，护送皇帝、舍妹前来，从此两国和好，永免战争，真是太平喜事。

孙吉宗：大王之妹得为吾国娘娘，俺两位便是天朝国舅，从此两国永为秦晋之好。二位到此，快请进营，设宴迎风。

乜　先：人多物杂，不便进营打搅，只好外边安屯，等候分别。元帅快请圣驾入营，你君臣相会，两下分手便好回国。

孙吉宗：大王言之有理，既不进营，不好强邀，只好且等离别一送。众将官，请驾入营安歇，二位请。

乜　先：请。
众　人：（唱）拱手而别各安顿，众人随驾齐进营。
皇　帝：（唱）皇帝君妻下了马，
众女将：（唱）众女将来接凤驾往外行。
　　　　　　　后营之事不再表，
皇　帝：（唱）皇帝众将进帐中。
　　　　　　　正统上面归了座，
众　人：（唱）众人参驾各报名。
皇　帝：（唱）皇帝带愧忙离座，搀扶元帅孙吉宗。
　　　　　　　传旨一起平身起，
众　人：（白）谢主隆恩。
皇　帝：（唱）叫声皇亲听朕明。
孙吉宗：（白）万岁。
皇　帝：（唱）寡人昔年心昏聩，薄待汗马弃亲情。
　　　　　　　苍天不灭忠良将，保佑还在世上生。
　　　　　　　竟不怀恨心无改，幸喜出头又领兵。
　　　　　　　朕当实实愧不已，
孙吉宗：（白）万岁。
　　　　（唱）过去之事不用明。
　　　　　　　救驾来迟不见罪，深感帝恩不忘情。
　　　　　　　又把那刘家之事言始末，大概是非也奏清。
　　　　　　　如今一起来救驾，好把从前冤枉明。
皇　帝：（唱）皇帝听罢说可叹，刘球屈死不知情。
　　　　　　　幸喜二子归王化，有功回朝必加封。
　　　　　　　如今拿来贼王振，循环报应显奸忠。
　　　　　　　吩咐快把逆贼绑，
军　卒：（白）遵旨。
　　　　（王振绑上）
王　振：万岁，赦过奴才死罪吧。
皇　帝：哼哼哼，好奴才！

|（唱）座上拍案响连声。
逆贼胆大通化外，盗卖江山把故国倾。
指望灭明分疆土，谁知道礼基不衰国运隆？
乱臣贼子天不恕，祸到临头一场空。
皇帝怒骂言未尽，

孙吉宗：（唱）孙爷早已气满胸。
（白）王振哪，王振哪，吾把你这逆贼卖国的阉奴，从前赖吾通贼卖国谋反，驾前献谗言，苦苦害吾不尽，怎知孙某忠义常存？如今你恶贯满盈，难逃国典，咱二人倒也显出谁忠谁奸。吾今日瞧见你正该冤冤相报。
（唱）说着一个大嘴巴，叫你从今再害咱。
怒发冲冠又一掌，

刘汉、刘月：（唱）刘家弟兄眼瞪圆。
一起近前骂王振，暗害吾父不见天。
今日冤家逢狭路，报仇将你斧剁锤颠。
说着拔剑就要砍，

孙吉宗：（白）慢着。
（唱）孙爷一见忙阻拦。
二位贤侄快退后，圣驾在此莫自专。

刘汉、刘月：（白）是。

孙吉宗：（唱）陛下传旨把贼斩，事毕请驾把朝还。

皇　帝：（唱）皇亲所奏朕准本，命你去做监斩官。
将王振绑到法地内，有仇之人许抱冤。
罪重恶极人皆恨，碎尸万段狠该然。
奸臣设计诓吾朕，朕当险些命丧北国间。
逆贼若不通塞北，害的忠臣死得冤。
你想平分朕疆土，哄得朕难以辨愚贤。
早就水清鱼儿现，你想长存北国间。
挖眼刮皮恨难消，屈死后人齐报冤。
杀剐完毕奏吾朕，

孙吉宗：（白）领旨。

（唱）说声领旨把令传。
绑贼出帐到法地，挖眼刮皮剖心肝。
完毕交旨来见驾，急忙进帐跪平川。
施刑已毕来启奏，

皇　帝：（唱）皇亲平身听朕言。

孙吉宗：（白）万岁。

皇　帝：（唱）歇兵一日再回朝转，鞭敲金镫把京还。

孙吉宗：（唱）才要传旨排筵宴，

军　卒：（唱）近前军校跪帐前。
启禀帅爷得知晓，京中接驾来差官。

孙吉宗：（唱）孙爷吩咐快请进，上帐前来把驾参。

军　卒：（唱）答应一声去传令，有请二人进帐朝天。

赵荣，杨善：（唱）赵荣杨善不怠慢，二人进帐跪平川。

杨　善：（白）万岁万万岁，微臣杨善。

赵　荣：赵荣。

赵荣、杨善：奉旨前来接驾。陛下蒙尘化外，天下国朝不安，幸亏国有能臣，内安外攘，不像金兵灭宋，返驾回京，从此国家幸甚，文武幸甚。

皇　帝：朕乃亡国之君，幸亏文武，不死而归，寡人心愿足矣。卿等前来迎朕，不知朝中太后、王弟可都安否？二卿快些一一奏来。

赵　荣：太后、新君与陛下宫院无有不安，不用吾主所惦。只盼圣上早早归还，天下臣民欢心，共享升平，好免内愁外忧。

皇　帝：二卿所言，朕心无忧，从今干戈宁静，就要回朝。一起平身，传旨排宴，共同歇息，明日便好班师奏凯。

众　人：万岁万万岁。

皇　帝：（诗）社稷危亡一旦间，车驾蒙尘又回还。

孙安、石建章：（内白）催促车轿，急急潜行。（二人马上）

孙　安：（白）下官孙安。

石建章：下官石建章。妹丈，吾父子祭祖已毕，殡葬家母，你吾两家协同亲朋内眷一起回京，等候伯父大人解救上皇回朝。吾父子还得告假丁忧，必须

　　　　　　服满再来奉君，方算忠义两全。
孙　安：那是自然，为人必须重乎君亲，才算忠臣孝子。
　　　　（唱）妻兄不责继母过，令人敬服礼仪长。
　　　　　　不枉宦门读书辈，到后来必然官高美名扬。
　　　　　　你我回京候接驾，事毕告假好还乡。
　　　　　　郎舅并马前行走，
众　人：（唱）还有那郝仁裴成一路忙。
　　　　　　几人上马说又笑，车辆一概在中央。
石　瑞：（唱）石瑞催马随在后，晓行夜宿奔帝邦。
众　人：（唱）这日到了京都地，随来亲眷两分张。
　　　　　　董宽家眷入石府，其余俱随状元郎。
　　　　　　孙府居住且不讲，
乜先、伯彦：（唱）又表塞北可汗王。
　　　　　　乜先伯彦送君妹，辞别明主回番邦。
伯　彦：（唱）伯彦马上尊兄长，从此南北免刀枪。
　　　　　　永为秦晋抛吴越，年年进贡与上邦。
　　　　　　皇兄沙漠为可汗，小弟瓦剌世袭王。
　　　　　　塞北乐业升平世，永无争斗守封疆。
　　　　　　不言弟兄回北去，
众　人：（唱）又把那征北大兵表其详。
　　　　　　孙吉宗回家还朝班师转，人马回京喜洋洋。
　　　　　　大兵离京不甚远，又表景泰设朝堂。
　　　　　　当先来了于少保，胡英王直随后忙。
　　　　　　王通相随把朝上，孙安也来拜君王。
　　　　　　文武齐至金阙下。
朱祁钰：（唱）皇帝升殿把口张。
　　　　　　众卿一起来上殿，
众　人：（白）万岁万万岁。
朱祁钰：（唱）细听寡人讲其详。
　　　　　　皇兄不久回朝转，朕要让位与上皇。

　　　　　　　　要学上古尧舜禹，卿等何如做主张？
众　人：（白）好。
　　　　（唱）众臣听罢齐说好，万岁真是有道王。
　　　　　　　尧舜重出甚罕有，要留美名万古扬。
　　　　　　　天下人心敢不顺？臣等仰贺圣帝王。
朱祁钰：（白）好。
　　　　（唱）卿等称赞朕意定，静候脱袍让兄皇。
　　　　　　　君臣金殿议论妥，
（杨善、赵荣上）
杨善、赵荣：（唱）杨善赵荣回朝纲。
　　　　　　　　　　跪倒金阙呼万岁，上皇回京转帝邦。
朱祁钰：（白）平身。
　　　　（唱）传旨速速备銮驾。
　　　　（白）皇兄回朝，寡人让位，天下幸甚。众卿速备銮驾，齐出东安门远远迎接上皇。
众　人：臣等遵旨。
　　　　（唱）君臣一起出朝去，早有人通知上皇奏分明。
皇　帝：（唱）正统急忙下车辇，
朱祁钰：（唱）景帝迎接拜皇兄。
皇　帝：（白）御弟。
朱祁钰：（白）皇兄啊，
　　　　（唱）弟兄见面齐伤感，彼此答拜把身平。
朱祁钰：（唱）诉说以往离情事，开言复又尊皇兄。
　　　　　　　为国远劳身被陷，又得复回幸三生。
皇　帝：（唱）为国勤劳应当理，仰仗御弟又回京。
众　臣：（唱）正然说话众臣到，一起参驾跪流平。
皇　帝：（白）众卿平身。
众　臣：（唱）一起站起躬身立，
孙吉宗：（唱）来了元帅孙吉宗。
　　　　　　　参见景帝也跪倒，

朱祁钰：（白）皇亲平身。
孙吉宗：（唱）谢主隆恩把身平。
朱祁钰：（唱）景帝又把皇兄叫，小弟让位议分明。
　　　　　　　社稷理当归旧主，请告太庙把基登。
皇　帝：（唱）连连摆手说不可，
　　　　（白）御弟继位，保住宗庙，安邦定国，返危为安，万民有赖，正是治国之君，不可弃位与我。兄托福回朝，乐享余年，心愿足矣。既退不可再复，奉劝御弟不必推让。
朱祁钰：皇兄言之差矣。小弟虽临大宝，不过摄位全朝。今日驾还，共仰天颜，理应皇兄仍居大位，小弟奉让，退守臣职，乃是诚意，并非虚心。皇兄再要不肯，你吾只好各守清闲，任着大宝闲位而已。
众　人：尧舜揖让，称为圣贤。二主甘心逊位尊长，臣等共称盛世华夷。群心始归上皇，此乃又是天意所感，并非人力强为。奉劝上皇正该复位，再也不必推脱。
朱祁钰：皇兄听见不曾？文武同心，共扶旧主，理当应天顺人，再要强辞，就算扭别天意了。
皇　帝：罢了罢了，既是御弟诚心让位，群臣异口同音，却也辞不得，寡人只好允诺就是了。
朱祁钰：这便才是。小弟敬备法驾，迎接皇兄入朝继位。
皇　帝：须得先告诉太庙，重立国号，再临大宝不迟。孙皇亲。
孙吉宗：万岁。
皇　帝：快去传令众将，等候寡人继位，再到金殿听封。
孙吉宗：臣遵旨。
　　　　（唱）孙吉宗领旨下金殿，
群　臣：（唱）群臣请驾入朝中。
皇帝、朱祁钰：（唱）正统景帝齐上辇，入朝先进养老宫。
　　　　　　　　　　拜见太后祭祖庙，表告天地且不明。
石玉珠、裴桂香：（唱）接连再说状元府，又表二位女花容。
　　　　　　　　　　石玉珠与裴氏女，二人闲谈喜心中。
　　　　　　　　　　咱随老爷把京进，一家满门要重逢。

　　　　　　　　还有刘家二表嫂，也盼丈夫早回京。
　　　　　　　　至亲同住状元府，眼见夫贵妻也荣。
　　　　　　　　听说公爹救圣驾，早有捷表奏朝廷。
　　　　　　　　不久班师回朝转，都要团圆受皇封。
　　　　　　　　正是姐妹闲叙话，

裴　　成：（唱）进来老儿名裴成。
　　　　（白）闺女们在屋里呢不咧？

石玉珠、裴桂香：爹爹来了，请坐。

裴　　成：不用坐着咧。今有你公公救驾回朝，方才姑爷他们父子、兄弟、叔侄都见了面啦，爷几个都上朝去咧，剩下他们娘儿们一起回府，你们姐俩快去迎接，我还瞧瞧去。
　　　　（唱）说罢复又出房去，里外通说忙不迭。

众　　人：（唱）姐妹欢喜不怠慢，急忙出房去迎接。
　　　　　　　　杜家姐妹也知晓，丈夫回京心熨帖。
　　　　　　　　齐出兰房到庭外，进来众位女豪杰。
　　　　（康金定、刘赛花、金玉环、金玉莲、海棠、秋桂六人上）

康金定等六人：（唱）婆媳入府齐观看，
　　　　（石玉珠、裴桂香上）

众　　人：（唱）妯娌们见面问候把话曰。
　　　　　　　　嫂嫂侄妇多辛苦，一向为国不得歇。
　　　　　　　　为国为家礼当共全忠义。

杜连青、杜连红：（唱）杜家姐妹也来到，上前问候二位姐姐。

康金定：（白）媳妇们，
　　　　（唱）这是姊娘与舅娘，快些问候礼莫缺。

金玉环、金玉莲：（白）是。
　　　　（唱）姐妹敛衽道万福，

石玉珠等四人：（唱）四人齐夸才貌绝。
　　　　　　　　侄儿外甥英雄配奇女，不枉孙门出豪杰。
　　　　　　　　说罢一起往里让，进房歇息且不曰。

皇　　帝：（唱）又表上皇复大位，天立国号难扭别。

　　　　　　内臣服侍登大宝，
朱祁钰：（唱）景泰让位守臣节。
　　　　　　率领着一朝官员参圣驾，
　　　（景元、于谦、王直、胡英、杨善、王通六人上，跪）
六　人：（唱）伏服丹墀拜金阙。
皇　帝：（唱）天顺座上开言道，
　　　（白）朕今复位，天赐国号天顺，除却景泰，年号改为天顺元年。仍立钱氏为后，其余宫妃各居旧院。鞑女喜凤鸾封为义勇宫妃，太子朱见深尊为守阙沂王，御弟退位仍封为王，于谦封为保国太傅，其余俱各封为内阁大学士，杨善封为吏部尚书，王通封为成山侯，其余外联官员俱有升赏，众卿下殿回府。再宣皇亲父子与平北众将齐来听封。
众　人：万岁。
　　　（唱）众人谢恩下金殿，
同　寅：（唱）同寅先来跪平川。
　　　　　　口呼万岁讨封号，贫道事毕要归山。
皇　帝：（唱）先生为国劳心力，当封高爵在朝班。
　　　　　　如何辞朕归山隐？此本不准卿无言。
同　寅：（唱）万岁不必将臣恋，名利不如乐清闲。
　　　　　　立誓不要食君禄，红尘之福吾无缘。
　　　　　　主公蒙尘该如此，这正是千里姻缘一线牵。
　　　　　　南北和好结秦晋，免去吴越两争战。
　　　　　　他想金兵灭宋室，岂知明主福齐天？
　　　　　　江山永固民安乐，我主信忠无止端。
　　　　　　莫怪贫道言太浅，祸乱显露忠与奸。
　　　　　　帝德欲留深感念，只求封赠一草仙。
皇　帝：（唱）执意要辞难留恋，先生辅佐见面难。
　　　　　　高爵不受金帛不领，封你大罗一天仙。
同　寅：（唱）谢主隆恩下金殿，飘然而去起云端。
众　人：（唱）孙侯率众齐上殿，后跟孙堂与孙安，
　　　　　　带着孙弘与孙月，还有刘汉刘月与董宽，

　　　　　石家父子和陈望，又来马家二魁元，
　　　　　相随袁斌毛福寿，还有一起众将官。
　　　　　石亨郭登上金殿，王计蒋贵与景元，
　　　　　张锐徐信与范广，赵荣石彪上平川。
　　　　　齐至金阙听封赠，

皇　　帝：（唱）大明天顺龙目观。
　　　　　我国有此忠勇将，何惧偏邦再犯边？
　　　　　汗马功劳了不得，皇帝大悦齐封官。

（白）皇亲扶国，救朕还朝，一家忠孝节义，令人可羡，念其忠直，封为忠义王；义仆孙孝，替主身死，封为京都城隍，旌表其义；孙堂封为怀宁侯，嫡妻赵氏难中全节，死后追封节义夫人；康氏随征有功，封为义勇夫人；刘氏随夫报效，封为英勇夫人；孙安封为翰林学士，其妻石氏孝翁卖身，大义格天，封为贤孝夫人，裴氏妻随夫职；孙月封为猛烈将军，孙弘封为义勇将军，弟兄二人妻随夫职；刘汉封为雁门总兵，刘月封为太原总兵，董宽封为怀来总兵，三人俱各妻随夫职；石建章仍为学士，妻随夫职；其子石瑞从军有功，官为指挥，将金家侍女秋桂赐其为配，父子二人丁忧一载，便回京师；陈望封为飞虎将军，将刘家海棠钦赐为配；马云、马青封为南北通事官；校尉袁斌一向从驾，患难有功，封为镇殿将军，梓童喜凤鸾奏朕为媒，钦赐侍女青梅为配，妻随夫职；毛福寿封为京营团练；石亨为国退敌，苦征恶战，封为忠目公；王计封为兵部尚书，蒋贵封为忠义侯，驸马景元封原职成国公，张锐、徐信子袭父职，范广封为都督，赵荣封为中书外加诚义伯；石彪封为都督，梁贵镇守紫荆关，封为旧地总兵。随征阵亡将军，荣封子孙，俱各大升三级。文武同在显庆殿大排筵宴，庆贺三天，以彰荣宠。众卿退朝。

众　　人：万岁万万岁。

（诗）海晏河清化日新，普天同庆太平春。

　　　　　　　　　　　　　　　　　　　　　　（全剧终）